锡林郭勒文史资料第二十七辑

编委会 ● 编

“国家的孩子”在锡林郭勒

GUOJIA DE HAIZI ZAI XILINGUOLE

内蒙古教育出版社

编 委 会

序

2021年3月5日，习近平总书记在参加十三届全国人大四次会议内蒙古代表团审议时，提到了一段感人的故事——“三千孤儿入内蒙”。这段中华民族团结互助的佳话发生于20世纪50年代末、60年代初。当时，生活并不宽裕的内蒙古人民，用博大的胸怀接纳了3000多名来自上海、江苏、安徽等省市的嗷嗷待哺的汉族孤儿。在草原上，人们把这些南方来的孩子亲切地唤为“国家的孩子”。

锡林郭勒盟是内蒙古自治区最早接收南方孤儿的地区。为了贯彻自治区党委“接一个，活一个，壮一个”的指示精神，锡林郭勒盟建立了盟直、苏尼特右旗、阿巴嘎旗、西乌珠穆沁旗、太仆寺旗五个育婴院。先把移入儿童集中安置在育婴院治疗疾病、强壮身体，在他们适应了草原上的生活习惯和气候特点后，再由需要的人们领养。领养这些南方孤儿的有汉族、满族、回族、朝鲜族、达斡尔族……但绝大部分是草原上的蒙古族牧民。有的一户领养一个，有的一户领养两个，镶黄旗的张凤仙领养的孤儿数最多，多达六个。草原上的阿爸、额吉视这些孩子如已出，像对待自己的亲生儿女一样细心照料他们的生活、用心呵护他们的成长，把自己舍不得吃的东西给孩子吃，宁可自己穿带补丁的衣服也要给孩子穿新衣。他们教孩子走路说话，送孩子上学读书，帮孩子成家立业，伴孩子生儿育女，让孩子茁壮成长为草原上的一代新人。他们把自己满腔的爱都洒在了孩子身上，用行动筑起了草原上无私的大爱丰碑。

光阴似水，岁月如歌。60多年过去了，当年的孩子们大都已经到了退休的年龄，而草原的阿爸、额吉们也渐渐老去。但他们的恩情，孩子们没齿难忘、永记心间。当年的孩子们长大成人后，有的当了牧民、工人、医生、教师，有的参军入伍，有的当了领导干部，有的经商办企业……他们没有一个人认为自己是孤儿，都自豪地说：“我就是父母的孩子！锡林郭勒草原就是我的家！”他们扎根草原，凭着对草原、对国家的感激之情，凭着对工作、对事业的强烈责任感，把对党的热爱默默熔铸到自己从事的工作中，尽职尽责尽力，以苦干拼搏的坚韧品格，奉献了青春年华，贡献着毕生精力，努力为锡林郭勒盟高质量发展添砖加瓦。他们吃水不忘挖井人，真情孝敬父母，竭尽全力地侍候老人颐养天年；他们热心公益，大公无私地帮助身边需要帮助的人……他们用朴实的行动来回报草原人民的养育之恩，回馈党和国家给予的第二次生命。

为了让后人牢记这段流淌着民族大爱的共和国往事，锡林郭勒盟政协编辑出版了《大爱无疆——“国家的孩子”在锡林郭勒》一书。该书真实地记录了“三千孤儿入内蒙”的历史事件，深入挖掘了“国家的孩子”在草原上的成长与奉献，生动诠释了汉族离不开少数民族，少数民族离不开汉族，各少数民族之间也互相离不开的民族关系，大力颂扬了在党的民族政策下，草原人民共同团结奋斗、共同繁荣发展的伟大历程！

大爱无疆，铭刻历史，抚今追昔，鉴往知来。在“国家的孩子”幸福美好与自强拼搏的一路相伴中，折射的是草原人民的人性光辉和无私奉献，折射的是中华民族休戚与共的团结和担当，折射的是强大的中国力量！这段流淌着中华民族大爱的事迹必将永垂青史，它将永远激励着草原各族儿女不断铸牢中华民族共同体意识，为“建设亮丽内蒙古、共圆伟大中国梦”而勇毅前行！

2022 年 6 月 28 日

目 录

“国家的孩子”与草原母亲的故事

乐　拓

他们是一个庞大的群体，3000多名8岁以下的孩子。在党和政府的关怀下，他们从上海大都市被运送到内蒙古大草原。他们拥有了一个相同的名字——“国家的孩子”。

从很早以前，我就被这个特殊群体吸引。在他们背后，有3000多生母把他们牵挂；在内蒙古草原，有3000多额吉（妈妈）天天在为他们祝福！

背景·时代·决策

上海普育东路老街，有一所建于1901年的“上海孤儿院”。

上海解放后，这里继续收养来自上海和江浙、安徽等地区的孤儿。20世纪60年代初前后，我们年轻的共和国，遭遇到严重的困难时期，食品极度匮乏。上海、江苏、安徽等省市的一些孤儿院，因为食品短缺，3000多名幼小孤儿营养不良。

最先关注此事的是上海市妇联，他们偕同儿童福利会的同志一起来育儿院检查，他们把情况如实地向上海市委、市政府报告。一个偶然的机会，消息传到全国妇联康克清大姐家里，康大姐及时向周总理作了汇报。

那年月国家总理也同样是按国家计划供给口粮。尽管生活艰苦，周总理听了上海孤儿的事后心里沉甸甸的，他连夜给内蒙古自治区主席乌兰夫拨通电话：“乌兰夫同志，请你帮助上海的孩子吧，他们非常困难。我知道你是解决困难的能手。”

身兼国务院副总理的乌兰夫同志接到电话后立即照办了。内蒙古给上海紧急调拨出一批奶粉、炼乳、奶酪……香甜的乳汁使孩子们脸上重新绽放笑容。可惜，那时候内蒙古的奶粉远远不像今天那样充足，支援上海的奶食很快就吃完了，孩子们的啼哭声令人心痛。

当内蒙古党委再次开会研究解决孩子食品的问题时，乌兰夫和同志们商量出了新办法：与其把食物送到上海，莫不如把孩子接到内蒙古来，分散到牧民家里收养，这样既能帮助国家解决困难，还能增加内蒙古的人口，增强民族感情，加强民族团结。会后，乌兰夫及时向周恩来总理汇报情况，被批准后，马上派出一位内蒙古自治区副主席奔赴安徽、上海等地，商谈孩子移入内蒙古的具体问题，双方很快取得了满意的结果。

接下来便是具体扎实的操办。当时有两个问题最突出：一要快，孩子正在挨饿；二要安全，路途遥远，途中气候多变。起初决定请民航飞机运送，因条件不成熟，未能实现。后来采用火车作交通工具，设立“专用车厢”。于是，在祖国的京沪、京包等铁路线上，接连不断地开出了乘满儿童的列车。

内蒙古的地形犹如一匹奔马，东西长约2400公里。上级指示，先将部分安徽孤儿送往锡林郭勒盟苏尼特右旗。后又安排中部的集宁、呼和浩特、包头三座城市派医护人员赴上海接收孩子。锡林郭勒盟盟政府所在地虽不通火车，但转入儿童较多，他们也派出专门小组，通过张家口火车站中途接待，再用汽车把孩子们送到锡林郭勒盟各旗县去。

于是，自1958年锡林郭勒盟接受首批来自安徽的儿童之后，从1960年春天起，来自呼和浩特市、包头市、集宁市、锡林郭勒盟的4支队伍从不同地方出发，直奔上海，担负起迎接江南儿童入内蒙古的任务。据历史档案资料记载，这一年移入的儿童就有2000名。

关爱·出塞·旅程

锡林郭勒盟赴上海的医护小组，由时任阿巴嘎旗医院院长姜永禄带队，原因是1958年他参与了“安徽孤儿入内蒙”后的医治工作，经验比较丰富。他们一共去了16人，包括医生、护士和保育员等。

他们抵达上海，进入育儿院后立即投入工作，挨个给孩子检查身体，他

历史档案

1960年移入儿童劳动計划

根据[illegible]区[illegible]人口八年规划的要求，于3月12日主席联合办公会议上决定，1960年我区移入儿童任务为2000名。即由区外移入儿童1000名，由区内收养儿童1000名。其中除依靠群众抚养500名外；其余1500名均由国家举办的育婴院收容。为此1960年建立育婴院10处。其中收容200名儿童的大型育婴院5处。收容100名儿童的中型育婴院5处。以上10处育婴院共收容1500名儿童。

我們計划於1960年6月由区外移入首批儿童[illegible]名。在此以前各地必須把所需之工作人員調配完毕。为此[illegible]的是各育婴院所需之工作人員問題。工作人員与儿童之比例按1：2.5計算，其中保育人員与儿童之比为1：3。为此1500名儿童即需要600名工作人員。[illegible]人員的条件是政治可靠、具有高小或相当于高小文化水平、[illegible]、年令在18～40岁、热爱保育工作的蒙族青壮年妇女。如蒙族妇女来源不足时，也可招收具有同等条件的汉族妇女补充之。

注：[illegible]人員如附表

1960年3月18日

内蒙古自治区“1960年移入儿童劳动计划”档案

们必须具体而准确地了解每个孩子的健康状况。他们一边跟着上海的医护人员学习，一边采购一些药品和氧气瓶等必备医用品，做好相关准备。

上海方面为每个孩子准备了一套棉衣，他们知道北方寒冷，远行的孩子们要多穿点衣裳。他们还为孩子们准备了些饼干、大白兔奶糖等。这些糖果，令当年有记忆的孩子们终生难忘。半个月后，接运组带着300多个孩子踏上了回内蒙古的列车。

40多年前，长江上还没有南京长江大桥，火车要在南京浦口乘轮渡过江，春寒料峭，江风呼啸，会给幼儿带去多少风寒？那时内蒙古、上海还没有直通列车，要在中途换乘，成千的孩子上车下车会有多少不方便？那时候，火车还没有提速，京沪、京包四千多里铁路线，运行三四个昼夜，变化的温差，不同的饮食，会给那些幼小生命带去多少不适应？给那些护送、迎接小生命的医护人员增添多少困难？

有人问我，那么多孩子，坐的是什么样的火车？当年的这些孩子今天最关心的是他们来的时候是什么时间。因为他们好多人都不知道自己的生日，就把移入内蒙古的那天当成自己的生日。也有人怀疑过，他们果真是从上海来的吗？有什么根据？

我在档案馆里细细查找，查找到了好几份当年上海市公安局开出的“户口迁移证”，为保护孩子的人格尊严，公安局特意回避改称他们为“移入儿童”。我还惊喜地发现了一个地区的一册《医生旅途日记》，这是那年的工作汇报材料，没留姓名。但我想锡林郭勒、包头、呼和浩特等地列车上的工作都大同小异吧！我把那当年在晃动车厢里写的日记，摘录一些片段：

午饭后工作人员一齐动手，乘汽车到上海北站。不料下起大雨，口罩来不及买了，小儿们难免会受凉。儿院同志和我们一齐动手，很快把小儿安置在火车车厢里。

上车后，给孩子们吃了一次饼干，给小婴儿配制了炼乳。

南方气候较热，车厢内气温高达 27—28℃。小儿们穿着新棉袄裤，个个汗淋淋，车厢内通风也不好，立即给孩子们脱去棉衣，换上罩衣和内衣。几小时后，气温下降，我们的照顾似乎不够细致，小儿的咳嗽增多。

有 16 名小儿患结膜炎，护士每天三四次给患儿点眼药。车身晃动，操作不易，同时有 6 名小儿发烧，6 名小儿患气管炎，对所有患儿都用止咳糖浆。

19 日夜 12 点，小儿朱 593 号，突发支气管炎，体温上升到 40℃，出汗多、腹泻、口渴，加用新霉素口服。由景兰专护。

在北京站母子候车室里，利用 7—8 个小时候车，对所有小儿进行了一次全面检查，初步摸清了健康状况。

塞外变化无常的气候，气温由 28℃下降到 12℃，由脱掉棉衣到穿上棉衣盖上棉被。这仅仅是刚迈入内蒙古的第一步。

这便是一位可敬的无名医生，在四天三夜长途旅行中对幼儿做的工作记录，在震动的车厢里为幼儿听心音；在晃荡的座席上给幼儿点眼药；小心地喂水、喂糖浆；沉着地进行静脉注射。他们不仅是医生、护士，还是孩子们临时的“母亲”。

我想，今天如果某位当年的孤儿，读到这份日记，他将作何感想呢？他大约从来没有想到过，当他们很小很小的时候，会有过这么体贴入微的一幕。他们会感到庆幸，有那么多温暖的手，哺育着、呵护着，正是如此精心的照料，才使他们平安地抵达了目的地。

国家的孩子

当孩子们一批一批移入内蒙古之后，最初他们是如何生活的呢？

许多资料都证明着，最初孩子们并没有进入牧区，而是被收留在城市中心大医院里，经过严格的体检、治疗，基本恢复健康之后，再送进早已安排好的育婴院。待把他们养胖了，养壮了，逐渐适应了内蒙古的气候，习惯了饮食、水土，然后才派出专车专人，送他们到草原，送进蒙古包，找到他们的内蒙古草原的额吉。可是，有几个孩子一年后还在生病，甚至死亡。尽管上级要求“养一个，活一个，壮一个”，可惜！由于南北方气候的差异，加上几千公里的长途颠簸，还是有个别患重病的小弟弟、小妹妹终究未能闯过难关，过早夭折了。

值得庆幸的，绝大多数孩子都在内蒙古健康地成长起来了！

当时的口号是：“一切为了孩子！”为了孩子，内蒙古地区的医生、护士、保育员日以继夜地工作；为了孩子，内蒙古各地卫生部门、粮食部门、畜牧部门，纷纷行动起来。

我曾经看到过一张发黄的纸上写的领物单，那是一位文化水平不高的食堂管理员匆匆写下的。粗糙的笔迹记录着当时最难得的食物：

今领到：奶粉7斤半、鸡蛋多半箱(12斤1两)、白糖10余斤(10斤5两5钱)、江米10斤、大米118斤、白面124斤半、猪油5斤(加油罐)、香油1斤、蜂蜜1斤。

1961 年时任内蒙古自治区政府主席的乌兰夫在锡林郭勒盟看望"国家的孩子"

如今年轻的父母们,切不要瞧不起这几斤白糖、奶粉、鸡蛋啊,在 1960 年前后的困难时期的市面上、各地食堂里根本就见不到,花多少钱也买不到这些精细的食物,"一切为了孩子"啊!

那时候,内蒙古自治区政府乌兰夫主席和他的战友王逸伦、王再天副主席好几次到育婴院,看望天真可爱的孩子们。当时人们说:"那些孩子是国家的孩子,是乌兰夫主席请来的小客人。"

仿佛专门接受过教育、训练一样,当三千孤儿这个庞大群体一踏上来内蒙古的道路后,就受到草原母亲质朴的亲情关爱。如果说迎接他们的医生、护士是他们的第一任母亲,那么内蒙古各地幼儿园、育婴院的老师、阿姨就是他们的第二任母亲。

当时内蒙古较大城市里都建立了这类育婴院,好像是统一的规定,育婴院的名字一律都叫"兴蒙"——很清楚,这是在预示着内蒙古自治区的人丁兴旺、繁荣发展。从 1958 年初至 1965 年，内蒙古呼和浩特市、包头市、锡林郭勒盟、乌兰察布盟、伊克昭盟等地，先后共接纳了来自上海、江苏、安徽等地的 3000 余名孤儿。这些孩子多数只有两三岁，大的不过 8 岁，最小的只有 4 个月。草原上的牧民们非常心疼也非常喜欢这些来自远方的孩子，一些牧民骑着马、赶着勒勒车从几百里外赶来领养，有的牧民一家就收养了五六个孩子。牧民们把孩子接回自家的蒙古包，把这些孤儿视为“国家的孩子”，像对待亲生儿女一样精心抚养，这些既是孤儿又非孤儿的孩子个个长大成人。“三千孤儿入内蒙”也成为新中国民族团结的历史佳话。

草原母亲

40 多年前的 20 世纪 80 年代，当我去锡林郭勒盟镶黄旗草原深处第一次采访上海孤儿事迹的时候，那时牧民的生活确实比较艰苦。他们住的是蒙古包，喝带盐味的砖茶，牛奶、羊肉都是在牛粪火上煮熟的。可是接待我的一位蒙古族额吉却懂礼貌，文明大方，她说：“我尊重文化，羡慕你们读书人。”

这位蒙古族额吉就是张凤仙。她是锡林郭勒盟镶黄旗卫生院的一名保育员。那年上海孤儿来到草原上时，小一些的孩子都被人领养走了，剩下 6 个较大的孩子没有人敢要。他们中最大的 6 岁，已经会“阿拉、阿拉”地说上海话了，有人怕把他们养大后不叫额吉。

张凤仙丈夫仁钦·道尔基，是解放战争时期我军的骑兵连长，党员，性格开朗，当张凤仙提出收养这 6 个孩子时，他吓了一跳：“6 个孩子，半个战斗班呀！要吃多少羊肉？”但很快他俩统一了意见，把 6 个孩子背着抱着地领回了家。

困难时期，6 个孩子确实给这对蒙古族夫妻带来了极度的困难，仁钦·道尔基打猎、砸羊骨头给孩子们增补营养。张凤仙常年给孩子补衣、做鞋，腰都累弯了。一次旗粮食局给南方孤儿发放了 30 斤大米作救济粮，张凤仙步行去旗政府背粮，大雪纷飞，人差点被雪埋没。就是在这样艰苦的岁月里，凤仙额吉也没有忘记按着孩子的入学年龄送他们去旗里上学。“文化大革命”时期，旗中学一位教师挨批斗，强迫他下乡捡牛粪。张

凤仙把这位教师请到家，给他煮茶、做饭，对他说："你每天来给我家孩子教书，我管你吃喝，每天还送你一筐牛粪回去交差。"

老师同意了，就在她家那座破旧的蒙古包里，办起了家庭学校。6 个辍学的儿童受到了正规的文化教育。这位老师是北京大学毕业的，他教会了孩子们演算数学、朗读英文、书写汉字和蒙古字。"文化大革命"之后，奇迹出现了。6 个孩子两个考上了重点大学，老大巴特尔考上了南京气象学院，后任锡林郭勒盟气象局高级工程师；小妹高娃考上了南开大学英语系，后去北京任中国科学院翻译；另两个男孩参军入伍，在部队晋升为军官；最后两位留在草原，也当了干部。

这个人才群体，诞生在几十年前大草原一个偏远小镇的普通蒙古族家庭里，这是草原母亲创造的奇迹！

可是，张凤仙老太太却因操劳过度，积劳成疾，1982 年我去锡林郭勒盟草原看望她时，她已重病在身，而且动过三次大手术，几年后因病逝世。她是由在北京工作的小女儿高娃陪着住进北京协和医院的。临终前，6 个孩子一刻不离地守候在额吉身边。凤仙老人轮番地叫着每个孩子的名字，摸着他们的额头，为他们祝福。小女儿高娃问她："妈妈，你现在最想什么？"她说："我想草原，我要回草原去。"凤仙额吉说完，含泪而去。

孩子们把她的遗体安然地运回老家锡林郭勒盟镶黄旗草原，并破例为她立下一块石碑，孩子们用蒙汉两种文字在石碑上刻着"额吉凤仙"，把她埋葬在草原高高的山坡上。

那一年，我和我的朋友以《母亲的碑》为题为凤仙额吉制作了一部电视专题片。蒙古族诗人仁钦·纳木吉拉为此片写诗配曲。至今，这首歌还在锡林郭勒大草原上传唱：

宽阔温暖的怀抱哟，
生我养我的母亲；
漫长的人生旅途哟，
牵着我走的母亲；
月光下唱着摇篮曲哟，
母亲，母亲。

熬尽心血白发苍苍的母亲，
我为你立下一块玉碑，
也报答不完你的恩情；
母亲哟，母亲！

今天，当我走在内蒙古各地，常常会和那些“国家的孩子”不期而遇。我已经结交了几十位这样的朋友。他们有的含蓄、内向，不愿轻易暴露身份；有的开朗、明快，幽默地对我说“阿拉是上海蒙古人”；有的在履历表上民族一栏填蒙古族，籍贯这栏填上海，他们说：“我扎根在内蒙古，老根在上海。”虽然他们中许多人不会讲上海话，但是只要提起上海，他们就会动情，怀念之心油然而生。许多朋友对我说：“我是不会在上海住的，但是有一天我一定要去上海看看。”

“国家的孩子”像一股清清的流水，流进了内蒙古与上海之间的感情脉络。草原母亲用大爱书写了中华民族守望相助的华丽乐章。

（原文刊于中央文史研究馆、上海市文史研究馆合办的《世纪》期刊，2005年第6期，本人作了补充修订，编者略有修改。）

作者简介

王念临，笔名乐拓，男，汉族，民盟盟员，1931年腊月生于河南省漯河。1949年参军，1951年参加抗美援朝战争，担任高炮部队技师、参谋。1954年转业到内蒙古，参加包头国防工业建设。后调入包头市文联，主编《包头文艺》（《鹿鸣》）。1980年后，首次采访“国家的孩子”，后发表《额吉和她的孩子》长篇报告文学。曾为中国作家协会会员、内蒙古文史馆馆员、包头市文联副主席。

生命的驿站

——1958年苏尼特右旗移入儿童工作纪实

高永厚

1958年，安徽等地陷入了空前的饥荒之中，家家米粮见底，昔日生息于鱼米之乡的农民，甚至一些城镇居民，被迫外出逃荒。一些实在养不活孩子的家庭，为了给孩子一条生路，被迫把孩子遗弃在车站、商店、街头……有的直接把孩子送到了福利院门口。

这些孤儿的命运牵动着中央领导的心。“首先要保证婴幼儿的生命安全”成为各级党委和政府工作的重中之重。乌兰夫主席代表内蒙古自治区各族人民主动担起这份沉甸甸的责任，决定“将孤儿接到内蒙古来，分派给牧民去抚养”。

内蒙古自治区主席联合办公会选定交通方便、地域辽阔、经济生活相对富裕的苏尼特右旗作为通向生命之路的第一站。首次拟定的方案是“1958年做好准备工作，从1959年开始移入”。但是，由于安徽等省份强烈要求尽早接走移送儿童，所以内蒙古自治区又做出了“1958年移入婴幼儿150—200名，不举办托儿机构，直接转送给牧民”的决定。

面对“远方的哭声”，所有人都明白，迁徙不是为了过得更好，而是为了活下去。

就这样，苏尼特右旗在人员住房、大夫护士、药品器械、护理阿姨、资金食品都没到位的情况下，仓促拉开了“三千孤儿入内蒙”的序幕。

生命驿站

1958年9月23日，苏尼特右旗从安徽省移入304名（编者注：据知情者回忆，出发时，共有307名孤儿，接收前已有被领养者。此为苏尼特右旗接收数）失去父母或被父母遗弃的婴幼儿。之前，由于政府多次召开专门会议，并下发文件进行过周密部署，还经过组织动员、宣传教育、层层审批，以及对领养家庭是否具备抚养孩子能力进行考察，所以，三天内就基本把这些孩子分配了下去。

内蒙古档案馆一份卷宗里（306—1—143卷）详细记录了这一批移入儿童的基本情况：

1958—1962年，苏尼特右旗制作的“草原母亲和国家的孩子”宣传画

移入儿童情况表

移入儿童性别、年龄、营养状态情况表 （根据移入儿童卡片统计）
性别：男 41 名，女 263 名，共计 304 名。
4—12 个月龄的孩子 182 人，占 60%；
13—24 个月龄的孩子 95 人，占 31.2%；
24—48 个月龄的孩子 27 人，占 8.8%。

营养不良。头大、胸椎成串珠型，大些的患有不同程度的软骨病，有的2周岁了还不会站，不能行走。计 81 名中 77 名营养不良，仅 4 名近乎正常。

体格及智力发育普遍差，体重较正常值低，如 1 岁正常儿童体重应 9 公斤，可是这批小孩 3—4 岁的一组平均体重尚不到 9 公斤；1—2 岁年龄的小孩正常情况下皆会说简单的词语，可是这批儿童该年龄组 95 名中仅 4 名会说话。

这些孩子换乘数次火车、汽车，最终骑骆驼、骑马、坐着“勒勒车”（牛车）耗时十多天，无休的行程，加上水土不服，一到“家”便相继发生腹泻、呕吐、感冒、发烧、咳嗽、晕厥、脱水、痢疾、脓尿……编号 16、编号 60 等近三分之一的孩子还没来得及观赏人世间斑驳陆离的胜景便永久地闭上了眼睛。

面对这一未预料到的严峻局面，根据内蒙古党委“采取以大集中的方式，集中人力物力，加强保健工作，保证移入儿童安全度过今冬明春”的指示精神，自治区、盟、旗三级领导紧急行动，成立了以内蒙古自治区卫生厅厅长为首的“救助移入儿童指挥部”，提出“建立移入儿童保健站，接回病弱儿集中养育”的方案。

保健站选址在温都尔庙。

温都尔庙位于集二线朱日和站以东 6 公里处，1949—1958 年为苏尼特右旗党政机关所在地。它始建于 1884 年（清德宗光绪十年），分前后两院，有大雄宝殿、圣母殿等 24 座殿堂，曾是内蒙古西部地区规模壮观、建筑宏伟、风格独特的藏传佛教圣地。

温都尔庙虽然闲置的房舍不少，但是要真正利用它的话，从外到里的结构还需改造。首先要隔成小平米房舍，接下来就得垒烟筒、裱顶棚、修门窗、搭火墙、安炉灶。还要制作木床、草垫、饭桌、板凳、摇篮、奶瓶(用牛角做)、便盆、澡盆；缝纫小被褥、小枕头、小衣裤、小鞋袜、尿布垫等。

抢救移入儿童就是命令，白衣就是战袍，医生、护士就是战士。

内蒙古自治区人民医院小儿科额尔敦穆图主任、内蒙古医学院附属医院小儿科张仲篪主任、内蒙古军区解放军 253 医院达主任(团职)等 10 多名专家，以及正在内蒙古各地进行布鲁氏菌病防治工作的 40 多名医务人员、锡林郭勒盟宝昌卫生学校护士班的 36 名学员，当机立断驰援苏尼特右旗，为打赢这场战斗筑起了一道坚固的防线。

召之即来的还有 22 名已经认领了孩子的额吉(妈妈)、13 名大队选派的未婚女青年、70 多名干部职工家属，以及 10 多名应征当奶妈的年轻媳妇。

指挥部的领导为了抓紧抓好这项工作，首先进行了两天的育儿知识培训。接着，召开动员大会，要求全体工作人员“大干一百天，将‘国家的孩子’安全移送出去”。

一场跟病魔、寒冷、死神争夺南方孩子的阻击战，随即在这个被后人称之为“生命驿站”的温都尔庙打响。

爱心驿站

1958 年 10 月 21 日，由苏尼特右旗领导、大夫、护士组成的接运小组整装出发，他们乘坐全旗仅有的四辆大小汽车，披星戴月，到各家各户接运病弱儿童，截至 11 月 8 日共接回 79 名。档案中有这样一组数据：

1958 年 10 月 21 日刚进站时的情况：

儿童进站时情况表

总数	有各种疾病者				营养不良者			基本健康
	危重	重	较轻	合计	三度	二度	合计	
79	4	10	4	18	4	11	15	46

从上表可以看出：接回集中治疗、护理、保育的79名儿童中，有各种疾病和营养不良的孩子33名，占总数的41.8%；基本健康之中包括有轻度营养不良、佝偻病、蛔虫病和健康儿46名，占总数的58.2%。

遵循乌兰夫主席“想尽一切办法，采取一切急救有效措施，保证今后不发生一名死亡”的指示精神，为迅速改变儿童营养不佳和体弱多病的情况，保健站因儿制宜，把基本健康儿、营养不良儿、重症病危儿分开，一个屋10个孩子，两个护理员，实行“三班倒”。又根据年龄大小、营养状态分别制定了相应的食谱，并在医护人员监督下进行定时定量喂养。

不同年龄段儿童营养食谱

类别	牛奶全脂奶粉	饼干、稀饭、橘子汁	饭菜（面粉、大米、挂面）	鱼肝油钙剂
10个月内的婴儿	每天五顿	少量辅助食物	——	√
一周岁左右的幼儿	每天四顿	——	一顿饭菜	√
一岁半以上的幼儿	一顿牛奶	——	三顿饭菜	√
二岁以上的幼儿	——	——	全天饭菜	√

育婴院里的“国家的孩子”

为了保证孩子们得到充足的蛋白质，保健站每天给予足量的羊肉、牛肉、猪肉、羊肝、猪肝等。食谱按照容易消化、孩子爱吃、味鲜多样、热量高、蛋白质多为基础制定。小儿科专家对15名重症患病儿，除了按上述做法给予营养保障外，提出“输血治疗”“母乳治疗”的意见，大夫李景森、孙本叔、沈学新，护士马玉梅，学员梁惠忠等挺身而出，撸起袖子：“抽我的血，我是O型”“抽我的，我是A型”。先后有23人，献血29次，其中有4人献了二次，一人献了三次，献血总量为2040毫升。托雅、巴德玛等11名还在哺乳期的年轻额吉，也报名当起了“奶妈”。经过10多个昼夜的抢救治疗，有效遏制住了移入儿童病危病死的蔓延态势。

保健站在对有病婴幼儿进行突击治疗、抢救他们生命的同时，还把预防传染病工作当作保障孩子们身体健康和生命安全的大事来抓。开展了百日咳、结核等传染病的预防工作，为入站儿童普遍注射了一次预防麻疹的胎盘球蛋白，接种了一次预防天花的牛痘苗，服用了三次驱蛔虫的宝塔糖，提高了儿童的免疫力，从根本上阻断了传染病的传播。

1958年12月31日的情况

总数	有各种疾病者				营养不良者			基本健康
	危重	重	较轻	合计	三度	二度	合计	
77	0	3	10	13	0	2	2	62
备注：总共接回79名婴幼儿，入站后有两名身体很快治愈，应其养母申请，已批准退站回家。								

体重变化情况表和发育情况表

编号	姓名	体重（市斤）		身长（公分）	胸围（公分）	牙齿数	念珠胸	鸡胸	郝氏沟
		11月份	12月份						
16	查干莲花	10.0	12.8	57	38	2	+	—	—
38	阿拉坦其其格	8.2	8.5	56	37		+	—	—
10	阿仁其其格	19.0	19.5	75	45	16	—	+	—
45	阿拉坦图雅	13.5	14.2	64	42		+	—	—
69	乌云格日勒	13.0	15.0	54	48	4	+	—	—

续表

编号	姓名	体重(市斤)		身长(公分)	胸围(公分)	牙齿数	念珠胸	鸡胸	郝氏沟
		11月份	12月份						
80	苏和巴特尔	11.4	11.8	64	37		+	−	+
77	乌日花尔	16.75	17.8	73	44	12	+	−	+
合计	77名	1090.1	1259.5				72	30	6
平均		14.15	16.35						

(注:前四张表格略去)

以上表格显示,全站儿童在这一个月中体重平均增加了2.2市斤,比原来提出的“苦战一个月,平均增加一市斤”的目标还超出1.2市斤。也就是说,该站仅用30多天的时间实现了一般儿童用一年的时间才可增加2市斤的常规标准。

疾病扼住了生命的咽喉,但它未能使白衣天使们屈服。他们就是勇敢的疾病狙击手。70多名患病儿在他们的精心治疗和护理下,恢复到发育正常的阶段。他们个个脸蛋红润润的,泛出了亮光,刚来时病恹恹躺在床上的孩子,现在能坐、能爬、能吃、能在大人的搀扶下弹跳蹦高啦。一些大一点儿的孩子则踉踉跄跄、跌跌撞撞地跟着保育员走出了屋门,用眼睛去看、用耳朵去听、用鼻子去闻、用心灵去感受草原的冬天!

儿童保健站在工作总结中写道:“这是我们站全体同志在党的领导下积极苦战取得的第一个成绩。”

履职驿站

我们从当年多个请示、简报、总结的文档中,从那些经历过解放战争硝烟的干部身上,看到一种勤勉实干的工作作风和一套行之有效的工作方法。

一份工作汇报如实地记录了如下情节:

“一切为了孩子”“给牧民一个健康的孩子”既是目标也是要求。党政有关领导亲自挂帅,根据医疗保健需要,要人给人,要物给物,要钱给钱,给予了极大的支持。他们领导着医生、护士、保育员日以继夜地工作着。他们绝地出击，妙招迭出：

第一招，针对婴幼儿食品需求，建立奶牛基地，成立乳品厂；

第二招，针对医务工作者建立了《工作制度》；

第三招，针对保育员建立了《工作守则》；

第四招，针对全体参战人员开展了“红旗竞赛运动月”活动。

这四招可绝不是什么花拳绣腿，它把营养食品视为移入儿童的重要补给，把无私履职视为一种负责任的态度和行为，把激励机制视为形成正常秩序、提升运转效率的关键。所以，招招致胜。

一、成立乳品厂

自从旗人民委员会（如今称旗人民政府）4月份接到上级“准备接受南方孤儿”的指示后，首先想到的是为这些嗷嗷待哺的孩子准备充足的奶粉。于是，他们结合着初级合作社合并为高级社，成立人民公社和合营牧场的工作，采取牧民捐赠、社员入股等办法筹集资金，修缮了位于赛罕乌力吉境内的陶高图庙、都仁乌力吉境内的浩日高庙和桑宝力嘎境内的达来巧其庙等三座庙宇作为生产车间，集中全旗各生产队的奶牛、奶羊和挤奶员，建立奶牛奶羊基地，成立乳品厂，企业性质定为地方国营。

接着，与锡林郭勒盟工业局协商调来好布吐、王志、彭广起三名工业管理干部，从海拉尔乳品厂调来王金榜、王书田、秦广芝（女）、李文亮四名乳品生产技工。生产工艺采用土法生产，即平锅炼制，火墙干燥，手工研磨，用120钼木箩筛选。三个月时间共生产出合格乳粉9000余斤，全年生产了22吨。

实施这项工作中最感人的一幕是，好多牧民将自己饲养的自留畜全部捐给旗人民委员会所辖的旗牧场，帮助解决建厂资金不足的问题。比如，总结中提到一个叫乌宁苏雅拉图的牧民将自己饲养的100多只羊、10头牛交给了旗牧场，自己则进了保育院当了保育员。

二、医护人员十项工作制度

①保健日报表工作制度；

②保健查房制度；

③健康登记表制；

④每月营养发育进步情况记录制；

⑤保健室定期消毒制；

⑥传染病报告制；

⑦传染病隔离制；

⑧探视制度；

⑨保健工作定期讨论会（站务委员会讨论会议或是站务委员会扩大会议）；

⑩包干组长晨会（每周两次），包干组全体人员大会（每周四次）。

保健站的医护人员既是卫生保健制度的执行者，也是治疗、抢救、防疫的莅事者，更是站长管理和指导全盘工作的参与者。在这些制度的作用下，大夫护士们恪尽职守，无私奉献，用实际行动向党和政府交付了一份满意的答卷。

军功章上同样凝聚着牧民保育员、干部家属、社会参与青年（现在叫志愿者）、后勤管理人员的艰辛付出。

三、保育员《工作守则》

担负保育工作的这一批人，其自身素质可不同于大夫护士，她们中间大多数人没有进过校门，没有带过孩子，为她们讲授如何养育和护理小儿的知识显得尤为重要。就此，指挥部举办培训班，聘请儿科专家和卫校老师，每天为其授课 2 小时，共上了 15 次。结合实地工作讲授医疗器具消毒法、皮下肌肉注射法、洗肠法、服药法等操作知识，讲授儿童疾病及传染病的预防知识、护理技术和简单的急救技术。

同时对保育员也提出“三勤、三不、五净、五到、六好”的具体要求：

三勤：勤洗、勤换、勤看；

三不：不生虱子、不得传染病、不得尿布皮炎；

五净：手脸净、被褥净、衣服净、床铺净、室内净；

五到：眼到、手到、心到、口到、脚到；

六好：喂养好、照顾好、疾病治疗好、健康检查好、物品保管好、室温保持好。

这些规章制度和职责规定，极大地调动了大夫、护士、保育员以及后勤人员的积极性、主动性和创造性。她们的专业特长、工作潜力得以释放，也促使治疗、护理、保育工作一步一个脚印地有序推进。她们用自己大海般的母爱，践行了“接一个、活一个、壮一个”的承诺。

四、“红旗竞赛运动月”活动

责任感是一个集体的思想素质、精神境界、职业道德的综合反映。

为了彰显先进性，进一步鼓励发挥模范带头作用，“救助移入儿童指挥部”部署开展了“红旗竞赛运动月”活动，其评比条件如下：

（一）比政治挂帅觉悟好，保证插红旗满堂红；

赛思想先进团结好，保证安心工作劳动好；

（二）比保健工作质量高，保证发病率日日减低月月降；

赛保育工作做得好，保证孩子一月增长体重一市斤；

（三）比预防工作搞得好，保证杜绝流行传染病；

赛清洁卫生成绩好，保证贯彻三勤三不和五净；

（四）比医疗护理质量好，保证不发生一名死亡和事故；

赛服务态度谁良好，保证实现五到和六好；

（五）比爱护公物节约好，人人做到没有浪费和损坏；

赛品德优良纪律好，保证生活愉快身体健康好；

（六）比谁的合理建议提的多，做到人人开动脑筋想办法；

赛技术革新搞得好，保证大家都找窍门搞创造；

（七）比学习努力成绩好，包教包会联系群众效率高；

赛下放锻炼改造好，保证不拔红旗不返家。

母爱是世界上最无私、最伟大的爱，它就像春天的甘霖，滋润着一株株幼苗。

在这场竞赛活动中，所有人都以团结为重，用心奉献爱，用心编织爱，自觉遵守各项规章制度、操作规程和护理常规。努力学习别人的长处和好的个人品行，严谨认真、一丝不苟、兢兢业业、踏踏实实地去完成领导交给的工作。很多人处处为增强孩子体质着想，为愉悦孩子心情服务，竭尽所能，亲手制作布娃娃、毛狗狗、拨浪鼓、手摇铃、不倒翁……供孩子们玩耍。一件件玩具虽说不如买的精致，但也深受孩子们喜爱。有人用彩纸做出很多剪纸拉花，把小孩子住所美化得像婚房一样。有的医生护士即使下班了，也不忍心离开病患儿，常常连续工作十几个小时。卫校学员是半工半读制，她们课余的任务就是护理孩子。除此外，她们并不闲着，不嫌累、不怕脏，有的结伴儿到草滩上搂柴火、捡牛粪（燃料）；有的帮助保育员清扫室内外环境卫生，消除蚊蝇滋生场所；有的拆洗被便溺糊脏了的被褥，处理呕吐物、排泄物，洗尿布、洗便盆，教大一点儿的孩子们解大小便，为便秘的孩子抠大便。有的保育员给父母捎话，让多冻几坨鲜牛奶，多发酵一些酸奶，多做点奶豆腐送来，补贴给孩子食用；有的保育员见停了奶水的孩子消化不好，就将肉块和蔬菜咀嚼碎了，然后口对口地喂。正在授乳孩子的钱友玉医生主动哺乳起三个病危儿；干部家属乌恩把自己病重的儿子和正在吃奶的女儿交给婆婆，将两个嗷嗷待哺的病婴儿揽入怀中；杜玉珍等几个未婚的姑娘用自己节省下来的票证买花布，为孩子们制作蒙古袍，为小姑娘们买蝴蝶结、发卡，把他们梳洗打扮得干干净净，教他们唱歌、跳舞、玩游戏。那种像对待自己孩子一样的关爱、呵护，都淋漓尽致地表现出来。特别是那些偷偷用自己乳房哄（奶）孩子睡过觉的女青年，一张口就称呼“我的小宝贝”“我的心肝肉”“我的小祖宗”，可见她们对这些孩子有多么的溺爱。这就是母爱，一份超越血缘、跨越地域和时间而永不会褪色的爱！

经过一个月的苦战，袁国良、托雅等 23 人因表现突出被评为“先进工作者”；马淑芝、杨金、达日德勤等 32 人被评为“积极分子”；四个班组都被评为“红旗组”；一个班组被评为“卫生先进组”。

体验驿站

1958 年发生在苏尼特草原上的这次堪称人类历史上罕见的“大营救”行动旗开得胜。乌兰夫主席听完汇报后，心情也非常激动，他说：“先集中养育，再给牧民一个健康的孩子，这个办法很好！”

内蒙古党委向全区总结推广了苏尼特右旗的做法：“先设立儿童保健站，让所有的移入儿童在这里集中调理、养育一段时间。期间，要求医务人员 24 小时陪护孩子，治疗观察，并按不同情况分别采取保育、医疗或增强营养等措施。等孩子们增强了体质，恢复了健康，并对北方的气候、地理环境和饮食习惯都适应了以后，再分配给各家各户。”

移入儿童指挥部也通过总结，总结出接受移入儿童 100 天的经验教训，文件记载：

……以上这些成绩的获得，完全是内蒙古党委乌兰夫主席悉心关怀的结果，是移入儿童指挥部给予及时指示的结果，是锡林郭勒盟盟委真正贯彻内蒙古党委的工作方案，及时给予人财物支持的结果，是苏尼特右旗旗委广泛发动群众、依靠群众智慧的结果。

……养育好移入儿童是关系到国家下一代健康成长的问题，是关系到我区和兄弟省市蒙汉民族间团结的重要问题。内蒙古党委如此重视这一工作，派出这么多的医护人员支援这一工作是极其正确的。

……我们通过这一段的工作与实践，进一步体会到，要搞好本职工作，必须置身于党的全面领导之下，坚持政治挂帅，自觉把思想放到"插红旗"上去苦战，团结一致，凝心聚力，才能取得优异成绩。

……科普牧区新法育儿知识是关系到牧区人口增加，建设社会主义事业的大事，因此需要提高宣传力度，培养保育骨干力量，讲明在牧区建立保健站、托儿所的必要性，尤其是在人民公社化以后，更是如此。

……今后，移入儿童工作还会继续进行，需要事先做好准备工作，例如，齐备来到之后住的房舍、饮食、被物、用具等，尤其医疗和保育力量必须提前到岗。

短短的一份书面文件，为后来各地开展此类工作总结出一套完整的、切实有效的操作方案，成了内蒙古自治区 1959—1963 年接受南方三千孤儿巨大工程中最宝贵的财富。

这既是一曲生命的旋律，也是一首民族团结、和谐发展的颂歌。温都尔庙作为"生命驿站、爱心驿站、履职驿站、体验驿站"载入史册，它的历史伟绩终将被世人铭记。

作者简介

高永厚，男，蒙古族，中共党员，1954年6月生于锡林郭勒盟苏尼特右旗。毕业于内蒙古师范大学汉语言文学专业。曾在苏尼特右旗赛罕乌力吉公社脑干塔拉大队，额仁淖尔公社供销社，旗商业局、城乡建设环境保护局、政协经济委员会、粮食局、政协文史委员会工作、任职。2014年退休。

最难忘那列南来的火车

——访接运“国家的孩子”亲历者姜永禄、道尔吉朝

于立平

姜永禄是阿巴嘎旗旗医院早期的主要领导之一。1960 年 9 月下旬，作为当时锡林郭勒盟接运“国家的孩子”的领队，他亲身参与和见证了这场接运孤儿的大行动。面对我们采访组一行的提问，姜永禄不假思索地直接进入主题。

“国家的孩子”的由来

新中国遭遇三年困难时期，上海、安徽、江苏等地出现了大量弃婴，在党和国家的关怀下，促成了“三千孤儿入内蒙”这件大事，让这些孩子在内蒙古草原上得到妥善安置。从 1958 年苏尼特右旗接来第一批孤儿起，到 1960 年 9 月底，作为整个内蒙古最早接收南方孤儿的地区之一，锡林郭勒大草原以她博大宽广的胸怀，前后共接纳抚养了 888 名孤儿。

姜永禄清楚地记得这三批孤儿的来龙去脉：“第一批 1958 年 9 月从安徽省接回 307 名孤儿，主要由苏尼特左旗、苏尼特右旗牧民领养。后来从江苏省常州市、上海市等地接回孤儿 581 名，分布在锡林浩特市、阿巴嘎旗、西乌珠穆沁旗、东乌珠穆沁旗、镶黄旗、太仆寺旗等旗县市。”

初到草原的第一批

1958 年 8、9 月间，苏尼特左旗流行布鲁氏菌病。自治区卫生厅组织医

采访小组与姜永禄（左三）合影

疗队，姜永禄被抽调参加锡林郭勒盟“布病防治”医疗队，带一名医生、两名护士赶往苏尼特左旗，主治“布病”。9月底，锡林郭勒盟卫生局局长带队拉来两大轿车孤儿，由当地无子女的牧民领养。当时，这些牧民有骑马来的，有骑骆驼来的，也有牵着牛车闻讯赶来的，牧民们不分男女老少，排队接孩子回家。“善良纯朴的牧民们不知该怎么喜欢刚刚领到的孩子，于是立马纷纷转身，跑到供销社买糖果等食品给孩子吃。”姜永禄以很快的语速讲述起第一批孩子刚刚来苏尼特左旗时的情况。

但因为水土不服，这些孩子陆续出现腹泻等现象，开始有孩子死亡，上级紧急指示进行抢救。内蒙古卫生厅派人来了，姜永禄也被分到一个牧民的蒙古包里参与治疗工作。但100多个孩子已经分散到100多户牧民的蒙古包中，牧民居住得比较分散，路途相距遥远，加之当时治疗条件十分有限，医生们来回跑，医疗力量捉襟见肘，鞭长莫及。

鉴于这种情况，自治区卫生厅当即决定再把这些孩子收回来，集中到旗医院进行收治。牧民家长也自发地跟着来到旗里。医院附近一时出现了扎满蒙古包的壮观场面。第二年春天天气暖和后，这些孩子的病情也有了好转。

一次难忘的重要会议

姜永禄说:"对于'三千孤儿入内蒙'这件大事,我们起初是不知道的。只知道当时我国南方江浙沪皖一带人口稠密省份发生饥荒,造成许多家庭的口粮短缺,当地育儿院收容了大量孤儿。在自治区的要求下,中央决定把这些孩子送到内蒙古牧区来,由草原牧民来抚养。"在这个大背景下,1959年12月份,内蒙古召开四级干部会议,各盟市、旗县、苏木乡级重点卫生院的科长一级都参加了。

"我一生参加过多次会议,但这次会议是最长的一次,会期四十来天。"

1960年9月,锡林郭勒盟赴上海接运孤儿小组成员合影(后排中间男士为姜永禄)

姜永禄说。

这次全区四级干部会议的主要议题，第一条是落实毛主席关于把医疗卫生工作的重点放到农村去的指示精神；第二条是妇幼保健机构和边境地区基层卫生院建设问题；第三条是接收南方孤儿这件事，由卫生、民政部门牵头负责，并在自治区卫生厅设置办公机构。

会议最后确定在苏尼特右旗、阿巴嘎旗、锡林浩特市、太仆寺旗、西乌珠穆沁旗5个旗县级医院设附属育婴院，专门负责此项工作。鉴于草原气候条件和生活条件的制约，先由医院代养，过渡缓冲一段时间，待孤儿们适应了环境，再交给牧民领养。后来的结果证明，“接来的孤儿由医疗机构代养，大夫直接检查诊治，不用挂号，费用单独核算”这一政策，是从内蒙古当时的实际情况出发提出的，经过实践检验是正确的。

接运小组奔上海

全区四级干部会议一结束，接运孤儿的工作就正式开始了。自治区很快拨下款来，阿巴嘎旗也新盖了两排土木结构的房子，打造小椅子、小桌子，统一裁剪制作服装，并由医生完全按照国家新法育儿课给保育员授课培训，各项准备工作紧锣密鼓地进行着。1960年8月，接锡林郭勒盟卫生局通知，由姜永禄带队，组成了由医生、护士、保育员、会计，以及西乌珠穆沁旗一名科长组成的16人接运小组，于1960年8月24日出发，28日接运小组一行到达了上海。临行前，旗长批给了1000尺布票，把经费以汇款方式汇到内蒙古自治区设在上海南京路的驻沪办事处。

上海市育儿院坐落在上海市普育西路，院长接待并介绍了有关情况。这所育儿院的前身是外国传教士建的，有8栋楼，全部是欧式建筑，环境特别幽静，只是伙食水平很差，小家伙们几乎是清一色的大萝卜头、大肚子、细胳膊细腿，明显是吃得不好、营养不良所致。

接运小组全体人员第一次看到了那些失去父母的孩子们，心好像被刀剜了一样痛得厉害。饥饿让这些孩子们看起来瘦骨嶙峋，面黄肌瘦。

“看到那些瘦如皮包骨头的孩子们哭闹着，我们的心痛真的是无法描述。孩子们看上去是那样的憔悴瘦弱，严重营养不良。如果说老年人的脸

锡林郭勒盟接运小组1960年赴上海接孤儿的一些票据复印件

上有皱纹，是岁月留下的痕迹，可那些孩子们的脸都已经变得皱皱巴巴了，脸色难看得比想象中还要可怜。”接运小组保育员道尔吉朝痛苦地回忆说。

上海市育儿院的管理制度特别好。他们把孤儿们分了类，一部分孤儿是因为父母犯罪由民政部门代管的，不作为接运对象。

看到孤儿们这种身体状况，再想到自治区承诺的“接一个，活一个，壮一个”的要求，姜永禄就和院长讲，内蒙古锡林郭勒盟牧区过的是游牧生活，住的是蒙古包，如果身体素质不强，恐怕难以适应草原的环境，能不能让他们挑选一些身体条件比较好的孩子。听他这么一说，院长也觉得有道理，就同意了，于是挑选孩子的工作随即展开。

在育儿院和孩子们一起生活的日子里，道尔吉朝和伙伴们日夜照料和救治着孩子们，给孩子们检查身体、输营养液、喂奶喂饭、换尿布、洗澡，并熟悉着每一个孩子。当时的劳动强度非常大，她们克服着生活习惯的不同、气候条件的差异，每每一想到“这是责任”，就咬牙坚持下来了。

“就这样，和孩子们相处了一个月，在对孩子们做身心各项指标的检查后，给选定的孩子们拴上红布，缝上号码，以便于识别找到他们。”道尔吉朝回忆说。

上海育儿院的阿姨也经常给孩子们做工作，告诉他们要把大家送到草原去，喝牛奶吃牛羊肉。这些孩子中最大的八岁，最小的只有几个月，只能以编号来区分，至于姓甚名谁，年龄几何，家住哪里，连他们自己也不知道。时间长了，这些孩子慢慢跟接运小组成员也熟悉了，每当问起他们是不是愿意到内蒙古，孩子们都争先恐后地说“愿意去”。

“对于这些孩子，我们采取按百家姓赵钱孙李对应月份的办法确定姓氏，有的孩子的名字则是由保育员阿姨取的，有的孩子长大后还来问过我姓名的出处。”姜永禄描述着当时的情景。

火车向着草原跑

经过一个月时间的熟悉和挑选，准备工作基本就绪。到了9月底，接运小组采购了大量药品和氧气瓶，接上300多名孤儿乘上了京沪铁路的一列火车，朝着北方草原出发了。拉运孩子们的是两节车厢，定员120名旅客。车厢前后锁死，封闭运行，由于座位紧张，工作人员只好站着扶着座位上的孤儿们，休息时就躺在过道地板上。

“这300多名孩子，最大的几周岁，最小的才几个月，上海市育儿院派了两位护理人员协助我们陪护孩子们到草原。年幼的孩子知道什么呀，在火车上，他们一会儿哭，一会儿闹，一会儿尿，一会儿拉，一会儿要喂饼干，一会儿要喂水……”其中艰苦可以想象，怕磕着、怕摔着……医护人员小心翼翼地保护着这些祖国的幼苗。

“那时，南京长江大桥还没修通，上轮渡时就有一名孤儿夭折了。到了北京后，铁路方面腾出贵宾室让我们等候京包线列车。后来就坐京包线列车到张家口，这样大约走了两天，两天两夜里，我们几乎没有睡觉，终于到达了张家口南站。”姜永禄说。

“到达张家口火车站时，街上正在耍龙灯舞狮子庆祝，这时候我才想起来，哦，今天是10月1日国庆节呀。”道尔吉朝说。

沉浸在节日里的张家口处处张灯结彩，大家却没有时间和心情欣赏这

道尔吉朝近照

热闹的景象。这时,锡林郭勒盟副盟长包明德带着两辆大轿子车把他们接到太仆寺旗宝昌镇。还没能等消除疲劳,孩子们忽然发烧的发烧、感冒咳嗽的感冒咳嗽,医护人员赶紧治疗、喂药,悉心护理和照顾。就这样,接运人员和孩子们在这里休息了两天,把分配给太仆寺旗、镶黄旗的 80 名孩子留下。接着,大轿子车又摇摇晃晃将他们和孩子们运往锡林浩特市。“我们在每个座椅上放着几个孩子,护理人员站立着护住座椅,生怕孩子们掉下来。”道尔吉朝说。

那时候的路也不平坦,一路颠簸行走,大人们都受不了,孩子们也遭了罪。大轿子车行驶了一天,深夜才到锡林浩特市。安顿好孩子们,这些工作人员的晚饭只能用饼干对付一下。“我们干嚼着饼干,又是头晕又是呕吐,真是难受啊,可是没有其他食物,也只能咽下去,我从此后再也没碰过那种饼干。”道尔吉朝说。

“第二天,又把分配给锡林浩特市的 100 名孩子、西乌珠穆沁旗的 50 名孩子留下,然后我们就带着剩下的 69 名孩子,乘坐阿巴嘎旗里派来的两辆大车，一早出发，开上了去阿巴嘎旗的土路。100多公里的路程行驶了整整一天，下午4点才到了阿巴嘎旗政府所在地。”终于到家了，筋疲力尽的道尔吉朝他们浑身像散了架，软得像面条一样。

“这次长途跋涉一共走了六天，在多部门的协作配合和大力支持下，接运孤儿的旅程很顺利，也很成功。”说这话时，姜永禄似乎长出了一口气。

南方飞来的小鸿雁落户内蒙古

为了做好做足长期收养南方孤儿的准备，内蒙古自治区人民政府投入巨资建设了育婴院。锡林郭勒盟确定在苏尼特右旗、阿巴嘎旗、锡林浩特市、太仆寺旗、西乌珠穆沁旗和盟直医院设附属育婴院，专门负责此项工作。1960年，阿巴嘎旗医院迁入新建的1500平方米平房。阿巴嘎旗政府还在地方财力十分困难的情况下，在旗中心西北方向的一片杨树林里盖了两排四角硬的土房，为孩子们准备了生活用品，还有专门的保育室和护士室。这所育婴院相当于阿巴嘎旗医院的一个科室，但在经济管理方面单独核算，编制有20人，可谓兵强马壮，万事俱备。

在养护这批孤儿期间，全旗各单位都给予了大力支持。那时细粮是凭票供应，但是对孤儿们则是100%的供应。旗供销社来了两筐苹果，主任敖特根爽快地说：“别在门市上卖了，留给孩子们吃吧。”到1960年底的时候，供销社乳粉库存告罄，孤儿们乳粉供应告急。供销科长听说了这个情况，立即找来一匹马，亲自下乡寻找奶源。牧民们很快就赶着牛车拉来了一勒勒车奶坨子，那些奶坨有茶缸大的、有碗大的、有铁锅大的，大小不一，形状各异，颜色深浅不等，一看就是从各家各户搜集来的。供销社要给牧民付钱，牧民急了，生气地说：“这不是国家的孩子吗？这奶子是给国家的孩子的。我们不是来卖奶子的！”

吃着泡饼干，喝着苹果汁，在育婴院集中生活的一年里，这批“国家的孩子”就像幼小的苗种植在沃土中。一年的阳光雨露，孩子们呼吸到草原清新的空气，喝着草原的牛奶，吃着草原的食物，渐渐长大，身体也壮实了，有的孩子可以到院子里玩耍了。看到孩子们健康地成长着，道尔吉朝和同伴们自然是特别地高兴。

可是没承想，好事多磨，因“麻疹”和“百日咳”两种呼吸道传染病同时流行，病儿因合并肺炎心力衰竭而相继夭折了9个。“我们就眼睁睁地看着失去了9个孩子。孩子们虽小，但终究是一条条生命啊，这种人间的生死离别真叫人难受。每失去一个孩子，我们就会把他(她)埋在杨树下，痛哭一场，然后回去再继续护理其他病儿。”道尔吉朝说。

每一个孩子的离去，她们都悲伤、难过，如此反反复复了9次，育婴院向内蒙古自治区卫生厅求援，两位儿科专家随即被派来帮助救治，疫情得到了控制。孩子们又显现出可爱的模样，能够喊额吉了。

大爱谱新曲

在育婴院一年的时间很快过去，下一步就要面临孩子领养的问题了。

孤儿领养对象主要照顾少数民族家庭中无子女的，需要填写领养申请和表格，公社一级出证明，主管旗长批准，汉族领养孤儿须经盟长、旗长特批。领养家庭需具备领养条件，比如经济条件较好、人品优秀、喜欢孩子等。

除了养护孤儿必备的基础设施建设外，为避免孤儿因养父母陆续离世而再次沦为孤儿，政府还指定专人进行监护，孤儿中学毕业后安排工作，做到孤儿不孤。对于虐待孤儿问题，政府也不是听之任之，而是有人负责跟踪监督，管理非常严格。“锡林浩特市一名营业员领养了一个孩子以后，自己又生了一个，于是开始歧视领养的孩子，民政部门发现后立即收回孤儿，再分配给另一户。”姜永禄这样介绍道。

1960年前后，是中国历史上前所未有的困难时期，最难的就是吃饭问题。丰美的草原，牛羊成群，马儿奔跑，这本是一个游牧民族常见的景色，牧民习惯于喝奶茶吃牛羊肉，可当时牧区却没有一点儿肉，牧民们只能从大锅里分一点米汤和半个馒头。就这样，牧民们还要忍着饥饿放牧牛羊。

毡房里，自家的小孩子饿得嗷嗷哭，大人没有办法，就把羊尾巴生切一块让他们吸吮，大人们饿得不行想喝奶茶了，就捡树叶凑合着熬茶……

就是在这样的时代背景下、就是在这样艰难的环境中的草原人民，在党和政府号召牧民来收养这些孤儿时，牧民们闻讯从四面八方赶来，纷纷申请领养这些孩子。有的牧民解开胸前的扣子，一只手将孩子抱在怀里，另一只手紧握缰绳，就这样渐渐远去；有的牧民赶着勒勒车来，把收养的几个孩子裹上羊毛毡子，扬鞭离去……他们真情流露的爱意是与众不同的。现在牧民们依然将这些孤儿视如己出，还宠爱地称他们为“国家的孩子”。草原人民的心有多淳朴、多善良啊！

当他们把孩子放到胸口上的那一刻，孩子就认定了这就是自己父亲、母亲的怀抱。草原人民接纳了这些可怜的孤儿，从此他们在草原有了一个温暖的家，有了疼爱他们的额吉和阿爸。衣襟一裹骑着马就飞奔而去的身影，就这样烙印在历史的岁月里，大爱无疆，美好生活被定格在那历史的瞬间。

让草原的大爱故事流传得更远、更广

阿巴嘎旗地处内蒙古高原中北部，由于处于中纬度西风带，属于温带半干旱大陆性气候，四季分明，各具特色。这里春天较短，大多晴空万里；夏季则凉爽宜人，蓝天白云，鸟语花香；秋季秋高气爽，天高云淡；冬天较长，茫茫草原被冰雪覆盖，银装素裹分外妖娆。从此，这些孩子们就在这片大草原、这样美丽的环境和这样有爱心的额吉的温暖怀抱里生存了下来。

一个母亲收养一个孤儿叫善良；一片草原收养了三千孤儿，应当说是一个民族的博爱！当年这些“国家的孩子”，像一棵棵嫩芽，在广袤的草原上扎根、生长。他们以蓝天为幕，以草原为人生的舞台，在一座座蒙古包里自由地成长。一棵棵不知名的小草，最终成长为草原上雄鹰般的汉子、美丽的草原建设者。现在那些曾经的孩子们，在各个行业为草原家乡奉献了自己的一切后，开启了退休后的生活。

六十甲子，弹指一挥间。已经 87 岁的道尔吉朝现在仍然健康、健谈，失去老伴和唯一的女儿后，如今她平静地生活在内蒙古自治区首府呼和浩特市。

“我已经 87 岁了，还能剩下多少生命时光呢？你们一定要在党的领导下做好本职工作，为建设国家贡献自己的力量。你们要记住，你们的新生不是自己拼来的，而是你们的乌兰夫爷爷，还有内蒙古草原上善良的阿爸、

额吉们的功劳。你们只有明白了这一点，心里才能永远想着为广大人民谋利益，永远拥护和执行党和国家的方针政策，永远跟党走！”道尔吉朝用这样一番发自肺腑的言语叮嘱着“国家的孩子”们。

现在这些孤儿也都是年过花甲的人了，他们成家立业，在社会各行各业事业有成，令人欣慰。生逢这个时代，他们是幸运的，也是幸福的。同时，这些孤儿没有忘记回报养父母，回报草原。有个孤儿被一户工人家庭收养，养父过早离世，她无奈中学辍学，到工地打工养活养母。等她出嫁时，向男方提出的唯一条件是，结婚时必须带着养母。后来她侍奉的养母直到 88 岁高龄去世。孤儿们在草原拼搏奋斗、无私奉献的故事更是数不胜数。

如今，在阿巴嘎草原，不但能听到悠扬的长调、委婉动听的潮尔道和动人心弦的草原牧歌，在旋律悠扬的歌声里，还经常能听到口口相传着的中华民族的大爱故事，流传着草原阿爸、额吉收养“国家的孩子”的动人传说。隔着时空距离，透过这些有温度的文字，传唱这些有情感的故事，内蒙古草原上书写着一曲曲跨越地域、跨越血缘、跨越民族的大爱真情。

于立平（又名宝音），男，蒙古族，1962年10月生，中共党员，现供职于内蒙古自治区阿巴嘎旗融媒体中心，《锡林郭勒日报》特约记者。已发表各种体裁文稿、图片近1800篇(幅)，2016 年荣获锡林郭勒盟 30 年以上模范通讯员称号。著有新闻作品集《故土情深》，编辑摄影画册《镜像阿巴嘎》《阿巴嘎黑马连》，与人合著《不忘初心的新牧民》《话说内蒙古·阿巴嘎旗卷》。

草原深处花正红

其日玛、图门巴雅尔　口述　阿荣占登　整理

在内蒙古自治区锡林郭勒盟二连浩特市格日勒敖都苏木呼格吉勒图雅嘎查有这样一位“国家的孩子”，他叫图门巴雅尔。在所有和他一起被送来的37名孩子中，他是年龄最小的一个，当时只有七八个月大。领养他的是一位名叫其日玛的“草原额吉”。

图门巴雅尔说，我的父亲叫丹苏荣，母亲叫其日玛。我是1961年春天被阿爸和额吉（蒙古语，意为“爸爸和妈妈”）收养的，据说当时只有七八个月大。我不清楚自己的真实年龄，因为没有留存相关的档案资料。后来，阿爸、额吉给我上了户口，我的生日被确定为1960年8月26日，这日期也不准确。

如今已经85岁高龄的其日玛老人提起领养儿子的那段岁月，依然感慨万千。老人回忆说，当年她刚满22岁，虽然已经成家，但是一直没有孩子。有一天，听说锡林郭勒盟将接收一批“国家的孩子”。听闻这些孩子的经历，丹苏荣和其日玛想到他们夭折的第一个孩子，便心生怜悯决定领养一个。拿着嘎查开具的介绍信，丹苏荣骑上骆驼奔向额仁淖尔苏木。其日玛回忆说：“当年我们住在恩格尔毛都庙附近，离额仁淖尔苏木大概八九公里。我怀着孕，我爱人怕我舟车劳顿，于是他自己去接孩子。”留在家里的其日玛拖着大肚子放牧之余，还挤了牛奶，拿出家里仅剩的面粉做了炸果子，熬了奶茶，还用只有过节时才使用的银碗装满牛奶，等待父子二人。

丹苏荣到苏木保育院后，该批“国家的孩子”只剩下三个。看见爬不会爬、坐不会坐、嗷嗷待哺的图门巴雅尔，丹苏荣敞开蒙古袍前襟，将他抱在胸口，骑着骆驼回到家里。到家后跟其日玛说：“我给你带回来个白白胖胖

的大儿子！”随即，从他怀里冒出来一颗毛茸茸的小脑袋。这便是图门巴雅尔第一次见到额吉，见到在随后的六十余年里亲切称呼他“米尼呼”（蒙古语，意为“我的儿子”）的母亲。其日玛老人回忆起当年第一次见到儿子的场景，忍不住微笑，一切仿佛历历在目：“孩子刚被抱回来时特别小，看着他那可爱的模样，我们断定这就是上天的恩赐，我们要用全部的爱来养育呵护这个孩子。”

周围的牧户和亲戚朋友们听到其日玛夫妇有了儿子，也都替他们高兴，抢着要给“国家的孩子”起名字。从众多的名字当中，夫妇俩选了“图门巴雅尔”这个名字，在蒙古语中意为“万喜”。在之后的日子里，其日玛夫妇相继生下了三个孩子。随着“万喜”的到来，当初没有孩子的两个人之家变成了六口之家，大家都说这是“国家的孩子”带给他们的福运。

当时社会不富足，柴米油盐都是定量分配，数量有限。为了响应上级“接一个、活一个、壮一个”的号召，也为了养好这来之不易的“儿子”，丹苏荣和其日玛将从队部申请下来的牛奶全部留给图门巴雅尔喝。孩子再大

“国家的孩子”图门巴雅尔（左三）和达日玛（右三）看望其日玛老人

点儿，家里的米面先给孩子吃，他们总是吃些残羹剩饭。为了不让孩子挨冷受冻，他们还用硬纸壳对蒙古包里进行了处理，这样更加防风保暖。由于他们的悉心照料，图门巴雅尔小时候几乎没有生过病，即使偶尔感冒咳嗽，阿爸和额吉也会第一时间放下手头的活带儿子去看病。“在四个孩子中，我最疼爱的还是大儿子，虽然不是亲生的，但总感觉比亲生的还要亲。这样的爱，从把他抱进怀里的那一刻就已经根深蒂固了。无论何时，总是怕他受到什么委屈，怕他被冷落。现在也一样，我时常挂念儿子，经常给他打电话、发微信，了解他的近况。”其日玛老人说。这样的爱，也一直深深地感染着这个“国家的孩子”。图门巴雅尔说：“就算后来有了弟弟妹妹，父母最疼爱的还是我，不管是吃的、用的，有什么好东西都会留给我，从来没有打骂过我。更可贵的是，即便在那样一个艰苦的年代，他们依然让我读书，在几个兄弟姐妹当中，我是上学时间最长，也是学历最高的。”

那时，在阿爸和额吉的关爱和呵护下，无忧无虑成长的图门巴雅尔长到了八岁，也到了上学的年龄。父母纵使万般不舍，也得为儿子的前途考虑。他们准备了两件崭新的棉服，将存放的几十元钱都给了儿子，便送儿子走上求学之路。为了让图门巴雅尔不忘根，一开始父母将他送到了汉语授课的赛乌素苏木小学。但从小生活在草原，只会说蒙古语的图门巴雅尔跟不上课业，只好又转到了蒙古族小学。“我当时一句汉语都不会说，和同学们无法交流，这让我很焦虑，无所适从，于是和父母商量转了学。”第一次离开父母，独自求学的图门巴雅尔是坚强又独立的。“父母每隔一个月左右会来看望我，给我带来奶食品等食物，还有生活费，我所需要做的就是努力学习。”知道父母不易，懂事的图门巴雅尔不乱花一分钱，尽量节省开销，从不向父母索要额外的开支，怕给父母增加负担。当年周围同学不知道图门巴雅尔的身世，他自己也从未向周围人透露过自己的身世，他总觉得自己生来就是牧民，来自草原。1975 年，图门巴雅尔就读于苏尼特右旗蒙古族中学，一直到 1977 年中学毕业。因为家庭拮据，他没能继续求学。回到草原的他一直割舍不下成为老师或医生的梦想。1979 年，他想自学考取中专，但却未能如愿，这成了他一生中始终无法弥补的遗憾。

一直在家放牧的图门巴雅尔渐渐认识了同样淳朴善良的蒙古族女孩苏都额尔德妮，并决定携手步入婚姻殿堂。看到儿子到了成家立业的年

图门巴雅尔和苏都额尔德妮一家五口合影

龄，一向疼爱他的阿爸和额吉倾其所有，为儿子准备了大木箱（旧时蒙古族用来装衣物、日用品的木质箱子，上面印有好看的花纹，相当于衣柜）、20 多只小畜、一头牛和一匹马。在亲人好友的祝福下，小两口于 1984 年结婚。当时，"草场承包到户"开始施行，刚结婚的小两口也迎来了政策红利，从嘎查承包到 70 多只小畜，他们奔向美好生活的干劲儿更足了。学历较高的图门巴雅尔，也深受嘎查领导赏识，于 1984 年担任嘎查会计，一干就是 12 年，期间还兼任嘎查团支部书记，并于 1995 年入党，1996 年担任嘎查党支部书记。图门巴雅尔深知嘎查党支部书记要具备过硬的政治素质和服务管理能力，13 年里，他连任四届党支部书记，始终兢兢业业、任劳任怨，舍小家顾大家，坚守在基层一线，将家里的一切活计和三个孩子交给妻子打理。他不分节假日，经常入户走访民情、宣传国家政策、帮牧民搭建围栏、运输饲草料……

作为党支部书记，带领贫困群众脱贫致富是一项重要工作。1997 年至 2000 年，图门巴雅尔以个人名义资助了两家贫困户。一家男主人叫布和巴特尔，因连年受灾，又有 4 个孩子，入不敷出，因此致贫。看着可怜的布和巴特尔一家子，图门巴雅尔把他们全部接到家里，从有限的工资中每月拿出 300 元资助了他们，长达一年多的时间。同样，贫困户乌云花一家也受到了图门巴雅尔的帮助。图门巴雅尔向乌云花一家传授放牧之道，同时协助他们理财。乌云花一家在图门巴雅尔家一待又是一年多。后来，离开图门巴雅尔家时乌云花家已拥有 100 余只牲畜，生活得到明显改善。

2002 年，为响应国家"围封转移"政策号召，图门巴雅尔带头搬到齐哈日格图奶牛基地，开始养奶牛。经营数年后，他发现养奶牛并不适合常年自由放牧的牧民。一是奶牛娇气，需精心饲养，而当时牧民对奶牛养殖经

图门巴雅尔展示小时候被领养时所戴的帽子

验不够；二是奶源销售渠道不通畅，牧民无法找到销售市场。后来，他又带领牧民回归草原。回到草原后，他带头转变原来靠天吃饭、只追求牲畜数量的传统畜牧方式，思考如何实现草畜平衡，缓解生态压力。为此，图门巴雅尔还专门去外地学习技术，并逐户帮助种植他带回的野山桃树等树籽、草籽，为当地生态恢复做出贡献。作为基层党支部书记，图门巴雅尔将奉献精神、吃苦精神、牺牲精神贯穿于脱贫攻坚各项工作，用自己的“辛苦指数”换来牧民的“幸福指数”，让他们拥有更多、更实在的获得感、幸福感和安全感。随着近些年草场能力复苏、自然环境变好，牧民的生活也越来越好。到了2009年，图门巴雅尔卸任，至此将25年的青春年华都奉献给了嘎查集体事业。

将党支部书记的接力棒顺利交接到继任者的手中后，图门巴雅尔的晚年生活上有老母亲疼爱，下有子女孝顺，幸福又安逸。大概十年前，从没想过自己身世的他，听说“国家的孩子”们正在寻根，虽然嘴上说着不在意，可日渐衰老的他也开始好奇自己的身世。“我从哪里来？我姓什么？我的亲生父母是否还健在？”这些问题萦绕在他脑中，挥之不去。

其日玛老人坦言，一开始听说儿子想要寻亲，她是不愿意的，怕儿子找到生身父母后留在远方，不回来。她怕失去这个养育了六十余年、最疼爱的大儿子。然而，她也明白，血浓于水的亲情是无法隔断的，儿子迟早要寻根问祖。其日玛老人回忆，图门巴雅尔到来时除了身上穿的一套棕色格子棉服和戴的一顶蓝色条绒帽子之外，再无其他随身物品和文件。她一直珍藏儿子来时穿的一身衣物。想通后，老人将衣帽还给儿子，让他在寻亲时作为线索使用。帽子上原本有用针线缝制着的三个汉字，可能是图门巴雅尔的原名。图门巴雅尔四五岁时，听到周围人议论他是领养的孩子，心生不爽，偷偷翻出来额吉收藏的那顶帽子，用刀具挑断了上面的字，只留下依稀痕迹。可惜当年周围没有认识汉字的人，所以至今不知道帽子上的那三个汉字到底是什么字。

2015年，图门巴雅尔随内蒙古“国家的孩子”寻亲团赴上海、南京、合肥等多地寻亲，然而没有所获。2021年，二连浩特市公安局提取了他的DNA信息，比对后终于传来好消息。DNA信息显示图门巴雅尔很有可能来自江苏省，当地多名曹姓男子的DNA信息和他匹配，因此猜测图门巴雅尔原姓

“曹”。“我听说通过 DNA 信息采集，锡林郭勒盟有两名‘国家的孩子’找到了亲人。我想等疫情过后去找，要是亲生父母还健在，也想见见他们。”他说。

在寻亲的过程中，图门巴雅尔和锡林郭勒盟各地的“国家的孩子”熟悉并成了朋友。图门巴雅尔在三年前进入了“国家的孩子”微信群，该群由锡林郭勒盟二连浩特市、苏尼特左旗和阿巴嘎旗等地的“国家的孩子”组建，群里共 160 余人。为了回馈养育他们的这片草原，每年每人自愿拿出 120 元，用来资助锡林郭勒盟的贫困学子。2021 年，该群资助了 6 名贫困学生，并为一名肾衰竭儿童捐赠了三千元。

如今，其日玛老人已年过八旬，当年跟在她后面“咿呀学语”的儿子图门巴雅尔也已经是六旬老人了。即便是这样，他还是那个母亲永远挂念的儿子。儿子成长的很多时刻，她都熟记于心：记得儿子小时候被狗咬伤眼睛去北京治疗时，因为思念儿子整宿整宿睡不着，整日以泪洗面；记得为了让儿子专心学习，从不让他干家务活，直到儿子十几岁时，第一次独自放牧，她还偷偷跟着，怕儿子从马背上摔下来；记得儿子 25 岁时她亲手缝制了一件羔羊皮蒙古袍送给他……当老人回忆起那些往昔时，依然抑制不住内心的激动，忍不住流下了泪水。

“国家的孩子”和“草原额吉”的故事背后是各族人民在困难面前团结互助的生动写照。正因为有了“三千孤儿”的出现，才诞生了许许多多像其日玛一样的“草原额吉”。她们用生动的实践向世人展示了草原人民的深情与大爱。当年的“草原额吉”们如今大都老去，但是她们无私奉献的精神却代代相传。缘起于这段“三千孤儿入内蒙”的历史佳话所传递出来的亲情与深情，将永远融汇在草原人民的血脉中，烙印在各族人民的心灵深处，成为中华民族永恒的精神谱系，激励各族同胞勇往直前，携手迈向更好的未来。

作者简介

阿荣占登，女，蒙古族，1988年8月出生，研究生学历，新闻学硕士学位。曾任二连浩特市报社记者、《二连浩特报》和《二连浩特报·新蒙文版》编辑、“活力二连”微信公众号编辑，现任二连浩特市融媒体中心记者、“新二连”蒙古文微信公众号编辑、政协二连浩特市第九届委员会委员、二连浩特市党外知识分子联谊会会员。

用真情回馈草原

丹迪嘎　口述　陈海峰　整理

丹迪嘎是“国家的孩子”之一，1960年来到锡林郭勒盟阿巴嘎旗，一年后被蒙古族父亲抱养。伴随着成长、历练，丹迪嘎从一个来到草原后的懵懂孩童，开始走过了一条长长的人生路。在这条路上，是草原和蒙古族亲人给了丹迪嘎无限的动力和强大的资本，他满怀感恩地对这片草原和草原上的人们报以真情。

特殊血缘组家庭

丹迪嘎出生在上海或是周边的某座城市、某个乡村。由于年龄太小，他对于当时的生活和环境没有一点印象，只依稀记得乘过船、去饭馆吃过饭、坐过火车。来到草原后，当父亲和祖母获知有从南方来的孩子需牧民领养时，随即提出申请，获批后，父亲便赶着牛车从旗里把他接回了家。后来听父亲说过，当丹迪嘎见到父亲后就抱住了他的腿，这也许就是缘分吧。在他的家族中，丹迪嘎是第三代被抱养的人。祖母原籍是阿巴嘎旗查干诺尔公社，名叫帕格玛，被抱养到了这里，后来祖母与祖父隆德布抱养了父亲白音桑，父亲是在抱养了丹迪嘎五年后，才与母亲策布勒玛结婚成家的。

邻里亲情伴成长

到了七八岁时，丹迪嘎听到其他牧户的人零星说起，才逐渐知道自己的身世。后来，父亲慢慢告知，他是从南方来的一批孩子中抱养的。随着草原生活环境和家庭的熏陶，丹迪嘎渐渐融入了草原牧区的生产生活中，会话也变成了蒙古语。父亲是牧业生产点的负责人（浩特长），为集体牧养着 100 多头牛。当时他们的家庭生活比较贫困，居住的蒙古包也很破旧，没有双层毛毡、内衬垫物，地面铺设也没有地毯、地毡或木地板之类的物品，只是用几张“哈日其格”（牛犊皮）作为铺垫。包内除了一两个木柜和一些生活用品外，没有其他像样的用具。家庭主要的经济来源就是为集体养牧记工分核算后的收入。当时，一个劳动力一天最高才记 8 个工分，1 个工分折合钱款 0.08 元，一年下来，家庭收入也就有几百元。虽然生活上有着这样那样的困苦，但是丹迪嘎在家庭中还是感受着至亲至爱的温暖。周边的牧民像隆德布、丹毕勒、巴拉登、曹呼尔桑吉、扎木苏荣、图布登等长辈们，也都给予了他无微不至的关怀，每次去旗里办事回来路过他家时，他们都会送一些糖果或半块月饼给他，而自己的亲生孩子则是一块糖或四分之一的月饼。在当时食品物资十分匮乏的年代里，能得到这些馈赠的礼物是一件令他无比高兴的事情。长辈们对这个有着特殊身份的孩子的特别照顾，许是草原特有的一种超越亲情的关爱吧！

1968 年，丹迪嘎进入到生产队小学上学，当时学校只有 10 多个孩子，年龄上差别很大。学制采用一年 1—2 次集中 45 天学习，可谓启发式的教育教学，文化知识的传授与获取是有限的。进入少年的丹迪嘎开始从事帮助父母放养牛犊或羊羔等简单的劳动。后来逐渐独自一人放牧羊群或牛群，为家里挣得半个人的工分换取酬劳补贴家用。再后来，随着家庭人口的增加，陆续有了钢巴特尔、图雅、其其格、王力 4 个弟弟妹妹。得到很多的关爱和呵护的丹迪嘎，也变成了一个魁梧的蒙古族青年。直到现在，弟弟妹妹们都十分敬重这位大哥。

成长历练勤思考

1972 年冬季，丹迪嘎应征参军入伍去了包头。在部队上做过后勤兵，第二年加入中国共产主义青年团，担任了班长。1976 年 10 月，他光荣加入中国共产党。六年的部队生活不但培养了他坚韧不拔的意志品质，陶冶了高尚的道德情操，锤炼了果断和直率的性格，在军营这座大熔炉里，他还学到了许多知识，学会了汉语会话、汉字书写，在政治、军事、文化学习等方面也有了长足的进步和显著的提高。1978年，作为一名老战士，光荣退伍的丹迪嘎带着满满的收获和美好愿望回到了家乡。复员回来后不久，丹迪嘎承担了公社电影放映员的工作。他除了在公社定点放映电影外，还经常巡回到各个生产大队的牧业点为牧民放映电影。1979年，经人介绍，他与当地牧民乌云毕力格结为伉俪，在走包串户为牧民服务的三年多时间里，他对于生产队和每个牧户的情况都有了更加深入的了解。他深知牧民防灾、抗灾能力低弱，失去了赖以生存的牲畜就会在生活上变得举步维艰，这也为他后来施展个人才华奠定了坚实的基础。1983年，草原上开始实行"草畜双承包制"，按照人口以及草场划分比值，丹迪嘎分得承包草场6880亩和一定数量的牲畜，开始自主经营畜牧业。由于当时的牲畜头数少，售卖的价格也低，所以家庭收入也不是很多。那时，无论是他们生产队集体还是队里的牧民们，在全公社的几个生产队中都是处于比较穷困的水平的。

丹迪嘎当兵时照片

勇挑重担献衷心

1985年，丹迪嘎担任了嘎查（生产队改称为嘎查）的书记，那时候的嘎查集体经济没有什么积累，有的却是欠下的20多万元外债。嘎查因为距离旗所在地近，镇内的个别居民肆意把饲养的牲畜驱赶至牧民的草场上任意采食，随意到草场上刈割编制草笆的芨芨草，盲目开采山上的石料或偷拉牧民建牲畜石圈的石料，盗取牧民准备自用的牛粪羊砖燃料等，不但经常引发纠纷，同时也给牧民的生产生活带来了一定的负面影响。根据实际情况，丹迪嘎把嘎查的青年组织起来，成立治乱小组，设卡堵截、劝返胡作非为的外来人员。同时，积极筹措资金，在重点部位拉设网围栏，纠纷事态得到控制并逐年下降，有效地维护了嘎查集体权益和牧民的权益。有着当兵经历、学过知识、视野开阔的丹迪嘎，把嘎查的优秀青年组织起来，前往呼和浩特市、包头市等地参观学习，让他们去了解外面日益变化着的世界，这在当时是比较有影响的事情。随着参观学习、借鉴经验活动的开展，牧民们禁锢的思想豁然开朗了起来。为了壮大集体经济，丹迪嘎开动脑筋，一是根据嘎查所处位置距离城镇近、有建筑石料供需的市场等条件，在征得相关部门的同意后，他积极组织牧民开设了石料开采场，向镇内出售建筑用石料；二是在秋季组织牧民打草、拉草，在满足供应全嘎查牧户所需的基础上，将多余的牧草销售给其他嘎查。几年下来，集体经济有了可观收入，不但偿还了嘎查所欠的全部外债，并且有了盈余，牧民的收入也逐年增加。这些不仅使他个人能力得以发挥，也使他得到了牧民们一致的认同。丹迪嘎以身示范，在“草畜双承包制”落实后，大搞畜牧业基础建设，不但自家建起了抵御自然灾害的牲畜棚圈，进行围栏封育、划区轮牧、牲畜养殖集约化，还积极争取到上级项目支持，使标准化养殖畜牧业在嘎查得到进一步推广，为增强防灾抗灾抵御风险能力奠定了更加稳固的基础。

尊老爱亲做奉献

作为一名有着特殊身世的人，有一件事让丹迪嘎终生难忘和感动。当年在阿巴嘎旗育婴院“国家的孩子”中流行麻疹，一位管理疫苗的阿姨的孩子也恰恰发病了，由于疫苗短缺，这位保育员阿姨把仅有的疫苗注射给了一名患病的“国家的孩子”，而放弃了给自己的亲生孩子注射疫苗，孩子失去了治疗的机会去世了，这件事情刻骨铭心地留在了丹迪嘎的记忆中。正是耳濡目染了这种以国家重任为先的担当作为，亲身见证过如此博大的舍己为人精神，使得丹迪嘎对“羊羔跪乳报母恩”有着特别的理解。作为一名共产党员、一个退伍老兵，丹迪嘎在完成好对父母的赡养义务后，还主动将本嘎查的一位孤寡老人接到自己的家中抚养，与妻子一道，像对待自己的亲人一样，给予老人精心的关怀照顾，直至为老人送终。平常的日子里，对待其他牧民，他乐善好施。他对待子女言传身教，始终秉承着中华民族特有的孝敬之心等优良传统。

通过几年的不断努力，丹迪嘎在担任嘎查领导期间，带领牧民群众转变畜牧业生产经营方式，增加经济收入，致力于走共同富裕之路，多次获得苏木、旗、盟级的荣誉和奖励。1991 年，他被评为“全国助残先进个人”，并光荣出席了在北京人民大会堂举行的全国助残先进集体和个人暨自强不息模范表彰大会，受到中央领导的亲切接见。1995 年，丹迪嘎荣获“内蒙古自治区劳动模范”荣誉称号。

1997 年，有着较强的组织工作能力和出色的工作成绩的丹迪嘎被旗党委、政府破格提拔任用，担任了苏木政府的副苏木长一职，身份也从一个牧民转换为一名国家干部。虽然身份改变了，但是一切为了草原和草原上的人们努力奉献的心没有变。他依旧在学中干、干中学，不断摸索总结工作经验，提高驾驭工作的能力和水平。几年中，他取得了骄人的业绩。

终葆本色永不休

2015 年，退休回到家里的丹迪嘎，也没有闲下来颐养天年，而是再次投身到建设现代化畜牧业的事业中，在注重保护草原生态环境、严格执行草畜平衡制度、科学划分草场循环轮牧、减羊增牛兴牧提高产能等等一系列行动上下功夫。

面对自家养殖已经发展到 1000 多只羊的规模，而且存在着劳力不足，雇工成本高，再投入费用大，可供的草场承载不足等问题，丹迪嘎通过算账理财，合理地经营畜牧业，减少羊的养殖规模，引进了 60 头西门塔尔改良牛进行养殖。还在上级扶持项目 65 万元、自筹资金 12 万元的支持下，建起了总价值 77 万元的 2 亩饲料种植大棚。在大棚里，丹迪嘎种植了紫花苜蓿、青贮玉米等优质饲草料。这些年来，这些营养丰富、牲畜爱吃、被他称为“草罐头”的饲草料，每年可收获 4—6 茬，饲草产量相当于 2000 亩草场内当年自然生长牧草产量的总和。虽然减少了牲畜养殖头数和规模，但他家的草场也随着划区轮牧得以休养生息，草场生态实现区域性良性循环。劳动强度大幅下降，畜牧业经营效益和收益却提高了，畜牧业生产向着高产、优质、高效和稳定协调的方向发展。用他的话说：“这得益于现代

丹迪嘎快乐地接受采访

畜牧业经营理念和科学养牧相结合实现的成果。”

丹迪嘎因地制宜的畜牧业经营模式和家庭生活模式，已经被阿巴嘎旗政府纳入试点范围，许多牧民慕名前来实地考察学习、借鉴他的成功经验。2020年8月，在阿巴嘎旗召开的内蒙古自治区推进牧区现代化试点工作现场会上，作为自治区牧区试点，丹迪嘎在会上作了典型经验介绍，分享他的经验，让更多的牧民受益。

丹迪嘎的家庭充满着温馨和幸福，旗政府和苏木政府先后授予他们家“最美家庭”荣誉称号。女儿跟随他们生活；儿子大学毕业后，找到稳定的工作，建立了家庭，也有了自己的两个孩子。

作为一名草原养育的“国家的孩子”，丹迪嘎与其他有着一样身份的兄弟姐妹们经常组织开展活动，用最真实的情感，共同畅谈现今的美好生活，用赞美的歌声感恩致谢养育他们的草原和草原上的亲人。这些年来，丹迪

嘎积极参加了在呼和浩特市举行的“乌兰夫同志诞辰100周年纪念活动”“国家的孩子——上海寻亲旅游活动”“电影《海林都》首映式”等活动。

提到个人成长一路走来的经历，丹迪嘎表示：除了自我奋斗外，更主要的是特别感谢中国共产党，感谢社会主义祖国，感谢草原人民和草原父母对他的养育之恩，正是有了他们秉承着乌兰夫主席“养一个、活一个、壮一个”的指示，他才有了今天。自己有稳定的退休金和稳定的畜牧业带来的收入，依托现今的好政策，他会更加珍惜美好的生活，并对今后的日子充满了希望。

从一无所有的孤儿，成长为一名对社会有用的人，再到成为受人尊敬而又有影响力的长者，守护着家乡的丹迪嘎走过的成长之路，虽然不能用寥寥数语加以概括总结，但就其个人行为而言，他却是一名得到草原养育之恩，把忠心献给国家，以实际行动回馈社会，用真情回报草原的“国家的孩子”的最好例证。

陈海峰，男，蒙古族，1963年12月生，中共党员，大专学历，1981年参加工作，现任阿巴嘎旗文体旅游广电局四级调研员，旗博物馆馆长。

我们是幸福的草原三姐妹

国秀梅、国秀霞、李春水　口述　徐萨日娜　整理

2022年4月12日，笔者跟随锡林郭勒盟政协文化文史和学习委员会主任林占军、副主任孙晓牧、干事巴亚尔一行来到国秀霞家里进行采访。在家里，我见到了国氏三姐妹中的老大国秀梅、老三国秀霞。国秀梅老人亲切随和，朴实无华；国秀霞老人热情好客，喜欢表达，口齿伶俐。“回想起往事，我首先感谢乌兰夫主席把我们接到内蒙古这一片神奇的草原，同时感谢我们的母亲芮顺姬，正是她牺牲了自己的青春，付出了一生的心血将我们抚养长大……我想说的是：感谢我的草原家乡，感谢我的朝鲜族母亲……”国秀梅老人动情地说道。“我们是幸运的，对党和国家我们一直怀着感激之情……”国秀霞老人也不停地表达着自己的心情。故事在两位老人的唠家常中徐徐展开，国氏姐妹诉说着看似普通却又不平凡的人生故事。下面笔者以三姐妹中年龄最小的国秀霞老人的视角，带大家回到那个遥远的年代。

我叫国秀霞，20世纪60年代来到锡林浩特市，大姐国秀梅，二姐国秀琴。我们国氏三姐妹是锡林郭勒草原上“国家的孩子”，也是当地唯一用“国”字冠姓的孩子，可以说我们是名副其实的“国家的孩子”。我们在襁褓之中，来到富饶美丽的锡林郭勒草原，沐浴着党和国家的关怀和爱护，与朝鲜族妈妈芮顺姬结下一生母女情缘。在成长、上学、工作、成家的过程中，我们早已把自己当成了草原人，草原家乡、朝鲜族母亲是我们一生的牵绊，割舍不掉的情和缘。我们是平凡的一群人，只因生命中一段不平凡的经历，命运从此紧紧地相连在一起，用平凡生活中的坚守与温暖，阐释人世间不平凡的大爱……

最初的温暖

国秀霞说:对于自己的故乡和亲人,我是基本没有记忆的。据说我是在20世纪60年代被接到锡林浩特市的,那时候我才几个月大。当时,共有338名来自上海、常州的孤儿被接到锡林郭勒大草原,在之后的四年时间里,那些健康的孩子陆陆续续都被领养回家,只剩下4个身体残疾的孩子,无人领养。这4个孩子就是患有小儿麻痹后遗症的我、大姐国秀梅、二姐国秀琴,还有一个瘫痪的哑巴妹妹。期间,我们也曾被送到盟防疫站的几个人家生活。对于这一段生活经历,我也有一些模糊的记忆。记得那家的阿姨,经常把我放到小推车里带出去散步、晒太阳,对于其他我已经记不清楚了。因为身患残疾,行动不便,我们最后又被送回到阿巴哈纳尔旗(现锡林浩特市)民政局,民政局雇了两位阿姨抚养我们。幼年最初的这些经历,在我脑海中只有一些记忆的碎片,但是回想过去,心里永远是暖融融的,国家什么时候都没有放弃我们,我们是国家的孩子,幸运的孩子。那时候国家的用粮标准是70%粗粮、30%细粮,但是给我们吃的是70%细粮、30%粗粮,可见国家对我们是多么爱护,锡林郭勒大草原这片朴实无华的土地,给了我们坚实的依靠。

遇见朝鲜族妈妈

1964年,在来到这片神奇的草原后的第四年,我们遇见了生命中最重要的人——勤劳勇敢的朝鲜族妈妈芮顺姬。母亲是朝鲜人,在她13岁那一年,为了躲避战乱,他们举家从韩国远赴中国,落脚在吉林省延边朝鲜族自治州。母亲在那里长大、成家立业,并于1959年加入了中国共产党。1964年,母亲带着她的老母亲和幼子,从吉林延边辗转兴安盟来到锡林浩特市。一家人举目无亲,生活一筹莫展时,阿巴哈纳尔旗(现锡林浩特市)民政局的同志找到母亲,询问她是否愿意照顾几个身有残疾的孩子。母亲当时毫不犹豫地答应了,一是因为看到我们无人抚养感到心疼无比,二是因为抚养我们,民政局每月会给30元的工资,这对于初到异乡的人来说何

朝鲜族妈妈芮顺姬 18 岁时(后排右二)与家人的合影

尝不是一种安慰和依靠。就这样,母亲来到了我们身边,一生从未分开。初期跟我们一起的年龄最小的“哑巴妹妹”,因病早年夭折,无缘这份美好的母爱,实在是可惜。

母亲影响了我们一生

母亲给我的印象是勤劳、勇敢、坚强、慈爱。那时候生活条件艰苦,我们三姐妹与母亲还有弟弟李春水(母亲的亲生儿子)挤在一张大炕上。当时弟弟只有 8 个多月大,嗷嗷待哺,我们三姐妹四五岁,行动不能自理,吃喝拉撒全都在炕上,可以想象当时母亲一个人照顾四个孩子的饮食起居是多么困难的一件事情。即便有诸多困难,母亲也把我们捧在手心里来呵护,

见我们三个上上下下不方便，尤其是冬天，怕我们出去冻着，就把便盆放在炕上，等我们便完了，再拿出去清洗。那时候二姐国秀琴特别调皮，经常捣蛋。给我印象最深的一次，弟弟拉了大便，二姐给弟弟糊了一身，正好被母亲看见了。看出来，当时母亲很生气，但是出乎意料的是母亲并没有大骂二姐，而是严厉地告诫她以后不许这样了，就自己默默地给弟弟收拾干净。母亲从来没有骂过我们，也从没说过一句脏话，即使在照顾我们几个精疲力尽的时候，也未曾抱怨过，也有可能因为她是一名老党员的缘故，母亲对自己要求很严格。母亲是一个非常要强、爱干净的人，无论多累，每天总是把家里收拾得干干净净，把我们姐弟四个收拾得整齐利落，我们身上的衣服都是母亲亲手缝制的，从没让我们穿过带补丁的衣服。母亲身上坚忍的性格以及平和的态度对我影响极深，也是我学习的榜样。母亲也是个非常讲原则的人，养育我们的过程中，有一套自己的养育理念和方法。我们小时候吃东西都是分等份吃的，谁也不会多，谁也不会少。弟弟也一样，母亲从来不会因为弟弟是亲生的，就多给他吃，或者额外照顾，对我们一视同仁，所以弟弟也没有被惯坏，我们姐弟四个感情很好。因为我们疼爱弟弟，有时候就偷偷地把自己的分给弟弟，但是都要瞒着母亲给，因为母亲一旦发现就会训我们。

相依为命的时光

母亲一个人用柔弱的肩膀，扛起来了一家人的生活。相比较日常照料和看护，一家人的吃喝也是一件大事。那时候刚经过三年困难时期，家家都快掀不起锅盖了，更别说母亲要养活一家子五口人。那时候，母亲最犯愁的就是孩子们的吃喝大事，每天一睁眼就开始操劳一天的生活。好在那时候有阿巴哈纳尔旗（现锡林浩特市）民政局的帮助，生活还算能过得下去。当时，民政局给我们姐妹三人每人每月 10 块钱的生活补助，而且还有鸡蛋、白糖、奶粉供应着，为了给我们提供更好的条件，还把我们的粗细粮比例由 7∶3 改为 3∶7，这对于当时的生活水准来说，已经是很不错的了。所以在党和国家的关怀下，在母亲的照顾下，我们姐妹三个真是没有受太多苦，这实在是非常幸运了，我每每回忆起这些，心中常常温暖如火，激动地掉下眼泪来。虽然当时的生活条件尚可,但是母亲还是想让我们吃得更好、穿得更暖,无论一天的劳作有多么累,第二天还会天没亮就起床脱土坯。她总对我们说:“每天脱 150 块坯,一块可以卖一分二厘钱,每天就多一块八毛钱的收入,我就可以给你们做更多好吃的……”就这样母亲披星戴月地辛勤劳作,精打细算地过日子,再加上民政局的帮助,我们的日子过得也算是顺心。母亲身上除了有朝鲜族女性勤劳朴实的特点之外,还是做饭的一把好手,朝鲜族的泡菜、冷面是母亲的拿手菜,那个味道至今让我难忘。因为母亲在东北生活了很多年,吉林延边是她的第二故乡,所以她也很擅长做东北菜,东北炖菜、蘸酱菜、东北水饭之类的,也是童年的味道。除此之外,母亲也很快适应了当地的饮食习惯,家常面食、蒙古果条、烙饼等等也是母亲很拿手的。有时候,我们姐仨吵着让母亲带我们去看电影,母亲也从没有拒绝过,她把弟弟李春水锁在家里,背上我二姐,搀扶着我大姐,领着我,步行去电影院。电影开始了,妈妈却累得睡着了……每每想到这些,我不禁鼻子一酸,母亲的音容笑貌就会浮现在我的眼前,让我好生怀念。

求学之路

在母亲的悉心照料和民政局同志的帮助下,我们姐妹三个逐渐长大。大姐和二姐在 7 岁以后能拄着拐杖下地走路了,我不用拄拐杖也能下地了。时光荏苒,转眼时间来到了 1971 年,这时候大姐国秀梅、二姐国秀琴都 12 岁了,我 11 岁了。看着别人家的孩子早都上了学,母亲心中也开始焦急起来,虽然我们姐妹三个身患残疾、行动不便,但是拄着拐杖也能活动,母亲希望我们也能像正常孩子一样学习知识,将来成为有用之人。母亲就带着我们挨个学校地找,最终离家最近的锡林浩特市第三小学让我们上了学,我们被安排在同一个班级学习。那时候,我们姐妹三个还没有冠“国”字姓,叫的名字分别是乌云、斯琴和图雅。当时的学费是 2.5 元,放到现在也就够买几块糖,但在当时已经算是大手笔了,好在我们姐妹三个的学费都由民政局承担,让我们没有后顾之忧地上了学。母亲每天早上天还没亮就早早起床,给我们做好早饭,因此我们从来没饿着肚子上过学。在上学的那几年，我们一回家就有母亲做好的热乎饭菜等着，从未间断，始终如一。每到周末，母亲就给我们改善伙食，或是包饺子，或是烙馅饼，或是蒸包子。勤劳善良的母亲把我们照料得无微不至，我们的生活跟其他正常家庭的孩子没什么区别。那几年，我有时候半夜睡醒，还看见母亲在那里忙碌着，要么在给我们缝缝补补，要么就在腌咸菜。我见母亲如此辛苦，每天下课回家便帮着母亲干点零活，母亲也欣然同意，我们母女俩边干活边聊天，非常开心和谐。大姐国秀梅小时候比较贪玩，一般活儿母亲也不叫大姐干，让她自己去玩儿。我记得有一次，大姐在学校被同学欺负了，被抢了笔和本子，哭着回家来，母亲知道了气不过，跑去学校找老师和那位同学理论，给大姐出了一次气。从小我们姐妹几个心中是很有底气的，因为无论什么时候母亲都是我们坚实的后盾，这份坚定和温暖足以让我们勇敢面对生活中的风浪和挑战。就这样，我们在母亲的呵护下，顺利上完了小学，又读完了初中。

最难管的二姐

如果说我们三个当中最难管、最难照应的，那就是二姐国秀琴。二姐也是从小患有小儿麻痹症，而且智力发育方面比正常人缓慢一些，母亲照顾二姐也费尽了心思。小时候，二姐身上长了荨麻疹，母亲全身心地照料。有一次，二姐要解小便，母亲因为手里还有别的活儿，就让我扶一下尿桶，二姐却把我连人带桶推下炕，我吓得大哭。母亲对这些也是哭笑不得，但是从来没有骂过二姐，还是很耐心地照料着。坚强、忍耐的品质在母亲身上熠熠生辉，成了照亮我们人生路的灯盏。后来，我们三个陆陆续续上学了，二姐还是母亲最放心不下的牵挂。当时我们姐仨都在锡林浩特市第三小学上学，那里离家近，从家到学校仅隔着一条马路。在放学的路上会有一些车辆经过，但是二姐根本没有躲避车辆的意识，看到车辆经过，甚至会毫无顾忌地奔过去。看到这种情况，母亲心里既难过又担心，于是毅然决定自己护送二姐，这一送就是好多年。放学时间，母亲早早把饭做好，再去学校把二姐背回家。母亲还会在每天大课休息期间，去照顾我们姐妹三个上厕所，有时还会给我们买冰棍吃，看着我们吃完才会回去。就这样，无数个春夏秋冬、无数个日日夜夜在母亲倾情的付出中慢慢过去，二姐也顺利长大成人，成家立业，过上了正常人的生活，目前家庭美满、生活安稳，这或许是母亲心底最大的欣慰，也是我和大姐心底的安慰。

成长路上的一束光

如果说芮顺姬妈妈是我们国氏三姐妹生命中的恩人，那么我们生命中还有一束光，一直照亮着我们前行的路，那就是阿巴哈纳尔旗（现锡林浩特市）民政局。在我们的成长过程中，民政局从未停止对我们姐妹三个及一家人的关怀和照顾。除了给我们生活费用、学费等之外，时任阿巴哈纳尔旗（现锡林浩特市）民政局局长的杨国兴嘱咐当时的旗社会救济院院长王锁柱经常来我们家看望，并询问有没有什么缺的。据母亲回忆，1973 年 9 月，当时我们姐妹三个都上了学，见我们生活挺困难，民政局买了救济布匹，给我们做被褥、炕毡子。我们的国字姓的名字也是王锁柱院长提议的，他说你们都是国家的孩子，那么你们姐妹几个都姓国吧。就这样，我们从乌云、斯琴、图雅改成国秀梅、国秀琴、国秀霞，这就是我们国字姓的来历。我们这一生，在党和国家的庇护下长大，又叫了国字姓，我们因自己是国家的孩子而时时感到自豪和荣幸。

大约在 1972 年，民政局的工作人员带着我们三姐妹前往北京、长春、呼和浩特等地的大医院看病，希望能把我们的腿治好。但经过诊断，我们患的都是小儿麻痹症，是无法治愈的。那次来回用了一个多月的时间，虽然得知无法治愈，但我们没有因此而消沉，反而更加积极乐观地面对一切。虽然我们没有健全的身体，但我们却得到了人间弥足珍贵的爱。1974 年，在一次慰问活动中，杨国兴局长和王锁柱院长向阿巴哈纳尔旗（现锡林浩特市）旗委书记汇报了母亲和我们三姐妹的情况，并提出能不能把母亲的工作由临时工转为民政系统的正式职工。旗领导很重视，经过调查了解后，第二天就安排劳动部门找到王锁柱院长落实了此事。在母亲抚养我们姐妹三个的第十个年头，她从阿巴哈纳尔旗（现锡林浩特市）民政局的一名临时工，成为旗社会救济院的一名正式职工。阿巴哈纳尔旗（现锡林浩特市）民政局就像我们的第二个母亲，时时刻刻伴随着我们，庇护着我们，在我们困难的时候站出来给予我们帮助，我们何其有幸，遇见生命中的这一束光！

在平凡中坚守的老三

时光流转，转眼到了1979年，那一年我19岁，初中毕业了。因为腿部残疾，我没有再上学。母亲一看，这么大的孩子了，不能在家闲着呀，于是，把我安排到福利旅店工作。两年后，在母亲的努力和阿巴哈纳尔旗（现锡林浩特市）民政局的帮助下，大姐国秀梅和我被安排到社会福利院工作，成为正式职工。我们在社会福利院从事护理员的工作，这份工作看似简单，其实是一件非常辛苦的活儿，需要付出很多的爱心和耐心。这里住着很多老人，无论有没有子女，来到了这里就一样，很需要被关注。除了日常换洗衣服、一日三餐等常规工作之外，有些行动不能自主的老人的大小便也需要我们及时清理收拾。在照顾他们的过程中，我常常回忆起小时候的时光，想起那时的我们也是吃喝拉撒不能自理，全凭母亲无微不至的照顾，才有了今天的我们。心中的感恩之情激发了工作的热情，我不厌其烦地精心护理这些老人，这份平凡的工作一干就是几十年。我在业余时间还自学了《老人心理学》等书籍，以便在工作中更好地照顾老人。我在工作中顿悟，老人其实就像孩子一样，尊重他们、理解他们、关注他们，不要让老人有被抛弃的感觉，经常和他们聊天进行心理调节和引导，他们就会很开心。因为在工作中认真仔细的态度和积极的表现，老人们都很喜欢我，把我当成自己闺女一样看待，单位领导也积极支持和鼓励，我也获得了多项工作荣誉。在这份平凡的工作岗位上，我想尽到自己最大的努力，用兢兢业业的劳动，来回报党和国家的恩情、阿巴哈纳尔旗（现锡林浩特市）民政局的帮助和母亲的养育之恩。

我是在工作之后，经人介绍认识我现在的爱人高彪的。那时候年纪小，但是对恋爱结婚这档子事情，我还是有几分思量的。因为自己腿部有残疾，如果找个城市里的条件好的对象，怕人家瞧不上，如果找个农村的，怕自己心里委屈，就这样在高不成低不就的时候，经人介绍我认识了高彪。刚开始我没有看上他，后来听说这个人是个瓦工，有点手艺，养活自己、养

国秀霞(左二)上班时与同事的合影

活家里是没问题的,便答应交往。那时候,高彪和他妹妹跟我姐夫一起干活,高彪的妹妹有俩孩子,奶不够吃,当时我正好在工作之余卖点牛奶、鸡蛋,就这样一来二去的,我们也开始逐渐熟悉起来。在与他相处的过程中,我发现这个小伙子踏实能干,人也比较实在,因此我们在相处了一段时间后,便于1985年登记结婚。结婚后,高彪对我是比较照顾的,尽力支持我的工作,见我腿部残疾行动不便,他承担起了家里的很多活儿。就这样,我有了温馨的小家,不久我们的儿子出生了。孩子的到来,让我们更加珍惜这份感情、这个家。我没有因为孩子的出生而耽误工作,还是跟以前那样一心扑向工作,下了班又扑回家里照顾孩子。我上班的时候高彪照顾孩子。就这样我们的孩子没有请过一天保姆,没有去托儿所,健健康康地长大了。我那时候心里想,把工作做好,把孩子照顾好,把自己的小日子过好,就是对党、对国家、对母亲最大的回报了。虽然我这一生,没有取得多么令人瞩目的成就,但是把平凡的日子过好也是一种坚持和底气。儿子大学毕业回来后,也做过很多工作,在银行工作过好几年,现在跟我外甥一起做工程，也是为了多挣点钱，让家里生活有个坚实的保障。2010年我退休了，退休这几年我就在家带小孙子，如今小孙子也上了幼儿园，我也轻松了一些。母亲健在的时候，我经常带孩子去看望母亲，每逢过年过节，我们一大家子都会聚到一起，一起包饺子吃团圆饭，其乐融融。我们跟弟弟一家来往也很密切，我们姐妹三个的孩子们，跟他们的舅舅感情也很好。2015年母亲去世，我们都十分悲痛，而我们姐弟四个也成了彼此生命中不可分开的一部分，我们常常相聚在一起，追忆童年时光，怀念母亲，互相告慰，互相惦念，这或许就是人世间最真挚的感情吧！

倔强的大姐

我的大姐国秀梅，为人忠厚老实，善良淳朴。大姐与我的命运其实很相似，在我们成家立业之前的那段日子，我们的经历都是一样的。小时候，大姐比较贪玩，经常惹母亲生气，但是大姐也非常有爱心、仗义，据弟弟讲，那时候大姐国秀梅经常跑到弟弟教室，看看有没有人欺负弟弟。有这样一个暖心的姐姐，真的是我的福气，从小形影不离的我们，有着深厚的感情。目前，大姐与我住在同一栋楼房里，互相可以有个照应。在社会福利院工作那段时间，大姐兢兢业业、勤勤恳恳，从来不求回报，也不会什么花言巧语，只会埋头苦干。因为自身患有残疾，大姐对老人尤其是行动不便的老人，心底有着自然的怜悯和同情，所以这份工作做起来更得心应手。因为我与大姐一起工作，也便亲眼看见了彼此工作中的不容易。当时，大姐给一位双腿瘫痪的脾气古怪的老人喂饭，老人发脾气不吃，把饭菜都倒在了大姐身上，大姐也没有生气，默默地收拾干净。之后的几天，大姐经常陪这位老人聊天，慢慢地老人不再排斥大姐，还与大姐成为“忘年交”。后来，大姐经人介绍认识了爱人夏龙祥，于1983年结婚，婚后育有一子一女。在十几年前，大姐患了一场大病，已无法工作，提前退休在家，因身体原因，也无法承担家务了。姐夫是忠厚可靠之人，每天一日三餐、家里的大小活儿都由他料理。姐夫一直没有固定工作，之前靠打零工为生，几年前也查出疾病，已无法劳作。老两口都需要治病、吃药，家里的生活一度陷入了拮据，后来在锡林浩特市民政局的帮助下，申请了低保补助。目前儿子在西安工作，女儿在锡林浩特市精神病院工作，生活也算过得去。虽然生活在大姐面前摆出了一道道难题，但是乐观开朗的大姐并没有因此消沉，仍然心怀感恩之心，坚强面对生活。大姐经常说的一句话就是："感谢草原家乡，感谢朝鲜族妈妈……"大姐说，自己就是默默无闻的小草，虽然没有鲜花的芬芳、大树的挺拔，但是仍然迎着阳光和雨露坚强生长，为自然、为家乡增添一份春天的绿、夏天的荫。

难忘的上海之旅

关于自己的身世，我们姐妹三个自懂事之日起就知道了，对于自己的亲生父母以及故乡，不是没有想过，或许是因为遇见了勤劳善良的芮顺姬母亲，所以寻亲的念头没有那么强烈。1998 年，在上海卫视的邀请下，母亲和大姐去上海参加了寻亲节目录制，途中弟弟李春水全程陪同，照顾母亲和大姐。1999 年，我和母亲又去上海参加了寻亲节目，外甥陪同照顾我们。这次出行从机票到住宿全部由上海卫视安排，我们自己没有掏一分钱。初到上海我跟母亲非常开心，那几天我们去了外滩，看到了东方明珠广播电视塔，又去了城隍庙，感受上海文化与美食。上海给我们的感觉是太繁华、

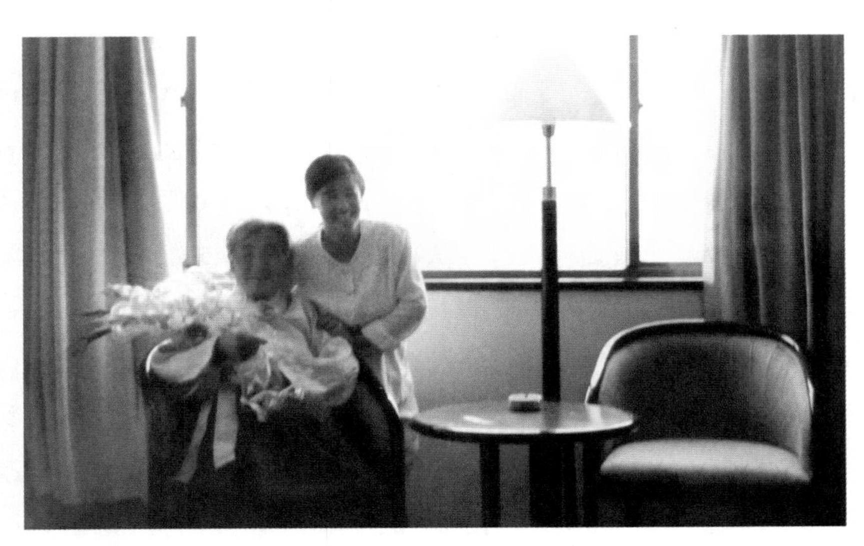

国秀霞与朝鲜族妈妈芮顺姬在上海宾馆的合影

太干净了，我们身上的衣服和鞋子穿了一天，一点灰尘都不沾。也就是在这次录制节目的过程中，我了解到电视台的主持人原来工作是那么辛苦，他们每天都会工作到凌晨两三点，这也颠覆了我之前对他们光鲜亮丽的印象，顿时对他们心疼起来，觉得每个努力奋斗的人都不容易。就这样，我们在上海录制完节目后待了几天就回来了，寻亲的结果杳无音信，我们也没有抱太大的希望，所以心里还算踏实。其实，在我们姐妹三人的心里，早已把锡林郭勒这片草原当成了自己的家乡，芮顺姬母亲和我们姐弟几个就是彼此最亲的家人，后来又陆陆续续有了自己的爱人、孩子，我们已在这片草原上深深扎了根，此生已不可分离。

60年前，我们姐妹三个来到了锡林郭勒大草原，这片热土给了我们生存的一席之地，锡林郭勒草原上的朝鲜族妈妈抚育了我们，如今她的英灵也在这里。党的好政策给了我们幸福的一生，改革开放让我们享受到了美好的生活，草原给了我们第二次生命，朝鲜族母亲给了我们最无私的爱。我们在这里生活了大半辈子，我们的亲人朋友在这里，我们的爱在这里，这里才是我们真正的家。我由衷地感谢祖国、感谢党、感谢阿巴哈纳尔旗（现锡林浩特市）民政局、感谢母亲，我将更加珍惜生命、用心生活、回报社会，走好余下的人生路。

弟弟眼中的三个姐姐

为了更好地了解国氏三姐妹当时的生活情况，笔者联系上了国氏三姐妹的弟弟，也就是芮顺姬老人的亲生儿子李春水。李春水目前在锡林郭勒职业学院工作，在学校任教11年，又从事审计工作13年至今。李春水在8个多月大的时候，邂逅了三个姐姐，从此结下了深厚的姐弟情缘。笔者从国秀梅老人那里得到李春水老师的联系方式，并第一时间拨通电话，说明了来意，电话那头的李春水老师礼貌、谦虚，颇有知识分子的风度。“我小时候是姐姐们的跟屁虫，上小学都是姐姐们每天接送我，大姐还会到我的班级里看我，看看有没有人欺负我……”李老师打开了话匣子，回忆起往日的点点滴滴，话语中满是感动与怀念。据李春水老师回忆，他们姐弟四个从小就很和睦，从来没有打过架，大姐国秀梅性格比较倔，常常惹妈妈生

国民三姐妹与母亲芮顺姬大家庭合影

气，三姐国秀霞从小心灵手巧，大一些就帮芮顺姬老人做饭管家，所以李春水从小就溜须三姐，这样可以有好吃的。“我很听她们的话，要不她们不带我玩儿啊！”在李春水老师幽默诙谐的话语中，笔者也是欣然一笑，真切感受到了他们姐弟之间的真挚感情，人间有大爱，也不过如此吧。“我们就是一家人，谁家里的大事小情，一起动手解决处理，几家的孩子们感情也都不错，对我也很认同，没有什么生分，年节时我们会一起走亲戚！”李春水说道。在与李春水老师聊天的过程中，笔者的心里不断地被破防，不断地被感动，感动于这淳朴真挚的姐弟情、美好温馨的人间情，希望这份感情能长长久久，愿他们姐弟四个一起携手共进、面对生活中的风风雨雨，愿他们的生活充满温暖与希望！

作者简介

徐萨日娜，女，蒙古族，中共党员，1985年5月出生，研究生学历，法律硕士学位。现为锡林郭勒盟政协秘书科科员。

心中有盏明亮的灯

李玉莲 口述 赵鑫 整理

磨砺人生的“第一次”

每个人的人生都会经历一个又一个的“第一次”，磨砺人生的“第一次”让李玉莲在风雨中坚强成长，任何艰难险阻她都不怕，因为在她的心中始终怀揣着一盏明亮的灯，照亮了自己，也照亮前行的路。

3 岁的时候，李玉莲和很多“国家的孩子”一样，坐着绿皮火车来到了内蒙古自治区锡林郭勒盟苏尼特右旗温都尔庙的一个火车站。这些“国家的孩子”对于他们的童年时代的记忆基本上是模糊的。说起记忆，李玉莲从小总是喜欢听火车的鸣笛声，也许正是因为这长长的火车鸣笛声能勾起李玉莲内心深处久久的思念。

就在那时，李树生、温月桃将体弱瘦小的李玉莲从朱日和温都尔庙抱回到新民乡八东河村精心抚养。小的时候，李玉莲对自己的身份根本不清楚，就知道父母对自己很好。她知道自己的身世还是长大后，听村里的人们议论得知的。9 岁的时候，也不知什么原因，父母闹矛盾，养母温月桃与父亲离异，她就去了爷爷奶奶家。爷爷去世后，养父李树生又与现在的养母靳素兰结婚，把她接到牧区生活。母亲靳素兰在以后的日子里，对李玉莲的照顾最多，虽然她自己带着三个女儿，后来又抱养一个男孩，但是她对李玉莲就像对亲生女儿一样，从来不说李玉莲是抱养来的，也不让家里人说，对她的身世只字不提。李玉莲兄弟姊妹 5 人，相处得很好。记得 8 岁那年，李玉莲在公忽洞村上小学，第一次上学识字，教她读书认字的是贾布

巴彦朱日和公社参加苏尼特右旗第八次那达慕大会民兵合影(李玉莲在前排中间)

香老师。当时,由于缺钙和营养不良,李玉莲身体软弱无力,村里离学校有二三里路,每天都是父亲背着她上下学。后来,她又去了温都尔庙上了三年学,正赶上“文化大革命”,基本上也没怎么好好上学。三年后,李玉莲回到巴彦高勒嘎查,无论干什么工作,她都认真负责,积极主动。从那时起,虽然没有念过太多的书,但是在她心里就有一种对知识的渴望,她什么都想去学学、去尝试,于是,她就有了跟着部队军医学习卫生知识的经历。

李玉莲从小就喜欢看赛马,喜欢蒙古族孩子策马扬鞭驰骋在草原上威武的样子。于是,她经常缠着父亲教她学骑马。当时,父亲是一名大队干部,经常骑马去村里和乡里开会,她就跟着父亲一起去,父亲开会,她就偷偷地练习骑马,也不知道从马背上摔下来多少次,但是她从来没哭过,也没喊过疼,从地上爬起来再去训练骑马。

正是有了父亲教骑马的基础,十五六岁那年,她参加了在巴音哈尔的民兵训练,无论是骑马、射击还是训练,她都名列前茅。当时,教她学习马上射击的教员名叫侯富宽，他是乡里的特派员，对他们的训练要求非常严格，李玉莲在射击场、训练场上摸爬滚打、刻苦训练，掌握了一身的硬本领，被大家称呼为“神枪手”“铁姑娘”。训练结束，李玉莲回到巴彦高勒嘎查。民兵连长小道尔吉走了后，组织上就重点培养她，她先是加入了共青团，后来又当上了民兵连班长、连长。1975 年 7 月 19 日，在全旗召开的第三届那达慕大会上，李玉莲被评为“骑兵先进个人”。

1975 年，巴音哈尔成立全旗第一个农牧业机械厂，李玉莲进厂当了工人。当时，苏尼特右旗的范兰虎师傅教她学焊工。1976 年 9 月 9 日，李玉莲记得非常清楚，这是一个很特殊的日子，李玉莲经入党介绍人丁贵介绍加入了中国共产党，成为一名共产党员。

苦辣酸甜的“嘉年华”

李玉莲说自己很幸运，因为党和国家没有抛弃她，让她坚强地活了下来；自己很幸福，因为是草原母亲的乳汁哺育了她，给予了她顽强的生命；自己很快乐，抚摸着自己苦乐年华，经历了岁月沧桑的洗礼，使她收获今天与家人牵手草原的幸福相伴！李玉莲的生活、工作经历，更多的是平平淡淡，那是柴米油盐的平淡、早出晚归的奔波、日积月累的忙碌、多样人生的积累……品尝了生活的苦辣酸甜，经历了人生的风霜雨雪，面对跌宕起伏的苦乐嘉年华，李玉莲更加懂得珍惜生命，珍惜来之不易的幸福生活。

38 元的工资，让李玉莲激动地流下眼泪。李玉莲说自己第一次领上工资时，特别激动，感觉自己像是做梦似的，不敢相信眼前这一切都是真的。手里握着 38 元的工资，反复数着，眼角流出了泪，手心握出了汗，她反复计算着如何花销这些钱：给含辛茹苦养育她的父母买些好吃的慰劳慰劳；给兄弟姊妹们买些小礼物一起庆祝庆祝；还要给自己买一身衣服，已是大姑娘的她，也要给自己打扮一下；剩下的攒起来……

1977 年，李玉莲经人介绍与同厂的知识青年康爱国喜结良缘，她在厂子里当电焊工，丈夫开拖拉机，两个人的工资从 38 元涨到了 45 元，这对于当时村里的一般家庭来说，真是让人非常羡慕。记得，结婚时也再简单不过了，没有轰轰烈烈的热闹场景，村里的街坊邻居过来嗑嗑瓜子、吃块喜糖

李玉莲与养父李树生、养母靳素兰的合影

来祝福庆祝一下，家里也没有个像样的家具，一对暖壶、一对被褥和放在炕上的红柜子成为仅有的“家产”。一对“囍”字贴在糊着麻纸的窗户上，为李玉莲以后的生活增添了更多的遐想与希望。如今，李玉莲说自己嫁给丈夫是最幸福的，伴随着父母、兄弟姊妹还有儿女，这一大家子老老小小其乐融融！想想几十年的婚姻生活，何尝不是一场充满了酸甜苦辣、寒风苦雨、悲喜交加、相濡以沫的苦乐嘉年华呢！

女儿考大学，砸锅卖铁也要让孩子上学。李玉莲和丈夫在厂子里工作的好日子还没几年，厂子就因经营不善倒闭，工人们都纷纷下了岗。那时，家里两个女儿还在上学，正是生活比较吃紧的时候，下岗的打击无疑是雪上加霜。丈夫下岗后去了政府工程干临时工，每个月 100 元钱，仅仅维持糊弄个吃饭，平时想吃个鱼、肉什么的，成了奢望，只有在过年的时候，才能偶尔吃顿肉馅饺子和包子。当时的困境，李玉莲至今记忆犹新，自己在家干点什么呢，总不能这样下去吧，她和丈夫说，就是砸锅卖铁也要供孩子念书。于是，她拿出积攒的零钱，又和父母、邻居朋友们张口借了些钱，就这样连买带赊账，抓回两个猪仔和几只母羊，开始做家务、种地、喂猪、养牲畜，家里家外忙个不停。为了节省饲养家畜的成本，到了夏天，她顶着烈日，拔猪菜、打草、种甜菜和青储，并将过冬的饲草料都准备好。“挣钱、打饥荒、贷款、供孩子念书、再挣钱、再打饥荒”，就这样反反复复，下岗后的十几年，李玉莲与丈夫同甘共苦，一路风雨相伴。只是曾经年轻的李玉莲，两鬓渐渐有了白发，两个姑娘都考上了大学，毕业于内蒙古师范大学。在李玉莲的心里，她从小教育孩子，不图孩子们大富大贵，只是想让她们健康快乐成长，并通过自己的不断努力，做一名对国家和社会有用的人，那是李玉莲心中最大的宽慰。

做个个体户，让这一家老小过上好日子。2001 年，丈夫从当地苏木政府退休，每个月领 700 余元的退休金。虽然两个孩子都考上了大学，生活有了好转，但是李玉莲没有满足现状，她和丈夫商量着开个小饭店，让一家老小过得更好一些。小饭店开起来，给这一家的生活带来很大的改变，可开饭店并不是一件轻松的事情。尤其全旗撤乡并镇，撤销了巴音哈尔苏木归朱日和镇后，很多人都去了镇上，驻地人口、商店、饭店数量减少，当地的居民、过往的人员车辆和镇里的干部下乡吃住就有些不方便了。与其说开的是饭店，不如说是综合服务站，因为李玉莲夫妇不仅对人善良真诚，还是远近出名的热心肠人，谁家有个困难，谁家遇到大事小情都来找李玉莲。他们免费给牧民群众和过往司机捎信、送货和加水。遇到过往人员有个头疼脑热，他们主动提供医药。过往车辆经常出现抛锚现象，无论春夏秋冬，刮风下雨，不管白天黑夜，他们总是有求必应、有忙必帮。夫妇俩经常赶上几里路为司机送燃油、开水和方便面，丈夫主动帮助司机修车，李玉莲在饭店为司机们准备好热腾腾的面和驱寒的姜糖水。往返于苏木的干部和群众，路过小店总来歇歇脚，与李玉莲夫妇唠唠嗑，因为在这里不仅能够了解到牧民群众的实际情况，还能得到李玉莲主动带路下乡走访开展群众工作的帮助。就这样，小饭店开了 7 年，他们夫妇自己也不知道做了多少的事情，帮助了多少人。用李玉莲的话说，帮助了别人也是帮助了自己，真的不是个事，谁敢保证自己没个难处，何况自己的生命是在国家的那场大迁移、大救护中被父母抚养精心呵护存活下来的，能有今天的一切，都是来之不易的，她没有理由不去爱，不去感恩国家、回报草原！

当好百姓的“书记官”

回眸往昔，李玉莲有时想放慢时光的脚步，她很留恋自己在社区工作的每一天，总觉得还有很多工作没有给牧民群众做好，作为一名党员、社区书记，她更多的感触是当好牧民群众的“书记官”。2002 年 12 月，巴音哈尔社区的牧民群众向上级党组织推荐李玉莲为社区书记。2003 年，李玉莲经上级党委批准被正式任命为社区书记。正所谓“社区工作无小事，一枝一叶总关情”，她说自己是“国家的孩子”，生命是属于党和人民的，就要一心听党的话，一心为牧民群众服务好、办好事。

李玉莲在社区工作了 15 年，做了 7 年社区书记。其间的工作，可以用“三化”“五心”的工作方法来总结，即：班子建设“核心化”、社区服务“人性化”、关爱帮扶“亲情化”；掌握社情民意要细心、便民服务工作有耐心、接待群众来访要热心、关爱群众生活有爱心、克服工作困难有决心。现在一到社区，说起社区书记李玉莲，牧民群众对她无不竖起“大拇指”，夸她是社区的“当家人”，牧民群众的“管家婆”“贴心人”。李玉莲回忆起了与社区主任朝鲁门、副主任赵翠玲搭班子，在巴音哈尔社区的平凡岗位上经历的二三事。

“非典”，我是党员冲在前。2003 年，李玉莲新官上任的“三把火”还没来得及开始，就被突如其来的“非典型性肺炎”疫情弄得有些措手不及。好在李玉莲有股“拼命三郎”不服输的劲儿，她很快通过上级学习培训，迅速掌握预防“非典”疫情的基础知识。她根据辖区实际情况，号召党员“我是党员冲在前”，带领联络员、网格员和志愿者，迅速在社区构架编织起一道道疫情宣传网格屏障。三个月里，她几乎没怎么回过家，始终坚持在防控疫情的一线，深入到火车站、居民点，张贴宣传画，走包串户亲自为每一名群众讲解疫情防护知识，为群众传递真情、消除恐慌。每天上午和下午，她和主任朝鲁门、副主任赵翠玲三人准时在火车到站时，对乘客逐一进行登记、检查，并将每天的情况及时上报朱日和镇。在疫情防控敏感时期，有些群众遇到感冒生病，她都会主动帮助他们克服困难，带头为生病老人看病、输液、陪护。

我就是留守老人的“女儿”。人的情感世界是很丰富的，有时候难以用语言去表述清楚。但是，对于如何做好群众工作，李玉莲的经验很简单，就是要和社区农牧民群众有家和亲人的感情，直白讲就是“日久生情”。在实际工作、生活中，语言上的交流困难并不是影响她做群众工作的障碍，重要的是心与心的交流，想做好群众工作就要用心、用情，多串串群众的家门，多与群众唠唠家常，人与人相处久了都会产生感情，也就不生分了。其实，做好留守老人的工作，就是去每家每户照顾好老人的事情，因为社区的年轻人不是外出打工，就是搬迁到外地，剩下的大部分都是老年人。这些老人都把李玉莲和社区的工作人员称为自己的“女儿”，有的老人说自己的亲生儿女也没有李书记照顾我们的心细，哪个“女儿”哪天来的，有几天不来家了，这些老人都记得很清楚，一看到李玉莲她们来家里，就抓住手不让走，唠个没完。多年来，“女儿”们照顾老人就成了家常事。随着老人们岁数大了，有些人腿脚不便，甚至个别生活不能自理，社区的“女儿”们不仅逢年过节，就是平时也经常为老人们送去牛奶、茶叶、米面等日常生活用品。端午节、中秋节，她们就包好粽子、打好月饼，挨家挨户送，在巴音哈尔社区，处处可见老年人晚年的幸福生活场景。说起照顾的老人，有学校退休的老师薛占兵、范凯老两口，老书记巴图陶格陶，牧区来的张福，孤寡老人乌吉玛……都是七八十岁以上的老人，有的老人去世了，李玉莲她们还和亲属们一同办理老人的后事。

新农村建设的一片“砖瓦”。李玉莲当了7年的社区书记，2009年因身体健康原因退居二线。首先是她年轻的时候，骑马摔伤腿留下的后遗症。后来随着年龄增大，又身患心脏病等病症，她总是强忍着病痛仍然担任主任、副主任，继续支持朝鲁门书记抓好社区工作。从2014年起，全旗加快了新农村建设步伐，也加大了农牧区建设力度，巴音哈尔社区也在全国新农村建设“一盘棋”中发生了变化。2015年以后，社区实施危房改造工程，为了动员拆掉危房和土坯房，针对社区面积大、人口少的实际情况，她不讲条件，不上交矛盾，早出晚归，第一时间啃下硬骨头。她挨家挨户对每个人都耐心细致地做好思想动员工作，最后，社区百分之百按照国家政策落实了各项工作任务。2018年，社区“两委”换届，李玉莲恋恋不舍地离开了社区工作岗位。如今，巴音哈尔社区街道整齐，柏油路两旁安装了路灯，居民用水、用电、通讯、交通、卫生等实现全覆盖，还有社区群众休闲的小广场……这些都成为新农村建设中丰富农牧民群众文化生活、改善民生的重要环节。社区的环境卫生、阳光村务走在全镇的前列，新农村建设使社区民风和谐、邻里和睦、民族团结，社区乡风文明建设可圈可点，社区居民的幸福感、获得感和安全感明显增强。在李玉莲心中，这些占据了她大半生的经历，收获的更是满满的幸福。

这些年来，她没有更多地在乎社区牧民群众对她的评价与赞扬，她是老百姓的“书记官”，始终不变的是初心不改，一定要听党话、跟党走，一定要把牧民群众的事情做好。她是这样说的，也是这样做的，正如她常和人们讲：老百姓就是她干好工作的“靠山”。她家中父母、兄弟姊妹和家人们就是她坚强的“后盾”。是亲人们风雨无阻、雷打不动地鼓励她、支持她，更因为她是坚强的“国家的孩子”“草原的女儿”！

赵鑫，男，1971年6月出生，本科学历，中共党员，内蒙古自治区苏尼特右旗人。1989年入伍，在锡林郭勒盟公安边防支队服役，2016年退役自主择业。2018年，成立内蒙古旭志文化传媒有限公司并任总经理。政协苏尼特右旗第十三届委员会委员，旗工商联(总商会)第五届常务委员会委员，内蒙古作家协会、内蒙古诗词学会、内蒙古摄影家协会、内蒙古自治区通俗文艺研究会会员，锡林郭勒盟作协、诗词协会会员。

没有血缘的至亲

黄志刚　口述　张永冲　整理

我叫黄志刚，是当年来到内蒙古的3000多名“国家的孩子”之一。我6岁来到锡林郭勒盟镶黄旗，现在仍居住在这里。当时，来到镶黄旗的孤儿有30几个，年龄小的、健康一些的孩子都被人领养走了，最后只剩下了我们6个孩子。其中，大的已六七岁，已经会说些上海话了，当时人们都认为孩子大了，你把他养大他也不会怎么亲你，而小的又面黄肌瘦、一副病恹恹的样子，特别是小妹高娃，不但瘦弱，头上还长着疥疮，都认为难养活。所以我们6个就没人敢领养了。

我们6个孤儿被临时安置在哈音哈尔瓦公社卫生院旁边的学校里，由后来成为我们母亲的“红脸阿姨”张凤仙临时照顾。在这个陌生的环境里，语言听不懂、饮食不习惯等原因让我们排斥这里的一切。是母亲张凤仙用爱滋润着我们才慢慢适应下来。

母亲张凤仙是内蒙古锡林郭勒盟镶黄旗哈音哈瓦尔公社卫生院的一名普通护理员。她对我们非常亲切，关怀备至。当时我们不知道她的名字，因为她的脸颊总是红红的，我们就叫她“红阿姨”。“红阿姨”的丈夫，也就是我们的父亲，叫仁钦道尔吉，战争年代是骑兵连长，中共党员，性格开朗，退伍后在镶黄旗畜牧场工作。

我们在临时安置点生活了大约4个月，一直没等到有人来收养。眼看就要入冬了，母亲张凤仙便和父亲仁钦·道尔基商量决定要收养我们。当时父亲吓了一跳：“6个孩子，半个战斗班呀！要吃多少粮食？”但他俩很快统一了意见，背着抱着把我们6个孩子全部领回了家。

到家后，他们就商量着为我们6个孩子分别起上了有意义的名字：大

黄志刚兄妹六人合影

哥叫巴特尔，希望他成为草原上的英雄；二哥叫党育宝，党的恩情永不忘；我叫黄志刚，说镶黄旗的“黄”就是我的姓；四弟叫毛志勇，大概跟毛主席姓吧，毛主席是我们的大救星；大妹叫其木格，是草原上最美的花蕊；小妹叫高娃，是美丽的意思。

当时我们 6 个孩子身体都很虚弱，加上水土不服，常常拉肚子。母亲从卫生院买回酵母片、鸡内金、婴儿安之类助消化的药给我们服用，买回宝塔糖驱虫药和中药蛇床子给我们驱虫，她每天几次给头上生疥疮的小妹高娃洗头、涂抹疥灭灵，每天变着法给我们补充营养，牛奶、奶酪、面条、馒头，换着花样地搞好我们的饮食。我们 6 个孩子除了享受政府特别供应给我们“国家的孩子”的奶粉、白糖、饼干外，家里的细粮全都给我们吃了。我们爱吃米饭，母亲就想方设法地将家里粮食与邻居调换成米做给我们吃。记得有一年临近春节，政府给我们 6 个孤儿特批了每人 5 斤大米。母亲听后欣喜若狂，立即赶往百里外的旗政府化德县（当时旗政府所在地）粮食局，为我们领取。那时的交通条件差，母亲是步行为我们背回那 30 斤大米的。

回来的时候遇上刮白毛风，母亲迷了路，在第三天的下午才回来！她的头发、眉毛上挂着厚厚的冰凌，红脸冻成了绛紫色，现在想想都后怕。草原上那样的天气是会冻死人的，要是母亲被冻死，我们就会又一次失去母爱！

记忆中，我们的母亲似乎从来不知道疲惫。白天工作劳累一天，晚上还要在灯下为我们做鞋子、缝补衣服、洗衣服。我们甚至从来都不知道她是什么时候睡的，又是什么时候起的。在与我们一起玩耍和上学的同龄孩子中，我们兄妹几个的穿着是最体面的。母亲为了能让我们吃上甜美的西瓜，把自己最心爱的头饰卖掉。为了让我们兄妹几个在"文化大革命"停课期间能继续学习，她每天背着沉重的粪篓，替从北京高校被下放来劳动改造的伊老师拾两篓牛粪，以换取老师教我们文化课。为了养活我们兄妹6人，母亲还养了20多只母鸡，用它们下的蛋，一部分卖掉给我们换回学习用的纸和笔，一部分煮给我们吃，说是补脑，可母亲自己从来不舍得吃，即便阿爸好久才回来一次，她也舍不得给他吃。

阿爸工作的地方很远，工作也很忙，差不多一个月才能回来一次。他一回来就挨个抱起我们，举一举，掂一掂，看我们吃胖了没。他对我们很严厉，总按军人的标准要求我们，要求我们必须在五分钟内起床穿好衣服，必须在五分钟内洗漱完毕，并让我们排好队，教我们走正步，还将我们挨个扶上他的坐骑，教我们骑马、射箭等等。

教育对于每个人都是很关键的，二哥和四弟受阿爸的影响最深，从小就立志要参军，长大后也如愿以偿。而我们兄妹一直都保持着品行端正、积极上进的精神，这和我们父母的言传身教是分不开的。

阿爸严厉归严厉，可他是非常爱我们的，常常打猎弄回一些野兔、沙鸽之类的野味给我们吃。还将我们啃干净的骨头砸碎熬汤给我们喝，说是能壮骨。我的小妹高娃就最爱喝这样的骨头汤。让我们最难忘的一件事是阿爸竟把自己穿着的唯一一双蒙古靴子的靴腰剪下来，让母亲给我们每人做了一双铁掌鞋（铁掌鞋是蒙古族传统做法，是把镶牛皮浆在千层底面密密纳好，并且在鞋帮的脚尖和后跟也裹缝上牛皮，是一种特别合脚耐穿的鞋）！

岁月慢慢地流逝，阿爸阿妈对我们辛勤付出和细心呵护的一件件往事，就是三天三夜也讲不完。

我小时候性格比较懦弱。记得有一天，母亲带我们兄妹几个一起去打草，太阳快落山了，在我们往回走的途中，突然出现了一只狼，是母亲像母鸡护小鸡一样护着我们，她晃着镰刀把狼喝退。这件事虽然有惊无险，阿爸也安慰我说草原上的狼一般是不会攻击人的，但我却被吓得好几夜从梦中惊叫着醒来。

由于我憨厚老实，时常在与小伙伴们的打闹中“吃亏”。有一次，我被一个姓杨的同学打了，母亲知道后很生气，捡起一根小木棍就找到了学校，虽然不至于真的打那同学，但确实把他吓得够呛。后来这个同学再也没敢打我，再后来我俩还成了好朋友。

阿爸阿妈对我这个弱者非常偏袒。见我胆小，阿爸每次回来总将他的马让我多骑多练，甚至在晚上还专门带我去野外，然后借口忘带了什么东西，强迫我独自回去拿，以训练我的胆量。

阿爸阿妈常常在一起嘀咕：这小子太老实了，长大咋办？甚至还多次听到他们说，担心我长大后讨不上媳妇。随着我们渐渐长大，母亲每次参加朋友孩子的婚礼回来后，总会良久地注视着我出神。她也多次鼓励我要和女同学多说话、多接触，我深知她的确是怕我讨不上媳妇的。唉，可怜天下父母心啊！

说起我的妻子，她叫张淑英，小名叫桃子，是母亲的亲侄女，我们是真正的青梅竹马。但成全我们的却是阿爸阿妈的良苦用心。母亲的老家在乌兰察布市卓资县，家境很贫穷。淑英从十一二岁就经常来姑姑家小住。母亲很疼爱这个侄女，我们也很喜欢她。可吃饭时，母亲和侄女总是在我们吃完饭出去玩以后才吃饭。后来我们才知道，母亲和淑英是在吃我们的剩饭，就着玉米面窝头，喝着麸糠拌着野菜的糊糊！

我们看不下去了，就要求淑英和我们一起吃饭，但母亲却坚决不允许。后来，我就把我的大馒头只吃一半，另一半揣在怀里，然后把淑英悄悄叫到外面给她吃。起初她不肯要，我骗她说，我特别爱吃玉米面窝头。当时她岁数也小，信以为真，于是我们就顿顿悄悄换着吃。我俩换吃的事母亲是心知肚明的。因为后来我的兄妹都试图这样做，但都被母亲及时发现并制止了。母亲对我仿佛是网开一面的，我是在后来才明白她那份苦心的，现在回想起来特别感激母亲。

到了十五六岁时，淑英也渐渐懂事了，再也羞于和我交换窝头了。同时，随着社会的发展，我家的生活条件也有了起色，几乎不怎么吃粗粮了。可阿爸阿妈总是督促淑英帮我干这干那，并指使我帮淑英做这做那。“桃子，你看你志刚哥袄上的扣子掉了，你快帮他钉上吧！”“桃子，你让你志刚哥把那件汗衫脱下来，看那脏的，今后他的衣服就由你负责洗。”“你志刚哥可是个好哥哥，从小就疼你，你可要好好对他呢！”母亲总是这样支使淑英，唠唠叨叨地对她说我的好。

“傻小子，你没看到你其木格和高娃妹妹都有雪花膏吗？给你钱，拿去给你桃子妹妹打点雪花膏送给她！”阿爸命令我。我拿着阿爸给的两块钱到门市部给淑英买雪花膏。当时，雪花膏大部分都是散装的，瓶装的一般人买不起。门市部的柜台上摆着一个十几斤重的大玻璃瓶子装着雪花膏，售货员从大瓶中把雪花膏用小勺挑出来抹按在人们自带的小瓶中，然后过称收钱。我的两个妹妹都用这样的，每次都是母亲给她们买。但淑英却没有，我认为这很不公平。说实话，那时我就已经对淑英产生了懵懂的爱了，我想借此机会给她买一瓶更好的！

我用在假期和哥哥弟弟脱土坯挣来的钱，加上阿爸的两块钱，花了四块一角八分钱给淑英买回一瓶当时算是高档的瓶装雪花膏。我的心忐忑着，很激动但又怕母亲说我奢侈，当我把淑英叫到一边给她时，她的脸立刻就红了，踌躇着接过去，很腼腆地对我一笑就跑了。接着我就听到阿爸阿妈在远处愉快的笑声……

正是在阿爸阿妈的苦心撮合下，我和淑英从年少时就铸就了纯真的情感，促成了我们的美好姻缘。阿爸阿妈不但抚养了我，还把这么好的媳妇赐给了我。1971 年，政府安排我进旗物资局工作，随后，我和淑英结了婚。阿爸阿妈乐得合不拢嘴。

有一次，我故意笑着问母亲：“您将这么好的侄女嫁给我，舍得吗？”母亲却白了我一眼，正色地说：“只要你们好好的，就是割身上的肉阿姨也舍得，何况你很优秀，要好好干！”

母亲一直不让我们称她“妈妈”，让我们只称她“阿姨”，说我们是“国家的孩子”。但随着母亲和父亲对我们含辛茹苦的付出和不断加深的爱，我们在心里早已认定他们是我们最亲爱的阿爸阿妈了！

我们也确实没辜负父母的爱，没有辜负他们的期望。我大哥以优异成绩考上了南京气象学院，后任锡林郭勒盟气象局高级工程师；二哥和四弟参了军，在部队多次立功受奖；大妹分配到旗邮电局工作，后来被调到宝昌运输公司，工作积极向上，特别出色；小妹高娃也以优异成绩考上了南开大学英语系，后在北京任中国科学院专业译员；而我也担任了旗物资局的采购员，并在1974年光荣地加入了中国共产党，工作期间多次获得“优秀工作者”的荣誉。

我的爱妻张淑英贤惠聪明，吃苦耐劳，在她身上一直传承着母亲那勤劳、善良和坚韧不拔的精神。我们育有两个儿子，全家非常幸福。1993年公司机构改革，在我下岗后，淑英与我携手奋斗，自主创业开起了饭店。我们白手起家，现在已发展成新宝拉格镇较大的饭店之一。现在，我们虽然已将饭店交给了儿子经营和管理，但淑英每天还是坚持去帮儿子打理一些

黄志刚一家1982年拍摄的全家福

事情，不肯卸下身上的担子。

树高千尺不忘根，我们兄妹在走上各自的工作岗位后，每年都会带着各自的孩子回到父母身边聚一聚，工作上、生活上也都相互帮助，联系不断。虽然我们兄妹几个没有一丝血缘关系，但丝毫不影响我们的亲情关系，我们以父母为中心，像石榴籽一样紧密地团结在一起。

父母不计血缘、终成至亲收养我们兄弟姐妹 6 人的事迹感动着所有人，旗领导对我们这些“国家的孩子”非常重视，多次表扬我们的父母，并给予母亲嘉奖。可母亲总是说“国家的孩子”也是我的孩子，我抚养自己的孩子有什么值得夸耀呢！

母亲因抚养我们一生没有生育，也因抚养我们操劳过度，积劳成疾，过早地离开了我们。这是我们心中永远抹不去的伤痛。几年后，我们的父亲也离我们而去……

我们的父母都是蒙古族，一直以来，蒙古族没有为逝去亲人立碑的习俗。但我们兄妹在我们的草原蒙古族阿爸阿妈墓前立起一块大大的墓碑，为的是能经常来祭拜、纪念他们。

我们永远爱我们的父母亲，永远感恩党。这块墓碑传颂着一场艰苦年代的生命大营救，镌刻着不计血缘、终成至亲的“民族团结一家亲”的大爱，这里安放着我们的根、我们的魂！

张永冲，男，汉族，1960年5月出生，高中文化。曾任镶黄旗牧工商联合公司常务经理，后转制下岗，现已退休。

生在红旗下，我何其有幸

李桂英　口述　伊荣　整理

在锡林郭勒盟“国家的孩子”中，李桂英的成长经历算得上是一个特例，幼年被领养时的波折，阴差阳错地成全了她与养父母一世深厚情缘；童年和少年时虽一度生活在艰难困苦中，却也造就了她坚韧不拔、自强不息、心怀感恩、乐观向上的性格。“从小学一年级直到初中毕业，我从没有交过学费，”李桂英说，“生在红旗下，我何其有幸。”

生活中的李桂英

见到李桂英时，她刚从呼和浩特市儿子的家中返回锡林浩特市。短发，白色T恤衫搭配一条浅色休闲裤，李桂英看上去显得清爽干练而又随性。虽然已经60多岁，可她浑身上下都散发着阳光的味道，充满了力量，她就像一块磁铁，深深吸引着我们。没有太多寒暄，讲述就从她成长中那一段段往事开始。

儿时记忆

当岁月的年轮倏然跨入60岁的时候，我常常沉浸于对往事的追忆中，而且越来越清晰。我父亲叫李炳艺，母亲叫陈秀莲。1959年10月，他们在一位老太太那里领养了我，那一年父亲70岁，母亲60岁。

上小学之前，父亲和母亲都在编席厂工作，相对来说生活还不错，他们对我疼爱至极。在我五六岁时，我们搬了一次家，从西商搬到东商，长大后我才知道为什么搬家，因为小孩子们在一起有时候会打架，一打架就会有人说我是抱养的，父母亲怕我过早知道自己身世后接受不了，怕出问题，就这样搬了家。尽管东商的房子只是两间土坯房，没有我们原来西商的房子好，但却承载了我们一家人在一起时所有的喜怒哀乐，直到我参加工作单位给分了房子，我们才搬离了那里。

艰难的日子是从编席厂下马开始的。厂子下马后，政府对厂子人员进行了二次分配，因我父母当时年龄已大，没有单位愿意接收。这样，他们的资料就被递交到了镇政府，我家被纳入了低保户，每月政府给发放15元低保费。

8周岁时，我上小学一年级，父母去镇政府开了低保证明交给了学校，学校就给减免了学费直到初中毕业，民政局也将我家低保提高至每月18元。

虽然年纪小，但我已经懂得为父母分忧。从我上学后家里就没有买过煤，课间休息时别的同学都去玩了，我就拿着班级的簸箕挨班捡煤核儿。上课铃一响，我再往班级跑，就这样利用课间休息，一天下来我能捡一袋子煤核儿，够家里一天的用量。因父母都上了岁数，经常腰腿疼，把炕烧热了就会缓解，用的煤就多一些。后来学校老师看我可怜，就把我的情况反映给学校，学校就把每年用剩下的煤面给了我家，我们拉回去能脱煤坯用，为我家解决了大难题。当时我特别感动，我默默把这份相助记在心里，想着以后有机会把恩情还了。

尽管每月有18元低保，但除去粮油钱及父母每人2元的止痛片钱，家中每月的开销仍是捉襟见肘。为了补贴家用，母亲给人看小孩儿当保姆，父亲也没闲着，总出去找活儿干，我利用休息时间打过荒草、割过芨芨草、拣过废品、溜过土豆，总之听说什么能挣钱，我就去找。

溜土豆，就是人家把土豆从地里拉走后，我再去拣一遍，都是一些不好或者是被铲坏的土豆，即便那样，也被我当成宝贝一样拣回去，储存好了能吃好久。

拣牛粪，那时一袋牛粪最多可以卖2毛2分钱，这是那种干透而特别瓷实的牛粪。因为我力气小，拣的牛粪都是那种薄片的，一袋只能卖8分钱，虽然一个星期才能拣满一袋，但我特别高兴。

那时候，每家每人每月2斤肉票，我家每月一共是6斤，记忆中，我家肉票从没用完过，最多的时候才用了2斤，因为吃不起肉剩下的肉票就都送人了。自己家有个小菜园，也不舍得种黄瓜类的菜，都种的大白菜，因为产量高。一年中我家吃9个月白菜，新鲜白菜下来时，也不舍得吃，偶尔家里来个人，我母亲才去园子里拔一颗。

记得有一次，我母亲给看孩子的那家给我们送来一块黄羊肉，做出来后，我们互相推让，让来让去就把肉掉在了地上，我母亲把肉捡起来用水清洗一下对我们说："都别让了，我把这块肉吃了，你们也赶紧吃吧。"那时我就想，我一定要努力，有一天让父亲、母亲过上天天能吃肉的日子。

最困难的日子是我上初中以后，那时候皮革厂的一位熟人看我们家生活困难，就说有个菜园子让我父亲帮着种菜，只需每天晚上浇一下菜地。另外，菜地需要上肥，就是用大粪，那就得去掏厕所，掏一个厕所给2块5毛钱。那时候我父亲已经是80多岁的人了，我不忍心让父亲去掏厕所，就把这个活儿自己揽过来。冬天，每天早上5点多，趁着没人的时候，我就进到厕所里面开始刨，皮革厂的厕所男厕是四个坑，女厕是六个坑，冬天的时候刨一个坑差不多得用一个小时，刨完我再把大粪扔上去，等着估计快有人来上厕所了，我就收工回家。中午和晚上再过去刨一个多小时，一天干三个多小时。那钱赚得真不容易，我父亲给人种了三年的菜地，我掏了三年的厕所，三年后，人家看我父亲年龄太大了，就不敢再用他干活了。

我一直想写一本书，把父母亲对我的爱都记录下来，可却迟迟没有动笔，父母亲就是在那样艰苦的情况下把我抚养成人，他们虽然没能给我提供富足的生活，但却给了我足够的温暖和爱。

在我的成长过程中，一共经历过三次危险，三次都把我母亲吓得病倒了。第一次那年我 8 岁，正是“文化大革命”开始时，我跟在游行队伍后面跑，电厂有个井，我没看到，就头朝下栽了进去，当时是 7 个人联手把我从井里救了出来，那次把我照顾好之后，母亲病了好些日子。

还有一次，我去买冰棍，向马路对面跑的时候，突然前后都驶过来车，我后面的车为了躲避前面的马车，就把方向对准了我这边，我当时挺机灵的，直接跳到了马车上。但是我母亲看不到我的情况，从她的那个角度看，我是绝对要被车撞到的，我母亲一口血吐出来就晕倒了。后来我才知道，母亲有肺炎和胸膜炎，一直没治愈，每天就靠吃止痛片坚持着，我心疼极了。

最后一次也是最惊险的一次，那是一天晚上，别人给了我们两张影剧院演出票，母亲跟我一同去的。到了影剧院演出已经开演了，我们没能进去。正好我遇到了一位同学，就靠在了一辆吉普车上与同学聊天。谁承想这时候吉普车启动了，一倒车就把我撞倒了，也幸亏那司机当时开得不快，我在车底下就顺着车轮滚，它往右我就往右滚，它往左我就往左滚，就这样逃过一劫。等我爬起来，母亲已经说不出话来了，脸色苍白，回去后她就又病倒了，让我内疚了很久。

记忆中，父母亲从来没有买过新衣服，而我的衣服却从来没有少过，他们尽全力让我吃好穿暖。

母亲非常善良，我家住的是土坯房，虽然在外面看着挺破，但屋子里收拾得特别干净，炕上铺着炕席和一条厚厚的褥子。她对待别人的孩子非常好，那时候我家只有百分之三十的白面，但她做面条的时候也要给人家孩子吃，也正是因为这样，人家都愿意把孩子送我家。

每天我母亲看小孩儿，我父亲给做饭，我呢，放了学进家就吃饭，吃完饭我就出去了，有时候是去割芨芨草，有时候是野外拔青草和蒿子，那些都能卖钱。蒿子晒干了后是2分钱一斤，我割一大捆晒干后最多能有三斤，能卖6分钱，虽然钱不多，但也积少成多。时间充足时，我会一次割四五捆，然后再一捆一捆拿到公路边上，那时候的大车司机心都特别好，每次我拦车的时候，他们都特别热情，一边帮助我把捆草扔到车上，一边还说："小姑娘，你一个人怎么割这么多草，你说要是拦不到车一个人怎么拿？"他们把我拉到地方后，再帮我把捆草卸下来。现在我每每回忆起那段经历，心中都有一股股暖流在流淌。

在那段极其艰难的日子里，在众多好心人帮助下，我和父亲、母亲齐心协力，总算让生活有了一些好转。

恢复高考

受"文化大革命"影响，我们那一届初中毕业生普遍年龄偏大，1976年我初中毕业时已经18周岁。初中毕业后，我被分配到塑料厂工作，每天早晨6点上班，下午2点下班，虽然很辛苦，但我特别珍惜这份工作。

1977年恢复高考，当时我不知道这个消息，是同学刘继红晚上去我家说了才知道。她一见到我就说："桂英，现在恢复高考了，你不参加高考吗？"我说："不知道呀，什么时候报名？"她说："就这几天正报名呢。"我问她："在哪儿报名？"她说："好像是在教育局。"

第二天早上5点我就起来了，洗漱完就过去看公告，我过去看的时候那个公告下面留电话那一栏已经被撕了，好在上面的报名要求都还在，截止日期就是当天。我当时不懂呀，怕被扣工资，就想着下了班再过去报名，就去上班了。

等下午我回到家吃了饭后，拿上户口本借了一辆自行车就急急忙忙地去教育局报名。到了那里，工作人员问我在哪儿工作，我说在塑料厂，工作人员说还需要厂里给开个证明，也就是介绍信。我又急忙跑去厂里，等厂里给开了证明我又返回教育局。就在所有的表格都填写完后，工作人员跟我要照片。哎呀，这可难住我了，我没有照片呀！没办法我又跑到照相馆，照了相。可是一问钱不够，没办法我又返回教育局，在教育局正好碰见了我的班主任霍老师，当时他已经调到教育局，他看到我就问，你干什么呢？

我说我报名了。他说你怎么才报名，我说我报了名但是就缺照片了，钱不够不给洗。霍老师听了后抬手看了一下手表说，这都4点半了，走，我领你过去问一下什么情况。霍老师领我到了报名处一问，报名处的负责人说，因为这是全区统一招生，他们5点半就必须封档装车，不能耽误。霍老师就跟人家介绍我的情况，说这孩子家是低保户，很困难，能不能多等一会儿。最后负责人看我可怜就答应多等一会儿，我这才又返回照相馆，找老板商量，我像霍老师一样把自己的情况说了一遍，还真不错，照相馆老板一听我的情况，立马洗好了照片。我拿到照片后立即去了教育局，霍老师也一直在报名处等着我。当时各旗县报名表都封装好开始装车了，等我办完了报名手续是最后一个被装上车的。直到那时我提着的心才放下。

那一刻我无比感恩在我生命中出现的好心人，如果不是同学告诉我，我就不会知道恢复高考的事情；如果不是霍老师相助，把我家的情况反映给报名处，很可能那天我就错过了报名。我在心底暗暗发誓，将来一定要报答老师和同学的恩情。

我清楚地记得高考的日期是1977年12月23日，报完名后距离高考还有15天，我也开始准备复习了。期间我又去了霍老师家一趟，当时正好有几个学生也在他家复习，他给了我一些资料，给我讲了一些语法知识，鼓励我好好复习。

在复习期间我遇到了一位老师，他问了我两个问题，我都没答上来。他就对我说，你连这个都不会还考试呢，你肯定考不上，快别浪费时间了。听了这位老师的话后，我异常难过、泄气，整个人都失去了活力。回到家我就跟母亲说了经过。母亲给我打气，她说："你那个不会不代表别的也不会呀，命运是掌握在自己手中的，你不努力去试一下，怎么就能知道自己不行，要相信自己，我相信你一定能考上。"父亲平时话少，他说："家里的事情不用你管，你只管复习，我给你做好后勤。"在我复习期间，父母按时按点给我做饭，感动得让人落泪。家里没有桌子，我就坐在板凳、趴在炕沿儿上学了半个月，那段记忆刻骨铭心。如果没有父母在背后默默地付出，我可能坚持不下去。从准备考试到等待录取通知书期间，我体重掉了9斤。

告之身世

考完试后，在填写报考志愿前一天，母亲郑重地把我叫到身边说："你也考完试了，志愿想怎么报就怎么报，你想去哪儿上学就去哪儿上学，别担心我们，无论如何我们不能耽误你的前途。你，其实是国家的孩子，是从上海那边来的，因困难时期你们那边没有吃的东西，所以国家才把你们送到了内蒙古来。我和你父亲老家是山东的，我们逃荒来到这里。1959 年，听说锡林浩特市的保育院里有国家的孩子可以领养，我和你父亲去过，但是人家说我们俩年纪大了，不符合领养要求，就没领养成……"

时光追溯到 60 多年前，那是 1959 年 7 月的一天，锡林浩特市一对夫妇前往保育院领养了当时大约只有 1 岁多的我，我在他们家生活了 3 个多月。后来这家女主人怀孕了，于是女主人的母亲就做主把我送走。当时我的父母都在编席厂，两个人收入不错，很想要个孩子，听说这件事后就通过别人牵线，找到那家人。那个老太太听了我父母的情况后，觉得我父母人还不错，就让他们把我抱回了家。后来我去档案馆查过，那张儿童领养申请表"父母"那一栏填写的还是之前领养我的那对夫妇的名字。

那天母亲跟我说了很多细节，包括领养的经过。我听了后除了感伤外，也被年迈的父母亲这种大爱深深感动，我明白母亲的想法，她就是不想拖累我，那时父亲已经年近 90 岁，母亲也快 80 岁了。

我跟母亲说，这事你就别管了，我知道怎么做，你和父亲养了我小，我就有责任养你们老。母亲知道我的性格，她嘴唇动了动，可终究还是没有说出什么。

事后，我找了一个没人的地方痛痛快快大哭了一场，哭完心里痛快多了，我不是那种伤春悲秋的人，我很感激最初领养我的那对夫妇，如果没有他们，我就不会成为父母亲的女儿。在我的成长过程中，有太多的好心人一路相伴，我庆幸生在新中国，长在红旗下。那一刻我对未来充满了美好向往，我相信自己一定能够通过努力让父母安享晚年。

几天后，教育局张榜公布了考试成绩。按当时的情况，我是能够报考外地学校的，但考虑到父母都已年迈，身体状况又不好，所以我就选择了一所当地的学校，就是内蒙古锡林浩特牧业学校，选择了畜牧兽医专业。我记得特别清楚，当我回家把自己考上大学一事告诉母亲时，母亲高兴得红了眼圈，就见她颤颤巍巍地走到我们家唯一的箱子前，打开箱子，拿出来了一个灰色的布袋，又打开布袋从里面拿出一个用手绢包着的小包，打开里面是一沓钱，有 1 元的，有 5 角的，最大面额是 10 元，一共是 200 元钱，她把布包递给了我说："姑娘，拿着这钱去做两身衣服吧，再买一辆自行车。"我接过带着母亲体温的小布包，眼泪在眼眶里打转。我轻轻地对母亲说："妈，你放心，三年后我就毕业了，到时候我一定让你们过上幸福的生活。"母亲笑着说："好，妈相信我姑娘。"

时光荏苒，三年一晃而过，毕业后我被分配到了家畜育种改良站工作。

上班后我做的第一件事就是去镇政府取消低保，当时镇政府的一位主任说，你刚参加工作，每个月工资多少，你够用吗？我对她说，我现在一个月工资是 32 块钱，够用啦。主任说，你能行吗，才 32 块钱，你父母都那么大岁数了。我特别自信地对她说，能行，32 块钱比 18 块钱多多了。当时我是这么想的，每次我父母住院医药费最多花 52 至 83 块钱，我两个月工资也够了，不可能天天生病。后来主任对我说，那行，你回去想想，要是觉得有困难，你再来找我。过后，我没去找她，我家低保也就停止发放了。

让我万万没想到的是，一年后，我父亲被查出了胃癌，我的工资远远不够治疗的费用，为了给父亲治病我借了很多钱，但仍没有挽回父亲的生命，他在 1983 年冬季去世，那年他 93 岁。我至今忘不了父亲去世时那带有遗憾的眼神，他最大的心愿就是想看到我成家立业，可是那时我根本没有找对象的心思。

我与母亲怀着极大的悲痛，在诸多好心人的帮助下给父亲办完了丧事，从此我与母亲相依为命。

投入工作

我母亲是 1993 年去世的，去世时也是 93 岁。母亲的去世，让我像浮萍一样找不到依靠。她生前常劝我，有机会就去找一找自己的亲人，毕竟他们生育了我。我想那时候母亲的心一定也很痛，她是怕她离去后我一个人太孤单，所以催促我去找亲人。

母亲离去后，我全身心地投入工作中，用这种方式转移自己想念双亲的悲伤，用行动回报国家和草原对我的养育之恩，用行动回报社会对我的关爱之情，我想做一个像草原母亲一样胸怀大爱之人。

那时，我们单位与盟冷冻精液工作站合并，成立锡林郭勒盟畜牧业工作站。因工作需要，我开始从事畜牧档案管理工作。档案管理对我来说是一个新挑战，以前从没有接触过，一切都从头开始学。档案工作不仅要整理和保管好文件，更重要的是要熟悉业务。那段时间我几乎每天都在加班。记忆最深的就是去库房里找档案，因为时间太久，单位又经历过几次搬迁，因此档案存放得比较分散，有被雨水浸湿过的，有因各种原因损坏的，还有装在麻袋包里的……为了抢救这些档案，我仔细地把它们一一分拣出来，把有用的找出来，又一个一个分门别类地进行归档。有时候哪怕是一个小纸片，我都要核对好几天，就这样，我很快对档案业务熟悉起来。

档案管理看似简单，其实需要极大的耐心和细心，不能有一丝马虎。通过几年的努力，我们单位成为全盟畜牧业口档案做得最全面的单位，有时候其他单位需要畜牧业档案，他们都会来我们单位找。1998 年，随着信息时代的发展，当时传统的档案管理和存储手段已经不能满足社会发展的

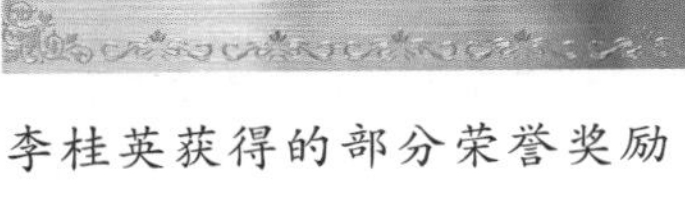
李桂英获得的部分荣誉奖励

需要，因此，档案管理人员就需要认真掌握计算机技术，这对我来说又是一个新的挑战，已经 40 多岁的我开始学习电脑。通过一段时间的努力，我可以熟练操作档案管理软件了。在应用的过程中，我还发现了软件中存在的漏洞，为此，我还为单位赢得了一次国家级档案管理奖项。

由于我档案管理工作做得好、有经验，好多单位都借调我去教他们如何整理档案。2004 年，我获得“全区档案工作先进个人奖”；2007 年获得国家级“畜牧高级畜牧师”资格证书；2009 年被评为“全盟档案工作先进工作者”；2010 年我参加的“优质牛肉生产配套技术研究与推广利用”被内蒙古自治区农业丰收奖评审委员会授予二等奖。

这些荣誉是推动我前行的动力。尽管在生活中我遇到了很多不如意，但我始终心怀感恩，因为在我的人生路上遇到了好多好人，他们一直伴随着我成长。虽然父母亲的离世有时让我很伤感，但我却并没有觉得孤单，因为我生活在祖国的怀抱中，我每一个阶段的成长都有党和政府在关怀。

寻找亲人

当年为了给父母亲看病我欠下了很多外债，独自抚养两个儿子，在很长一段时间里我的经济状况都很紧张，为此在寻找南方亲人方面，我只在 2010 年电影《额吉》在上海民族文化宫举行首映时去过上海。《额吉》这部电影是以我们 3000 名南方孤儿在草原长大的真实经历改编的。首映式的时候，邀请了我们部分国家的孩子去参加。

那天，我的一位伙伴打电话告诉我《额吉》电影首映式的活动，在活动期间还会有一个寻亲会。她说，你应该去参加一下，不然等孩子大学毕业你就更出不去了。我一想也是，就让她帮我报了名。后来我就被选上了。

记得我们第一站到达的是南京，在南京举行了一场寻亲会，我们都没有寻到。后来，我们又去了无锡等地，一路上我询问过很多当地的老年人，他们告诉我，有人家父母亲都去世了，剩下一些兄弟姐妹们，或许就不想再找了。我后来想想也对，那会儿我都 50 多岁了，当年送走的孩子，不是家里最小的，就是中间的，往上推算的话，父母亲很可能都已经不在世了。

那次寻亲有失落、有遗憾，但我又不得不面对现实。虽然我很想报答亲生父母的生育之恩，可我却不知道他们在哪里，虽然我很想知道自己的根在哪里，可又无从寻找。

在去寻亲之前，其实我也一个人找过。那时候，单位有时候会派我去南方出差和学习，我就利用中午和晚上的休息时间，走街串巷专门去寻找一些年纪大的人寻问当年的事。有知道的老人就跟我说，当年送走孩子的人家，家里有钱的，或者是坐车方便的，都会把孩子直接送到孤儿院，那些没有条件的人家，有的就直接把孩子放到路边了，还有的直接送到医院门口。至于我为什么找不到，很可能是因为家中父母亲已经不在了，另外一个原因可能就是他们没有找对地方，没有想到我会被送到遥远的内蒙古来。

最近，国家公安部开展“团圆”行动，锡林郭勒盟公安局为我们采集了血样，对此我无比感恩，我为生在中国而骄傲！我就想，60 多年来，国家对我们一直不离不弃，嗷嗷待哺时为了让我们活命把我们送到草原，草原母亲用博大的胸怀接纳了我们，在我们每一步的成长中，都能看到被国家照顾的影子。为了我们，国家又开展了这样一个圆梦行动，怎不让人感动？这时，我豁然开朗，如果找到亲人，那是我的幸运；如果找不到，那也是我的命运，我的根就在草原，就在祖国的怀抱中。

伊荣，女，汉族，1972年2月生，本科学历。2004年至2022年在锡林郭勒日报社工作，先后担任《锡林郭勒晚报》《锡林郭勒日报》记者、编辑，2007年开始跟踪采访锡林郭勒盟地区“国家的孩子”在草原成长的故事，部分稿件曾获得全国地市报一、二等奖，内蒙古新闻奖和锡林郭勒盟新闻奖。

牧民的儿子其木德

其木德　口述　赵鑫　整理

其木德，男，蒙古族，1957 年 6 月 13 日出生于安徽，1958 年起在苏尼特右旗额仁淖尔苏木赛音锡力嘎查居住，由道尔吉、苏都淖诺抚养。初中文化，中共党员，曾先后担任赛音锡力嘎查嘎查长、书记等职务，当选中共苏尼特右旗第九届人民代表大会代表。

“三千孤儿入内蒙”这一段历史，对于现在许多人来说可能已经不太了解，然而对于其木德这些年近七十岁的老人们来说，那是他（她）们亲身经历的一段永远刻骨铭心的岁月。1958 年 9 月 23 日，一列普通旅客列车缓缓驶入锡林郭勒盟苏尼特右旗赛汉塔拉镇火车站，这是第一批 304 名被接送到内蒙古草原的“国家的孩子”。其中，来自安徽的其木德就是其中的一员。

伴随驼铃声的儿童时代

“小的时候，很多事情都记得不太清楚了，印象最深的就是伴随驼铃声的儿童时代，每天阿爸阿妈用骆驼驮着我，在放牧、拉水、走浩特等生产生活中渐渐长大。”其木德说。几十年来，赛音锡力嘎查的山、水、草、木都给其木德留下了深刻的记忆。记得儿时的草场长得绿油油的，水草丰美。这里的红色脑木根敖包护佑着这片草原的安宁与和谐，为牧民祈求风调雨顺、五畜兴旺。嘎查的草原、湖泊、戈壁、沙漠遥相呼应，只是历尽千年风雨的红土砂岩已被逝去的岁月涂上浓浓厚重的色彩，裸露在山岩上的波纹就像淖尔古树的年轮述说着历史的变迁。亿万年间，沧海变戈壁，沙泥变山岩,绿地变沙海,岁月更迭就是这么震撼;如今,一切都随着时光化作了历史,无法忘记的是,总是能听到红山戈壁处传来的“叮叮当当”的驼铃声,那是其木德儿时的记忆。

其木德,是他的养父母道尔吉、苏都淖诺抚养他后给起的名字。那时,他和父亲、母亲、姐姐一家四口人生活在蒙古包里,主要给嘎查集体放牧,生活状况一般,但也其乐融融。父母从来没有亲口告诉他儿时的来历,到了五六岁,其木德听到了周围孩子们说起,才知道了自己是南方的孤儿。从其木德记事起,周围牧民没有当面说他是孤儿的,相反牧民们却都很关心他、照顾他,还有的教他骑马、剪羊毛、采羊砖。由于他体质孱弱、营养不良,父母格外关心照顾他。正是在父母亲含辛茹苦、节衣缩食的照顾下,其木德小的时候才成长为一个懂事、勤快、善良的孩子。

儿时的经历,让他早早地学会自立和懂事。后来上小学读初中,他努力学习,因为他知道只有学会更多的知识才能帮助身边的牧民群众,才会对养育他的草原做出自己力所能及的贡献。从上学后,他懂得了什么是“羊知跪乳之恩”的道理,虽然自己是一名孤儿,但是国家没有遗弃他,草原没有遗弃他,草原母亲用深情的母爱抚育他健康成长,是草原给予了他第二次生命。他从来没觉得自己是孤儿,因为他在草原上成长并不寂寞,并不孤独,是草原母亲给他带来了快乐的童年和幸福的家庭,他没有任何理由不为热爱的草原奉献他的一切。年少的其木德,做事情不仅认真,而且还喜欢帮助别人。从1984年开始,其木德当了十几年嘎查会计,他一心为集体,事事精打细算,管理财物账目分明,并把好的经验和方法教给牧民群众,被牧民群众称赞为“信得过的好会计”。他精明强干和与众不同的想法总是给牧民留下深刻的印象。他曾经居住的土木结构的小土房,屋内简单却很干净,和外面的棚圈相比,简直就是天壤之别。有牧民问他为什么不把自己住的房子盖得好一些,反而把棚圈盖成砖石结构的阳光温室棚圈。他说:“先把发展牧业的基础打好了,牲畜安全有了保障,成活率提高了,我们的收入自然也会提高的,以后还愁住不上好房子啊。”1997年后,他先后担任了嘎查的团支部书记、治保会主任、草原110联防队员和嘎查领导。特别是在他担任嘎查党支部书记后,坚决果断地给自己确定三个目标:一切为了草原母亲的养育之恩,一切为了草原人民过上幸福生活,一切为了边境地区的社会安宁。

柏油路修到牧民家门口

“有了党和政府的关怀，为牧民通上了常电，让牧民过上和城里人一样能看电视、能洗澡、能洗衣服等使用电器的生活。通电以后，我相信牧民的生活会越来越好。”2000 年 10 月，作为嘎查党支部书记，他终于完成了自己梦寐以求的最大心愿，让牧民们用上常电，赛音锡力成为全旗边境苏木第一个通常电的嘎查。

作为嘎查党支部书记，他利用十年的时间，彻底解决了嘎查的温饱贫困问题，第一个在全苏木实现无贫困户嘎查，人均牲畜突破 200 只；从 1999—2000 年，为全嘎查 79 户牧民解决了照明问题，打了 32 眼机井并开垦 2 处饲草基地，投资 40 余万元安装了变压器，解决了嘎查吃水、耕地用电问题。2006 年 8 月，他组织嘎查 18 户养驼大户成立了“苏尼特双峰骆驼文化协会”，使养驼户在联户经营和加工转化中得到实惠，增加收入，“骆驼协会”成员人均增收 600 余元。2007 年 6 月，他又带领嘎查 23 户养马大户自愿组织成立了“杭锦马文化协会”。他带领协会会员结合地区自然环境优势，充分利用开发马产业的经济效益，发展营养价值和保健作用极高的马奶制品和马肉制品的生产、加工、销售为一体的营销模式。他还发动牧民群众，挖掘当地旅游资源，发展草原特色旅游业，以家庭和团体旅游的形式开办脑木根敖包一日游和赛汉塔拉额仁淖尔苏木赛音锡力（骆驼文化协会、马文化协会）二连浩特旅游线路。

“如今，嘎查电的问题解决了，柏油路也通到家门口了，牧民的生活都好起来了……”2010 年 9 月，其木德书记在家门口和牧民们一起为柏油路通车剪彩时，兴高采烈地说着。

编外“边防警察”情节

其木德说：“什么事情都一样，与边防干警相处久了，就会产生感情，一起与派出所干警们共同维护边境辖区安全稳定，一起和派出所干警们为牧

其木德参加额仁淖尔苏木党代会时的照片

民群众做点儿事真的没有啥，就是想让牧民们生活得更加安全幸福！”朴实的话语中，饱含着其木德对边防官兵的深情和对守望这片草原的执着，其木德编外“边防警察”的故事鲜为人知。

其木德家离脑木根敖包不远，大红山不仅风景独特，而且还蕴藏着丰富的自然宝藏。这里有罕见的国家二级保护动物盘羊和濒临灭绝的野骆驼，狼、黄羊、野驴、金雕、獾子等20几种野生动物经常出没。这里有“黑色软黄金”之称的发菜和“沙漠人参”之称的植物苁蓉，都是闻名中外的山地特产。多少年来，人们都说这片红土地是养穷人的地方，是他们致富的天堂。但是，这些资源也成了一些不法之徒觊觎之物。

有一年夏天，牧民举报有两个人骑着摩托车在牧民巴图吉日嘎拉家附近水泡子捕猎野鸭子、扣沙半鸡。于是，其木德一边组织嘎查联防队员在巴图吉日嘎拉家中蹲点守护，另一边迅速向派出所报警。当水泡子边上响起了枪声后，他与赶到的民警、联防队员迅速出击，很快就将两名捕猎人员抓获。在现场，除了缴获的自制土枪和猎物，他们还听到了盘旋在天空中的鸟的嘶鸣声，叫得很凄惨，不愿离开。其木德告诉大家，狩猎者开枪打死的是一只雄性鸿雁，鸿雁都是一对对的，这只被打死了，另外一只就会在这里哀鸣，一直哀鸣到死。看着天空中绝望的伴侣，那哀鸣声太让人寒心了，鸿雁誓死守卫配偶太让人感动了。其木德非常痛恨这些狩猎者，他经常主动在嘎查宣传保护野生动物，与牧民在水泡子旁边立起了严禁捕猎的警示牌，建立起保护野生动物巡逻队，他和牧民一道用心呵护这些美丽的生灵，十几年来，救过野骆驼，放飞过灰鹤、百灵，救治过盘羊……赛音锡力嘎查重现了“山气日夕佳，飞鸟相与还”的景象。

20 世纪 90 年代，从宁夏、甘肃、河北以及区内各地成百上千的“地毛人”疯狂地挺进这片草原，疯狂地采挖发菜、苁蓉。这些人用三四十厘米长铁丝制作的铁耙肆无忌惮地搂发菜，一字并肩排开，铁耙横扫而过犹如千军万马，草原像活生生地被剥去一层“皮”，几乎所有植物都荡然无存，有的地方甚至寸草不生！看着被“剥皮”的草原，牧民们痛心疾首，作为牧民儿

其木德与额仁淖尔边防派出所官兵一起学习党的政策和法律法规

子的其木德总是说:“保护好草原,珍惜与草原的感情吧,不要再让草原哭泣了。”多年来,其木德作为旗人大代表多次呼吁加强草原生态治理,协助相关执法部门打击边境地区违法捕猎、乱采滥挖等违法现象,劝退各类人员1000余人次,协助派出所抓获破坏草场的违法分子30余人次,为草原植被恢复做出了积极贡献。

几十年仿佛弹指一挥间,其木德总是喜欢将记忆定格在“编外警察”的青春打拼中,那是永恒的警民深情!他与边防官兵一起在边防线上巡逻,带着妻子、孩子走包串户宣传着边防政策和法律法规,成为走家串户的“管家婆”、矛盾纠纷的“调解员”。他协助民警抓逃犯、破要案,共同守护着草原上的平安,在茫茫的苏尼特草原上留驻着牧民的儿子与草原110根深蒂固的深厚感情。每年4月份,他都会和派出所民警开展法律法规“宣传月”活动。还为派出所汉族干部民警宣传法律当翻译、帮助他们学蒙古语。2015年5月初,派出所在辖区开展“草原110”宣传周活动,他主动将家里的蒙古包腾出来,召集嘎查的党员、牧民在他家集中开展宣传活动,收到了良好的社会效果。在他任治安积极分子、联防队员和治保主任的十几个春秋里,全嘎查宣传法律入户率达到100%,每年成年人法律受教育率达到98%以上,向群众进行法律宣传22000余人次,违法青少年改好率为95%。他还作为全盟第一批草原110联防队员,主动帮助派出所调解家庭、草场等纠纷140余起,消除治安隐患50余起,协助侦破刑事案件4起,先后为派出所报警391次,提供各类线索信息420余条。他和家庭及嘎查先后被旗政法委、苏木党委政府和派出所评为“治安积极分子”“遵纪守法光荣户”“安全文明嘎查”,被锡林郭勒盟盟委行署和政法委评为全盟“十佳边民”和“草原110先进个人”。

翻阅着其木德的相册和他那些获得的荣誉证书,这是爱的力量、爱的源泉,激励和鼓舞着这位老人用自己毕生的经历和心血,奉献和回报哺育他成长的草原母亲。他是牧民致富的“带头人”,是牧民心中的“主心骨”,是呵护草原平安的“守护神”。他的人生犹如自己谱写的歌曲:

“草原父母是我的天,在我心里永生……”

“长生天赐予的广袤戈壁山川,牧民们在广阔无垠的怀抱里幸福生活……”

"这是我扎根的故乡，有我儿时的回忆，听到远处的驼铃声，是我魂牵梦萦的故乡……"

赵鑫，男，1971年6月出生，本科学历，中共党员，内蒙古自治区苏尼特右旗人。1989年入伍，在锡林郭勒盟公安边防支队服役，2016年退役自主择业。2018年，成立内蒙古旭志文化传媒有限公司并任总经理。政协苏尼特右旗第十三届委员会委员，旗工商联(总商会)第五届常务委员会委员，内蒙古作家协会、内蒙古诗词学会、内蒙古摄影家协会、内蒙古自治区通俗文艺研究会会员，锡林郭勒盟作协、诗词协会会员。

见证民族团结一家亲

娜仁高娃　口述　春华　整理

"我是汉族，养父是达斡尔族，养母是蒙古族，我们家是由三个民族组成的，我们紧紧地抱成团，像石榴籽一样幸福地生活在一起。"谈起自己的多民族家庭，63岁的"国家的孩子"娜仁高娃很自豪地说。

见到娜仁高娃时，她端庄大方地站在我的面前，犹如广袤无垠的草原坦荡开阔。从笑意飞扬的眼睛里，分明可以看到她纯洁的内心。她说着一口地地道道的蒙古语，身上一点儿也没有南方人的影子。谈起自己来到乌珠穆沁草原的不平凡经历，娜仁高娃在芳香的奶茶味中陷入了长长的回忆，被尘封的记忆有的随着时间的推移从指缝中流逝，有些记忆却在心里留下深深的印记。

从黄浦江畔到西乌珠穆沁草原

1960年前后，国家遭遇了三年困难时期，上海等地孤儿院的孩子们面临粮食不足的威胁。内蒙古自治区党委、政府主动提出，将3000多名南方孤儿接到大草原。1960年的秋天，一个4岁的小女孩和她的弟弟从上海来到了西乌珠穆沁草原，小女孩就是现在的娜仁高娃，户口本登记的娜仁高娃的出生日期是1958年3月4日。

娜仁高娃后来听说，在阿爸额吉领养她时，保育院的领导再三强调说："你们既然要领养，就把这两个孩子都领走吧，反正不能把她们姐弟俩分开。"就这样，1961年春天，娜仁高娃和弟弟被西乌珠穆沁旗白音乌拉牧场牧民朋斯格、吉斯玛夫妇领养。娜仁高娃依稀记得，来到新家，她怯怯地躲

娜仁高娃的养父养母

在桌子底下，阿爸额吉给姐姐取名叫南斯勒玛，弟弟叫吉如和。然而，两年后，这户人家因条件有限，无法继续同时收养姐弟二人，经公社批准，又把弟弟送到乌兰淖尔公社（现为吉仁高勒镇海流图嘎查）。

小南斯勒玛在这个家里又度过了一年，阿爸常不在家，南斯勒玛就帮额吉干活，每天帮助大人将小牛犊赶到草原深处吃草。不久，因为这户人家生活困难，旗里便又把小南斯勒玛转交给白音乌拉公社杨金和、阿拉腾花家，他们给她取名叫娜仁高娃。

后来的阿爸杨金和、额吉阿拉腾花都是白音乌拉公社的干部，阿爸和额吉没有孩子，视这个有着一双漂亮大眼睛的姑娘为掌上明珠，她就这样在这个幸福的家庭里成长。刚到家里的时候，娜仁高娃身体瘦弱，额吉就给她抓药吃，进行耐心的调理。说起阿爸和额吉，娜仁高娃很激动：“我的阿爸是黑龙江省龙江县人，是达斡尔族。当年是内蒙古骑兵部队的一名军医，他为人老实诚恳，做事认真。我的额吉是东乌珠穆沁旗人，是蒙古族。

参加过一个月的干部团培训班，分配到苏尼特右旗供销社工作了，后来担任过妇联主任。额吉长得很漂亮，为人和善。后来不幸得了肺病，她不愿意给国家添麻烦，花国家的钱，于是辞掉了工作。阿爸额吉通情达理，时时处处以诚相待，他们把我当成了亲生女儿，真是捧在手心怕摔了，含在嘴里怕化了。”很快，娜仁高娃这个南方小女孩就融入这个由三个民族组成的家庭里，和他们同睡一张床，同吃一锅饭。江南出生的小孩子从此穿蒙古袍、说蒙古语、吃手把羊肉、喝奶茶……

在年幼的时候，娜仁高娃遇到了如今也难以忘记的小插曲：有一天她在放牛时，在广阔的草原上碰见背着篮子割草的弟弟吉如和，姐弟两个见面有说有笑，在一起开心地玩了一天。但从那之后，娜仁高娃就再没有见到弟弟，直到过了三十多年才又相见。

上学的时光短暂而甜蜜。娜仁高娃在吉仁高勒学校念过几个月的书，但由于种种原因，她没有继续上学。后来阿爸和额吉被劳动改造，娜仁高娃就经常一个人在家干活。时间如流水，转眼到了 20 世纪 70 年代，阿爸额吉考虑到她一个人会孤独，于 1974 年 10 月又领养了一个女孩，取名叫萨仁高娃。阿爸忙于工作，她和额吉在家照顾妹妹，打理家里生活。这个家庭虽然成员民族不同，但其乐融融，和睦团结地在一起生活。因阿爸工作不时调动，全家曾先后搬迁到杰林军马场、白音乌拉公社、吉仁高勒公社、白音宝力格公社、额仁戈比公社等地方居住。在“迁徙”中，娜仁高娃逐渐长大了。在嘎查，她积极参加集体的生产劳动，泥活、打井、起石头，哪样活儿都没有落下，像一个“铁姑娘”一样奋战在生产劳动的最前线。

在工作岗位上激情工作

1976 年，娜仁高娃和额仁淖尔嘎查青年扎木彦结婚。为了能更好地照顾她的阿爸额吉，丈夫入赘到娜仁高娃家，他们育有两个女儿。扎木彦是一个勤劳、肯干的年轻人，他爱动脑、会技术，是位出色的拖拉机手，他追求进步，积极工作，并光荣地加入了中国共产党。他先后在旗水利队、苏木、嘎查、苏木供销社当过司机，多次被评为苏木、嘎查劳动模范，由于工作成绩突出，扎实肯干，他受到周围人的信赖。1980 年，扎木彦当选为西乌珠穆

娜仁高娃与养母和妹妹

沁旗第七届人民代表大会代表。1983年,他还出席过西乌珠穆沁旗交通系统先进个人表彰大会。在扎木彦十几岁的时候,父母亲因病双双去世,他不幸成为孤儿。他和妹妹被好心的舅舅抚养,共同的身世,让他和娜仁高娃走到了一起。他对娜仁高娃体贴关心,无微不至,从方方面面照顾她。就这样,蒙古族的他和原本是汉族的她心手相牵,共同创造着民族团结、和谐友好的美好生活。

1981年,按照当时的落实政策要求,23岁的娜仁高娃有了正式工作,被安排到额仁戈比公社供销社工作。“我热爱我的工作,用全部精力来报答草原人民,报答阿爸额吉。我要不辜负党的教育和培养,时刻铭记自己是草原人民养大的,用全部精力来报答草原人民,报答阿爸额吉。”刚刚踏上工作岗位的娜仁高娃心里暗暗发誓,决不落在别人的后面,努力工作,争取做出一定成绩。

初到工作岗位的她，由于没上过几年学，没有多少文化，虽然经过了半个月的培训，但她对业务还是一头雾水，无从下手。已经有两个孩子的娜仁高娃克服困难，虚心向老同事学习请教，刻苦钻研业务，从"零基础"学起，练习写好数字，学会了打算盘和口算，学会了准确测量布匹等。经过一段时间的磨炼，娜仁高娃出徒了，熟练掌握了"卖货"的技术，成为一名合格的售货员。1990年，她光荣地加入了中国共产党后，更加用心工作，全心全意为人民服务，为党的事业奋斗不已。娜仁高娃说："那时候，我沾父亲的光上班了，站在柜台里，面对着一个个顾客，心里美滋滋的。"

如今，有着30多年党龄的娜仁高娃积极参与她所在嘎查党支部开展的各项活动，发挥着党员的先锋模范作用，用自己朴实的语言和实际行动感染和带动着牧民们，体现着她的初心和使命情怀。她也多次获得所在单位和嘎查的"优秀共产党员""劳动模范""先进职工"等荣誉称号。2018年，她还被评为全旗"优秀共产党员"，她的家庭也曾经被评为"五好家庭"。

工作了18年之后，娜仁高娃所在的单位解散了。于是，娜仁高娃和丈夫经营起了一家商店，当时商店的生意还是不错的，给牧民群众带来了方便，赢得了牧民群众的信赖。后来，大女儿结婚有了孩子，需要他们夫妻帮助照顾孩子，他们就把商店关了。

阿爸额吉是永远的思念

阿爸是她生命中的坚强靠山，娜仁高娃从小就依赖阿爸。挨训时，她跑着找阿爸，阿爸总是慈爱地抱起她。阿爸不仅是女儿的慈父，也是一个热心肠的人，经常帮助周围的牧民。20世纪80年代，阿爸被平反安置工作，当起了木匠，给人们修理生产生活用具。后来，在额仁戈比公社担任农业助理工作，直至离休。在他生活过的地方，一说起"老杨"，没有人不知道的。骑兵出身的阿爸有着坚强的意志，又有着工作认真、诚恳待人的品质。经历过解放战争洗礼的阿爸，辛劳了一辈子。有一年，阿爸身体不舒服，经常感到肚子胀，娜仁高娃急忙去找认识的一位医生。医生听完她叙述的病情症状后说，你的阿爸好像是胰腺有问题了。后来，阿爸被送到呼和浩特市检查，确诊为胰腺癌。1994年3月，娜仁高娃的阿爸因胰腺癌离开人世。

2003年,娜仁高娃的额吉感到身体很难受,手脚冰凉,闻讯赶来的娜仁高娃赶紧让额吉吃了一颗药丸,还用热水袋敷,缓解了她的病痛。娜仁高娃回忆说:"那时候,医疗条件还是差,得了病不好治,按照现在的条件,额吉也许早已经康复了,但额吉当时却瘫痪了。"2007年2月,已经四年半身不遂的额吉因脑出血去世,享年74岁。在两个老人患病期间,娜仁高娃全家精心照顾,尽着子女的拳拳孝心。尤其是在额吉卧床四年间,娜仁高娃和丈夫日夜伺候,没有丝毫不耐烦。年老的娜仁高娃现在还时时想起额吉教育、培育她的点滴,觉得受益一生。她说:"当时额吉对我很严,要求很高,现在想来,额吉的严格对我很有好处。"

"父母亲的容颜,清晰依旧,许多关爱的话语经常回荡耳际。清清河水、绿绿草原都无法承载阿爸额吉的养育之恩,他们真的胜过我的亲人。"娜仁高娃伤感地说。阿爸额吉的相继去世成为她心中永远的痛。

延续着感恩的心

2009年,娜仁高娃的大女儿乌仁图雅因车祸去世,当时她的外孙才仅仅7岁。2013年,娜仁高娃的丈夫扎木彦因心脏梗死去世。几年内,娜仁高娃先后失去了最亲爱的人,她痛不欲生,度过了艰难的几年。

在痛苦中却也有惊喜。1998年,娜仁高娃的弟弟吉如和多方打听找到了她,姐弟再次相认相见在乌珠穆沁草原。原来,吉如和被牧民张秉岭、徐桂兰领养,并改名为张品卿,他现在在吉仁高勒镇海流图嘎查生活。自从在白音乌拉公社分开30年后,弟弟一直挂念着这个一母同胞的姐姐,一直在想办法找她。两个人见面后,人们惊喜地发现姐弟俩的眉心中间都有一模一样的一道痕,想必是亲生父母留下的纪念痕迹吧。如今姐弟俩也经常见面相聚,回忆起从前的日子,共话如今的美好生活,共述守望相助、民族一家亲的佳话。

"没有国家和政府的好、大家的帮助,就没有现在的我。我必须握紧这根爱心接力棒,用实际行动传递下去。"娜仁高娃激动地说。社会的温暖在娜仁高娃的心里埋下了爱心志愿服务的种子。娜仁高娃讲述了一件有温度的往事:"当时我家有商店,还有近100只羊,两个人有些力不从心,于是就让嘎查牧民阿拉哈一家帮助照看这群羊。当时阿拉哈全家生活很困难，仅有一匹拉车的马，他的妻子得了肺病，还有四个孩子。我和丈夫没有把他看作‘被雇佣的人’，我们像亲兄弟一样在各方面帮助他们。那时候，我家里还有一辆车，当他家需要车时，我都会及时借给他。除了给他固定的帮工费用外，还另外给予些护理羊羔的费用。他们家在我们家待了六七年，离开我家时，他们已积累了 200 只羊。当然，他们摆脱贫困的生活，离不开他们自己的努力。”娜仁高娃夫妻两个人的爱心救助，使阿拉哈家的生活发生了巨大的变化。如今，他们和儿子在草原上过着幸福、富裕的好日子。

娜仁高娃等“国家的孩子”还建立了爱心群，将关爱的目光投向社会各界，积极参与各项活动。娜仁高娃只要听说哪里的人需要帮助，就二话不说，总是鼎力相助。在武汉发生新冠疫情时，由草原母亲养育成人的娜仁高娃等兄弟姐妹随时关注疫情防控进展。看到抗疫英雄不懈努力，她们十分心疼。于是，娜仁高娃等 27 名“国家的孩子”把 7000 多元善款递交到锡林郭勒盟红十字会。其中，娜仁高娃捐助了 1000 元，锡林郭勒盟红十字会

西乌珠穆沁旗“国家的孩子”爱心团成立

向她颁发了捐赠证书，感谢她为抗击新冠疫情工作给予的无私帮助。2022年，上海发生了新冠疫情，娜仁高娃等 30 多人通过西乌珠穆沁旗红十字会向上海进行捐款。娜仁高娃动情地说："60 多年前，我们从上海来到西乌珠穆沁旗，如今，上海有困难了，我们要为上海市疫情防控工作献出绵薄之力，这也是我们'国家的孩子'帮助自己家乡的一片心意。"在六一儿童节时，娜仁高娃等"国家的孩子"到西乌珠穆沁旗第二小学献爱心，为 6 个生活困难的学生捐款，并表示将资助学生们直至毕业。

娜仁高娃忘不了国家和草原人民的辛勤哺育，有心要让后辈们铭记这段历史，报答党和祖国的恩情。娜仁高娃经常教育孩子，要有一颗感恩的心。二女儿斯琴图雅、女婿宝音贺希格在乌兰哈拉嘎苏木阿日胡舒嘎查经营畜牧业，小日子过得风生水起。女儿谨记额吉娜仁高娃的谆谆教诲，精心照顾着腿脚不好的婆婆，传承着尊老爱幼的传统美德。

60 多年的风风雨雨，娜仁高娃如今儿孙满堂。2008 年，娜仁高娃正式办理了退休手续。目前，她居住在西乌珠穆沁旗巴拉嘎尔高勒镇，昔日"上海孤儿"的她如今过着吉祥如意的生活。

作为"国家的孩子"，娜仁高娃深爱着敞开胸怀接纳她的这片草原和养育她长大成人的阿爸额吉，她永远铭记着乌珠穆沁草原这片高天厚土给了她如此美好的生活。

她说："60 多年前，我来到草原获得了第二次生命，我沐浴着党的阳光雨露不断成长，蒙古族额吉、达斡尔族阿爸给了我关爱。现在我有了子孙后代，过上了文明富裕的好生活，我亲眼见证了各族兄弟姐妹共同团结奋斗、共同繁荣发展的和谐局面。我们要让它永远传承下去！"

春华，女，蒙古族，1964年10月生，中专学历。曾任《锡林郭勒日报》驻站记者、特约记者，《锡林郭勒晚报》特约记者，《锡林郭勒日报·乌珠穆沁版》《乌珠穆沁周报》《西乌讯》记者、编辑，现任西乌珠穆沁旗融媒体中心记者、西乌珠穆沁旗摄影家协会副秘书长、《锡林郭勒日报》特约通讯员、内蒙古骑兵革命史研究会会员、锡林郭勒盟作家协会会员。

天地苍茫 感恩相遇

张品卿 口述 宫永军 整理

在草原上生活已有60余载，岁月的年轮镌刻着爱的光芒。如今，张品卿儿孙满堂，过着幸福、美满而又惬意的生活。追忆往昔，父母恩情永难忘，天地苍茫，感恩相遇。

张品卿，1958年5月15日出生。在他三岁的时候被接到内蒙古锡林郭勒盟西乌珠穆沁旗乌兰淖尔公社（现吉仁高勒镇海流图嘎查）。

1961年，牧民朋斯格、吉斯玛夫妇领养了他，当时取名叫吉如和。两年以后，张秉岭、徐桂兰夫妇收养了他，改名为张品卿。从此，养父母含辛茹苦、精心呵护，张品卿在爱的滋润中幸福成长。他热爱养育他的这片草原，并用实际行动为草原的建设贡献着自己的力量。

张品卿的养父母对他特别疼爱，视其为亲生儿子，老两口对孩子的身世守口如瓶，从未向外人谈及领养他的事情。张品卿对自己身世的了解，还是从西乌珠穆沁旗一名老干部来养父母家里与养父母聊天叙旧时听到的。这名老干部与张品卿的养父母是老相识。有一次，他下乡途中因为天黑路远、交通不便，就临时借宿在张品卿养父母的家里。在那个夜晚，张品卿听到了一段往事。旗里来的老干部在与养父母谈话时说起了张品卿的身世和他从第一个养父母家来到现在父母家中的缘由，还谈到了和张品卿一同从上海接来的一母同胞的亲姐姐。因为是亲姐弟，当时政府要求必须由一家人同时领养，可是，第一个养父母家因经济困难，无力抚养姐弟俩。当地政府了解此事后，深思熟虑、几经周折，妥善安排了张品卿姐弟俩的领养事宜。张品卿由张秉岭、徐桂兰夫妇领养，他姐姐改为由另一个人家领养，起了名字叫娜仁高娃。1998年，张品卿与姐姐再次相见并相认，姐弟俩

张品卿与养父母的全家福

从此便又有了相互往来。

养父母张秉岭、徐桂兰非常重视张品卿的学业，张品卿的学生时代，每年开学和放假的时候，都是在养父马车的颠簸中离开家和回到家中的。20世纪六七十年代，牧区交通极其不便，家里的经济也不太宽裕，但是养父母不辞辛苦、义无反顾地送张品卿到锡林浩特市读书。从小学到初中，养父毫无怨言，赶着马车往返百里，在策马扬鞭的期盼之路上成就了他的学业。送学路上养父那大爱如山的背影，深深刻在了张品卿的记忆中，永远挥之不去。张品卿在老干部与养父母的谈话中知道了自己的身世，也印证了他从左邻右舍听到的关于自己身世的真实性。养父母得知此事后，心绪不定，焦灼不安，可能一来是担心他的内心备受煎熬，二来担心他找到亲生父母后会离他们远去，让他们二老无所依靠。初中时，张品卿的学习成绩在班级中名列前茅，尽管如此，为了消除养父母心中的疑虑，他在养父母的极力反对下，坚持放弃了考取高中的机会，填写了回乡做知青的申请表。自此，张品卿放弃了学业，回到了养育他成长的草原，回到了恩重如山的养父母的身边。

回乡后，张品卿起早贪黑，帮助料理家务。与养父母朝夕相处，不仅能让养父母高兴，张品卿也有了回报养父母养育之恩的机会，让他得以释怀，内心更加坦然。养父母的爱让他更加热爱草原，离不开草原，他要用自己的行动报答草原。

1986 年，张品卿开始学医，从西乌珠穆沁旗卫校毕业后，在嘎查开办了卫生所。当时，牧区交通不便，牧民居住也比较分散。作为一名乡村医生，马是唯一的交通工具，劳累奔波是常态。他每年都定期骑着马在草原上为儿童打防疫针，如若有人生病，不分昼夜，他都立马骑马出诊。医者仁心，日复一日、年复一年不辞辛苦地治病救人，他的付出赢得了蒙古族牧民的认可。能为老百姓做事，他内心充满了幸福与快乐。马背医生的时代终于结束了，后来，在党的富民政策指引下，通过辛勤劳动，张品卿家的日子逐渐富裕起来了。在嘎查，他是第一个买轿车的人，这为出诊看病带来极大的方便。有一次，一位蒙古族牧民来找他，说家里有人生了病，十分难受，因为是急诊，嘎查卫生室无法救治，张品卿与患者的家人一起开车及时将患者送到锡林浩特市医院救治，他还为患者垫付了押金。还有一次，一个蒙古族儿童在家中不慎被烫伤，因为伤势较为严重，张品卿开着自家车将孩子送到了医院，孩子得到了及时的救治。张品卿与牧区牧民群众结下了深厚的情谊，他坚守医德，为牧民看病时总是先看病后收费，以至于为患者垫付了许多医药费。但是，他从来没有一句怨言。

1992 年 6 月 1 日，张品卿光荣地加入了中国共产党。从此，他时刻以一名共产党员的标准严格要求自己。张品卿曾被选为嘎查党支部委员和嘎查党员中心户，得益于党的富民政策，他勤俭持家，勤劳致富。作为一名共产党员，他充分发挥党员的先锋模范作用，宣传党的路线、方针、政策，为发展壮大嘎查集体经济献计出力。他致富不忘国家，致富不忘乡亲，捐款捐物扶持贫困户和困难学生，做了很多公益事业，为社会奉献了自己的爱心。他的先进事迹曾以《昔日上海孤儿，今日的草原带头人》为题进行过宣传报道。2000 年，乌珠穆沁草原遭受雪灾，张品卿舍小家为大家，全身心投入抗灾保畜工作上，他迎风雪、抗严寒，不顾个人的冷暖和安危，为战胜雪灾无怨无悔地劳作和付出着，被锡林郭勒盟盟委、行署授予“劳动模范”称号；2004 年，他被中共西乌珠穆沁旗委员会评为“优秀共产党员”，同年，被西乌珠穆沁旗党委、政府授予“先进个人”称号；2012 年，被西乌珠穆沁旗党委、政府授予“劳动模范”称号。张品卿在牧民群众中有着良好的口碑，因此，他曾被推荐为政协西乌珠穆沁旗第九届、第十届委员会委员。张品卿热爱草原，为草原的建设和发展积极建言献策，他撰写的关于牧区医疗卫生方面的提案被有关部门予以采纳。

1979 年，张品卿与王俊青结婚。他的妻子贤惠善良，对养父母极尽孝心，他们与养父母和睦相处，让养父母过上了美满而又温馨的生活。后来养父母由于多年患病在身，于 1982 年、1988 年相继去世。养父母去世后，张品卿又把岳父岳母接到自己家中赡养，如今，岳母在张品卿夫妇的精心照顾下生活幸福、安逸，老人家已年过百岁（102 岁），成为名副其实的老寿星。

张品卿夫妇育有两儿一女。三个孩子都是大学毕业并且都已经成家立业，生儿育女。女儿是一名医生，大儿子在企业工作，小儿子在草原上从事畜牧业。孩子们学有所成，让张品卿夫妇十分骄傲，也弥补了张品卿年轻时没有上大学的遗憾。张品卿经常告诫孩子们要学习爷爷、奶奶无私奉献、与人为善的品格，树立良好的人生观、世界观、价值观，正可谓“赠人玫瑰，手有余香”“与人方便，与己方便”。

作为“国家的孩子”，张品卿发自内心地感谢伟大光荣的中国共产党，感谢以博大胸怀接纳了他的内蒙古大草原，感激曾经领养过他的养父母。作为“国家的孩子”，他与草原亲人早已是血脉交融，他不会忘记草原的养育之恩，更不会忘记自己是国家的孩子。当湖北武汉遭受新冠疫情的时候，“国家的孩子”们发出倡议，主动捐款，驰援武汉，用自己的善举回报国家的恩情。当“国家的孩子”的家乡上海发生新冠疫情的时候，他们又以草原儿女的博大胸怀踊跃捐款，支援家乡，抗击疫情。“国家的孩子”在巴拉嘎尔河畔与黄浦江之间演绎着超越地域、血缘、民族的人间佳话。张品卿生在草原、长在草原，他和草原上的蒙古族兄弟姐妹结下了深厚的友谊。作为一名共产党员、一名“国家的孩子”，张品卿深知铸牢中华民族共同体意识的意义所在，他践行了民族团结、守望相助的信念，实现了热爱草原、建设草原的诺言。

宫永军，男，蒙古族，中共党员，1966年6月出生，函授本科学历。曾任西乌珠穆沁旗工商联秘书长、会长，西乌珠穆沁旗统战部副部长、工商联党组书记，西乌珠穆沁旗史志办主任，西乌珠穆沁旗文联党组书记、主席。

感恩草原，回报草原

胡日查　口述　张建峰　整理

胡日查是苏尼特左旗政法系统的一名退休干部。他现在仍活跃在苏尼特左旗的社会法律服务战线上，日常事务比较繁忙。可能跟工作性质有关，胡日查非常健谈。在我们见面后，他就滔滔不绝地向我讲述起往事。

儿时生活

胡日查生于 1958 年，因具体日期已无从查证，后来参军后他就把建军节当成了自己的生日。现在身份证、户口本上他的出生日期都是 1958 年 8 月 1 日。

胡日查说，从他记事起，身边就经常有人叫他“南方孩子”，养母额日格吉德也没隐瞒，慢慢告诉了他一些身世。

他是在 1958 年作为第一批“南方孤儿”被送到苏尼特左旗巴彦乌拉公社阿尔善宝拉格嘎查的，当时他不到一岁，身体非常虚弱。养母额日格吉德是嘎查的一位独居老人，没成过家，无子女，也没有近支亲属。据说老人有一个哥哥，在战争年代外出当兵，后来再无音讯。养母在领养他时已经 46 岁，而且常年患病，身体非常不好。养母当初的本意是想领养一个女孩，因为女孩自立早，擅长干家务，体贴人，更善于照顾老人。可是在公社抽签时，她却抽中了仅有的两个男孩中的一个，于是就阴差阳错地和胡日查结缘。

把男孩接到家里后，养母给他取名“胡日查”（汉语意为机智、灵敏），希望他将来聪明伶俐，能成为一个有用之人。养母把这个“国家的孩子”当成掌上明珠，疼爱有加，精心呵护，每天耐心地给他喂牛奶。平时，养母和胡日查寸步不离，在家干家务活儿抱着他，外出放牧干活儿背着他……养母用伟大的母爱抚育他一天天健康成长。

养母因为身体不好，干不了重活，所以在按劳分配的计划经济时期，他们家里的生活条件不是太好。母子二人居住在一顶只有4个哈那的小蒙古包里，生活比较艰苦。尽管经济困难、物资匮乏，但相比生活在内地，别管吃的好与坏，至少人们在吃饱饭、填饱肚子方面还是不成问题的。当时，他们家里除了替嘎查放集体羊外，还有八九个自留畜。集体每月分配的供应粮也够他们母子二人吃，实在不够时，还可以找嘎查长申请买集体羊吃，只要能在年底用工分兑换的工资中抵扣购羊款就好。

穷人的孩子早当家。胡日查在很小的时候就开始干力所能及的活儿，像放羊、捡粪、拾柴、打水、做饭之类的家务活都能替养母承担。上学后，他在巴彦乌拉苏木住校，那时候住宿费、伙食费都是学校出的，但是养母用辛辛苦苦攒下的钱负担他一年5～10元的其他生活费也不是很轻松。胡日查那时候很懂事，一开学就把全部生活费交给老师保管，自己从不轻易乱花钱。当有需要用钱的时候，再跟老师几分钱几分钱地往出领。

养母在领养胡日查之前就一直重病缠身。胡日查说，在他的记忆中，老人会经常性地突然昏迷不醒。当时医疗条件有限，当老人昏迷时，当地的土医生会用烧红的炉火烤砖茶，然后用砖茶冒出的烟给老人闻，大概20分钟后老人就苏醒了，但是人会持续一天没有力气。后来等他大一些后知道让昏迷的老人闻酒精效果更好，醒得更快一些。

因为养母有病在身，胡日查年龄太小还不能自立，所以当时巴彦乌拉苏木学校的包福英老师对他们这对相依为命的母子非常照顾，放假后安排好学校宿舍，将母子二人留在学校照顾。包老师给养母联系医生，按时吃药、打针、调养，待开学后再联系驻军部队的车，把养母送回嘎查。那时候嘎查也非常照顾他们，还专门派人带养母去呼和浩特看过病。但是受当年医疗条件限制，始终没有看好。在胡日查11岁时，老人因病不幸去世，年仅56岁。

再被收养

养母去世后，年幼的胡日查第二次尝到了孤儿的辛酸与痛苦。幸好，多年的邻居、善良热心的巴达木苏荣老人收养了他，再一次给了他家的温暖。

巴达木苏荣老人是一位单身母亲，当时已年近 50 岁，独自抚养着 5 个子女，生活也不容易。在嘎查热心人和巴达木苏荣老人的支持和帮助下，胡日查没有中断学业。他把养母留下的小蒙古包送给了嘎查，把八九个自留羊送给了巴达木苏荣老人，算是表达自己对嘎查和邻居的感激。

上学期间胡日查在苏木住校，放假后回到嘎查，跟巴达木苏荣老人一家一起经营嘎查集体的五六百只羊和一百多头牛。他和 5 个兄弟姐妹(1 个哥哥、1 个姐姐、1 个弟弟和 2 个妹妹)一起生活、一起劳动、一起长大，建立起了深厚的感情。如今，姐姐已经去世，哥哥、弟弟和两个妹妹都在阿尔善宝拉格嘎查经营牧业，他们经常联系和来往，一直维系着那份没有血缘关系的亲情。

巴达木苏荣老人待胡日查像亲生儿子一样，据胡日查说，他在巴彦淖尔市五原县当兵期间，老人还去部队看过他。当时，老人还给他买了一块手表。在那个年代，手表价格不菲，非常珍贵，让他不知道高兴了多长时间。大概在胡日查退伍 6 年后，巴达木苏荣老人不幸患肺结核去世。幸好那时他已回到地方工作，陪伴老人走过了人生最后的一段日子。

学习生涯

胡日查说，他这辈子最大的优势就是热爱学习，最成功的人生选择就是从来没有放弃过上学读书，最庆幸的是从小到大身边所有人对他上学的支持。打小时候起，养母及嘎查所有的人都支持胡日查上学，哪怕在养母重病缠身需要照顾的时候，被邻居一家再次收养的时候，在他生活最困难的时候，身边人都没有让他辍学。

胡日查说：“当年不少人对教育不够重视，再加上受家庭条件限制，一直坚持上学的人不多。记得 1965 年 3 月份上小学一年级时，我们巴彦乌拉苏木学校一届两个班共有学生 96 人，等到上初二时只剩下 7 人。当时苏木学校没有初三班，等到旗里第一中学上初三时，我们苏木同年的学生只剩下了 2 个人，再等到上高中时，就只剩了我一个。可以说，那时候我是巴彦乌拉苏木唯一的一名高中生。”

胡日查说：“在旗第一中学上高中时，我享受着最高的伙食补助，每月 9.5 元。但还是不够我吃饭用，那时候我每月的伙食费需要将近 30 元。放假后，我就回嘎查参加集体劳动，干活挣工分挣钱，打井、盖棚圈、垒院子、放牧，啥都干。”

勤工俭学、勤奋努力的胡日查得到老师和同学们的一致肯定，高中期间他一直担任着班里的班长。胡日查以优异的学习成绩、坚强独立的性格，没有辜负养母对他的疼爱和厚望，没有辜负苏木、嘎查热心人对他的支持。

参军入伍

在 1976 年 12 月胡日查上高二时，正好赶上冬季征兵，学校推荐他参军入伍。当年班里有 3 名同学参加了体检，但是最后只有 1 名同学收到了入伍通知书。胡日查在组织班级为入伍同学举办的欢送会后，仍然对自己没能参军的事感到难过，心里也很不服气。因为当年的他还不会说汉语，就找了一位同学当翻译，陪他一起去旗武装部询问原因，当时负责接待他们的领导没有给出明确合理的解释。胡日查不甘心，又找到部队负责征兵工作的主任，说明了自己的相关情况。主任对胡日查的遭遇感到同情和惋惜，表示将会找当地党委、武装部重新研究，并承诺一星期后给予答复，让他先回去等消息。当时学校已经放假，胡日查没有住的地方，就搭苏木供销社拉货的马车回到苏木，又搭了个牧民的牛车回到嘎查。在回到嘎查的第七天，旗里传来消息，说他的入伍通知书已经下来了，让他赶快去苏木等待统一接兵。当时胡日查正在跟人们一起打井，听到这个消息高兴坏了，赶忙放下手里的活儿，骑马往苏木赶。在苏木，胡日查终于坐上了从各苏木接新兵的班车，从此开始了为期 5 年的军旅生涯。

年轻时的胡日查

“在全旗同年入伍的 23 名新兵里，只有我一人是‘国家的孩子’，我感到无比自豪。可以说，参军入伍是我走上社会的第一步，对我的一生影响巨大。我永远记得收到入伍通知书的那个有重大意义的日子——1976 年 12 月 16 日！”胡日查说。

1976 年底到 1981 年底，胡日查在巴彦淖尔盟五原县部队当兵。在部队，他努力钻研、辛勤训练，熟练掌握了侦察兵擒拿格斗技能、骑兵三大技能和步兵五大技能，各方面表现优异，得到了部队领导的认可。入伍一年后他当了班长，并被选入教导队(部队临时性培训骨干的机构)参加军训，1980 年开始任新兵连“教官”训练新兵。他还带领战士在北京、上海、石家庄等地参加过电影拍摄任务。

1976 年，胡日查参加了在巴彦淖尔盟举办的军事演练，当时乌兰夫等党和国家领导人亲临现场检阅演练，对演练进行了高度评价，并在结束后与部队领导和战士们合影留念。当回忆起这段经历时，胡日查非常激动：“当年是乌兰夫主席把我们接到内蒙古，给了我们第二次生命，并给了我们

‘国家的孩子’这统一的名字。能为他老人家现场表演以及跟他合影，我倍感自豪，也备受鼓舞。”

从军5年，胡日查赢得了广泛的赞誉和高度的评价，多次受到嘉奖，1980年获得三等功荣誉称号，1981年10月16日光荣地加入了中国共产党。

服务地方

胡日查1981年底从部队退役返回家乡后，被分配到旗民政局，主要负责社会优抚、复员军人安置等工作。回到地方后，他把在部队培养出的“信念坚定、素质过硬、纪律严明、作风优良、有战斗力”的优秀品质带到了新的工作岗位上，爱岗敬业、艰苦奋斗、努力工作。住在单身宿舍的他，以单位为家，干起工作来常常不分昼夜，加班加点更是家常便饭，得到了组织和领导的肯定与认可。

20世纪80年代初期，苏尼特左旗正处于领导干部青黄不接、严重短缺的时期，干部年龄结构出现断档。1984年初，组织上对胡日查进行考察，并在3月份提拔他为旗团委书记。从普通科员直接被破格提拔为正科级领导干部，这在苏尼特左旗历史上是第一次。那一年，胡日查才25周岁。

胡日查说，他从来没有放弃过上学读书的念头，而且庆幸的是身边所有人都支持他上学。回到地方工作后，虽然一边工作一边学习理论知识和业务知识，但是他仍然深深感受到自己现有的知识水平已经不能满足机关工作的需要，于是产生了继续深造的想法。1985年，胡日查参加全区统一考试，成功考入内蒙古党校党政专业大专班，在内蒙古党校锡林郭勒盟分校脱产学习两年，毕业后取得了大专文凭。

回忆起这段历史，胡日查除了感到自豪，更多的是心中的愧疚：“1985年9月份入学时，我的大女儿才8个月大，而且在1986年6月份我的二女儿又出生了，可我把照顾家庭、照顾女儿的重任交给了妻子，自己踏上了求学之路。难能可贵的是，妻子以一人之力撑起了家庭的重担，让我安心在外读书，对我上学给予了最大支持。我现在想起来心里还感觉特别愧疚，觉得愧对妻子，在妻子独自操劳时，没有承担丈夫应尽的责任；觉得愧对自己的两个女儿，在女儿年幼时，没能给予她们足够的陪伴和照顾。”

1990 年 1 月，根据组织安排，胡日查被调到旗人民法院任政工办主任。从此，他踏入了法律工作这个领域，开始了与法律的不解之缘。

“如果说参军入伍是我人生中走上社会的第一步，那么进入政法系统就是我人生中一个重要的转折点。”胡日查说。从调入法院工作那天起，他开始认真学习钻研法律知识，并把从事法律工作作为毕生追求的志向。在之后的岁月里，他一直奋斗在法律战线。哪怕在退休后，他仍然坚守着自己的信念，从事着社会法律服务工作。

胡日查从未停止过求学的步伐。1993 年，他考入全国法院系统法律专科大学。毕业后，他获得了法律专业的大专文凭。他还通过不懈努力，取得了自治区司法厅颁发的司法工作证，成为一名真正的法律工作者。

1992 年初，胡日查被任命为苏尼特左旗人民法院巡回法庭庭长。两年多的时间里，他带着巡回法庭的两名同志，驾驶一辆北京吉普 212 汽车，带着庄严的国徽，走草原、越戈壁、过沙地，跋山涉水、翻山越岭，风里来、雨里去、雪里过，行程 5 万多公里，足迹遍布整个苏尼特左旗。哪里有案件，国徽就在哪里，流动法庭就在哪里。他们就地立案，就地开庭，就地审理，就地解决问题。他们流动审理基层案件 200 多起，有效维护了社会稳定，为全旗经济社会发展贡献力量，保驾护航。

1994 年 5 月份，胡日查被提拔为旗人民法院副院长，分管民事、经济、执行厅工作。任副院长期间，他继续参与疑难复杂案件的审理和执行。1995 年 5 月份，由胡日查带队一行 5 人到浙江省湖州市执行原旗食品公司和皮毛厂债权一案。在湖州市工作 20 多天后，因经费有限和气候不适，其他 4 人陆续都回去了，只留胡日查一人继续工作。他经过不懈努力，克服种种困难，3 个月后终于妥善处理了这一疑难案件。之后，他自己一人将大批执行货物托运到苏尼特右旗赛罕塔拉镇，又从那里雇了 4 辆解放卡车，才将执行货物拉回旗里，为苏尼特左旗挽回经济损失约 700 万元。

在任法官的 6 年多时间里，胡日查坚持廉洁公正，秉公办案，经手处理的 360 多个案件中没有任何差错及异议。他先后多次荣获“全旗优秀共产党员”“法律标兵”等荣誉称号。

1998年底，胡日查调任旗人民检察院副检察长，分管反贪局、审查起诉科、批准逮捕科、办公室等工作。在新的工作岗位上，他一如既往地履职尽责，努力工作，积极创新工作思路，推进分管领域工作扎实开展。

2003年5月，胡日查调任旗政法委副书记，分管执法检查室工作。4年多时间里，他按照岗位职责每月开展政法系统执法检查，共处理政法系统涉法涉诉案件16件，有效维护了执法公正。

2008年3月，胡日查退出了领导岗位，享受正科级待遇。2015年底，按照公务员职级并行政策享受副处级待遇。2016年1月，在旗政法委正式退休。

发挥余热

退休后，胡日查觉得自己还年轻，还有工作热情和精力，可以利用自己的法律专业知识继续发挥余热。于是，他成为旗司法局下设的社会法律服务机构——满都拉图镇法律服务所的一名注册的法律工作者，继续奋斗在法律工作的一线。他的工作主要是为群众提供社会法律服务，包括代理民事、民商、行政、执行案件，提供法律咨询，从事法律顾问等。退休这些年来，他大概每年代理20多个案件，调解化解上百起矛盾纠纷，为万家安宁、社会和谐稳定默默地贡献着自己的光和热。

家庭生活

1984年，当时在旗民政局工作的胡日查，经人介绍，与旗运输公司职工付志勤相识并结婚。婚后他们生育了两个女儿。大女儿萨日娜1985年出生，毕业于南开大学法学院，现在北京一家律师事务所工作。二女儿娜布其1986年出生，在河南省焦作市学习室内设计，大专毕业后，在山东省烟台市从事室内装潢设计工作。两个女儿都在外地忙自己的事业，平时很少回来。妻子后来从旗运输公司调入旗人大办公室工作，最后在旗教育科技局退休。胡日查夫妇退休后不甘寂寞，胡日查从事社会法律服务工作，妻子则经营保健品店。老两口的生活都很充实，都很快乐。

胡日查在法律服务所工作照

感恩草原

胡日查听养母说过，他刚来的时候在身上的随身包裹里有个小布包，写着他的编号、原名、出生日期及详细地址，后来布包丢失了，他的身世也就无从查找了。不过他从来没有在意过这件事情，也没因为这件事情怨恨过谁，因为他觉得打听身世、南方寻亲都没太大的意义。虽然他没有出生在草原，但草原却成为他的第二故乡。虽然他不是草原母亲亲生，但草原母亲却给了他第二次生命。他在草原生活了60多年，他的亲人在草原，他的事业在草原，他的心底早已认定草原就是他的家。

胡日查说，尽管成长的道路上有很多困难和曲折，也有这样那样的不尽如人意，但他从心底感谢党，感谢国家，感谢养育他的苏尼特左旗，感谢收养他的养母,感谢从小到大在身边帮助他、支持他的好心人。虽然他无法报答亲生父母的生育之恩,但一定要好好报答草原母亲的养育之恩,以自己在社会法律服务上贡献的微薄之力,回报苏尼特左旗这片美丽的土地。

作者简介

张建峰,男,汉族,中共党员,1983年6月出生,大学本科学历,管理学学士学位。曾任苏尼特左旗文体旅游广电局副局长,现任苏尼特左旗政协机关党组成员、提案委员会主任。

永驻心田的爱　扎根草原的情

桑·阿拉坦其其格、乌力吉木仁　口述　苏战勇　整理

重获新生

1958年9月，我被草原母亲领养，我的养父母是锡林郭勒盟苏尼特左旗原达日罕乌拉苏木敖日格勒图雅嘎查的普通牧民，父亲叫桑登扎木苏，母亲叫斯日吉拉姆。据我养母讲：1958年9月1日，她接到旗里关于报名领养孤儿的家庭到指定地点收领孩子的通知后，怀着无比激动的心情，骑着马去苏尼特左旗巴彦乌拉公社孤儿集中领养点（当时叫扎拉庙）认领了我，当时我还是个不满周岁的瘦弱女婴。后来母亲开玩笑地跟我讲，她报名领养孤儿时原本想领养一个男孩，但组织上有要求，认领孩子不能挑选，排队认领轮到谁就是谁，母亲领到我时也不知道是男婴还是女婴，高兴地抱着我跑到附近朋友家，急忙打开包裹一看是个女孩儿，她多少有些失望。但一听到婴儿的啼哭声，基于母性的本能，爱由心生，立刻就可怜上了这个孩子，也爱上了这个孩子。母亲希望我像金子一般珍贵、花朵一样美丽地成长，于是给我起了阿拉坦其其格（汉语意为金花）这个美丽的名字，当成了她珍贵又美丽的心肝宝贝。

母亲说，当时我太娇小、太瘦弱了，他们就怕养不活或养不好我，非常担心。由于天气变冷和饮食不适等原因，部分体弱婴儿出现消化不良、跑肚拉稀、感冒发热、体能下降等情况。组织上根据实际情况，将这部分孩子统一送到苏尼特右旗集中育婴点（当时叫温都尔庙）进行保育，其中就有我。直到1960年，经过保育院认真细致的照料，这些孩子安全渡过难关，

保育院在确保没有生命危险后才重新把他们送回养父母身边，我也回到了母亲的怀抱。母亲说，当时她是通过我的胎记（黑痣）辨认的我，送走时啥也不知道的我，回来时都会走路了，会用勺子自己吃饭了，还会叠自己脱下的衣服。从此以后，我再也没离开我的养父母，成为真正的草原人，开始了草原牧区生活。重获新生，我想这就是缘分，是我与养父母之间、南方与北方之间、汉族与少数民族之间不能分隔的千里之缘。

快乐童年

小时候的我是父母的掌上明珠，深受父母的宠爱，是家里名副其实的小“天使”、真“宠儿”。淘气、撒娇、挑食、“闹家”是我的日常，我时不时搞点小动作，想引起父母更多的关注，对此父母从不训斥，反而还能争得父母的亲吻和抚爱，让我在充满爱的环境中成长。据母亲说，我不管怎样要怎么闹，都只是在父母面前撒娇和争宠，其实我也有胆小怕事、乖巧听话的一面。让我独自待着的时候，常常怕这怕那的，让父母担心，毕竟是个小女孩儿嘛！

当时我们家附近没有和我年龄相仿的小孩儿，我没有玩伴。父母忙于劳作时，我自己哄自己玩儿，我们家的小狗、小羊羔、小牛犊都成了我的好玩伴。虽然有些单调，但从不缺乏爱，从不孤单寂寞，一天天玩得非常开心、充实。牧区的孩子都是在这样的环境中长大的，我也一样，在这样特殊的环境里玩耍着，日复一日地生活着，一天天成长着，度过了我如诗如画的快乐童年。

冬暖夏凉的蒙古包是我的住所，营养丰富的奶茶、奶食和牛羊肉是我的饮食，仁慈善良的父母亲是我的晴天，美丽宽广的苏尼特草原是我的天堂，就这样蒙古包、大草原、牛羊群成了我童年的一切。在生活环境的熏陶和父母亲的言传身教之下，我彻底融入了这个家庭、这片草原，这里的生活为我提供了健康成长的养分，这里的环境为我搭建了展翅飞翔的平台。我的童年从不孤单、忧愁，反而非常快乐、幸福，我甚至都不知道自己是父母亲抱养的南方孤儿，他们也从没跟我说过这个经历，在我心目中养父母就是我的亲生父母，我就是养父母的亲生女儿。在我幼小的心灵中慢慢地、不由自主地萌发了爱护生灵、爱护草原、崇尚自然的嫩芽，草原博爱精神的种子在我的心灵深处悄悄生根发芽。

那个年代，牧区人烟稀少，居住分散，条件艰苦，有文化知识的人少之又少，上学学文化、学知识是人人渴求的事情，也是所有家长望子成龙、望女成凤的孜孜追求。我非常聪明，从小爱学习，爱劳动，在养母的眼里是乖巧懂事的孩子，在老师的眼里是好学上进的学生。我虽然身材娇小，背上书包都费劲，但内心强大，胸中怀有远大理想。在养母的悉心照料和谆谆教诲下，9 岁的我怀揣着远大梦想，踏进了实现理想的校园大门。那时候的牧区孩子上学普遍较晚，10 岁或更大年纪上学的都很正常。

母爱如水

1967 年 9 月的一天，母亲起个大早，忙活了大半天，炸好蒙古馃子，做好蒙古奶食，装满一整袋子，整理好我的衣物和简单的日用品，全部装进箱子里，跟我说秋季开学时我该上学了！当我听到母亲的话既高兴又犯愁，高兴的是我要去上学，认识很多的小朋友，和他们一起学习、玩耍，犯愁的是我将要离开父母亲，远去离家几十公里外的苏木学校住校，舍不得离开家。那时候只有苏木才有学校，离家很远，不能每天来回，只能住在学校宿舍。但不管怎样，上学还是必须去的。当天，母亲就委托邻居家的人把我送到了苏木小学，第二天就开始上课了。

据老师讲，我还是个聪明伶俐、好学上进、热爱劳动的好学生呢！虽然一开始学习比较困难，都不会拿笔，更不会写字，老师抓着我的手耐心地教我写字，我也按照老师教的样子努力学习，功夫不负有心人，两天后我就会写字了，虽然刚写出来的字是歪歪扭扭的，但老师总是鼓励我。没过多长时间，在老师手把手的教育和个人的不懈努力下，学习成绩提高了不少，还得到了老师的鼓励和好评。那时候学校老师少，每个老师都负责好几个班学生的教学和管理任务。在学校里，老师就像妈妈一样，非常仁慈和善良，除了负责教学工作以外，学生们的饮食起居、生活打理等方面也全部依靠老师。

在学校里发生的两件小事很有意思，我现在仍记忆犹新。

阿拉坦其其格(左)、乌云格日勒(中)、嘎·吉雅(右)

有一次,晚上在学校食堂里放电影,是几拨人拿着刀枪互相打斗的战斗片,因为以前从没看过电影,而且我还坐在第一排,看着看着就像看见一个牵着白马、戴满头饰的女人直奔我走来,我害怕了,老师不在身边,就大哭找老师,老师听到我的哭声很快就过来了,她抱着我,哄着我,继续看电影。我有了依靠,也就不怕了,谁知不一会儿我就在老师的怀里睡着了,连电影的名字都没记住。我是不是一个十足的胆小鬼呢?此后老师更像是我的妈妈,处处关心我、照顾我,我更爱学习了,成绩也快速提高了。现在回想起来,才明白"老师是人类灵魂的工程师"这句话的深刻含义。师恩如海,无法度量,我爱我的老师!

因为牧区劳动繁忙,加上学校离家很远,交通也不方便,家长把孩子送到学校后不能经常去看望,孩子们很想家。有一次,母亲专门腾出两天的时间来学校看我,带来很多我爱吃的奶食、肉干、蒙古馃子等好东西,足够我吃一段时间的了。母亲还领我到苏木的供销合作社(商店),专门给我买一瓶罐头吃，可把我高兴坏了，罐头别提有多好吃了，现在回想起来都流口水。那个年代，物资匮乏，食品短缺，能吃上罐头、糖果之类的东西是非常奢侈的，母亲自己都没舍得吃。为了陪我，晚上母亲没回家，住在我们的宿舍，我在母亲的被窝里甜甜地睡了一晚上，母亲的被窝那么温暖，让我感到无比的享受。第二天早晨起床后，我按老师教的样子穿衣叠被，洗漱干净才去吃饭。学校食堂条件一般，饮食非常简单，又单调，远没有现在学校食堂好。喝茶的时候，我找来一个大碗，把其他同学吃剩下的羊肚、灌肠、心肝肺之类的羊杂全部拿过来，满满盛上一碗递给母亲，还帮母亲倒茶让她喝。看到这些，母亲脸上露出欣慰的笑容，眼里透着光芒，亲切地看着我，抚摸着我的脑袋，轻声地说："我的乖女儿已经长大了，学会自立了，改掉挑食的'坏毛病'了，妈妈就省心了。"当时我还不知道母亲这句简单的话语里饱含着多么大的期望，现在我自己有了孩子、有了孙子以后才明白，母亲什么心都可以省，唯独对孩子的挂念之心是永远不会省的。如此一看，我小时候在家里是多么自由，多么娇气，母亲从来不斥责我，更不会骂我打我，总是默默地以身作则，言传身教。母爱无私，无处不在；母爱如水，柔和包容，我爱我的母亲！

父爱如山

1968年5月1日，参加大队会议回家后，本来就犯有心脏病卧病在床的母亲病情更加重了，再加上当时社会的其他种种原因，母亲再也没能好起来，在蒙古包里离世了。我失去了母爱，也失去了学业，那年我只有10岁。

母亲去世后，我和父亲非常难过，父亲的话更少了，但是为了生活，我与父亲相依为命，艰难过日子。母亲领养我的那年，已经49岁的父亲和母亲成了亲，我也成了他们唯一的情感纽带。我的养父从小是个孤儿，当过喇嘛。小时候给寺庙当童工，勉强养活自己；稍大后给牧业大户打零工，得到小羊、牛犊等劳动报酬，生活相对好了起来。父亲是一位不善言谈、仁慈友善的人。他心灵手巧、乐于助人，所以非常受人尊敬，是远近闻名的劳动能手。我与父亲的感情非常好，父亲特别疼爱我，父爱就像绵绵细雨，滋润着我的心田，一切在默默无语中。勤劳又细心的父亲独自抚养我的日子里，教会了我很多劳动技能和做人的道理，培养了我坚忍的意志和不服输的精神。我也没有辜负父亲的期望，力所能及地帮父亲干活，到了14岁时已经能和大人一样从事大部分牧业劳动了。骑马（骑骆驼）放牧、拉水饮畜、接羔保育、打扫棚圈等，我都能帮父亲做，父亲挣一个劳动力的工分，我挣半个劳动力的工分，我们的日子也好了起来。随着年龄的增长和生活水平的好转，我开始羡慕邻里的好生活，每每看到别人家的蒙古包又大又白，而看到自己家的蒙古包又破又烂，心中便感到沮丧，倔强地下定决心一定要把自己家的蒙古包盖成跟别人家的一样好看。在"攀比心"的促使和父亲的帮助下，我决心缝补翻新自己家的蒙古包。在父亲的鼓励和细心指导下，没用多长时间我就学会了用畜毛纺线、编绳、擀毡、缝毡等手工艺，而且真的就自己动手翻新了自己家破旧的蒙古包，满足了自己的"虚荣心"。我看到自己的作品后感到非常得意，得到了邻里的赞赏，他们都夸我有出息，将来一定能成大事。听到这些父亲也感到非常高兴，脸上布满了笑容。此后的几年里，因为父亲年岁已高，不能从事重体力劳动，所有重活儿都压到了我的肩膀上，就这样我成了这个家的顶梁柱。每次我外出劳动回来的时候，慈爱的父亲在家为我准备好最爱吃的饭菜，有时还到附近的高地迎接我回家，虽然小小年纪的我已经筋疲力尽，但看到父亲从远处来笑迎我，而且能够吃到父亲亲手为我盛上的热气腾腾的饭菜，这些都让我幸福感倍增，心理上的安慰远胜身体上的疲惫。父爱就这么简单，就这么直接。

父亲没有太多文化，一辈子从事着重复的重体力劳动，无比辛苦。所以他非常重视文化教育，对我失去上学的机会耿耿于怀，深感遗憾。他经常教我一些自己力所能及的文化知识，鼓励我自学上进。我也没辜负父亲的谆谆教诲，放牧时怀里总是带着书本，一有空就看书学习；每年大年初一的早晨，做的第一件事就是看书、写字，哪怕是一点点，因为听父亲和老一辈儿的人讲，这一天是一年的开头，早晨第一件做啥事，一年啥事成。1973年秋季开学时，为了让我继续读书学知识，父亲亲自送我到赛罕高毕公社的学校上学。送我上学后，年岁已高的父亲自己一个人承担家里家外的所有事情，但由于过度劳累，没过多久，父亲腿抽筋的老毛病加重，不能下地

走路了。为了照顾父亲，我退学回家，成了牧民，成了父亲的“贴身小棉袄”了。1974年春天，我帮父亲跟一个“浩特”（邻居）的其他牧户合作，轮流负责嘎查（当时叫生产队）的放羊、守夜（守看夜间下羊羔的羊）、接羊羔、剪羊毛等一系列牧业活儿，干得兢兢业业，热火朝天，挣得了满工分，出色地完成了集体交给的生产任务。不辞辛苦地努力劳动，总会得到满意的回报。嘎查充分肯定了我的劳动成果，为鼓励我继续振奋精神，发扬风格，成为更加优秀的劳动者，评选我为牧业能手，授予我为嘎查“优秀青年”的荣誉称号。1975年，为加快发展牧区教育事业，旗里下达通知，让基层推荐优秀青年，通过考试录取合格人选，选送到锡林郭勒盟师范学校学习深造，为地方培养合格教师，解决牧区教师紧缺问题。听到这个消息，父亲笑了，他的喜悦之情是从心底里流露出来的，毫无掩饰；我也笑了，我是从父亲的喜悦中受到感染，父亲和我向往已久的机会终于到来了！我们牧业小组向嘎查推荐让我参加考试，得到了上级领导的批准，当年9月，我顺利通过考试，接到了锡林郭勒盟师范学校的录取通知书，得到了学习深造的机会。这一切都离不开慈父的教导和付出，离不开家乡父老的鼓励和信任。回首往事，让我最难过的是我从学校毕业后，成家立业刚满一年，1982年3月父亲就病逝了，年仅64岁，他一辈子也没过上几天安心的日子。父爱细腻，犹如甘露；父爱如山，巍峨坚强，我爱我的父亲！

回报社会

1977年8月，我从锡林郭勒盟师范学校毕业了。为了报答家乡对我的培养和父母对我的养育之恩，我主动放弃了更好的分配方向，毅然决然回到我的家乡——苏尼特左旗达日罕乌拉苏木任教，组织上也批准了我的请求，分配我到达日罕乌拉苏木学校当了一名小学教师。这是我步入社会的第一份职业，也是一生最喜欢的神圣职业，一干就是一辈子，直到2006年3月退休，我在平凡的一线教育战线上整整工作了29年。

我刚参加工作时，虽然工作热情很高涨，但因为缺乏工作经验，还是遇到了不少困难和挫折，在教育战线上有丰富经验的老同事和学校领导的大力帮助和支持下，通过个人的不懈努力，在短时间内我的教育教学水平有了明显的提高，得到了广大师生和家长的一致好评，从中我也积累了工作经验，改进了工作方法，明确了努力方向。从此我暗自下定决心：自己不图回报、不求名利，立志要倾注一辈子的心血做好基层教育工作！功夫不负有心人，本是最基层的一名普通教师的我得到了党和政府的关怀和勉励，分别在 1979 年、1981 年两次被评为旗级“劳动模范”。能够获得如此殊荣，是我的荣幸，也是对我的鞭策，这样更加鼓舞了我的奋斗志气，坚定了我的工作信心！

20 世纪 80 年代初期，苏尼特左旗在旗所在地满都拉图镇新建了一所直属重点小学——苏尼特左旗直属蒙古族小学。刚建校时，学校缺少老师，旗里决定从各个方向选调和招录老师，充实到教学岗位。科班出身又有一定的基层工作经验的我很荣幸地被选调到该校工作。一开始，我舍不得苏木学校的工作，舍不得家乡父老的眷恋，但为更好地服务全旗教育事

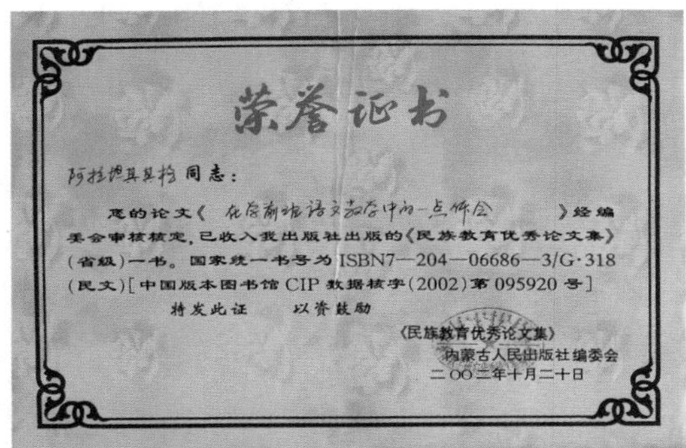
荣誉证书

阿拉坦其其格同志：

您的论文《[illegible]》经编委会审核核定，已收入我出版社出版的《民族教育优秀论文集》（省级）一书。国家统一书号为 ISBN7—204—06686—3/G·318（民文）[中国版本图书馆 CIP 数据核字(2002)第 095920 号]

特发此证　以资鼓励

《民族教育优秀论文集》
内蒙古人民出版社编委会
二〇〇二年十月二十日

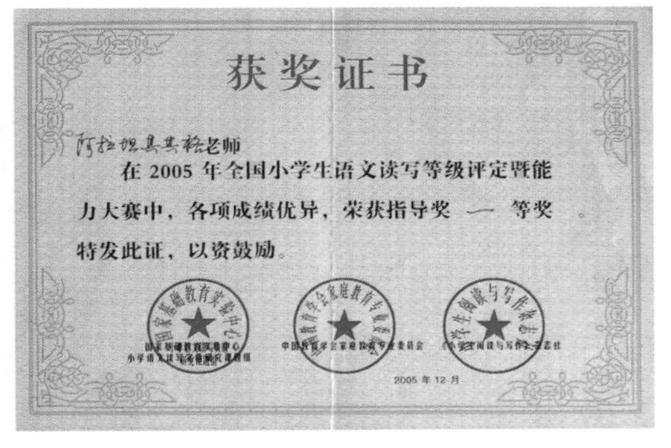
获奖证书

阿拉坦其其格老师

在 2005 年全国小学生语文读写等级评定暨能力大赛中，各项成绩优异，荣获指导奖 一 等奖。

特发此证，以资鼓励。

2005 年 12 月

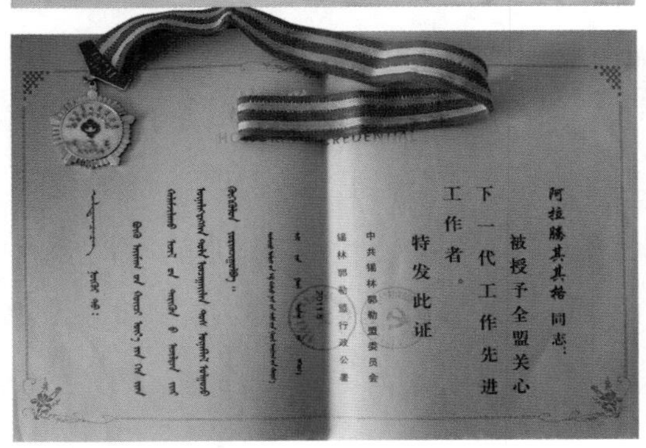
阿拉腾其其格同志：

被授予全盟关心下一代工作先进工作者。

特发此证

中共锡林郭勒盟委员会
锡林郭勒盟行政公署

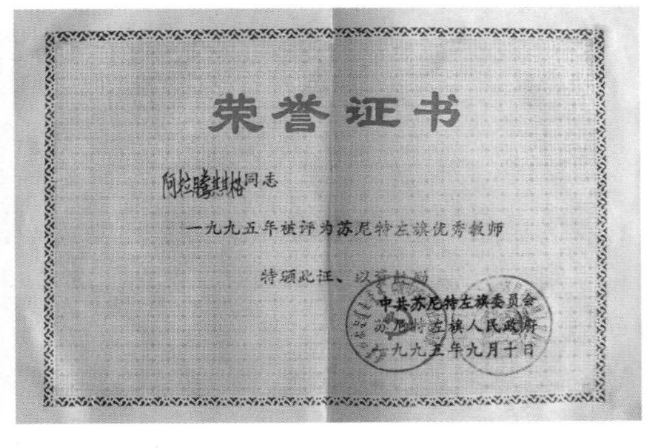
荣誉证书

阿拉腾其其格同志

一九九五年被评为苏尼特左旗优秀教师

特颁此证、以资鼓励

中共苏尼特左旗委员会
苏尼特左旗人民政府
一九九五年九月十日

阿拉坦其其格获得的荣誉

业，我服从组织安排，1983 年 3 月我被调到旗里学校上班了。来旗里上班后，环境变了，平台大了，责任和担当也重了。我更加珍惜人民教师的荣誉，以身作则，一直担任班主任职务，充分发挥一专多能的业务能力和干一行专一行的职业素养，专心致志地钻研业务，一心一意地干好工作，取得了较好的成绩。为此旗教育局在 1987 年 9 月至 1988 年 8 月，选派我到内蒙古民族师范学校美术班脱产学习一年，这不是人人都能得到的绝佳深造机会。虽然家里还有幼儿，但为了充实自己，我义无反顾地重返校园成了一名学生，开始了一年的进修学习。作为母亲，这一年的学习当中，别提有多么地想孩子。那时候没有电话，想孩子时只能默默地流泪。之后十几年的教育教学工作中，我一直严格要求自己，争取当一名合格的人民教师，1997 年获评小学高级教师职称，并多次获得了国家、自治区、盟、旗各级“优秀教师”“教学能手”“优秀班主任”“优秀指导员”等很多荣誉称号。

回顾这一生的教师生涯，不管是在苏木学校还是在旗里学校，我教过学前班、小学一年级到五年级所有学段的语文、数学、音乐、体育、美术、劳动等几乎所有学科内容，甚至还当过学校低年级学生的保育员，有时候学生们亲切地叫我一声“阿姨老师”（就是打理学生日常生活起居的老师），我也感到很高兴。我个人认为：一个人的能力是有限的，但在自己从事的职业上认真负责，一心付出，总能放大一己之力，获得不可思议的效果。我一生的职业经验告诉我：作为基层教师，除了要有必需的业务知识储备以外，更重要的是必须要有爱，要有德，还要有贴切的工作方式和方法，才能满足教育教学需要；作为基层教师，除了教书以外，要学会当好学生的父亲、母亲、朋友、医生、裁判等诸多角色，才能满足学生身心健康成长的需求，才能当好培养德、智、体、美、劳全面发展型人才的导师。我当了一辈子的小学教师，从来没有把个人的得失放在眼里，因为我是“国家的孩子”，更是草原的孩子，是这片土地包容了我，这里的人民培养了我，我为家乡的事业奉献是理所当然，别无他想。我自己也觉得问心无愧，没有辜负组织的信任和家乡父老的重托，没有愧对自己的良心和家乡的教育事业，时刻感到幸福和欣慰。为人师表、教书育人，照亮前途、培养后代，我爱我的教育事业！

幸福家庭

1981年我跟同一个嘎查的蒙古族小伙子结为夫妻，建立了自己的温馨家庭。我爱人的名字叫乌力吉木仁，是一名国家公务员。刚成家时我们夫妻双方家庭条件都一般，无法给我们提供更好的帮助。我们白手起家，家里的锅碗瓢盆、家具家当都是我们自己一点一点地攒起来的，虽说一开始底子薄，生活条件有些艰苦，但生活还是甜蜜和谐、充满幸福的。之后的几年里，我们工作都有了长足进步，生活也有了很大的起色，养育了一儿一女，全家欢声笑语，其乐融融。在这种环境下，虽然我们俩各自工作都很忙，但总是精力充沛，干劲十足，家庭工作两不误，不仅改善了生活条件，在工作上也有了出色的表现。

爱心事业

我退休后，身体很好，但天天在家憋得无事可做。我想再这么待下去眼睛也瞎了，耳朵也聋了，外面的事情什么也不知道，这样不就废了吗？怎么也得找点事情做。2008年3月，我受到了学校的邀请，返聘到学校继续发挥余热，这让我感到非常高兴。2008年3月至2009年7月，受学校返聘，教一年级的语文(蒙古语)课。同时，2008年3月至2016年8月，我还负责学校的关心下一代工作。

2010年8月，在苏尼特左旗“国家的孩子”之一满都日娃的倡导和组织下，苏尼特左旗“国家的孩子”爱心协会成立。协会的主旨是促进民族团结进步事业，感恩草原对“国家的孩子”的养育之情，回报社会，资助需要帮助的社会各界人士。刚成立时，协会成员有70名，我也是其中的一员，协会成员现在已经发展到270多名。作为协会成员，我积极参与协会各项资助活动，直到现在已对70多名家庭生活困难大学生、10多名孤儿和老弱病残人员进行资助。同时，在2020年的抗击新冠疫情期间在旗红十字会进行了捐款。此外，为深化民族团结进步教育，2021年5月“国家的孩子”爱心协会组织了铸牢中华民族共同体意识培训班学习，共51人参加培训。

阿巴嘎旗南部沙化严重，为了给牧区治沙事业做一些事情，近几年我和我的爱人一起参与沙地绿化活动，多次参加义务劳动，宣传治沙种草的重要意义，为家乡的绿化事业做了一些贡献。

苏战勇，蒙古族，中共党员，1969年2月生，大学本科学历，理学学士学位。曾任苏尼特左旗蒙中团委书记、法制办主任、党史地方志办公室主任、党委办公室副主任、督查室主任、党委宣传部副部长、文明办主任、教育（教科）局副局长。现任苏尼特左旗政协机关党组成员、教科文史委主任、四级调研员等职务。

超越血缘的亲情

王昭光　口述　刘宝华　整理

王昭光是1960年从上海来到内蒙古的“国家的孩子”之一，那年她5岁。

分不清是现实还是梦境的回忆

5岁，只是一个大概的年龄，因为对孤儿院的孩子来说，很难确切知道自己出生的日子。

关于小时候的记忆，王昭光的脑海中有些模糊的片段，但她不确定那些记忆究竟是发生过的现实还是梦中的画面。王昭光说：“我的记忆里有这样一个画面，我领着妹妹在马路边哭，可是却一直等不来说去给我们买糖的妈妈，眼看着天就快黑了……后来警察叔叔来了，要带我们去找妈妈，他们把我和妹妹放进车里，我很快就睡着了，可能是哭累了……”这些记忆片段，或许就是王昭光被送到孤儿院的原因，可她无法确定。

接运组长姜永禄的回忆

时任内蒙古锡林郭勒盟阿巴嘎旗医院院长的姜永禄是“三千孤儿入内蒙”故事的亲历者。1958年，姜永禄参与了“安徽孤儿入内蒙”后的抢救医治工作；1960年，姜永禄接到通知，要求他作为锡林郭勒盟领队赴上海接孤儿。“我们一共去了16个人，包括医生、护士和保育员等。”虽然相隔了一个甲子，但姜永禄对那段往事记忆深刻。1960年9月，他率队赶赴上海。

“我们到上海孤儿院见到了孩子们，发现个个都是大肚皮、皮包骨，体格很差，我当时很担心。”

在出发前，接运组就作出了“接一个、活一个、壮一个”的承诺。为了尽快改善孩子们的现状，接运小组抵达后随即开展工作，他们一边跟着育儿阿姨实习，一边采购一些药品和氧气瓶等必备医用品，做好相关准备。半个月后，接运组带着300个孩子踏上了回内蒙古的列车。

南方孤儿踏上北上列车

在这些孩子当中，最大的七八岁，最小的只有几个月。铁路部门专门给他们安排了最后的两节车厢，乘务员送水送粥，一路照顾。姜永禄说：“因为座位有限，我们就把孩子们放在座位上，工作人员都躺在车厢地板上。”

跨越高山大河，辗转千余公里，这一路他们走了6天，其中的艰辛可想而知。

从上海到内蒙古的路上，王昭光依稀也有些回忆：“周围很拥挤。好像有阿姨给我们发苹果吃，我记得我从阿姨手中接过一个苹果，然后递给了旁边的人。可能是苹果也可能是槟子，记不太清了。”60多年过去了，当王昭光再描述起这些连她自己都不能确定是否真实发生过的事情的时候，她的神情中有些复杂。

初到内蒙古

吸取了1958年安徽入内蒙古的孤儿因身体或气候不适突发疾病的经验教训，这一次，南方孩子们到达内蒙古后，首先被安排进医院体检治疗，然后进保育院恢复适应一段时间，才陆续被领养。

在保育院的这一年，这些“国家的孩子”也受到了来自各方的关心。让姜永禄印象最深的是牧民们的一次“雪中送炭”。1960年冬天，保育院的奶粉告急，“正当我们打算找牧民帮忙的时候，一个老乡赶着勒勒车来了。车上载着用毡子包着的一些冻奶坨，有碗大的、有锅大的……一看就是很多人家共同筹集的”。

姜永禄高兴地取下这些冻奶坨：“我对老乡说给你钱吧，他听了立马生气了，他说，我不是来卖奶子的！这奶子是大伙儿让我给‘国家的孩子’的！”

“我的父母是回族”

一年后，孩子们身体状况逐渐稳定，才陆续开始被领养。姜永禄说：“领养是有严格条件的，首先是没有孩子的牧民才能申请，其次得有条件养得起，如果是汉族或其他民族的干部领养还需要特批，领养后相关部门还会继续追踪孩子们的生活情况。”

王昭光真正能确定讲述一些往事的时间，也正是从她到达内蒙古锡林浩特市并拥有了一个新家开始的。

“当时领养我们的，除了蒙古族、汉族，还有一些生活在这里的其他少数民族。”王昭光说，“比如我的父母，他们都是回族。”

王昭光的养父王如江、养母张金娥都是回族，养父母的老家在河北沧州，20 世纪 50 年代来到锡林浩特，慢慢扎下了根，遗憾的是没有儿女。1961 年，他们决定领养一个“国家的孩子”。

回忆起和养父母的第一次见面，王昭光说：“我妈当时穿得很洋气，我爸很温和，他们走过来牵起我的手。我妈说这孩子手上有伤疤，我爸说不碍事不碍事。他们给我换好一身新衣服，就带我回家了。”就这样，南方的孩子跟着北方的父母，组成了一个新的家庭。

“爸妈给我取了名字，并把我的生日定在了七月初七。”王昭光从此有了自己的专属名字和生日。

超越血缘的亲情

“我爸是厨师，我妈是裁缝，在那个困难年代，‘吃饱’和‘穿暖’是生活中的大事，我自从到了这个家，再也没挨饿受冻。”王昭光刚从南方到内蒙古时肠胃和气管很不好，慢慢都得到了改善。

王昭光和养母

后来上了学，王昭光成了同学们都羡慕的孩子。“妈妈总会把我打扮得漂漂亮亮的，爸爸总会给我做好吃的。”夫妻俩不仅给了女儿最好的物质保障，也非常重视孩子的教育。“我爸说，只要我愿意，他们会一直供我读书。”聪明伶俐的王昭光就这样健康快乐地成长着。

王昭光到这个家的第三年，父母又领养了一个男孩。从此，四个没有血缘关系的人，成为彼此生命中最亲最重要的人。

陪伴养父母走完一生

“我的父母都是善良温柔的人，我从未见他们吵过架。他们毫无保留地爱着我和弟弟。”王昭光说。他们的这个家庭一直拥有并延续着良好的

王昭光（左一）和养父母、弟弟的合影

家风。

“孝敬父母，百善之先；兄弟姊妹，十指相连；夫妻一体，同甘共苦；亲和族人，友好邻边……修身立世，德才兼备；勤以补拙，俭以养廉；百业岗位，无分贵贱；报效国家，理所当然；为民族、为家族赢得点赞。”王昭光细心保存的一份家谱中，这一篇家族箴言她视如珍宝。

锡林郭勒草原茂草枯黄又变绿，被白雪覆盖又被春风唤醒，四季更替中，在这个充满爱的家庭里，一双儿女长大了，一对父母也渐渐苍老了。

“我成家立业后，爸妈回河北老家生活过一段时间，期间我有时过去照顾他们。我退休后把他们接回锡林浩特全职照顾。”王昭光的养父母于2012年、2014年相继去世，她一直陪伴照顾他们到生命的最后。

王昭光说：“我父母一辈子都没让我受委屈，他们晚年最放心不下的还是我，在我的心中，他们是最伟大的父母。”

一份有意义的职业

被送到孤儿院、被生活在草原上的回族父母收养，都是王昭光生命中的转折点，而“助产士”这份职业，则丰富了她的生命内涵。

1977 年是恢复高考的第一年，王昭光就是在那一年考上了锡林郭勒盟卫校，在毕业后被分配到盟医院，成为一名助产士。

“以前我是个特别胆小的人，别人用针去挑手上扎的刺，我都看不了，更别提见血的反应了。”可是，让王昭光自己都没想到的是，从医以后，她不仅克服了这些障碍，还变得越来越热爱这份职业。

“这份工作我从事了 30 多年。虽然我的命运曲折，但我却亲手迎接过那么多新生命的到来，对我来说，这是特别有意义的事。”她说。

用爱托起新生命

30 多年来，王昭光迎来了多少生命连她自己都数不清了。“我们的技术水平和操作能力关系着母婴的安危，确保母婴平安是我们的职责所在，这份工作确实很忙碌，有时候晚上来了产妇，或者是出现各种突发情况，我们就一个晚上不能睡觉。但是比起忙碌，我更因肩负的使命感到幸福。用双手托起一个又一个新生命，成为这些新生命的第一个拥抱者，这是这份神圣职业赋予我们的荣幸。”付出源自热爱，王昭光说，她喜欢迎接新生命诞生，喜欢绽放在新妈妈脸上的幸福笑容。

她为这份事业付出了青春和热血，甚至付出了健康。“1984 年 5 月末，在我怀着大女儿的时候，有一天来了一位胎儿臀位的产妇，我们急忙做接生准备，就在挪床的时候，我的肚子被床架重重地撞了一下。”王昭光说，当时只觉得疼了一下，并没在意，等帮那位产妇顺利接生后，才感觉到她自己的身体也出现了不适。结果，王昭光的大女儿比预产期提前一个月来到了这个世界上。

“当时有些后怕，但并不影响我对这份事业的热爱和执着，我依然全力以赴，同时在后来的工作中会更加小心一些。”王昭光在事后说。

温暖他人，照亮自己

人们常说，医院是最见人情冷暖的地方，这里有生离死别的无奈，有转危为安的惊喜，也有相濡以沫的感动。在医院里，妇产科是一个相对充满希望和幸福的地方，30 多年来，王昭光在这里感受爱，也在付出爱。

王昭光回忆，在当时条件有限的情况下，献血对于医护人员来说，是再平常不过的事了。“病人急需血救命呢！等不得！”“碰上紧急情况，我们撸起袖子就献血。”谈起献血，王昭光态度坚定。

除了突发情况，还有一些从牧区匆匆赶来的产妇常常什么东西都没带。很多次，王昭光都是下班后，回家取一些棉花、布单和被子，再煮一些鸡蛋和粥，给产妇送过去。“是谁？不知道。对我们来说，她们是需要帮助的产妇。”说这话的时候，王昭光那温暖的笑容又浮现在脸上，这笑容，在当年也一定给那些需要帮助的人带去许多温暖和力量。

在王昭光的文件夹里，还保存着一些献血证和当年的老照片，她有空时会拿出来看看。“这些老物件儿让我重温那些岁月，那时虽然条件艰苦，但是人与人之间的情感却是真挚而美好的。”

直到今天，王昭光还是那样喜欢助人为乐，在每一个平凡的日子里，用自己的方式回报社会，温暖他人。

平凡岁月里的幸福

当年在锡林郭勒盟医院工作后，王昭光和曾经的高中同学郑宝林走到了一起，组建了自己的小家庭，后来有了两个可爱的女儿。她的丈夫也在卫生系统工作，夫妻二人在工作中兢兢业业，生活中相互体贴，将自己的小家庭经营得和睦幸福。

如今，两个女儿也都有了自己的孩子，王昭光最近的主要精力放在帮二女儿照顾孩子上面。“有了孩子，就希望把最好的给她们。”王昭光对现在的生活充满感激。

一个生命曾受到威胁的南方孩子，在北方的大地上获得了第二次生命，长大后的她，又见证和守护了无数个生命的诞生。失去爱、得到爱、付出爱、传递爱，这就是“国家的孩子”王昭光的故事。

蒙汉情深　大爱延续

王昭光和当年从上海孤儿院将他们接回来的队长姜永禄一直保持着联系，两家住得很近，逢年过节，她都会去探望恩人。姜永禄说：“回过头看啊，我们收养南方孤儿这件事是成功的，这些孩子健康长大后，有当兵的，有当大夫护士的，有当工程师的，还有的选择做了牧民，一辈子扎根内蒙古草原。”姜永禄和很多人一样，一直关心着孩子们的成长，同时也被他们感动着。“有一个女孩被一个工人家庭收养，女孩读中学时养父去世了，她就主动辍学照顾养母，结婚时第一个条件是‘带上养母出嫁’，就这样一直赡养到养母 88 岁去世。”

作为整个内蒙古自治区最早接收南方孤儿的地区之一，锡林郭勒盟前后共接收了 3000 名孤儿中的 800 多名。在国家困难时期，草原用博大的胸怀给了这些南方孤儿一个温暖的家，这既是一曲生命的赞歌，也是一段民族团结的佳话。

当年的孩子已年过花甲，当年帮助和抚育了这些孩子的“亲人们”也已垂垂老去，可这份超越血缘、跨越地域和时间的爱永不会褪色，这首动人的“中华民族一家亲”的歌谣将一直传唱下去。

刘宝华，女，满族，1989年4月生，中共党员，本科学历，毕业于浙江传媒学院，获得管理学学士学位。曾任锡林郭勒日报社记者，有近十年的一线采编经验，采写编辑的作品曾获中国地市报新闻奖、内蒙古新闻奖、内蒙古党报联盟新闻奖等奖项。现工作于锡林郭勒盟委法规政策研究中心。

我的吉祥三宝

德力格尔　口述　巴图斯琴　整理

我的阿爸和额吉

先说说我的养父——我的阿爸。

我的养父叫松岱(曾用名松岱扎布),蒙古族,1924 年出生于原察哈尔省察哈尔专区商都马群旗,高小学历,1946 年 5 月参加原中国人民解放军内蒙古骑兵第四师,在部队期间曾任班长、副排长、排长,参加过锡察地区围剿土匪胡图凌嘎的战斗,参加过解放多伦县、张北县、张家口市的战役,1949 年随部队转战华北地区,参加了平津战役,在部队期间曾两次荣获三等功,1951 年 2 月加入中国共产党。

阿爸 1954 年 12 月转业回地方后,先后在察哈尔盟镶黄旗巴音塔拉公社、那仁乌拉公社任党委副书记和武装部长。1965 年任镶黄旗新华书店经理。1971 年,任哈音哈尔瓦公社革委会副主任,后在镶黄旗文贡淖尔公社、黄花乌拉公社任主任,1980 年任那仁乌拉公社党委书记。1981 年 10 月份眼看就要离休安享晚年了,因“文化大革命”迫害致残,加上长期在基层工作历尽风霜雨雪,阿爸身体每况愈下,最终因病医治无效逝世,享年 58 岁。

我的额吉是个普通的牧民,叫阿尤尔,她心地善良,勤劳朴实,为人忠厚,一直在家操持家务和参加生产大队集体劳动,她一生没有生育。

我的故事

据阿爸讲，我应该是 1958 年 3 月 15 日出生，刚来家里时衣服上有标记，后来几次搬家把衣服丢失了。1960 年从上海孤儿院转送到内蒙古锡林郭勒盟镶黄旗时，我已经两周岁了。

养父母没有孩子，听说来了很多南方孤儿就决定领养一个。据阿爸讲，那是深秋的一天，天气已经有些寒意了，他骑着马来到保育院，把瘦弱的我包在他那宽大的蒙古袍子里，抱回了家。从此我有了一个温暖的家，我的到来也给他们俩带来了欢乐，我们成了幸福的一家人，我自此有了父爱和母爱。阿爸给我取了一个蒙古语名字叫德力格尔——汉语是绽放的意思，希望我像花儿一样在草原上茁壮成长，盛开绽放。

德力格尔与阿爸和额吉(摄于 1965 年)

1965年我七岁了，阿爸把我送到了学校，那时我家住在阿爸工作的那仁乌拉公社所在地叫柴日图庙的地方。所谓学校就是一间土坯房，没有木桌凳，书桌就是用土坯垒两个垛子，上面放了一块长方形木板子，凳子就是小土墩子。上课时学生把书包放在膝盖上。条件虽然很艰苦，但我们很快乐，毕竟能读书学习了。第二年，在距离我家二里地的地方公社新建了一所小学，桌椅板凳也都换了新的，全是木头的。上到四年级时，我家搬到文贡淖尔公社查干淖尔生产队，因新家距离学校较远，我失学了。两年后，我家又搬到了那仁乌拉公社查布生产队，父亲盖了两间土坯房，我们算是定居下来了，我又能再次上学读书了。只是原来的同学都已经毕业了，两年后我也升入初中。可就在上初中不到半年时，我的额吉突然得了重病，阿爸工作繁忙，无暇顾家，我便辍学回家，照顾额吉，挑起了家里生活的重担。我开始参加生产队的集体劳动，剪羊毛、垒畜圈、打井、打草，帮着阿爸挣钱养家，成了一名小牧民。

1972年，阿爸想着将来万一他们老两口不在了，怕我自己一个人孤单，为了能有人互相关照，阿爸和额吉又抱养了一个女孩。这样我有了一个可爱的妹妹。我除了参加集体劳动以外，也帮着额吉照看妹妹，家里又多了一个人，更多了一份快乐。

1975年9月，大队学校有个老师调走了，学校急需老师，大队领导派我去了学校，这样我就当了一名教师。学校让我教五年级语文、数学和三年级语文，还带了一个班的班主任。那时候我非常喜欢教师这份工作，觉得又能学习了。为了很好地完成教学任务，我常常在昏暗的油灯下学习、备课，给自己充电，和学生们一起成长进步。那时大队每天给我记十个工分，年底教育局再给我108元补助，我感到快乐和知足。

1979年5月，旗畜牧局要招录工作人员，我经过考试考到了镶黄旗畜牧局草原工作站工作，1982年10月份转为正式职工。1983年3月至1984年10月，我还在锡林郭勒盟行政干校学习了一年半。后来，我考虑到额吉一人在家乡那仁乌拉查布嘎查生活，身体常年有病，加之年岁又大，为了更好地照顾额吉，1984年10月我主动要求到那仁乌拉苏木工作，这样离家不远，只有七八里路，便于照顾额吉。

到苏木工作后，我先后任苏木会计、政府秘书、党委秘书、组织委员（兼

德力格尔在锡林郭勒盟教育学院首届干部进修大专班毕业合影留念

嘎查书记)、苏木人大副主任等职。无论到哪里,无论从事什么工作我都任劳任怨,干一行爱一行,为基层建设和发展无私地贡献了自己的一份力量,先后多次被评为旗和苏木级优秀共产党员、优秀党务工作者、廉政建设先进个人等。我在那仁乌拉苏木一直工作到退休,2001 年 7 月正式办理了退休手续。

我从小喜爱写作,在工作期间和退休后,先后在内蒙古广播电台、锡林郭勒广播电台、《内蒙古妇女》、《内蒙古日报》、《锡林郭勒日报》等电台、报刊上发表了 1000 多篇文章,有通讯报道、回忆录、心得体会、散文等。这些文章大多赞美草原,歌颂草原人民的朴实、善良、无私的品格。这些作品获得了大家的一致好评。我还曾被《锡林郭勒日报》评为优秀通讯员,被旗委宣传部等单位和部门推选为优秀宣传员、优秀通讯员,三次获自治区级表彰奖励,五次获盟级表彰奖励。

2000 年,我根据自己特殊的人生经历写了一篇题为《献给家乡》的回忆录，主要讲述了我的成长经历和心路历程，文章刊登在《内蒙古日报》并于当年被评为“内蒙古日报通讯类优秀奖”。内蒙古广播电台以配乐朗诵的形式播放了这篇回忆录，引起了很大反响，后应观众要求又重播了一次。2019年，我历时一年时间，深入牧区牧户，远至其他盟市（旗区），一共采访了四十多位老骑兵战士，写出了反映解放战争时期内蒙古骑兵们英勇事迹的系列文章，被旗政协文史委采用，也即将收录到内蒙古骑兵师研究学会组织编撰的书目当中。我于2020年撰写的报告文学《被历史尘封的“铁姑娘队”》被收录到自治区有关人士编撰的《内蒙古铁姑娘纪实》一书中。

我于1980年结婚，和妻子育有一儿一女，女儿大学毕业后，先通过考试当上了大学生村官，被任命为嘎查党支部副书记。一年以后，她又通过考试，应聘到内蒙古国际蒙医医院工作。儿子大学毕业后在锡林郭勒盟高速公路局收费站工作。现在孩子们都已成家立业，我也有了第三代。现在我和老伴在退休之后含饴弄孙，颐养晚年。

记得在我上小学的时候，一天，有个同学听他父母说我是抱养的，就对我说：“你是上海的孩子！”那天下课回到家后，我就问父母我是否是被抱养的，他们跟我说了实情，我才知道我是被抱养的孤儿。说实话，我从没有感到自己是孤儿，因为阿爸和额吉都很爱我、疼我，待我像亲生儿子一样。

我是在草原上长大成人的，是在老一辈骑兵战士阿爸的教导下长大成人的，阿爸的坚韧不拔、诚实守信的性格，艰苦朴素的工作作风深深影响了我。无论是在生活上还是在工作中遇到什么困难和挫折，我都像阿爸一样，不屈不挠，坦然面对。阿爸常年在外工作，我更多的时候是跟额吉在一起。额吉善良、勤俭、朴实的品格也一样融入我的心灵，在生活中我也像额吉一样，待人以善，勤俭朴实。可以说阿爸在我心里就是一座大山，是我心目中的英雄，额吉则是我生命的港湾。每当在外面受了委屈、受到欺负，我就向额吉诉说，额吉总是柔声细语安抚我，使我释怀。

我出生时很不幸，亲生父母由于生活所迫或其他种种原因抛弃和离开了我，我成了孤儿。但我也很幸运，党和政府没有放弃我，辽阔的草原接纳了我，我的养父母无私养育了我。人们都说我们是“国家的孩子”，是啊，我们就是国家的孩子，我也很骄傲自己是国家的孩子的一员，我们不是孤儿，我们有三千多个兄弟姐妹！我非常感谢党和国家，感恩时任内蒙古自治区

政府主席的老一辈革命家乌兰夫同志，是他向党中央提议把我们这些孤儿接到草原，才使我们有了温暖的家，有了爱我们、养育我们的阿爸和额吉，才使我们健康快乐地成长！回顾自己这一生，我总觉得有义务和责任歌颂和赞美伟大的党、亲爱的养父母，还有那些和他们一样淳朴善良的牧民以及接纳我的辽阔美丽的大草原！我常常想：党和政府、美丽的大草原，还有我的阿爸和额吉是我生命中的吉祥三宝，我正是在这吉祥三宝的护佑下成人，也才有了今天幸福美满的生活，我深深感谢我的吉祥三宝，我将永生不忘！

巴图斯琴，1959年7月出生，蒙古族，镶黄旗人，大学本科学历，先后在内蒙古自治区正镶白旗蒙古族中学、正镶白旗人民政府、锡林郭勒盟职业教育中心、锡林郭勒盟教育局教学研究指导中心、锡林郭勒盟教育学会工作。历任锡林郭勒盟教育学会秘书长、内蒙古教育学会会员、内蒙古教育学会特色教育理事、锡林郭勒盟科协第七届委员，2019年7月退休，现为锡林郭勒盟作家协会会员。

草原的那边就是海

斯琴毕力格　口述　春华　整理

养育之恩从点滴说起

斯琴毕力格大约1958年出生于上海。从1960年起，锡林郭勒大草原从上海接回来几百名孩子，80名被分到西乌珠穆沁旗，而她就是其中的一员。

1962年春天，听到"从上海来了很多孩子"的消息，一直没有孩子的西乌珠穆沁旗巴拉格尔公社巴彦胡舒嘎查宝音图、德力格尔夫妇就决定领养一个孩子。当时宝音图对德力格尔说："我们家总留不住男孩子，别领男孩了，我们家领养一个女孩吧！"在保育院，一起来的双胞胎妹妹看见德力格尔，躲得远远的，斯琴毕力格（双胞胎姐姐）则友好地跑到德力格尔身边，德力格尔一下子就喜欢上了她，就这样把四岁的南方姑娘领回了家。

斯琴毕力格依稀记得，坐在一个草原特有的棚车内，车在弯弯曲曲的自然形成的路上颠簸着，不知道走了多久，终于看见一顶蒙古包，额吉说："孩子，我们到家了，那就是你的家呀。"年近六旬的乌日图那斯图大爷（养父的哥哥）和阿爸笑盈盈地在包门前迎接着远方来的女儿。这个远道而来的女儿笨拙地掀开门帘，和三位家人进去，乌日图那斯图大爷惊喜地说："哎呀，有缘的人到咱们家了。"从此，斯琴毕力格就在这三位老人的身边长大成人。还在保育院里的双胞胎妹妹后来取名叫斯琴格日勒，被别的人家领养走了。

长大后的斯琴毕力格听邻居说："你呀，从小就有劲儿，特别能干！"草原上的孩子从小就跟在大人的后面，帮助大人干些活计。从南方来的小女孩也不例外，五六岁时就能帮额吉做家务，挑水、捡牛粪、放牧等活儿干得越来越顺手。斯琴毕力格常常背着一个大大的粪筐，手拿粪叉，在草原上走动着捡牛粪。由于人小筐子大，牧民们往往只看见一个筐子在草原上不停地“游动”着。

阿爸是一个像羊一样老实的牧人，他的眼睛不太好，看不见远处的东西，于是小小的斯琴毕力格充当了阿爸的“眼睛”，阿爸走到哪儿，她就跟到哪儿。阿爸又是一个聪明而有爱心的人，在远近都很有名，肚子里装着很多故事典故，他还喜欢诗歌、祝赞词。逢年过节，他会对前来家里的每一个人分别献上吟诵祝福的祝赞词，令人惊奇的是献给每一个人的祝赞词从来没有重复的。他还能观察天气，会预测天气变化，因此大家都叫他“有智慧的宝音图”。自治区和盟里常有人来探访阿爸，向他请教、学习，年幼的斯琴毕力格很为有这样的阿爸而自豪和骄傲。

1968 年秋天，斯琴毕力格家搬到苗圃。当时，额吉德力格尔患上了蛇盘疮，干不了活计，所以 9 岁的斯琴毕力格学会了拉土、耕地、施肥、收割等，和邻居一起还要挤 16 头奶牛的牛奶，柔软的双肩扛起了家里生产生活的重任。

1969 年 10 月，巴拉格尔苏木建立了学校。由于家里常有下乡干部前来吃饭，他们看见年少的斯琴毕力格跑前跑后，就开导斯琴毕力格的阿爸、额吉让她上学念书。在下乡干部的关怀和父母的关爱下，斯琴毕力格于 1970 年开始在巴拉格尔苏木小学读书。1974 年 7 月小学毕业时，她参加了全旗首届中小学运动会，获得掷铅球第一名、跳远第三名的好成绩，成为全校唯一获得两个奖项的学生。同年 9 月她升入西乌珠穆沁旗第一中学读初中，当时学校给她一等补贴，即一个月 10 元钱和 10 斤粮票，她把四五元留下来自己用，剩下的钱和粮票交给家里，有时还给父母买点他们喜欢的东西。

聪明伶俐的她学习成绩名列前茅，一直是班级的组织委员。参加校园各种比赛，她每次都会取得好成绩。她寒暑假也参加劳动，参与搬石头、挖井、饲养病弱牲畜、铲雪、抗灾等畜牧业生产工作和劳动。

教育战线上的辛勤园丁

时光如水，岁月如梭。1977年7月，斯琴毕力格临近初中毕业了，学校老师很希望她继续念高中。但是回到家看着年迈的父母亲，她欲言又止，带着忐忑的心情返回了学校。当时学校的教务主任诺日布问斯琴毕力格："你能不能给小学生教书？"她心想，自己刚初中毕业哪会教书，就很干脆地说："不会。"但不久学校通知让她8月10日到学校报到上班。

1977年8月10日，她成为一名人民教师，担任二年级的班主任。年少没有经验且才初中毕业，教书育人的工作对她来说是一个大难题，但是她没有气馁，从严要求自己，每天安顿好家里的三位长辈后，起早贪黑地上班工作，每天来回几趟走两三里地的路。功夫不负有心人，学生们的成绩得到明显提升，她也得到学校领导的肯定，校领导鼓励她说："你工作得很好，要继续努力，你的事业会一片光明的！"当时家境贫寒，斯琴毕力格拿着一个月38元的工资能养家了，从此，这个家不再向嘎查借钱、借粮票了。三位老人看到自己家的女儿能工作挣钱养家了，都特别开心，对斯琴毕力格说了许多赞美祝福的话。他们那洋溢着幸福的脸颊至今斯琴毕力格还清晰记得。

生活是一条欢乐的河流

1978年8月20日，斯琴毕力格与哈日根台苏木巴彦浩勒图嘎查的牧民扎登巴成了家。对她关爱有加、善良实在、胸襟博大的丈夫扎登巴，与她这个"国家的孩子"从此携手共同渡过重重难关，一起感受生活中的酸甜苦辣。在阿爸的劝说下，1979年，斯琴毕力格夫妻搬往哈日根台苏木巴彦浩勒图嘎查，途中生下了大女儿乌云高娃。

1980年3月，斯琴毕力格在巴彦浩勒图嘎查学校继续当老师，丈夫放牧。1980年秋天，斯琴毕力格和其他老师一起参加转正考试，成为正式教师。1982年9月，嘎查学校合并到苏木，斯琴毕力格也就到苏木学校当了宿管老师。当时住宿生有六七十人，斯琴毕力格一到周末就给孩子们清理跳蚤、缝补衣服、修钉鞋靴，非常忙碌。但斯琴毕力格觉得很幸福，经常唱着歌做着活儿。放学后，孩子们自然而然地聚集在宿舍内，叽叽喳喳，像一群活泼的小鸟，斯琴毕力格在一旁高兴地看着孩子们。

那个时候，家里孩子很小，丈夫在嘎查劳动，一去就是四十多天。斯琴毕力格心里常惦念着她的父亲、可爱的孩子，还有丈夫以及那个温暖的家。她什么苦都不怕，始终咬牙坚持着。她说，现在回忆起来，即使在那个缺衣少粮的年代，她依然觉得没什么艰苦的回忆，因为他们夫妇足够勤快。生活就像一条欢乐的河流，日夜奔流不息，充满温暖。

斯琴毕力格非常要强。有一年，她刚刚做完阑尾炎手术就带领学生在两天时间内打了 500 个土坯砖，完成了班集体的任务。可是没过多久她手术创口开始疼痛起来，医生说："你过度劳累了，如果不注意调养就有可能

1980 年斯琴毕力格与养父宝音图、养母德力格尔、丈夫扎登巴合影

引起伤口发炎,必须继续休息调养。”但她还是没有休息,依然忙碌着。

1988年6月末,在全旗数学教学竞赛中,斯琴毕力格所带的数学课获得了竞赛第三名。1992年7月,在全旗统考中她所带的三年级、四年级的自然科学课程均获得第一名,受到上级教育部门的嘉奖。一直到1999年,斯琴毕力格每年都超额完成教学任务,获得了许多荣誉。1997年3月撰写的论文《简述如何教自然学科》被内蒙古青少年杂志社评为优秀论文。1998年她通过函授学习,考入了锡林郭勒盟师范学校,进一步提升了自己的教学水平。2005年,她取得小学教师高级职称。2014年10月,斯琴毕力格正式从旗第二小学退休。她很自豪地说,她的学生有当医生的、当老师的,也有牧民、自由职业者……各行各业都有,可以说桃李满天下。

虽然从前的生活环境很艰苦,也吃了很多苦,但斯琴毕力格始终记着阿爸、额吉说的话:“我们给唯一的孩子没有留下什么,只能让她好好读书啊!”斯琴毕力格没有辜负阿爸、额吉的养育之恩,一直努力学习、勤奋工作,完成了父母的美好心愿。她在心里为阿爸、额吉树立了一座丰碑。斯琴毕力格深情地说:“阿爸、额吉的恩情比山还高,比海还深。父母为我撑起一片天,让我心有归处。”

回馈阿爸、额吉的爱

“这件事情放到谁身上都会一样的。”提起对阿爸、额吉、大爷多年来细致入微的照顾,斯琴毕力格并不觉得自己做了什么特别的事情。1977年,当时74岁的大爷在外甥家病得很重,外甥的身体也不太好,刚走上工作岗位的斯琴毕力格就把大爷接回了家,与阿爸、额吉一起照顾老人。1981年,斯琴毕力格的阿爸患了癌症,身体状况越来越差,这时,额吉也患病半身不遂,斯琴毕力格主动承担起照顾双亲的重任。后来,额吉的意识越来越差,生活不能自理,斯琴毕力格无怨无悔地耐心伺候额吉,这一伺候就是11年。在这11年间,孝顺的斯琴毕力格除了上班时间忙碌外,剩下的时间总在无微不至地关心、照顾老人。老人大小便失禁,斯琴毕力格习以为常、面不改色地帮老人收拾干净。为了让额吉身体舒服,斯琴毕力格给额吉准备了三条毛裤,来回换洗。只要额吉弄湿了裤子,她就会为额吉换下来,让额吉穿得干净、暖和。“这么多年我早已将她看作我的亲生母亲，让我不管她，我做不到。”斯琴毕力格深情地说。1991 年，额吉的身体还是老样子，不见好转，斯琴毕力格依然每天为她擦拭身子，洗漱、整理，端饭倒水，日夜守候。这一年的一天，额吉离世了。“国家的孩子”斯琴毕力格用温柔和耐心陪伴老人走完了人生的最后一程。除了照料三个老人外，斯琴毕力格还照顾了生病的婆婆一年多，不离不弃地守护在老人的身边。她说：“四位老人都先后在我家待过，我送走了他们，我好怀念他们！”

感恩的心在延续

60 多年过去了，“国家的孩子”斯琴毕力格在阿爸、额吉的精心抚养下，幸福茁壮地成长，她视乌珠穆沁草原上的养父母为亲生父母，视乌珠穆沁草原为挚爱的故乡。

斯琴毕力格捐助生活困难学生

斯琴毕力格被亲生父母无奈丢弃成为“上海孤儿”，却因党和国家的关怀，在西乌珠穆沁草原上拥有了一个家，阿爸、额吉将她视如己出，给了她超越民族、地域和血缘的大爱，给了她遮风挡雨的靠山！这期间，她结识了许多“国家的孩子”，这些在西乌珠穆沁草原长大的孩子们，对这片深情的土地深爱着、依恋着。相似的命运将大家紧紧相连，她（他）们几乎无话不谈，如果有人遇到困难，其他兄弟姐妹也会出手相帮，充满手足之情。斯琴毕力格还和几个兄弟姐妹建立了爱心微信群，大家携手为武汉、上海等地捐款，为学校师生捐款，尽自己的努力帮助孩子们完成学业。

如今，子孙满堂的斯琴毕力格带领着全家人做公益。2019 年 5 月，斯琴毕力格和丈夫扎登巴带领全家赶到嘎查委员会办公室，为贫困农牧民捐款献爱心。扎登巴是一位进城创业的牧民，开设了一家经营奶食品的商店。在经济条件好一点后，他们夫妇一刻也没有忘记嘎查的父老乡亲，心里记挂着嘎查生活困难的牧民。斯琴毕力格和扎登巴关心他们的生活情

斯琴毕力格与“国家的孩子”代表在天安门合影留念

况，尽自己最大能力帮助嘎查的乡亲们。在一次捐款活动上，全家又给孟根等 18 家贫困牧民群众每家捐献了 500 元，共捐款 9000 元。他们的爱心举动温暖着牧民群众。

“南方的父母给了我生命，北方的父母给了我一生。”想到逝去的流金岁月，斯琴毕力格就更加珍惜眼前的一切。60 年前的一场“大迁移”，让烟雨江南与西乌珠穆沁旗草原连接起来，孤儿们弱小的生命在草原上得以延续，并开枝散叶。在“国家的孩子”成长过程中，各族人民群众共同谱写了一曲心手相连、民族团结的赞歌！这一首感天动地的赞歌飘过“游牧部落”的原野，飘过乌珠穆沁白马的嘶鸣声，飘向草原那边的海……

作者简介

春华，女，蒙古族，1964年10月生，中专学历。曾任《锡林郭勒日报》驻站记者、特约记者，《锡林郭勒晚报》特约记者，《锡林郭勒日报·乌珠穆沁版》《乌珠穆沁周报》《西乌讯》记者、编辑，现任西乌珠穆沁旗融媒体中心记者、西乌珠穆沁旗摄影家协会副秘书长、《锡林郭勒日报》特约通讯员、内蒙古骑兵革命史研究会会员、锡林郭勒盟作家协会会员。

沐浴着党的阳光幸福成长

刘玉宝　口述　伊荣　整理

刘玉宝是3000名"国家的孩子"中的一员，也是年龄最小的一位。回忆起自己的前半生，尤其是养父母健在时的那些点点滴滴，刘玉宝这位一米八几的汉子忍不住红了眼圈。他说："直到父母离世，他们都没有告诉我的身世，在他们心里我就是亲生的儿子。"

有了名字有了家

60多年的岁月匆匆而过，蓦然回首，我已从懵懂无知的幼儿变成了耳顺之年的老者。

2021年是中国共产党成立100周年华诞，除了激动、振奋之外，我的内心更充满了感激之情。

我生于南方，却成长于北方。我是3000名孩子中的一员，从来到内蒙古草原的那一刻起，我们就有了一个共同的名字——国家的孩子，也是从那一刻起我们与草原结下了一生的情缘。

人们习惯把生下自己的人称为父母，把抚养自己的人称为养父母，对此称谓，其实我的内心是排斥的。我不知道别人是什么情况，但于我而言，我真的不能把养育我长大的父母称为"养父母"，我觉得那样对他们不公平，因为直到二老去世，他们都一直把我当成亲生儿子对待。

不知道有多少个夜晚，思念将我的思绪牵回到久远的过去，让我想起父母健在、我们姐弟围坐在他们膝下的日子。

我的父亲叫刘振富，是一名普通工人，母亲叫郭素英，是一位家庭妇女。1960年9月的一天，母亲在好友白荣芝的陪同下来到锡林郭勒盟医

刘玉宝养母郭素英

院，将1岁左右的我抱回了家，并给我取名叫刘玉宝。从那一天开始，我有了家，有了名字，有了疼爱自己的父母。

白荣芝的爱人与我父亲刘振富是一个单位的，我们不仅是邻居，她也是母亲最要好的朋友，她见证了我自幼年成长的整个过程，我称她为白婶。后来我从白婶口中得知，当年因为我的身体极度虚弱，从南方到了锡林郭勒盟后，就被送到了锡林郭勒盟医院，在医院一直被放在保育箱里，是医院最后一个被领养走的孩子。母亲抱我回家后，有很多人都在担心这个孩子能不能养得活。

我被抱回家时，家里已有两个姐姐，那时弟弟还没有出生，全家仅靠父亲每月40块钱的工资生活。40块钱在当时那个年代来说，属于较高的工资了，但我的到来，还是给家里增加了不少压力。白婶告诉我，为了给我增加营养，母亲那时每天都要两个姐姐轮流去打牛奶，父亲还为我制定了饮食计划进行调理。那时都是供应粮，每人每个月都是定量的，而且细粮很少。为了能让我吃到细粮，父亲不惜去买高价粮。尽管这样，我两周岁以后才会走路。我是在白婶的讲述中得知自己幼年时成长过程的，也从这些点点滴滴中，深切感受到父母养育我的不易。

从我记事起，母亲的身体就一直不好，经常生病，父亲每月的工资除了一家人必要的生活开销外，都给母亲买了药，这也是家里生活困难的原因之一。尽管如此，在我来到之后，我却从没在父母和姐姐们的眼中看到过嫌弃。母亲的针线活儿好，我的衣服都是她亲手缝制的，每天她都把我收拾得干干净净，从没让我穿过有补丁的衣服。

在我记忆里，母亲的笑容永远都是那么温柔，充满了对我们姐弟四人的慈爱，母亲对我尤为看重，经常不经意地对我说："玉宝，玉宝，我家玉宝最聪明了，又爱学习，妈妈拼了全力也要供你读书，你定是一个有出息的孩子……"

上学、辍学那些事儿

我们家一共兄弟姐妹四个，大姐比我大 13 岁，二姐比我大 7 岁，弟弟是后来出生的，比我小 3 岁。二姐最可怜，因为那时候家庭困难，她一天学都没有上，为了照顾家里早早就开始干活了，我们四个孩子里我的文化程度最高。

那时候，一学期学费是二块五毛钱。因为家庭困难，从小学到初中的学费学校都给我免了。从小学到初中，我的学习成绩一直都特别好，左右邻居都说我有学习的天赋。上小学时，虽然正是"文化大革命"开始的时候，但老师们都特别负责任，我的基础打得很好。到了上中学时，老师们要求更加严厉。那时候，父母亲最大的心愿就是一定要把我培养成才。只可惜，就在我初中即将毕业时，母亲却突患重病，我初中没有毕业就辍学了，母亲一直为我辍学自责不已。当时，我只想着赚钱为母亲看病，让她的身体早日好起来。那一年是 1976 年，两个姐姐已经出嫁，弟弟还小，我主动担起了照顾母亲的责任。

那时候，我已经从邻居和同学的口中知道了自己的身世。同学之间难免有吵架的时候，有的同学就对我说，你是抱养的，是从上海来的。有的时候，也能从邻居的话里话外听出一点来，但我从没有向父母求证过，因为我怕伤了二老的心。他们真的是把我当亲儿子养，而我又何尝不是把他们当成了亲生父母呢？那时候，我就在心里告诉自己，无论结果是什么，我永远都是父母的孩子，也更加珍惜这份父子、母子情义。

讲到这里，很多人一定会问，父母亲原本已经有了自己的孩子，为啥还要去领养我，这样不是让本不富裕的家庭更困难吗？后来我在白婶那里得到了答案，白婶告诉我，那时候人的思想特别单纯和无私，没有别的原因，就是为了给国家分担一些负担，能为国家多抚养一个就多抚养一个。当时，我的眼泪就流了下来，这是多么朴实的思想啊。我想，抱有这样想法的人不光是我的父母，还有上千位与我父母有着同样想法的父母，他们不管自己吃多少苦，也要把国家的孩子养育成人。我们的父母辈，他们虽然没有多少文化，有的甚至都不识字，可他们的心里却装着国家，这就是现在所说的家国情怀，有国才有家。

光荣入伍与参加工作

辍学后，我在社会上干了三年活儿，基本上什么活儿都干过，虽然每天挺辛苦，可是每当回到家里看到母亲，我的心就暖暖的。

1979 年，我想参军，于是就把自己的想法告诉了父母，原本以为他们会阻拦我，可没想到，父亲和母亲听了我的这个想法后都特别支持我。在我参军走之前，二老还在叮嘱我，让我到了部队好好干，不要惦记他们。

部队生活让我的思想更加成熟，同时对知识的渴望也更加迫切。在部队我当了两年兵，想继续留在部队就要通过考试才行，虽然我也努力学习了，可是没有考上，不得不依依不舍地离开部队，退伍回乡，这也让我更加认识到了知识的重要性。

1982 年，我退伍回来后被分配到锡林郭勒盟教育学院工作，成为一名烧锅炉的工人，一干就是三年，后来又调到了收发室。在这期间，我一直没有间断过学习，先后报考了内蒙古广播电视大学和中央党校函授学习。我报名的专业是档案管理，这个专业学起来很枯燥，但是我还是坚持下来了，为后来的从事档案管理工作打下了牢固的基础。

当时,有很多老师和同学给予我很大帮助。尤其是老师们,得知我的家庭条件不好,还为我申请减免了一些学费,让我得以顺利完成三年学业。那时候,我心里只有一个目标,要以优异的成绩报答国家、父母的养育之恩,要让母亲看到他最疼爱的儿子成材。

1991 年,我被分配到学院的档案室从事档案管理工作,直到退休。在此期间,学院经历了数次搬迁,而我所管理的档案从没有因为搬迁而丢失过。为此,我多次得到了学院对于我工作的肯定。

2010 年 12 月,我历时 3 年多撰写的《当代档案管理研究》一书出版发行,此书对锡林郭勒盟的档案管理工作有着重要意义。此前我还先后在《档案学研究》《人文与科技》《档案与社会》《中国教育研究》《内蒙古民族大学学报》等刊物上发表相关论文 20 余篇。

热爱学习的刘玉宝

尽管在事业上取得了一些成绩，可我并没有自满，我始终对党、对国家、对草原、对父母都心怀感恩之情。2007 年以来，锡林郭勒盟部分“国家的孩子”每年都会举办一次南下寻亲活动，说实话，我也动过心，对生身父母也很期待，但是最终我还是放弃了寻亲的想法。我是“国家的孩子”，更是一名共产党员，在我心里，无论是草原还是江南都是一体的，无论哪里都是我的家，都是我的亲人，我相信，如果我的生身父母还健在的话，他们也一定能够理解我的心思。因为如果没有祖国母亲的呵护，就不会有我的今天，我爱我的祖国！

我的父亲和母亲一直是我一路前行的精神支柱。然而，1993 年 2 月的一天，母亲最终还是因病永远地离开了我。那一刻我感觉到了一种撕心裂肺般的痛。母亲的离去，给了我一记沉重的打击，但也坚定了我努力奋发向上、回报母亲和国家养育之恩的决心。

2004 年 9 月的一天，噩耗再次降临，我的父亲因急性心肌梗死去世。相隔十一年，我再次经历了失去亲人的悲痛。父母就这样相继地走了，留给我的是嘱托、是眷恋、是慈爱。每每夜深人静时，想起他们，我都会泪流满面，我在心底一遍遍地呐喊，我永远是你们最可爱的儿子。

共产党员的爱国之情

加入中国共产党一直是我的心愿，我一直在为入党做积极准备，时刻不忘以共产党员的要求自律。2002 年 6 月 21 日，我正式加入了中国共产党。那一天我高兴得几乎一夜没睡。

入党后我认真参加主题实践活动，一次都没有落下过，支部学习全部参加了，还踊跃发言，让自己尽量学得更好、做得更好。在我的心中，一刻没有忘记自己是国家的孩子，只要国家有困难，我都会积极行动，比如上交一些特殊党费，2008 年汶川地震、2020 年的武汉疫情等，我都积极捐了款。

锡林浩特市“国家的孩子”有一个微信群，是嘎鲁组织成立的，她也是我们国家的孩子中的一员。这些年，好多公益活动及寻亲活动都是她组织的。在我们的心中，她就是一位大姐姐，对我们这些兄弟姐妹非常照顾。锡林浩特地区的“国家的孩子”在她的带领下，每年都会组织一些公益活动，或是给红十字会捐款、或是给孤儿院的孩子们捐款送物。我们有一个共同的心愿就是感恩国家、回报草原、传承大爱。

2007年，锡林郭勒草原上的“国家的孩子”初次南下寻亲时，他们一行走访了上海市孤儿院旧址，看望了那里的孤儿，张海仁更是把一把从草原带去的土壤撒入了黄浦江。从2007年至今，锡林郭勒盟部分“国家的孩子”陆续在南方和北方一些公益人士的帮助下寻找到了亲人，我知道的有王志强、宝喜、辛广萍、张海仁、苏和等人。其中，张海仁和苏和是在锡林郭勒盟公安局和江阴市公安局联合开展的“我为群众办实事”活动中找到亲人的，寻亲过程特别感人。江阴寻亲志愿者协会的志愿者们也为此付出了很多，他们拿着资料，顶着炎炎烈日，一家家去核对信息，让我们这些“国家的孩子”感到无比温暖。

而今，历史已经翻开了新的一页。我们虽已渐渐地老了，但我们的儿女却接过了我们手中的爱的接力棒，他们也大多在草原上扎了根。他们说，要把父辈的爱传承下去，让全世界都能听到“国家的孩子”在草原上成长的这段佳话。

“我与妻子是经人介绍认识的，育有一儿一女，女儿已经在锡林浩特市参加工作，儿子正在考研。”说起自己的家庭，刘玉宝的言语中满是欣慰。他接着讲道：“2020年我退休了，离开了我热爱的档案管理工作。退休后，我与妻子张雅娟在自家小院里种了些果树，还建了一个蔬菜大棚。闲暇时我读读书，也做一些笔记，都是关于档案管理方面的知识，打算以后多写一些这方面的文章。”他说：“我把这样的日子称为韬光养晦。虽然退休了，但只要组织需要、群众需要，我仍会及时站出来，发挥共产党员的带头作用，为社会贡献力量。”

作者简介

伊荣，女，汉族，1972年2月生，本科学历。2004年至2022年在锡林郭勒日报社工作，先后担任《锡林郭勒晚报》《锡林郭勒日报》记者、编辑，2007年开始跟踪采访锡林郭勒盟地区“国家的孩子”在草原成长的故事，部分稿件曾获得全国地市报一、二等奖，内蒙古新闻奖和锡林郭勒盟新闻奖。

我就是草原的孩子

斯琴巴特乐　口述　伊荣　整理

斯琴巴特尔，一个常把笑容挂在嘴角、眼眸中闪烁着聪慧光芒的60多岁小老头，尽管已不再年轻，可他身上仍散发着满满的正能量。在讲述自己的成长故事时，回忆起被阿爸和额吉呵护的点点滴滴，他深情地说："阿爸和额吉就是我心中的太阳，给了我新生，照亮了我在草原上成长的22900多个日日夜夜，我从没想过要去寻找南方的亲人，因为——我就是草原的孩子。"

斯琴巴特尔的家在锡林浩特市毛登牧场，6月1日上午，我们来到斯琴巴特尔家中。"三个孩子都已经成家，额吉已经离开我们十年……"斯琴巴特尔边说边把我们迎进屋里。首先映入眼帘的是客厅靠近门口处那摆了满满一柜子的奖状和证书，"全盟十佳草原母亲荣誉称号""敬老孝星""民族团结户""锡林浩特市民族团结进步模范"……"这里有一部分是额吉获得的荣誉。"没等我们询问，斯琴巴特尔便打开了话匣子，他的目光定格在"全盟十佳草原母亲荣誉称号"证书上面，那些封存在他心底的记忆，在这一刻喷涌而出。

回忆过去的日子

我阿爸叫山东，是一位深受牧民信任的好干部，先后担任过三十一团五连、七连、一连、九连的指导员和连长。额吉玛拉斯日玛是普通牧民，她善良而又勤劳，经常为有困难的牧民提供帮助。阿爸和额吉没有孩子，1960年他们听说生活条件好的家庭可以申请领养从上海来的孩子，就这样阿爸和额吉前往锡林浩特保育院领养了我。后来额吉告诉我，当时她原本是想领养一个女孩儿，阿爸想要一个男孩儿，就在她进屋打算选一个女孩儿的时候，阿爸在门口已经把我抱在了怀里。阿爸对额吉说："咱们就领养这个孩子吧，你看，他一见到我就笑了。"额吉说，好。就这样，我被他们抱回了家。

那时我家住在三十一团七连，被抱回家的我成了全家人手心里的宝，有什么好吃的，他们自己舍不得吃都留给了我。阿爸给我起名叫斯琴巴特尔，汉语意思为"聪明的英雄"。爷爷奶奶住在市里，冬天，他们怕我在牧区挨冻，每年都要把我接到市里过冬。

小时候我的吃穿在一群小伙伴中是最好的，阿爸每次出差去市里都会给我买糖果，有时候额吉也托人从市里给我买小零食，爷爷奶奶也经常找人给我捎带一些好吃的。那时我衣服口袋里从没断过糖果和小零食，我常把这些好吃的分给小伙伴们，他们都喜欢跟我玩。那时的我就如一只快乐的雏鹰，每天都在草原上尽情地飞翔着。

斯琴巴特尔的养父山东（后排左二）及爷爷（前排右）、奶奶（前排左）的合影

关于我的身世，阿爸和额吉没有隐瞒我，大约在我六七岁的时候，额吉就告诉我了。额吉对我说，我不是她亲生的孩子，我是从上海来的，是国家的孩子。虽然我那时还懵懂无知，但也明白“不是亲生的”是什么意思了，我就对额吉说，我才不管什么亲生不亲生的，反正你对我好，我就是你亲生的孩子。记得当时听了我的话后，额吉的眼圈一下就红了，她把我紧紧搂在怀里，重重地在我脸上亲了一下说：“聪明的哈日呼，你就是长生天送给额吉最好的礼物。”哈日呼在蒙古语中是黑小子的意思，是额吉对我的昵称。

1970 年，我们一家响应政府号召，从三十一团搬迁到了毛登牧场。那年我读小学三年级，到了毛登牧场后，因为那里没有学校，阿爸要送我去市里读书，被我拒绝了，我对阿爸说不想读书了，要帮助家里放牧，他们拗不过我只能答应。那时候，在牧区，十几岁的孩子已经是家里的主要劳动力了，可额吉和阿爸却从不让我干活，我有时候帮阿爸去放牛，没一会儿阿爸就会追过来把我撵回去。记得他对我说的最多的一句话就是：“赶紧回去，省得让你额吉在家等得着急，不然晚上回去你额吉又要训我了。”每次他这么说的时候，我都忍不住偷笑。阿爸和额吉两人的感情很好，从没有吵过架。每次只要我去放牧，过了不一会儿额吉就会催促阿爸赶紧把我替回来。

记忆中，阿爸虽然话不多，但对我真是疼爱到骨子里。记得阿爸第一次让我喝酒，那时我都 20 多岁了，有一位大夫给我看了病，说我体质弱有些贫血，可以适当地喝一点酒，还给我开了一些药，这药也是必须掺在酒里喝。于是阿爸每天给我弄药酒，让我喝一小杯，我喝了后觉得难喝，偷偷把药酒倒掉，后来被阿爸发现了，那以后阿爸就监督着我喝完他才离开。

可惜，阿爸走得太早了，1986 年他患了食道癌，发现的时候已经是晚期了，那年我 26 岁。阿爸的离去对我和额吉是一个沉重的打击，幸好那时候我已经成家，还有了两个女儿和一个儿子。有了孙子孙女在膝下围绕，额吉也没有一直沉浸在悲伤中。

我的妻子娜仁花与额吉一样，是一位善良勤劳的女子。我们是通过一位邻居大叔介绍认识的，这位邻居大叔在我被抱回家时，就对阿爸和额吉说过，以后这小子的媳妇我来给找。当时额吉她们都没在意，以为只是一句玩笑。没想到这位大叔还一直惦记着这事。我 18 岁那年，他告诉我，我给你介绍个对象吧，那女孩儿很好。我们两家关系一直很好，我很信任他，当时很干脆地就答应了他。就这样，通过邻居大叔的介绍，我与妻子娜仁花认识了，她家在乌兰察布盟，我们认识那年她在东乌珠穆沁旗的亲戚家里。在额吉和阿爸的催促下，一年后，我们就结婚了。

工作与寻亲

凡是认识斯琴巴特尔的人，都说他特别聪明，这一点斯琴巴特尔自己也不否认，他说，我从小就很聪明，学什么都快，这是大家公认的。

斯琴巴特尔不仅聪明，还很有爱心，这与阿爸和额吉的言传身教分不开。1977 年，17 岁的他成为三十一团五连的一名兵团战士，在那里他垒过石头墙、在食堂烧过饭、在农场里种过菜……很多活他都干过，从没偷过懒耍过滑。由于表现突出，他被调到修理连成为一名学徒工，在那里一干就是四年。在这四年里，斯琴巴特尔掌握了一手过硬的修车技术，后来阿爸落实政策，他成为了锡林郭勒盟电业局锡林浩特供电分局毛登牧场的一名农电工，负责着毛登牧场周边 2000 余户牧民的送电、抄总表、电力抢修等工作。

农电的活儿很辛苦，为了及时发现线路隐患，斯琴巴特尔自己花钱买了一辆摩托车，专门用来检修线路，他的大半生都献给了供电事业，毛登牧场没有一根电线杆他没爬过。在毛登牧场提起斯琴巴特尔，所有人都竖起大拇指称赞，因为他人缘好，对工作尽职尽责，人们有什么事都来找他。就算是冬天大半夜停电，他也会顶风冒雪第一时间赶到故障现场。

2016 年大年三十晚上 7 点多，斯琴巴特尔接到了牧场大面积停电的消息。那年冬天特别冷，刮着风吹雪，户外的积雪已经没过膝盖，斯琴巴特尔带着儿子和两个女婿从晚上 8 点一直抢修到正月初一的凌晨 5 点，直到给所有用户家中都送上了电才回家。他们棉鞋里的雪水和泥水已经化了又冻上，几个人浑身都湿透了，在紧张的抢修中，他们迎来了新的一年。斯琴巴特尔说，这样的抢修工作，在他的电工生涯中每年都会遇到几次，他都习惯了，每当看到通过自己的抢修，牧民家中又重新亮起灯的那一刻，他的心情特别舒畅，感觉自己这份工作很有意义。

说到这里，斯琴巴特尔不自觉地又想起了额吉，他低沉着声音说，额吉是2012年过世的，无疾而终。额吉直到去世都放心不下我，她一直不想我干电工，怕我被电死，每次我出去工作，她在家里就一直担心，不管多晚，只要我不回家她就不睡觉。为此，妻子不得不常常骗她说，我已经回来了，因为累了就早早睡下了。

斯琴巴特尔说："在我心里，额吉是一位心怀大爱的伟大的母亲，她经常去帮助那些有困难的人，记忆最深的就是2008年汶川发生地震后，已经86岁的额吉对我说，汶川发生地震后那里有很多人需要我们的帮助，我也想尽一份力，捐一个月的工资。说实话，听了额吉的打算后我深深地被感动了，我为自己有这样一位母亲感到骄傲。那时额吉的工资不高，只有2200多元。4月20日那天锡林浩特市红十字会的工作人员前来接收了额吉的捐款，额吉嘱咐红十字的工作人员一定要尽快把钱寄给灾区。2009年，额吉被锡林郭勒盟妇女联合会授予'全盟十佳草原母亲荣誉称号'。"

"自2007年开始，锡林郭勒盟很多和我一样的国家的孩子前往南方寻找亲生父母，额吉当时也听说了，妻子告诉我，额吉那段时间常常偷着哭，不知为什么。有一天，喝过早茶后我去了额吉房间，开始她不说，只说没事儿，我就假装生气地说，那一定是孩子们或者是娜仁花惹你生气了，我这就去教训他们。额吉一听急了，这才告诉我原因，她说听到很多国家的孩子都找到了亲生父母，她怕我离开他。得知额吉的想法后，我很心疼她，我像小时候一样，把头靠在她的肩膀上说，额吉，我没有想过要去寻亲，额吉，你永远都是我唯一的妈妈。听了我的话，额吉眼里闪着泪花，脸上露出了开心的笑容。"

"那是2010年5月的一天，我接到了民政部门的电话，让我上报登记一下寻亲情况，我直接就对他们说，我不寻亲。这件事过了不久，我就接到了去上海参加电影《国家的孩子》首映式，额吉也被邀请了。在这半个月之前喝早茶时额吉还跟我说，她这辈子火车坐过了，就是没坐过飞机。当时我还跟额吉开玩笑说，飞机不能坐，太危险了。没想到半个月后，我们就有了去上海的机会。虽然额吉如愿坐上了飞机，可她显得有些忐忑不安，每天都要问我几遍，要是遇到了你的亲生父母你还回来吗，我握着她的手诚

斯琴巴特尔为母亲过生日

恳地说，额吉，我是草原的孩子，我不回来能去哪里，难道你不要我了。我的回答让额吉安心很多，参加完电影的首映式后，我陪着额吉在上海转了转，给她买了一些特产，额吉高兴得像个孩子。直到现在，我都能想起额吉开心的样子。”

斯琴巴特尔陷入了与额吉在一起的回忆里，他的嘴角始终向上翘着。人们都说他是阿爸和额吉手心里的宝，反过来说，阿爸和额吉在他心里又何尝不是最爱呢。

斯琴巴特尔与妻子共生育了两个女儿一个儿子，他们都特别优秀，各自成了家。他家的墙上挂着一幅全家福照片，女儿、女婿、外孙、外孙女、儿子、儿媳、孙子，十几口人，每个人的脸上都挂着幸福的笑容。斯琴巴特尔有些遗憾地说，这张照片就小孙女不在，因为拍照时她刚出生没多久。当年来的时候，斯琴巴特尔大约只有一周岁，时隔六十多年，他已经儿孙满堂。斯琴巴特尔说：“没有国家和草原阿爸额吉的养育，就不会有我今天的幸福生活。尽管额吉已经离开了我们 10 年，但我始终铭记额吉的谆谆教诲，她告诉我，做人不能偷，不能抢，要多帮助别人，能力大就多帮点，能力小就少帮点，最重要的是一定要善良。这也是我教育孩子们的标准，我要把额吉的爱一直传递下去。”

“他这个人性格随了婆婆，只要有人求上门，他能帮的一定会尽力去帮。”说起斯琴巴特尔，妻子娜仁花的语气中流露着些许无奈。2000 年，毛登牧场曾发生过一次 43 万亩草场着火的事件，斯琴巴特尔看到后回家拿了铁铲等灭火工具就赶往了着火点，与消防战士一起奋不顾身地灭火。事后家里人才知道他也跟着去灭火了，那时额吉还在世，每每说起这事都后怕得不行。

“前些年，牧场时兴改暖气，斯琴巴特尔义务为各家各户安装，直到现在，我家仓库里还存放着全套的水暖工具，设备齐全堪比专业的水暖工人。后来，他办理了退休手续，儿子苏米牙接替他的工作也成为一名农电工。原本以为退休后会安安稳稳在家里待着，谁承想还跟以前一样，谁家修电、修暖气都找他帮忙，他也乐此不疲……”听着娜仁花桩桩件件的述说，斯琴巴特尔黑亮的眸子流露着温和的光，相濡以沫这么些年，他们相知相伴，对于妻子，他是感激的，在额吉晚年时光中，妻子陪伴老人的时间比他多。2017 年，斯琴巴特尔被自治区老龄工作委员会和民政厅授予“敬老孝星”荣誉称号，斯琴巴特尔觉得这个荣誉称号也有妻子的一半。

斯琴巴特尔与各族朋友互相帮助，和睦相处，还经常与蒙古族同胞交流沟通，让他们知道党和国家对大家的关心，为促进民族团结作出了一定的贡献，因此他和他的家庭先后被评为“民族团结进步模范”“民族团结户”“最美家庭”“全盟十星级文明户”等多项荣誉称号。面对这些荣誉，斯琴巴特尔说：“党和草原母亲的恩情永远在我心中，我所做的这些都是应该的，我最大的愿望就是有生之年不辜负阿爸和额吉的养育之恩，把阿爸和额吉的爱传递得更远。如果有来生，我愿能做一回阿爸和额吉的亲生儿子。”

当年阿爸和额吉领养了斯琴巴特尔后，在上户口的时候就把领养日期当作了出生日期，这样斯琴巴特尔现在的年龄就是错的，比实际年龄小了两岁，前两年，民政局打电话通知他，如果想把年龄改过来，可以去做个登记。斯琴巴特尔当时头摇得像个拨浪鼓：“不改，小两岁我还能多干两年工作，多为群众服务两年。”

阿爸和额吉用言传身教的方式影响了斯琴巴特尔的一生，斯琴巴特尔也用这样的方式影响着他的子女们，如今他的子女们甚至是孙子、孙女、外孙、外孙女们也都以他为模范，或是在各自的岗位上默默耕耘，或是在学业上努力拼搏。

作者简介

伊荣，女，汉族，1972年2月生，本科学历。2004年至2022年在锡林郭勒日报社工作，先后担任《锡林郭勒晚报》《锡林郭勒日报》记者、编辑，2007年开始跟踪采访锡林郭勒盟地区“国家的孩子”在草原成长的故事，部分稿件曾获得全国地市报一、二等奖，内蒙古新闻奖和锡林郭勒盟新闻奖。

用爱回馈草原　浇灌民族团结进步之花

陶格斯、任永军　口述　张建峰　整理

陶格斯虽然已经60多岁，但可能是由于长期从事文艺活动的缘故，她给我们的第一印象是年轻美丽、优雅大方。因为采访时间有限，见面后她首先向我们提供了近几年各级媒体对她的采访资料，其中最近的是在2021年庆祝中国共产党成立100周年时“学习强国”内蒙古学习平台上采用的一篇报道和锡林郭勒盟委组织部、锡林郭勒盟广播电视台摄制的一集《百年亲历者——锡林郭勒盟优秀共产党员口述微纪录片》。

我的童年

陶格斯回忆起了她的往事。

1976年春季的一天，当我突然醒过来时，发现自己躺在旗医院的病床上。病房里面有8张病床，病人住得满满的，都在议论着“这个孩子可能活不成了”“好可怜，好可惜”之类的话题。我不知道是怎么回事儿，紧张极了。这时母亲的哭喊声传过来，我看到她站在几名医护人员中间，哭着求他们：“现在该怎么办？求求你们一定要治好她！她是我的全部，是国家给我的孩子！”我迷迷糊糊地躺在床上，不久又昏睡了过去。到晚上醒来的时候，母亲还在身边守护着我。我问母亲是什么情况，母亲后来告诉我：“你在放羊回家的路上，突然肚子疼，我赶快到公社去请大夫，等大夫到家的时候，你已经晕倒了。大夫说你有生命危险，必须赶快把你送到旗医院。我们急忙用牛车把你拉到公社，再从公社找车把你送到旗医院。旗医院的大夫说是急性阑尾炎，肠道已经化脓穿孔，必须马上做手术，否则有生命危险。当时我害怕极了，感觉晕头转向，大脑一片空白，几乎什么都不记得了。”

后来，我在旗医院共做了两次手术，在住院三个月后身体才一天一天好起来。出院回家后，我问母亲：“那天听到您跟大夫说我是国家给您的孩子，这是怎们回事儿？”母亲说：“原本我不想告诉你的，但现在你长大了，身体也好了，是该知道真相的时候了。”于是在我18岁那年，母亲告诉了关于我的全部身世。我是1958年第一批被送到内蒙古抚养的南方孤儿中的一员，当时被送到锡林郭勒盟苏尼特左旗白日乌拉公社保育院，然后被那仁宝力格苏木（现巴彦淖尔镇）巴彦额尔敦嘎查的养父母接回家，成了草原父母的女儿。我的养母名叫额尔登其木格，是巴彦额尔敦嘎查的牧民，养父名叫特木尔，当年在旗团委上班。他们没有自己的孩子，当听说旗里接收了一部分南方孤儿后，就申请领养了我。

据父母亲说，初次见到我时，我才六七个月大，又黑又小，很瘦很瘦，身体非常弱，连头都抬不起来，感觉生命岌岌可危。当时母亲犹豫过，对父亲说：“这领养的可是国家的孩子，看她身体那么弱，意外去世该怎么办？如果养不活，该怎么跟国家交待呀？”可他们自打见了我后就喜欢得不得了，最后还是选择了我，用羊皮被子包着我，骑马把我抱回了家。回家后，当时几个月大的我饿得哇哇大哭，可是却连牛奶都不会喝。母亲不知所措，最后耐心地一滴一滴地把牛奶滴进嘴里喂我吃。在父母的悉心照顾下，我渐渐地恢复了健康，变成一个漂亮可爱的小姑娘。父母亲感到非常高兴，也非常欣慰，给我起了一个美丽的名字“陶格斯”（汉语意思是孔雀）。

可是没过多久，天气越来越冷了。政府考虑孩子们第一次来到草原，不适应北方寒冷的气候，水土不服，再加上牧区条件艰苦等因素，决定把孩子们重新接到就近的保育院集中统一照看。父母亲得到从苏木传来的消息后，非常难过和不舍，但是无奈只能服从上级的安排，最后眼睁睁地看着我被苏木保育院接走。之后的几个月里，母亲每天都在盼望着我能够早日回来。一直到第二年春季过后，天气转暖，我才回到家，跟父母亲再次团聚。当时，我一边听着母亲说话，一边眼泪止不住地往下流。父母把我当成自己的亲生骨肉一样疼爱，养育我茁壮成长。母亲身体不好，体弱多病，却仍旧每日操劳着。父亲为了照顾我，后来辞掉了旗团委的工作，返回牧区一起经营牧业。父母为了照顾我十分辛苦，他们供我上学，伴我成长，还教会我坚强，让我对美好生活充满希望。

我母亲年轻时很勤快，是嘎查出名的裁缝。当年我家独自放牧着集体的一群牛羊，在嘎查的草场上四季轮牧。所以母亲不光干裁缝活儿，同时也得干牧业活儿，就连赶牛车、捆草、拉草、建羊圈等粗活儿也样样没落下。我很小的时候就跟着母亲学会了干活儿，父亲在旗里上班，家里家外的活儿都是我和母亲两个人一起完成的。

我们嘎查属于沙漠地区，养的羊以山羊为主。放过羊的都知道，山羊比绵羊调皮得多，山羊群是很不好管理的。春季在沙漠里放山羊是最困难的，那时候牧草刚刚返青，山羊到处奔跑着找青草吃，管都管不过来。春季白天开始变长，羊在外面跑一白天不回去，我们就得跟一白天，每天几乎连顿正常饭都吃不上，用砖茶冲油炒面对付一下更是家常便饭。

夏天的嘎查是很美的，蓝蓝的天，白白的云，清清的水，绿绿的草，牛羊在山坡悠闲地吃草。夏天的回忆也是很多的，特别是我 14 岁那年和母亲在夏营盘搭蒙古包的事情，让我印象最深刻。记得那一天，父亲去旗里上班了，我和母亲用牛车拉着蒙古包和家具，赶着集体的羊群走敖特尔。到了夏营盘，我们开始搭蒙古包。母亲组装好了蒙古包的哈那（网墙），然后把柜子放在蒙古包的中间，站在柜子上双手托起蒙古包的陶闹（天窗），让我架乌尼杆（连接网墙和天窗的木杆）。我当时个子矮，怎么也架不起来。我灵机一动想到了办法，拉过阿如嘎（装牛粪的筐子）爬上去，然后一根一根地架上了乌尼杆，最终帮母亲把蒙古包搭了起来。当时我虽然岁数小，但是鬼点子很多，帮着母亲干成了不少活儿。那时候给集体干活儿挣工分，大人们一天能挣 9—12 个工分，我作为孩子一天也可以挣 6 个工分。能帮家里分担劳动活，还能帮家里挣钱，我的心里别提多高兴了！

在那个年代，我家的生活不是很富裕。母亲一年四季忙碌，从不离开嘎查、离开牲畜，我们吃的粮食都是求别人帮忙从苏木带过来的。因为当时粮食是凭票限量供应的，所以我家经常断粮。记得有一次家里断粮，我和母亲靠烤肥肉、捡沙萝卜吃度过很长一段时间。

在我很小的时候，父母亲就张罗着要送我上学，可那时候父亲总不在家，母亲身体不好，一个人根本没法承担牧区那么多那么重的活儿，我就一直不同意去上学。后来父亲辞掉了旗里的工作，回到牧区跟母亲一起干活儿，却慢慢沾染上爱喝酒的毛病。直到1973年我15岁的时候，父母才把我送到那仁宝力格苏木上小学。再后来，我经历了1976年的一场大病，因为身体原因，读到初中就不再上学了。

在那个特殊的年代，母亲乐观、坚韧的性格，对工作积极、对生活热情的态度，是支撑我们坚强走下去的精神动力。到现在我还记得，母亲每次出门前都要在我的额头上留下一吻，嘴里留下一大堆啰里啰唆的嘱咐，这让我心中充满温暖和力量。那时候生活虽然很艰辛，但我们一家人不畏难，不怕苦，一路走来不抛弃、不放弃，幸福快乐地生活在一起。

我的婚姻

我和我丈夫的缘分，是从我1976年生病住院开始的。住院后，在十分紧急的情况下，我做了第一次手术。不知道是什么情况，手术后我的伤口一直无法愈合，在近三个月的时间里，我一直吃不了东西，每天就靠躺在医院的病床上输营养液和药物维持生命，身体非常虚弱。

当时旗医院的护士长对我们这对牧区来的母女非常照顾。在那极度痛苦难熬的三个月里，她每天都专门来看我，除了每日必需的医学护理外，还对我的生活进行照顾，陪我聊天，嘘寒问暖，让我感觉很暖心。由于我得病时情况紧急，母亲没来得及准备东西就匆匆忙忙带我到了旗里。在我住院期间，母亲没有换洗的衣服，又缺少清洁个人卫生的条件，毫不夸张地说，当时母亲身上都长了虱子。护士长见到这个状况，毫不嫌弃我们母女，还专门带我母亲回她家进行清理，帮母亲换洗衣服。总之，如果没有护士长任志侨对我们无微不至的照顾，我们真不知道那三个月该怎么熬过去。

我是家里的独生女，平时就特别羡慕有姐姐的人。住院期间我们母女每天受到护士长的照顾，我心里经常想，如果我有这么一个亲姐姐该多好啊！当我在医院住了将近三个月的时候，旗医院的老院长外出进修回来了。护士长与老院长是老乡，在护士长的帮助下，老院长给我做了第二次手术。这次手术很成功，做完几天后我就平安出院了。出院后，护士长又把我带回家照料了几天。在她的照顾下我恢复得很快，通过几天的观察确

陶格斯与丈夫和女儿

定没事后，我才回了牧区的家。

护士长非常喜欢我，就介绍她的亲弟弟任永军给我认识。1978 年，20 岁的我已经到了谈婚论嫁的年龄，于是就嫁给了相识一年多的任永军。让我没想到的是，护士长竟然真的成了我的亲姐姐。

住院治病几乎花光了家里的全部积蓄，结婚时家里连给我做身新衣服的钱都没有。我们的婚礼是在任志侨姐姐家办的，当时只邀请了几个亲戚，婚礼非常简单。婚后，我们在旗里没有房子，我在旗里也没有工作，而且当时母亲已经病重，我就回到了牧区，一边照顾母亲，一边继续放牧。

1980 年，还不到 50 岁的母亲永远离开了我们。母亲的离世让我悲痛万分。1958 年她给了我第二次生命，1976 年她又给了我第三次生命。母亲一直把我当作亲生女儿对待，疼爱我、教育我，含辛茹苦把我养育成人。可到头来，还没有等到我报答母亲的恩情，她就离我而去。之后，我随丈夫离开了与母亲共同生活 20 多年的牧区，离开了那个有感动、有快乐，也有悲伤的地方。

我的一生是充满坎坷的，但相比那个年代大多数人的遭遇，我又是幸运的。出生后，我幸运地生活在这个社会主义大家庭里，幸运地来到内蒙古苏尼特左旗，也幸运地遇到了无私的草原母亲；长大后，我幸运地遇到了任志侨姐姐，幸运地与丈夫任永军相识并结婚；结婚后，我幸运地跟随丈夫到了昌图锡力苏木，在那里成为一名人民教师，从此有机会报答养育我的草原。

我的事业

1981 年，丈夫到昌图锡力苏木政府当司机，我就跟随丈夫一同去了昌图锡力苏木。到那里后，苏木政府给我们安排了一间半的平房当宿舍，我们算是在苏木安了家。丈夫是苏木的临时工，我还没有工作，当时就从娘家带了 80 只羊到那里，一边照顾家庭，一边在苏木周围放牧，维持生活。

没过多长时间，昌图锡力苏木学校招聘临时代课老师，我幸运地成为一名小学代课教师。没想到，这一干就干了 15 年，直到 1996 年通过国家统一录用考试，我才转正成为一名正式的人民教师。

过去苏木小学一届有两个班，其中一个班我任蒙古语文教师，另外一个班我担任班主任。我不仅教蒙古语文课，还教思想道德课、劳动课等，每天的日程安排得满满的。

那时候的班主任，一边当老师教学生们知识，一边当辅导员组织学生们搞少先队各类活动，一边还要当阿姨照顾孩子们的起居。上小学的孩子本来年龄就不大，其中低年级的住校生更是缺乏自理能力。我在苏木学校当班主任的 20 年间，周六日从来没有休息过，要给住校的孩子们洗洗涮涮、缝缝补补的。当年学校物资缺乏，很多东西需要自给自足，周末我还要带领学生们外出捡牛粪，储备班级和宿舍在秋冬季节生火取暖的材料。也不知道从什么时候开始，好多学生不再叫我“老师”，而是喜欢叫我“阿姨”。

这时，一直坐在旁边默默听我们说话的丈夫任永军，按捺不住插开了嘴：“这个‘阿姨’可不简单，她几乎把所有心血都倾注在了学生们身上，我感觉她对自己的家庭也没有像对学生们那样用过心。住校的孩子们岁数小，经常有人生病。当年我们两口子都是临时工，每人每月的工资只有40元，本来家里就不宽裕，她还自己买了酒精炉，经常自己买药，在家给生病的住校生熬药。那时候我当司机，碰到有学生得了急病苏木看不了，她让我连夜开车送学生去旗里的医院看病。在我的印象里，好像送过四五十次吧。2001年，全旗撤乡并镇，昌图锡力苏木撤销后与旗里的贝勒镇合并，我被一次性买断了工龄，不再工作。那时候各个苏木的学校也都被撤销了，苏木师生都分流到旗里的各个学校里。因为老师突然增多，旗里的学校没有那么多班级可以安排新增教师讲课，所以大部分从苏木学校来的老师被安排在了后勤工作岗位，不再讲课。大概是在8月份，陶格斯被分到了逸夫小学，专职看管宿舍，管理住校生。从那时起，她成了名副其实的'阿姨'，就连老师们都叫她'阿姨'。慢慢地，在学校周边，可能说起她的名字不一定所有人都知道，但是说起'阿姨'都知道是谁。"

"进入了21世纪，不管是旗里的办学条件还是牧区的生活条件都得到了大大改善。那些年旗逸夫小学每年的住校生有四五十人，不过学校住宿条件比较好，陶格斯的工作也不像在苏木时那样繁重。她每天的工作主要是用餐时间看管孩子们吃饭，上课时间给孩子们洗洗衣服、打扫打扫宿舍卫生，放学后管理宿舍秩序，当有孩子生病时帮他们协调联系校医。不过，照顾低年级的孩子还是比较费事的，有些自理能力差的小孩子偶尔会拉尿在裤子里，有时候会撒尿在床底下，衣服裤子经常被弄破……陶格斯'阿姨'还像过去一样，对学生们像对家人一样，耐心地给他们清洗、缝补……2001年，陶格斯光荣地加入中国共产党。2007年，陶格斯在旗逸夫小学退休，之后被学校返聘三年，2010年离开工作岗位。在教育战线奋斗的29年中，陶格斯兢兢业业、尽职尽责、为人师表、无私奉献，对学生严管厚爱，不论是她所带班级还是她个人，都获得了众多的荣誉和成绩。"任永军继续说。

听丈夫说完，陶格斯会心一笑，没有再接话，而是拿出一个个荣誉证书、一枚枚奖章给我们看。1991年，陶格斯所担任班主任的班级被评为自治区级"学习赖宁先进班""红旗少年先锋队"。1993年，在全旗小学毕业考试中，她所带班级的成绩名列全旗第二名。她还曾多次被评为旗级"优秀教师""优秀教学能手""优秀班主任""优秀少先队辅导员""优秀后勤工作者”,先后获得过“优秀共产党员”“劳动模范”等称号,多次受到表彰和奖励。

党员陶格斯参加宪法宣传活动

爱的延续

陶格斯夫妇没有亲生的子女,他们领养了一个男孩,把他视为自己的亲生儿子一样抚养。

陶格斯介绍说:“我儿子是 1981 年 5 月份出生的,叫巴特尔。我们领养他,也是想把养母对我的爱延续下去。他小学是在昌图锡力苏木上的,儿子上初中的时候因为我们工作实在太忙,没时间照顾他,就让他去旗里住校上学,初中毕业后他就不再上学了。2010 年,儿子在鄂尔多斯市一家煤矿当司机。儿子工作特别忙,老板轻易不让请假,所以这些年来他很少回家。我们老两口劝他回来工作、成家,可人家不愿意,后来带着女朋友一起回来了,我们也就放心了。”

过了一会儿，我们聊起了她退休后的生活。陶格斯拿出来5大本相册给我们看，相册里都是"国家的孩子"爱心协会举办相关活动的照片，以及她参加各种合唱、舞蹈表演和比赛，参加各类社会活动的照片。她兴奋地给我们讲述起照片上的故事来。2010年8月，在苏尼特左旗工作生活的"国家的孩子"们自发成立了苏尼特左旗"国家的孩子"爱心协会，聚焦公益事业，回报社会。在协会主席满都日娃的组织下，当年60多名"国家的孩子"自愿加入爱心协会。协会的成立逐渐吸引了当地及周边旗县众多人的参与，协会规模不断壮大，目前有108名"国家的孩子"（本旗70名）、100多名北京知青及当地牧民、退休干部等总共267名会员。协会自成立以来，由会员自筹资金，累计捐款7.8万余元，资助大中小学贫困学生、孤儿和老弱病残人士等近50人。陶格斯在2015年加入了"国家的孩子"爱心协会，并自愿成了协会理事会成员之一。爱心协会分工十分明确，她在协会的工作主要是为会员登记并颁发会员证，记录各种活动的费用和做会议笔记等。能为爱心协会这个社会公益组织工作与服务，陶格斯感到十分荣幸，能参与这份公益事业，为草原和社会奉献力量，她感到无比骄傲。

我要歌唱党

陶格斯不仅是一名"国家的孩子"，还是一名中国共产党党员，一个文艺活跃分子。近年来，她除了参加爱心协会组织开展的社会公益活动和志愿服务活动，还经常在重要节日、重大活动期间参加各类主题宣传教育活动和群众性文化文艺活动，把自己爱党、爱国、爱社会主义的热情转化为实际行动，大力唱响时代主旋律，引导广大干部群众感党恩、听党话、跟党走，立足岗位做贡献，维护民族团结、经济发展、社会进步的大好局面。

陶格斯指着相册里的照片，给我们一一讲解：

这是2021年3月份，我和其他3位"国家的孩子"在苏尼特左旗人民法院宣讲的照片。2021年党中央在全党范围内开展党史学习教育，我们响应习近平总书记的号召，走进旗人民法院，与法院干警分享"三千孤儿入内蒙"的历史佳话，引导干警们学习领悟"草原母亲"对党忠诚、无私奉献的精神，教育干警们牢记党的嘱托、肩负时代使命，为民族团结和边疆稳定提供

陶格斯代表苏尼特左旗“国家的孩子”爱心协会资助贫困学生

优质的司法服务。

这是2021年6月份，我参加苏尼特左旗庆祝中国共产党成立100周年“唱支山歌给党听”群众性合唱比赛的照片。那次比赛我们代表队获得了全旗第一名的好成绩。

这是2021年7月份，我们合唱团成员代表苏尼特左旗参加“唱支山歌给党听”锡林郭勒盟群众歌咏比赛的照片。比赛中我们合唱了《唱支山歌给党听》和《牧民歌唱共产党》两首歌曲，我们那次的成绩是全盟第三名。

这是2021年9月底，我应邀参加旗人民法院、旗第一小学和旗蒙古族中学共同举办的“传承爱国情怀　喜迎国庆佳节”主题活动的照片。我给法院干警、中小学生讲述了“三千孤儿入内蒙”的历史佳话，还与他们一起参观了民族团结文化长廊，现场对他们进行爱国主义教育，增强他们对国家和民族的归属感、认同感、荣誉感。

…………

陶格斯聊起人生经历来滔滔不绝，将近两个小时的采访在轻松愉快的谈话中飞快度过。与她挥手告别时，我们仍然感觉意犹未尽，依依不舍。她如同带我们观看了一部剧情感人的电影，阅读了一部情节细腻的小说，让我们沉浸其中，回味无穷。从南方孤儿到被草原母亲收养，从牧民的孩子成长为人民教师，从普通的女孩成长为优秀的共产党员，从“国家的孩子”到爱心协会成员，陶格斯接受命运安排的同时，活出了自己精彩的人生，并且用根植于内心的那份情怀与大爱，回报着草原，回报着社会。60多年间，陶格斯早已深深扎根在草原。她和其他“国家的孩子”一起，在用爱回馈草原的同时，也谱写了一曲民族团结的华美乐章，使民族团结进步之花在这片草原常开长盛。

张建峰，男，汉族，中共党员，1983年6月出生，大学本科学历，管理学学士学位。曾任苏尼特左旗文体旅游广电局副局长，现任苏尼特左旗政协机关党组成员、提案委员会主任。

达日玛的故事

达日玛 口述 高永厚 整理

达日玛，1960年1月8日生于江南某一个温暖、湿润的地方。后来随“南方三千孤儿”大迁移，来到了内蒙古自治区锡林郭勒盟。

1961年9月，内蒙古自治区乌兰察布盟四子王旗脑木更公社19岁的牧民都贵玛被招录到旗保育院，负责抚养旗里刚刚接收的28名“国家的孩子”。这个尚未成家的姑娘没有任何迟疑，勇敢地担起国家重托。当时这些孩子中最小的才刚刚满月，最大的也仅仅6岁。都贵玛克服了常人难以想象的困难，整天忙着给他们喂奶、把尿、洗衣、做饭，含辛茹苦，精养细育，直到这些孩子身壮了，脸胖了，调理得没有病了，才让牧民接回了家。

达日玛就是这批孩子中的一员，他被四子王旗卫井公社居住在中蒙边境草场上的牧民道勒门领养。这位额吉40多岁，孤寡一人，腿脚不好，对孩子比较宠溺；加上北方的气候时冷时热，致使达日玛经常出现咳嗽、流鼻涕等感冒症状，这一情况被沿边境线巡查的边防干警乌力吉看到眼里，记在了心上。

乌力吉是一位1948年便应征入伍的骑兵老战士，曾参加过解放战争时期的辽沈战役和平津战役。1952年国庆三周年时，他非常荣幸地成为国庆节观礼代表团中的一名成员，见到了毛泽东主席和朱德总司令。

1962年，乌力吉被抽调出来，参加中华人民共和国和蒙古国边界划分工作。临行前，他征求爱人意见，想把体弱多病的达日玛接回来抚养，爱人欣然同意。于是乌力吉专门去了一趟道勒门家，与她商量：“你居住在偏远牧区，身体有残疾，经济收入不是很高，没有条件为‘国家的孩子’看病，我有工资，我把她接回去看病、养育吧……”

缘分有时真的很神奇，在冥冥中便无声无息地铸就了一切莫名其妙的开始。按理说，三四岁以前的婴幼儿是没有记忆的。可是，也许是因为达日玛生命中那一幕难割难分的场景对她影响得太深了，一个高大壮实的男人形象定格在了她朦胧的记忆中。所以，当这个男人在她久久的期盼中突然出现时，她没有胆怯、躲藏，反而主动抱住他，说什么都不肯撒手。就这样，达日玛就有了一场与其他孩子不一样的人生经历。

乌力吉的爱人是苏尼特右旗额仁淖尔公社吉呼郎图大队的牧民，同时又是"毛都庙"边防哨所的一位执勤民兵。她和四子王旗获得"人民楷模"国家荣誉称号的"草原母亲"都贵玛同名，又都是旗医院培训出来的牧民接生员。达日玛生命中注定要与一个叫都贵玛的、又会接生、又懂育儿、博爱行善的蒙古族额吉相伴一生。

就这样，达日玛来到草原短短两年多的时间里，得到了三位母亲的爱。尤其是在养父母身边，肚子饥饿的时候，养父母给予了美味可口的食物；遇到寒冷的时候，养父母给予了温暖的怀抱；体弱生病的时候，养父母就带着去医院看病。她说："是草原额吉赋予我第二次生命，给了我一份完整的爱。"

乌力吉和都贵玛夫妇自从领养了达日玛后，就放弃了自己怀孕生子的念头。他俩视领养孤儿为己出，又先后担负起巴雅斯古楞、敖特根巴依拉两个孩子的养育责任。不是他家有多富裕，也不是为了养儿防老，他们是想尽自己的最大努力给不幸的孩子一个完整的人生。

达日玛在养父母的呵护下，度过了童年的快乐时光，渐渐地出落得美丽大方。

20 世纪 70 年代，牧区孩子一上学就得住校，这使得那些自理能力不强的孩子和经济收入不高的家庭都受到影响。达日玛算是幸运的，她养父母省吃俭用，积攒下钱送她到额仁淖尔公社小学读了书。

达日玛学习成绩优秀，兴趣爱好广泛，喜欢跳舞、唱歌和体育运动。人们说她是南方的孩子，聪明来自遗传基因。达日玛说，我天资一般，主要是考虑到阿爸、额吉从微薄的收入中拿出来一部分供我上学，特别不容易，所以，我必须勤奋学习，刻苦用功，样样优秀，这样才能对得起他们。

额仁淖尔公社位于苏尼特右旗正北方，二连浩特市以西，与蒙古国毗

达日玛与养父养母

邻。乌力吉1973年4月调到苏尼特右旗人民武装部任民兵科副科长，主抓额仁淖尔公社民兵营的工作。都贵玛被派往距蒙古国边境仅2公里的苏布格边防哨所，站岗、巡逻、放牧一肩挑。

训练民兵是人民武装部的主要任务。乌力吉从列队、持枪、射击、投弹、爆破和战术训练入手，带领基干民兵苦练军事技能，认真落实边境联防联控工作部署，要求枪弹不离身。无论是放牧、打草，还是打井、拉石头围草库伦，都要背着枪和子弹袋，确保一座毡房就是一个哨所、一个牧民就是一个哨兵，在中蒙边境线上筑起了一道钢铁长城。

1973年的民兵训练增加了骑乘射击科目，还吸收了几名学校中身材高和体质好的学生参加。13岁的达日玛也跑去报名，被老师和校长以“绝对保证‘国家的孩子’的人身安全”为由拒之门外。乌力吉则认为，军事训练可以提升孩子的精气神，养成良好的行为习惯，培养不怕苦不怕累的精神，发扬光大不服输的信念和超强的战斗意志；可以使孩子的心理更成熟，知道现在和平生活来之不易，从生活的点滴中吸取营养，知道军人的伟大和保卫边防的意义，养成坚强的性格以及在艰苦的环境中求生的意志；让孩子拥有健康的身体，增强孩子的体魄。所以他推荐特批了达日玛。

达日玛是训练场里年龄最小的民兵，但她却是最优秀的骑手。当时，她骑在奔驰的骏马上，右手抓住枪托将背挎的步枪抡起从头上摘下，另一只手放下马缰绳，托平枪口，侧身对准靶子射击。她的马上挥刀砍杀等连贯优美的动作也时常被熟人们提起。她骑射的命中率是10发9中，为此，连续三年跟随成年人参加苏尼特右旗那达慕大会表演赛和全旗武装民兵技能比赛，次次获优，为此还得到过全套银饰马鞍的奖励。

乌力吉和都贵玛喜欢孩子，他们尽自己最大的力量给予达日玛亲生女儿一样的爱，但却从来不娇惯孩子，放羊、接羔、挤奶、打草、做奶食、家务活儿都要求她参加。乌力吉说，每个父母都是一样的，充满对孩子无私的关爱。如果从孩子出生后，只知道每天精心呵护，等他稍长大后，一点事不让他做，那孩子大了会成什么样子？达日玛最喜欢听阿爸讲历史故事和个人经历，她从中学到了很多做人的道理。

达日玛十分感激乌力吉、都贵玛夫妇的养育之恩，她说，我是个在南方失去父母、差点死去的孩子，自从到了这个家庭后，疾病得到及时治疗，成长过程中再没有冷着、饿着、渴着，和很多同龄儿童不同，我还进了校门，没有成为“睁眼瞎”（指没有上过学的人），这都是阿爸额吉的爱啊！

很快，达日玛小学毕业了。乌力吉1978年11月也调到旗畜牧局任副局长。就他1949年前参加革命的老骑兵的资格，完全有理由为达日玛安排工作，“落实政策办公室”也因他在运动中被迫害的经历，给过安置达日玛工作的指标。但是，他考虑到边境哨所缺人手，权衡了国家、大家、小家的利益之后，把机会让给了更困难、更需要安置工作的牧民子女。达日玛听从了阿爸的意见，放弃学业，决定报效国家、服务大家、照顾小家（照顾爸妈），返乡当了牧民。

达日玛和额吉一起在苏布格边防哨所放养集体的羊群，帮助额吉接春羔、剪羊毛、抓羊绒……在“农业学大寨”中，她踊跃报名，参加了“铁姑娘战

达日玛在劳动

斗队”,建棚圈,挖大井(饮水井)。她参加了额仁淖尔公社所在地到苏布格边防哨所 30 公里的电线杆挖坑和栽立工作,参加了民兵营挖地道、建地堡和防空洞工作,她为祖国北疆的建设和安宁贡献着自己力所能及的力量。

在同一个大队、同一个民兵连队里有一个叫贺喜格图的帅小伙儿总是默默地关照她。春天,羊儿追着青草跑(称为“跑青”),拦回西边的,东边的又跑散了,急得达日玛直哭鼻子。贺喜格图就帮她围羊,还帮她修理马缰绳,给马靴跟钉掌子,干些达日玛力所不能及的事儿,很勤快。就这样,他俩从相识到相知,再到相爱,在姻缘的牵引下水到渠成。1978 年,他们共同走进婚姻的殿堂。1981 年,他们的儿子乌尼孟和出生,1983 年,女儿乌尼尔其其格出生。

直到儿女成家,达日玛与贺喜格图依旧从事牧业生产,并继续为祖国站岗放哨。他们精心服侍着两家 4 位老人直到老人生命的终结。他们尊老爱幼、诚实守信、乐于助人。40 多年的相濡以沫、同甘共苦,让他们成为一对人人羡慕的恩爱夫妻，深得邻里尊敬和家人喜爱。

达日玛勤奋努力、精明干练的性格得到各部门和当地群众的高度认可和赞许。1991 年，她被群众推举为呼格吉勒图雅嘎查妇联主任。这个岗位在达日玛上任前妇女活动没人组织，工作没有经费。面对这种局面，她走家串户与妇女们谈心，号召她们参与妇联工作，有钱出钱，没钱出力。达日玛组织妇女学习党和政府的方针政策，促进“妇女之家”服务向实事化、常态化、规范化发展，选树了许多“文明和谐家庭”示范户。发动妇女和家庭踊跃参与“五好文明家庭”“平安家庭”等各类特色家庭创建工作，助力创业创新，维权帮扶关爱，使嘎查妇联工作取得丰硕成果，多次受到上级表彰。达日玛个人也捧回全盟、全旗、苏木和嘎查大大小小的各类无数荣誉，包括“劳动模范”“三八红旗手”“先进个人”“优秀妇联干部”“五好家庭”“好媳妇”等等。她说：“我一个江南女子，有幸为北疆安宁站岗放哨，为妇女利益东奔西跑，是我这辈子最值得回忆的事。”

达日玛与同伴在打井休息期间为牧民演出

达日玛以饱满的工作热情、积极的工作态度、踏实的工作作风，在嘎查妇联主任的位子上一干就是9年。组织上根据她的表现正准备提拔使用她时，一场飞来的横祸突然降临到这个家庭——丈夫贺喜格图遭遇严重车祸致残，失去生活自理能力。达日玛不得不放下嘎查妇联工作，回归家庭，一边照料丈夫，一边放牧。她一下子变成了丈夫的守护神、儿女的擎天柱、长辈的主心骨，一个人撑起了一个家。20多年来，她风里来、雨里去，含辛茹苦，放牧养家，供孩子上学。她的付出比普通女人要多得多。家庭的重担、生活的压力，她都毫无怨言，始终用自己柔弱的双肩，坚强地承担着家里的一切，硬是将家里家外打理得妥妥帖帖。在她日日夜夜无微不至的照顾下，丈夫的进食、翻身、大小便、穿衣洗漱、自我移动等生活自理能力逐渐得以恢复。

贺喜格图深知妻子的艰辛，总是帮着干点力所能及的家务活儿，以减轻妻子的压力。他常对达日玛说："你放养好牲畜，确保边境安宁就行了，家里有我。"一句最朴实无华的话语，道出了丈夫对妻子最大的理解和支持。

达日玛因为长年劳累，整日繁忙，终于积劳成疾：2005年，她得了糖尿病；2021年，她置换了双膝关节；在这之前还做了一次眼球翼状胬肉手术、一次白内障手术。这对于一户每年仅靠出售几头牛、十几只羊的收入度日的人家来说，简直是雪上加霜。虽说每月能领400元（2021年开始领800元）养老保险金，但夫妻俩看病、手术、喝药就能花得一干二净。有好友建议她给民政局或者残联写个《困难补助申请》，她却摇头说："党和政府给了我第二次生命，我本应报答才对，哪能再向他们伸手要补助呢？何况我们嘎查还有比我更困难、更急需救济的牧户啊。"

一个又一个病魔使达日玛家庭的经济和生活陷入困境，她只好动员儿子放弃初中学业，回家接过了放牧的担子。她给儿子做思想工作说："'赛马途中知骏马，摔跤场内识好汉'（蒙古族谚语）。只要你认真对待、用心去做这份职业，定会在平凡中感受到伟大，在辛苦中体会到幸福。"儿子听了额吉的话，安心从事牧业生产，积极探索致富门路，自学科学养畜知识，调整牲畜结构，科学经营草场，靠着勤劳的双手，发家致富，购置了各类牧机具和小汽车，并在二连浩特市买了住房。他本人也因为工作优秀和进步，于2015年被选为嘎查党支部书记。

达日玛还咬着牙卖掉了家里50余只牲畜，供女儿乌尼尔其其格继续上学，乌尼尔其其格不负额吉所望，高考成绩超一本线，被内蒙古大学蒙古语言文学系录取。2005年毕业后，任职内蒙古电视台新闻中心播音部，做《内蒙古新闻联播》主播，乌尼尔其其格以她清新自然的主持风格和真诚朴实的亲和力赢得了蒙古语电视观众的喜爱。她多次参与完成"全国两会报道"等重大报道任务，2012年荣获第十四届八省区蒙古语电视节目播音主持二等奖。

达日玛说："出生于困难时期，是我的不幸；而成长在老骑兵夫妇的爱里，则是我的幸运。"她知恩图报，2010年苏尼特左旗的"国家的孩子"联合苏尼特右旗的"国家的孩子"成立"爱心救助协会"，以资助两旗贫困学生和无生活来源的孤寡老人。达日玛第一个响应并参加了"爱心救助协会"，每年交纳会费120元，12年共交了1440元，和众多兄弟姐妹们一起尽自己的绵薄之力回报社会，回报养育他们的草原。

此外，为了帮助同一嘎查的牧民脱贫，她将30只母羊无偿借给贫困户三年供其发展。为了支持家乡的教育，她向儿时母校捐赠30只羊。2020年，武汉突发新冠疫情，达日玛通过二连浩特市红十字会捐出1000元钱；同年，为呼格吉乐图雅嘎查疫情防控一线人员捐赠价值一千余元的奶食品和肉类。达日玛说："60多年前，内蒙古草原接纳了我们这群孤儿，60年后，我们有义务接过这份责任，发扬乐于助人的好品格，去帮助那些失去父母的孩子和失去子女的老人们，让爱和责任在草原上永久地延续下去。"

爱人贺喜格图说起达日玛时深感内疚："她嫁给我没有享过一天的福。"他眼里闪着泪花，哽咽着说："我们年轻的时候没有电，没有围栏，没有摩托车等机动车辆，没有取暖做饭的煤炭，放羊放牛都得跟群步走，顺便背个阿篓(筐子)把作为燃料的牛粪捡回来。饮牛饮羊不像现在，一摁电钮，水就汩汩流出，那时需要从十几米深的水井里一水斗一水斗地拔(吊)。达日玛一年四季都是天蒙蒙亮就起床，挤奶、做奶食、挑水做饭，照顾遭遇车祸的我，照顾两个孩子以及两家的四个老人……"

提起达日玛的养父乌力吉，贺喜格图心情十分复杂。他责怪阿爸为了保证边防哨所拥有充足的兵员，中断了自己女儿的学业，使她放弃了进城工作的指标。转而，他又感恩于心地说："达日玛留在牧区对我来说是长生天赐给我的。没有她，就没有我的今天，这是我终身不能忘记的恩惠。"

儿子乌尼孟和说："欧沃（姥爷）临终前留下遗言说，'我死后，把我埋葬在边境线杭钦脑娆（地名）前坡上，我会化作翱翔的雄鹰继续日夜为祖国守边关。'这是一位老骑兵以身许国的誓言，每一句话语里、每一个行动中都饱含着他对祖国的深情，都融汇着卫国戍边的大义。"

达日玛（左）与丈夫贺喜格图（右）和图门巴特尔的养母车日玛（中）的合影

乌尼孟和坚定地说："作为一名党员，我现在已经从额吉的手里接过发展畜牧产业和戍边的重任。我将继续发扬'戍边英雄'精神，践行'请党放心、强国有我'的铮铮誓言，在新征程上努力做一个爱国爱党、责无旁贷和无私奉献的忠诚者、担当者和耕耘者！"

女儿乌尼尔其其格十分理解额吉的所作所为，她深有感触地说："一场横跨了半个中国的奉献，一段超越了血缘地域的亲情，让我懂得了什么是大爱!"她说:" 欧沃(姥爷)、嬷嬷(姥姥)在国家特殊困难时期,用博大的胸怀给了我额吉一个温暖的家,这既是一曲生命的赞歌,也是一段民族团结的佳话。"

达日玛叙述起往事来,似乎比任何人都平静,她淡淡地说:"人的一生,或多或少都会遇到坎坷和不平,虽然有困苦和艰难,只要你调整好了心态,认定是正确的事情就要坚持做下去。心怀感恩,哪怕有再多的艰难险阻,也绝不轻言放弃,再艰难的事情也一定会取得成功。"

是啊,人活的就是心态,达日玛没有被困难打倒。

如今,她和老伴儿搬进了儿子在二连浩特市购买的住宅中,过着其乐融融的幸福生活,享受着儿孙绕膝的天伦之乐。她说:"养父母的善良、耿直、忠诚已经深深影响了我的一生。蒙古族常说:'哺乳经三年,汗血耗千斛',我永远忘不了骑兵阿爸、牧民额吉对我的辛勤哺育,我要让后辈儿孙铭记这段历史,真挚地报答党的关怀和草原的恩情。"

作者简介

高永厚,男,蒙古族,中共党员,1954年6月生于锡林郭勒盟苏尼特右旗。毕业于内蒙古师范大学汉语言文学专业。曾在苏尼特右旗赛罕乌力吉公社脑干塔拉大队,额仁淖尔公社供销社,旗商业局、城乡建设环境保护局、政协经济委员会、粮食局、政协文史委员会工作、任职。2014年退休。

我们对草原充满眷恋

潘·巴特尔　口述　春华　整理

家是一个人生命的起点，也是一个人漂泊的终点。对“国家的孩子”潘·巴特尔来说，历经各种酸甜苦辣，他对“家”的理解更深刻，更有感触。如今，美丽的乌珠穆沁草原就是他的家。

见到潘·巴特尔，他挺立着直直的腰，虽然个子不太高，但他还是保留着昔日军人的气质，朴实中蕴藏着一股力量。他向我们打开了心扉：“我是三千孤儿中的一名，出生于1957年8月1日，大概3岁的时候来到西乌珠穆沁旗，被西乌珠穆沁旗哈日根台苏木萨如拉宝拉格嘎查的潘·阿拉希、查干呼领养，阿爸额吉给我起名叫潘·巴特尔。”

我在草原有了家

时间倒回到60年前的那个年代。潘·巴特尔的阿爸潘·阿拉希是中国人民解放军内蒙古骑兵第四师的战士，当年，他是纵马奔驰、转战南北的骑兵指挥员，参加过大青山战役等。1962年，潘·阿拉希转业到西乌珠穆沁旗阿尔山宝力格公社武装部工作，与妻子查干呼团聚。夫妻俩都30多岁了，可一直没有孩子。当时，草原上正好来了许多“国家的孩子”，他们就商量着从中领养一个男孩子。查干呼到了保育院，对保育员说：“我没啥可挑的，给我抱一个男孩子就行！”

保育员随即抱来一个小男孩儿，查干呼一看就喜欢上了。她接过孩子使劲亲了亲，然后说：“走！跟额吉回家！”她抱上孩子刚走了几步，突然一个五六岁的小女孩跑过来抱住了她的腿，哭着说：“这是我弟弟，把我一起

潘·巴特尔的养父母

领走吧！求求你，别让我们分开。”这时候，保育员将这个女孩儿拉开，可是那女孩儿死死地抱住她的腿，怎么也拉不开。查干呼的心颤抖了，于是3岁左右的男孩儿和5岁的姐姐被潘·阿拉希和查干呼接到家中。他们给女儿取名叫阿拉坦其其格，儿子就叫潘·巴特尔。

潘·阿拉希他们刚刚组成的家底子很薄，仅有一些生活必需品。查干呼没工作，靠丈夫一个人的工资生活。为了养活两个“国家的孩子”，潘·阿拉希放弃了武装部部长的职务，辞掉公职，到哈日根台公社白音乌拉大队包放了生产队的一群羊，一年四季起早贪黑地劳作，抚养着两个孩子，一家人过着虽然清苦却简单幸福的生活。在阿拉坦其其格和潘·巴特尔的记忆里，阿爸总是以军人的标准自我约束，对潘·巴特尔更是严格要求，说到做到，从不含糊。

过了几年，阿拉坦其其格、潘·巴特尔姐弟两个上学了。不幸的是潘·巴特尔刚刚上完小学二年级，一场随之而来的挖“内人党”风暴就使他继续上学的愿望破灭了，从此他再也没有机会走进学校的大门。这么多年过去了，潘·巴特尔说起上学的事情仍然眼睛无神，充满了遗憾。

光荣的从军生涯

18岁那年，骑兵出身的阿爸说："雄鹰飞得越高，才能看得越远。儿子，去当兵吧！走出草原，去看看外边的世界。"额吉也说："孩子，去吧！趁着年轻，出外开开眼界吧！"可是公社武装部部长却说，潘·巴特尔是家里唯一的男孩，不符合征兵条件，不让报名。额吉跑到武装部、征兵办说明情况："我儿子是'国家的孩子'，孩子自己愿意为国家出力，我们也支持，你们应该要他！""国家的孩子？"那就另当别论了。两位老人的坚决态度，最终使潘·巴特尔穿上了他向往的绿军装。

1977年，潘·巴特尔在巴彦淖尔盟边防部队当兵服役。部队领导知道他是"国家的孩子"，对他非常重视，而他也在部队这个大家庭里得到了重点培养。在三年的部队生涯中，他坚持站好岗、放好哨，认真学习，努力上进。一句汉语也不会说的他，向其他战士请教学习汉语，学会了一些日常的用语。在部队这个大熔炉里，从草原上入伍的潘·巴特尔锻炼成长起来，先后两次受到连队嘉奖，并光荣地成为一名中国共青团团员。说到这儿，他笑了："在部队，我的思想认识得到了很大提高，我努力做好每一项工作。"

白马连连长、优秀牧民的人生

身在军营的潘·巴特尔时刻思念着在乌珠穆沁草原的阿爸、额吉，恨不得插上翅膀飞回家。1980年，潘·巴特尔服3年兵役以后转业回家，同阿爸、额吉一起经营畜牧业。聪明能干的他率先盖起了瓦房，实现了定居，铆足劲儿追求幸福的生活。1983年，潘·巴特尔成家，跟爱人一起养牧。

改革开放初期，实行家庭联产承包责任制，包产到户。潘·巴特尔按照自己的理念经营着自己的牧场和羊群。很快，他的牲畜头数就翻了几番，牲

潘·巴特尔在部队和战友们的合影

畜发展得特别快，他家也最先富了起来。

“白马连”是全国民兵阵线上的典型，是内蒙古自治区民兵建设的一面旗帜，一直活跃在美丽富饶的乌珠穆沁草原上。潘·巴特尔有幸成为光荣的白马连战士，并锻炼成长为一名白马连民兵连长，在担任4年的白马连民兵连长期间，除了参与大队的畜牧业生产活动外，他还积极参加军事训练活动。他参加打草、垒石头墙，尤其是在“大会战”时期，日夜奋战在劳动的第一线，挥洒着辛勤的劳动汗水。

孝顺的潘·巴特尔把日渐年迈的阿爸、额吉接过来同住。但是，住惯了蒙古包的父母，夏天就把包扎在房前，到了冬天才搬回到房子里住。“阿爸、额吉，你们得活得长，那样我就会一直有亲人！”潘·巴特尔尽自己的所能报答着养育他的阿爸、额吉，没有再和他们分开。

阿爸、额吉是他心中的一盏明灯

阿爸为了抚养两个“国家的孩子”，牺牲了自己，甘愿回乡当一辈子牧民，辛辛苦苦了一生。潘·巴特尔沉浸在回忆中：“我的阿爸是达尔罕旗（今科尔沁左翼中旗）人，是一名勇敢的骑兵，他一辈子正直、坦诚，眼睛里容不得错误的事情。额吉是地地道道的乌珠穆沁人，勤劳肯干。”阿爸、额吉对年幼的潘·巴特尔和他的姐姐要求严格，立下许多规矩，比如大人说话小孩子不能插嘴等等，他们教育姐弟两个要诚实做事、清白做人，不能占公家的一点便宜，不能往家拿公家的一点东西。所以，尽管日子过得很艰辛，但阿爸、额吉的良好品质和行为以及点滴的教育给年少的他留下深刻的印象。他的耳边时刻回响着阿爸、额吉的教诲，并牢记在心头，自觉自愿地按照他们的叮嘱，走好人生的道路。

2000 年 3 月份，潘·巴特尔的阿爸去世，2005 年 9 月份，额吉也离开了她心爱的儿子，但阿爸、额吉海洋般的恩情，像清清的泉水不断润泽着潘·巴特尔的心。

我要帮助有困难的人

从小沐浴着党和国家阳光雨露的江南人潘·巴特尔，幸福安康地生活在西乌珠穆沁草原。他从内心深处充满感激之情，一心想着行善、报恩。于是，富裕起来的他将关爱带给嘎查的牧民。牧民额日登巴特尔日子过得很窘迫，吃了上顿愁下顿，全家住在一顶四处透风、破旧的蒙古包，夜晚守着一盏昏暗的煤油灯，打发着难挨的日子。虽然是牧民，但他家里仅有几只羊，更别提要发家致富了，全家人渴望着摆脱这贫困、难受的生活。盼星星盼月亮，额日登巴特尔家的愿望终于有一天实现了。一天，潘·巴特尔来到他家，进门就说：“额日登巴特尔，别再犯愁了，我来帮你！”1998 年，潘·巴特尔将自己的 50 只羊无偿送给额日登巴特尔，帮扶这个处在困难中的牧民兄弟。心被焐热的额日登巴特尔在他无私的关怀和帮助下，鼓起劲儿加油干，不久，生活好起来，逐渐摆脱了贫困，过上了吃喝不愁、有牲畜的好日子。额日登巴特尔逢人便说潘·巴特尔帮助他鼓起生活勇气、过上美好生活的感人故事。

1997 年，潘·巴特尔被评为西乌珠穆沁旗民族团结模范人物，他用实际行动演绎着民族团结一家亲的温情故事，用心践行着铸牢中华民族共同体意识的理念。

草原上的风霜雨雪锤炼了他的意志

潘·巴特尔在五六岁的时候，从别人口里知道了自己的身世，但他对出生地和亲生父母一点记忆也没有。关于童年，潘·巴特尔说："我自己什么都不记得，但是我姐姐说，她记得有一天我们家来了很多人，他们把房子拆了，还拿走了家里的东西。然后，妈妈就把我们两个领到大街上，在一个有很多人的商店里，妈妈给我们买了一块点心，哭着走了，就再也没回来。后来我们就被送到了孤儿院。"潘·巴特尔后来才知道，其实，他跟姐姐也不是亲生的。在年少的一段时期，他特别想念远在南方的亲生父母，经常在脑子里过着这样几个问题："我究竟是谁?""我的亲生父母是什么样的人?"每当心里有了委屈或遇到困难时，他就更加难过，常常望着飘动的白云发呆。随着阅历的丰富、年龄的增大，他不再有寻找亲人的冲动，愈发留恋着生活了60多年的这方洁净水土。他说："我的阿爸、额吉就是我的亲生父母，我永远是他们的儿子!"

草原上的风霜雨雪锤炼了他的意志，草原上的游牧生活丰富了他从牧的经验。潘·巴特尔告诉我们说，长到六七岁时，他就帮助大人做放羊、拽牛犊等一些牧业活儿，再大一点就给大队放牛、放羊。他喜欢养牛、放牛，认为牛好经营，好管理。在多年的生产实践中，他积累了丰富的生产经验。锡林郭勒草原曾经几度遭受历史罕见的大雪灾，牧民们的生产生活受到了严重的影响，但即使遇到再大的雪灾，在风雪弥漫中，他照样能把牛群拢回来。他这个好牛倌养的集体牛群，牛长得又壮又高，规模居然达到了150多头牛。至今，想起从前放牛的经历和"成就"，潘·巴特尔还是很骄傲。

长调悠长颂恩情

有人说，长调是蓝天上一只翱翔的雄鹰，是马背上一段颠簸的传奇，是毡包里一碗醇香的美酒，是草原上一阵飘溢的乳香。西乌珠穆沁旗是有名的"长调之乡"，生活在"长调之乡"的潘·巴特尔耳濡目染，有了唱歌的喜好。他从收音机里静静地听歌，并很快就学会了唱行云流水的长调，一个

潘·巴特尔幸福地生活在巴拉嘎尔高勒镇

人在放牛的时候，敞开喉咙，对着无边的原野高声歌唱，歌声悠长却带着深沉，像在诉说一个久远的故事。他歌唱美丽宽广的草原，歌唱伟大的中国共产党，歌唱美好的新生活，歌唱守望相助、各民族大团结！

历经改革开放的发展，经济社会发生巨变，草原也发生了翻天覆地的变化。潘·巴特尔家的生活同样也发生了很多变化。十几年前，在牧区生活了60多年的潘·巴特尔和妻子在旗政府所在地购买了楼房，开始了晚年的幸福生活。目前，全家7口人共有5600多亩草场，有30多头优质改良牛、50只羊。他不停地说："现在的生活很好，我们想要啥都有。"潘·巴特尔有3个女儿，他说："我自己没有文化，我尽最大能力供养孩子们上学，一定要让我的孩子们成为有文化的人。"于是，他对孩子们倾尽所有，全力供孩子读书。在他和妻子的努力下，他的大女儿兰兰从内蒙古大学毕业，另外两个女儿一个高中毕业，一个初中毕业，她们圆了父亲没有上学的梦想。

"滴水之恩，当涌泉相报。"潘·巴特尔和其他"国家的孩子"们踊跃参加各种社会公益活动，先后为当地和武汉、上海等地的小学捐款，表达一个南方游子的美好心愿。

他对笔者说:“我非常感谢党,感谢周恩来总理,感谢乌兰夫主席,要不是他们,我们在南方还不知道怎么样呢!我不想伸手向国家要牲畜补贴啥的,也坚决不给国家添麻烦,不给我的孩子们增负担。国家养育了我,我绝不给国家丢脸,只想依靠我自己的能力生活。我不怕任何困难,我有足够的意志战胜困难。我现在过得挺好的,我很幸福。我对这片草原充满了眷恋。”这时,发自内心感恩的潘·巴特尔不由得唱起歌:“蓝蓝的天上白云飘,白云下面马儿跑……”

春华,女,蒙古族,1964年10月生,中专学历。曾任《锡林郭勒日报》驻站记者、特约记者,《锡林郭勒晚报》特约记者,《锡林郭勒日报·乌珠穆沁版》《乌珠穆沁周报》《西乌讯》记者、编辑,现任西乌珠穆沁旗融媒体中心记者、西乌珠穆沁旗摄影家协会副秘书长、《锡林郭勒日报》特约通讯员、内蒙古骑兵革命史研究会会员、锡林郭勒盟作家协会会员。

你是我生命的保护神

杨立军 口述 伊荣 整理

那年,政府号召在校的学生上山下乡,眼看着报名的日子越来越近,爸爸把杨立军叫到身边,语出惊人:“国平,你是我们抱养来的孩子……”然后领着她找到了校长,几乎在央求:“这是国家的孩子,求求就别让她下乡了,这孩子学习好,让她完成学业吧……”每每回忆起这一幕,杨立军都好想对爸爸说:“你是我生命的保护神。”

在锡林郭勒盟的“国家的孩子”中,杨立军是其中的佼佼者,她为人热情、坦率,乐于助人,深得“兄弟姐妹”们的喜爱。

2022 年 4 月 16 日下午,笔者与锡林郭勒盟政协文化文史和学习委员会主任林占军、副主任孙晓牧、干事巴亚尔一同来到杨立军家中。已经 64 岁的杨立军看上去比实际年龄年轻很多,她一脸阳光,满身热忱。没有太多的寒暄,说起自己的身世,杨立军拿出来一张儿时的全家福,讲述起自己的成长经历,眼神中流露着对亲人的无限缅怀和思念。

杨立军回忆,我父亲叫杨润身,当时在锡林郭勒盟民政局工作;母亲叫刘桂珍,在被服厂工作。1960 年的一天,父亲听说锡林郭勒盟来了一批“国家的孩子”给没有孩子或孩子少的家庭抱养。当时我哥已经 21 岁了,父亲说,家里就哥哥一个孩子,有点孤单,就跟母亲、哥哥商量,想去抱养一个女孩儿,这个提议得到了全家人的赞同,于是第二天一早,父亲和母亲就去了保育院。

在保育院里,正在熟睡中的我引起了父亲和母亲的注意,父亲后来给我讲,当时躺在小床上的我,显得那么小、那么孤单,在睡梦中不时向上翘起的小嘴,还有那圆圆的小脸蛋,让看到的人心中不自觉地就生出了许多

杨立军小时候与家人的合影

怜爱。于是，爸爸就对妈妈说，你看这个孩子真可爱，我们就要这个孩子吧。因为不忍心叫醒熟睡中的我，他们打算第二天再过来抱我，结果没想到他们连着去了三次，三次我都在睡觉。最后父亲没办法了，只能轻手轻脚地将熟睡中的我抱回了家。父亲给我取了名字，大名叫杨立军，小名叫国平，父亲希望长大以后的我能够坚强、平安、健康，从此我成了这个家里的掌上明珠。

从上面这张全家福上看，杨立军的眉眼与她父亲杨润身竟然有几分相似。杨立军满是自豪地说："我和爸爸就是长得特别相似，比我哥还随我爸，我想这就是缘分，也许原本我就应该是爸、妈的女儿。"

俗话说："有奶的孩子好养，无奶的孩子难活。"杨立军小时候体质特别差，3岁了才刚刚会走路，整日药不离口，家里有什么好吃的也总是先给她吃。杨立军说，她在参加工作后一次与母亲的聊天中得知，小时候有一段时间，家里的生活很困难，那时哥哥还没参加工作，家里还有年迈的爷爷和奶奶需要赡养；尽管如此，为了让她生活得好一些，母亲把每个月的十几元工资几乎都用在了她身上，不是领着她四处求医问药，就是给她买营养品吃，这才让她的身体一天天地壮实起来。

回忆着父亲和母亲及家人对她的爱，杨立军几度哽咽

杨立军说：母亲工作的地方离家很远，可她总是能按时回家给我做饭。我清楚地记得在“文化大革命”期间，父亲因为“反革命杀人犯”的罪名被抓走了后，我们也受到了牵连。妈妈靠给人缝补衣服挣钱养家，我成了被一些同龄孩子们欺负的对象，常常被那些孩子堵在厕所里狠揍一顿。那天，我又被打了，因为怕母亲伤心，回家后我也没对她说。半夜，母亲给我盖被子时，看到我肚子上有手指头大的一块红印，她着急了，问我怎么弄的，疼不疼。然后二话没说给我穿上衣服，抱上我就往医院走。那时我都 8 岁了，母亲又是小脚，医院离家又很远，真不知当时母亲是怎么坚持着把我抱到医院去的。到了医院，医生检查完了说没事儿，只是擦破点皮，她这时才放下心，又一步一步地把我抱回家，到家的时候天都快亮了。现在，一想起这些事，我的心都疼，母亲为了我没少受苦受累。

杨立军说，父亲不在家的那段时间，虽然家里的日子很艰难，但母亲从没让我受过一点委屈。记得那段日子我感觉最幸福的时刻，就是每天半夜醒来时，跟在灯下给人缝补衣服的妈妈要一碗白水煮土豆汤喝，我总觉得那汤是那么好喝。后来我大一点儿了才知道，那时因为家里的粮食不够吃，母亲怕我饿着，所以她每天只吃一顿饭，母亲给人缝补衣服熬到半夜实在饿得受不了时，就用白水煮上几个土豆充饥。

讲到这时，杨立军的眼圈又红了，她强忍着不让眼里的泪珠滴落。停顿了片刻后她接着讲道，记得那是上小学的时候，一个同学跟我吵架时对我说：“杨立军，你不是你爸妈亲生的孩子，是抱养的。”懵懵懂懂的我回到家后立即把这事告诉了母亲，母亲听到后非常气愤，当天就领着我找到了学校，她很气愤地跟老师说，有学生挑拨我们母女关系。为了这事，下午放学的时候，老师召集全班开了个班会，告诉同学们以后不要乱说。当时我不懂，现在回想起来，母亲那时心里一定很惊慌，很害怕！一定是担心我知

道了身世后会与他们产生隔阂吧，可能这就是关心则乱，越是在乎的东西越怕失去。其实在我心里，他们永远都是我最亲的人，哪怕是后来我知道了真相，也从没有改变过这样的想法。

杨立军说，我真正知道自己的身世是在上高中的时候，大约是 1972 年，具体时间记不太清了。那时候国家有一条政策，要求有两个子女的家庭，必须有一个子女要下乡。父亲知道这件事后，好几天都愁眉不展，在他这个 20 世纪 40 年代毕业的大学生眼里，没有比上学更重要的事了，他最大的心愿就是想让我完成学业，只有这样才能更好地报效国家。眼看着离报名的日子越来越近了，父亲也越来越焦急，最后他下了狠心，不管怎么样，不管用什么方法，一定要让我先完成学业。就这样，那天晚上，他把我们全家人都召集在一起流着泪对我说："今天，爸爸要告诉你一件事，不管你怎么想，孩子，我们都是最疼爱你的家人。你确实是我们抱养来的，你是上海来的那批孩子中的一员，是国家的孩子。"听到他这么说后，一家人把眼睛都瞪大了，都奇怪父亲今天是怎么了，平时瞒着掖着的，生怕有谁提起"上海孤儿"这四个字，可今天他自己却亲口把这事给说出来了。杨立军说，就在一家人想不通的时候，我告诉他们："这些我早就知道了，在学校里同学们也经常议论这事，我才不管那么多呢，反正这辈子你们就是我的亲人，就是我的爸爸、妈妈。"听了我的话，一家人的眼圈都红了，尤其是妈妈，她当时就哭了起来。爸爸沉默了片刻，用手摸了摸我的头说："丫头，有你这句话我们就是吃再多的苦也心甘情愿，但你一定要记住，不管在什么时候，一定要好好念书，把学业完成。明天你跟我去校长那儿一趟。"第二天父亲领着我去找了校长，他指着我对校长说："这是咱国家的孩子，就别让她下乡了，行吗？"那时候盟里对我们这些"国家的孩子"特别重视，父亲去找过校长后，我便被留了下来。

杨立军说，很多人都曾问过我，知道了自己的身世后，会不会从感情上对父母有些疏远，我从没有过这样的感觉，相反我却觉得我的肩上多了一份责任，那就是感恩。因为我跟父亲长得特别相似，如果不是他们亲口告诉我，我是不会相信的。我常常想，也许我本来就是爸爸的孩子，只因为来人间时我走错了路，跑去了上海，所以老天才又用这样的方式把我送回到爸爸的身边来。

这些事虽然过去几十年了，可是每每想起来就好像是昨天才发生的。每当独自一人时，我常常想起爸爸、妈妈对我的点点滴滴，他们的爱在我的灵魂深处撑起一片绿荫，供我歇息，使我在努力生活的同时，也让我更深刻地领悟到情浓于血的人间真情。

我没有像爸爸所期盼的那样去上大学，不是因为我学习不够努力，而是因为我高中毕业时，父亲和母亲已经60多岁，我不忍心丢下他们，不顾他们的反对，我坚决地选择留下来。

在我的心里，父母就是我的一切。1978年，高中毕业后，我在锡林郭勒盟毛纺厂当了一名化验员。就在一家人的日子越过越好的时候，天不从人愿，1997年，不幸降临，先是我哥哥得了肺癌，不久就离开了人世，紧接着就是父亲和母亲也相继去世了，最亲最爱的三个亲人一下子就全离开了。那段时间我差点垮掉，多亏了我的丈夫和女儿及朋友们的帮助和支持，才使我度过了那段令人肝肠寸断的日子。

杨立军充满眷恋地说，人们常说父爱如山，母爱如水，这话一点都没错，在我的成长的过程中，父亲用那宽阔的肩膀为我遮风挡雨，母亲用瘦弱的肩膀撑起了一方天地。

我的丈夫刘玉福

1982年，杨立军经人介绍与刘玉福相识、相知，喜结连理。刘玉福是个有担当的男人，婚后他和杨立军的感情一直很好，育有一个女儿，他为妻儿撑起了一个爱的港湾。然而令人遗憾的是，2020年刘玉福因突发脑干出血离世，这对杨立军来说又是一个沉重的打击。在与丈夫相爱相知的近40年里，杨立军说："他是一个工作认真负责、吃苦耐劳、有胆有识的好人，对老人孝敬、对家人有爱心，尤其对我更是百般呵护。他曾经说过好多次，此生最幸运的就是娶了我这个国家的孩子。"回忆起与丈夫的点点滴滴，杨立军是流着泪讲完的：

我们结婚那会儿，他在锡林郭勒盟粮食处工作，他是个非常孝顺的人，那些年一直是他帮我料理家事，照顾老人。从我们结婚到他离世的38年间，我们几乎没有红过脸，遇到事情他总是跟我有商有量的。那时候，我在工作上有着很强的上进心，忙得经常加班，他就在家里照顾老人和孩子，不管我多晚回家都会给我准备好热乎可口的饭菜。

2000年，由于所在的单位改制，他下岗了。我原本以为他会因此难过，就想安慰他。可他却拍着我的手笑着对我说："没事儿，别担心，一切有我，我会找到更好的工作，别让我的事影响了你，你安心工作吧。"那一刻，他的话如一股暖流直达我的心底，我在心里默默为他点赞的同时，也在庆幸自己嫁给了一个好丈夫。

最让我感动的是，在我的哥哥和父母生病期间，他一直陪伴在他们身边，陪床、做饭、送饭，忙个不停。医院里很多不知情的人都以为他是我爸妈的儿子，都夸赞他孝顺。

下岗后的那几年，他换了几份工作。2007年去了众兴业有限公司旗下的源盛小区当物业主任，在这个小区一干就是13年，直到他离世。他工作特别认真负责，每到冬天下雪时，他都是早晨5点就上班走了，然后带领小区物业人员开始扫雪。等小区业主们上班时，他们已经把每家楼道门口的雪都打扫干净了，外面停放的那些汽车上的雪也全被他们用机器吹干净了，这一举动得到小区业主们的一致好评，十多年来他从没有间断过。

2007年，在嘎鲁姐（"国家的孩子"之一）的组织下，我们锡林郭勒盟"国家的孩子"相聚在了一起。不能说我的口才好，只能说我敢说，再大的场合我都不会怯场，于是嘎鲁姐就把活动策划、写主持词、主持这些活儿交给了我，使我有幸参与和组织了一些活动。在这期间，丈夫给了我全力的支持，他与嘎鲁家的姐夫一起为我们这些"国家的孩子"提供了最有力的支持和帮助。

有活动就得有支出，那时候我们家也不宽裕，可只要是用钱的地方，我丈夫从没有对我说过不字，还常常调侃我说，男人赚钱就是给女人花的，花吧，你花得越多，我就会挣得越多，咱不怕。

2007年5月份，我们组织了一次南下寻亲活动。那次，有全盟各地60多名"国家的孩子"报了名，我本来不想去，可丈夫劝我说："去吧，去看看你出生的地方，这么多年过去了，如果那边的父母还健在的话，年龄也很大了，最起码也得让他们知道你现在生活得怎么样……"就这样，在他的劝说下，我跟随60多名伙伴踏上了南下寻亲路。

那次寻亲我虽然没有找到亲人，却遇到了一件事。那天是我们在宜兴市官林镇寻亲的最后一天，我们已经开始收拾东西要离开了，这时走过来一位 60 多岁的男子，他自称姓周，看了我的资料后对我说："你应该就是我的小妹妹，当年是我把你背到孤儿院去的，现在我还能想起当时你小时候的样子，现在父母亲已经都离世了……"周围很多伙伴看到了都说我跟他长得有些相似，由于时间的关系，当时我和他互留了电话就匆匆离去。回到家后，我跟丈夫说了这件事，当时他比我还高兴，他建议我要是下次还有寻亲活动，一定要去。如我丈夫所说，第二年我们又组织了一次寻亲活动，这一次到了宜兴市官林镇后，我给那位周姓男子打电话，可是电话那边一直没有人接。那会儿我的情绪有些低落，就给我丈夫打了电话，丈夫在电话中劝我："你不要难过，你还有我和女儿，上次不是说父母已经都不在了吗，我觉得这样也挺好，知道各自安好就行了，不必非得去相认。"听了他的劝说，我释然了，从那以后，我再也没有去寻过亲，丈夫说得对，知道我们各自安好就行，没有必要去相认。

这些年，我们日子过得很红火，女儿大学毕业后选择回到锡林浩特市自主创业，并且也有了自己的小家，我们有了一个可爱的小外孙，而我和丈夫俩也住进了新楼房，买了汽车，我依旧在工作着，他也依旧在我身后默默地守护着。闲时，我们会一起陪伴小外孙。每年我们都会出去旅游一次……

翻看着 2020 年丈夫陪她去旅游时的照片，回忆着他们半生的点点滴滴，杨立军整个人都沉浸在悲伤中，她说："就如那首歌里唱的，'我们不慌不忙，总以为来日方长，我们等待花开，却忘了世事无常，手心的滚烫，后来一点点变凉'……"

我是一名共产党员

受父亲影响，杨立军的性格从小就特别要强，一件事情要么不做，要做就做到最好。在毛纺厂工作期间，杨立军时时刻刻严格要求自己，仅仅半年时间，她就光荣地加入了中国共产党，并成为当时厂里的骨干。从时间上算，杨立军是一名老党员了。说起毛纺厂，杨立军言语中流露出些许的遗憾,她回忆说:“我当时在毛纺厂化验室担任主任一职,负责打毛呢颜色的小样。2000 年左右,毛纺厂做出口业务,我们的顺毛呢、兔毛呢等产品远销我国香港、澳门等地,出口日本和东南亚各国。因毛呢颜色有很多种,所以我们每天都加班加点地工作,每一次的订单,我都能带领化验室全体人员出色完成毛纺厂产品的各项检验任务,多次得到厂里的嘉奖。可惜的是,后来厂子还是因各种原因破产了,2002 年我成为一名下岗职工。”

下岗后,杨立军去了中国人寿保险公司锡林郭勒分公司,正好那里需要一名业务员。讲述起这段往事,杨立军整个人都显得精神起来。

从那以后,我就做起了保险业务,并且一直坚持至今,虽然社会上很多人对这个行业褒贬不一,但我就是认准了这份工作是一个有爱的、在关键时刻能够帮助到人的工作。因此,我也深爱着这份工作。

刚入行的时候,说实话“保险”这两个字对于我来说还很陌生,我也并没有看好这个职业,后来发生了一件事彻底改变了我的态度。那是我做保险业务接到的第二个单子,一个女孩儿给她妈妈交了一个半年的健康保险,每月交 1600 多块钱。交了半年后,女孩儿的妈妈突然被检查出患上了乳腺癌。女孩儿找到我说了这个事,我当时心里有点忐忑,就对那个女孩儿说,你这个保险才交了半年,也不知道这种情况公司给不给赔,我先帮你问问吧。随后,我把这件事反映给了公司,真让我没想到,公司立即就给办了理赔手续。拿到钱的那一刻,女孩儿一家人都特别地感动。就是通过这件事,我坚定了一直做下去的决心。

做保险工作从 2002 年至今正好 20 年。这 20 年里,我风雨无阻,每天上午在单位开会学习,下午外出跑业务,光自行车就骑坏了 6 辆,电动车骑坏了两辆。

工作以来,我年年业绩突出,多次受到总公司表彰。这些都离不开家人对我的支持,特别是我丈夫,他一直都特别支持我。他懂我的心,有时候别人劝我,60 多岁的人了,快别干了,回家和老公一起带外孙子多好。每到这个时候,他就会说:“没事儿,她想做就做吧,我支持她。”

2012 年,我们总公司举行全国营销 15 年精英表彰大会,我被授予“全国保险行业精英”,并在人民大会堂接受表彰。走进人民大会堂的那一刻,我特别激动,心里充满了自豪感。那次表彰,公司还特意为我们这些精英

杨立军在人民大会堂代表内蒙古参加活动时与同事的合影

们印刷发行了“我与祖国共成长”中华人民共和国成立 60 周年纪念专题个性化邮票。

看着自己的照片被制作成了精美的邮票，杨立军的内心分外高兴，她深情地说：“我能有今天的幸福生活，是祖国和父母给了我第二次生命，对此我一直心怀感恩和爱。只有一路前行，我才能报答国家和父母亲人的养育之恩。”

有着 40 多年党龄的杨立军，在工作中始终以一名共产党员的身份严格要求自己，她不怕苦、不怕累，认真耐心为客户服务。

俗话说，一分耕耘一分收获，在保险事业中，杨立军付出了她全部的爱。如今已经 60 多岁的杨立军仍然在工作，在保险业务一线兢兢业业地干着。为此，有很多人不理解她，问她为什么。她说：“我在保险公司做了 20 年，目前还有 3000 多个客户需要服务，我有些不忍心离开这些客户，我

现在身体很好，所以在身体允许的情况下，想继续在保险公司的岗位上为大家做点贡献。”

自2007年开始，锡林浩特市的“国家的孩子”们相互之间有了联系，在交往中，无论是谁有了困难，杨立军都会前往看望。相同的命运让他们之间情同手足，共同的感恩之心让他们携手共进。2008年以来，无论是汶川大地震，还是武汉的新冠疫情，杨立军与嘎鲁都第一时间组织捐款，用爱心为国家和社会助力。

生活中无论遇到了什么，日子都还得继续。现在的杨立军更加坚强，也更加珍惜她身边的每一个人。闲暇时，她在家帮女儿带小外孙，工作忙起来的时候，就把自己的全部精力都投入工作中。朋友们常说，她就如裹满幸福的气泡，只要与她在一起，就会沾染上幸福和快乐。对于今后，杨立军说：“这份工作，我会一直干下去，为社会贡献自己的余热，以此来回报草原母亲和国家的养育之恩。”

伊荣，女，汉族，1972年2月生，本科学历。2004年至2022年在锡林郭勒日报社工作，先后担任《锡林郭勒晚报》《锡林郭勒日报》记者、编辑，2007年开始跟踪采访锡林郭勒盟地区“国家的孩子”在草原成长的故事，部分稿件曾获得全国地市报一、二等奖，内蒙古新闻奖和锡林郭勒盟新闻奖。

我是草原的孩子

嘎鲁　口述　袁海玲　整理

我的父亲叫松岱，母亲叫明吉玛。我叫嘎鲁(汉语意思是大雁)，父母亲希望我像大雁一样自由地翱翔，健康地成长。

听母亲说我是1960年5月份，父亲去呼和浩特市开会，从当地的医院把我给抱回来的。当时我的父母亲一直想抱养一个男孩，正好父亲开会的时候，听同事们说上海来了一批孤儿，在呼和浩特市医院等待具备条件的人家去领养，所以我的父亲就去了。

在那个医院，父亲开始并没有注意到我。可能他想寻找一个合适的男孩，无意间看见我一直向着父亲的方向举着小手，似乎在等待着父亲来抱我，父亲看我瘦瘦弱弱的很可怜，说我的眼神充满了渴望，嘴里还咿咿呀呀的，不知道是不是叫着爸爸。父亲说这就是命里注定的缘分，注定我这辈子就是他的孩子。

父亲抱着我从呼和浩特市回到了锡林郭勒盟，回到家对母亲说："我在呼和浩特市医院领养的孤儿，她是国家的孩子，但从此以后她就是我们的亲生孩子，这是国家给我们的任务，我们必须要好好地完成。"

那个时候的我也就两岁多，母亲说父亲抱我回来的时候身上还带着一些东西，一个布包、一块手绢和一张纸条，具体是什么或者写的什么母亲也没说。

我的父亲当时在政府当公务员，我记得父亲挣的最高工资是每月154块钱；我母亲当时在妇联工作。除了家有年迈的奶奶，抱养了我以后，又抱养了我母亲姐姐家的男孩，所以母亲就不能去参加工作了，在家照顾我们。

我母亲年轻时非常漂亮，长得秀气又白净，一看就是知识分子。不能

嘎鲁的养父养母

去工作，我觉得对于母亲来说是一件挺残忍的事情。可是为了我们，为了这个家，她毅然放弃了那样好的工作，既遗憾也让人心疼。

其实我心里一直想着一个问题，母亲放弃了工作，最主要的原因应该是因为我。抱回来以后，我的身体一直都不好，营养不良，得了严重的皮肤病，好像是黄水疮，全身上下没有一块好地方，夜夜哭，母亲也整夜整夜地守着我，不停地给我清理擦药，在怀里抱着我给我讲故事。即使我睡着，母亲也不敢大意，怕我醒来抓破了身上的皮肤。就这样母亲的体重从一百多斤熬到了九十多斤。

后来，我稍微长大点时母亲对我说这些，我都不敢相信。我知道我欠母亲的太多了，这辈子都无法偿还。

此刻的嘎鲁眼里噙满了泪水……

这就是草原母亲的胸怀，草原母亲伟大的爱，在这片草原上总是孕育着神奇的力量。

父亲格外地疼爱我。在我的记忆里，我特别黏我的父亲，让父亲给我穿衣服、扎小辫儿，父亲去哪儿我都要跟上，每次一不想走路，父亲就得抱上我或者背上我，父亲那宽厚的胸怀就是我温暖的港湾。

而父亲每一次出差回来，都会给我带娃娃。因为父亲知道我特别喜欢娃娃，所以给我买了各种各样的娃娃，还有那种桶装饼干，特别好吃。当时，能够有条件给孩子买娃娃的人家还真不多。小孩的心理吧，每次我都会带着不同的娃娃去和小朋友们显摆。我认为我的童年是一个童话里公主般的童年，在那个年代真是不多见。

父亲除了白面，每个月还有特供的一斤大米。我父母亲的思想里认为我是南方人，骨子里是爱吃大米的，所以一斤大米都给我一个人吃，我的哥哥都吃不上，不过哥哥能吃上白面馒头。

因为父母亲都是有素养有文化的人，所以他们很早就教会我做人一定要诚实，一定要懂得感恩。可惜我父亲去世得早，是1983年去世的，母亲是2016年去世的，而我是亏欠他们最多的那个人，如果有来生，我更希望他们是我的亲生父母。

感恩是爱和善的基础，我们一定要常怀着感恩的情怀。尤其是对父母，无论是抱养的还是亲生的，那份养育的恩情比天大、比海深。

嘎鲁与养父和哥哥妹妹的合影

我高中毕业后就上班了，做财务工作。24 岁那年成家，我爱人叫宝殿臣，做交警工作。我爱人对我非常好，在家里对我百依百顺，我有时候也感叹自己的命真好。

这时嘎鲁的脸上绽放着幸福的笑容，这笑容里面带着一丝的娇羞，这与年龄无关。就算在那个年代没有风花雪月的美好爱情故事，但那种刻骨铭心、不离不弃、相濡以沫的爱，也是我们所向往的，因为它能够经受住时间的考验，变得更加坚定不移。

我有两个姑娘，她们大学毕业以后都在北京安家了。我的大姑娘是中国人民解放军南京政治学院毕业的，是一名军人，女婿也是军人。两个女儿、女婿都特别优秀，是各自单位的骨干。

没事儿的时候自己想想，人与人之间的缘分就是这么奇妙，当你真正想实现的时候，难上加难，可当你真正无所求、随遇而安的时候，好的机缘却会来到你的身旁，看似飘零孤儿的命运却是我好的机缘的开始。

后来我去上海寻亲，虽然没有结果，我的目的只是想要一个证实，也许是好奇，但不遗憾。

对于我们这批在锡林郭勒盟长大的孤儿，我有很多的想法。我想先把大家召集起来，于是就去锡林郭勒盟的报社做了一个登报启事，建了微信群，把很多人聚在了一起。后来统计包括盟里的和各旗县的，我们一共聚集了一百多个孤儿。除了盟里的微信群，我们在各个旗县设立了分群，有事儿大家能够及时联系。

其实我想我们都到了这个岁数了，一辈子风风雨雨走过来不容易，大家能够聚在一起也是一件难得的事情。虽然我们是孤儿，但我们在这片深情的草原上拥有了自己的家，落地生根，开花结果，各自几乎也都有了幸福的晚年。相似的经历，让我们相互之间都产生了关爱的共鸣，彼此都能够成为兄弟姐妹，何尝不是一件幸福之事！

此时的嘎鲁像一位爱心社的社长，思维敏捷，做事干练，这一点应该随她的父亲。

自从我们相聚在一起，逢年过节都要相互问候，没事的时候大家在一起聚一聚，哪位兄弟姐妹家里有个困难或者是生病住院，我们都能各自出一份力。怎么说呢？这份缘不能断，这样的爱也要延续，要对得起国家和

嘎鲁一家的全家福

养父母给我们的新的生命吧。

逢年过节我们就去看望当时在锡林郭勒盟保育院看护孤儿们的朝鲜族阿姨，她是最值得我们尊敬和爱戴的一位老阿妈，因为她收养了三个身体不太好的孤儿。为了这三个孩子，她后来一直没有结婚，一直单身。抚养这三个孩子的艰辛是我们用话语难以表述的。她收养这三个孩子的时候是二十多岁的大姑娘，在那个年代，一个年轻女子带着三个有病的孩子，我们都不敢想象她是怎样把他们抚养长大的。后来这三个孩子也都各自成了家，有了工作。我们都特别敬佩这位朝鲜族老阿妈，可以说她也是我们的阿妈。每次大家去看望她，其实就跟看望自己的阿妈一样，虽然她没有抚养过我们，但是那种在我们相互感情里面存在的爱是一模一样的。

有时候我们真的难以描述在那个年代、这样一份特殊的爱里面包含的深意，它也许是纠结的，也许是单纯的，但有一点可以肯定的是，它绝对是给予和奉献，而这份给予、奉献里饱含着民族深情、家国情怀。

我们也时常去看望姜永禄先生。姜永禄先生当时是锡林郭勒盟阿巴嘎旗医院的院长。1958年，他参与了“安徽孤儿入内蒙”后的抢救医治工作；1960年，他又带领16名同志从上海再次接回了300多名孤儿。姜永禄先生后来将收藏了大半辈子的相关珍贵材料捐赠给了乌兰夫纪念馆。他是一位充满大爱的人，我们很多兄弟姐妹都是姜先生接回来的，可以说他也是我们的阿爸，最慈祥的阿爸。就这样一位又一位爱心的传递者跟时间赛跑，跟生命赛跑，确保我们安然无恙，确保我们有一个温暖的家，他们都是我们生命当中最至亲的人。

我们感受着国家的恩情，能为国家做点事儿，对于我们来说是一种幸运。2008年汶川地震，我们去盟民政局捐了款。2019年，武汉发生新冠肺炎疫情，我也带领兄弟姐妹们在盟红十字会捐了款。钱虽然不多，但都是大家的心意，一方有难，八方支援，我们这些受过国家恩情的孩子们更不可能坐视不管，没有国家的庇佑哪有今天的我们，虽然我们都已经过了花甲之年，但国家有难，我们也一定要尽自己的绵薄之力。

嘎鲁的话语让我们更加懂得了爱其实就是传递，就是接力，这似乎是一个亘古不变的信念。

2006年乌兰夫同志诞辰100周年，我们这些孤儿聚集在了呼和浩特市进行了隆重的纪念仪式。当时在场的很多人泣不成声，也包括我，内心是五味杂陈的，想起自己现在的幸福生活是多么来之不易。我们还能站在乌兰夫同志的雕像面前，还能够拥有这样鲜活的生命，让我们感慨万分，悲喜交加。我们要感恩党和乌兰夫同志，是他们挽救了我们这些孤儿的生命，让我们拥有了新的父母，拥有了一个温暖的家。

我对祖国的感恩之举，就是好好教育子女，建设我们的国家，为我们的祖国奉献自己的力量。在我的有生之年，能看到我们祖国日新月异、繁荣昌盛。除了感恩，我更多的是祝福我们的祖国就像那东方的太阳永远光芒万丈。

作者简介

袁海玲，汉族，内蒙古诗词学会会员，锡林郭勒盟作家协会会员，锡林浩特市作家协会会员。铁路工作者，大专学历，现定居内蒙古锡林浩特市，擅长朗诵、写作、舞蹈。中国诗歌网认证诗人，多部作品在《内蒙古铁道报》《马韵之光诗集》《锡林郭勒盟老年体协》《锡林郭勒日报》等平台发表。

爱的回报

萨仁其木格 口述 乌兰朝鲁 整理

她从长相到言谈举止,跟牧区普通牧民妇女没有什么不同。她满脸的笑容,比较善谈,喜欢唱歌,尤其擅长唱苏尼特民歌。她就是国家的孩子萨仁其木格,苏尼特右旗乌日根塔拉镇巴彦敖包嘎查牧民。

父母的宠儿

萨仁其木格对于自己的幼儿时期没有一点记忆,十几岁的时候偶尔听别人说起她是"国家的孩子",她也没太在意。后来,她慢慢地知道了自己是南方孤儿。据她养父母说,1958 年,当时在温都尔庙学校当厨师的养父母抱养了她。她那时候已经会走路、会吃饭了,大概有两三岁的样子。

萨仁其木格的养父母是苏尼特右旗原乌日根塔拉苏木巴彦敖包嘎查的一对普通牧民夫妇,养父叫米吉德,养母叫策日勒哈木。抱养她之前,夫妇二人虽然生过三个孩子,但是出生不久都夭折了。当时,他们为此事非常痛苦。抱养她不久,母亲就生下了她大妹妹,后来又连生三个妹妹、一个弟弟。为此,父母认为萨仁其木格这个"国家的孩子"给他们带来了好运,自从她来了以后,他们家人丁兴旺。在萨仁其木格的印象中,养父母后来虽然生了五个孩子,但她依然是养父母和周边牧民最宠爱的那一个。萨仁其木格回忆道,她每次去放羊的时候,父亲总是把家里最好吃的东西放到她的碗里,弟弟妹妹们也想吃,但父亲不给。有时候,父亲去供销社买来糖、月饼等好吃的东西,总是特意留给她,她笑着回忆说:"我那时候,每当放羊回家的路上常常会想'爸妈又给我留什么好吃的了呢'。"果然,到家后她的碗里留着给她那一份好吃的。萨仁其木格回忆说，有一次她饮羊群的时候失手把水斗掉到了井里。父亲将一根绳子拴在她腰间，用绳子拽着她，让她下到井里取出水斗。母亲看见以后，特别生气，对着父亲大喊：“你想干什么？孩子掉下去咋办？”萨仁其木格说：“从这些细小的事情上我经常感受到父母的珍爱。”

母亲教给她的不仅仅是生活的本领，更是做人的道理。小时候她特别淘气，而且很好奇。有一次放羊的时候，她发现草丛中的鸟巢里有几颗鸟蛋，出于好奇，她把那几颗鸟蛋捡起来玩，玩着玩着不小心摔烂了。母亲知道这件事以后特别生气，教育她说：“以后发现鸟巢里的鸟蛋不能靠近，据说人的影子投到鸟蛋上鸟妈妈就不要它了，它也是小生命，多可怜啊！连影子都不能投到鸟蛋上，你怎么能捡起来玩呢？”萨仁其木格说从此以后发现鸟巢她就小心翼翼地从远处绕过去，生怕自己的影子投到鸟巢上。父母骨子里的那种对于故乡的热爱，深深地感动了萨仁其木格，这种爱也潜移默化地影响着她，她学会了深爱赖以生存的这片草原，爱护草原上的一草一木，爱护草原上的一切。

2018 年，母亲已经 83 岁，身体虚弱需要人照顾，兄弟姐妹们轮流照看。期间萨仁其木格摔坏了腿，弟弟妹妹们就让她休息养伤。母亲不见她来，总是念叨：“萨仁其木格怎么不见了？”弟弟妹妹们不得已说出了实情。母亲听说后特别担心和挂念：“这孩子，怎么那么不小心呢？不知好点了没有？”弟弟妹妹们也很尊敬萨仁其木格，每年过年的时候，按照蒙古族的习俗首先给大姐拜年。弟弟妹妹们有什么重要的事情，都和萨仁其木格商量，征求她这个大姐的意见。

巧手打造美好生活

在养父母的陪伴下，萨仁其木格熬过了草原上的风霜，像很多草原牧民家的孩子那样照看弟弟妹妹，跟小羊羔、小牛犊玩耍，在劳动中锻炼，成长为一个善良、勤劳、勇敢、快乐的牧人。

她跟着勤劳的父母学会了一切牧区的活儿。她对针线活儿特别感兴趣，母亲和姥姥就耐心地教她裁剪、缝纫技术。那会儿布料很稀少，她就用

萨仁其木格养母81岁大寿时全家合影

攒下的布头和驼绒做成的线来做手工活儿，学着做着就学会了，有了一双巧手。在物资稀缺的年代，十几岁的她就学会了利用有限的资源做手工缝纫，这门手艺还为她带来了许多荣誉和快乐。一根针、一丝线、一匹布、一双巧手，千丝万缕间承载着她对民族饰品的情感和对民族文化的热爱。

1973年，萨仁其木格穿上亲手缝制的蒙古袍，嫁给了自己心爱的人。婚后，父母、兄弟姐妹的全套衣服都由她来做。亲戚朋友、老乡们也经常找她做衣服，尤其是每年春节、六一儿童节的时候，求她做衣服的人更多，她都痛快地答应，每天忙到深夜，无论多忙，都认认真真地给他们缝制。1980年买了缝纫机以后，她的缝纫速度提高了，缝纫的东西也更多了。她纺毛线、做毛绳子、制作毡子、毡绣等手工艺也很拿手。近几年，她参加各类手工艺比赛、展销会等活动，把自己制作的毡绣作品展现给人们。展销会上她的作品很抢手，拿去参展的东西很快就被抢完了。现在她在家也接一些订单，做一些毛绳子、毡绣等手工艺品，但是孩子们怕她累，不愿意让她干。

萨仁其木格对生活充满热情，不但能经营好自己的生活，对嘎查牧民的生产生活也特别关心。因此，她深得牧民朋友们的信赖，被嘎查牧民推选为乌日根塔拉镇人大代表，被评为嘎查“民族团结示范户”“优秀志愿者”等。

萨仁其木格在牧区生活

用爱心回报爱

萨仁其木格对人生、对社会有她自己的独特的认知和感悟。她说，20世纪50年代末、60年代初，草原赋予一群来自南方的孩子们第二次生命，养父母和牧民们跨越地域和血缘，成就了这一段民族团结、守望相助的佳话。现在她的生活幸福美满，什么也不缺。她的一生从未离开过党的厚爱，她特别感谢党和人民的关照，还要感谢这片她挚爱的草原。

前几年，她参加“国家的孩子”寻亲活动，去了上海、安徽等地。当上海《新闻晚报》的记者问她：“对于生身父母有怨恨吗?”她立即回答：“为什么要怨恨呢？作为父母不是走投无路的情况下，不会轻易舍弃亲生骨肉的！谁能猜想三年困难时期，南方的父母面临什么样的生活困窘，面临什么样的生死两难的无奈抉择呢？我不恨他们，感恩他们把我带到这个世界，感恩党和国家给了我获得第二次生命的机会，感恩草原父母养育了我，我只有感恩，没有怨恨！”当问她为什么寻亲时，她回答：“我作为一个人来到这个世界，很想知道呱呱坠地时，敞开怀抱的故土是什么样的，把我抱上北上的那趟列车的上海福利院是什么样的，所以我怀着满心的感恩和欢喜来到这里。”

她说每个人、每个家庭都是国家最坚实的基础，我们把孩子教育好了，是对国家最大的贡献，也是对党和国家的回报。萨仁其木格夫妇养育了四个孩子，现在四个孩子都已成家，而且有了他们自己的孩子，生活很美满。她现在在旗政府所在地赛汉塔拉镇陪孙女上学，学校放假的时候也回到牧区，做一些力所能及的事情。

在陪读孙女的同时，她还积极参加各类活动，每天的生活充实而快乐。她的爱好广泛，读书、唱歌、刺绣、毡艺样样都喜欢，尤其唱歌是她最大的爱好，她说年轻时候的梦想就是当歌唱家或一名军人。她现在经常参加一些民间文艺活动和嘎查苏木等各级部门组织的歌唱比赛，并且获得了很多奖项，这圆了她年轻时上台演唱的梦想。她笑着说：“可以说我第二个梦想也实现了，我大儿子在新疆当过兵，现在大孙子也从大学应征入伍了，我未了的愿望在子孙身上实现了。”

2021年庆祝建党100周年之际，萨仁其木格为了表达对党和政府的无限感恩之情，跟额尔其照日格、阿拉腾其其格、萨如拉花三个好姐妹（也是“国家的孩子”）商量，制作一幅毡艺作品。听到这个消息很多兄弟姐妹们捐钱捐物，很快凑齐了毡艺所需的材料。她们利用40多天时间，精心绣制了一幅8米长、2米宽的“美丽的草原我的家”毡艺作品，捐赠给内蒙古博物院，以此来表达“国家的孩子”对党和国家、对家乡的感恩之情。

萨仁其木格经常参加爱心捐助活动，先后为汶川大地震、武汉新冠疫情、阿拉善盟新冠疫情捐款。同时，她通过微信水滴筹等形式，为很多不知名的贫困学生、贫困家庭患者捐过款，具体捐了多少，她自己都记不清了。她满怀感恩，用自己力所能及的付出，回报这片故土，回报这个社会。

乌兰朝鲁，女，蒙古族，群众，1966年9月生，本科学历。曾任苏尼特右旗文联副主席、苏尼特右旗民委副主任、翻译中心主任等职务，2021年9月退休。

美好的回忆

池玉英　口述　董玉荣　整理

“日落西山红霞飞，战士打靶把营归，把营归。胸前红花映彩霞，愉快的歌声满天飞……”说到动情处，池玉英大姐情不自禁地唱了起来。随着愉快的歌声，仿佛让我的心也悄然融入了那个火红的年代。

女民兵

那是1976年的盛夏，初中毕业的池玉英18岁，正值花样年华，思想上要求积极进步的她，放弃了去外地继续学习的机会，融入了知识青年“上山下乡”的洪流中，成为一名知识青年。原本她下乡的地方是苏尼特右旗额仁淖尔公社（现额仁淖尔苏木）吉呼郎图大队（现吉呼郎图嘎查），但旗政府为了更好地照顾“国家的孩子”，便让她在距旗政府所在地赛汉塔拉镇只有4公里的朱日和知青农场（现赛汉塔拉镇农场）下乡。知青农场是苏尼特右旗知识青年下乡实践的一个地方，也是池玉英养父当时工作生活的地方。这样，她便成为一名“返乡知识青年”（即在自己的家乡当下乡知识青年）。从此，池玉英开始了作为“知识青年”的火热生活。

那时“全民”备战，作为知识青年一员的池玉英顺理成章地成了一名女民兵。每逢春秋，旗浩特镇武装部都会组织民兵大练兵。当时池玉英是民兵连副连长兼团支部委员。时至今日，池玉英还对当时的民兵训练记忆犹新，对各种枪支类型如数家珍：手枪、步枪、半自动步枪……而当时池玉英则是75式高射炮的射手之一。发射75式高射炮时，需要三个民兵通力合作，才能精准地打击预定目标。

虽然来自四面八方、五湖四海的知识青年们只是民兵，但浩特镇武装部对民兵的要求还是很高的，每每在训练了一天的民兵们睡意正酣时，一阵阵急促的军号声骤然响起，十七八岁的民兵们听到号声后，立即起床，在规定的短短数分钟内，穿好衣衫，打好背包，以饱满的状态昂首挺胸地排列在指定的位置。随着一声令下，一支由 80 多名下乡知识青年组成的民兵队伍，在朦胧的夜色中，开始了来回 40 公里的越野跑步训练。

这期间，池玉英训练认真，勤奋上进，不光是她们班的班长，还是知识青年的标兵。负责民兵训练的浩特镇席部长和农场的场长，都对她赞不绝口，号召全体知识青年向池玉英学习。

厂办教师

两年后，农场的场办小学需要老师。时任农场场长的刘存富知道池玉英上学时品学兼优，便把她从知青的队伍中借调到场办小学，担任班主任及所有功课的课任老师。场办小学条件艰苦，一至五年级的孩子们全部集中在一间教室内学习。教室里，一个年级的学生们坐一排。池玉英是所有孩子的班主任，更是他们的“生活委员”。

苏尼特右旗地处内蒙古自治区北部，气候寒冷。每年从 10 月份开始到次年的 5 月，室内需要点火炉子取暖。池玉英便在每年夏天的星期天，带着五年级的孩子们去大草原上捡拾牛粪。她和同学们胳膊上挎着用榆树枝条编织成的筐子，将散落在草原上的牛粪一块一块俯身捡到筐内。他们每捡满一筐便倒在小路旁，堆积起来，然后再运回场办小学，晾晒在角落里，待冬天用来引火取暖。

由于五个年级的孩子们都在一间教室里，若她给一年级的孩子们讲课，别的年级的孩子便安静地上自习课。原本的那些“调皮捣蛋”的同学，也变得乖巧听话了。学校虽然有五个年级的学生，但老师却只有她一个，每每讲了一天课后，她还得把一大摞作业抱回家批改。池玉英像大姐姐一般，呵护着每一个学生。当老师的那两年寒暑假期间，池玉英成了学生们的免费家庭教师，家长们一早便把孩子们送到她身边，她会悉心地为每一个孩子辅导假期作业。

辛劳的小蜜蜂

时光在不经意间悄悄溜走，一晃两年过去了。池玉英因工作需要，重新回归到知青的队伍，又和知青们一起开始了春种秋收的生活。20 世纪 70 年代末，农场种地使用的依然是农家肥，获取农家肥的其中一种方式，就是在暮冬和早春时，去距农场 4 公里之外的旗政府所在地赛汉塔拉镇的居民区清理旱厕里的粪便。掏粪这项工作又脏又臭，一般的男知青都不愿意干，而作为先进工作者和知青骨干的池玉英，处处严于律己，主动承担了这份辛劳的工作。

知青时的池玉英

别的返乡知青还沉浸在春节假期的喜悦中，池玉英便和厂里的另一名工人一起，每天凌晨 5 点赶着马车从农场出发了。早春塞北的清晨，除了黑漆漆伸手不见五指外，还异常寒冷。零下二十多摄氏度是正常气温，迎面吹来的冷风冻得人直打寒战。她头戴着大皮帽子，脸上戴着自己缝制的加厚口罩，身上穿着父亲给买的羊皮皮袄和大头棉鞋，即使这样也难以抵挡寒风的侵袭。马车吱吱呀呀地走在雪地上，天刚破晓时，他俩来到了镇里，沿居民区清理旱厕。池玉英虽是女孩，但她依然和同行的男同志一样，跳进坑中清理粪便。他们把种地所用的农家肥一锹一锹地铲上平地，再从地面上一锹一锹铲到马车上。上午十点左右，他俩完成了工作，拖着疲惫的身体，赶着马车返回农场。收集农家肥的艰苦工作日复一日，一干就是一两个月。

终于，塞北的春天迈着迟缓的步伐姗姗而来。农场的知识青年们再一次开始了挖地、平地、耙地、整理田畦的工作。他们每四人分成一个小组，勇争上游的青年们，常常为了争夺象征先进的流动红旗而争分夺秒、汗流浃背，挥洒汗水书写着他们精彩的青春年华，也把青年们原本纯洁的心荡涤得更加洁净。

往事如烟

一场青春的恋歌，就这样在岁月的更替中渐行渐远。八年的知青生活结束了。池玉英经人介绍，步入了婚姻殿堂。丈夫韩喜财是一名工人。婚后夫妻俩相敬如宾，丈夫对她疼爱有加。回忆起火热的青春岁月，池玉英一脸幸福。她说，八年中她多次被评为先进工作者，曾被派往朱日和党校学习，也曾光荣地参加过全旗共产主义青年团代表大会。

婚后第二年，可爱的女儿出生了。在女儿咿呀学语时，池玉英萌生了一个想法，她儿时曾被朱日和温都尔庙保育院的阿姨们抚养过好几个月，她是“国家的孩子”。现在，她长大成人了，也想当一名“保育员”。这样既能减轻学龄前儿童的家长们的负担，又能以自己的方式回报曾经养育过她的苏尼特草原上的人民。和丈夫商量后，她一次次往返在办理各类手续的道路上。

池玉英的幼儿园

世上无难事，只要肯攀登。在不懈的努力下，她开起了苏尼特右旗最早的、为数不多的、持有幼教工作许可证的私立小型幼儿园。池玉英精心呵护着每一个宝宝，一如当初保育院内的阿姨们。一分耕耘，一分收获，池玉英的幼儿园渐渐地在苏尼特右旗小有名气，锡林浩特市和周边相邻旗县的幼儿工作者们，一拨一拨地来找池玉英“取经”。

童年时代

在讲述她开办幼儿园的经历后，池玉英回忆起自己的身世来。20 世纪 50 年代末 60 年代初，上海市及其周边的安徽省、江苏省等地，接连遭受自然灾害，包括池玉英在内的一大批孤儿，在周总理的亲自安排下，由江南水乡辗转来到了内蒙古大草原朱日和镇保育院。那时，池玉英的养父母，居住在朱日和镇温都尔庙新胜街，距离保育院不远。父亲池永，早在 1949 年前便光荣地加入了中国共产党，是原绥远省的一名战士，后来，父亲转业到了地方，在铁矿担任领导工作。养父母婚后生育好几个孩子都夭折了。夫妻俩暗自神伤，希望落在了保育院内孩子们的身上。当养父母的申请书被相关部门批准后，先期到达保育院的第一批、第二批孩子，已被其他有爱心的家庭领养完了。在祈盼中，第三批孤儿被送到了保育院。这批孩子，年纪普遍较小，长途奔波后身体愈发虚弱。旗政府便派专人集中在保育院内精心抚养孩子们几个月，待孩子们相对强壮时，再由符合领养要求的家庭收养。

池玉英的奶奶是个热心肠的老太太。由于住在保育院附近，每天早起老人家便来到保育院，帮保育院的阿姨们干些洗洗涮涮的活儿。接触的日子久了，一个长相甜美、编号为 05、八个多月的小女孩成了奶奶的孙女。

池玉英被领养回家后，一直由奶奶亲手抚养。奶奶给她起了个乳名叫引弟，奶奶盼望小女孩能给全家带来福气，日后能有弟弟、妹妹和她做伴、玩耍。

正如奶奶盼望的一样，小引弟的妹妹、弟弟们相继出生了，一个妹妹、两个弟弟成了小引弟此生的至亲。

小引弟虽然在保育院阿姨们的看护下身体壮实了不少，但比起同龄的孩子，还是很虚弱。她脑袋大大的，经常因水土不服拉肚子。父亲同事的妻子是医生，父亲便请这位医生来家里给小引弟看病。医生说小引弟缺钙。那个年代，物资匮乏，旗里根本买不到钙片，这位医生的同学在天津工作，爱女心切的父亲便托医生的同学，从天津一次性购买了两大瓶钙片，载满爱的钙片，从天津一路寄到了草原。直至四岁半时，小引弟才开始蹒跚学步。池玉英说，记不清几岁时，父亲由铁矿调到了朱日和农场工作。

小引弟八岁那年，疼她爱她、视她为命根子的奶奶去世了。老人家临终前，最放心不下的便是引弟，再三叮嘱儿子儿媳，一定要把小引弟当亲生孩子一样抚养。奶奶生前常对养父母说，这孩子是小福星，自从这孩子到咱家后，咱家一切都变得顺利起来。

然而祸不单行，仅仅一年后，养母因心脏病撒手人寰。母亲走了，四个

池玉英全家福（后排中）

孩子一下子变成了没娘的孩子，无人照顾。迫不得已，姥姥接走了大弟弟抚养，妹妹和小弟弟被姑姑接走抚养。只有相对较大的引弟由父亲亲自抚养。一时间，原本幸福欢乐的大家庭，顷刻间四分五裂，只剩下孤苦的父女二人相依为命。若这样清苦的日子能一直安静地持续下去，也算是一种幸福，然而世事难料，“文化大革命”时期，父亲经常被抓去批斗，她的生活又平添了许多波折和痛苦。父亲“平反”后，姥姥见父亲一个人带着孩子生活太艰难，就给父亲从老家介绍了一位女士重组了家庭。父亲重组家庭后，弟弟妹妹们陆续回到了家中。池玉英的第二任养母虽然是她们姐弟四人的继母，但正直善良，对她们姐弟四人视如己出。

一天天长大的池玉英非常懂事，深知母亲持家不易，时常帮着母亲带弟弟妹妹、做家务。聪明伶俐的她并没有因此而影响了学习，成绩一直很优秀，小学时还曾在一次全旗期末统考中取得过全旗第二名的好成绩。

初中三年，她学习成绩一直名列前茅，是班里的生活委员，还在学校组织的不同类型的知识竞赛中三次获奖。那三年，她除了自己认真学习外，还帮助其他同学共同进步。在她的帮助下，一位想加入共产主义青年团的同学顺利地完成了心愿；和她一个宿舍的一位同学经常在冬季手上生满冻疮，她便不仅天天给这位同学打饭，还不时地帮这位同学洗脏衣服。在同学眼里，池玉英温暖得像个小太阳。

退休生活

斗转星移间，日子转瞬而过。池玉英退休了。青出于蓝而胜于蓝的女儿，也从武汉生物工程学院毕业了。大学四年，女儿拿到了八个荣誉证书和一个专业比赛的金奖。卓尔不群的女儿，想留在武汉工作，而心系草原的她，执意将女儿叫了回来，她要女儿用所学知识为小镇的发展添砖加瓦。

如今的池玉英一家，幸福地生活在苏尼特草原上。闲暇时，她和姐妹们一起参加合唱团，用歌声赞美美好的生活。

退休后，她曾随旅游团出国游玩，在欧洲一口气游了八个国家。采访接近尾声时，池玉英动情地说，走了那么多国外的山山水水，还是我们的祖国最好！她说：没有祖国母亲，没有周总理、乌兰夫主席和广大草原人民的

池玉英惬意的退休生活

那场超地域、超血缘、超民族的生命大营救，就没有包括她在内的南方三千孤儿如今幸福安逸的生活……

作者简介

董玉荣，女，群众，1972年10月出生，大专学历。1997年毕业于南开大学成人教育学院法律系。下岗前曾在苏尼特右旗糖业烟酒公司工作。内蒙古诗词协会会员，黄河诗词协会会员，锡林郭勒盟诗词协会会员，苏尼特右旗作家协会会员。

我虽然是孤儿，但是从来没有感觉到孤单

其木格　口述　高永厚　整理

她没有名字，缝在衣襟上的小布条和《移入儿童登记卡片》上标注的是61号。

1959年4月28日，"孟根花儿"（汉语意为"银花"）这个名字第一次出现在《移入儿童下放通知表》上，没有一个人能记起这个名字是谁给起的。

1960年，养父养母为她上户口时更名"阿拉腾其木格"，汉语意为"金饰"，表达了对这个孩子的爱昵之心。

到了上学年龄，她的名字就被省略去"阿拉腾"，被直呼"其木格"。

她是在内蒙古苏尼特草原上长大的南方孤儿之一。如今的她，既有江南水乡女子的娇柔俊俏，又有北疆草原女子的旷达开朗。谈起她的身世，她总是笑呵呵地回答："我是孤儿，但是孤儿不孤。我在草原有了额吉、阿爸，有了新的名字、新的家。就像歌里唱的：'走多远，回头望，那是故乡，永生不能忘。'"

1958年9月的天空清风凉爽，高远辽阔。一叶知秋，草场开始变得金黄、沉重。秋叶片片情深意浓，片片弥足珍贵。随着火车汽笛的一声长鸣，一辆专列缓缓驶入距苏尼特右旗人民政府所在地温都尔庙6公里的朱日和车站。这是国家紧急启动、送往内蒙古草原的第一批"国家的孩子"，共304名。这些孩子的共同特点是，体格及智力发育普遍差，体重较同龄孩子轻，营养不良。他们无一例外，个个都是细脖子、大脑袋、呼吸急促、意识模糊，苍白的小脸上泪花点点……即使这样，仅用三天时间，这一批孩子就被牧民认领走百分之九十以上。在物资极度匮乏的年代，草原母亲付出了巨大的努力和牺牲，以大爱无疆的博大胸怀接纳了孩子们。

身体孱弱的其木格没有人家领养。她和重新被召集回来的80多名孩子一起住进紧急组建的儿童保育院里，经过自治区和盟里派来的医疗专家、大夫、护士们的精心治疗，经过保育院阿姨们的细心养护，经过厨师们尽心制作的营养保健食品补充营养，体质有所提高。半年后，当其他孩子再次交给那些领养的家庭时，其木格则被转送到二连浩特保育院。

其木格生就漂亮，一双带着稚气的毛眼眼，就像两颗水晶葡萄似的，谁见了谁爱。可是她身体严重缺钙，都两岁了还不会独自站立，前来领养的父母都担心她养不活，谁也不愿意将她带回家。

在保育院工作的嘎拉登对院长说："'母乳是最好的药品'，让我把这个孩子抱回家，交给我那正在哺乳期的爱人喂养吧。"

嘎拉登此时已有两儿两女，除了在保育院上班外，作为医生还经常下牧户巡诊，在家里根本帮不上忙。带回这么一个孩子，搞得嘎拉登的爱人更加忙碌：放牧、饮牲畜；挤奶、做奶食；赶上牛车到很远的淖尔边拉水；背着"阿篓儿"（筐子）满野滩转着捡牛粪。养母有时候只好把其木格和正在吃奶的小不点儿交给三个稍大的孩子看管。可孩子毕竟是孩子，他们心思根本不在小妹妹身上，自己光顾玩儿啦，好几次差点闯下大祸。

保育院院长在走访时发现了这个问题，他对嘎拉登夫妇语重心长地说："你俩主动抚养孩子的精神值得表扬。但是其木格是'国家的孩子'，我们必须做到'接一个、活一个、壮一个'，不能有任何闪失。"他责成嘎拉登尽快将其木格送回二连浩特保育院。

此时，其木格来嘎拉登家已经两个多月了，她长相很萌，且性格十分乖巧，很讨人欢心，会撒娇，小姐姐小哥哥特别喜欢她，都不愿意让她走。爱人喂奶拉扯得也越来越亲，听说要把孩子交回去，躲到一旁哭了一场又一场，搞得嘎拉登有种撕心裂肺的感觉。

明明很爱，却只能是擦肩而过。其木格虽小，但那一幕却永久地定格在她心里。她清楚地记得养父将她"还"给保育院临走时不舍的目光，她也曾哭叫着扑向养父，但他还是走了，尽管那个蒙古族汉子一步三回头……我们无法谴责嘎拉登夫妇做出的选择，因为当年政府对领养孩子有着严格的条件限制：首先你得没有孩子，然后还要看你有没有抚养能力和条件……

暮去朝来，其木格不知道又在保育院过了多久，雷打不动的是她每天要求阿姨将她抱到大门口，她知道送她来的嘎拉登养父就是从这里走的，她期盼着有一天他会回来抱她。

等啊，等啊，其木格终于等来了另一对中年夫妻：女的是蒙古国居住在苏尼特的侨民，男的是从乌兰察布盟农村来到牧区的汉族，两口子以放牧为生。那天他俩来二连浩特市购物，见其木格一个人在保育院门口呆呆地坐着，男人疼爱地蹲下身去将她抱起，女人从包里拿出一块饼干给她。这对夫妻怜悯、慈爱的举动正是其木格寻觅已久的爱，她泪眼汪汪，一头扎进男人的怀里，怯生生地叫了声“阿爸”，又转向女人，用稚嫩的小手握住她的中指贪婪地吮吸了几口，羞答答地叫了声“额吉”。这两声呼唤，叫出了一辈子的父女、母女情缘。那一刹间，夫妻俩喜极而泣。他们相信缘分和天意，毫不犹豫地走进保育院找院长，反反复复地央求：“这是上苍赏赐给我们的孩子，让我俩领走吧。”

那天是其木格最幸福的一天。养父紧紧地将她包裹在怀里，拄着套马杆一撩腿就跨到了马背上，小腿膝盖和大腿内侧用力夹紧马的双肋轻轻一磕，马便有节奏地小颠起来。出了城，养父振臂高呼：“啊！我有孩子啦！我有孩子啦！”骑的马也似乎领会了主人的心情，抖动着披散的鬃毛，兴奋地奔跑起来，酣畅地展现着它的雄姿：激动！亢奋！冲锋！搏击！碰撞！飞溅！其木格在惊恐中感受着耳边呼呼的风声和马蹄子发出的嗒嗒声。

这样，其木格就到了这个新家庭。养母第一次给她煮羊肉面，她狼吞虎咽地吃了一小碗又一小碗，当吃完第六小碗又把碗伸过来时，养母心疼地把她抱在怀里，一连串泪水从她悲伤的脸上无声地流了下来。

草原，是无瑕的碧玉，是柔美的绿毯，是牛羊的家园，也是小鸟的天堂。在这样一个优美的环境里，其木格平稳地生活了几年，身体也强壮起来，能帮助大人抓个羊羔，牵个牛犊，拣筐牛粪，熬个奶茶啦。养父养母心里乐开了花……

1968年，10岁的其木格被养父母送到公社小学读一年级。那个年代，苏尼特牧区的孩子到公社或旗里上学就得住校，没有现在的“陪读”一说。也许是这个原因，当地七八岁上学的孩子极少。绝大多数孩子是等着老师背着小黑板来家里上课。那种上学的模式叫“马背学校”。

其木格到校刚学了几个蒙古文的字母和一百以内的加减法，就遇上了新的灾难。一天，一伙人闯到养父养母家，不由分说，就将养父带走批斗。其木格哭喊着扑到养父怀里，说什么也不让抓走养父。养父似乎对这件事早有预料，显得特别冷静，心平气和地和那伙人说："这个姑娘是'国家的孩子'，她还小，受不起惊吓，你们先出去一下，我不跑，让我和她说说话。"

其木格接受笔者采访时深沉地说，养父临别时的微笑虽然只是短短的一瞬，但是在她心底却留下了永恒。她说，养父首先为她擦干了泪水，洗了脸，梳了头，还给抹了点雪花膏，捧住脸颊在脑门上亲吻了许久。然后，从里面的裤兜里取出 5 元钱放到其木格手心里，溺爱地拍了拍她的肩膀："去，去吧，让你额吉带你去供销社买好吃的吧。"她和养母真的去了供销社。回来后她发现养父已经不见了。她哭喊着，拼命追赶那早已看不见的车辆。鞋子跑掉了，小脚丫子被石子硌得起了泡，被杂草扎出了血，最终她筋疲力尽，气喘吁吁地倒在草丛中。

其木格退休后，曾回故乡丈量过这段坑坑洼洼、磕磕绊绊的砂石路，足有 10 公里之多。10 公里啊，对于一个 10 岁的小女孩来说，需要多大的耐力啊。

不幸接踵而至。养父被带走后，养母也受到迫害。其木格被旗县派来的人安置在旗政府招待所吃住。再后来，其木格搭乘一辆拉货的马车偷偷去了养父的老家——乌兰察布盟察哈尔右翼中旗的一个小村找在那里挨批斗的养父。就这样，日子一天天过去，随着全国形势好转，造反派对养父的监管也放松了许多。再后来，为了解决她的吃饭问题，养父为其木格找了婆家。但其木格反对这门婚事，就跑回了苏尼特右旗政府招待所。

这次，旗里一名老骑兵出身的蒙古族科级领导将其木格领回了家。虽然这个家庭已经育有两个儿子和四个女儿，但全家人还是热情接纳了这个"国家的孩子"。养母没有工作，全家油盐酱醋茶、吃喝拉撒睡的开支和孩子们上学的费用全靠养父一个人的工资，日子过得比较拮据。其木格很珍惜这段亲缘，和兄弟姐妹们处得非常好，大家彼此关爱，有稀罕吃的互相让，有家务活儿抢着干。

到了开学的日子，虽然不舍，养父还是立即把其木格送到学校。在书的海洋里遨游原本是无限快乐的事，却给其木格带来无穷的烦恼。她之前

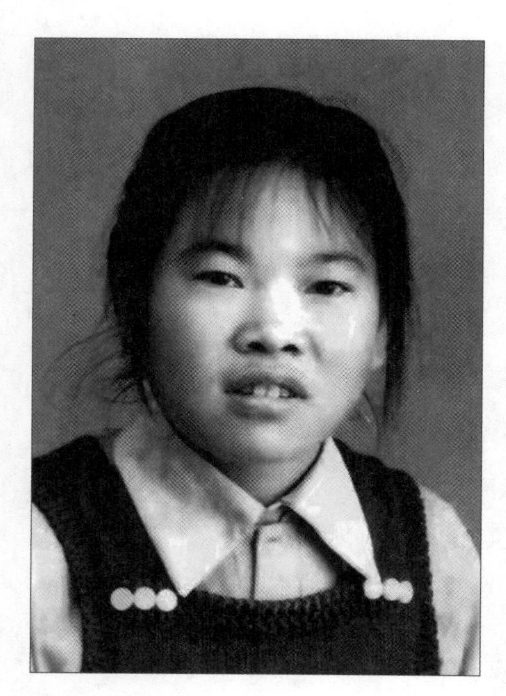

年轻时的其木格

只上过一年级，还是蒙古文班，这回一下子进初中学汉语，还真够她受的。

有一天，其木格得知旗知识青年办公室来学校动员学生“上山下乡”，到农村这个广阔天地锻炼，就报了名，她想凭自己的劳动养活自己。养父虽不同意，但已经是生米煮成熟饭，只能由她去了。

时值全国正在开展“农业学大寨运动”，苏尼特右旗自然也不甘落后，从领导到百姓都有一个共同的心愿：“同穷山恶水进行斗争，兴修水利，发展生产，改变牧区面貌！”

在这场气吞山河的“人民战争”中，有个“铁姑娘战斗队”特别引人注目，那种劳动场面用“热火朝天”“如火如荼”“战旗猎猎”形容再恰当不过了。一些个性顽强、干活不惜力、“拼命三郎”式的女孩被人们视为劳动英雄，当然也成了其木格学习的榜样。她找公社妇联主任报名入队，人家嫌她岁数小、个头小，不要她。她就找公社党委书记特批，使她走进了“铁姑娘”的队伍中。

在“与贫下中牧相结合”的一年多时间里，其木格除了参加“铁姑娘队”兴建草库伦的大会战外，平时的放牧接羔、种树打草、修建水渠、和泥盖房、挤奶挑水、捡粪、拾柴、起羊砖……凡是牧民干的活儿，甚至那些超出她体能的重累脏险的活儿，她都一一地体验了。艰苦的劳动锻炼了她的意志，陶冶了她的情操，也使她的身体不再弱不禁风。她变得和草原上土生土长的蒙古族姑娘一样，阳刚之气十足，不知她身世的人，哪会想到她还是出生在江南的娇弱女子啊。

其木格是个吃苦耐劳、不惧困难的人。她把知青办配给她的防寒用品、劳保用品全都留给了养父养母，自己则把姐姐哥哥替退下来的衣裤补补洗洗穿到了身上。那时，草原上的气候寒冷，条件也艰苦，她晚上盖的只有一条被子，条毡当褥子用，马靴当枕头使。难熬的是冬天，千疮百孔的蒙古包根本抵挡不住强劲的西北风。常常，其木格的脸蛋冻得冰冷，不得不把手套、帽子、围巾都戴上，但她始终没向领导叫过一声苦，自己默默地承受着一次又一次的考验。

劳动是历练人生的最好课堂。其木格在牧区度过了一个春夏秋冬，虽然苦点，但是踏实；虽然累点，但是心安。不承想，一张《安置通知书》打破了她的生活。她被安排到苏尼特右旗农业银行下属的都呼木公社信用社工作了。从来没有接触过数字和账款，又没有上过几天学的她，一开始显得手足无措。她常常为一组组数字犯愁，为一本本账簿头疼，为一沓沓钱币打怵：这里哪有草原上好啊，放牧出去，撒开牛羊就可以到处跑着玩儿，摘野花、拔沙葱、采“扎麻麻”（一种野生植物，可作调料），躺在草丛里听百灵鸟唱歌，骑上马儿撒欢……

于是其木格找领导说：“让我回生产队吧，我干不了这个工作。”信用社主任是个临近退休的蒙古族汉子。他看到其木格愁眉苦脸的样子，就把实情告诉了她：“‘呼亨’（姑娘），你这个岗位，有不下 20 个知青盯着呢。但是政府有文件，必须优先安排‘国家的孩子’。你要不珍惜，怎能对得起组织对你的关照啊？”其木格听后心里一振。那一刻，她想起很多人，想起三对养父养母。一张张慈祥的面孔轮番在她眼前穿梭着。如果没有他们阶段性的养育，能有今天的她吗？尽管当时已有四位老人相继去世，但自己对另外两位老人的回报仅仅靠知青的微薄收入能维系得了吗？简单、淳朴的愿望在其木格的脑海里形成后,17 岁的她开始了自己的又一次挑战。

回忆起那段日子,其木格说,一个人没有文凭,可以通过自学去充实;没有阅历,可以通过实践去积累;没有经验,可以通过操作去总结。成功的秘密,就是不停地做。简单的事情重复做,重复的事情用心做,如果你真的努力了,目标明确了,你会发现自己比想象的更加优秀。

她是这样说的,也是这样做的。为了更好地做好本职工作,她每天跟着老主任学蒙古文、学汉文、学打算盘、学点钞、学记账,坚持边学边干,钻研业务的劲头要高于别的职工好多倍。仅仅半年后,她就成为一名能够独当一面的业务骨干。她搞了 3 年会计工作,每年经手的业务没有出现任何差错。由于她积极肯干,拼搏进取,爱社如家,赢得了客户好评,赢得了组织信任。21 岁时,她就被提拔为都呼木信用社的主任。她在主任这个位置上一干就是 8 年,1987 年被调回中国农业银行苏尼特右旗支行搞稽核工作。1991 年,被转为农业银行正式职员。1992 年,通过考试走进了内蒙古农业银行干部学校的校园,脱产学习两年。毕业后,调入中国农业银行乌海市支行工作。

在乌海农行信贷系统的同龄人当中,其木格第一个学会了使用电脑,学会了银行计算机网络系统的应用,学会了在电脑上进行信贷结算及财务报表的编制与申报。她又成了全农行的业务尖子,被评为会计师。她先后获得"内蒙古人民银行信贷登记系统先进个人""全区农行信贷管理系统先进个人""全区农行数据工程先进个人"等光荣称号。当新上岗的年轻人问及她是如何取得这些成绩时,她语重情深地告诉大家:"黑发不知勤学早,白首方悔读书迟。多读书,多思考,勤学好问,用坚强的意志、恢弘的气度、宽广的胸襟去承受磨难、挫折,去承受生活中的一切压力,这就是取得成功的根本。"

其木格就是这样,怀着对党和国家、对大草原和养父母的一颗感恩的心一路走来。2020 年,国家遭受新冠疫情时,她在四个"国家的孩子交流群"里发起募捐,并代表他们把募集到的 8371 元钱交到了锡林郭勒盟红十字会工作人员的手中……她就是这样,凭着一颗赤诚的心,回报着养父母,回报着社会,回报着国家。

其木格常说:"国家给了我们第二次生命!""我虽然是孤儿,但是从来没有感觉到孤单。”“我们有三千名同样遭遇的兄弟姐妹，有甘于奉献的阿爸、额吉养育了我们，我们有一个其乐融融的大家庭！”

其木格幸福健康的生活

作者简介

高永厚，男，蒙古族，中共党员，1954年6月生于锡林郭勒盟苏尼特右旗。毕业于内蒙古师范大学汉语言文学专业。曾在苏尼特右旗赛罕乌力吉公社脑干塔拉大队，额仁淖尔公社供销社，旗商业局、城乡建设环境保护局、政协经济委员会、粮食局、政协文史委员会工作、任职。2014年退休。

“好命人”薛玉龙

薛玉龙　口述　赵瑞生　整理

2018年12月1日晚上，在南京市高淳区桠溪镇的一家饭店里，男女老少四十多人欢聚一堂。大家脸上绽放着欣慰的笑靥，眼中充盈着激动的泪水。一位干部模样的中年人起身致辞：“家人们，大家晚上好！让我们对老二哥一家的到来表示热烈欢迎！对我们老吴家60年后的圆梦表示由衷祝贺！老二哥和我们走散了60年，今天我家60年的痛苦思念变成由衷欣慰，老二哥带着60年来党的关怀和内蒙古人民的厚爱回家了！”此刻，掌声响起，声音传到窗外，在华灯璀璨的古镇流淌……

上篇：他又有家了

1958—1961年，内蒙古人民敞开像草原一般宽广的胸怀，接纳、养育来自上海、江苏、浙江、安徽等地的孤儿。1960年，一批孤儿来到太仆寺旗，太仆寺旗旗政府在旗医院成立保育院，专门哺育、救治这些“国家的孩子”。薛玉龙，就是其中之一。

在姥姥家

薛玉龙常常说自己的命“挺好的”。他的命确实挺好的，来到太仆寺旗的孤儿大都营养不良、体质瘦弱，而他却相对健康，特别是那一双毛乎乎的大眼睛透出来一股机灵劲儿，特别讨人喜欢。没过多长时间，他就第一个被人领养了。那一天是1961年1月3日。

养父是旗医院中医科医生薛茂才，养母名叫赵喜珍，无业。薛玉龙在保育院的名字叫毛絮，养父母给他取了个新名字——毛志，保留“毛”字是为了表明他的来历，改“絮”为“志”是希望他胸怀大志。从此，在太仆寺旗这片热土上，有了一个名叫毛志的孩子，毛志不再是孤儿了，他是薛大夫的儿子。

毛志不仅自己命好，他还把好运带给了养父母。就在毛志来到薛家不久，养母奇迹般地怀孕了；养父由于医术高超，也被调到锡林郭勒盟中心医院。这样，毛志跟随养父母北上锡林浩特市。

养母又生下了小弟弟，初为人母的养母不谙育儿之法，养父工作繁忙又帮不上什么忙，养母常常被小弟弟弄得手忙脚乱。而小毛志也做了不少调皮捣蛋的事，常常给忙乱中的养母进一步添乱。养父母商量良久，也没有太好的办法，只好把小毛志送到姥姥家，让姥姥帮着抚养。1962 年三四月间，毛志来到了太仆寺旗兴盛人民公社民众生产大队胡家营子村。

在姥姥家的生活是快乐的，姥姥给了毛志一个金色的童年。回忆起在姥姥家的生活，薛玉龙用一个词来概括——幸福。姥姥和舅舅对毛志十分偏爱，有好饭菜多给他吃一碗，分月饼给他大半、给表哥小半，过大年买鞭炮给他买两挂、给表哥买一挂。有一次，姥姥领着他俩到分销店打酱油，毛志和表哥盯着花花绿绿的糖果十分眼馋。姥姥买了十块水果糖，分给毛志六块，分给表哥四块，十分“偏心”。表哥嘴里嘟嘟囔囔很不满意，姥姥笑眯眯地说：“金儿大了，毛志还小，要让着弟弟。”

在薛玉龙的记忆里，他的衣服也是“四季分明”，一年四季该穿棉的穿棉的、该穿单的穿单的，而且常常是新衣服，惹得小伙伴们十分眼红。一次，他刚刚穿上姥姥给做的新裤子，就和小伙伴们满世界乱跑去了，不大一会儿，新裤子就变成了旧裤子，而且还刮了一个大口子。表哥训斥他：“你穿的是新裤子，就和人家爬墙头，扯了裤裆你就高兴了！”他也感到了害怕，走一步退半步地走到家门口，心中惴惴不安不敢进家。“毛志，毛志！”姥姥慈祥而又焦急的呼唤声传来，他“哇——”的一声哭了，含着眼泪扑向姥姥的怀抱。姥姥安慰他：“毛志不哭。进家，姥姥给你换衣裳。”

一转眼，毛志到了念书的年龄，那是 20 世纪 60 年代末期。当时的念书“装备”他仍历历在目：姥姥给他缝了一个新书包，买了铅笔、橡皮和卷笔刀，还有好几个作业本，这在当时绝对是“高配”，惹得小伙伴们好不眼红。到了学校，当老师得知毛志是小名时，告诉姥姥在学校读书是要有大名的，姥姥没有文化就请老师给取个大名。老师想了想说：“毛主席的词句‘飞起玉龙三百万’，就叫薛玉龙吧。”姥姥一听又有玉又有龙，非常满意。从此，在太仆寺旗这片热土上，有了一个名叫薛玉龙的小学生。

1986 年夏天，姥姥去世了。在给姥姥守灵的那天晚上，舅舅缓缓地说：“毛志刚来的时候，妈妈和我说，‘毛志是个可怜的孩子，从小就没了亲娘，现在又离开了养娘，咱们可得好好对待他’。”她做到了。1992 年夏天，舅舅也去世了。现在，年逾花甲的薛玉龙经常回忆起在姥姥家度过的快乐童年，姥姥和舅舅的音容笑貌时常浮现在他的脑海。

回到养父母身边

1970 年初，养父从盟中心医院被调回了太仆寺旗。已经 12 周岁的薛玉龙回到了养父母身边。

起初，养父在马坊子公社卫生院工作。那时交通不便，只能住在单位，家中只有他和养母、小弟三人。昔日那个小调皮鬼已经变成了一个懂事的小男子汉，养父不在家，薛玉龙就是一根小小的顶梁柱。养母做饭他烧火，养母洗衣他打水，养母忙碌他带弟弟，总之，他十分勤快，是养母的好帮手。

不久，养父又被调到中河公社卫生院，这次全家一起搬到了乡下。那时的农村，学生个个都参加劳动，用自己小小的肩膀帮助家长承担生活的重担，薛玉龙也不例外。除了做挑水、扫院、洗衣、做饭这样的家务外，在课余时间，他还和同学们一起去捡粪搂柴。在冬天，挑水可不是件容易活，滴水成冰，井台变成了冰台，稍有闪失后果不堪设想，而他用稚嫩的肩膀挑着水桶走过了一个又一个冬天。

1973 年，养父被调到了旗人民医院，家搬到镇里，薛玉龙也由中河小学转到宝昌第二小学读书。说起读书，薛玉龙每每叹息。在姥姥家时，村办小学的教学水平低，连汉语拼音也不教；转到中河小学，由于基础差，就有点跟不上了；再转到宝昌第二小学，越发显得和同学们有差距。不过，经过自己的努力，他最终考上了初中。

薛玉龙爱劳动，也爱助人为乐，是个热心肠。一次，班里有个同学到城东的采石场砸石子补贴家用，薛玉龙便帮他一起去砸石子，想让同学多挣一点儿钱。干完活后，肚子饿得“咕咕”叫，薛玉龙蹬着自行车向家里飞驰。突然，前边跑出一个七八岁的小孩，他急忙刹车，可还是撞倒了小孩，更为不幸的是把小孩的腿给撞骨折了。薛玉龙慌了，不得不硬着头皮把整件事告诉养父母，还说，要是不帮助同学砸石子就好了，那就肯定出不了事。听到薛玉龙的抱怨，养父教育他：“孩子，男子汉要有担当。这事儿归根结底还是怨你，你如果遵守交通规则，不骑那么快，就不会出事。是自己的责任，自己就要勇敢地担起来，不要推给他人，也不要找客观理由。”养父的话让薛玉龙深感震动，也深受教育，从此以后他一直牢记着“担当”二字。

上山下乡

1976年，薛玉龙初中毕业了。那时学校教学秩序受到影响，他读了三年初中也没有学到多少文化知识。薛玉龙暗想，与其这样，还不如去劳动。在和养父母商量了多次，征得他们同意后，薛玉龙“上山下乡”到马坊子公社马坊子大队。

刚一下到农村，就赶上了秋收。成熟的庄稼不等人，只有抢收才能丰收，社员们伴着晨星下地，顶着月亮收工。薛玉龙虽然对于农村比较熟悉，可是从来没有割过地，下地第一天就累个半死，他从来没有感觉到“一天”是如此漫长。第二天清晨，酣睡中的薛玉龙在梦境中听到了上工的钟声。他似醒非醒，下意识地翻身，哎哟，腰酸背痛、四肢无力。紧接着门板被人“啪啪”敲了几下，他一下子清醒了，咬牙起炕穿衣。当他的身影出现在麦田时，憨厚的农民们使劲拍起了布满老茧的双手鼓掌。一天、两天、三天……薛玉龙在庄稼把式手把手的指导下，手中的镰刀越来越听话了，腰酸背痛的感觉越来越轻了，在秋收的尾声里，他变成割地的把式。

紧接着就是打场。往脱粒机里喂“麦个子”，既是个力气活又是个技术活，如果操作不当就有受伤的危险。乡亲们爱护知青，不让他干这个活；可是薛玉龙不服气，反复向生产队长请战。在队长和老把式的指导下，薛玉龙慢慢学会了喂“个子”，并且成为喂“个子”的把式。

入冬之后，生产队开始积肥大会战。这天，队长安排他和另外几名社员掏厕所。薛玉龙虽然从小就捡过粪，可那是牛粪啊，也不觉得脏，可是掏厕所……然而，他看到社员谁也不嫌脏、不怕累，轮流下到茅坑中镐刨锹铲，他二话不说，跳入茅坑。淳朴的农民们流露出赞许的目光。

一转眼，两年过去了。这天，村里的大喇叭传出来征兵的消息。对于从小就崇拜解放军、从小就有从军梦的薛玉龙来说，这个机会太好了。另一个知青也想当兵，可是只有一个名额，大队党支部决定由社员民主选举。投票结果毫无悬念，薛玉龙在生产队认认真真的劳动态度和老老实实的做人品格，为自己赢得了一张又一张选票。

走进军营

1978 年 3 月，薛玉龙应征入伍，成为一名光荣的解放军战士。部队是驻扎在河北省赤城县的北京军区守备 4 师某团。

军旅生涯的第一阶段是三个月的新兵训练。新兵训练是严格的，更是艰苦的，目的就是把新战士由老百姓训练成为合格的军人。一段顺口溜概括了新兵训练的内容：“走队列踢正步，整齐划一拔军姿；三横两竖打背包，紧急集合强行军；打枪准投弹远，随时准备上战场；学叠被子勤洗衣，内务卫生是军人的脸。”在新兵连，薛玉龙处处严格要求自己，顺口溜里的训练项目都做得非常好。同时，他服从命令听指挥，关心战友爱助人。新兵训练结束后下连队，由于表现出色，他被分配到团直属高炮连。

到了高炮连，薛玉龙虚心向老兵学习，处处严格要求自己，在训练、站岗、整理内务、政治学习等方面都有突出的表现。连首长相中了他，决定培养他做军车驾驶员。1979 年初春的一天，薛玉龙刚刚下岗回来，通讯员通知他到连部面见连长。他心想，自己是不是有什么事情没有做好，立马跑步去连部。连长开门见山告诉他，由于他表现突出，连里准备派他去汽训队学开车。薛玉龙一听非常高兴，这是连首长对自己的肯定，可是又一转念，自己文化不高，如果学不好，不仅自己丢脸，还会给连队抹黑，更耽误了工作。他向连长说出了自己的顾虑。连长开导他：“你不怕苦，不怕累，严格要求自己。有这个精神肯定能学好开车。你先回去想一想，下周一答复

薛玉龙戎装照

我。”薛玉龙回到班里，想来想去觉得还是让别人去吧。连长仍坚持让他去，让他服从组织安排。在汽训队，薛玉龙下定决心完成连首长交给的任务，他发扬“攻城不怕坚，攻书莫畏难”的精神，不畏艰难，笨鸟先飞，经过半年的刻苦学习，以出色的成绩结业。成为驾驶员之后，他开着东风牌军车，拖着37毫米双管高射炮到阵地演练，运载着各种物资在崎岖的山路上奔波。

在当兵的第三个年头上，他接到了养父母的来信。这封信和之前的信有点不一样，养父母让他好好照一张戎装照寄回家里。向来听话又孝顺的薛玉龙也没有多想，他抽空照了一张照片寄回家中。没过几天，养父母回信了，信封里有一张姑娘的照片，信中告诉他有位姑娘相中了他。

1981年底，薛玉龙义务兵服役期满，他恋恋不舍地离开了军营，复员回到家乡。

中篇：他成家了

脱掉了军装的薛玉龙，开启了新的生活历程。他成家、立业、生子，由人子而人夫而人父，生活日复一日，虽平凡，却一天比一天精彩。

他的家庭

薛玉龙一直说自己的命运“挺好的”。他的命运确实挺好的，他遇到了一位美丽贤惠的姑娘。姑娘名叫魏新华，中专毕业生，在红旗地区医院当护士。

说来真是缘分。一天，一位老中医到养父家串门，两位老中医相聊甚欢。养母插言道：“你家的姑娘多，得给我们家留一个。”双方是老同行、老朋友，知根知底，三言两语就约为儿女亲家。当然，已经是20世纪80年代了，不能仅听“父母之命”，主要还得看双方儿女是否彼此“看得上眼”。“千里姻缘一线牵”，他俩互相看中了对方。

1981年12月21日，薛玉龙和魏新华喜结连理。当时流行旅行结婚，新婚小夫妻到北京游玩了几天。他们在北京照了一套结婚照，这成为他们美好的回忆。

婚后，妻子魏新华发现，丈夫薛玉龙由于专注于工作忽略了身体，两条腿上有很多疮口。好在她是医务工作者，每天给丈夫涂抹药膏，经过一年多的精心治疗，丈夫的腿伤痊愈了。在夫妻二人的呵护下，他们的小家庭和和美美。

1982年10月4日，夫妻俩爱情的结晶诞生了，薛玉龙成为父亲。他们给儿子取名叫“圆圆”，看着妻子怀抱中圆圆胖胖的儿子，一个念头闪过薛玉龙的脑海，自己小时候肯定长得和儿子一样。

说起儿子，薛玉龙眼中闪着幸福的眼光，语气充满了自豪：“这个小子从小就听话，从来不惹是生非。儿子念了十来年书，俺们两口子从来没有让老师传到学校……”妻子插话道：“这孩子见人有礼貌，小嘴可甜呢。到了商店大人给买什么就要什么，从来不乱要。”薛玉龙接着说：“给儿子起了个大名叫薛志远，名字中也有个‘志’字，跟养父给我起的名字一个意思，也是希望儿子有志气、有志向，这也算是家风传承吧。”妻子又插话道：“儿子 2009 年 8 月份结婚了，儿媳名叫高秋菊，可好的姑娘，在旗法院上班。2012 年 5 月份儿媳生了个孙女儿，小名叫豆豆，可亲呢。”夫妻两人脸上幸福满满。

在薛玉龙夫妇的言传身教下，儿子确实有出息。1997 年初中毕业后，儿子考入宝昌卫生学校；2000 年卫校毕业后，子承父志，他穿上橄榄绿军装，成为一名光荣的武警战士。薛志远在武警 8644 部队服役，是团卫生队的卫生员，2002 年光荣退役，在部队的两年都被授予“优秀士兵”荣誉称号。2004 年，薛志远入职太仆寺旗人民医院，为了进一步提高医术、更好地服务患者，他又考入吉林大学白求恩医学部临床医学专业学习，2007 年以优异的成绩毕业。爷爷精湛的医术与高尚的医德至今仍在太仆寺旗医学界流传，他作为隔代接班人，一直以爷爷为榜样。由于工作出色，他于 2012 年 1 月被提拔为院办主任；2018 年 5 月，又荣升为副院长。

如今，国家的孩子薛玉龙领着养老金、住着楼房，儿孙满堂，好日子越过越有劲头儿。

薛玉龙一家合照

他的工作

1982年3月，薛玉龙被分配到宝昌外贸肉类联合加工厂（简称“外贸”）工作。当时，这家工厂是个好单位，怪不得薛玉龙说自己命好。刚一进厂，薛玉龙在加工车间工作，后来调到车队当司机，还当过会计、保管员，做过办公室工作。

虽然在“外贸”工作早已成为历史，可是现在说起“外贸”，薛玉龙还是满满地留恋。他说：“那时候，单位不错，福利挺好。厂子给职工分大米、白面，还分大同煤。”他又说：“那时候，工资不错，每个月发个三四十元奖金，加上工资，每个月能挣个七八十块钱。”然而他也意识到，在市场经济的大潮下，企业改制势在必行：“后来，单位的效益一年不如一年啦。”

1998年，宝昌外贸肉类联合加工厂进行企业化改制。单位改制了，薛玉龙的身份变了，他和另外22名工友集资买下了单位的冷库，由国家工人变身为私营企业的股东。为了经营好自己的企业，他们铺院、修房，忙得不亦乐乎。薛玉龙仍然勤劳肯干，处处走在前面，在一次修房的时候，不慎从房顶摔下来，摔坏了腰。他在1996年做过腰椎间盘手术，这一摔无异于雪上加霜。不幸中的万幸，手术之后在妻子精心而又专业的护理下，薛玉龙在卧床半年之后终于站起来了。

下篇：他找到家了

2018年2月，薛玉龙被同是“国家的孩子”的王永生拉进微信群“国家的孩子群”和“三千孤儿群”。薛玉龙把自己的资料挂在网上，在茫茫人海中寻找亲人。

他找到了血亲

1973年，薛玉龙家搬到旗人民医院家属大院居住。人多嘴杂，渐渐一些风言风语传入薛玉龙的耳朵里，什么毛志是抱养的啦，什么薛大夫不是薛玉龙的亲爸啦。听到这些捕风捉影的话，薛玉龙并不相信，明明和父亲一个姓，自己肯定是亲生的！为了印证自己的想法，他去问父亲，父亲说："怎么不是亲生的，别听别人胡说。"然而，类似的传言不断进入薛玉龙的耳朵，这时他已经十四五岁了，有了一定的判断能力，如果他真是父母亲生的就不会有如此多的"流言"。父母由坚决否认变为不置可否，只是不愿意捅破这层窗户纸而已。

后来薛玉龙听说，一个邻居阿姨问过养母，毛志知道了自己不是亲生的，有没有动去找亲生父母的念头。养母说，毛志一两岁就离开了他的亲生父母，哪里还能记得。刚抱回来的时候，毛志嘴里常念叨"呜那"，没过几天就不念叨了，从小叫我妈，心里哪里还有他亲娘的影子。确实，知情之后的薛玉龙依然把养父母当作亲父母，更加孝顺，从来没有动过去找亲生父母的念头。

薛玉龙的草原人生开始于 1961 年，开始于太仆寺旗。1961 年之前自己在哪里？自己的亲生父母姓甚名谁？在他已经是 60 多岁的老头子、养父已去世多年的今天，薛玉龙也想弄清楚这些疑问。在发小的鼓励下，特别是受到网上寻亲成功事例的鼓舞，薛玉龙终于把自己的信息发到了微信群里。

信息上网半年多来，先后有三四个家庭联系他，可是具体情况都相差甚远，特别是 DNA 对不上，只能作罢。薛玉龙有点灰心，他想人海茫茫，时间又过去了那么久，寻亲就是大海捞针。正在薛玉龙心灰意冷之时，10 月份，有一位志愿者联系到他，说在南京有个家庭的情况和他的信息相似度较高。薛玉龙把自己的 DNA 报告发给志愿者，对比结果却不乐观，不能完全确定双方有血缘关系。为了不错过这难得的机会，薛玉龙又用毛发做了一次基因检测，这次的对比结果令人欣喜，与对方基因对比成功！而薛玉龙身上的疤痕，也与对方记忆中的部位、形状、大小一致。

终于，薛玉龙找到了自己南方的家，找到了自己的同胞兄弟姐妹。他是江苏省南京市高淳区桠溪镇吴腊寿和周多美夫妇的孩子，排行老四。他上边有大姐吴桂香、大哥吴荣新、二姐吴荣美，他下边有三弟吴荣林、老弟吴荣贵、老妹吴书香。遗憾的是，父亲于 1978 年去世；而更为遗憾的是，母

亲于2016年去世，距薛玉龙找到亲人仅仅相差两年。

他回到了家乡

2018年11月30日，薛玉龙一家五口人驱车南下。第一站到达首都北京，薛玉龙最小的亲兄弟在北京工作，老兄弟在那里等着他们全家。一奶同胞的亲兄弟五十多年之后才见第一面。细心的妻子发现，他们果然是亲兄弟，一言一笑、一举手、一投足，颇有几分相似。12月1日，亲兄弟两家人登上驶往南京的高铁列车，中午一点钟到达南京。

随着亲人见面，薛玉龙心中的一个个谜团都解开了。薛玉龙出生于1957年二三月间（身份证上登记为1958年6月10日），原名叫吴荣华。三年困难时期，他的家乡遭受水灾，颗粒无收，全家人在饥饿中艰难度日。1959年冬天，母亲带着吴荣华去无锡打工，可是母亲实在无力抚养他，看着饿得哇哇大哭的儿子，买了两个烧饼给他，并在同行一长辈的催促下，一狠心把他放在无锡码头（码头是南方水路交通上下船的地方）。心在滴血的母亲走出了几十步后回头张望，装着儿子的那只竹篮已经被人捡走了，吴荣华的形象在母亲的脑海里定格在1959年。母亲失魂落魄地回到家里，父亲不见荣华，焦急询问妻子后才知道被遗弃在无锡，好在已经有人捡走了，估计能够保住一条命。父亲和家人们多次前往无锡寻找荣华，可是最终无果；改革开放之后，家人在无锡电视台播发过数次寻人启事，依然无果。父亲和母亲在弥留之际都吩咐儿女们：一定要找到丢失的荣华。老家人不知道的是，荣华已经不在无锡了。薛玉龙记得他问养父自己是不是来自上海的孤儿，养父说不是从上海来的，是从扬州来的。至于薛玉龙是如何从无锡到扬州的，恐怕永远是个谜了。薛玉龙身上的疤痕，是他一屁股坐到从火盆中掉出来的火块上烧的。大姐当时已经十来岁，清楚地记着那块疤痕，他一看薛玉龙发过去的图片，立刻就认出来了。“呜那”是老家的方言土语，是“妈妈”的意思。可见，薛玉龙从“某家”去到扬州保育院、再到太仆寺旗保育院间隔的时间并不长，孩子们在保育院叫“阿姨”而不叫“妈妈”，时间稍长，会忘记“呜那”的。

第二天上午，薛玉龙来到亲生父母的坟前，他颤抖地对亲生父母说：

"妈妈,儿子绝不怨恨您,在当时那种情况下,您也是为了给我找条活路啊!您二老瞑目吧,荣华回家了……"

结　语

三千孤儿入内蒙,是一个壮举,是一次铸牢中华民族共同体意识的伟大实践。草原人民践行了乌兰夫主席的承诺:接一个,活一个,壮一个。如今,国家的孩子已经融入草原,成为草原的主人。薛玉龙说自己"命好",是在感恩党、感恩祖国和社会,感恩爱他的人。

作者简介

赵瑞生,男,1963年6月出生,中学高级教师,自治区级骨干教师。1983年毕业于包头师范学院,太仆寺旗政协第七届、八届委员,第九届常委。内蒙古作家协会会员,锡林郭勒盟作家协会会员,太仆寺旗作家协会主席。著有《太仆寺风韵》《锡林河畔》,主编《太仆寺旗革命老区发展史》《太仆寺旗地名志》《秣马流金太仆寺》,参与编纂《太仆寺旗志》等。

我掉进了福窝儿里

付玉合　口述　伊荣　整理

“父母亲直到去世也没告诉我自己的身世，家中只有我一个男孩子，在那个食品和物资都匮乏的年代，他们从没让我吃过一点儿苦，上小学时，别人家的孩子还穿着带补丁的衣服，而我已经穿上毛料衣服和皮鞋了，大家都说——我掉进了福窝儿里。”

时光荏苒，61 年光阴转瞬即逝。回顾起自己的成长经历，已经跨过 60 岁门槛的付玉合说到动情处，仍显得有些激动，几度流泪哽咽。

我的父亲付贵是一位退伍老兵，他参加过抗美援朝战争，经历过九死一生和各种艰难困苦，退伍后回到锡林浩特被安排到锡林郭勒盟外贸局工作。我母亲唐淑珍老家是赤峰市林西县的，她没有工作，但是很能干，尤其是她用芨芨草编的各种马车上用的围子很受老家那边人喜欢，因此每个月也有不错的收入。

1961 年 3 月 17 日那天，父亲和母亲听说锡林郭勒盟保育院里有从上海来的“国家的孩子”，这些孩子需要生活条件好的人家领养，于是父亲和母亲便一同去了保育院。当母亲从我身边走过的时候，我用手拽了一下她的衣服，母亲回头看过来时，就见到又黑又瘦的我正怯怯地望着她。母亲当时就心软了，跟父亲说，就抱这个孩子吧。就这样我被父亲和母亲抱回了家。这些都是前些年我姑姑告诉我的。后来，我在锡林郭勒盟档案馆查到了当年的“领养儿童申请表”，表中我的姓名那一栏只填了一个 115 的数字，年龄是 1 岁多，出生年月写的是 1960 年 3 月 11 日。

父亲和母亲两人没有生育，我姐姐是母亲与之前的丈夫所生。我还有一个二姐，也是父母亲抱养的孩子，我被抱回家时，大姐 19 岁，已经参加工作了，二姐也 8 岁了。当时还有一个哥哥，他是父亲的外甥，也在我家。那一年我父亲 42 岁，母亲 37 岁。

父　亲

记忆中，从小到大父亲一直对我很严厉。衣食住行都有严格规定，犯了错后必须承认，吃饭的时候不能说话，更不能剩饭，掉在桌子上的饭粒要捡起来吃了，他对我们没有一点溺爱。我小时候特别淘气，12 岁那年，有一天，我拿了一个白面馒头出去玩，家属院的小伙伴们看到后就提议跟我用玉米面发糕换着吃，忘了是谁说的了，只记得那孩子说他家发糕特别好吃，我就同意了，用馒头换了发糕。我吃了两口后，突然觉得自己好像吃亏了，就跟他们说，我不跟你们换了，把馒头还给我，可那会儿他们都把馒头分吃完了，我一生气就把那个孩子给打了。事后，那个孩子的家长领着他找到我家，正好遇到我父亲在家，父亲得知原委后，把我打了一顿。打完，父亲问我："知道为什么打你吗？"我说是因为我把人打了。他生气地对我说："打人只是其一，最主要是因为你出尔反尔，我打你是为了让你长长记性，做人不能不讲信用，既然答应跟人家换了，哪怕吃了亏，也不能反悔。还有就是，人活着没有后悔药，以后做什么事都要掂量好了再做。"虽然还不能完全理解父亲说的话，可那次的事让我牢牢记在了心里。在以后的成长中，尤其是在面对一些选择时，父亲的话就会出现在我的脑海中，让我受益匪浅。回想着父亲的点点滴滴，付玉合的语气中满是感激和缅怀。

那时候的我，就像是一棵父亲亲手栽种的树苗，看着要长歪的时候，父亲就及时地出手修剪一下。父亲的形象在我心目中一直很高大，很无私。在我家还住着一位叫王贵荣的爷爷，他无儿无女，是被父亲在一次外出时接回来的，父亲看他可怜没有人照顾，就让他一直住在家里，待他如亲人，直到为他养老送终。

父亲的性格有些固执，他从不会因自家的事去求人，去走后门。1976 年，在我家长大的哥哥李顺绕，也就是我父亲的外甥，当时在西乌珠穆沁旗五师技修厂工作。他想回锡林浩特，就多次给我父亲捎信回来，让我父亲在这边给他托托关系，把他调回来，可父亲每次都拒绝，这件事让他们两人有了些隔阂。

父亲晚年一直跟随我们一家生活。2008 年,他不慎摔了一跤,从此卧床。在那段时间,因为我工作忙,经常要下乡,所以照顾老人的担子就落在了我妻子身上,我妻子很孝顺,从没因为照顾老人感到厌烦过,她一直守在我父亲身边,精心照料了 14 个月,直到 2009 年父亲去世,享年 91 岁。回忆到这儿,付玉合感慨地说,父亲一直是我人生路上的导师,没有父亲的谆谆教导,就不会有我的今天。

母亲

"与我父亲的严厉相反,母亲对我的爱是无微不至的。"忆起母亲,付玉合的语气中流露着满满的眷恋。

我母亲很能干,小时候家中大部分收入都是她编草围子赚来的,而她赚来的钱大多都用在了我的身上。记忆中母亲的身体一直不太好,每天都要吃止痛片。她从没打骂过我,有什么好吃的都留给我,特别疼爱我,用我大姐的话说就是,只要关系到我的事情,母亲就失去了判断力。在我八九岁时发生了一件事,当时我大姐已经成家了,一天她与姐夫回家看望我母亲,正赶上我跟家属院的孩子打架,把人家孩子的头打破了,人家找上门来,我姐就说了我一句"以后不能打架了",结果我妈就生气了,直接把我姐和姐夫撵走了。

有一次我生病了,母亲急得直落泪,当时父亲出差不在家,她一个人把我背到了医院,在病床前寸步不离地守着我。我上小学三年级的时候,那时刚出来毛料,我母亲就马上买来给我做了一身衣服,还给我买了双皮鞋,班级所有同学都特别羡慕我。结果乐极生悲,第二天,我的衣服就不知道被谁从后面划了一道口子,我哭着回家告诉母亲,原本担心母亲会训我,结果母亲反过来安慰起我说:"我儿不哭,衣服坏了缝起来就好,等过年的时候,妈妈还给你做新衣服。"

17 岁时,那是 1977 年,我报名去了东乌珠穆沁旗额和宝力格河北农场当了一名知青。母亲听说我报了名,急得一夜没睡,她跟父亲商量能不能找找人,不让我下乡。可父亲说,还是下乡好,男孩子下乡锻炼一下没坏处。为此，母亲还跟父亲吵了一架。

母爱无边，直到那时我才明白，爱有时候真的能够蒙蔽理智的眼睛。我在东乌珠穆沁旗额和宝力格河北农场待了两年，母亲在家里就牵挂了我两年，更是与父亲吵了两年。她看父亲不给找人，就催着父亲提前退休。只要父亲退休，我就能接替父亲的工作从知青点回来了。父亲也很倔强，到底还是等到了年龄才退休。父亲不退休，母亲就跟他闹腾，直到我从知青点回来，母亲才安静了下来。

付玉合与养母唐淑珍和二姐

那时候，我已经有了喜欢的姑娘，她和我住在一个家属院，她叫张晓霞，认识我们的人都说我俩青梅竹马，我们谈了十年的恋爱。1985 年，我这个“竹马”终于把“青梅”娶回了家。一年后，我们的儿子出生。那时候，因为母亲的身体不好，我儿子就交给了岳母带。我媳妇在锡林郭勒盟运输公司汽车站工作，有时候比较忙，于是我们一家也经常住在岳母家，母亲虽然万分不舍，可又没有别的办法。

记得那阵子，母亲常常做一些我爱吃的饭菜，然后悄悄跑到岳母家偷偷叫我回家去。只要母亲一来，我就知道，准是又做好吃的饭菜了。每当这时候，我的心都被幸福填得满满的。

我知道自己的身世是因为父亲和母亲吵架。有一天，他俩吵得特别厉害，还要去办离婚。我把他俩从民政局找回来，就去了大姐家，跟她抱怨父母亲吵架的事。然后，我大姐就告诉我，我不是父母亲生的孩子，我是从上海来的那些“国家的孩子”中的一员。当时我就听傻了，我怎么都不愿意去相信这是真的。因为怕两位老人伤心，我不敢回家去问他们。随后，我还是自己想通了，就当什么事都没发生过一样，我对大姐说：“无论怎样，我都是父母的亲儿子。”就这样，我带着些许的惆怅转身离开大姐家。

那以后，我并没有把这件事放在心上，继续每天回到家第一句话就是叫妈妈的日子。

母亲的生命永远定格在1990年腊月二十三小年那天。在她生命最后的那些日子里，我和妻子一直在医院陪伴着她，她常拉着我的手说：“儿子，有你陪着妈妈真好！”妈妈临终的时候，什么都没对我说。从小到大，那是我最难过的日子，我扑在妈妈身上号啕大哭，我迫切地希望奇迹出现，希望妈妈听见我的哭喊，能清醒过来。可现实很残酷，她永远地离开了我，从此我又成了没有妈妈的孩子。从那以后直至今日，我们一家再也没有过过小年。每到小年这天，就是我最难过的日子，我会早早地去给妈妈上坟。直到现在也是，只要我一想妈妈了，就开上车去妈妈的墓地，哪怕我什么都不说，只是坐在妈妈的墓前，也会感到莫名的安心。

几次提起妈妈，付玉合都忍不住流泪，他说，妈妈在她心中就是养大别人家孩子的神。

付玉合的全家福

感　恩

在我的成长过程中，没有经历过太大的波折，除了父母亲之外，大姐和二姐也很疼我，经常给我买一些好吃的，我和两个姐姐也很亲。从知青点回来的一年后，我接替了父亲的工作，成为锡林郭勒盟外贸局的一名职工……沐浴在午后温暖的阳光中，付玉合细数着成长经历中的点点滴滴。

我在单位做过收购牛羊的技术员，当过司机，受父亲的影响，无论做什么，我都会尽职尽责。在做收购牛羊的技术员期间，我要跟车去旗县收购牲畜，在路上经常会遇到求助的车辆，每一次我们都尽全力帮助他们。这样的相助在后来的日子里已经成为我的一种习惯，直到现在也从没有间断过。然而有一件事却一直让我内疚，那是在一次我们去旗县收购牲畜的路

付玉合参加工作当司机时的照片

上，遇到了一起车祸，一辆车侧翻了，因为当时车上只有司机我们两个人，车里还有 50 万元的现金，我们就没下车去查看情况，那时候 50 万元对我们来说是一笔巨款，就怕下车后万一把钱丢了就完了，就这样我们没有停车就走了。还好，我们后面的一辆车停了下来，但这件事却一直让我记在了心底。

1997 年，我所在的单位改制，我成为被买断的下岗职工。2010 年，我通过自学考取了《内蒙古自治区民建监理工程师》证书，当了几年的工程监理直到退休。我儿子大学毕业后在二连浩特市工作。

滴水之恩，涌泉相报。2006 年是乌兰夫同志诞辰 100 周年。在嘎鲁姐夫妇的组织下，从全盟各地选出的 100 名国家的孩子代表前往内蒙古自治区首府呼和浩特市，在乌兰夫纪念馆举行感恩纪念活动，我是其中一员。当时去的 100 名“国家的孩子”代表，大部分都是牧区的，举行纪念活动时的那一幕让我至今记忆犹新。那天是 2006 年 10 月 19 日上午 9 点，走进乌兰夫纪念馆后，我们的眼泪就没有停止过，很多伙伴在看到乌兰夫同志的汉白玉雕像后，都失声痛哭起来。我们这些当年被乌兰夫同志提议接到草原上来抚养的孩子，在草原母亲的无私奉献和细心呵护下，如今都已经长大成人，我们带着激动、带着缅怀、带着一颗颗对党和草原深深感恩的心，为我们心中敬爱的恩人敬献了花篮和哈达，表达了我们对他老人家的缅怀和爱戴。

草原不仅给了我们第二次生命，将我们养育成人，还养育了我们的下一代，我们的孩子们也在这片土地上生根发芽，茁壮成长，我们无论到什么时候都是草原的孩子。我们默默地在心底发誓，一定要把这份大爱传承下去，这是我们所有“国家的孩子”的心声。

那次活动，我是瞒着父亲去的，那是我第一次正视自己的身世。通过嘎鲁姐的讲述和在档案馆查到的资料，我对自己的身世有了一些了解，越是了解，心中越是充满了感恩之情。我不敢想象，如果当年没有党和国家英明决策，没有草原母亲的精心抚养，可能我们早就没命了。

那年，在嘎鲁姐等人的带动下，我们这些“国家的孩子”也成立了一个大家庭，经常开展一些公益活动，帮助一些有困难的家庭，汶川地震和这几年的疫情我们都积极捐款。2021 年，为了庆祝建党 100 周年，我们专门组织了一场唱红歌活动。那天,我们在额吉雕像前,手持五星红旗,高声唱起《我爱你中国》,唱着唱着我们的眼泪就流了下来,那种与祖国血脉相连的感觉填满了我们每一个人的胸膛。

寻 亲

不知道为什么,这人呀,年纪越大就越想知道自己究竟是哪里人。我问过很多伙伴,他们大多都与我的想法一样。

2007 年 4 月,嘎鲁姐等人与江阴一位叫吕顺芳的大姐一起在江苏省无锡市宜兴市官林镇组织了一场寻亲活动。我仍旧是瞒着父亲去的,因为怕他知道会伤心,我大姐特别支持我,走时还给我了一千块钱。我当时就是想去上海孤儿院看看,因为当年我是从那里来到草原的。

我们一共走了一周的时间。去了一趟上海孤儿院,此时已更名为上海儿童福利院;随后,又在江苏省无锡市宜兴市官林镇开展了三天的寻亲活动;其余时间,还游览了江南的名胜古迹。我一直久仰黄浦江的大名,那天我漫步在黄浦江畔,望着滔滔奔涌的江水不禁有些伤感,有些迷茫,我轻声呢喃:"我是谁,是谁生下了我,我的家在哪里?"那次寻亲,我们大多数人都没有寻到,只有嘎鲁姐、包喜等人初步确认找到了亲人,但后来听说,嘎鲁姐寻到的亲人 DNA 没有比对成功。

泪也流了,亲也找了,一个星期后,我们返回。我也又回到了原点,一心一意陪伴在老父亲身边。直到父亲去世后,我才又有了寻亲的想法。去年,江阴那边的寻亲志愿者也让我们把采集的血样都邮寄了过去,还有国家公安部的"圆梦行动",也都给我们采集了血样。我们中的海仁哥和苏和哥就是通过这样的方式找到了亲人,我对此也满怀希望。

从草原上生活了 60 多年,让我们这些"国家的孩子"的江南血脉深深融入了草原。虽然我们这些"国家的孩子"有的是汉族,有的是蒙古族,有的是回族……但我们的血脉相连,已成了最亲的人。这也让我更加明白习近平总书记所说的"必须高举中华民族大团结旗帜,促进各民族在中华民族大家庭中像石榴籽一样紧紧抱在一起"的深刻意义所在。习近平总书记告诉我们:"只有铸牢中华民族共同体意识,构建起维护国家统一和民族团结的坚固思想长城，才能不断实现各族人民对美好生活的向往，才能实现好、维护好、发展好各族人民的根本利益。”听了总书记的话，我特别感动，我们这些“国家的孩子”的经历，不正是民族团结一家亲的生动写照吗？60年扎根草原，让我深刻感悟到，无论我与江南的亲人相隔有多远，其实我们一直生活在一起，生活在一个大家庭里；无论时间经历多久，我们这些国家的孩子永远是草原人，因为我们已在这里扎根、生长、成熟！

作者简介

伊荣，女，汉族，1972年2月生，本科学历。2004年至2022年在锡林郭勒日报社工作，先后担任《锡林郭勒晚报》《锡林郭勒日报》记者、编辑，2007年开始跟踪采访锡林郭勒盟地区“国家的孩子”在草原成长的故事，部分稿件曾获得全国地市报一、二等奖，内蒙古新闻奖和锡林郭勒盟新闻奖。

我在爱中成长

贾凤奎　口述　孙桂红　整理

我第一次见到贾凤奎老人，是在他儿子经营的一个配件商店里，商店的货柜上堆满了各种各样的配件、工具等物品，地上也堆满了杂物，走路还得侧着身子，看来这就是贾凤奎日常工作的地方。贾凤奎说："小儿子自己开了一个水暖配件商店，由于人手不够，退休之后我就来帮助儿子照看着。现在他越来越忙，这个商店基本是我每天在经营着。"

62 岁的贾凤奎看上去已经略显老态，穿着比较朴素。

贾凤奎养父母的合影

我们坐到了他的桌子旁边聊了起来。他是 1961 年 3 月，被养父母领养到了白音宝力格公社。回忆起被领养时候的情景，贾凤奎不禁有些激动，一下子打开了话匣子。

"我的父亲叫贾金庭，母亲叫岳秀英。养父是在联合厂工作的厂长，当时家庭条件算得上是优越的。母亲没有工作，在家照顾一家人的生活起居。我的养父曾经给我讲过当年领养我的情景。那是 1961 年 3 月 17 日中午，他和妈妈骑着马从 30 公里外的白音宝力格公社急匆匆赶到旗保育院。父母在工作人员的引导下，走进了我们这些‘国家的孩子’中间。当时来领养孩子的人很多，他们都在用各自的方式领养和自己有缘的孩子。那时我就是十几个月大，在床上坐着，因为发育不良，肚子非常大，体质也非常差。工作人员跟养父母说，这个孩子太缺少营养了，肚子里还有蛔虫。养父母那时候就想领养个男孩，就挺关注我的，看着看着，我突然对他们笑了，也就是那个可爱的笑脸，一下子让养父母心头一颤：就是他了！就这样，我就成了贾家的儿子。当天办完手续，保育院阿姨给我喂了点吃的，养父母就把我接回了旗里的亲戚家。我不哭不闹，乐呵呵的，特别听话，大家都挺喜欢我的。我的幼儿时期和童年时期生活得很幸福快乐，像在蜜罐儿里长大的一样。为了让我们生活得更好，政府还给了领养孤儿的家庭一头奶牛呢。你看我的身体这么好，肯定跟小时候喝牛奶有关系。”说完，贾凤奎哈哈大笑起来。

他接着说：“在父母的悉心照料下，我的身体一天天地好了起来。七岁的时候，我就跟其他正常的孩子一样，身体特别健壮，慢慢地性格也更加活泼开朗了。”

走上教育岗位

说起如何当上老师的，贾凤奎便从初中开始讲起，并在脸上流露出自豪的笑容。

“在我上初中以后，体育方面的特长就渐渐表现出来了，在学校运动会的中短跑项目上，同学是无法与我相比的，当时是没有对手的。”

“进入中学以后，在学校举办的男子100米、200米短跑比赛中，每一次冠军都非我莫属。最难忘的是在上初中时候的一次100米短跑中，我跑出了12秒的好成绩，就是因为这场比赛，我代表了白音宝力格公社参加了全旗的运动会，而且一举夺魁。上了高中以后，我坚持刻苦训练，特长得到了进一步发挥。在后来历届的比赛中屡次获得冠军，被学校评为体育标兵。”

“那时候，我们西乌珠穆沁旗缺少‘小三门’老师，正是由于我的体育特长，在高中毕业以后，被特招到阿尔山公社当了一名体育老师。由于对体育的热爱，再加上特别珍惜这来之不易的好机会，我勤奋好学，认真从教，把学校的体育工作抓得有声有色。1983年3月，因工作需要，我被调到了

贾凤奎受到时任国家领导人乌兰夫等同志的接见并合影

吉仁高勒公社任教。除了教体育以外，我还兼任数学老师。在教师这个岗位上一干就是 26 年，2005 年达到内退条件就光荣退休了。”

“由于工作出色，1981 年 7 月，我被旗教育局评为‘优秀少先队辅导员’，并赴北京参加锡林郭勒盟首届少先队辅导员夏令营活动。在北京，我十分荣幸地受到了时任全国人大常委会副委员长乌兰夫、国务院副总理杨静仁等中央及地方领导的亲切接见。最令我终生难忘的是，那一次我面对面见到了我们这些上海孤儿最敬仰的恩人乌兰夫同志。那一刻我激动万分，百感交集，眼泪夺眶而出，当时周围的人都很好奇地看着我，平复了情绪后，我向他们说明了原因，大家都被我的情绪所感染，自发地鼓起掌来，那掌声在礼堂里久久回荡……”

知道了自己是上海孤儿

“其实小时候一直隐隐约约听过别人的议论，说我是孤儿，是抱养的。听了这些话以后，我特别生气，感觉受到了侮辱，也特别委屈，都没心思上课了。大概在十三岁的一天，又听到别人的议论，我一下子受不了了，就哭着一路跑回家去问父母。父母看我哭得跟泪人似的，就说你确实是我们领养的上海孤儿，但他们也没再多说。当一听到这个消息的时候，我特别难过，我不理解为什么我的亲生父母不要我了，把我舍弃了，为什么要把我送给别人。那段时间，我茶不思，饭不想，整夜整夜睡不好觉，每天的心情低落到了谷底，尽管父母经常开导我，但是我依然非常不理解。”

“这样的日子一过就是几个月，父母看到我如此低落的情绪，就更加关心我，更加疼爱我。每天他们都像哄小孩儿似的给我买好吃的、好玩儿的，想方设法逗我开心。他们还亲自到学校去找老师做我的思想工作。经过一段时间之后，在家人和学校的关心下，我又重新振作起来，觉得他们对我这么好，我怎么可能是抱养的呢，一定是他们在骗我，慢慢地也就释怀了。”

“真正知道自己的身世是在 22 岁那年，那时候我已经参加工作了，有一天得知母亲病重，我急匆匆地从阿尔山宝力格公社回到吉仁高勒公社家中，母亲把我叫到床前，把身世、抱养的经过全部如实地告诉了我。听完以后，我不仅没有情绪波动，反而非常平静地接受了这一事实，从此再也没有什么思想包袱了。回忆父母对我的点点滴滴，深深体会到了他们养育我的不容易，也更加坚定了我要用一辈子来报答父母养育之恩的决心。他们对我这个抱养来的孩子如此百般的疼爱，把最好的都给了我，我还有什么委屈呢?”

“我从来没有去上海找过亲人，也没有动过这个念头，有啥用啊? 60 多岁的人了，没那个必要了。现在我生活幸福，儿孙满堂，尽享天伦之乐。前年，我和另外一个上海孤儿一起去上海转了七八天，只是去转转，没有什么其他想法。”

难报父母和草原的养育之恩

“1983 年，我与杨凤梅结婚，妻子在吉仁高勒公社信用社工作。我们婚后生活非常幸福，生了两个儿子，我们一家在那里一待就是 30 年。我觉得不仅是我的父母养育了我，草原人民也养育了我，是草原人民给了我第二次生命，因此我对牧民的感情最深。无论在工作上还是生活上，我都与那里的同事、牧民群众打成一片，无论谁家有困难，我们都会想办法去帮、尽力地去帮，这些年来赢得了大家的赞誉。现在我帮助小儿子经营着一家水

贾凤奎近照

暖配件门市，凡是牧民来购买需要的配件，我和儿子都会以最低价格卖给他们。正因为我们的诚信服务、贴心服务、让利服务，所以深受广大牧民的信赖。我们这种感恩的想法和行动对大儿子影响也很大，大儿子在农商银行工作，业务能力很强，工作中不怕苦，不怕累，多次受到上级单位的表扬与认可，获得了不少荣誉。”

“养母身体不好，因为风湿性心脏病卧床了十多年，在我十来岁的时候母亲就做不了饭了，什么活也干不了，那时候我就学会了做饭，帮着父亲照顾母亲的生活起居，可惜母亲在59岁那年就去世了。现在生活好了，母亲却没有福气享受了。”说着贾凤奎低下了头，我猜他一定是想念母亲了。

“我和爱人结婚后，就和父母生活在一起，妻子也承担起了照顾母亲的责任。我们两口子精心地伺候着。那时候看病不能报销，对家庭经济也有一定的影响，但是我们从来没有抱怨过，任劳任怨。当地的老人都知道我们两口子有多孝顺，像亲生的一样。儿女该做到的我们都做到了，没有什么惊天动地的大事，就是点点滴滴中报答父母的养育之恩吧。我问心无愧，尽到了自己的责任，亲生儿女做不到的我们也做到了。”

“草原养育了我们，草原给了我们生命。我们这些‘国家的孩子’时刻不会忘记草原人民对我们的厚爱，时刻不会忘记党和国家对我们的关心，没有共产党就没有我们今天的幸福生活啊！”

“我是一个懂得感恩的人，在祖国需要的时候，我会尽自己的微薄之力。在武汉新冠疫情期间，我积极主动捐款。2022 年的上海新冠疫情更加牵动我的心，我也和大家一起又自发进行了捐款。虽然钱不多，但这是我们的一片心意。”

“感谢国家，感谢党，没有草原的接纳，我们这些‘国家的孩子’可能早就饿死了，哪有我们的今天？如今生活好了，我们会在自己的岗位上，在自己的能力范围内为社会做一些有意义的事，为西乌珠穆沁旗的经济发展、社会进步尽自己的绵薄之力。”

作者简介

孙桂红，女，汉族，1974年9月出生，大学本科学历。曾在西乌珠穆沁旗白音华煤矿小学、高日罕镇学校任教。现在西乌珠穆沁旗第二小学任教。

敖伦淖尔湖畔是我的家

乌云格日乐　口述　徐宝林　整理

在内蒙古自治区锡林郭勒盟苏尼特左旗原那仁宝拉格公社（现巴彦淖尔镇）巴彦舒盖大队有个叫“敖伦淖尔”的地方，“敖伦淖尔”的汉语意思为很多湖泊。

童年时，乌云格日乐的家就住在这湖边。这些湖泊是她小时候的乐园，湖水碧波荡漾，湖水里的芦苇密密麻麻，就像一片舞动的绿色海洋。春天，芦苇荡里洋溢着新生命诞生的清新，湖里有鱼有虾，有野鸭子、天鹅和各种水鸟。回忆过去，乌云格日乐到现在对小时候的生活情景还记忆犹新。

1958 年，苏尼特左旗原那仁宝拉格公社巴彦舒盖大队牧民旦巴、宝日乃夫妇听到“国家的孩子”来了苏尼特左旗的消息后非常高兴，夫妻俩一早赶着勒勒车，历经数小时来到离家 150 多公里的旗政府所在地满都拉图镇。按照旗里统一安排从孤儿中抱养了一名女婴。当时两口子的生活并不宽裕，夫妻俩视其如亲生般把她抚养长大。在乌云格日乐的记忆中，她的养父母自从领养她后，就把她当成他们的心头肉。父亲当时是大队贫困牧民协会主席，也是过去的土兽医，擅长给难产的牲畜接生。同时他还擅长乐器，吹拉弹唱样样都在行。母亲是一个地地道道淳朴的牧区妇女，从年轻时就是缝纫和刺绣能手。在养父母的影响下，乌云格日乐成为地道的蒙古族姑娘，9 岁就学会了放牧。1966 年，勉勉强强只上了 1 年学的她，因种种原因辍学了。辍学回家的她慢慢地和养父母学会了不少生活技巧。她和父亲学会了骑马、编织篱笆、放牛、放羊和其他牧业生产技能；和母亲学会了缝蒙古袍子、刺绣、做奶制品和其他制作手工艺品的技艺。如今的

手艺人乌云格日乐

她，已经成为苏尼特左旗第五批非物质文化遗产名录《蒙古族刺绣（毡绣技艺）》项目代表性旗县级传承人。

其实，乌云格日乐后来才慢慢知道了自己是被收养的。当时的家庭条件一直不好，一家三口相依为命。尽管家里不富裕，但她的养父母像对待自己亲生孩子一样，疼爱着她，让她像大队的其他孩子一样，快乐地成长。小的时候，养父把家照顾得很好，不仅让她吃好、穿好，偶尔还能吃上一些糖果。日子虽过得很清苦，但是有养父母的疼爱，她的生活是幸福的。在她眼里，养父母就是生身父母。在养父母的精心呵护照料下，乌云格日乐在健康快乐中逐渐长大成人。

都说穷人的孩子早当家，乌云格日乐同样如此。她刚懂事的时候就开始学着做饭，学着照顾多病的养父母，学着洗衣，学着去放牧，她除了安排父母的一日三餐外，还给多病的母亲洗脚、擦洗身子，就这样，一直过了十多年。

在我们采访中谈及她的父母时，乌云格日乐感慨地说道：“父母的爱总是无私的，他们把一生的爱全给了我，他们不求任何的回报，只懂得默默的付出，但是我们却不能忽略这伟大的爱，我要感谢父母，感谢他们的含辛茹苦，感谢他们的默默付出，如果有来生，我下辈子还做他们的好女儿。”

1971 年，乌云格日乐的养父因病去世，1974 年养母也因病去世，两位老人的相继离世给了乌云格日乐致命的打击，乌云格日乐好长时间才从丧失养父母的痛苦中摆脱出来。

1982 年，继承养父母家业的乌云格日乐，与本大队牧民青年朝克图自由恋爱并结婚。婚后两人生育了三个孩子，一个女孩两个男孩，一家人的生活其乐融融，无与伦比。然而天有不测风云，2004 年，乌云格日乐的丈夫在一次大病中去世。当时两个人的三个孩子中，女儿已成家，两个儿子还未成年，全家生活的重担落在了乌云格日乐一个人身上。“当时，真的感觉天塌了，不知所措。面对生活，再苦再累我都不怕，就怕亲人的生死离别。”那一次，久未流泪的乌云格日乐放声大哭，哭了好久好久。“哭过，日子一样要过，只有把孩子们照顾得更好，才是对已去世的亲人最大的慰藉。”在艰苦生活的考验下，乌云格日乐节衣缩食，省吃俭用，不但把家庭打理得井然有序，而且将孩子们照顾得无微不至，两个儿子先后成了家，也有了自己的孩子。这一切，即使是一个男人也难以做到的事情，作为女人的她做到了。

2006 年，乌云格日乐认识了现任丈夫莫日根。不久后，乌云格日乐重新组建了家庭，丈夫莫日根也是 3000 名南方孤儿中的一员。

莫日根的养父名字叫朝鲁，养母名字叫巴德玛，领养莫日根时他们的生活还比较富裕。养父母没有孩子，莫日根的到来给这个家增添了生机。

在我们采访莫日根的时候，回想过去，他眼里含着热泪说道，我这辈子都不能忘记我的父母对我的养育之恩，是父母的爱给了我力量和勇气，父母的爱是我一生中所经历的最伟大、最无私的爱。父爱如山，母爱如水，在我小时候的记忆中，父亲身材魁梧，他是一个心地特别善良的牧民，不善表达的父亲对我从小就非常好。那时的我体弱多病，父亲有什么好吃的都留给了我，脏活累活什么都不让我干，全部自己干，生怕我累着。莫日根说道，我至今最难忘的一件事就是，不善表达的父亲在我小时候对我叮嘱的话：你也慢慢地长大成人了，估计你也知道了你自己的身世，但是不管到任何地方都不要忘了你是"国家的孩子"，你要懂得报恩，要懂得感恩，长大后要回报国家，做一个对国家有用的人。

1978 年，莫日根和前妻成了家。夫妻俩有三个孩子，两个儿子、一个姑娘，孩子们都成家并有了自己的孩子。1992 年，他因感情问题和前妻离婚。2006 年，莫日根和乌云格日乐组成新家庭后两个人没有再要孩子。现今，两口子住在满都拉图镇，孩子们都生活在牧区，两个人的孩子们早已融入了这个大家庭。

在我们的采访中，乌云格日乐、莫日根两口子感慨地说道，我们 3000 个南方孤儿是在共产党的关怀下长大的，是生活并不宽裕的内蒙古牧民们，用博大的胸怀接纳了 3000 个来自上海、江苏、安徽等省市嗷嗷待哺的汉族孤儿。他们用毕生的心血和精力养育了和自己非亲非故的 3000 个孩

乌云格日乐全家福

子，在国家有难的时候鼎力相助，诠释了“大爱不分民族，真情不分血缘”的含义。

走过六十载岁月，“国家的孩子”当中，一些人在草原上安家落户、上学成才、辛勤工作，如今虽已是花甲之年，但仍常怀对党和国家、对大草原和养父母的感恩之心，助人为乐，守护家园，尽己所能创造更加幸福美好的生活。和乌云格日乐、莫日根两口子一样，他们用汗水和心血回报这片草原和人民。2005 年，乌云格日乐、莫日根两口子和 9 名“国家的孩子”自发捐助一名贫困家庭的学生一直到大学毕业。2010 年，乌云格日乐、莫日根两口子组织在当地生活的 70 个“国家的孩子”，组建“国家孩子爱心协会”，以资助各族贫困学生和无生活来源的孤寡老人。这些年，他们已帮助 40 多名困难大学生完成学业。如今，该协会成员超过 90 人。2020 年疫情发生后，“国家孩子爱心协会”号召协会成员向武汉捐款。据不完全统计，一些“国家的孩子”于 2020 年 2 月通过内蒙古自治区、锡林郭勒盟等地红十字会捐款超过 4 万元。生活在苏尼特左旗的“国家的孩子”乌云格日乐、莫日根两口子就是其中的一员。

从小在母亲的毡绣和刺绣技艺熏陶下，再加上自己的勤学苦练，近年来，乌云格日乐的手工艺毡绣刺绣作品获得了多个奖项。2019 年，她的作品获得锡林浩特首届蒙锡雅杯传统毡绣技能大赛毡绣优秀奖；2020 年 6 月，获得内蒙古特殊刺绣参展奖项；2020 年，获得苏尼特左旗第一次举办的毡绣培训作品评比优秀奖；2021 年 9 月，获得锡林郭勒盟庆祝建党 100 周年暨“十一”国庆节非物质文化遗产蒙古族刺绣比赛优秀奖；2021 年，她的刺绣作品《一叶红船映初心》获得锡林郭勒盟非物质文化遗产保护中心参展奖……

如今的乌云格日乐、莫日根两口子，孩子已经长大，成家立业，都有了各自的孩子。重要的是他们都在党的好政策下过上了自己的小康生活。乌云格日乐、莫日根两口子陪着儿孙过着晚年的幸福生活。现在两口子在满都拉图镇定居，由于牧区生产比较忙，孩子们在牧区打理着各自的生活。由于撤乡并镇的原因，目前全旗 7 个苏木（镇）没有学校，孙子们只能来旗里上学，接送孙子们上下学的工作自然落在了他们的身上。空闲的时候，乌云格日乐忙于创作新的毡绣和刺绣作品，莫日根闲暇之时偶尔也做一些牧区生产用的工具。

在内蒙古，很多上了年纪的人都知道类似乌云格日乐、莫日根两口子一家这样“国家的孩子”的故事，但在走访过程中他们却说：“没什么可说的。”在他们眼里，这很正常，国家有困难，内蒙古有羊、有牛、有奶、有草原，养几千个孩子不算什么。“国家的孩子”之所以能够健康长大，离不开所有关爱他们的人，包括党和政府，医护人员、保育员以及无数阿爸、额吉们，正是他们的辛勤付出，才让孩子们能够快乐健康地长大成人。

徐宝林，蒙古族，无党派人士，1966年4月出生，1981年7月参加工作，中央广播电视大学毕业，曾任苏尼特左旗工商局副局长、民政局副局长，现任苏尼特左旗政协经济委员会主任。

愿大爱永驻人间

张海仁　口述　伊荣　整理

一直被父母捧在手心里疼爱着长大的张海仁，18 岁那年在父亲的病床前得知，他不是父母的亲生孩子，而是“国家的孩子”……2021 年，已经 64 岁的张海仁在多方的帮助下找到了江南的亲人，圆了他的寻亲梦。在与 88 岁高龄的亲生母亲相认相拥的那一刻，所有的思念和心酸都变成了彩虹，架起了一座草原与江南 2000 千米的爱心桥。张海仁说，少小离家，乡音已改，鬓发已衰，再相见，我只想说——愿大爱永驻人间。

提起找到江南亲人、与亲生母亲相认一事，已经 65 岁的张海仁笑得像个孩子，幸福之情溢于言表。养父去世之前就给他留下了遗言，希望将来有一天他能找到自己的亲生父母，那时的他并没有太在意，直到后来他也为人父的时候，才渐渐理解养父遗言的深意。张海仁红着眼圈说：“不当家不知柴米贵，不养儿不知父母恩，当了父亲，我才慢慢懂得什么是父爱。”

父爱如山

在交谈中，张海仁不知不觉打开了记忆的大门。

我的养父叫张发昌，养母叫范焕珍，都是汉族，夫妻俩都在锡林郭勒盟东乌珠穆沁旗额吉淖尔盐场上班，父亲是干部，母亲是工人，他们没有子女。

我清楚地记得，1976 年一个下着绵绵细雨的夜晚，父亲撑着被病痛折磨的身体勉强坐了起来，他对我说：“孩子，去把箱子里那个信封给爸爸拿来，我跟你说点事。”我满是疑惑地把箱子打开拿出那个泛黄的信封递给了

张海仁的养父养母

他。爸爸颤巍巍地用手小心翼翼地从信封中拿出来一张发黄了的纸来，接着又对我说道："孩子，你已经18岁了，有些事情我想该告诉你了，这是一张迁移证，是你的，你不是我和你妈妈亲生的孩子，你是'国家的孩子'，是从上海来的……"说着爸爸将那发黄的纸递给了我，我接过来看到迁移证上写着：17号，小红，男，3岁，上海人。

爸爸告诉我，1961年1月15号那天，盐场的领导告诉他盟里来了一批"国家的孩子"，他正好符合领养条件，问他要不要去领养一个孩子。我爸爸回去跟妈妈商量了之后，两人决定去领养。就这样，场里的领导陪着我爸妈一起来到锡林浩特市，在锡林郭勒盟保育院领养了我。那一年我爸爸50岁，我妈妈36岁。爸爸给我取名叫张海仁。我的到来，为这个家庭带来了很多欢笑，对于爸爸来说，老来得子更是欢喜得不得了，把我放在手心里疼。

那天，爸爸还跟我说了很多，可我什么也没听进去，这件事对于我来说太突然了，我怎么也不愿意相信，从小到大都将我当成宝贝一样疼爱的父母，却不是我的亲生父母，我想不通，我流着泪扑到爸爸怀里，像小时候一样紧紧搂着爸爸的脖子边哭边说："这不是真的，爸爸你说的不是真的，我就是你的亲生儿子……"

爸爸轻声叮嘱我，不要怨恨自己的亲生父母，如果不是三年困难时期，相信他们也不舍得把自己的孩子送进孤儿院，将来如果有机会能去上海，一定要去找一找亲生父母。

张海仁接着说，"海仁"，上海人，直到那一刻我才知道为什么父亲给我取了"海仁"这个名字。不知道有多少个夜晚，我辗转难眠，我被父母这份无私的爱所震撼，没有哪个父母能拥有这份胸襟，能想着把自己辛苦养大的孩子送回到亲生父母身边。

后来母亲告诉我，当年为了能把迁移证给我留下来，爸爸去给我上户口时，还向派出所的民警撒了谎，说自己把迁移证弄丢了，为此他还挨了民警的一顿训。而爸爸之所以这么做，只是为了让我将来有一天回上海找亲人时能有一个最有说服力的凭证。

就在这年夏天，在告诉了我身世不久后，父亲病逝了。那天，我接到父亲病危的消息后匆匆从学校赶到医院，可还是晚了一步，任凭我怎么哭喊，爸爸再也无法给我回应。多年来，我一直小心翼翼地珍藏着那张迁移证，因为迁移证上有父亲的味道，看到它就想起父亲在世时的样子。我觉得只要有它在，父亲的爱就会一直陪伴着我。

母爱如水

母亲就是我生命的守护神，无论遇到什么困难，她都在我身边守护着我。

我小时候体弱，为了给我补充营养，母亲每天变着法子为我做吃的，甚至不惜花高价去买细粮，托关系买营养品，而他们自己却省吃俭用。就这样，在母亲的精心照料下，我一天天强壮起来。在穿衣方面，母亲从来没让我穿过打补丁的衣服，我们那里冬天比较冷，母亲每年都提前给我把棉衣服准备好，从没让我挨过冻，别人家孩子冬天手上或脚上常常有冻疮，我却从没有过。

记得在我12岁那年，“文化大革命”开始，父亲受到了牵连，为此母亲也病倒了，当时家里生活陷入了困境。一向被父母放在手心里疼爱的我，突然有些不知所措。不知道是谁告诉我说芨芨草能卖钱，我就想，有了钱就能给妈妈买药，那样妈妈的病就能快点好起来，于是就瞒着妈妈一个人跑到草原的深处去割芨芨草。当我看到漫山遍野的芨芨草，就如同看到救星一样。那天我只顾着低头割草，不知不觉越走越远，直到天色暗了下来我才背着一大捆草往回走，可怎么也找不到回去的路了，我害怕极了，于是就一边走一边喊着妈妈，四周除了我自己嚓嚓的脚步声外，再没有别的声音。也不知过了多久，我走累了也喊累了，就在草丛里睡着了。睡梦中我梦见躺在了妈妈温暖的怀里，我伸出双臂去搂紧妈妈：“妈妈！我怕！”“不怕，我儿不怕，妈妈在这儿。”真是妈妈的声音。我努力地睁开眼睛，看到自己正躺在妈妈的怀里，妈妈轻轻抚摸着我的头说：“傻儿子，芨芨草怎么能卖钱呢？以后家里的事不用你操心，一切都有妈妈呢，走，咱们回家。”说着，妈妈的眼泪就流了下来，她的泪滴在了我的脸上，我抬起手轻轻地抹去了她脸上的泪滴。

就在父亲去世的那个夏天，我中学毕业了，为了照顾妈妈，在盐场领导的帮助下，我在盐场上了班——就是干一些杂活。

白天，我在盐场打杂干一些零活，晚上，回家帮助妈妈做饭、洗衣服。为了哄妈妈开心，我每天晚上临睡前都会给妈妈念上一段《母亲》《高玉宝》等只有那个年代才有的书。我们的日子过得虽然清苦，可我却觉得能与妈妈在一起就是最幸福的日子。

给妈妈念书听，这样的习惯我一直持续到了妈妈去世……

扎根草原

额吉淖尔盐场，在蒙古语里，额吉是母亲，淖尔是湖。

当我第一次走进这里的时候，就喜欢上了它。吸引我的，不仅是盐湖里的色彩，还有“额吉”这个名字，她像磁石一般吸引着我。

自从得知自己的身世后，我的心里对这片土地就生出了一份特殊的感情，对额吉淖尔盐场有了一种像对母亲一样的爱。每当看到一批批亮晶晶的盐产出时，我的心中都充满了欢快的自豪感。我记着爸爸常对我讲过的一句话：“孩子，你要记住了，人穷不怕，怕的是人的头脑也穷！”每每想起爸爸的话，我都在心底为自己默默加油。羊羔有跪下接受母乳的感恩举动，小乌鸦有衔食喂母乌鸦的情义，我也决定要为盐池、为草原的繁荣发展尽自己的一份力量。

在盐场工作期间，我选择了学习土建预算，通过参加培训及自学，我拿到了内蒙古自治区建筑安装工程概预算专业资格证书和集体建筑企业技术业务人员岗位合格证书。几十年过去了，我也从一个打杂干零活的小鬼，成为锡林郭勒盟额吉淖尔盐场总工办专门负责土建工作的一名干部。

搞建筑这一行是十分辛苦的，经常不着家，多亏了妻子宫秀琴的支持我才没有放弃。提到妻子，张海仁眼神中满是感激之情。当讲述起当时追求妻子那段往事时，张海仁和宫秀琴两人都忍不住笑了起来。1983年，宫秀琴在额吉淖尔盐场供销社里当售货员，一个偶然的机会，张海仁与宫秀琴相识了。张海仁说，看到她的第一眼我就喜欢上了她，她能干也很漂亮，

刚参加工作时的张海仁

于是我就想尽一切办法去接近她。宫秀琴回忆道："那时候，我就觉得这个人很怪，有事没事他都要去供销社转一圈，有时实在没什么可买的了，他就买火柴，每天买一盒火柴，一天不落。当时我还很生气，火柴都是一包一包的卖，他买一盒我就得拆一包，跟他说他也不听，每次就花2分钱买一盒。我还跟同事说，这个人脑子肯定有问题，买火柴从来不成包的买。"

听妻子这么说，张海仁笑道："我不去买火柴，怎么能跟你拉近关系。"就这样，在张海仁的不懈追求下，1985年，张海仁如愿将他所爱的姑娘娶回了家中，而他家的火柴一直用到了他们的儿子出生以后。

宫秀琴能干且贤惠。婚后，为了让张海仁安心工作，她一个人承担了所有的家务，包括照顾年迈的养母。对于张海仁特殊的身世，宫秀琴说："没有党和国家的关怀，张海仁就来不了内蒙古，说不准早都没命了。没有爸爸、妈妈的养育之恩，就更不会有张海仁，我们也不会成为夫妻，我对他的要求就是要做一个有良心的人，心怀感恩。工作上我支持他，妈妈和儿子我会照顾好，但他要给我干出个样儿来才行，要不辜负国家和父母的养育之恩。"

"婚后，妻子承担了家里的一切，我没有了后顾之忧，我的事业也开始有了起步。在妻子的精心照料下，80多岁的养母身体特别硬朗，常常像孩子一样缠着我给她念书听，可我那时候却很少有时间能满足老人的要求，于是这个任务便落到了妻子身上。2009年，养母无疾而终，在睡梦中离去。"张海仁说。

母亲去世后，张海仁为了减少对父母的思念，把全部精力都放在了工作上，正是这份付出，给了他不一样的人生。他怀着满腔热忱将汗水和智慧挥洒在了额吉淖尔盐场的一个个工地上，他接手建筑的房屋达5万多平方米，修盐田40万平方米，房屋600多间。40多年来，张海仁在工作中兢兢业业，始终怀着一颗感恩的心埋头苦干，多次被评为场里先进工作者和劳动模范。

退休后，张海仁与妻子从东乌珠穆沁旗盐池搬到锡林浩特市。如今他们的小孙子已经上二年级了，儿子毕业于湖南省长沙市的一所大学，在锡林浩特市有了一份不错的工作，平时夫妻俩帮助照看小孙子，一家人的生活幸福美满。

江南寻亲

随着年龄的增长，张海仁经常回忆起父亲说的话，尤其是那句“有机会就去上海找一找亲生父母”。不知道从什么时候起，他对寻找亲生父母开始迫不及待起来。不知道有多少个夜晚，张海仁辗转难眠，他在脑海中描绘着亲生父母的容颜，想象着他们的样子，常常在心底呼唤着：爸爸、妈妈，你们在哪里？

为了找到江南的亲人，张海仁特意去锡林郭勒盟档案局，在那里他找到了当年父母领养他时填写的领养儿童申请表，上面清楚地写着：田才权，年龄3岁，出生年月1958年4月20日。

2007年4月底，张海仁与60多名“国家的孩子”一起踏上了南下寻亲的旅程。走时，他带了一把草原的土。

讲述起第一次南下寻亲的经历，张海仁说印象最深刻的就是在上海市儿童福利院里的所见所闻。

那是2007年4月28日早上，我们一行人吃过早餐后就匆匆向上海市儿童福利院赶去，还没等车子停稳，我们的眼泪就流了下来，怎么也止不住。时任上海市儿童福利院院长黄嘉春早早就等候在福利院门前，黄嘉春院长与我们一一握手后，一句“欢迎回家”，让我们很多伙伴都失声痛哭起来。

在上海市儿童福利院的会议室内，黄嘉春院长告诉我们，现在的上海市儿童福利院是2000年从旧址搬迁过来的，以前的旧址在普育东路105号。在交谈中，我们向黄嘉春院长询问了当年的一些情况。黄嘉春院长说：“听当年的老领导们讲，在50年代末和60年代初，上海市儿童福利院最多的时候一天就收了108个孩子，这些孩子多数是被好心人在街上捡到后送到派出所，派出所通过多方寻找后无法找到孩子父母的，就由派出所出证明由民警送到福利院去。所以，所有的这些孩子身上都没有父母留下的信物。当时由于孩子越来越多，上海虽然采取了一系列的措施，可还是不能保证孩子们的生命，就这样，后来在党和国家领导人的安排下，你们去了内蒙古。”

那天，我们在黄嘉春院长的陪同下去看望了福利院里的孩子们，我们送给孩子们很多从家里带过去的奶食品、牛肉干等食品。看到那些孩子，好像从他们身上看到了我们当年的影子，尤其是当嘎鲁姐抱起一个小女孩时，那个小女孩竟然喊嘎鲁姐妈妈，一时间，大伙儿的眼泪又流了出来。

上海市儿童福利院院内道路两边都是参天大树。黄嘉春院长告诉我们，当年我们在上海时，这些树就在，树龄比我们的年龄都大。于是我们每人用手帕或者是塑料袋都装了一些土，打算带回去留个纪念。

从福利院出来后，我们一行去了黄浦江，在渡轮上我把从草原带来的土撒入了黄浦江里。看着土与江水融合的瞬间，我的心一下就敞亮了，那一刻，给我最深的感受就是无论是草原还是上海，其实我们都是一个共同体，都是祖国母亲最爱的孩子。

5 月 1 日那天，我们抵达江苏省宜兴市官林镇，在官林镇小学参加了官林镇好心大姐吕顺芳组织的寻亲活动。那次寻亲活动为期三天，我们身穿蒙古袍，手里拿着自己的资料，坐在院内椅子上，等待着江南亲人前来寻亲。通过比对身上的特征、长相，双方感觉彼此像的，就一起去志愿者那里留血样，等待 DNA 检测。那次，有几位伙伴通过这样的方式暂时认了亲，后来他们的 DNA 有的对比上了，有的没有对比成功。那次寻亲虽然我没有找到亲人，但也给了我莫大的信心，妻子也极力地支持我。

寻亲回来后，我把迁移证、领养儿童申请表和小时候的照片都发到了网上。不久后，上海市儿童福利院一位姓瞿的老师在网上看到了我的资料。随后瞿老师在历史档案中找到了有关我资料的记载。档案记载：原名是田才权，出生年月日是 1958 年 4 月 20 日，2 岁，入院时间为 1960 年 9 月 2 日，遗弃时间是 1960 年 9 月 2 日，遗弃地点是大世界旁荣昌食品店……瞿老师告诉我，在查阅内蒙古千余名上海孤儿的资料时，仅查到了我一人的资料。

2010 年，我参加了由蒙牛乳业出资全程赞助，内蒙古《北方新报》联合上海《新闻晚报》、江苏《扬子晚报》、江苏吕大姐寻亲网、北方新闻网和内蒙古自治区党委宣传部、内蒙古自治区档案馆、内蒙古日报社、电影《额吉》剧组等单位联合开展的“蒙牛传情　草原圆梦”寻亲活动。走之前，我特意回了一趟盐场，拿了一些母亲湖（额吉淖尔）盛产的大青盐和卤水，因为妈妈

张海仁在上海黄浦江撒额吉淖尔盐

曾告诉过我，圣洁的母亲湖能带给人好运。到达上海后，我又一次坐上渡轮，把大青盐和卤水一起撒入黄浦江，连同撒入的还有一颗感恩的心，我希望江南与草原永远心连着心，希望我能早日找到亲人。

从 2006 至 2020 年，我先后 5 次前往江苏、安徽等地寻亲，都无果而终。每逢佳节时，我只能在心底默默地问："爸、妈，你们在哪里？你们是谁？"

2021 年 7 月 16 日喜讯传来，江阴寻亲志愿者协会给我打来电话说："张海仁，我们找到你的亲人了，DNA 比对成功了，您的母亲现在还健在……"那一刻我喜极而泣，找到老妈妈真不容易，我这个年纪了，母亲健在，这是我的福分，我恨不得插上一双翅膀立刻飞到母亲身边。

骨肉团圆

张海仁怎么都没有想到自己的家会在江苏省丹阳市吕城镇西沟村。这些年，他寻找亲人的地点一直侧重在江苏宜兴及上海等地。在经过了两个多月的焦急等待后，2021 年 9 月 11 日，张海仁携妻子终于踏上了回乡路,2000 千米的回乡路,张海仁寻找了 15 年,有心酸,有失落,不知流过多少思亲的泪水,如今梦想成真,他万分珍惜这份迟来的骨肉团圆。

在张海仁接下来的讲述中,我们跟随着他的思绪一同奔向他的家乡。

在没回家乡之前,我是通过江阴志愿者协会了解到家里的一些情况,我的亲生母亲叫蔡生娣,今年 88 岁,父亲叫赵西汉,10 年前已经去世,家中一共六个子女,我排行老四,我上面有两个姐姐一个哥哥,大姐最大,今年已经 72 岁,我下面有一个小妹,还有一个弟弟前些年去世了。我原名叫赵红福,这个名字是父亲给我取的。

2021 年 9 月 11 日,我们穿着新做的蒙古袍同苏和夫妇及嘎鲁姐等人一同登上了回乡航班。9 月 12 日下午,我们到达江苏省丹阳市吕城镇西沟村,距离家还很远的时候,我们就听见了喧天的锣鼓声。下了车后才知道,这是家里人为了接我回家特意邀请来的锣鼓队,当时我的心情特别激动,尤其是在看到写着“欢迎赵红福回家”字样的大横幅时,我的眼泪再也止不住了,我流着泪与妻子跟随江阴寻亲志愿者往家走。当我们一行人到达家门口时,全家老小已经等候多时,这时,我看到了坐在轮椅上正在打量我的一位老人家。江阴志愿者告诉我,那就是我日思夜想的妈妈,我不自觉地加快了脚步,走到妈妈身边,我俯下身双手握住她的手深情地叫了一声“妈妈”,这一声“妈妈”我在心底已呼唤了半生。妈妈拉着我的手也流着泪说:“我儿回来就好,回来就好。”泪水宣泄着我近半个世纪的思念,我终于寻到了我的根。我拉着妻子跪地给妈妈磕了三个头,这一跪,跪出了我 60 多年的思母之情;这一跪,跪出了对妈妈的生养之恩的感激。

回到家后,大哥赵定福流着泪告诉我,61 年前,因父亲在丹阳工作,母亲也跟随在身边,我和大哥、大姐、二姐四个孩子在乡下跟随外婆生活,那时候的我只有 2 周岁,是家中年纪最小的孩子。当时,由于生活极其困难,吃不饱饭,日子过得十分艰难。外婆出于好心,怕养不活这么多孩子,就决定把我送掉。大哥说,那年他 8 岁,对当时的情景至今记忆深刻。那天天还没亮,外婆把熟睡中的我抱出家门,当时大哥以为外婆只是带我出门,没想那么多,可让他没想到的是,这一别就是 60 多年。大哥说,我被送走之后,家人也曾多次寻找,但都没有找到,后来外婆告诉他们,当时她把我扔在了吕城火车站,亲眼看到有人把我抱上火车后才折返回家中。

再后来，经过家人们多方打听了解到，抱我走的人到达常州后，就把我扔在了一个角落里，后来又有一个路人把我抱去了上海。家人还打听到，在上海火车站，有一户人家想要收养我，然而，我却在人家给我买玩具的空当又走丢了，至此便没了音讯。

在与家人团聚的日子里，我与妈妈总是有说不完的话，我走到哪儿妈妈就跟到哪儿，好像生怕把我再弄丢一样。家人告诉我，当初外婆决定将我送走，母亲并不知情，虽然知道外婆是出于好心，但毕竟是自己的亲生骨肉，事后每想起此事，母亲也常常感到内疚和自责，现在我终于回来了，母亲也算可以安心了。

就因为把我送走了，我父亲一直都没有原谅外婆。后来家里情况渐渐好转后，父亲每逢喝了酒后就去找外婆的麻烦，外婆也为此整日后悔不已，后来因此抑郁而终。父亲生前曾多次去常州、无锡等地查探我的下落，然而每次都是失望而归，这么多年，我一直是父亲的一块心病。

按照家谱排序，我们这一代名字的最后一个字占“福”字，父亲十年前临终时特意交代，把我的名字写入家谱刻到石碑上。说起父亲，张海仁无比遗憾，十年前他也正在寻亲，如果那时候能够相见该有多好，就能见到父亲了。

第二天，大哥和侄子们还有叔叔家的堂兄弟带着我去祭拜了父亲。大哥在父亲的墓前说：“爸爸，你最牵挂的弟弟赵红福回家了，我们找到他了，您可以安心了。”我跪拜在父亲的墓前痛哭流涕。我告诉父亲，我被内蒙古锡林郭勒盟的一对夫妇收养，他们养育我长大成人，我已经在锡林郭勒盟草原有了一个幸福的家，有了一个可爱的小孙子……那天我絮絮叨叨地说了很多，好像有说不完的话，我想如果父亲地下有知，一定会很开心。家里人都说，在我们兄弟几个人中，我的长相最像父亲。

现在家里的生活条件特别好，家家都有稻田和池塘，想吃螃蟹直接去自家池塘里捞就行，很让人羡慕。我家就在大运河的边上，景色迷人。在与家人闲聊时，大哥和小妹都劝我们搬回去，镇上也答应如果回去的话会给我们一些优惠政策，小孙子上学也方便，正好她大娘在一所学校任教，小孙子上学也省去了我们每天接送的麻烦……尽管家里的风景很美，一些条件也很诱人，但我和妻子还是婉拒了家人们的好意，因为在草原生活了 60

多年，我们早已经习惯了这里的一切。最后我们跟家里约定好，每年都会回去住一段时间。这中间家人们还提到了名字和姓氏问题，因为中间涉及很多，包括养父母的恩情，名字不是想改就能改过来的，最后大家约定，我在草原就叫张海仁，回江南老家就叫赵红福。

我们在家里一共呆了20多天，那些日子里，让我有种被众星捧月的感觉，大哥、大嫂、大姐、二姐、二弟妹、小妹、堂兄、堂弟、侄子、外甥、外甥女……一大家子围着我们转，每天车接车送，带着我们一家人游览、感受家乡的名胜古迹和风土人情。叔叔还精心为我们准备了全羊宴，还有大嫂李祥娣，快70岁的老人了，每天为了我们一大家子的衣食住行忙前忙后，他们为我们做的点点滴滴都让我倍受感动，我想这应该就是血脉亲情的交融吧。

家里充满了祥和的气息，在陪伴妈妈的日子里我感到无比幸福，我给妈妈唱草原歌曲逗妈妈开心，我妻子给妈妈跳蒙古舞，给妈妈洗脚、洗澡，我们尽着为人子女应该肩负的责任。

这期间我们与家人们一起度过了两个重要的日子，一个是中秋节，一个是妈妈的生日，哥哥嫂子把我们赵家子孙都凝聚在一起，我们的融入和家人们的接受，让我一次次忍不住流泪，看到一张张亲切的笑脸，我多少次在心底对他们默默地说“我爱你们”。

自从妈妈知道她在草原有了一个重孙子后，就想念得不行，于是在国庆节放假时，我儿子一家三口也赶了过来，我有些醋意地跟妈妈开玩笑，说她见到孙子和重孙子的时候比见到我时还要亲。母亲用不太熟练的普通话笑着对我说：“别瞎说，都亲，妈能在有生之年见到你们算是了却一桩心愿了。”

在家乡，我们赵家算是大户人家，每次我们吃饭都30多人在一起，分两桌。在重孙辈中，我孙子是年纪最小的一个，也是孙辈中唯一一个男孩儿，为此被家族的长辈授予了赵氏家族第六代掌门人称号。我孙子很孝顺，每天围着我妈妈转，把我妈妈哄得合不拢嘴。

八月十五那天，我们一家人团聚在一起，四世同堂，那天我特别激动。多少年了，我期盼着这一天终于在今天成为现实。那天，我对家人们说了很多话，我把自己最喜欢的一首《想妈妈》献给了妈妈：

清风拂过我知道
那是妈妈在抚摸孩儿的脸颊
细雨绵绵我知道
那是妈妈思念孩儿
洒下的泪花
妈妈呀妈妈孩儿想您呀
多少次呼唤您用无声
撕扯儿的牵挂
无数次追问梦里才能
得到您的回答……

我边唱边哭，也唱哭了所有亲人，这首歌是我唯一能够唱完整的歌曲，因为这首歌就是我内心真实的写照。我跟家人们说："希望我们家永远团团圆圆。"

相聚在一起的时间总是过得那么快，转眼我们在家里已经待了二十多天了，征得妈妈的同意后，我们决定返回。离别的日子总是让人忧伤，上车前我答应妈妈，以后一定回家多陪陪她，但是没有想到，春节过后，各地的疫情就开始多起来，我们的行程也被耽搁下来。现在我们每隔两天就与妈妈视频一次，大多数时候，还没聊几句，妈妈就开始问他的重孙子，这也许就是他们说的隔代亲吧。

我找到亲人的消息像春风一样传遍了草原，我们探亲回来后，得到了乌兰夫纪念馆、公安部门、民政部门、盐场的同事、社区以及亲朋好友和"国家的孩子"们的祝贺。

这次寻亲与我一同找到亲人的还有苏和，他找到了哥哥，我们都是幸运的。我们能找到亲人，多亏了公安部开展的"团圆"行动。此次行动中，锡林郭勒盟公安局在全盟范围为当年来到锡林郭勒的800多名"国家的孩子"采集了血样，将结果上传到了公安部"团圆"网站，又由江阴市公安局通过科学的比对和排查，把找寻范围缩小到了村镇，又通过江阴寻亲志愿者协会的志愿者们一个村一个村挨家挨户地去上门询问和采集血样。在此

过程中,无论是公安民警还是寻亲志愿者都付出了极大的辛苦。

讲到寻找亲人的过程,张海仁的言语中流露出满满的感激之情,他动情地说:"当时正是炎炎夏日,李勇国、吴霞等江阴寻亲志愿者们在拿到了我的DNA比对范围后,顶着烈日走村串户,挨家挨户进行走访,各种艰辛无法用语言来表达,这才帮我们找到了亲人。没有国家的好政策,没有公安民警的大力相助,没有志愿者的辛苦付出,就不会有我们今天的骨肉团圆。"

提到江阴寻亲志愿者协会,张海仁说,李勇国是江阴寻亲志愿者协会会长,这些年来,他带领着协会志愿者一直帮助我们这些离家的"孩子"寻找亲人。2019年,他还自费带队专门来了一趟锡林浩特市举办寻亲会,也是他带领志愿者把我一路送回家,他是我们所有"国家的孩子"的贵人,希望今后在他们的帮助下,我们能有更多的孩子找到家。

张海仁说,无论是张海仁还是赵红福,在我心里没有区别,因为我永远都是"国家的孩子",是国家的宠儿!60多年前国家解救我们于水火之中,60多年后的今天,又助我们寻亲圆梦回家。我深深感恩我的祖国、我的草原、我的母亲,还有那些为我们整日奔波的公安干警和志愿者们,他们就如我生命中的一盏明灯,照亮我前行的路。

找到亲人的张海仁现在的内心无比满足,找到家就是找到了根。他说,清明节时,他们去祭拜了养父养母,并告诉他们,虽然找到了亲人,但他依然永远都是他们的儿子,江南和草原永远都是他的故乡,那里的人们永远都是他的亲人!

伊荣,女,汉族,1972年2月生,本科学历。2004年至2022年在锡林郭勒日报社工作,先后担任《锡林郭勒晚报》《锡林郭勒日报》记者、编辑,2007年开始跟踪采访锡林郭勒盟地区"国家的孩子"在草原成长的故事,部分稿件曾获得全国地市报一、二等奖,内蒙古新闻奖和锡林郭勒盟新闻奖。

生活之门

王艳萍　口述　刘润军　整理

我记忆的起点，似乎永远停留在一个热闹商场里的红色大门上。我坐在台阶上，吃着零食，穿过人们纷乱的脚步，盯着不远处的那个红色大门。我的妈妈给我买了零食之后说，她再去买些东西，让我在这里等她。妈妈就进了那扇门，我看到她进门的时候回头看了我一眼，就再也没出来。那时候，我大约3岁。

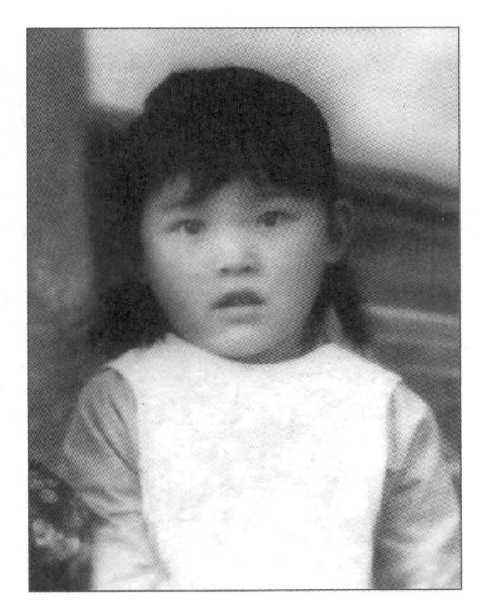

儿时的王艳萍

我不记得是什么人把哭得眼圈红肿的我送到了一个有很多孩子的地方，不久大家又坐火车来到了另一个有很多孩子的地方。我隐约记得的是一排青砖小院，这个小院的大门有着圆拱形门洞，门洞上方有红色的五角星，门洞下方是蓝色的木门。

在这个小院里，有几位阿姨一直陪伴和照顾我们，让我们幼小的心逐渐平复。长大后，我才知道，这个小院就是当时太仆寺旗孤儿保育院。也是在长大之后，我才明白，进出那个红色大门和这个蓝色木门竟然改变了我人生的轨迹，为我开启了完全不同的生活之路。

一

1963年，我被领进了家门。

因为身体不是很好,我在保育院调养了2年。5岁时,我走出了保育院的大门,被养父母领进了自己的家门,成为养父母的大女儿(养父母后来又领养了妹妹和弟弟),终于又有了自己的家。

爱能抚慰心灵,有父母疼爱的孩子最幸福,哪怕他们只是养父母。

我的养父叫王胜邦,1935年出生,1952年毕业于乌兰浩特市卫生学校,当时在旗卫生防疫站工作;养母叫王桂花,1938年出生,1953年在察哈尔盟妇幼训练班结业,当时在宝昌妇幼保健站工作。我之所以能被他们领养,或许组织上就是考虑到他们是专业卫生人员,也正因为父母都是专业技术人员,所以他们在生活上对我的照顾很周到。

在养父母的精心照顾下,我的身体也一天天强壮起来,我的童年正如一片金色的田野自由蓬勃地生长着,处处洋溢着丰收的喜悦,人欢马叫,莺歌燕舞。童年的事让我开心,让我回味无穷,让我难以忘怀,在我的记忆大门里留下了一道道美好的回忆。

当时的物质虽然贫乏,但孩子们的心情是快乐的。“我在马路边,捡到一分钱,把它交到警察叔叔手里边”是小时候我们最爱唱的儿歌,也成为那个时代儿童精神的最好写照。也是在那个时候,孩子们开始接受一位新的偶像——雷锋。我们唱着“学习雷锋好榜样,忠于革命忠于党。爱憎分明不忘本,立场坚定斗志强”,立志“雷锋做啥我做啥”——一看到老奶奶,就希望扶她过马路;一看到比自己年纪小的孩子,就恨不得他马上迷路,好送他回家;一看到农民伯伯的拖拉机开过,就盼着它陷入泥坑,可以跟玩伴们一道把它推出来。当这些受助者问我们的名字时,我们会扑闪着大眼睛,回答:“不要问我的名字,我叫红领巾。”这些想法在现在的孩子们看起来或许有些可笑,但我们当时真就是这么想的。

那时候孩子们有时间“上街”。在街道上,随处可以看到孩子们三五成群地奔跑嬉戏的场景。女孩子们跳橡皮筋、跳房子、踢毽子;男孩打弹珠、拍烟盒、玩火柴枪或者滚着铁环,呼啸而去……

有一个习俗现在已经消失了。那就是在清明节这一天老人们会给小孩子戴“清明穗”。我记得一到清明节这一天妈妈就会在我们衣服上缝一串用秸秆和圆布片穿起来的“清明穗”,五颜六色,特别好看。“清明穗”上穿起来的这一个个小圆陀其实都是有意义的,第一个圆陀代表“天”,是蓝色的；最下面一个圆陀代表“地”，是黑色的；第三和第四个圆陀代表“爹、妈”，是红色的；接下去还有“五谷”，最后是代表小孩子的“年龄”，几岁就穿几个。记得小时候，我们清明这一天就戴上了，出去玩的时候跑起来一甩一甩的，和小朋友们一起玩，大家都有一个这样的穗子，彼此比较看谁的漂亮。等到清明后下第一场雨时，妈妈会将“清明穗”剪下扔到水里，寓意让水流将阴霾冲走，寄托了父母希望孩子健健康康成长的美好祝愿。

过去的孩子们风里来雨里去毫无顾忌，土窝里爬，泥水里扑腾，跌倒了自己爬起来，父母很少干涉，反倒培养出了孩子们吃苦耐劳、独立自主的品质。

二

1966 年，我踏入了校门，就读的是宝昌第三小学。可是，刚上了一周课，我就不想去了，因为不自由。后来，经过父亲“押送”了几次，我才逐渐习惯了学校的学习生活。那时候上学都是和同学们结伴而去，我背着母亲亲手缝制的书包，书包里装着父亲给买的铁皮铅笔盒，一走路，文具在盒子里发出愉快的有节奏的声音。书包里还有父亲给我做的一个特别的本子，那既是画图玩具，也是习字工具。下面是硬木板，上面涂着一层黄油似的东西，在上面覆盖着一张塑料薄膜，用细木棍在薄膜上面画画儿、写字，清晰的笔画就映在塑料布上。写画完了，揭开塑料布，字迹就没有了，这样重复使用，可以省下草稿纸。爱玩儿是孩子们的天性，那时候的“六一”儿童节可真是个快乐的节日啊。第一天晚上，母亲就将白衬衣、蓝裤子、白鞋子和红领巾给洗干净了摆放好，要知道，这可是那个时候最时髦的装束了，还有一部分家里有困难的同学是没办法全部配齐这身衣服的，需要到处去借。第二天一早，父母陪着孩子们早早来到学校，里三层外三层地围在操场周边看我们表演节目。节目表演完就是运动会了，高年级是正式的体育项目，有短跑、跳远等，低年级是各种趣味体育比赛，有跑算、用空瓶子“钓鱼”等。最有趣的是到附近山上“寻宝”——老师们提前上山，在石片下随机压下一张张小纸条，上面写有各种“宝贝”，比如一支铅笔、一颗糖果等，准备工作完成以后，学生们也来到山下，这时老师哨音一响，寻宝开始，同学们一拥而出，奔向山坡，看到石头就翻，找到“宝贝”的喜不自胜，没找到的也不气馁，一起分享着游戏的快乐。在学校里，我从老师那里和课本中感受到了知识的浩瀚，也看到了外面世界的精彩，还收获了同学们的友情。在那个时代，父母都算是知识分子，对我的要求也比较严格，我学习成绩也还不错。

可是不久“文化大革命”开始了。父亲1973年被调到红旗区卫生院工作，情况还好一些。母亲则被下放到农村劳动改造了三年。我们家就随着时代，在风雨飘摇中艰难地维系着。我的学业也在“开门办学”的时代浪潮中时断时续。那时候我稍大一些，需要照顾妹妹和弟弟，有几次想要退学，但在父母亲的一再坚持下，我最终还是在宝昌二中读到了高中毕业。

三

1978年，我迈入了工作的大门。

高中毕业之后，我就想着赶紧参加工作，既可自立，也能给家里减轻负担。因为父母都在卫生口工作，不久我在旗医院找到了一个临时工的岗位，负责保洁。做保洁工作在很多人眼里不值一提，我原先也是这么想的，但是自从真正地接触到实际工作的时候，才发现并不简单，平时根本不注意的地方，对于保洁员来说，绝对不能马虎，墙角、拐角、窗内窗外、犄角旮旯，都是自检的重点。我从摸索到熟悉，从茫然到自信，在我前进的每一步，都得到了同事们的热情相助，得到了前来医院就诊人员的谅解与支持。特别是养母，她是这家医院的业务骨干，做过很多手术，抢救和治疗了不少危重病人，对患者热心、耐心、细心，并一视同仁，患者都很信任她。她在工作中一直任劳任怨，尽职尽责，甚至连自己母亲病故她都因为有手术而没有请假。养母对我更是时刻提醒，她说，作为卫生工作者，更要明白搞好卫生的重要性。于是，我便以严谨的态度来对待这份工作，怀着真诚服务的心，努力做好本职工作。我先后从事过保洁、消毒清洗、物品保管等工作，因为受父母的影响，一直都兢兢业业、认认真真地工作。由于工作努力，成绩有目共睹，也得到医院领导的肯定和认可，最终得以转为正式职工。

四

1980 年,我走进了婚姻的大门。

婚姻给了我稳定和幸福。我的丈夫叫张宪章,是旗人民医院的大夫。说来好笑,我们虽然在同一个单位,原来也都认识,但是我们还是经人介绍才开始谈的恋爱。那时没有手机,虽然同在一个单位,但交流多是通过纸墨信笺进行。和现在的手机短信相比,手写的信笺虽然没有那么迅捷,等信的日子也显得漫长难熬,但手写的信笺似乎更情真意切,更有温度。20 世纪七八十年代的爱情,没有甜言蜜语,没有海誓山盟,从来不说我爱你,却用实际行动陪伴着彼此,温暖了彼此大半辈子。

婚后一年,我们生育了一个男孩儿,爷爷给取名叫张凌,希望自己的孙子能凌空飞翔,"会当凌绝顶,一览众山小"。我读书的时候学习还算好,但因为"文化大革命"的冲击没能考上大学,这成为养父母心中的一大遗憾,再加上所谓的"隔辈亲",他们对外孙格外看重。父母都算是文化人,他们对外孙爱而不溺、宠而不娇,孩子也争气,考上了对外经济贸易大学,现在留在北京工作,也已经成家立业。

五

1997 年,养父的生命之门永远关闭了。

养父一辈子奋斗在卫生系统,在旗卫生防疫站、千斤沟乡卫生所、幸福公社卫生院、红旗地区医院,以及旗卫生局等多地工作过,曾获得"在少数民族地区从事科技工作二十年以上荣誉证书",也曾多次被评为自治区、盟、旗先进工作者。在整理养父的遗物时,我发现了他入党申请书的复稿,他写道:"我是在党的培养教育下成长起来,走上了革命道路,才有了今天的我,党就是我的母亲,我热爱中国共产党,热爱党的卫生事业,加入中国共产党是我梦寐以求的愿望,是我的归宿。""在党的领导和教育下,我要不断提高思想政治觉悟,要做一个有理想、有觉悟、有文化、守纪律的人,自觉执行党的政策,个人利益服从党的利益,要不谋私利,要毫不利己,专门利

王艳萍一家合影

人，发扬革命优良传统，兢兢业业扎扎实实地做好本职工作，全心全意为人民服务，为四个现代化建设而努力奋斗。”2019 年，养母也去世了，她也在卫生系统工作了一辈子。他们这代人，一门心思扑在工作上，对孩子们的教育、关爱也许不像现在的人那么多，但他们是最懂得奉献的一代，他们拥有的是那种愿意为国家担当的大爱！

六

2008 年，我走出了单位的门，退休了。2013 年，我丈夫也退休了。退休后的日子，简单而平静。退休生活，因平静而安宁，因安宁而美好。

回望走过的路，人生中的那一道道坎，迈过去了就成了一道道门。那些放不下的事，随着时间的流逝，都已经成为我们的往事。快乐属于知足者，幸福属于感恩者，人只有经历过一些什么，才能够让自己成长，让自己学会坦然地接受现实,珍惜当下。

日子就像从指缝流出的细沙,在不经意间悄然滑落。那些往日的忧愁和悲伤,在岁月的河流里随着波浪慢慢远去,而留下的欢乐和温暖在记忆深处历久弥新……

刘润军，男，汉族，1969年11月生，本科学历。曾任太仆寺旗政府办公室副主任、外事办主任，宝昌镇人大主席，现任太仆寺旗政协资源环境和经济委员会主任。锡林郭勒盟政协第十二、十三届委员。

格日勒图雅二三事

格日勒图雅 口述 陈海峰 整理

与养父的美好时光

我是被一位名为朝音的喇嘛抱养的，他曾经是阿巴嘎旗汗贝庙的掌堂师，1900 年生。养父后来从庙里还俗回到家里独自一人放牧。当他得知旗政府从南方接来了一些孤儿，达到条件的人可以领养一名孩子的消息后，就去旗保育院看孩子们，心里想如果可行就抱养一个。在保育院我一见到他就揪住他衣服一角，不让他再去看其他孩子，于是养父就在院里的管理处认领了我。办完手续后他回去为我准备衣服。他走的时候，我还远远地尾随着他跑到了南面的一条小沟里。三天后，养父带着准备好的衣物来接我。看见养父，我老远地就迎着他跑了过去。那时养父说着“这孩子是我母亲的灵魂”的话语，随即高兴地抱住我，并把我高高举起。就这样，我成了养父的女儿。初到家中的印象是，养父住在有六个“哈那”(蒙古包的结构性部件之一)的蒙古包里，地上铺有两块地毯，包里还有一个木柜和一些生活用品用具。那时候养父家算是个中等牧户。

格日勒图雅回忆说：我被抱养时才 3 岁，对于当初的一些事情毫无记忆，一些情况都是养父后来对我讲的。从小开始，养父就非常疼爱我，我的衣服、靴子等，都是养父亲手给我制作的。我 7 岁那年，养父请铁匠孟克的妻子为我制作了一件漂亮的黄绿色羊羔皮袍。我长大后也给铁匠孟克缝制了一件蒙古袍，对他说：“我小时候，您的妻子曾经给我缝制了一件长袍，这回我给您做一件长袍。”在养育我时，养父对我的要求很严格。他经常说:“要学会劳动,没有人因为劳作而累得死去。”我 6 岁时学会了骑马,9 岁时学会了骑骆驼,逐渐帮着养父操持起一些家务来,在驼背上坐下还没有驼峰高的我,照样骑着骆驼赶牛群。11 岁时,开始帮着大队的知青们打理母羊群和羊羔群的分拣活计,小小的我练就了能认准牲畜模样差别的好眼力。

1967 年,我开始在旗里上学住宿读书。一星期后,养父到旗里照顾我的生活并陪我读书。我学习特别好,还经常帮助一些学习差的同学,老师对我也很好。但可惜的是只上了一年学,学校因“文化大革命”开始停课,我便与养父回到了牧区敖伦宝拉格大队。期间,养父受到迫害。我的原名叫莲花,那时,养父嘱咐我“改名字、剪头发”,便更名格日勒图雅,汉语是“光辉”的意思。虽然只上了一年学,但是我的朗读能力好,读报纸也不怎么费劲。养父也教我学认藏文,我的藏文认知能力曾经达到了能读几篇经书的水平。但后来因为种种原因,没有坚持下来,现在我都忘得一干二净了。1970 年,养父得到平反,在我 14 岁时,73 岁的养父去世了。那以后,我靠给生产队接羊羔、放牛挣工分,一个人生活了几年,当时的年收入也就是 800 元。我和养父在一起的时候,虽然生活上起伏不定,但是那十几年是我人生中最美好、最幸福的时光。

走出困境当自强

我这一生经历了很多风风雨雨,也得到了不少锻炼。裁制、缝纫衣物的活,最初是求人做的,后来我便自己试着裁剪、缝制袍子,期间还向别人请教过裁缝技术。看似学得很仔细很到位,可是裁剪缝纫后,却是一件前襟左衽的袍子,太笑人了!哈哈哈……就这样反反复复,我慢慢学会了缝纫手艺。

养父在世的时候,嘱咐我去道尔吉策登的浩特扎营,我照着他的嘱托搬到了道尔吉策登浩特。那儿有一户是日布金玛老人的家。日布金玛老人慈祥和蔼,常常做好饭叫我去吃,做好奶食也叫我去尝。浩特的妇女凌晨三四点就全部起床,开始挤牛奶。或许是大人嫌我年纪小,从不主动叫醒我。但是我一次也没错过起床时间,跟着她们一起挤牛奶。我从小就觉轻，到现在也一样，累了，熟睡五分钟或十分钟就又精神起来。但如果有事情或手头的活儿做不完，就会睡不着，所以即使是深夜了我也要做完手上的活儿才去睡觉。

我从小就是个好骑手。在55岁那年，我还自己驯服了一匹马。我只要跨上马背就会疾驰，一直奔驰到目的地附近才勒马减速，这大概和我的性格有关吧。

17岁那年的一天，我放羊跟着羊群回到营地后，家里来了两个陌生人，他们自称是找马群的人，向我打听有关马群的消息。后来，达姆丁老人给我介绍的丈夫巴图苏荣，就是那天来我家问询马群消息中的一个。我与马倌巴图苏荣结婚成立了家庭，却仍住在我的那间蒙古包。头胎出生的孩子不幸夭折了，后来儿子照日格图巴特尔出生。1975年，我爱人说：“咱们离开这人烟稀少、连沙葱都不长的地方，跟我回到我的草场上去吧。”就这样，我就跟着丈夫去了达布希拉图大队生活了。就在那年冬天，我带来的母牛领着牛犊却回我老营盘的草场去了。春天，大队给每家每户分了两头母牛，却没有我们家的份儿，我十分不高兴，对丈夫说：“与其在你们这儿喝清淡的茶，还不如回乡吃血肠。”就这样我们赶着牲畜，举家搬回了敖伦宝拉格。

回到老营盘后的1977年，草原遭遇了冬季的大雪灾。我们家畜群损失殆尽，仅剩下的两只羊也被狼吃了一只，另一只羊被我们做了储备肉食。没办法，我们只好承包羊群，按比例分到些羊羔子。此外，我们还从野外草场上捡来被遗弃的三只弱小的羊羔子饲养。我顺便给人们裁制蒙古袍子，缝制一件蒙古袍的酬劳是一只羊羔。丈夫在外打猎挣钱，就这样把狩猎的收入积攒下来，用35元买了一头体弱的母牛，用15元买了一头2岁的体弱小牛。靠这些，我们渐渐地牧养、繁殖起牲畜，重新撑起了生活。

到了1981年，我和丈夫又带着牛、马、驼、绵羊、山羊五种畜群返回了达布希拉图大队。1982年，女儿乌云赞丹出生。女儿出生那天，一头母牛躁动不安，在草场上来回踱步、时起时卧，也出现临产症状，直到傍晚才分娩，产出了一头牛犊。母牛分娩后不久，我的肚子也开始疼了起来。那时蒙古包外附的毡子不厚，家里不是很暖和。不过没多久，“我就像山羊下羔子一样快的顺利分娩，女儿出生了”。从那以后，我们家就在达布希拉图嘎查安居下来。以后生活稳定了,儿女双全的日子过得也很美满。牲畜数量也由初期的120头小牲畜、28头牛的规模,逐渐发展壮大起来,收入也不断增加。家里不但新添置了一顶“六个哈那”的蒙古包,还做了“五个哈那”的蒙古包,最多时拥有过九个蒙古包,后来把几个蒙古包卖给别人。我们夫妇俩倾力供养儿女们上学读书,学文化知识。女儿在呼和浩特市的内蒙古艺术学院上学的时候,我得了严重的脊椎病,不得已去信告知女儿,女儿未完成学业就提前回家了。现在回想起来感觉真的有些对不起孩子。

在两个孩子上学的二十多年里,家中我既主内也主外,打理家务、经营牲畜和管理经济账务都是我一个人操持。丈夫的主要活计是清理和打扫牲畜棚圈。我们养牧这么多年,没有出现过因粗心大意而冻死羊羔或牛犊的情况。接羔期间,我会注意观察临产母畜,早晨放牧前我都挨个儿抚摸临产母羊的乳房,感觉当天会分娩的母羊就把它留下,尤其是对于孕产母牛,如果早晨把牛留在牛圈中,那头母牛当天肯定会生牛犊。2000年冬天特别寒冷,有一个刚出生的牛犊冻僵了。我赶紧把它抱回家里,给它嘴里喷灌了几口白酒,让它卧在热处给它取暖,用手逆向给它按摩,照料一天一夜,它就缓过劲儿来了。我指名把这头牛犊给了孙子,后来它的后代繁殖到了30多头。

实行牲畜承包制后,我们家分得60头小畜、10头大畜,另外我们自己的自留牲畜还有66头小畜、11头牛。随着畜群头数的不断增加,基础设施建设如棚圈、草场围栏也需要进行再投入。于是我们第一次向银行贷款2000元,建了2间畜棚和畜圈、4间贮草圈,还建了土坯房。我们那个地方没有泥土,就从远处专门拉泥土解决土木建筑的需要。在过去的20年里,我们家牲畜发展到280头牛、500多只山羊、1000只绵羊,收入也在连年增加。

千里亲缘血脉牵

在我五六岁的时候,养父曾经说起过我是从很远的南方来到这里后才被抱养的。

长大后，我对亲生父母多少有点抱怨，时常想着他们怎能做出把我"怀胎到肚子里，却容不下家里"的举动呢。2007年，有关部门组织了内蒙古的"国家的孩子"上海旅游寻亲团，我参加了。我从未想过此行是寻亲，当初就是想去南方的大城市转一转，开阔一下眼界。

在第一次寻亲现场会上，我们这些"旅游寻亲团"的成员被安排在一间大房子里面的座椅上，不时有陌生面孔穿梭在我们中间，时不时还询问着什么。我当时感觉有些别扭。来到另一个没有记住名字的城市，也是一样的寻亲会现场。那一天下午，我们在室外花坛边休息，有一位老母亲和老大姐在人群中不断穿梭，她们俩几次来到我的身边，还不断说着什么，我也听不懂汉语，所以便没在意她们俩。第二天上午，这对母女又来到我身边，老母亲一把紧紧地抓住了我的左手，观察着手腕上的一块疤痕，说着"就是这个标记"后，顿时泪流满面，泣不成声。我的手腕上有个像是被什么利器刮伤的疤痕，我以前从来没有在意过这个疤痕，我一时蒙住不知道是怎么一回事了，周围也聚集了许多人。这时，有工作人员前来了解情况后将她们请入室内，做了进一步的调查了解工作。原来老人前一天就关注到了我，通过观察手腕上的疤痕，认准我就是她失散多年的女儿。后来，工作人员就提取了唾液进行DNA化验，根据初步的鉴定结果显示，老人就是我的亲生母亲，另一位是我的姐姐。虽然他们认出我手腕上的疤痕，老父亲也赶了过来，但因为行程原因我就随团回来了。回来后，我不断接到她们联系我的信息。2007年秋季，在女儿的陪伴下，我们前往江苏省高邮市母亲家探亲。

通过母亲的讲述，我得知自己出生于1957年农历十一月十二，上有两个姐姐。当时，因为家里孩子多的缘故，生活极度困难，父亲又在部队上当兵，母亲听从了亲戚的建议，把当时年龄最小的我送到上海孤儿院。十多天后，母亲又想把我接回家，但是我已经被送到别处去了，孤儿院的工作人员为此还骂了母亲一顿。1959年，母亲又生了一个弟弟，两年后，又生了一个妹妹。受生活习惯不同和语言交流困难的影响，这次在母亲家里只住了三天，彼此确认了血缘关系，父母都健在，我上有两个姐姐，下有弟弟、妹妹，我和二姐长得像父亲，特别是耳朵和鼻子。2008年元旦，我的儿子结婚，老妈妈和姐姐、弟弟、妹妹、弟媳妇等人一起来到草原做客。因为冬天

格日勒图雅与亲生父母相见

天气寒冷，来的亲人们都住在旗里的宾馆里，他们去牧区看了我在草原上的家、饲养的牲畜和牧场，居住了三天后就返回了。

2009年我到南方过年，腊月二十四去的，正月初四回来的。我开始和南方的家人相处也没想那么多。妈妈看着我自责地说："你腿脚不好，都是因为我不好。"老妈妈这么一说我的心里也难过，毕竟我也为人母亲了，我理解父母对孩子的爱心。在与亲人的沟通中，我不断地感受到深深的母爱和亲情。在高邮过年，家人做了很多发面包子，亲戚团聚吃年夜饭时一人分了一个包子，我几乎不怎么喝酒，早餐就是喝点粥。虽然没体会到什么特殊的年味，但是我深深地体会到了多亏了党和政府，我才获得了第二次生命，再次与失散近半个世纪的亲生父母重逢，和亲人相见。生长在社会主义新中国，这是多么幸运的事啊！

办法总比困难多

随着年龄的增长，丈夫的身体慢慢出现问题，我们经营牲畜的能力也渐渐衰弱。此时，孙子和外孙也要上学了。2017年我就直接做了决定，把

毛绳技艺能手格日勒图雅

500多只山羊、200多只绵羊、13头牛全部卖掉，把承包的草场出租出去，准备进城生活。此举遭到了周围牧户的质疑：牧民失去了牲畜今后还怎么过活啊？但是我不受外界的干扰，抱定一个人只要是思想不残疾、体格健好、勤于劳动，在哪里都能过上好日子的信念，用卖牲畜的收入，在旗政府所在地先后买了两处楼房居住。刚开始进城的时候，听不到牲畜发出的声音，心里别提有多难受了。随着时间的推移，我慢慢地习惯了在镇区的生活。去年我突然感觉身体不适，因为延误治疗，导致病痛加重，身体每况愈下，我到锡林浩特市暂住诊疗身体，因为这里离医院很近，医疗条件和医疗水平也好。待身体恢复后，我把镇区的一处住宅楼房租赁出去，用租金在锡林浩特市租了房子定居下来。

在锡林浩特市定居以后，我也闲不住，用小时候跟养父学到的手艺，用马鬃、驼绒制作蒙古包围绳、纺制绒线、编制牛犊笼套等手工艺品出售，收入足够日常生活开销。这两年每年大约要采购三百多斤马鬃、驼绒等制作原材料，卖驼绒线，加上售卖其它的产品，一年收入大约有五六万元。我时常给丈夫一些零花钱，共同快乐地分享我的劳动所得。我也经常参加手工艺作品展览展示和评选活动。2018年，我带着自己的作品前往阿拉善盟参加手工艺作品评选活动，我的作品获得第三名。阿拉善盟是养骆驼的地方，那地方的参赛选手展示出的用驼绒线在毡子上缝制的图案非常漂亮，我也受到了启发。那里马群少，几乎不用马鬃编制的绳索，都是用驼绒。2022年阿拉善盟又举办了比赛，但因疫情原因我本人没有去，只是把自己的作品寄过去参加了比赛，获得第二名。我还去过两次呼伦贝尔市参加比赛，一次获得优秀奖，另一次获得第三名，并在现场进行绒毛鬃绳制作演示。我认为利用闲暇施展手艺制作一些绒毛鬃绳除销售增加收入外，参加一些同类作品的展览比赛也很充实，不但能够到不同地区看美丽的景色，也能结交一些志趣相投的朋友，一点都不比经营牲畜差。我认为，只要想办法，生活上遇到的困难就会被解决掉。我虽然是汉族，但到现在也不太会说汉语，我的生活技能都是养父手把手教给我的，我吃苦耐劳的性格，都是草原上的父辈们言传身教的，我的根就在草原，这里就是我永远也离不开的家。

访谈的整个过程，始终伴随着格日勒图雅诙谐幽默的话语、蒙古族民间谚语和她特有的爽朗笑声。

舍得付出回馈社会

我们还从格日勒图雅的女儿乌云赞丹处了解了其他一些事情。

乌云赞丹对我们说：那时我在呼和浩特市上学，一学期的生活费妈妈只给我 3000 元，我知道她并不缺钱，只是我很困惑为什么给我的生活费那么少。后来才知道，那时嘎查的党员户都要与贫困户结成帮扶对子，我父亲是党员，所以我们家也帮扶着一家贫困户。在生活上，妈妈用自己的收入，垫付着帮扶对象家的费用支出、孩子上学的各项教育开支，冬天还送给他们家一只羯羊做肉食。为了这些费用支出，妈妈减少我的生活费去解决帮扶的贫困户遇到的难处。还有一次，给另外一个贫困户准备了一顶蒙古包，当发现蒙古包里没有相框架的时候，妈妈就把自己家里的相框架摘下来给他们家用了，后来架子不见了连照片都没找回来。当时我不理解妈妈的这种做法，责怪起妈妈，她也不搭理我。现在我想明白了，妈妈自己也是在困境中成长起来的人，她更加了解别人的困难，于是就会去做舍己为人的事情。

陈海峰，男，蒙古族，1963年12月生，中共党员，大专学历，1981年参加工作，现任阿巴嘎旗文体旅游广电局四级调研员，旗博物馆馆长。

草原——我生命的摇篮

王平 口述 刘宝华 整理

"我就是这些孤儿中的一个。"年过花甲的王平说自己被送来时大概不到两岁。六十多年的时间长河里,有很多令他难忘的故事,当回忆的碎片涌上心头,王平仿佛又一次穿越时空,回到了故事最开始的时候……

只因为在人群中多看那一眼

故事要从这一对母子的"第一次见面"说起。当时,从上海接来的孤儿大多数营养不良、体弱多病,还有一些出现了水土不服的情况。为了做到"接一个、活一个、壮一个",这些孩子初到内蒙古时被送到各地的保育院接受精心照料。王平的养母王淑德就是在锡林浩特市的保育院第一次见到了他。

"其实,我的母亲当时想抱一个女孩回去,因为都觉得女孩是'小棉袄'嘛,更贴心。"王平回忆,养母后来多次向他们讲述了当时的情景:那天,王淑德到了保育院,孩子们正在吃饭,虽然经过了一段时间的照料和恢复,可这些长期营养不良的孩子们看起来还是皮包骨、大脑袋,令人心疼不已。王淑德微笑着看着这些可爱的孩子们,想着带一个女孩回去,可当她环顾的时候,她看见了角落里一个不起眼儿的小男孩。这个小男孩看起来只有两岁左右,正独自抱着碗喝粥,一勺粥送到嘴里,一滴眼泪流了下来。这一幕,触动了王淑德柔软的心,她当时改了主意:"我想带这个孩子回家。"

那天是1月21日,从此成了王平的生生日。

王平打趣说,自己对于养母来说算是个意外。在养母看来,这是意外之喜，正是当初临时更改的这个选择，成就了一段毫无血缘却超越血缘的深深母子情。

“就算他是哑巴我也爱”

从保育院办好了领养手续，王淑德就带着儿子回到了家。一开始没发现什么异常，可随着时间又过去一年，王平到了会走路的年龄却还不会说话，养父母这才发觉了他的异样。

一般的孩子早都开始咿呀学语了，可王平却一直没开口说话。“可能是孩子发育晚一些，我看没什么问题。”虽然心里有些忐忑，但王淑德还是认为儿子没有问题。后来街坊邻居议论的声音越来越多，有人直言：“怕不是抱回来一个哑巴吧！”“就算他是哑巴我也爱！ 他是我儿子！”王淑德语气中的坚定不容任何人质疑。

又过了一段时间，在王平三岁多的时候，有一天，王淑德正在给王平包饺子吃，在一旁玩耍的王平不小心压到了自己的手指头，他下意识地喊了一声：“妈！”听到这一声“妈”，王淑德又惊又喜，她急忙放下手中的擀面杖，抱着宝贝儿子的头，眼泪在眼眶里直打转。

“我就知道我的儿子没问题！”从那天开始，王淑德慢慢教他从一字一句说起，聪明的王平不久就能说出完整连贯的话了。

王平回忆说：“后来，我听以前的老邻居提起过这件事，我的养母性情温和，从不与人大声说话，当她坚定地告诉别人就算我是哑巴她也爱的时候，她是多么勇敢，她将我这个儿子视为全部，给了我毫无保留的爱，这份爱温暖我一生。也许离开亲生父母是我的不幸，可遇见养父母却成为我最大的幸运。”

刚柔并济的养父母

就这样，在王平记事以后，他已经是拥有一个温暖家庭的幸福孩子了，甚至比一般的孩子还要受宠。

养父母的家庭条件在当时来说算是不错的，吃饱穿暖对他来说从来不

王平和养母(中)

是问题,再加上父母的偏爱,用王平的话说:"我就是父母的掌中宝。"因为怕他磕着碰着,王平上学放学从来都有人接送,王平想吃好吃的,母亲排几个小时的队也要帮他买回来。

"在他们的宠爱下,说实话,我到现在都不太会做家务。"王平自嘲道。虽然在吃穿、做家务方面宠着王平,但是养父母从小就很注意对他的教育。

王平的养父叫王海山,老家在河北,是一名军人,曾参加过解放战争。"我的父亲性格直、脾气暴,说一不二,当时有人给他起了个绰号叫'王大炮'。"在王平的印象中,父亲身上有军人的血性和坚强,作战时手、牙等身体的多个部位都受过伤,有一次子弹甚至穿过肩膀,但他从不喊疼、从不叫苦,父亲的坚强令王平敬仰,而如山的父爱也让他很有安全感。

比起王海山的"刚",养母王淑德的性格则是"柔"的。王平说:"我的母亲读过书,有文化,心眼好,从没与人红过脸,无论家人、邻居还是同事朋友,她都热情相待。"

养父母一刚一柔的性格,王平耳濡目染,在父母身上,他学到了不怕困难迎难而上,学到了严于律己真诚待人,这些品质使他终身受益。

成家不分家

王平上中学的时候,知道了自己的身世。

"在此之前,我也听到过一些类似的话,但是我不相信,我觉得自己就是父母亲生的,这个家就是我从小长大的家。"直到有一天,母亲把他叫到了身边，郑重地对他说："孩子，你长大了，有些事需要让你知道。你是从上海来的孤儿，我们不是你的亲生父母。但是，我们会给你最好的爱。"王平点点头，拥抱了母亲，他一点都不害怕，因为他坚信，这一次，给他温暖和爱的父母不会再离开他。

这件事并未对他们之间的关系带来任何影响。只是母亲王淑德一直有一个心愿：想去看一看儿子出生的地方。

转眼间，王平长大了，遇到了生命中的另一半。那个她是个阳光直爽的女孩，当时也深受王平父母的喜欢。"他心地善良，很孝顺，我想这是他最吸引我的地方。"王平的爱人李淑华说。相处了一段时间后，两人就结婚了。

"结婚后，我们依然和公公婆婆一起生活，我们和睦相处了几十年，直到两位老人去世。"妻子李淑华从小生活在一个大家庭，喜欢团圆热闹的氛围，而公婆也将儿媳视如己出，一家人相亲相爱，是街坊邻居交口称赞的"五好家庭"。

后来王平、李淑华夫妻有了两个女儿，这个家更加其乐融融。王平感慨地说："从一个人到三个人再到一个大家庭，如果说命运有安排，那我相信这就是我们之间的缘分，我每一天都很珍惜和家人在一起的时光。"

四十余载邮政情

1976 年，王平参加工作，在邮车站修理车间当学徒。

"那时候主要是修理邮车，父亲想让我掌握一门技术，我也挺喜欢机械。"王平学得很快，不仅在短时间内熟悉了基本工序，还经常在技术革新方面做一些研究，就这样一边学一边干，还没出徒就当上了班组长，后来没过几年又当上了车间主任。

1986 年，王平想进一步提升自己的文化水平，于是去牧机校学了三年。学成回单位在生产办公室、车间工作过一段时间后，就进入了邮运车队，负责驾驶。

"我和车打了大半辈子交道，几乎跑遍了大半个中国。"王平车技好，人踏实，后来虽然工作岗位几经变换，但是在每一个岗位上他都兢兢业业、默默无闻地贡献着自己的力量。他说:“我从事的是一份平凡的工作,但我有幸见证着中国邮政业的发展并亲身努力于其中。”回顾自己的职业经历,王平觉得知足而有意义。

“那些年跑车,我也曾去过很多南方的城市,有时候到了上海会停下来走走看看,当我在黄浦江边站着的时候,心想,这就是我出生的地方吗?”王平回忆说。后来,王平跟着寻亲团去上海市儿童福利院的时候才知道,当年从上海到内蒙古的那些孤儿,并不一定是上海人,也可能是从周边省份送过去的,比如江苏、安徽等地。

“我的母亲也一直认为我就是在上海出生的,她曾经的心愿就是去上海看看。”王平说,“这个心愿我帮她实现了。”

母亲的心愿

关于“回上海寻亲”这件事,母子俩聊得不多。

王平的爱人说:“我的婆婆和我提起过,她支持儿子寻亲,身为母亲,她怕自己离开后孩子再一次失去依靠。”

“好像不知道怎么开口提寻亲的事,其实我并不是特别想去寻亲,我觉得我在这里得到的爱能弥补曾经的失去。”王平说,“只是有时候,我也想知道自己来自哪里。”

王平第一次跟着寻亲团去上海寻亲,是在2007年。那一年,他们去了上海市儿童福利院。有的同伴将锡林郭勒草原的土用瓶子装好带去撒下,又捧起上海的土带回内蒙古。王平说:“最难受的是当我抱起福利院的孩子的时候,那是一种说不上来的酸楚。希望他们能像我一样幸运,希望他们能被珍爱。”

2010年5月,根据“三千孤儿入内蒙”真实故事改编的电影《额吉》首映,首映式上,制作团队邀请了一部分“国家的孩子”参加,王平带着养母去了现场。“我们去了北京,后来又去了上海,那次去也是实现我母亲的心愿,带她看看南方是什么样的。那几天正好赶上母亲节,我们一起去的几个兄弟还和我一起给母亲过了一个节日,挺有意义的。”

王平的养父母在2012年相继离世,前后时间相差仅仅四十多天。住院期间，王平和爱人日夜照顾，陪伴二老走完了最后的人生旅程。

去世前，养母紧紧握着儿媳的手说："我把儿子交给你了，我儿子太可怜了，你多担待点。"生命的最后一刻，这个伟大的母亲还在为儿子着想。

草原——我生命的摇篮

内蒙古自治区锡林浩特市的锡林湖畔有一座主题广场，是为纪念三千孤儿和草原母亲的感人事迹而建。作为整个内蒙古最早接收南方孤儿的地区，锡林郭勒盟前后共接收了三千孤儿当中的八百多名孤儿。特殊困难时期，这些成群的小燕子从南方飞向辽阔的大草原，他们离开自己的故土，却走上了回家的路，他们是孤儿，却在内蒙古找到了父母，在这片充满包容和爱的草原上，展开了属于他们的人生画卷。

王平常常去这个广场转转，墙上贴着的一张张老照片，有很多他熟悉

王平、妻子和养母

的面孔，有将他们从上海接回的医护人员，有抚育他们长大成人的亲人，还有很多“国家的孩子”，他们视彼此为手足。如今，被内蒙古人民领养的“国家的孩子”们，都在各自的岗位上建功立业，用他们的汗水和心血回报着养育他们的土地和人民。

作为这段感人故事的主人公之一，经历了悲欢离合，感受了人情冷暖，王平对人生也有了更加深刻的体会。他说：“人生或许有很多无奈和挫折，但我们都应该学着去接受无法改变的现实，跨越荆棘障碍，带着感恩的心去生活，去体会。在所有的事情中，我认为人与人之间的真挚情感最重要、最珍贵。”

在公安机关和寻亲志愿者的帮助下，王平最终和远在江苏的亲人团聚。有生之年能够找到自己的根，对他来说是最大的安慰。“感恩生育我的父母给了我生命，感谢草原母亲接纳我、容纳我，把我养育成人。”

作者简介

刘宝华，女，满族，1989年4月生，中共党员，本科学历，毕业于浙江传媒学院，获得管理学学士学位。曾任锡林郭勒日报社记者，有近十年的一线采编经验，采写编辑的作品曾获中国地市报新闻奖、内蒙古新闻奖、内蒙古党报联盟新闻奖等奖项。现工作于锡林郭勒盟委法规政策研究中心。

平凡之路

吕桂枝　口述　　刘润军　整理

吕桂枝的养父叫吕世修，当时在永丰公社供销社工作，领养吕桂枝的时候44岁；养母叫贾凤英，家庭主妇，当时39岁。此前两人生养了一个男孩，当时已17岁，后来就再没有生育，直到1962年，两人响应国家号召，领养了吕桂枝，自此儿女双全。二老对吕桂枝视如己出，直到去世，也没有将领养情况告诉吕桂枝。

回顾自己走过的人生之路，吕桂枝说的最多的就是普普通通，她和她同时代的大多数人一样，被时代大潮裹挟着一起往前走，但和同时代的人比，她又是幸运的。

"城里人"的童年

吕桂枝家最早在草原白酒厂大院后面的平房里，他们是"城里人"，她从小就是闻着酒香长大的。酒当然是不能喝的，但酒厂的一种酿酒原料——那种粘在一起的蜜枣，它的软糯香甜直到现在还让人印象深刻。

既然是那个时代的"城里人"，吕桂枝也就和玩伴们一起"享受"了那个时代宝昌镇孩子们特有的游乐项目——去部队院爬那两个报废坦克；捡上砖瓦厂油毡，和哥哥们钻大转盘的地道，钻战壕山的山洞；去后山纪念碑，俯瞰宝昌镇全景；偶尔还能奢侈一回，去大电影院或者小电影院看5分钱的儿童场电影；印象最深的是去新华书店，当时新华书店一进门左边的小人书柜台是孩子们流连忘返的地方。

回忆起童年，吕桂枝微笑着说，父母对自己很宠爱，从小没有打骂过自己,所以父母怎么教育自己的,印象都模糊了。那个时候就记得玩了,她和小伙伴们往往一吃完饭就跑到街巷里玩。她和小伙伴们最爱玩的游戏是翻花绳、跳皮筋和编花篮。翻花绳以一根花绳作为道具,随着双手的翻转,变换出动物、植物、日常生活用品等各种有趣的花样。她和伙伴们的小手灵活地翻、转、勾、挑,一根普通的花绳随即变换出星星、太阳、蝴蝶等活灵活现的造型,她们兴趣盎然,乐此不疲。跳皮筋也是女孩儿们爱玩的游戏,两个人抻着皮筋,由低到高,其他人跳,边跳边唱"马莲开花二十一,二八二五六,二八二五七,二八二九三十一……"。编花篮是她们爱玩的另一种游戏,编花篮并不是真的编盛放花的篮子,而是几个小孩站在一起,每个人同时抬起左腿或者是右腿,和别的小伙伴的腿搭在一起,围成一圈儿,能很牢固地做一些动作,比如一起合作单腿跳着转圈圈儿,然后蹲下再起来等等,一边跳一边拍着手唱"编,编,编花篮,花篮里面有小孩……"说到这些童年的歌谣,吕桂枝脸上露出了开心的笑容,似乎又回到了快乐的童年……

笔者和吕桂枝一同沉浸在对童年这些经典游戏的回顾之中,大家一同感慨,现在街巷里很少听到孩子们奔跑打闹的嬉笑声,再也听不到这些曾经熟悉的童谣了。

"农村人"的少年

1970年,为了家人间彼此照顾方便,吕桂枝举家搬迁到父亲的工作地——永丰公社(现永丰镇)。随后半年左右,又随父亲工作调动搬迁到永丰公社馒头沟村。那是吕桂枝第一次走进父亲的工作单位——乡村供销社。对于经历过那个时代的人来说,提起"供销社"这三个字,往往是童年时候一些吃的喝的、文具用品和各种小玩意儿、各种渴望杂糅的地方。供销合作社是一种农村合作经济组织,曾简称供销社。这个经济组织,城里人对它印象不深,因为它在县级以上的城市,几乎只设一个类似商业局的管理机关,不太引人注目。而在广大农村乡镇它有经济实体,而且在中华人民共和国成立后,有近四十年的辉煌时期,影响力非常大。可以说,五十岁以上的农村人,没有不知道供销社的。布票、油票、糖票是那个物资匮乏年代凭票供应的有力见证。平常供销社里很多东西都很紧俏,逢年过节时村民们更是摩肩接踵。虽然工作比较忙，但忙而不乱，父亲噼里啪啦地拨弄着算盘，高声地给村民们报着价格，屋子里总是热气腾腾地洋溢着一种热闹愉快的气氛。父亲待人很亲切，一整天都乐呵呵的。农闲时，村里人也喜欢到供销社门口聚会聊天，天南海北，家长里短，是当时村子里的信息集散地。直到现在，吕桂枝还说，供销社里面那股混杂着酱油醋和各种调料的特殊味道，她永远忘不了。

村庄是孩子们天然的玩乐舞台，和城里相比，更多了些野趣。加之那个年代，每家的孩子都比较多，家长对孩子的刻意管教都很少，大多数的孩子都是"自由散养"的，吕桂枝也一样。即使上了学，压力也并不大，除了上课，完成老师布置的作业外，其余时间就是玩，就是疯跑，村庄的院落街巷、猪圈牛栏、水井沟坡、田地树林、场院菜地及其周边，几乎全到过、玩过。一年四季，各有玩法，各有风味：春天，走遍沟坡路坎，去田地挖野菜，刨拉拉根，爬榆树采摘榆钱；夏天到村边的水坑里戏水，捉泥鳅，逮蝌蚪；秋天，地里的庄稼熟了，孩子们又跑向田野，享受秋天的果实，拔水萝卜，掰向日葵，烧豌豆角，把胡麻和小麦穗在手心里揉搓再吹去皮，把饱满的籽粒大口地丢进嘴里，凡能入口的东西，几乎全都吃过；到了冬天，又走向村湾，滑过冰，堆过雪人，天冷时还在墙根处挤过暖暖。不管春夏秋冬，孩子们玩得总是不愿意回家，每到落日余晖洒满村庄、炊烟袅袅升起的时候，村子里都会回响起母亲呼喊孩子们回家吃饭的声音。现在想起来，那和着落日余晖和袅袅炊烟的声音真是穿透时间，抚慰一切伤痛的良药，是烟火里走出来的漂泊者们永远忘不了的乡愁……

少年的快乐很单纯，除了玩儿，就是吃和穿了。那时候物资匮乏，家长给买了槟子（槟子是苹果树的一种。一种落叶乔木，果实也叫槟子，比苹果小，熟的时候紫红色，味酸甜。是苹果与沙果的杂交种，略有点涩。香味持久，当地人常将其与衣物放在一起或悬挂在屋顶，充作香氛，现在市面上很少看到了），孩子们舍不得吃，妈妈便用七彩细毛线织一个果袋，我们管它叫"果络子"，把槟子装进"果络子"，挂在胸前，馋了就拿起来闻闻，走到哪里都带着，就这样"果络子"伴着槟子的香气在胸前晃悠出简单又美好的少年时代。那时候，衣服都是手工缝制的，家里孩子多的，都是小的穿大的替换下来的旧衣服。我比较幸运，吕桂枝笑着说，因为上面是哥哥，年纪差距也比较大，所以每逢过年，我都能穿上妈妈用爸爸从供销社买回来的印满小花的花布亲手缝制的新衣服。

“上山下乡”的知识青年

无忧无虑的日子总是过得很快。吕桂枝在宝昌第一小学读到三年级，后又转到永丰公社读完小学和初中，成为一名有文化的年青人，那一年是1975年。

1975年2月，太仆寺旗革命委员会下发《继续做好知识青年上山下乡工作的安排意见》，动员各单位重视知识青年上山下乡工作。那一年，旗里动员安置下乡知识青年284人。吕桂枝虽然当时生活在乡下，但她是城镇户口，于是就在那年投入了这场波澜壮阔的上山下乡洪流，成为这284人中的一员。那时候母亲的身体不太好，而父亲又忙于工作，为便于和父母相互照应，吕桂枝选择了到永丰公社馒头沟大队下乡，这样就可以和父母继续生活在一起。

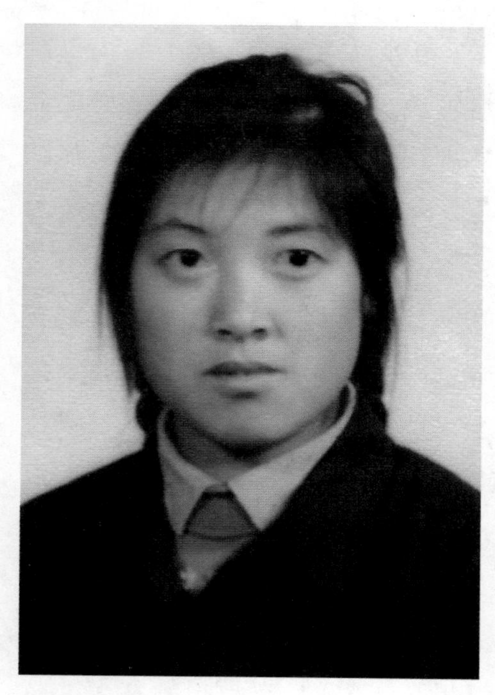
年轻时的吕桂枝

虽然还在馒头沟村，但身份由一名读书玩乐的少年，变成了那个时代特有的“知青”。知青就得参加集体劳动。那个年代是计划经济时代，在农村实行公社、大队、生产队三级所有，生产队是当时最基本的核算单位。吕桂枝就在馒头沟大队第二生产队下乡。生产队的领导组织叫队委会，有队长、副队长、会计、保管员、记工员、妇女主任等队委干部；生产队属生产大队管辖，其生产资料归集体所有；每位知青都是生产队成员，大家在生产队参加集体生产劳动，并获得相应的劳动报酬。每天的劳动任务要由生产队统一安排，一天一记工分，一个工日男的工分是10分，女的工分是6分左右，到季节统一核算，据此分粮分钱。知青们每天和村里的村民一样日出而作，日落而息，大家都会到队里的指定地点集中，听从生产队长的统一安排。生产队长根据每天的工作内容分配工作，农时不同，劳作内容也不同。春天播种，夏天锄草，秋天收获，冬天积肥。劳作内容不同，分工也不同，比如春天播种的时候有犁地的、撒种子的、溜肥的、打磙子的；秋收的时候有收割的、打腰捆扎的、码码子的。“这些农业劳动我都干过。”吕桂枝骄傲地说。她接着说：“农业劳动确实又苦又累，特别是刚开始的那年，一天下来腰酸胳膊疼，浑身像要散架，似乎只有家里的热炕头才能缓解这种劳累。”打场脱粒是一年中最脏最累的活儿，是生产队全体劳力最忙碌的时候，也是场院上最热闹的时候。那时的脱粒机是滚筒式的，由一台柴油机带动着。脱粒时，从麦堆到脱粒机之间完全由人组成了一条传送带，搬麦个的、解草腰的、喂麦个的、挑麦秆的、出麦粒的都要相互协作。往脱粒机里喂麦个的人最辛苦，滚筒打得麦粒乱飞，让人不敢睁眼，麦秸麦穗的灰尘呛得人喘不过气，即便戴上口罩，鼻孔眼窝、耳朵眼儿都是黑的，过一段时间，满脸都黑了，时间长了，人是吃不消的，所以喂麦个的人过一段时间就要替换。不过，大部分生产队脱粒的时候都会管饭，队长总会安排村里干净利落会做饭的大嫂烧饭。当一大锅猪肉炖粉条和炸油饼做好后，那诱人的香味馋得知青和社员们直流口水。脱粒结束，大家看着堆成山的粮食，吃着香喷喷的饭菜，一时倒也忘却了辛苦劳累。脱完粒就该扬场了。扬场就是借助风扬去麦子里的麦糠。扬场不仅要有力气，更要有技术，是个功夫活，是作为一个庄稼把式的“技术标杆”。“扬起来一大片，落下来一条线”那才叫水平。“我当年也学会了扬场。”吕桂枝再次骄傲地说。扬场时，需要耐心地等待起风，需要侧身对着风，两手一前一后地握着木锨；两脚一前一后地踩实地面；弯下腰撮起满满一锨，仰起脸向空中一甩，那麦粒成瀑布状泻下，草屑、灰尘等杂物便会被风吹走，留下的主要就是纯粮了。生产队扬场，通常都有三四个人共同完成。他们的一仰一俯，一举手一投足，节奏鲜明。木锨着地时“嚓嚓”，麦糠飞舞时“嗦嗦”，麦粒落地时“唰唰”，错落交替，有条不紊。看三四个人一齐扬场的场面甚是壮观，木锨起落有序，麦粒落地都在一条线上，不一会儿，脚下便成了一道金黄的麦粒堆起来的“鱼脊梁”。大集体年

吕桂枝曾生活过的馒头沟村一角

代，秋收以后，等粮食晒干，一堆堆粮食像一座座小山堆在生产队场院上，队长便开始安排社员们交公粮，当年有一个非常响亮的口号叫“交爱国粮”。交公粮是队里阵容强大的事，驴车、马车、牛车全出动，在工场上排着队，社员们把一袋袋粮食装上车，生产队里的大喇叭里唱着“我们走在大路上，意气风发斗志昂扬……”，在歌声里，车把式把长鞭甩得“啪啪”响，演绎着一幅“扬鞭策马运粮忙”的壮观场面……

知青生活期间除了农活的劳累之外，也有一些令人印象特别深刻的乐趣。其中一个是看露天电影，那是我们最快乐的时光。不同于城里人在电影院看电影，农村人看电影都是在空地上露天看的，直到现在，我的记忆中还经常出现场院上的那块镶着黑边的白色幕布，两侧用椽子草草地固定着，当灯光打在幕布上面时，乡村寂寞漆黑的夜晚就出现了一个明亮欢快的窗口，那便是我们乡下生活中一次次欢乐的所在。吕桂枝愉快地回忆道。那个时候，一个村一年也放不了几次电影，知青们就和村里的年轻人跑到邻村去看电影，有的村之间距离十多里，也不怕天黑路远。打听到邻村演电影，大家草草地吃过饭，三个一伙，五个一群，兴高采烈地与同伴相邀前往。一路翻山越坎，怀揣热切的心情、步履矫健的年轻人们，不知不觉就赶到了邻村的放映场地。等到了的时候，银幕前已聚集了黑压压的一片人群，大人喊，小孩叫，人声鼎沸，好不热闹。本村的人们来得早，前面的人席地而坐或者坐在石头木板上，后面的坐在从家里搬来的长条凳或小板凳上，远路而来的人们，只能在人群后面站着。来得再晚的一些人，如果银幕后面没有墙就干脆坐在或站在了银幕的反面，欣赏一部“左撇子”电影。电影开始了，放映机亲切的“哒哒”声响起，一束强烈的灯光直射银幕，白色的幕布出现了影像，欢快的音乐声响了起来，场地上的嘈杂声霎时消失了，电影开演了！那个年代，年轻人大都喜欢看战争题材的电影，所以当银幕上出现了那闪着金光的“八一电影制片厂”标志时，大家心里都激动不已，和着威武雄壮的《中国人民解放军军歌》，场地上往往会引发一阵兴奋的骚动和孩子们的欢呼。当然，无论是什么电影，大家的心里都是愉悦的，对我们来讲，结果无所谓，过程很有趣，特别是多年以后，有些电影内容已经模糊了，但那在月色里、星空下往返路途上的喧哗打闹甚至跟头把式反而成了美好回忆的一部分。

另一个乐趣就是探老鼠洞。女的虽说不怎么干这种事儿，但也在男知青的邀约下一起见证了探老鼠洞的快乐。每年到了10月份，田地的农作物基本被收割殆尽，人们忙着将一年的收成收获归仓，田鼠也趁着这个季节储存过冬的食物。田鼠储存粮食不分主次，洞旁边是什么作物就会储藏什么，比如小麦地旁，田鼠就储存小麦，豌豆地旁就储存豌豆，胡麻地旁就储存胡麻。而且田鼠也如野兔一样，会“狡兔三窟”，有的老鼠洞只是一个幌子，或者说没有真正挖通，这样的洞用铁锹木把儿捣下去，多半见不着底，所以这样的洞不用挖。真正储存粮食的洞口，会有明显的动物脚趾划过土壤的痕迹，而且洞不深，用铁锹木把儿就能捣到底。由于地面土壤干燥，田鼠来回从洞内出入，会带出很多新鲜的泥土，这样的洞，田鼠多半会用来储藏粮食。田鼠的储藏室真是巧夺天工，它的填压技术堪比人类，粮食用手都掏不动，只能用铁锹不停地挖，要是田鼠储藏粮食过早，在洞内最深处就会发现发霉的粮食，若是大豆还有可能是发芽的，用手摸起来发热，运气好的话，半天就能找到几十斤粮食，收获粮食是一方面，更高兴的是挖的过程，就像钓鱼一样，鱼钓没钓上来无所谓，享受的是钓的过程。

知识青年上山下乡运动，在中国历史的进程中留下了深深的印迹。我的知青生活虽然只有短短的三年，但也在我人生经历中留下了深深的烙印。那三年，有母亲病逝（养母于1976年病逝）的伤心痛苦，有前途未卜的迷惘心酸，有劳作的疲累困乏，也有收获的甜蜜喜悦，就像父亲工作的那个供销社一样酸甜苦辣咸五味杂陈，让人终生难忘。回忆到这里，吕桂枝转头望向窗外，窗外，湛蓝的天空上有几朵细碎的云块在缓缓游动。

“接班人”回城当工人

1978年，按照当时的政策，工人退职退休后，家庭有子女上山下乡的，可招收一名工人子女顶替工作。吕桂枝的父亲符合这个政策，他考虑到吕桂枝的哥哥年龄大，也成家了，而吕桂枝年龄小，又是女孩子，在农村劳动太辛苦，就决定让吕桂枝回城接自己的班参加工作。

“那个时代的政策和父亲的这个决定无疑改变了我的人生轨迹，我由一名在农村劳作的知青，一下子变成了回城工作的工人。而且我还幸运地被分配到了当时的宝昌发电厂当了一名工人。”吕桂枝回忆道。

吕桂枝就是在这一时期进入发电厂工作的。进厂之后，吕桂枝被分配到水化验室。水化验室的主要工作就是对发电用水质量进行严格的监测，对水进行适当的净化处理，防止因为水不合格造成热力设备的结垢、腐蚀，避免爆管事故；防止过热器和汽轮机的积盐，以免汽轮机动力下降乃至造成事故停机，从而保证发电厂的安全经济运行。初来乍到，吕桂枝自然对工作内容一无所知，好在那个时候厂子里有师徒制。在那个时代的工厂体制内，师徒是作为管理体制存在的，是一种正式的工作指导关系，师傅对徒弟的技术要进行多年的培养和教育。水化验室工作细致、烦琐，每一项每一步都要认真操作，不能有一丝马虎和侥幸心理。面对基础知识储备不足的困难，吕桂枝没有被吓倒，她把要掌握的知识抄成小册子，一有时间就拿出来背。对于一些操作性比较强的知识，她积极向师傅魏才请教，师傅也不遗余力地指导、帮助。吕桂枝在魏师傅的精心培养下由一个农民逐步成长为一名合格的工人。

1980年，吕桂枝收获了自己的爱情。她经人介绍与在粮食系统工作的韩广月结为伉俪，第二年生下了一个男孩儿，两人满心欢喜，孩子的姥爷也极为高兴，大家商量着给儿子起名叫韩智宏，寄托了“智慧聪明，宏图远大”

吕桂枝与丈夫

之意。就在这一年，国营太仆寺旗发电厂上划锡林郭勒盟电力工业公司，更名为锡林郭勒盟电力公司太仆寺旗发电厂。1986 年，太仆寺旗发电厂建设的华北电网宝昌 110 千伏输变电工程建成并投入运行，太仆寺旗用电改由华北电网供电，太仆寺旗发电厂停止发电。同年 12 月，成立太仆寺旗供电局，发电厂人、财、物由供电局管理。完成了历史任务的发电厂于 1987 年 3 月撤销，两套发电机组调拨东乌珠穆沁旗电厂继续发光发热。

吕桂枝于 1986 年转隶到华北电网宝昌 110 千伏输变电站工作，当了一名值班员。在新的工作岗位，吕桂枝要求自己多看、多想、多问，她白天了解设备情况，晚上看说明书，遇到问题及时向同事询问直到解决为止，力求做到不但知其然而且知其所以然。23 年来，吕桂枝一直坚守在这个普通的工作岗位上，说实话、做实事、求实效，心平气和，平凡而知足。吕桂枝知道，同时期回来的知青有很多被分配到了别的企业，这些企业后来在改革的大潮中有的转制，有的倒闭，而那些知青们的人生也随之起起落落，她虽然一直都是一名普通的工人，但她感觉很踏实、很幸福。

“退休老人”的幸福生活

2009 年，吕桂枝光荣退休了，丈夫韩广月也于 2015 年退休。儿子韩智宏“子承母业”，到供电局工作，也已成家立业。退休后的吕桂枝和老伴儿主要工作就是哄哄孙子、逛逛商店、追追电视剧，天气好的时候，两人结伴到文化公园慢走锻炼身体，生活踏实而悠闲，满足而自适。

结束采访的时候，吕桂枝招呼笔者参观她家客厅外的露台，这个露台有 20 多平方米。在露台的一角，有一个用塑料布整整齐齐地覆盖的长约 1 米、高约半米的东西，吕桂枝告诉笔者，这下面覆盖的是泥土。“再过一段时间，这些泥土都会被移到泡沫箱里，种植上各种蔬菜和花卉，到了七八月份，这个普通的露台就成了一个果蔬飘香、鲜花盛开的空中花园，到那个时候，欢迎你们再次到家来做客！”吕桂枝热情地邀请我们。春日的阳光照在露台上，也照在大家的身上，暖洋洋的。

刘润军，男，汉族，1969年11月生，本科学历。曾任太仆寺旗政府办公室副主任、外事办主任，宝昌镇人大主席，现任太仆寺旗政协资源环境和经济委员会主任。锡林郭勒盟政协第十二、十三届委员。

岁月情缘

马丽萍　口述　伊荣　整理

从小被父母娇养着长大的马丽萍，举手投足间透着优雅，说话也是慢声慢语。自60多年前她与一众伙伴被接到锡林郭勒盟草原那一刻起，他们命运的齿轮就已改变。如今60多年过去，已经步入晚年生活的马丽萍，回忆起自己的成长经历，她深情地说："这应该就是缘分吧，似乎幼儿时经历的那场离别，只是为了让我在这里有一个最好的遇见，纵然隔着千山万水，我们注定要在这里相逢。"

童　年

在马丽萍的成长经历中，有四位老人是她生命中最重要的人，他们给予了她无限的爱和温暖。这四位老人就是她的父亲母亲和公公婆婆。马丽萍的讲述就从这四位老人开始……

我父亲叫马有，母亲叫徐桂兰；我公公叫汪志深，婆婆叫郭玉文。父亲母亲和公公婆婆既是老乡也是最要好的朋友，1954年，父亲和公公响应国家号召，怀着满腔热忱，携家人从东北来到锡林浩特支援边疆筹建发电厂。我母亲和我婆婆都在皮革厂上班，我婆婆后来因为家里人口多，有公公、爷爷和一个小叔子，还有六个孩子需要照看，辞去了皮革厂的工作。印象中，婆婆是一个有文化、特别能干的人，有一段时间她帮人照看一个小铺，收钱算账既快又准，打起算盘手到擒来。

父亲和母亲一直没有生育。1961年2月的一天，他们听说政府号召条件好的家庭去领养从南方来的孩子，父母心动，决定去领养一个孩子。2月

8日那天，父母叫上我公公陪同一起去了保育院。后来据公公给我讲，我见到他们时很不高兴，嘴里说着“去”，意思是让他们赶紧走。我公公看了后就对我父母说，这小孩儿挺机灵，你看她会说话了，知道撵咱们呢，把她抱上吧。就在那一刻，我的命运紧紧地与他们连在了一起，而我这个来自南方的孩子也正式融入了草原。

那时候我刚会说话，说得不连贯，只会一个字一个字地说。

后来，我在锡林郭勒盟档案馆查到了我的领养资料，当年领养儿童申请表上我的出生日期填写的是1958年6月20日，被领养时已经3岁多。

我模糊记得，被抱回家那天，家里来了好多人，我在炕上扒着窗往外看，那些人说着什么“要看孩子”的话，我听到后很害怕，就把窗帘拉起来躲在了后面。

“丽萍”这个名字，是我婆婆给起的，到家后我妈就去了婆婆家让婆婆给我起名字，我婆婆说，就叫丽萍吧，寓意平平安安。

得了名字，妈妈欢欢喜喜地回到家，第一件事就是想给我把在保育院里穿的衣服换下来，却没想到，只要妈妈一动我的衣服，我就双臂紧紧护在胸前，说什么都不让妈妈给我换，就连睡觉时我都不让脱，妈妈看我哭得可怜就由着我穿着，这样隔了几天，身上的衣服必须要换了，可我还是不让换，妈妈就假装生气地说，你看看衣服都脏了，你要是还不让妈妈给你换，那妈妈就不要你了，把你送回去吧。也不知是不是我听懂了妈妈的话，妈妈给我换衣服的时候我就没有再哭闹。我对当时情景只有一点点模糊记忆，好像保育院里的衣服是一件粗布蓝底带小花的衣服。许多年后，我翻箱倒柜找过那件衣服，没找到，我想，可能妈妈害怕我知道身世，那件衣服很可能被妈妈扔了或者送人了。

糖果的颜色是五彩缤纷的，我的童年就像一颗颗糖果，甜腻而又美丽。

抱我回来不久，爸妈因工作忙就把我送去了单位的托儿所，早上送去晚上接回来。可能是因水土不服或者是我身体原本就有些虚弱，几天后我就生病了，爸妈急得直掉眼泪，把我送到医院后，大夫告诉他们：“这孩子身体很虚弱，需要补充营养。”爸妈听了后就去买了一根人参，每天给我切片煮水喝，也不知道是人参管用了，还是爸妈照料得仔细，从那开始我身体一天天好了起来。可就在爸妈松了口气的时候，不知什么原因，我突然每天早上起床后就流鼻血，连续好几天，这一下又吓坏了他们俩，把我抱到医院跟大夫说明情况，大夫告诉他们："这丫头是补过头了，人参水不能再喝了。"这时爸妈才恍然大悟。

大约5岁时，我又生了一次病，肚子里有蛔虫，大便不通只能做手术。妈妈告诉我，做手术时医生在我肚子里取出来很多蛔虫，很吓人。也因为那次生病，爸爸着急上火牙疼了好几天，大夫说爸爸那是火牙，只要着急就会疼，从那以后爸爸经常牙疼，最后不得不拔掉。或许是爸妈的爱感动了上天，从那之后我就很少生病。

记忆中，家里的生活条件一直很优越，父母把我养得白白胖胖的，认识我的人都说："这丫头掉到了福窝儿里。"

记忆中，我的衣服几乎都是妈妈托人从外地买回来的，不仅面料好，样式也新颖，那时因我大爷在锦州皮鞋厂工作，我几乎都没穿过布鞋，每两年他就会给我做一双皮鞋。我有好几张小时候穿着缎子面棉袄和皮鞋、头上小辫儿系着红绸子的照片。别说小孩儿，那时就是大人看了我的穿着都羡慕极了。在北京还有一位叔叔，他也经常给我寄衣服过来。记忆最深的是叔叔寄来的两件的确良面料半袖，一件是淡粉色的，一件是苹果绿色的，我特别喜欢那两件衣服，一直穿了好久。

虽然那时候大多数人家生活都很困难，可对于孩子们来说，却是到处都能抠出快乐来。跳皮筋、打口袋、玩方格、玩冰车……有时候我还偷偷用馒头跟小朋友们换玉米面饼吃，差不多每天家属院里都回荡着我们这些孩子的欢声笑语，现在回想起来，还挺怀念的。

有一次，有个孩子说我是捡来的，我回家就跟我妈说了，我妈一听就领着我去找那孩子，见到那孩子，我妈二话没说就把人家给训了一顿，当时我特别开心。我心想，这件事让妈妈这么生气，看来一定是那个孩子瞎说，我就是妈妈生的。我想完心里甜滋滋美得不行。

8岁，我上一年级，因为妈妈上班很忙，早上没时间给我梳头发，就给我把长发剪了，为此我哭了很久。爸爸则变着法儿哄我开心，领着我去逛街买好吃的，给我讲道理，让我知道妈妈每天很辛苦。入学第二学期我就光荣地加入了少先队，爸爸非常开心，领着我专门去了照相馆，我们一起拍了张合影。那张合影我一直珍藏着，我戴着红领巾笑得很开心，爸爸也是眉

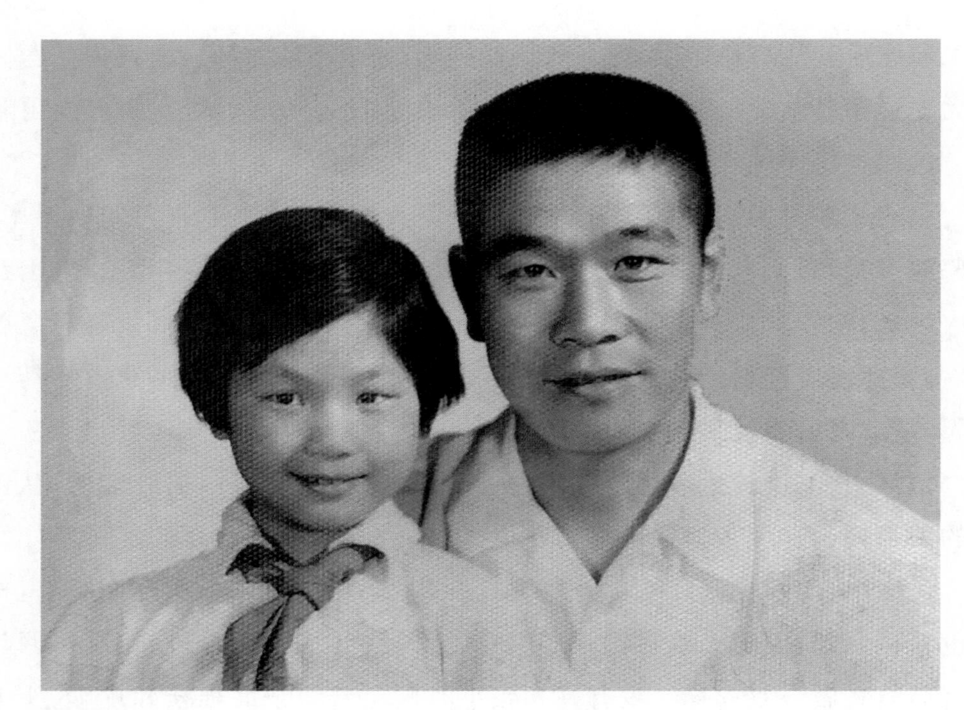

马丽萍与养父

眼弯弯的样子，看到照片的人都说我们爷俩很像，可他们不知道的是我跟妈妈也很相像。我想，这就是上天注定的缘分吧！

长 大

幸福的日子总是过得飞快，转眼到了 1976 年，这一年我高中毕业，当时国家号召知青上山下乡运动还在继续。为了不让我下乡，爸爸领着我找了他们单位领导，爸爸说，我就一个孩子，您想想办法给安排个工作，我实在不舍得让她下乡，从小到大孩子也没离开过我。他们领导说："这事不是一个人能说了算的，这样吧，过几天我们开个会，到时候再通知你。"几天后，单位领导告诉我爸，今年安排工作的指标已经没有了，等明年给留个指标。就这样我在家待业一年。

第二年爸爸单位给了指标，我被安排到发电厂上班，刚上班时需要选工种，其实我挺喜欢机械，就想去车床组，但我爸不同意，他说，车床组不适合女孩子，又累又脏，还是学电吧。就这样我选择了学电。我爸说的这个电是二次电，就是校验仪表，这个学起来其实可难了，但我还是坚持学了下来，为此爸爸还夸了我，让我高兴了很多天。

那时我爸是发电厂的技术骨干，他是一个典型的事业型男人，干起工作来极其认真，担任过运行车间班长、值长、主任，后来又去了生产科，担任生产科科长。记忆最深的是“文化大革命”那几年，那时候很多人都不去上班，只有爸爸一个人坚持守在厂子里，午饭都是我给他送到厂子里的。

我爸学的专业是汽轮机，可他特别喜欢电，闲暇时他常常把自己关在家里鼓捣电器，我家的半导体、收音机都是他自己组装的，为此，我特别崇拜他。

无论是在生活还是工作中，爸爸都是我学习的榜样，他曾经语重心长地对我说：“从我和汪志深踏上这片土地起，我们就没有想过要离开，建设边疆是我们这一代人的责任和使命，如今我们的下一代，你们也像草原上的雏鹰一样长大了，我们有了接班人，这值得欣慰，我希望无论在什么工作岗位，你们都要一步一个脚印去走，要尽自己的全力去做事，那样才无愧于国家的培养。”直到现在，爸爸的话依旧回想在我的耳边。

俗话说，男大当婚，女大当嫁。自从我工作了以后，妈妈就开始为我的婚事操心，也不知道他们是怎么商量的，有一天妈妈突然问我：“你看你汪大爷家二小子汪有权咋样，那孩子是我看着长大的，脾气秉性都没的说，要不然你俩处一处！”妈妈的话吓了我一跳，我赶紧对她说：“不行，不行，那是我二哥，我们俩怎么能成婚呢？”妈妈笑着说：“我跟他妈早就给你们定了娃娃亲，就这么定了，听我的没错。”

妈妈那边一锤定音，我这边可就开始纠结了。我们俩太熟悉了，小时候我几乎长在他们家，他家有六个孩子，老大是哥哥，他在家排行老二，比我大四岁，他下面有四个妹妹，从小我就随着四个妹妹也叫他二哥。我们两家住得很近，前后排，小时候爸妈工作忙，有时候我放学了他们还没下班，我一个人在家他们又不放心，我就每天放学先去他家，跟他妹妹们一起写作业、一起跳皮筋、一起藏猫猫，节假日有时还住在他家。对我来说，我一直把他家当成自己家一样，他父母亲对我也特别好，有了好吃的也先给我吃，拿我当亲闺女一样对待。

就这样我纠结了有一年多，一看到汪有权来我家，我就躲起来，后来还是妈妈给我做了思想工作，我才想通。1981 年我们结婚了，那年我 25 岁，他 29 岁，当时时兴旅行结婚，我们也赶了一把时髦。

婚后，我们生活得一直很幸福，丈夫有爱心、顾家、责任心强，还特别有才华，在工作方面也尽职尽责，很努力。很久以后，妈妈才告诉我，小时候并没给我们定娃娃亲。我现在特别庆幸当年听了妈妈的话，嫁给了“二哥”，特别感恩妈妈，她不仅给了我一个幸福的家，也给了我一世的安稳和爱。如果有来生，我希望能做一回妈妈的亲生女儿，如果有来生，我希望还能生在中国，能与所有爱我的人共度一生。

我妈是一位典型的东北人，心直口快、勤劳善良，因身体不好，她 48 岁时就提前退休了。婚后，我和丈夫虽然也有自己的房子，但我们很少回去，大多数都在爸妈家。都说一个女婿半个儿，一点都不差，爸妈也很疼爱他。每天我们下班回家就能吃上妈妈做的热乎饭，那时感觉无比幸福。而我丈夫也真心把他们当成自己的父母来对待，嘘寒问暖，大事小情他都面面俱到。直到现在我和他还经常回忆起那段一家人在一起的温馨时光。

真正知道自己身世是在结婚以后，有一次去朋友家我遇到了一个人，那人我也不认识，但他看到我就说，你是抱养的，你应该是从上海来的。当时我听了有点蒙圈，回到家后就去问婆婆，婆婆就把身世告诉了我，还给我讲了很多当年的事情。这也证实了我心中的猜测，因为以前也隐隐约约听到过一些风言风语，再加上自己小时候那模糊的记忆，就想通了。对此事，我并没有太多的纠结，我没有再去问爸妈，我把这事深埋在心底，我怀着无比感恩的心，一如既往地孝顺他们。

婚后一年，我儿子出生，公公婆婆特别开明，他们让我儿子随我姓马，这个决定更进一步拉近了我们两家人的关系，我爸妈高兴得合不拢嘴。当时我也特别感动，试想，公公婆婆这一做法别人有几人能够做到？人心都是肉长的，爸妈又何尝不明白我公公婆婆的心意呢。

人有悲欢离合，月有阴晴圆缺。我怎么都没想到，父亲会早早就离开我们。那是 1991 年，父亲 61 岁，退休刚满一年。记得那天是星期五，晚上我和丈夫回家吃晚饭，到家后见我爸气色不太好，我就问怎么了，妈妈说，你爸这几天有点不舒服。我说，那咋不去看看呢，单位也有医务室。我爸说，没事，吃点药就好了。我说，那明天我们领你去医院，可不能这么拖着。说着话我们就开始吃饭了，我爸还喝了一瓶啤酒。吃完饭我帮着妈妈收拾完，本来想再待一会儿，可妈妈说外面要下雨了，就撵着我们赶紧回家，走之前我们又叮嘱了一下我爸，明天领他去医院。

马丽萍的全家福

我们走后，我爸就躺在炕上休息了，那天风有点大，我妈家那个门怎么也插不上，我妈就用铁锨把门顶上了，我爸那人心细，听我妈说用铁锨把门顶上了，他不放心就起来又去查看，又在那儿鼓捣了半天，最后重新用铁锨把门顶上。可能是用力过大，这个时候我爸就跟我妈说，我难受得不行，你快给我拿药来。说着他就去炕上躺着了，我妈赶紧去给他拿药，又倒了一杯水，拿到我爸跟前让他吃药，这个时候我爸其实已经昏迷了，我妈喂他喝水都没喝进去，我妈吓坏了。那时候我儿子一直跟着我爸妈住，我妈跑出去喊了邻居来帮忙看孩子，又转身去了我婆婆家喊人，等到我们得了信儿回到家找来大夫，大夫检查完就说，这人不行了，瞳孔已经扩散，准备后事吧。那会儿也没有120急救车，我丈夫又跑去单位开车，又去我们单位医务室拿了担架，把我爸送到了医院，一做心电图，仪器上显示的就是一条直线，心脏已经停止了跳动。爸爸的突然离世，让我有些承受不住，我当时觉得父爱的天空突然就塌陷了，我面前一片灰暗。多亏了我丈夫和公公婆婆一大家子忙前忙后，我和妈妈才度过那段悲伤时光。

父亲离世后，我们便搬去与母亲生活在一起。

时间依旧以不慌不忙的姿态运转着。

这期间，因工作需要，单位给我调换了几次工种：1992年，我从电气检修班核算员调到办公室当了一名统计员；1994年，单位成立了燃料公司，属于单位的二级单位，我被调入公司当统计员直到退休。受父亲影响，在工作方面我一直秉持着认真负责的态度，无论是当检修员还是当统计员，我都能很好地完成本职工作。就如爸爸曾经对我说的那句话一样，我虽没有做出什么突出的贡献，但也一直勤勤恳恳，没有辜负爸爸的心意。

在接下来的几十年里，人到中年的我们才真正体会到人生的悲欢离合。2008年，我公公去世，还没等我们从悲伤中走出来，2011年，我妈妈也永远离开了我们，当我刚刚走出失去母亲的痛苦时，2018年，我亲爱的婆婆又离我们而去。关于我的身世，父母亲直到去世也没有告诉我。

四位老人就这样陆续地离开了，习惯了被父母疼爱的我们，又成了没妈的孩子。想念他们的时候，我和丈夫常常会唱起那首歌：

是不是我们都不长大，
你们就不会变老，
是不是我们再撒撒娇，
你们还能把我举高高，
是不是这辈子不放手，
下辈子我们还能遇到……

往往一首歌没唱完，我们已是泪流满面。

让我们引以为傲的是我们的儿子，十多年前，他不仅建立了一个幸福美满的家庭，还为我们增添了一个活泼可爱的小孙子。他在工作岗位中一直勤勤恳恳，不断进取，在32岁那年被提拔到副处级领导岗位上。如今我和丈夫都已经退休，我们也扮演起当年父母们的角色，每天做好饭等着儿子一家回来吃饭。而我这个当年从南方来的“国家的孩子”已经彻底与草原融合在一起，我们的下一代正在为草原的繁荣富强努力奋斗着。

马丽萍给养母过生日

寻　亲

对于亲生父母我一直心怀感恩，毕竟是他们给了我生命，年轻时我从没有想过要去寻找他们，只想守着爸妈过好每一天。

后来，随着年龄增长，我心里就生出一种想知道自己来自哪里的想法，年龄越大，这种想法越强烈。我想，哪怕不相认，只要让我知道我来自哪里也好。

自 2006 年我们这些锡林郭勒盟地区“国家的孩子”通过“寻找昔日小伙伴”这一活动聚在一起后，我在锡林郭勒盟就又有了很多的兄弟姐妹。在嘎鲁姐等人的组织下，2020 年之前，几乎每年都会有一次去南方寻亲的活动，我一共跟着去了三次，但都没寻亲成功。

2014 年，安徽省电视台记者来锡林郭勒盟采访“国家的孩子”，他们把录制的节目在当地电视台进行了滚动播出。当时，安徽省合肥市一位叫李永孝的人看到节目后与我取得了联系，他说，我很像他失散的妹妹，他在家中排行老二，大哥和父亲已经过世，母亲还健在，家中共有六个孩子，送走的妹妹排行老三，后来又有了两个妹妹和一个小弟，小弟是 1979 年出生的。

李永孝告诉我，那是 1959 年，他父亲在外地工作，母亲一个人在家带着三个孩子，因家中生活实在困难，他母亲怕养不活这么多孩子，就把最小的妹妹丢到合肥平坦王附近了，父亲回来后与母亲一起去寻找过几次，后来听说，妹妹被送到合肥福利院又辗转去了上海福利院，再查就没有音讯了，不得不放弃寻找。

李永孝的父亲对此事一直耿耿于怀，生前多次跟他们讲对不起丢掉的妹妹，希望将来有朝一日李永孝他们能够找到她。自李永孝父亲和大哥去世后，他就成了家中的老大，这些年来，李永孝一直奔波在寻找妹妹的路上。

听了李永孝的话，不知为什么我很心酸，从那以后我就称他为二哥，那时我就想，不管我是不是他丢失的妹妹，我为有这样一个哥哥感到开心。

第二年我们去江苏寻亲时，李永孝二哥知道我也去了，还专门去寻亲现场找了我，并在现场结识了另一位与他长相相似的祁金花，祁金花也是锡林浩特的“国家的孩子”。那天，我和祁金花与二哥在寻亲现场都采集了血样，但遗憾的是，后来接到通知，我们的 DNA 都没有比对成功。

尽管如此，第二年，二哥还是邀请我们去了他合肥的家。我们一共去了两次，一次是我和祁金花单独去的，一次是我们携家人一起去的，在那里我们得到了二哥四兄妹和老母亲的热情款待，那种一大家子坐在一起其乐融融的情景，深深铭刻在我们每一个人心中。二哥说，这些年来，只要一听说哪里有寻亲活动，或者是有与他长得相像的人，他就跑过去寻找，一次次满怀希望地去，一次次又失望而回，他已经快 70 岁了，体力也有些跟不上，他累了，不想再找下去了，以后就把我和祁金花当成妹妹。听了二哥的话，看着二哥鬓角的白发，我和祁金花心疼得想哭，那一刻，我心底特别希望是 DNA 比对结果出错了，我或者是祁金花就是他的妹妹。从那以后，我们几家的关系更近了，二哥是一个很重感情的人，他每周都要跟我们通两三次电话。

二哥最小的弟弟，只比我儿子大了两岁，目前在合肥有一家自己的公司。前年他出差去呼和浩特市，我们知道后邀请他来到锡林浩特市，他在这里玩了两天，我们带他领略了草原风光，带他吃遍了草原美食，小弟对手把肉和奶食特别喜欢，尤其喜欢吃带着肥肉的手把肉，边吃还边夸："没想到草原不仅风景美，空气清新，美食也充满了诱惑，我回去要把这里推荐给生意上的伙伴们，让他们也来领略一下锡林郭勒草原的魅力。"

后来，我们还邀请了二哥一家来锡林浩特市，带着他们玩了三天，领着他们在草原骑马、参观蒙古包、吃手把肉、喝奶酒奶茶……他们与小弟一样，对草原上的美食赞不绝口。这两年，因为疫情影响我们虽然没有再聚，但却从没断过联系，我们一直如亲人一样相互温暖着彼此，冥冥中似乎有一条看不见摸不着却充满了爱的纽带，将南方和北方的我们紧紧连在一起。

2021 年，国家公安部开展圆梦计划行动，为我们这些"国家的孩子"免费采集血样做 DNA 鉴定，我采集完血样后，专门给二哥和小弟发了信息，我让他们也去当地公安局再去采集一下血样，我们期盼着一场人间团圆早日到来。

作者简介

伊荣，女，汉族，1972年2月生，本科学历。2004年至2022年在锡林郭勒日报社工作，先后担任《锡林郭勒晚报》《锡林郭勒日报》记者、编辑，2007年开始跟踪采访锡林郭勒盟地区"国家的孩子"在草原成长的故事，部分稿件曾获得全国地市报一、二等奖，内蒙古新闻奖和锡林郭勒盟新闻奖。

奏响民族团结之歌

布勒呼木德勒　口述　阿斯　整理

布勒呼木德勒出生于安徽省，由苏尼特右旗阿其图乌拉苏木扎米雅苏荣、达日玛夫妇收养，第二故乡的阿爸和额吉用奉献担当、慈祥大爱悉心养育了她，帮助她成家立业，过上了美好生活。

额吉的女儿

从1958年的秋天开始，三千名孤儿陆续被移送到了内蒙古，随后其中的三百名孤儿被分到了苏尼特右旗温都尔庙保育院。等到这些孩子们逐渐适应了内蒙古的气候，习惯了饮食、水土，就开始离开保育院，由他们的养父母领养。

“国家的孩子”是三千名孤儿在内蒙古的特殊称呼。当时，草原上的牧民们听到消息后，纷纷骑着马，赶着勒勒车，来到温都尔庙保育院，申请领养孤儿。

因为体弱需要再疗养一段时间而被留下的五名孩子中，一个八个月大的婴儿被阿其图乌拉苏木一名善良的牧民党员达日玛收养，并给孩子起名布勒呼木德勒（汉语意为“团结”），寓意各族人民大团结。达日玛额吉用实际行动践行了中华民族守望相助的责任与担当。

小时候，身体瘦弱的布勒呼木德勒由于营养不良，直到两三岁也不会走路，急得扎米雅苏荣夫妇到处求医问药，辗转于各地。当时，医疗条件有限，交通又不方便，扎米雅苏荣夫妇为了给养女治病，不知花费了多少时间、金钱和精力。功夫不负有心人，他们终于在锡林浩特市找到了一个大

心灵手巧的布勒呼木德勒

夫，在大夫的悉心调治和扎米雅苏荣夫妇二人日复一日的精心照料下，年幼的布勒呼木德勒终于开始学会走路了。看着不再用大人抱着扶着的布勒呼木德勒，扎米雅苏荣和达日玛喜极而泣。为了不让小布勒呼木德勒感到孤独，扎米雅苏荣夫妇二人又收养了 2 个孩子，他们是达日玛弟弟家的孩子。

阿爸扎米雅苏荣在经营管理站上班，因为工作需要经常下乡。额吉达日玛是大队妇联主任，不仅要照看好自己的羊群，还要操心大队的事情，特别忙。额吉无论走到哪儿都领着年幼的布勒呼木德勒。在布勒呼木德勒的印象中，额吉是一个特别能干的人，会缝制蒙古袍和蒙古靴，也擅长制作各类奶食品。小小的布勒呼木德勒总喜欢跟在母亲后面，母亲做什么她就学着做什么。额吉也会有意识地教她干一些力所能及的牧活，比如熬奶茶、煮肉、喂牛羊、缝制蒙古袍等。在额吉含辛茹苦的养育下，布勒呼木德勒健康地成长起来。

大概七八岁的时候，有一次邻居告诉布勒呼木德勒，她是被领养的安徽孤儿，那时候她还不相信，她说“因为阿爸额吉对我太好了”。回家后，她追到额吉身后问，额吉当时说“不是真的”。“我猜测额吉是担心我当时年纪太小，承受不了。”后来，直到布勒呼木德勒18岁时，额吉才告诉了她的真实身世。

那个年代，家里的牲畜都属于大集体的财产。1967年，由于自然灾害，他们一家人跟随公社迁徙至东乌珠穆沁旗，在东乌珠穆沁旗一待就是好几年。一年后，额吉主张让布勒呼木德勒回家上学。当时，由于家里劳动力欠缺，额吉自己还得继续放牧，所以让哈斯额尔德尼叔叔带着布勒呼木德勒先回到阿其图乌拉苏木上小学。布勒呼木德勒在阿其图乌拉公社学校上到三年级，当时公社学校只有蒙古语老师，经过三年学习，布勒呼木德勒学会了蒙古文，可以简单地读书读报，还能写字。上学这两年的分别，让布勒呼木德勒格外想念额吉，因为她一直都是和额吉在一起的，离开额吉的日子让她感觉到度日如年。终于，在两三年后，额吉回到了苏尼特草原。看到额吉回来，布勒呼木德勒非常高兴，终于又可以在额吉身边了。看到额吉一个人起早贪黑干牧活，家里需要帮手，布勒呼木德勒就跟额吉说，她不去学校了，在家里帮额吉一起放牧、打理家务吧。额吉看她态度坚决也就同意了。就这样，布勒呼木德勒开启了牧人生活。

布勒呼木德勒常说，我认为母爱是最伟大的爱，我的额吉给予了我博大的母爱。我在这种爱中成长，在草原上成长，也成为草原大家庭中的一员。

额吉教会了我善待一切

从小，额吉就教育布勒呼木德勒不要和别人起争执，干活要勤劳，要争做先进等等，因为达日玛自己就是这样的人，她也总是以身作则。她积极乐观、不畏艰难的品行，教会了布勒呼木德勒无论处于什么样的逆境当中，都要坚强地面对，不抱怨、不失落、不灰心，乐观地面对生活的挫折和苦难。

1981 年，布勒呼木德勒和同一个大队的蒙古族青年额尔登木图结婚，他在都呼木苏木供销社工作，两人先后生育了四个孩子。在爱的家庭里成长的她也以爱灌溉着自己的家，婚后几十年里，她和丈夫两个人互相支持、相互勉励、相濡以沫。丈夫是家里的独子，公婆一直都跟着他们一家一起生活。婆婆的关节疾病越来越严重、行动不方便，照顾婆婆的责任就落到布勒呼木德勒身上。喂老人吃饭、扶老人上厕所、为老人洗脸洗脚、给老人买药喂药成了布勒呼木德勒雷打不动的“必修课”。那么多个日日夜夜，布勒呼木德勒一直悉心侍奉公婆，用一颗善良的心和一双勤劳的手坚守着自己的责任和义务，用爱心和孝心诠释着孝亲敬老的传统美德。她的所作所为被邻居们瞧在眼里、记在心里，大家都竖起大拇指夸她是孝顺的儿媳妇。

额尔登木图、布勒呼木德勒夫妻俩没有怎么吵过架，凡事都是布勒呼木德勒拿主意，丈夫则全力支持她的决定，他们是邻居眼中的模范夫妻。良好的家风是温情的土壤，他们孝敬双方父母，尊敬家里的长辈，对孩子的教育也做到了宽严相济。在他们的培养下，孩子们个个正直善良孝顺，对他们嘘寒问暖、关怀备至。他们也打心底里爱护自己的孩子，不仅无条件支持年轻人的生活和工作，帮带小孩、接送孙子上下学，尽量解除孩子们的后顾之忧。在对子女的教育和培养中，身为父母的他们做到了以身作则、言传身教，使孩子们从小就具备良好的道德品行。布勒呼木德勒两口子不但经营好了自己的小家庭，跟嘎查邻里也都和睦相处，乡亲邻里们需要帮助，他们会毫不吝啬地伸出援助之手，牧忙季节，经常帮助嘎查邻里剪羊毛、做牧活，还会帮助寻找丢失的牛羊等。一家人走到哪儿就把和谐、幸福带到哪儿。

回报额吉的养育之恩

天有不测风云，达日玛额吉在 76 岁那年因病瘫痪在床。听到这个消息，布勒呼木德勒和丈夫额尔登木图两个人开着一辆柴油三轮车，从都呼木苏木出发，赶了 200 多公里路，经过了一天的路程，把阿爸和额吉接回了自己家，与家人一同伺候额吉整整 24 年，直到达日玛额吉 101 岁高龄。布勒呼木德勒认为孝敬父母从来没有任何条件限制，和富有或贫穷、有文化

布勒呼木德勒养母大寿时合影

或没文化一点关系都没有，只要有心，便可随时随地。布勒呼木德勒用一颗恭敬亲爱之心，二十年如一日地默默陪伴与关怀达日玛额吉，用实际行动回报了养育之恩。

随着阿爸和公婆相继去世，四个孩子也都成家立业。2016 年，布勒呼木德勒和额尔登木图把都呼木嘎查的草场留给了儿子，在党和政府的关怀下，在赛汉塔拉镇住上了楼房。额吉一直跟着他们，布勒呼木德勒每天帮额吉梳头洗脸，一天三顿饭都细致地拿汤勺一勺一勺喂到嘴里。由于额吉年事已高，给她喂饭不是个轻省的事，喂喂停停、停停喂喂，喂一回饭大概得 40 分钟。夏天还好说，冬天一顿饭中间还得热两回。就这样，从帮额吉梳头、洗脸、喂饭、喝汤到煎药服药、更衣擦身、接便清洗，她什么都做，细心体贴地照顾额吉已经成了她的日常习惯。额吉一辈子都在牧区，没有见过什么世面。布勒呼木德勒一直以来的心愿就是想给额吉庆祝一下 95 岁大寿，举办一场热闹的寿宴。与家人商量好之后，她订了一个大点儿的饭店，把额吉的亲戚和自己的亲朋好友都叫上，还给额吉缝制了漂亮的蒙古袍。寿宴当天，额吉穿上了女儿缝制的蒙古袍，都呼木、阿其图乌拉来了很多亲戚朋友参加了寿宴。四世同堂，额吉和他们一家子照了全家福。那天，额吉笑得格外开心，布勒呼木德勒说已经好久没有看到老人发自内心的笑容了。在耄耋、期颐之年，远近的亲朋好友们给达日玛额吉送上问候、送上祝福，他们认为老人能活到这么大年纪，不仅是一件稀罕事，也是一件大喜事。这次过寿，让年近百岁的达日玛老人更加体会到温情和感动，人们说这是布勒呼木德勒和丈夫送给母亲的生日厚礼。

布勒呼木德勒与达日玛额吉的故事影响着身边的人，她的家庭也先后获得了旗、盟、自治区级的“最美家庭”“五好家庭”等荣誉。

出生于困难的年代，是三千孤儿的不幸；成长在草原母亲的爱里，是他们共同的幸运。说起来到苏尼特草原的漫长经历，布勒呼木德勒感慨不已，心底总是泛起对草原深厚的感情，总是感恩党和政府的关怀。她说：“我来到草原获得了第二次生命，我沐浴着党的阳光雨露不断成长，阿爸和额吉给了我关爱。现在，我有了子孙后代，过上了幸福生活。这些美好生

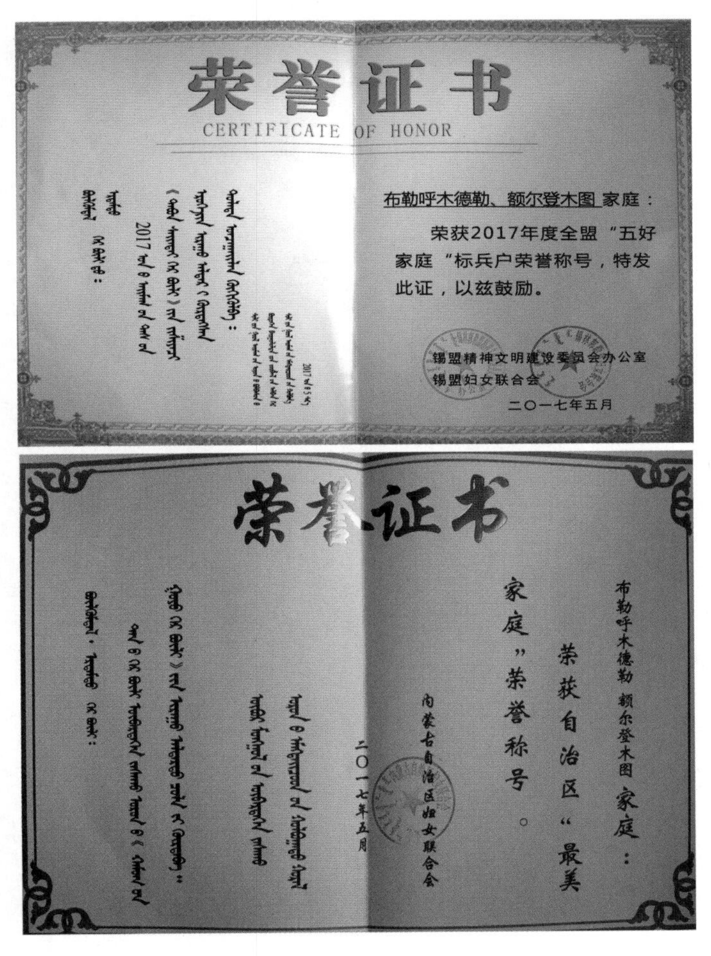

荣誉证书

CERTIFICATE OF HONOR

布勒呼木德勒、额尔登木图 家庭：

荣获2017年度全盟“五好家庭”标兵户荣誉称号，特发此证，以兹鼓励。

锡盟精神文明建设委员会办公室

锡盟妇女联合会

二〇一七年五月

荣誉证书

布勒呼木德勒 额尔登木图 家庭：

荣获自治区“最美家庭”荣誉称号。

内蒙古自治区妇女联合会

二〇一七年五月

布勒呼木德勒获得的荣誉证书

活离不开党的恩情，离不开中华民族团结的大爱，离不开祖国北方的这片热土和勤劳善良淳朴的人民！我们要将这份爱世代传承，将民族团结进步的故事续写下去！”

作者简介

阿斯，女，蒙古族，1981年5月生，群众，本科学历，现任苏尼特右旗旗委宣传部办公室秘书。

爱在芳华中延续

孔繁琴　口述　李国伟　整理

孔繁琴现在已经退休在家，她喜欢养花弄草。她的家窗明几净，温暖温馨，阳台上错落有致地种满了各种各样的花花草草。每到春暖花开的时节，各种花卉争奇斗艳，葱茏翠滴，整个室内充满了阳光，弥漫着芳香。美丽的家是她宁静的港湾，是她思绪放飞的地方，是她和家人追梦的地方，是

孔繁琴与丈夫

她延续草原的爱的地方……

孔繁琴1960年6月3日出生。作为"上海孤儿"被接到内蒙古锡林郭勒盟西乌珠穆沁旗后，由孔庆才、朱桂荣夫妇领养。孔繁琴的养父是中华人民共和国成立前参加工作的老工人，在部队转业后，先后被分配到西乌珠穆沁旗电影公司等单位工作，1987在西乌珠穆沁旗新华书店离休。养母朱桂荣是一位心地善良的人，她虽然没有工作，却把家里打扫得干净利落、井井有条，有的时候还务工挣钱补贴家用。孔繁琴的养父于2021年离世，时年90岁，养母还健在，也已经是90岁高龄的老人。在悠悠岁月里，养父母共同陪伴她在乌珠穆沁草原生活了59载。在她出嫁前，与养父母、哥嫂、侄儿、侄女们生活在一个其乐融融的大家庭里。在这个幸福的大家庭里，孔繁琴感受到了恩重如山的父母之爱，感受到了人世间最温暖的亲情。

1976年，孔繁琴初中毕业后，被安排到西乌珠穆沁旗农管局水泥厂工作。1984年，她被调到西乌珠穆沁旗农管局办事处工作。1985年，被调到西乌珠穆沁旗经贸委供销公司工作。1995年至2010年又被调到西乌珠穆沁旗发电厂工作。在工作期间，孔繁琴曾获得过西乌珠穆沁旗经贸系统、农电系统先进工作者的称号。

孔繁琴在结婚两周年的时候，才得知自己的身世。在这之前，她的养父母从来没有透露过一点有关她身世的消息。养父母对孔繁琴视如亲生女儿，甚至比亲生的还要亲，把她当作掌上明珠。后来，养父母对她讲，当年领养"上海孤儿"的时候，政府对领养的人家进行筛选，选择有责任心的人家领养孩子。养父母在保育院见到一个个体弱瘦小的孩子时，他们的脖子上都挂着一个写着名字的小牌子。孔繁琴当时的名字叫乌兰，这个名字应该是到内蒙古以后临时起的。养父母走在孩子们中间，一看到孔繁琴时就感到挺可爱的，便毫不犹豫地收养了她。孔繁琴的生日也是由养父母根据领养日期和大约的年龄定下来的。

时光荏苒，岁月如梭。孔繁琴始终认为虽然养父母没有生育她，但是他们养育的恩情却比亲生父母还要深，还要重，是养父母给了她第二次生命。孔繁琴从小身体就不好，是在养父母精心照顾下才健康长大的。养父母教她做人，供她读书，让她度过了最温暖和快乐的童年，从未让她觉得自己是一个孤儿。

孔繁琴在20岁那年结婚，她与丈夫共同建立了一个幸福、温馨的家庭。丈夫李忠文曾是西乌珠穆沁旗疾控中心的一名司机，现在已退休；女儿李春彦在西乌珠穆沁旗供电分局工作。在孔繁琴的婚姻生活里，现在与老伴相濡以沫40多年了。孔繁琴在2004年得了一场大病，生命危急，在养父母的关爱下，在丈夫的鼓励陪伴护理下，孔繁琴鼓起生活的勇气，以顽强的毅力战胜了病魔，与死神擦肩而过，又回到了养父母和丈夫、女儿的身边，回到了幸福的人间。在孔繁琴病重期间，无论是她所在的单位、亲戚、邻里还是其他"国家的孩子"，都在关注她、关心她，给予她最大的帮助。经历这次生死考验，草原上各族兄弟姐妹的爱让她更加珍爱生命、热爱生活，她与养父母、爱人、家人、邻里之间相处得更加和睦。战胜病魔后，孔繁琴加深了对接纳她的内蒙古大草原的爱，更进一步切身感受到共产党的恩情似海。

孔繁琴有一个心愿，那就是有机会一定要到首府呼和浩特参观一下乌兰夫纪念馆。孔繁琴儿时的记忆是模糊的，长大以后她知道了"国家的孩子"从上海来到内蒙古大草原的那段超越地域、血缘、民族的无比震撼人心的历史：1959年，中华人民共和国遭遇历史上最困难时期，上海的福利院收留了比正常年份多几倍的弃婴，被收养的几千名孩子随时面临死亡的威胁。在周恩来总理、康克清大姐的关切下，从内蒙古紧急调拨了一批批奶粉，可这只是杯水车薪。时任内蒙古自治区政府主席的乌兰夫提议，把这些孤儿接到内蒙古草原，分散到草原人家寄养。草原上的父母亲用他们博大的胸怀和温暖的爱含辛茹苦地将孔繁琴这些孩子养大，像对待亲生儿女一样精心照料他们。从此，他们这些"国家的孩子"在草原上开始了崭新的生活。他们从心底感谢党和政府，感谢内蒙古大草原，感谢养父母！

养父母以无私的爱养育她、培养她、教育她，让她在幸福的环境里上学读书、工作和生活。他们的高尚品格赋予了孔繁琴积极乐观的心态和坚强执着的性格，让她在生活中能够勇敢地面对坎坷和挫折，让她能以惊人的力量战胜了困难和病魔。养父母把最温暖最珍贵的爱全部给了她，他们的爱像草原一样宽阔，像蓝天一样宽广。养父母的养育之恩让孔繁琴永生不能忘记。草原的博爱、党和国家的恩情，她和她的家人会代代铭记并传承下去。当湖北武汉发生肺炎疫情的时候，孔繁琴和其他"国家的孩子"情系

年轻时的孔繁琴

武汉，他们倡议捐款，用自己小小的善举，驰援武汉，抗击疫情。当上海发生新冠疫情时，孔繁琴又联系“国家的孩子”，踊跃捐款，为家乡上海抗击疫情奉献爱心。孔繁琴和她的家人以最积极的生活态度和最脚踏实地的劳动，感恩着草原，回馈着草原，回馈着社会。

爱是永恒的，爱也将永远地传递下去。孔繁琴有两个女儿。女儿们在父母的言传身教下，在和睦、温馨的家庭环境氛围熏陶下，受到了爱的启迪，得到了爱的芬芳。

“国家的孩子”感人至深的事迹感染着小女儿李春彦，妈妈的幸福也让她无比自豪，她决定将这份爱传递下去。

2006年，李春彦加入中国共产党。十几年来，她一直以党员的标准严格要求自己。她工作勤勉、踏实肯干，生活亦充满阳光、积极向上。2010年，李春彦入职于锡林郭勒电业局西乌珠穆沁旗供电分局，她多次参加公司举办的征文、演讲、解说等活动，她写的《把青春播洒蒙电》《喂，安全，你好吗？》《我可爱的叛逆期》《给祖国一点时间》《做一个正知、正念、正能量的人》等文章发表于公司刊物及《内蒙古电力报》上。她的文章多以百姓的视角讲述真实的故事，给读者带去信心和力量，她以文字方式传递着正能量，深受广大青年的喜爱。李春彦热爱公益，作为一名公益工作者，她曾多次组织、参与社会性公益救助活动。2010年，她加入“大西乌爱心公益协会”，积极投身于爱心公益事业，曾组织为重症患者进行捐助活动，为四川山区的小朋友捐助衣物、文具，为身患尿毒症的患者进行捐助等。在进行捐助的同时，她还为求助者代写求助募捐倡议，倡导带动更多的人加入公益活动中。她的这一行动深深感动着患者的家人和她身边的同事朋友们。

作为“国家的孩子”，孔繁琴的一生是平凡的，在平凡的生活中她知恩、感恩，将草原的爱传递给了自己的女儿。她的女儿没有辜负父母亲的谆谆教诲和殷切希望，接续了父母亲对草原的爱。孔繁琴及她的后代将中华民族共同体意识铸牢在心底，用自己的亲身经历讲述着民族团结、守望相助的故事，用自己辛勤的汗水浇灌着草原上盛开的民族团结之花。

作者简介

李国伟，男，满族，1981年3月生，中共党员，高中学历。锡林郭勒盟政协第十四届委员，锡林郭勒盟工商联第六届常务委员，西乌珠穆沁旗政协第十二、十三届委员，西乌珠穆沁旗工商联（总商会）第六届副主席、副会长，西乌珠穆沁旗铸牢中华民族共同体意识促进会会长，西乌珠穆沁旗诚诺电子商务有限公司总经理。

草原最美的花

张华　口述　伊荣　整理

张华，也叫侯喜花，两个名字，两段不同的人生经历。她说，她就是草原上最美的花儿，尽管有时会遇到风吹雨打，但风雨过后，她依然嫣然绽放。

在河北老家那十年

我第一个父亲叫侯印，母亲叫王淑英，老家在河北省阳原县揣骨町村。很早的时候他们与我小姨王玉莲一家就搬迁到锡林浩特市了，当时我父母在锡林浩特市蔬菜农场干活，因他们一直没有生育，所以很想抱养一个男孩儿。

1960 年，他们得知锡林郭勒盟医院有“国家的孩子”可以领养这个消息后，7 月 29 日那天，我父亲和母亲在我小姨的陪同下一起去了锡林郭勒盟医院。那天他们原本想抱个男孩儿回去，却没想到，父亲和母亲看到我后就喜欢得放不下了。

当时的我大约有 10 个月大，刚刚会爬。后来小姨告诉我，也许是缘分，那天正在医院小床上哭闹的我，看到走过来的父亲母亲时，突然就停止了哭闹，脸上还挂着泪珠就冲着他们夫妇笑了起来，呼扇着两只小手求抱抱，我母亲上前一下就把我抱了起来，说什么也不肯放下，就这样我被他们抱回了家。

小姨说，被抱回家的我成了父母手心里的宝。一回到家父亲就给我起了个名字叫侯志兵，母亲一听就生气了：“俺好好的一个漂亮闺女，干啥要叫个男娃子的名，叫侯喜花，俺闺女以后肯定像朵花一样漂亮。”父亲看母亲生气了，心虚得赶紧点头同意，于是我有了人生中的第一个名字。后来，我长大后常常跟母亲开玩笑说："你不应该给我起名叫侯喜花，应该叫侯喜桃，猴子可是喜欢吃桃子。"每每我这样说的时候，母亲总是笑得一脸开心。

那时候锡林浩特市人口少，谁家有点啥事用不了多长时间就会传开，没几天，侯印家抱养了一个小姑娘的事就在蔬菜农场传开了。有的人甚至跑家里来看我，这让原本高兴的父母很忧心，他们很害怕长大后我知道自己的身世离开他们，于是他们决定趁着我还不记事，在蔬菜农场再干两年活，攒点钱后就回老家，那样就不会有人知道我的身世了。

1963年，3岁的我随同父母返回河北省阳原县揣骨町村。那时，农村生活很苦，我母亲身体不好，经常生病，父亲靠给生产队做豆腐维持一家人生计，日子过得很清贫，但我却很幸福。父母真心疼爱我，有什么好吃的都给我留着，有时他们宁愿自己饿肚子，也要把吃的留给我。

我8岁那年入学，学习成绩很好，一直排在班里前两名，这让父母脸上有光，与村里人谈论时常常一脸的自豪。在我们老家管父亲叫爹，管母亲叫娘，每当说到学习时，父亲就会摸着我的头说："咱喜花喜欢念书，那爹再苦再累也要供你读出个样儿来。"

就在我懵懵懂懂中憧憬着未来美好生活时，12岁那年，一场不幸降临了。我父亲患了重病，家里失去了主要劳动力，日子一下就陷入了困境。父亲住院后，家里一分钱都没有了。为了给父亲治病，我与那些大人们一起下地干活，两只手都被镰刀把磨出了血泡。那时候，我们村里有一个收购站，专门收柳树叶子，有一段时间我每天都去扫树叶，然后背回家把树叶晒干后再拿去卖。有一次我卖了五毛钱，拿到钱后我特别开心，就给父亲买了一个饼子，父亲边吃边流着泪说："喜花，爹吃这个饼子心都在滴血，爹这身体恐怕是好不了了，爹对不起你，让你吃了这么多的苦……"看到父亲脸上滚落的泪滴，我的眼泪也止不住地流了下来，我哭着对父亲说："爹，你安心养病，我一定想办法治好你的病。"说这话的时候我心疼得要命，那一刻我心里充满了迷茫和无助。那时，农村家家生活都很贫困，我不知道应该去找谁帮我。我母亲当时身体也不好，为了不让母亲过于担心，我每天还要想着法儿去安慰她。

日子一天天过去，父亲的状况一天不如一天，我急得直哭，后来我跑去找公社书记，我哭着跟公社书记说："求求你救救我爹，家里没有钱给他看病了，能不能帮帮我们……"记得当时公社书记对我说："孩子，你先回家去吧。"他就说了这一句话，也没说管不管，可那时我小，也不敢再问，就怀着忐忑的心情回了家。两天后，我正在河边洗衣服，村里人来叫我说："喜花，公社书记来了，说找你有事，你赶紧去吧。"我边走边想，心里忐忑不安。见到公社书记后，没等我说话，他立即对我说："没想到你这女娃儿这么聪明，还从没有这么小的孩子去找过我们求助呢。我们开会决定对你家进行帮扶。"他说着递给了我三十块钱。当时我的眼泪就止不住地流了下来，我边对公社书记鞠躬说着谢谢，边想着父亲这下有救了。

我一路跌跌撞撞跑回家，把钱交给母亲。母亲用这笔钱给父亲交了住院费和治疗费，又给家里买了点粮食，我们一家算是暂时渡过了难关。然而父亲的病终究没有治好，不久后他就去世了，那一刻我心痛到无法呼吸，12 岁的我仿佛一夜之间就长大了。

一年后，小姨得知我们的情况后，给我们来信，让我和母亲回锡林浩特市。几经考虑后，母亲决定听从小姨的建议，带我回到锡林浩特市，就此开启我另一段人生经历。

回到久别的草原

当初离开锡林浩特市时，虽然我还不记事，可平日里父亲和母亲没少谈论在那里生活时的情景，从他们的语气中我能听出，他们很怀念那里。因此，当我跟母亲再次踏上这片土地，我就毫无理由地爱上了这里的一切。

在小姨一家的照顾下，我们在锡林浩特市定居下来。说来也奇怪，自从回到这里后，就连母亲的身体都慢慢好了起来。也就是在这个时候，我隐约知道了自己的身世。我们居住的地方距离蔬菜农场很近，有时候我出门就会看到几个人聚在一起指着我小声地说："看，那就是当年侯印两口子抱养的孩子，都长这么大了……"虽然他们说的时候尽量压低了声音，可我还是隐约听到了。听了他们的话让我联想起另一件事，那是在老家时，我跟一个孩子吵架，那孩子对我说，谁不知道你是抱养的。听了这话我就回家告诉了母亲，母亲听了后一脸紧张地对我说："那孩子胡说呢，你是娘生的，她才是抱养的。”我听母亲这么说后，心里才释然，我心想，原来她才是抱养的。把前后两件事连起来后，我就基本确定了自己是抱养的身世，不过那时我对这件事一点儿也不上心，觉得亲生和抱养没啥区别。

那时我最大的心愿就是能继续读书，来到锡林浩特市后我进入了锡林浩特市第一中学就读，直接跳级读初三。在学业方面，我一直很努力，跳级后通过自学把课程都补上了。记得刚入学时，班里的很多同学一听我是从阳原县来的，都有点瞧不起我。后来有一次考试，老师出了一道题，那道题全班只有我一个人做对了，老师当着全班的面夸奖了我。从那以后，班里再也没有人瞧不起我了，我也真正融入了新的集体生活。

后来，为了能继续供我读书，一年后经人介绍，母亲嫁给了继父张进廷。继父是一位老革命，他参加过抗美援朝战争，获得两枚纪念章，我对他十分敬重。当时，他在锡林浩特市第一建筑工程公司赶大车。继父没有孩子，拿我当亲闺女一样的疼爱，我们的日子虽然依旧很清贫，但我的内心却时刻都充满着爱与温暖。

有一次，继父对我说：“喜花，你别读书了，你看赶大车也挺赚钱，你跟着我赶大车吧，赚了钱多买几件衣服穿。”我当时就哭了，对继父说：“爸，我不买衣服穿，我要读书，等以后我出息了，我给你养老。”继父红着眼圈说，好，那咱就读书。后来，我才明白，继父对我这么说是在试探我是不是真的想读书。

年轻时的张华

原本以为命运就此会一帆风顺了，可事与愿违，就在我激情满满向着理想努力时，16 岁那年，继父突然病倒，他得了半身不遂，失去了自理能力。他病倒后，我勉强读到了高中毕业。1977 年恢复高考时，看着很多同学都报了名参加高考，心里很羡慕，我也好想报名参加考试，可是不能，我还有父母要照顾，还要打零工挣钱养家。

我18岁那年，接了继父的班，改名张华，成为锡林浩特市第一建筑工程公司(以下简称一建)的一名工人。建筑工地的活儿很苦很累，我推过石灰，搬过砖，工地上的活儿几乎都干了个遍，我怕别人嫌弃我力气小，给继父丢脸，于是别人休息的时候我也不敢休息，自己找活儿干，就这样渐渐地我被大家认可了，第二年由于表现突出，我被调到了砖厂负责往工地发砖。

我19岁那年，继父也去世了，看着伤心流泪的母亲，我对她说："娘，你放心，现在我已经长大了，我有能力养你。"是呀，我已经不再是当初那个四处去求助的小女孩儿了，从那以后，我与母亲相依为命，我用瘦弱的肩膀担起养家的责任。

招了一个上门女婿

时光匆匆，转眼又过去几年，我也到了谈婚论嫁的年纪，经人介绍，我认识了同在一建公司上班的刘大成，我们相处了一段时间后，双方都挺满意。我唯一放心不下的就是母亲，正在踌躇时，刘大成对我说，要不我当个上门女婿吧，反正我家孩子也多，不差我一个，咱们结婚后就跟你妈生活在一起。他的话深深打动了我，就在他说出这句话时，我在心底也悄悄对他说了一句："此生只要你不负我，我定不离不弃。"就这样22岁那年，我和刘大成结婚了，婚后如他所说，我们和母亲一直生活在一起。

刘大成对我特别好，家里的一切都不用我愁。那时，很多人都对我说刘大成这人脾气不好，可他从不跟家里人发脾气，对我母亲非常孝顺，经常嘘寒问暖，有时候比我这个闺女还尽责。

日子好了，我要继续读书的心思又活泛起来，1986年，我如愿考入了呼和浩特市的青城大学，终于圆了我的大学梦。青城大学是一所成人函授大学，我在那里就读了三年，学的专业是工业与民用建筑，大学毕业后我又考取了监理工程师，还取得了高级工程师证，我为自己取得的成绩自豪，回到锡林浩特市后，我利用所学的专业，为锡林浩特的建筑行业发展贡献着自己的一份力量。

在我上大学期间，家里的一切都扔给了刘大成，为此他从没对我有过一丝的抱怨，相反还特别支持我，在家里把我母亲和儿子都照顾得非常好，我为今生能够遇到这样的丈夫感到庆幸。

1997年，母亲得了脑卒中，2003年去世，在这5年零7个月中，母亲一直只能吃流食，我和刘大成轮流照顾她，直到她去世。

虽然生活中我遇到很多的坎坷，可生活也让我得到了很多，母亲、两位父亲，还有小姨一家，都是我今生要感恩的人。

小姨叫王玉莲，姨夫叫赵忠，他们都是当年皮革厂的职工。记得在老家时，有一次家里没粮食了，也没钱，就在我们一家无助的时候，小姨给捎回了10块钱，姥姥留了4元，剩下的都给了我母亲，就是这些钱让我们一家渡过了难关，我记得特别清楚。后来，要不是小姨建议我和母亲回锡林浩特市来，我都不敢想象，在那艰苦的岁月里我和母亲要经历怎样的困苦。在我心中，小姨一家就是我和母亲的护身符，没有他们就没有我们后来幸福的生活。现在小姨已经80多岁了，在节假日或闲暇时我和儿子会回小姨那儿，陪她吃吃饭，聊聊天。

母亲走后，我伤心了很久，特别想念她，回想我们在一起时的点点滴滴，想她开心时的样子。直到现在，只要提起母亲，我的眼泪就止不住，能在那么艰难的情况下把我养育成人，不是一般的母亲能做得到的。

丈夫离去让我感慨良多

我做梦都没想到，疼我爱我的丈夫会突然离世，他走的那天我感觉整个世界都失去了色彩，我陷入了深深的悲痛中，从那天开始我的天塌了。

那是2019年，吃晚饭时我们一家三口还有说有笑的，晚上要睡觉时，他突然说难受得不行了，等把他送到医院时，他已经昏迷了，抢救了一个多小时也没抢救过来，就那么扔下我和儿子走了。

丈夫走了，却留下了一堆的债务给我们。丈夫一直是做房地产的，在外人眼里他很有钱，可是人们却不知道，自2012年房地产业开始低迷后，他在外面欠了很多的债，听到他离世的消息后，债主就找上门来。为了给丈夫还债，我和儿子把房子及能卖的东西都变卖了，我们的生活又回到了原点。

2017年，锡林郭勒盟地区"国家的孩子"去江南寻亲时，在北京天安门广场的合影（第二排右二为张华）

经历了这么多事后，我想了很多很多，对一些事情的看法也有了许多的转变。这事还得从我的身世说起，我母亲直到去世，都没告诉我关于我身世的真相。前些年，我在锡林郭勒盟档案馆查到了领养资料，我的儿童领养申请表上填写的出生年月是1959年2月，小名叫会会。

自2007年开始，我们这些锡林郭勒盟地区"国家的孩子"们聚在了一起，并且几乎每年都组织去江南寻亲。在几次寻亲活动中，虽然我也跟着去了，但那就是去玩，去看一看自己的出生地，对寻亲没有一丝上心。记得第一次去江南，我特意去做了一件颜色鲜亮的蒙古袍，我穿着蒙古袍在江南的大街小巷中穿行，吸引来很多人的目光，那一刻我骄傲极了。

丈夫的离去，让我对生命有了重新的认识，此时我才觉得自己那么多年来思想中一直存在着错误想法。我开始反思，我对江南的亲人不再抵触，我内心冰封了许久的感情融化了。

2021年，国家公安部为我们这些"国家的孩子"发起"寻亲圆梦活动"，我也去采集了血样。对此我非常感恩国家，没有国家的护佑，就不会有我们的今天。对于江南的亲人，无论找到与否，我对亲生父母都是感恩的，谢谢他们给了我宝贵的生命，如果他们还健在，如果我能找到他们，我愿陪伴他们度过余生，如果找不到他们，我会在这里默默地为他们祝福。

现在我和儿子生活在一起，儿子很优秀，在学习方面一直都不用我操心。当年高考后选择学校时为了离家近一些，他选择了内蒙古建筑职业技术学院。当时我反对他选择这个专业。我跟他说，爸爸、爷爷还有妈妈，都是干这一行的，你选一个别的专业吧！他却对我说，这个专业好就业，妈妈，我是你最亲的人，所以我不想离你太远。

对于寻亲一事，儿子跟我的看法一样。有时提起寻亲，他会对我说，妈，其实你不必太在意，找到了更好，找不到也无所谓，因为你还有我，放心吧，我会一直陪伴着你。

儿子的话瞬间点醒了我，这让我想起当下流行的一句话，人生没有永远，来日并不方长，我们要且行且珍惜。

我在 2011 年退休后就做起了商品直销，这么多年来一直在坚持。最

接受采访时的张华

近这些年，我专注于学习健康养生方面的知识，我觉得健康才是幸福的基础，没有健康就没有幸福可言，我想把自己学到的健康知识传递给更多的人，让每一个人都能重视自己的健康，我用这样的方式回报我热爱的这片土地。

尽管我经历了很多的坎坷，但我依然想做草原上那朵最美的花儿，无论遇到怎样的困境，我都能坚强面对，而后涅槃重生。

作者简介

伊荣，女，汉族，1972年2月生，本科学历。2004年至2022年在锡林郭勒日报社工作，先后担任《锡林郭勒晚报》《锡林郭勒日报》记者、编辑，2007年开始跟踪采访锡林郭勒盟地区“国家的孩子”在草原成长的故事，部分稿件曾获得全国地市报一、二等奖，内蒙古新闻奖和锡林郭勒盟新闻奖。

一曲草原上无私大爱的时代赞歌

图门巴雅尔、察日玛　口述　高永厚　整理

2018年5月24日，笔者陪同上海东方卫视著名导演陈硕、上海电视台《纪录片编辑室》栏目制片人吴海鹰对“国家的孩子”图门巴雅尔及家人进行了采访……

图门巴雅尔说：我从水乡的宋古河更名为草原的图门巴雅尔

在我的衣柜里，整整齐齐叠放着两件衣物，一件是少儿时戴的具有江南特色的帽子，一件是结婚时穿的苏尼特式的蒙古袍。无论岁月如何变迁，我都把它们如珍宝一样保存着，不曾把它们丢掉。因为，在我的眼里它们不是简简单单的衣帽，而是亲生妈妈和养母额吉（妈妈）养育我的一份心血，一份厚重而浓烈的爱！

1957年的一天，我急促地来到这个美丽而多彩的世界。勉勉强强在母亲的怀抱中生活了8个月，我便被送进了上海市育婴堂。没过多久，又从那里辗转来到内蒙古自治区二连浩特市保育院，被额仁淖尔公社呼格吉勒图雅大队牧民丹苏荣、察日玛夫妇领养。

大概五六岁时，养母就告诉我：“你是‘国家的孩子’。”对于这个称呼，我倒是没有觉得有什么特殊之处，只以为和其他孩子的区别就在于我是抱养的，不同之处就是我还有一顶绣着“宋古河”字样的细条绒帽子。不知道为什么，我非常厌恶这几个字，有一天我悄悄把帽子“偷”出来，想用纳鞋底的锥子、针清除它。被养母发现后，养母强夺了过去，大声吼道：“那是你妈妈给你绣的，你留好，没准儿哪天她来找你来呢。”

图门巴雅尔(后排中间)与养父母及弟弟、妹妹的合影

生母在帽子上绣字,肯定也有往回认我的意思。我呢,随着年龄的增长,也想知道我亲生母亲在哪里,她为什么要把我遗弃,人们为什么称呼我为"国家的孩子",在我身上究竟发生了什么。

很快,我从老年人的口述中、从记者报道的文章以及纪录片中了解了这件令人梦萦魂萦的真实故事。

那是一场无法抗拒的灾难——1958 年开始,中国遭遇严重困难时期,一向富庶的长江下游平原也未能幸免,我就是这个时候游进妈妈的胞宫中的。真的难以想象,在家家日子过得紧紧巴巴的情况下,妈妈是怎样坚持把我怀了十个月而没有中断妊娠,她可能以为灾害很快就会过去吧。我的出生不但没有给双亲带来为人父、为人母的喜悦,反而给他们原本捉襟见肘的生活增加了新的负担。我不知道父亲母亲当时是怀着怎样的心情来面对这一困境的,可能是听说"上海人不会饿肚子"的传言,就把我遗弃到上海街头,以为能给我在这座繁华的大都市里找到一条生路吧。然而,他们哪里知道,上海也快断粮了。从 1960 年 6 月 6 日中央发出《关于为京津沪和辽宁调运粮食的紧急通知》中可以看到,当时的情势已经危急到何种境地:北京存粮为 7 天,天津为 10 天,上海已无库存。"只有继续北上,才有生路。”“走出樵苏不爨的家乡，不是为了活得更好，而是为了活着。”成了千家万户和国家不得已而为之的选择，于是就有了这样一次前所未有的大迁徙。

养母告诉我说，她在领养我之前已经生育过一个男孩，只可惜他夭折了。当时她肚里又怀上了一个，还有 3 个月就临盆。听说当地政府接收了一批南方孤儿，她就想领养一个男孩，找大队队长和公社书记，获得同意，给开出了一封同意领养的介绍信。到了保育院，二三十个孩子中只有三个男孩，大的有七八岁，已经懂事了，怕被我养母领走，躲开了。两个小的正在哭闹，其中一个瘦得像病羔子似的，趴在床上连头都抬不起来，但一见我养母就停止了哭泣，露出笑脸，张开小手要求抱抱他。养母一句又一句地絮叨着“霍日黑、霍日黑”(汉语意为怜悯)，这也许就是冥冥中的一种缘分吧，养母决定抱回这个孩子。养父丹苏荣也是高兴至极，把这个孩子往蒙古袍袍襟里一揣，骑上快马一溜烟跑回了家。养母进家后也顾不得休息，急忙热了一茶壶牛奶，给这孩子一口气喝了三茶碗。养父说：“不能再给孩子喝了，小心憋坏了呀。”养母心疼得热泪夺眶而出。

养母说，那些年，牧区缺医少药，麻疹、天花、脑膜炎等流行病、传染病盛行，好多妇女生了孩子保不活。因此，邻里乡亲一听说谁家有了添丁之喜都会赶来祝贺。一些远方的亲戚不约而至，兴奋地抱起这个“国家的孩子”，举过头连呼“巴雅尔、巴雅尔”，最后，大家认定孩子的名字叫图门巴雅尔。

这个图门巴雅尔就是我。原本相隔千里，没有血缘关系，如今却骨肉相连、生死相依。从此，我一个江南弃子与草原父亲母亲之间，演绎了一段超越地域、血缘、民族的人间传奇。

察日玛额吉说：我要祈求长生天让我的图门巴雅尔健康成长

察日玛额吉一提到图门巴雅尔的名字总要带上“我的”两字，可见她有多么钟爱这个孩子。她为我们讲述了两段小故事：

我的图门巴雅尔小的时候颠沛流离，被扔怕了，缺乏安全感，在视线里一刻也不能没有阿爸、额吉。有几次，我急着出去撵牲畜，没有带他，他就自己爬出蒙古包，哭得一塌糊涂，死去活来的。

我们夫妻俩觉得他身体虚弱多病，境遇凄凉，从小就惯养他，不是背就是抱，正像人们说的“含在嘴里怕化了，捧在手里怕摔了，看在眼里怕丢了”。只要孩子想要什么，就二话不说满足他的需要。有一次，图门巴雅尔想要一辆玩具汽车，我就向生产队谎称买面，借了10元钱，被队长发现，召开社员大会批斗我，我不服，与他们争辩：“别人家孩子有的，我家孩子更应该有，因为他是‘国家的孩子’。”

察日玛额吉讲述的另一个故事是：

1964年，生产队指派我和他阿爸赶着牲畜到西乌珠穆沁旗“走敖特儿”（走场）。一天，大人们在蒙古包里开会，图门巴雅尔和他妹妹在外面玩耍，突然跑过来一条狗，把他撕咬倒地。他大声呼叫，奋力挣扎，终于在大人们的帮助下脱离狗口。我抱起右眼血肉模糊的儿子痛哭不止，他懂事，安慰我说：“额吉别哭，我只是被狗咬破了眼皮，眼睛还能看见呢。”丹苏荣就近请来了大夫（蒙医）用草药为我儿子止住了血。这个大夫很负责任，他说，你孩子的右眼皮撕开了，尽快去北京找西医也许能缝合。看病需要钱啊，可是，那个时候我家境况比较拮据，生活也是困顿不堪的。丹苏荣急忙把自己心爱的马，也是全家唯一的自留畜卖了，收入500元，又和众人凑了300元，带着孩子搭车赶到赤峰，又从那里乘火车去了北京。丹苏荣从小在牧区生活，连旗里都很少去，汉语只会说些“吃吧，喝呀，走啦，来哇……”之类的日常用语，他又是第一次独自去北京，能行吗？把我急得度日如年，坐立不安，吃不下，睡不着，直到七八天后，他背着儿子回来了，我的心才落了地。

他说他一路很顺利，遇到了不少好心人、热心人，有主动当翻译的，有主动当向导的，有帮助登记旅店的，基本上没有卡绊就把孩子的伤给医治好了。从此，我更佩服丹苏荣的办事能力了，常和人们夸耀他。

图门巴雅尔的妹妹说：我总以为当哥哥的就应该享有特殊待遇

我是在额吉领养图门巴雅尔哥哥后的三个月出生的。小的时候不懂事，总以为当哥哥的就应该享有特殊待遇，就应该自己一个人吃稀罕食品，就应该拥有玩具。稍大一点后我才知道了，那是溺爱！

额吉、阿爸偏心眼，凡事总是宠着他，依着他，屋里屋外的活儿一点也不让他干，放个羊还得一个大人跟上。节省下来点布票、棉花票先给他做新衣服，缝棉被子，而我们穿的是哥哥穿过的旧衣服，夏天睡觉盖的是蒙古袍，冬天盖羊皮被子。上学读书时也是把他供到初中，而我和弟弟连小学都没读完就被阿爸接了回去，放羊、饮羊、挤奶……外面的牧业活儿、屋里的家务活儿都交给了我。

我年龄再大点就更清楚了，这叫"一碗水没有端平"。为此，我与阿爸、额吉抗争过，也委屈地哭过："难道因为哥哥是'国家的孩子'就得理了？就高人一等吗？"阿爸、额吉毫不掩饰他们的偏爱之心，说："是呀，这个幼小的生命已被亲生父母放弃过一次，很不幸了，国家交给了我俩，我俩就应该像爱护花朵一样爱护他，这是责任。"

我不懂得什么是"责任"，当看到哥哥成了人家的上门女婿后，放羊、打草、起羊砖、围建草库伦，什么脏活儿、累活儿、苦活儿都干时，就好像抓住了讲理的凭据，嗔怪阿爸、额吉说："你俩常说哥哥体质弱，不能干活儿，不会干活儿，你看，到了女方家什么也会干了，身体也好了，还是你们亲他不亲我。"阿爸、额吉对我的言论不置可否，只是微微一笑了之。

如今，我也生子成为一名母亲，这才体会到作为母亲的不易，做一个"国家的孩子"的母亲更是不容易！生育之恩大于命，养育之恩大于天啊！我阿爸、额吉为国家分忧，为政府解难，他俩与哥哥图门巴雅尔虽然没有血缘关系，但在襁褓中就结缘的他们早已血脉相连，感情从怜爱变成了亲情，他们用爱谱写着一曲草原上高天厚土、大爱无私的时代赞歌！

察日玛额吉说：我应该感谢党和政府的恩德，哪能再去给添麻烦

我的图门巴雅尔在学校里学习非常认真刻苦，德、智、体、美、劳样样都很优秀，本是大学生的苗子，可惜遇上了"文化大革命"，上级又动员"知识青年上山下乡"，所以，初中毕业后就返回大队，成了生产队里第一个有文化的青年，队长点名让他当了会计。

在这个岗位上，图门巴雅尔一干就是12年。他不负众望，努力向上，

光荣地加入了中国共产党，还被选为大队党支部书记，当了13年的“领头雁”。期间，根据上级部署，他带领牧民群众打破传统的畜牧业经营方式，走草畜双承包的路子，认真执行禁牧、休牧、轮牧新三牧（休牧、禁牧、划区轮牧）制度，较好地改善了日益恶化的草原生态环境；带领牧民们致富脱贫，用无悔的青春岁月赢得了旗、盟“劳动模范”和自治区“先进生产者”等荣誉称号。一枚枚金光闪闪的奖章、一张张红彤彤的奖状，图门巴雅尔就是这样用汗水和心血回报养育他的草原和人民。

察日玛额吉谈到图门巴雅尔的婚事时说：

那个年代，儿女到了结婚的年龄，都得有媒人出面介绍。我在领养图门巴雅尔之后又生了一个姑娘、两个儿子，家境不是很好。老两口一年的工分收入也就是三百多元钱，儿子又被狗咬成了疤瘌眼，诸多原因影响了我儿子的婚事。图门巴雅尔特别懂事，他为了减轻我的负担，选择了入赘当上门女婿，条件是女方不要彩礼和婚房。我觉得脸上无光，表示砸锅卖铁、典尽当光也要为他把媳妇娶回家。图门巴雅尔抱着我，流着泪央求：“额吉，你把我从8个月抚养到20多岁，起早贪黑，省吃俭用，苦没少受，汗没少流，罪没少遭，累没少挨。像亲生的一样爱怜我，什么事都依着我，这次你就依我一次吧。家里现在有妹妹、弟弟照顾你，等他们都成家走了，我就接你去我家。你养我小，我养你老。你陪我长大，我陪你变老。”我的图门巴雅尔说得句句在理，字字扎心，搅得我心里百味杂陈，最终还是依了他。结婚时，我根据我家的情况，给我的儿子图门巴雅尔带走1匹带鞍具的马、1头带犊的乳牛、10只绵羊。

有人说，你爱人从生病到去世欠下那么多饥荒，入不敷出是真实情况。图门巴雅尔是“国家的孩子”，有困难找政府去，肯定会得到救助的。我说，图门巴雅尔是国家赐给我的福分，自从他来到我家里，我的一切都变得很顺，生孩子再也没夭折的，生活也一天比一天好，仅此一点，我就应该感谢党和政府的恩德，哪能再去给他们添麻烦呢！

图门巴雅尔说：草原额吉是我永远的母亲，内蒙古是我永远的家乡

我吮着草原额吉烧热的牛奶，揪着父母的心迈出了人生的第一步，在

苏尼特“爱心救助协会”中的“国家的孩子”代表与察日玛(前排右二)合影

甜甜的儿歌声中酣然入睡,在无微不至的关怀中茁壮成长。父母为我不知花费了多少心血与汗水,编织了多少个日日夜夜,才使我在这个五彩缤纷的世界里,体会着人生的温暖,享受着生活的快乐。父母的爱柔柔如水,轻轻如烟,深沉如海,恩重如山。我对这种比天高、比地厚的恩情本应加倍回报,可我却给额吉带来烦恼。

那是 2016 年 5 月,一批“国家的孩子”自发组织去南方寻亲。额吉听说后,第一个支持我报名,当负责寻亲事宜的组织人员问她是否有可以证明我身份的物品时,额吉摇了摇头,她没有拿出那顶绣有“宋古河”名字的帽子。看得出来,额吉当时的心情是十分矛盾的,她一方面想让我南下找寻自己的生命之根;另一方面又嘱咐我不要验血(指抽血提取 DNA),担心我一旦匹配上血型就会离开她。我的心也不好受,一方面,我自懂事起心中就有一个结,想知道自己的杳渺身世,想认识远方的亲人和故乡;另一方面又怕伤了额吉的心。我控制不住泪水,一直地哭,泪水中有着一个孩子对于额吉的愧疚。我心里的痛,难以用语言表达。

没多久,额吉先于我捋平了内心波动的褶皱,她平静地从衣柜底翻出来积攒了多年的1000元钱和一件刚刚缝好的缎子面蒙古袍交给我，说："去吧，可怜的孩子能回到亲生父母身边，是多幸福的事啊！去把你亲生父母找着，接到草原上和我一块儿享受天伦之乐吧！"

我依依不舍地离开了慈祥、善良的蒙古族额吉，从辽阔的草原飞到现代大都市上海，怀着激动的心情参加了一场又一场寻亲会，虽然没有在现场找到亲生母亲和兄弟姐妹，但是，我已经感受到了南方人民的热情。离开上海前，我将额吉给我带的东西撒入黄浦江，又从江中取了一瓶水收藏起来作为纪念。

我和同行的"国家的孩子"有一个同样的想法：去看一看就没有遗憾了！该回家了，家中有老额吉，有妻子儿女。我们的家在内蒙古，是大草原接纳了我们，草原额吉是我们永远的母亲，内蒙古是我们永远的家乡！

我们的采访在不知不觉中结束了，图门巴雅尔的爱人端上来手把肉和奶酒款待我们。我按照蒙古族的习俗，先斟满了一杯酒，手捧哈达，高唱赞歌，毕恭毕敬地献给了察日玛额吉。我再转向图门巴雅尔，想着一个远离南国的汉族孤儿，和北疆上的蒙古族人民组成一个家庭，一起经历风雨，一起度过春秋。相依相守，相亲相伴，彼此再也不能分离。像蒙古马一样坚韧、担当、感恩、奉献……我深深地感悟到：苍穹之下，是伟大的党和祖国，让伟大的草原母亲和"国家的孩子"在草原上铸造起一座民族团结的丰碑。

高永厚，男，蒙古族，中共党员，1954年6月生于锡林郭勒盟苏尼特右旗。毕业于内蒙古师范大学汉语言文学专业。曾在苏尼特右旗赛罕乌力吉公社脑干塔拉大队，额仁淖尔公社供销社，旗商业局、城乡建设环境保护局、政协经济委员会、粮食局、政协文史委员会工作、任职。2014年退休。

草原的另一边是江南

宝喜　口述　伊荣　整理

2007年,已经56岁的宝喜在妻子的劝说下与一众当年同来的小伙伴踏上南下寻亲的旅程。谁都没有想到,宝喜就那么幸运,在寻亲会上第一个找到了家人,从那一刻开始,宝喜心中又多了一份对江南的牵挂。2022年5月的一个下午,我们一行人来到宝喜家,宝喜和妻子张凤兰热情接待了我们。已经71岁的宝喜个头不高,长方脸,说话憨厚耿直,与妻子张凤兰的快人快语形成了鲜明对比。宝喜回忆说,当我与亲生母亲相认相拥痛哭流涕的时候,心中最感激的是草原上的阿爸阿妈,他们给了我温暖的家,也给了我太阳一样的爱……

我的阿爸阿妈

我阿爸宝音是一名退役军人,他1945年参军,曾在内蒙古骑兵二团担任司号员,从部队退役回来后被分配到东乌珠穆沁旗贺斯格乌拉防火办工作;我阿妈叫国淑英,没有工作。

1961年,阿爸去呼和浩特市出差,在那里他遇到了两位战友,他们告诉阿爸,由于遭遇特殊困难时期,南方的很多孩子都被送进了孤儿院,为了养活这些孩子,政府把他们接到了内蒙古,现在政府号召没有孩子或者生活条件好的家庭可以领养这些孩子。阿爸和阿妈一直没有生育儿女,听到这个消息后,阿爸就在两位战友的陪同下,去了呼和浩特市保育院。当时我在保育院里的编号是7,阿爸他们看了后就直接选了我。后来阿爸告诉我,因为他曾经是一名骑兵,所以对7这个数字很喜欢,就这样选了我做儿子。

阿爸在呼和浩特市办完事后，他的两位战友把我们送回了东乌珠穆沁旗贺斯格乌拉。阿妈见了我高兴极了，给我准备了很多吃的、穿的。听阿妈说，那时我的身体很虚弱，严重营养不良，为了给我补充营养，她每天都去牧民家打牛奶，想方设法去跟别人换细粮。记忆中，阿妈对我总是轻言细语。那时阿爸工作忙，经常不在家，阿妈很能干，把家里打理得井井有条。

大约7岁那年，有一天我突然生病了，我们当时住的地方距离东乌珠穆沁旗旗里有10多公里，当时交通工具只有勒勒车，阿妈急得直哭，阿爸出去借了一辆牛车，车上铺了厚厚的被子，把我放在上面，就赶着车去了旗医院。那次我患的是黄疸型肝炎，大夫说幸亏去得及时，不然后果很严重……宝喜一边回忆一边讲述着，尽管已经时隔60多年，可当年阿爸赶着勒勒车送他去医院的情景在他脑海中仍无比清晰。

春去秋来，转眼我就到了要上学的年纪，为了让我接受到更好的教育，1964年，阿爸向上级申请调到阿巴哈纳尔旗（现在的锡林浩特市）防火办工作，我被阿爸送进阿巴哈纳尔旗第一小学读书。阿爸摸着我的头说："儿子，好好读书，将来为国家做贡献，可别给咱当兵的抹黑。"我在心里对自己说，我一定好好读书，我把阿爸的话深深记在心里。

然而，1968年，受"文化大革命"影响，阿爸被停职，家中失去了生活来源，我断断续续念完了小学就辍学了。1971年阿爸平反，他问我："想不想继续读书？"我对他说："不想，我想工作。"阿爸说："不后悔？"我说："不后悔。"就这样我被安排进了阿巴哈纳尔旗招待所工作，给政府大院烧饮水，一锅水要7挑水，早中晚都得烧，得一直保证全天都有开水。

1973年，因为我工作努力，被调到政府当了一名勤务员，每天负责扫地、打水、擦桌子、送报、收发信件等。1975年，我被调入阿巴哈纳尔旗城建局工作，做修马路、开压路机和推土机等工作。1976年，城建系统成立车队，我参加了，在单位开各种型号的拖拉机……

时光如白驹过隙，转眼到了1985年，这一年阿妈因心脏病永远离开了我们，她走得很突然，前一分钟还跟阿爸有说有笑，后一分钟就倒地不起了。那时候我与妻子已经结婚，我们一直与父母生活在一起，阿妈走了，家里好像一下缺少了很多的温暖。1986年阿爸退休，原本以为阿爸会陪伴我们久一点，可没想到，1989 年阿爸也因病去世。

我在很小的时候就知道了自己的身世，阿爸生前也给我讲过。对于身世，阿妈和阿爸在世时，我没有什么想法，就觉得既然阿爸阿妈养育了我，那他们就是我一辈子的亲人。

分别 46 年后骨肉团聚

也许是因为阿爸阿妈的离去，也许是因为年龄的增长，在后来的日子里，有一段时间，宝喜迫切地想找到南方的亲人。2007 年，锡林郭勒盟地区“国家的孩子”组织前往江南寻亲，宝喜听说后很想去，可那时他家因女儿患病生活很拮据。懂他的妻子张凤兰看到宝喜闷闷不乐的样子很心疼，就悄悄从娘家借了一些钱，对宝喜说：“拿着这些钱去吧，万一找到了亲人呢。钱没了可以再赚回来，机会失去了却不会再回来。”听到妻子语重心长的话，一股暖流在宝喜心中流淌，就这样，2007 年 4 月 28 日，宝喜怀揣着妻子给他借来的路费与一群“国家的孩子”伙伴踏上了江南寻亲的列车。

5 月 1 日这天清晨，宝喜与同伴到达江苏省宜兴市官林镇小学院内，相同的命运和共同的目的，使他们彼此间多了一份默契，他们用微笑相互鼓励着、用眼神相互祝愿着，期待着彼此能早日找到亲人。

家住宜兴市的卫顺英、蒋汉生夫妇这天一大早就来到了寻亲会场，他们是来寻找丢失的弟弟的，这已经是他们第二次参加这样的寻亲会了。卫顺英盼望这一次能够找到弟弟，他们在人群中紧张地搜寻、比对着，直到她看到宝喜。

卫顺英在人群中第一眼看到宝喜的时候，就觉得和自己特别像，尤其笑的时候露出的那一口参差不齐的牙齿。“你看我，看我是不是也这样啊？”卫顺英指着自己的牙齿说。宝喜仔细打量了一下站在自己面前的这位大姐，中等身材，圆脸庞，大大的眼睛，50 多岁，她笑的时候跟自己一样露出的是一口参差不齐的牙齿。还没等宝喜答话，卫顺英转过身去从人群中将丈夫蒋汉生找来。“你看他是不是特别像咱们的弟弟？我看了他很久了。”卫顺英边走边指着宝喜对丈夫说。“像！是很像哦！”蒋汉生有些激动地回答着妻子的问话。经过询问，宝喜的大部分情况都与他们要找的弟弟相同，于是卫顺英又打电话将他大弟弟卫保成叫了过来。几分钟后，当卫保成出现在宝喜的面前时，连宝喜自己都惊呆了，自己长得跟他太像了。这时候很多人都围了上来，所有人都说他们很像，卫顺英显得很激动，眼泪不知不觉就流了下来，脸上却挂着开心的笑容。卫顺英说，这样的场景，她已期盼了许久，从弟弟丢失的那一天起，一家人就盼着这一天的到来。

在一群人的簇拥下，他们来到会场免费基因检测处做检测，但检测要等到6月初才能有结果。卫顺英不想等结果出来了，在她的眼里，宝喜就是当年家里丢失的小弟。卫顺英决定跟上次一样，先将宝喜带回家让妈妈看看，都说孩子是娘身上掉下来的肉，血脉是相连的，卫顺英相信只要妈妈看了就一定知道是不是小弟。

在路上，卫顺英向宝喜讲述了一件去年发生的事情，卫顺英说："妈妈今年92岁了，从你离开的那一天起，她就没有开心过，多少年来她一直到处托人打听你的下落，还经常一个人偷偷地哭，我们是看在眼里疼在心上，去年我跟你姐夫都退休了，这才有时间找你。在去年的寻亲会上，我们没有找到弟弟，为了不让妈妈伤心，我与你姐夫在寻亲会上找了一位来自山东的男子带回去跟妈妈见面。说实话，当时我看着那个人长得也很像咱家的人，可没想到妈妈看到后，直接对那人说，你不是我的儿子，做干儿子可以。就这样，亲生儿子没找到，妈妈认了一个干儿子，直到现在，我们跟山东的那个弟弟一直有来往。"

说话间，他们已经来到了妈妈家门前，走进屋子，就见一位白发苍苍的老太太正在拿着扫把扫地，宝喜的第一感觉就是，这老太太真精神，看上去一点也不像90多岁的人。

屋内一片寂静，母子相望，老太太慢慢走到宝喜跟前，眼里含着泪，只见她慢慢抬起手轻轻抚摸着宝喜的脸颊，随后又拿起宝喜的手仔细端详着，眼泪不禁流了下来，激动地说道："是我的和儿，你是我的和儿。"说完，眼里的泪水如两道涓涓的溪流，沿着老人的脸颊滚滚而下，边哭边用她那瘦小的身体将宝喜抱住，过了好一会儿才稍微平静下来。老太太含着泪对宝喜说："妈妈对不起你，和儿，你还那么小就把你扔了，原谅妈妈吧。"此时的宝喜早已泣不成声，他使劲儿地对妈妈点着头却一句话也说不出来，母子二人相拥而泣，卫顺英他们也早已经哭成了泪人。这样的情景老人盼望了近半个世纪了，这一天一家人终于团聚。

回忆起与妈妈相认的那一幕时，宝喜和张凤英的眼圈都红了，宝喜说："整整一天，我都有一种身在梦中的感觉，妈妈的怀抱是那样的温暖，让我不舍得离开，那一刻我的内心充满了对草原母亲的感激，如果没有草原母亲的养育，我与亲生母亲肯定没有机会再相见。"

妈妈告诉宝喜，他们家中共有兄弟姊妹 7 人，他排行最小，名字叫卫保和。他父亲 6 年前去世了，临终前还在叮嘱哥哥姐姐们有机会要去找一找丢失的老七。当年因家中实在养活不了那么多孩子，万般无奈之下，妈妈与姑姑将三岁的老七也就是宝喜放在上海福利院门前。可是回去后，妈妈就后悔了，回头再去找宝喜时，却怎么也没找到。将宝喜送走，一直是老人心中的痛。与宝喜相认后，老人说的最多的一句话就是："和儿，妈妈对不起你，真的对不起，你恨妈妈吧。"

接下来的两天里，宝喜一直陪伴在妈妈身边舍不得离开。俗话说得好，人的年纪不管多大，在父母面前永远是长不大的孩子，有妈的孩子最幸福。在妈妈身边的日子宝喜觉得自己像回到了儿时，多年来对亲生母亲的思念之情如疯长的草，不可阻挡，他有些贪婪地汲取着妈妈的爱。

相聚的时光总是很短暂，分别时，老太太一直在哭，不停地叮嘱宝喜春节一定要带家人回来一起过年。宝喜也满怀不舍，甚至不敢抬头看妈妈，只是哽咽着低声答应着。回程时，让宝喜感到意外的是，大姐卫顺英和姐夫要跟他一起回锡林郭勒草原，他们想去看看那片神奇的草原，这一决定让宝喜又喜又忧……

姐姐和姐夫来锡林浩特

5 月 4 日晚 10 点 47 分，从南京开往北京的列车缓缓驶出了站台，锡林郭勒盟寻亲团一行 60 余人的南下寻亲之旅在这里画上了句号。

夜越来越深了，除了火车奔驰所发出来的轰鸣声外，四周很静，而此时宝喜一点睡意都没有。他躺在硬卧车厢的上铺，这是他有生以来第一次乘火车坐卧铺，他从同伴手中接过车票时，曾为那 200 多元的票价感到心疼，200 多元对于他来说能给女儿买很多营养品或日用品。想到这儿，他不禁深深地叹了口气，透过车厢过道里微弱的夜灯，隐隐约约可以看到宝喜额头上深沟似的皱纹，他今年才 56 岁，可从外表看却像是 60 多岁的人，他的头发已经花白。

那时，宝喜的心情无法用语言来形容，喜中有忧、忧中又掺杂着一丝焦虑，几乎让他透不过气来。三天来所发生的一切，又浮现在眼前，按理说，此次南下寻亲宝喜的收获是最大的，他应当高兴才对，他不仅找到了妈妈，而且这一次姐姐和姐夫也一同跟来了，同行的伙伴们都用一种羡慕的眼神看着他，都说，宝喜哥这一次可是真的来对了。可那时宝喜的脸上却挂着一抹别人察觉不到的忧郁。这是为什么呢？难道他不想让刚刚相认的姐姐、姐夫随他回草原吗？

事情还得从他女儿说起，宝喜与妻子张凤兰婚后育有一子一女，原本是儿女双全幸福的一家人。然而不幸却降临在这个家庭，1994 年，他们的女儿刚参加工作后不久，突然被检查出患有“多发性硬化症”。这种病一直被医学上称为疑难杂症，还没有好的治疗方法。从 1994 年至 2007 年，13 年来他们夫妻俩为了给女儿看病，跑遍了北京所有的大医院，而给女儿看病的医疗费全靠社会各界的捐助，家中早已债台高筑。女儿的病不仅不见好转，还越来越严重了，连话都说不了，生活也不能自理，全靠妻子照料。

宝喜担心，姐姐、姐夫千里迢迢地跟着来了，可他那入不敷出的家，用什么来招待他们呢？5 月 5 日晚 9 时，经过一天一夜的颠簸，车终于到达了锡林浩特市。卫顺英做梦也没有想到，弟弟的家境竟是如此清贫，两间砖瓦房，右边冲着阳光的卧室是他们女儿的房间，后边常年见不到光的一小间是他们夫妻两人的卧室，左边是客厅，家中的摆设虽然整洁，却很简陋。这一切看得卫顺英鼻子一阵阵发酸，尤其是在看到那长期卧床的侄女时，她哭了。虽然事先也听宝喜说过一些家里的情况，但她怎么也没想到会是这个样子。让她欣慰的是弟媳张凤兰，当卫顺英第一眼见到她时，从心里就喜欢上了这个弟媳妇，要不是这次弟媳妇执意让宝喜去寻亲，他们一家人就不会团聚。

在宝喜心里，张凤兰是个好妻子。多年来，一直是坚强的妻子支撑着这个家，女儿瘫痪 13 年，张凤兰一步都没有离开过。这一次宝喜领着姐姐、姐夫回来，张凤兰早已把一切打理得妥妥当当的。在接下来的几天里，

宝喜与老伴张凤英

宝喜领着姐姐、姐夫将锡林浩特市转了个遍，带他们参观了雄伟的贝子庙，领略了美好的草原风光。

卫顺英夫妇的到来，受到了锡林浩特地区"国家的孩子"的热烈欢迎。大家纷纷来到宝喜家看望，他们的热情好客和真诚深深打动了卫顺英夫妇，锡林郭勒盟草原的美丽在他们的脑海中留下了深深印记。宝喜的姐夫退休前曾是官林镇镇委书记，临走时他带走了一部分没参加寻亲活动的"国家的孩子"资料，他说，回去后一定尽力帮他们寻找亲人。

在分别时，卫顺英叮嘱宝喜一家在春节的时候无论如何也要回去，妈妈年纪大了，一家人能在一起的日子也不多了。侄女的病，他们这次回去要跟家里人商量一下，共同想办法帮助他们。

草原和江南永远心连心

2007 年对于宝喜来说有喜有悲，喜的是找到了江南的亲人，悲的是女儿永远地离开了他们。办完女儿的葬礼后，宝喜和妻子瞬间老了很多，这也让他们更加理解了江南妈妈将孩子送走后的心情，两个人就这样相互安抚、相互鼓励着支撑下来。

自相认后，宝喜一家每年都回去与老人过春节。张凤兰回忆说："每年我们回南方过春节，妈妈都寸步不离地跟着我们，满眼都是温情。她总对我们说，如果不是自己年纪大了，一定要跟我们回锡林郭勒盟看看，看看自己孩子成长的地方，当面谢谢草原上将她儿子抚养成人的恩人。"

有一次，妈妈问起了宝喜养父母的情况，宝喜告诉妈妈，养父母在很久以前就过世了。妈妈听了后沉默了好一阵子，然后满是期待地对宝喜说："和儿，既然你的养父母已经过世了，那你就把名字改回来吧，你父亲去世前一直希望能将你找回来，如果你养父母地下有知，他们也一定不会反对吧，你说行吗？"

"妈，这不行，虽然阿爸阿妈都去世了，可是儿子不能那么做，不然儿子的心会不安。如果没有他们，就没有儿子的今天。"宝喜虽不忍心让妈妈失望，可还是毫不犹豫地拒绝了妈妈。在他心中，将他养育成人的阿爸阿妈就是他的根。从那以后，妈妈再也没有对宝喜提过这个问题，可是宝喜能够感觉得到，妈妈心中一直都在期待着。

2012 年，宝喜的小孙子出生了，这可乐坏了一家人，想到妈妈满是期待的眼神，宝喜给孙子起名叫卫承铎。姐姐打电话来告诉宝喜，妈妈得知这个消息后高兴得好几天都合不拢嘴。

相认后，宝喜夫妇共陪伴着妈妈度过了 5 个春节，那些团聚的日子给他留下了太多美好的回忆。

"和儿，妈给你们，你们就拿着，这样妈妈心里还好受一些，乖，听话。"每次宝喜夫妇回去过春节，妈妈都想着法地给他们钱，不收下妈妈就生气。更让宝喜夫妇没有想到的是，2013 年夏天，妈妈因病离世，特别突然，等宝喜他们得到消息赶回去时，老人已经下葬。然而让宝喜想不到的是，老人临终时还给他们留下了路费钱。"小弟，妈妈临走时最放心不下的是你，她说，心中一直觉得亏欠着你，给你留了些钱，特意嘱咐我，这些钱是你每次回来的路费，你们每次回来，我都要把路费给你……"姐姐卫顺英遵从妈妈临终嘱托将这一次的路费钱交给宝喜。手中握着妈妈留下的钱，宝喜跪在妈妈坟前泪流满面。他能明白，妈妈是在用这种方式告诉他，希望在她离去后，他也能够多回来看看，妈妈是在提醒他，即使妈妈不在了，江南的亲人也依然在牵挂着他们，妈妈是想让他把江南与草原的这段情缘永远延续下去……明白了妈妈的想法，宝喜的内心久久不能平静。

沿着阿爸的足迹传承好家风

宝喜的阿爸宝音一生雷厉风行，在工作岗位上任劳任怨，从没忘记过自己曾是一名军人。在他潜移默化的影响下，宝喜继承了阿爸的优良传统，在他工作的 43 年中，无论是在政府部门当勤务员，还是开铲车、开拖拉机，以及后来到园林处当主任，在每一个工作岗位上他都勤勤恳恳，兢兢业业。

1977 年冬季，一场罕见的雪灾降临在锡林郭勒盟草原，那场雪灾令很多人至今都记忆犹新。当时宝喜在城建系统成立的车队开拖拉机。灾情发生后，宝喜被调到抗灾办公室参与抗灾救援。为了早日让受灾牧民脱离困境，宝喜每天工作量达到 18 个小时，有时甚至连轴转，推雪开路，运送煤炭、捆草、粮食、油料等救灾物资。渴了，他就用喷灯化雪水喝，饿了就在排气管子上烤干粮吃。其中最惊险的一天，那天一大早就刮起了白毛风，草原深处到处是白茫茫的一片，能见度不足 1 米。向导也迷了路，就带着宝喜他们在野外转了一天一夜，当时天气特别冷，连柴油都冻了。宝喜回忆说："当时我就想，一定要坚持下去，因为还有很多牧民老乡正在盼着我们去救援，一定要完成党交给我的任务，一定不能辜负党的养育之恩。"宝喜就是靠着这份信念咬牙坚持着，终于在第二天接近中午的时候顺利找到了牧民的蒙古包，亲手把物资送到牧民手中。尽管当时宝喜的手脚都已经冻伤，可当他看到牧民收到物资时那喜悦的表情，就感觉自己身上暖暖的，一切都值得。妻子张凤兰说："就是那次宝喜落下了毛病，直到现在不管冬夏，他的手脚一直都是冰凉的。"听到妻子这样说，宝喜有些腼腆地反驳道："说那些干啥，那都是我们应该做的，要是当初没有草原母亲的接纳，我们这些嗷嗷待哺的孩子能活到现在吗？"

张凤兰一直小心收藏着一个旧式的黑色提包，那里面存放着近 40 个荣誉证书、奖章和奖状，其中还有一页泛黄的文件纸，是关于批准预备党员宝喜同志转为中国共产党正式党员的通知，通知的日期是 1995 年 6 月 2 日。张凤兰说，这些都是宝喜 43 年工作中取得的成绩，而宝喜说，这是党对他工作的认可，是对他的鼓励。

这些年，宝喜夫妇的日子一天天好了起来，他们搬进了新楼房，儿子大学毕业后留在了呼和浩特市，也有了自己的小家，工作上也特别努力。尤其是他们的小孙子，学习特别优秀，还被电视台选进了小青马合唱团。宝喜和妻子经常去呼和浩特市陪伴小孙子，尽管这两年他们的身体大不如从前，但两人一直秉持着乐观积极的生活态度，他们说：“会遵从妈妈临终遗愿，将草原和江南这份情意传递下去。”

宝喜与他铺满桌子的荣誉证书

作者简介

伊荣，女，汉族，1972年2月生，本科学历。2004年至2022年在锡林郭勒日报社工作，先后担任《锡林郭勒晚报》《锡林郭勒日报》记者、编辑，2007年开始跟踪采访锡林郭勒盟地区“国家的孩子”在草原成长的故事，部分稿件曾获得全国地市报一、二等奖，内蒙古新闻奖和锡林郭勒盟新闻奖。

靠双手创造幸福的生活

图雅　口述　宝力道　整理　图力古尔　翻译

人刚一生下来，就会本能地张开双手，把手指使劲放进嘴里，好像在预示着人生在世需要靠劳动的双手获得生活的所需。大多数人正是用自己勤劳的双手创造着美好的生活，享受着幸福的。本文的主人公出生在遥远的南方，犹如受到亲戚朋友的召唤一样，在三年困难时期被转移来到了人烟稀少的北部边疆——锡林郭勒大草原。这，只能归咎于命运的安排，除此之外，别无理由。

低低的个子，爽朗的笑声，连珠炮似的快言快语，图雅给人的第一印象就是这么令人容易接近。年轻时的她没有像其他女孩一样做起缝衣绣花的针线活儿，而是卖力挥锹从事起了与泥土砂石为伴的重体力劳动。

采访图雅时，她家楼上住户正在装修施工，“叮叮当当”的敲打声不时隔墙传来，但这嘈杂的噪声似乎一点儿也没影响到她回忆往事，说到动情处，她双眼潮红，几度哽咽。

1960年，出生在南方年仅3岁的图雅来到了阿巴嘎草原的宝格达乌拉苏木巴彦杭盖大队（今别力古台镇巴彦杭盖嘎查），与另一个同样被抚养的出家喇嘛策仁道尔吉成为兄妹，并和喇嘛哥哥一起长大成人。当时，邻里们说上级送来了“国家的孩子”，策仁道尔吉听从养母的安排，也瞧稀罕似的来看看这些新来的“国家的孩子”们。也许是命运早已安排好了，从众多的人里，图雅明亮清澈的眼睛只盯住了策仁道尔吉，突然直接向他跑了过来。策仁道尔吉动了慈悲之心，把小图雅抱回家交给了养母。在养母温暖的怀抱里，图雅慢慢地成长。

到了上学的年龄，图雅虽然去了学校，但特别想家，对学习不感兴趣。

图雅正在做家务

当时她的家在大队有 700 多元的欠债,因此她也没心思学习下去了。就这样,上了一个学期,刚刚学会数数识字的图雅就辍学回家了,开始帮着养母和策仁道尔吉干家务活。1974 年,她自己放牧大队的 1000 多只羊的羊群,用特大的木桶从辘轳井拉水饮羊,汗流浃背拼命地劳动。她冬春两季穿着破烂的旧棉袍,夏秋两季穿着黑色的旧单袍,有时还把他人丢弃的旧靴子捡回来修补后再穿。图雅所在的嘎查在大队党支部书记、当时的全国人大代表巴图书记的带领下,人人干劲十足,大搞社会主义建设。图雅更是积极参加"牧业学大寨",建设石砌草库伦,整天以打砖坯等泥水活儿为伴,一丝不苟地完成大队领导交给的各项工作任务。经过艰苦的劳动锻炼,她已不是那个容貌秀气、皮肤细腻的南方姑娘,而是早已变成了不怕暴雨风雪侵袭的家里的顶梁柱、坚强的女强人。17 岁时,她选择水草丰美的草场,寸步不离地放牧大队的羊群。她放牧的羊群膘情出众,在全大队的评比中获得第一名,赢得了众多经验丰富的老牧民的赞扬。她慢慢地还清了欠大队的 700 元债,卸下了全家人心里的包袱,过上了轻松愉快的日子。

受苦的姑娘早出嫁,18 岁时,图雅结婚成家,开始了她的新生活。当时,全天干搬运泥石的重体力劳动,能够挣 1.80 元钱。她不辞劳苦,起早贪黑地积极劳作。1978 年生下了儿子额尔登陶格陶，1980 年生下女儿星星，她沉浸在初为人母的幸福海洋之中。尽管是在哺乳期，图雅也从未放弃干泥水活儿等劳动。到了 1980 年每天能挣 3 元，1981 年每天就能挣 5 元了。她流血洒汗，养育着两个孩子。1980 年，丈夫宝音有了公职，全家从牧区搬进了城镇，因此把全部草场交回嘎查。由于文化水平低，进城后的图雅仍然继续做泥水活儿。1984 年，丈夫和她离婚了，她毅然带着两个孩子独立自强地过起了日子。当时到牧区修建 2 间土房才能挣 70 元。在锡林郭勒盟蒙古族中学上学的女儿星星，住校时一贯省吃俭用，不愿意多花母亲起早贪黑辛苦劳动挣来的每一分钱，她总是把母亲给她的生活费数来数去，想尽办法节约下来，不是必须花的钱绝不乱花。等到放假回家时，女儿给母亲带一些小礼品，以感谢母亲的恩情。她的学习成绩一直很不错，但考虑到母亲的辛劳，她不想让母亲再受劳累，于是当高中毕业后，就没有继续考大学，而是回到了牧区参加劳动，现在也过上了富裕的生活。2015 年，儿子额尔登陶格陶从内蒙古医科大学毕业，在苏尼特右旗赛罕塔拉镇开了一家私人诊所，以自己所学的医术服务于基层牧民群众，现在也算是事业有成了。

这么多年来，图雅靠自己的双手把两个孩子抚养成人实属不易，心里因此也得到了极大的安慰。

1991 年，她与泥瓦工闫如金重新组成了家庭，继续做泥水活儿。过去做泥水工是给别人打工，而现在他们两口子拉起了自己的施工队，以承揽包工的形式做起了“包工头”。

三十多年来，图雅从事繁重的体力劳动，靠自己的双手养育儿女，从没有向生活的艰难低过头。随着年纪的变老，现在她手脚开始变得不那么利索了。迈入新时代后，在党的民生保障政策的光辉照耀下，她也享受了养老保险待遇。她拿出了多年积蓄的 3 万元，加上女儿给她的 2 万元，足额缴纳了养老保险金。现在的她，每月能够领取 1900 元的养老金，在懂事又有孝心的两个孩子的关照下，过着丰衣足食的幸福生活。

兄长策仁道尔吉，虽然比图雅大 20 岁，却胜过亲哥哥，对妹妹倍加呵护。图雅回忆说：“哥哥中等个子，是阿巴哈纳尔旗人，终身未娶。他平时在家待不住，每次出去云游几天后才回家。他平时特别关照我。”1964 年冬天，年仅 7 岁的图雅跟着哥哥走场到北部的巴彦图嘎苏木，在靠近蒙古国的边境线附近过冬。有一次，哥哥放牧时遇到暴风雪，迷路走失二十多天，为了等待哥哥的平安归来，幼小的图雅三九天倔强地站在门外，冻伤了脸蛋。哥哥出牧前留给她半块月饼和几颗糖果，她虽然馋得直咽口水，但每天不知要来回清点多少遍，就是舍不得自己一个人吃掉，一直等到哥哥回来后才分着吃。年老多病的哥哥，在外漂泊多年后终于在图雅家安定下来，在图雅一家人的关照下，与 75 岁的养母相继离开了人世。

多年来，习惯了省吃俭用、节约过日子的图雅，深知生活的不易和奋斗的重要性。20 世纪 70 年代初，用 5 元钱能够买足一个月的口粮，还能用剩余的零钱买上扎头发的绸带。到 80 年代中期，一天的劳动报酬是 2 元左右；到了 90 年代末，一天挖出 10 米深的水井就能挣得 800 元；到了 2012 年，半年的劳动报酬已经能拿到 3 万元。她从中明白了一个道理，只要不停地劳动，靠勤劳的双手解决吃穿应该是不成问题的。她这一辈子始终没有停歇过劳动与奋斗，在为自己美好生活拼搏的同时，也为家乡的父老乡亲奉献爱心，做些力所能及的事情，如今的她心情愉快而充实。她说："虽然是孤儿，但我享受到了党和国家的关怀、社会大众的关爱、养父母和喇嘛哥哥的关心。如今子女孝顺，我不用搬运牛粪烧柴，不用拉水抬水，在舒适的楼房里享受着人间的温暖，这是我原来不敢想的。这是党和国家给的幸福，是养父母及关心我的人给的大爱，是靠双手创造出的幸福生活！"

作者简介

宝力道，1974年生，蒙古族，中共党员，现在阿巴嘎旗政协文史委员会工作。自1995年在《呼伦贝尔日报》首次发表作品以来，陆续有《双百翼》《海拉尔的回忆》《只有三个季节的戈壁》等多篇文学作品和《传统是挖掘不尽的文化宝藏》《蒙药无穷的神力》等通讯报道在各级报刊发表。

图力古尔，男，蒙古族，1989年毕业于中央民族学院。现供职于锡林浩特市。内蒙古翻译家协会会员。

草原母亲养育情深

薛瑞莲 口述 李建国 整理

薛瑞莲，女，现住内蒙古自治区锡林郭勒盟锡林浩特市。1960年，三岁左右的她由上海育儿院被接送到内蒙古自治区锡林郭勒盟锡林浩特市，由养父薛润、养母刘玉梅收养。

一

晨曦中，一声汽笛划破天际，一列火车缓缓驶离上海站台，加速前进，宛如一条长龙，向祖国北疆内蒙古飞奔。经过改装的车厢内满是咿呀学语的幼儿，这是又一批上海孤儿启程前往内蒙古。前来接运孤儿的保育员、随车医生、护士在车厢内来回穿梭，精心照料着这些孤儿。

事情发生在我国三年困难时期，上海育儿院滞留大批被遗弃的孤儿，收容条件有限的育儿院早已人满为患，可上海周边地区的孤儿还在涌入。这些孤儿一个个嗷嗷待哺，饥肠辘辘。情况万分紧急，一刻不能耽误，消息一出，党中央立即做出部署。时任内蒙古自治区政府主席乌兰夫同志闻讯，以大局为重，临危受命，全国一盘棋，蒙汉一家亲，愿接三千孤儿由内蒙古牧民抚养并誓言：接一个、活一个、壮一个。一场拯救孤儿生命的壮举就此打响，不抛弃、不放弃的民族大义在中华大地彰显，“三千孤儿入内蒙”的佳话在华夏土地上传唱。

我就是这三千孤儿中的一员，听养父母讲，领养我的时候，育婴院的孩子大部分已被领养，留下来的已经很少，我一直在盯着他们笑。养父母说这个孩子一直盯着咱们笑，看来有缘，就领养她吧！当时我手腕上有红布做的手环，写着我的名字“海燕”。办了领养手续，我被养父母抱回家。刚回家时因身体严重营养不良，导致我虽已三四岁却腿软得站不住，十分虚弱。也许是换了环境的关系，又或是哪里不舒服，我总是哭闹，怎么也哄不好。这样哭闹了几天，养父母没办法，正要打算把我送回育婴院时，我不哭闹了。我被留下来，养父母静下心来抚养我，家里有好吃的好穿的都先尽着我。记得我上小学的时候，父母每天早早起来，生着炉火在土炉上为我焙烤玉米面锅贴，烤出来的锅贴外焦里嫩甜甜糯糯可好吃了。养父母满满的爱浸润在我心底，上学的路上心里满是幸福，使我真正体会到家的温馨和父母的温暖。

二

父亲曾经是一名军人。1949 年参军，曾是坦克师步兵团一营的战士。抗美援朝战争爆发，部队接到入朝参战命令，夜幕中部队隐蔽行军，父亲负责押运弹药车，遇敌机轰炸，汽车倾覆。父亲被车挤压胸部受伤，呼吸困难，失去战斗能力，被战友救出后返回国内救治。这次伤残给父亲身体造成很大伤害，不得不退出现役，于 1953 年复原回乡。

在我 9 岁之后，弟弟妹妹相继出生，家里由只有我一个孩子的三口之家变成了人丁兴旺的七口大家庭，压在父母肩上的生活担子也越显沉重。俗话说穷人的孩子早当家，为了能帮父母减轻一些负担，我带弟弟、哄妹妹，尽全力干一些力所能及的家务活。

1975 年，父亲旧疾复发，转到内蒙古医学院附属医院进行治疗。我陪护父亲来到呼和浩特市。父亲的病情一天天加重，我每天精心护理，看到父亲被病痛折磨的样子，我内心既害怕又无助，经常以泪洗面。好在这时父亲单位派人来看望他，帮助协调处置一些治疗方面的事情，并在精神上给予抚慰，这让我压抑的情绪舒缓了许多。可父亲还是没能战胜病魔，不久就去世了。我哭得死去活来，疼我爱我给了我第二次生命的养父就这样走了。

薛瑞莲与养父母的全家福

三

回到家中，看到母亲憔悴的身影、4 个年幼的弟弟妹妹向我围拢，他们眼里含着泪水，那期待的眼神，让我仿佛一夜长大。我要和母亲一起养家，我辍学开始打临时工，可收入有限，生活还是陷入窘境。父亲单位了解了我家情况后，安排母亲进厂上班，在炸药车间包炸药。那时小妹还不到 1 岁，无人照看，母亲只好背着妹妹上班，进厂后把孩子放在门房，求值班员代为关照。工间休息，母亲再给孩子喂奶，撤换尿布。世上还是好人多，每当工友们腾出时间，都来帮忙照料孩子，妹妹在母亲背上一天天长大。

我的母亲 38 岁守寡，一直未嫁。她为我们这些孩子，为这个家辛苦操劳，始终保持乐观精神。她对我们也从不放松家庭教育，5 个孩子在社会上遵纪守法，在家中互相帮助、和睦相处。两个弟弟分别考上中专和大学，毕业后又都分配了工作。

薛瑞莲与母亲

母亲先后换了三个工作岗位,在每个岗位都尽职尽责。在铁业车间时实行承包制,计件工资,有活就干,没活就放假。母亲是个要强的人,也是为了一家人的生活,趁着闲暇,在园林处找到为绿化带除草、美化绿地的活儿,起早贪黑地干起来。七月的夏天十分炎热,一天下班后,母亲晕沉沉地回家,不知不觉一脚踩空,掉进路边没有井盖的下水井里。过了很久,母亲醒来,还纳闷儿怎么掉井里了。好在井里污水不多,她从井里爬了出来。第二天,母亲又去上班。可她身体不适,浑身没劲儿,晕晕沉沉,只得请假回家。母亲病了,在家里躺在床上休息了好几天身体才恢复过来。事后,乐观的母亲还把这次掉进井里的奇事,当笑话讲给大家。这就是我可爱的母亲,坚强的母亲。母亲的坚强也影响着我们。

四

19 岁那年，锡林浩特市一建公司招工，我当了一名电工。这次公司招入了一大批青年，给公司注入了生机，带来了朝气。公司成立了青年队，培养新生力量。培训中我们拜师学艺，师傅言传身教传授技术。我们边学习边实践，攻固学习成果。队里业余活动也搞得很好，基于民兵军训练队列，练打靶；文艺队吹拉弹唱、跳舞、朗诵，发挥特长。我掌握的一点舞蹈基础，就是从那时开始的，学会的第一个舞蹈就是《献给亲人金珠玛》。在青年队三年，这段时光是我最快乐的时候。

我和我的爱人是经人介绍认识的，那时我的爱人在镶黄旗邮电局工作。经过很长时间的书信来往和接触，1977 年我们结婚了，但是分居两地。四年后，我的爱人被调回锡林浩特市，在市广播电视局上班。办公地点设在贝子庙朝克沁殿院内，单位在却日殿院内给我们分配一间庙房，这样我们算有了住处，夫妻团聚。那个时候，国家施行计划生育政策，中央号召共产党员、共青团员只生一个孩子好，提倡晚婚晚育。我们响应号召，后来我们的儿子就出生在这间庙房里。我们领了独生子女证，成了独生子女家庭。我们一家三口在庙房内住了 10 多年。1991 年，市里落实民族宗教政策，要求我们搬迁，庙房移交给了宗教局。

多年来，我心里一直有个从军情节。也许是因为父亲当过兵的缘故；小时候听雷锋的故事，向解放军学习，使我非常羡慕军人。我年轻时想当兵，可机会都错过了。1998 年，儿子 18 岁，刚好在锡林郭勒盟商干校中专毕业，冬季征兵开始，我让儿子报名参军入伍，儿子成为中国人民武装警察部队天津部队一名武警战士。孩子在部队很努力，各项训练科目和任务都完成得很好，得到了嘉奖并获得“优秀士兵”的称号，光荣地加入了中国共产党。

五

我知道自己的身世，那是大约十四五岁的时候。听邻居们拉家常时，我隐约感觉自己是领养的。养父母对我宠爱有加,我根本没当回事。18 岁那年,母亲正式告诉我,我是上海孤儿。

改革开放以后,有关上海孤儿的事在一些报纸、刊物上有所报道。虽说对此我满不在乎,但心里还是萌生了弄清身世的想法。在锡林郭勒盟档案局,我查阅到了父母领养我的申请表。我被领养的准确时间是 1961 年 2 月 23 日。随着时间的推移,锡林浩特市的上海孤儿,相互有了联系。大家在一起谈天说地,互相倾诉家庭和个人情况,都觉得很亲近很快乐。智能手机普及后,大家在微信上建群,联系更加方便。在内蒙古的这三千名孤儿被称为“国家的孩子”。

我从一名江南的孤儿远离故土,来到北疆少数民族地区,在养父母的疼爱下,在党和政府的关心爱护下,在社会各界的关注下,我有了家。我在充满爱的幸福中长大,在这里我从没感到孤单。是草原母亲的乳汁哺育了我们;是蒙古族额吉的大爱无私,把我们这些孤儿紧紧揽入怀中,在千里草原播撒下民族团结的种子。孤儿不孤,我们都长大了。在纪念乌兰夫同志诞辰 100 周年时,锡林郭勒盟的 100 多名上海孤儿自发组织,前往呼和浩特市参加乌兰夫同志纪念馆落成典礼,虔诚地拜谒乌兰夫主席塑像,深切表达上海孤儿的感激之情。我们沐浴在党的阳光下,知恩图报,不忘党恩。汶川大地震时,锡林浩特地区的上海孤儿积极组织起来捐款捐物;中国共产党成立 100 周年之际,我们又自发为锡林郭勒盟福利院孤儿捐款。

如今,我已扎根草原 60 年,60 年岁月变迁我已深深地融入了这片土地,我庆幸我生在中国,我为我是“国家的孩子”而骄傲。

李建国,男,1953年生,大专学历,中共党员,1971年参加工作。1993年任锡林浩特市广播电视台台长、书记;2000年任锡林郭勒电视台二套节目部主任、新闻总监等职务。曾撰写《锡林浩特市广播电视专业志》和编写《75、85(锡市)广播电视发展规划》等文章,1996年曾入选《中国广播电视总汇》一书。2013年8月退休。

我是骑兵的后代、革命家庭的一员

额尔登其木格、彭永现　口述　牧丹　整理

最初接到报道任务，我心里直打鼓，生怕完不成采访任务，所幸接下来发生的一切，让我既感到欣慰，又深受教育。我们联系到了“国家的孩子”之一——额尔登其木格，说明情况后，电话那头的老人很爽快地答应了我们的采访要求。于是，我们按照约定的时间来到额尔登其木格家。初次见面，额尔登其木格就说：“看我个头矮小，一看就是南方人吧！”老人流利的蒙、汉语言切换自如，任谁来看都是蒙古族。可若是寻根，她出生在安徽一带，更让人出乎意料的是，她还是骑兵后代、革命家庭的一员。

刚进家门，额尔登其木格就迫不及待地拿出一本她珍藏的相册，介绍着每页的内容，里面记载着她父亲戎马一生的战斗经历，封存着许多战士走上战场之前的鲜活面容，还有“国家的孩子”相聚的合照，在翻看一帧帧老照片中我们的采访拉开了序幕，泛黄的记忆碎片把那段历史重新展现在我们面前……

额尔登其木格，今年66岁，很多小时候的事情已经不记得了。她的父亲叫王喜，1908年出生，1947年参军，是内蒙古骑兵团野战部队的一名骑兵，担任过班长，获过“英雄模范”等光荣称号。1952年，她父亲复员来到苏尼特左旗军马场，几经辗转来到白音宝力道苏木成为一名牧民。她母亲叫车旺波勒，锡林郭勒盟正蓝旗人，是个苦命人，之前结过一次婚。车旺波勒的丈夫被日本人杀害，两个孩子也先后夭折，之后一直没有结婚，直到遇见王喜。也许是出于可怜，或是对母亲的心疼，父亲从来不会和母亲拌嘴，总是默默地呵护着。1950年左右他们先后抱养了两个儿子，一个叫其日麦其，另一个叫明珠儿，弥补了家里没有孩子的缺憾。

1958年，养父母听说苏尼特左旗来了“南方孤儿”的消息，这两位热心肠的老人又燃起了抱养孩子的念头。当时，她爸二话没说放下手头的活，套上骆驼，转身来到查干敖包庙。性格豪爽直言的他说：“给我领养个孩子，给就给，不给就拉倒。”听到这样的话，大家见怪不怪了，一说王喜谁都认识，也都了解他东北汉子的性格。看他各项条件都符合，保育人员就让他去看看孩子们。于是他从孩子中挑了一个姑娘抱回家。那个时候她2周岁多，父亲的怀抱是她儿时的摇篮，母亲的声音是她儿时的童谣，就这样她有了一个温暖的家，有了疼爱她的父母，有了呵护她的两个哥哥。就像给她起的名字似的，她就是家里的稀世珍宝——额尔登其木格。后来大哥回忆说，小时候她最爱吃面条，接她回家的第一顿饭就是面条，小小的她吃了一大碗面后，还想吃第二碗呢。

回忆起小时候的点点滴滴，额尔登其木格说：“我真的很幸运，父母亲对我特别好，吃的、穿的、用的，只要条件允许，好东西都舍得给我买。母亲

额尔登其木格童年和青年时的照片

每天晚上抚摸着我的头发，哼着曲儿搂着我睡觉，我还时不时在她怀里撒娇。虽然不是亲生的，但是胜过亲生。父亲也是一样对我很疼爱，小时候常常把我举过头顶，让我骑他脖子玩耍。”

1967 年，额尔登其木格背着妈妈用碎布头对接缝制好的书包，肩负着父母的希望迈进了校园，认识了很多老师和小朋友。二年级时，受“文化大革命”冲击，她父母挨批斗、被劳动改造，她也无心念书，学业就半途而废了。她 15 岁那年，母亲去世。父亲一夜之间变得苍老，变得不爱说话。可父亲还是顾及她的感受，怕她孤单，省吃俭用，花 70 多块钱买回来一部工农兵牌收音机陪伴她，之后几年又买了一台缝纫机，在当时这些都属于“大件”物品。那时候，人们一分钱恨不得掰成两半花，可父亲却舍得为她花钱，特别宠爱她。她记得，20 世纪 60 年代末，哥哥们结婚，他们虽然不是亲生的，但父亲一样不少为两个哥哥置办了家当，给每家定制了五个哈那的蒙古包，还给每家分了 30 多只牛羊，希望他们往后的日子过得轻松。她成长的家庭，就是这样的和谐温馨。

额尔登其木格 17 岁那年，父亲说起了她的身世，打开了他深埋内心多年的心结。父亲说这些的时候，旁人曾劝他：“不能告诉其木格，她会离开你的。”但是父亲没有理会，还是一五一十地告诉了她。听了那些话，她当时一点也不信，心里想，如果不是亲生的，他们怎么会对她这么好呢。其实即使到现在她也是这么认为的，更别提去找亲生父母了……她喜欢草原生活、喜欢蒙古包、喜欢骑马，这就是哺育她的家呀！

在一次次亲昵的呼应声中，爸爸的背一天天驼了，白发也越来越多，身体逐渐消瘦，1974 年，爸爸离她而去。那时的她真正尝到了失去双亲、无依无靠的“孤儿”之痛，多亏两个哥哥和嫂子的帮助，鼓励她度过了那段最难过的岁月。

1977 年，她与同一个公社的回乡知青彭济田结婚，丈夫是湖南人。没想到她的公公也是从部队转业的，是抗美援朝时期做出贡献的革命战士。转业后，公公响应国家号召，带着大家走南闯北跑运输，最后留在了苏尼特左旗。丈夫憨厚老实、勤奋好学，在跟随公公多年跑运输的过程中，耳濡目染地学会了开车。之后，丈夫又专门学习考取了驾照，去了供销社开车。婚后，他们生了 2 个儿子，大儿子叫彭拥华，现在做生意；小儿子叫彭永现，

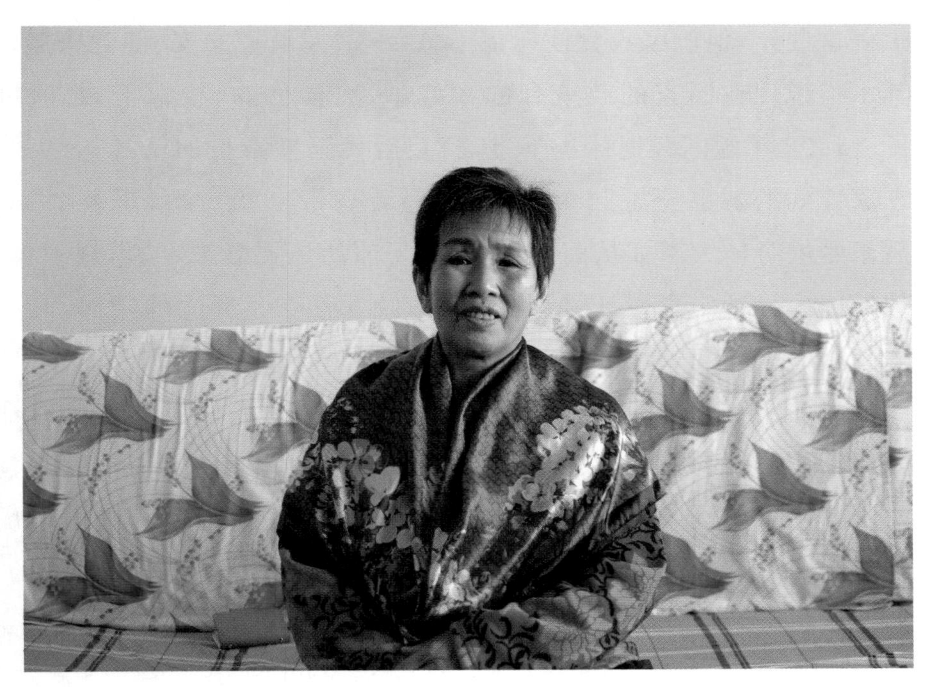

善良自信的额尔登其木格

在二连浩特市人社局工作。有了孩子，才慢慢地体会到做父母的不容易，额尔登其木格遗憾的是没能让养父母看到她结婚的样子，没能让他们享受天伦之乐。

成家后，她和丈夫就把“孝”字放在教育孩子的首位，而孩子们似乎明白他们这个民族大家庭的含辛茹苦，也很争气，特别孝顺他们，啥事都想着他们。

1981 年，国家落实政策，给养父母平反，给额尔登其木格安排了工作。她收到这个消息后，一连几天睡不着觉，心想她一定不辜负父母在天之灵，一定不会让组织失望。当时，她被安排到苏尼特左旗供销社工作。上了三个月的商业学习班后，额尔登其木格被分配到苏尼特左旗查干敖包门市部担任售货员。在这普通的岗位上她先后荣获旗级劳模、供销系统先进职工、单位“三八红旗手”等荣誉称号。后来，因丈夫和两个孩子都在二连浩特，她被调到了苏尼特左旗驻二连浩特转运站工作，于是他们就在边境城市二连浩特扎了根。

这些年，他们家衣食住行都不愁，一家人平平安安、健健康康。额尔登其木格说现在国家的政策真的太好了，只要你勤快、肯干，都能过上好日子。1992年她因病退休。不过，骑兵后代坚韧不拔的精神始终鼓励着她，在家养病的她也开了几年旅店，减轻看病带来的负担，添补些家庭收入。后来她的身体大不如从前，索性就关了旅店。再后来，城市规划拆迁重建，他们一家分到一套回迁楼房。现在的她，有一套舒适的楼房，月月领着退休金，安度晚年。

前几年，额尔登其木格参加了在苏尼特左旗举办的生长在革命军人家庭的骑兵后代的聚会，大家互相称呼哥哥姐姐，很是亲切，聊聊家庭、聊聊儿女，讲述着父母的故事，你一言我一语中传递着父辈们激情燃烧岁月的呼唤，凝聚了晚辈们继续奋斗的心愿……

额尔登其木格说，前几年，我把珍藏几十年的父亲部队转业证、军功章、立功证书等遗物捐赠给了苏尼特左旗博物馆，让更多人了解革命历史，珍惜现在的美好生活。

牧丹，女，蒙古族，1992年6月出生，本科学历，2013年在《内蒙古晨报》实习，现在二连浩特融媒体中心从事记者工作。

我很幸福

于连福　口述　春华　整理

“来到草原,我有了温暖的家,我真的很幸福!”在一个阳光洒满房屋的下午,于连福说起如今的生活,非常激动。他说,作为一名“国家的孩子”,没想到会过上今天这样的好日子。前几年已经退休的于连福,退休之前供职的单位是西乌珠穆沁旗第二小学。

有了一个幸福的新家

据后来查询的档案记载,1956 年 8 月出生的于连福是在 1961 年 3 月 11 日由养父于茂贵、养母高宝花领养,生活在西乌珠穆沁旗原阿尔山宝力格公社。当时的他营养不良,又瘦又小,看着就让人心疼。母亲紧紧地抱住他,生怕他跑了似的。于连福对当时的印象仅是在保育院的时候,不知道是在锡林郭勒盟保育院,还是西乌珠穆沁旗保育院。他记得有许多穿白衣服的保育员阿姨,食堂里摞着高高的碗。

养父于茂贵 19 岁那一年,从河北省枣强县来到锡林郭勒盟学徒,学会制作毡子,有了一手能裁能缝的手工“绝活”。1957 年,阿尔山宝力格公社新建皮毛厂,养父是建厂工人中的一员。母亲也是皮毛厂的工人,是乌珠穆沁蒙古族,她为人淳朴、勤劳、善良,人缘极好,阿尔山宝力格公社、巴棋公社一带牧民几乎都认识她这位热心肠的女子。父亲、母亲一生没有自己的孩子,他们从领养于连福的那一刻起,就把他当成了心肝宝贝。

父母亲用自己的双手辛勤劳动,创造着美好的生活。当时这个家庭在草原上算得上比较富裕的家庭,不愁吃不愁穿,身体瘦弱的于连福得到了最好的照顾。养父母将全部的爱给了他，尽最大努力养育着这个让人怜爱的孩子，在物质和精神上给予了儿子关爱与呵护，几乎倾注了他们的全部。

父母的爱沉甸甸

雄鹰总是用有力的翅膀护卫着幼小的孩子。当时全家随养父调动工作到乌兰哈拉嘎公社居住。后来于连福长大了，听邻居说，他被抱回家的时候，身上是青灰色的，人很瘦小，但肚子很大，邻居们都认为他活不了，但是父母说只要好好调养就一定能养好。于是，父母从当时公社的乳品厂买来乳品渣，或向牧民换取细粮，或向母亲在牧区的干妈要牛奶、奶食品来喂养这个弱小的生命。跟大多数的领养孩子一样，于连福小的时候去医院是家常便饭，以至于他只要一听到要去医院就又哭又闹。这时，父亲就慈爱

于连福与父母

地背着于连福，在公社的一条胡同里转圈，边转边说“好，好，咱们不去医院啊”，直到把年幼的于连福转得分不清方向后，再去医院看病。在父母的精心照料下，于连福的身体逐渐恢复，后来就成长为一个健康、强壮的男子汉。见过于连福的人都会认为他是一个地地道道的北方人：他的魁梧身体像一座坚实的铁塔，高高挺立在你的面前。粗线条的脸庞上，皮肤微黑，浓浓的眉毛，眼睛闪耀着温和的光，厚厚的嘴唇，坚毅的下巴，显示出男子汉的豪爽。

由于父母是皮毛厂的双职工，在当时的年代里他的家庭条件是相对较好的。所以，于连福在童年和少年时期一直都是伙伴们羡慕的对象，当时公社里的一些紧俏好吃的食物，他几乎都能吃到。母亲虽然脾气大，但心地善良，于连福有时淘气，母亲会拿起笤帚打他，这时父亲总是护着他。但是别人欺负她的儿子，她又常常会找人家“算账”。

记得公社里有一口古井的水好喝，全公社的人都在这口井里担水喝。这口井是石砌大口井，特别是冬季，由于每天提水出井的时候会有少许水洒在井口，时间一长，井口的冰冻得又高又滑，十分危险。有一次，于连福趴在这口古井边伸头往里看，父亲看见了，着急地把他抱起来，打了他一顿。这是于连福唯一一次被父亲打，这件事给幼年的于连福留下了深刻的印象。他对笔者说：“父亲急眼打了我，就是怕我掉进井里，说明他很爱我，在乎我。”公社里与他同龄的孩子早在十二三岁的时候就开始用小桶往家担水，但于连福的父母亲坚决不允许他去担水，直到他十五岁以后才让他担水。

在那个年代，十七八岁的孩子已经成为家里的主要劳动力。于连福每次上山捡牛粪或去沙丘里捡枯树枝的时候，父亲一定要跟着于连福走。每次于连福都不让父亲去，于是父亲就找借口说他在家里闲不住，说要跟儿子出去溜达溜达，其实于连福深深知道，他的父亲是不放心让儿子一个人上山，怕他一个人在山上出意外。

就这样，没有血缘的一家人和谐幸福地生活在了一起。这种超越亲情的人间大爱始终萦绕在这个普通工人的家庭里。上中学一年级的时候，于连福才知道自己是“国家的孩子”。“一家三口虽然没有血缘关系，但丝毫不会影响我们的亲情关系，我们依然是心连心、相亲相爱的一家人。”于连福说到这里潸然泪下。

草原上的花朵在雨露阳光下生长、开花、结果。快乐的少年于连福在温馨的家庭里也渐渐成长、长大。1977年,于连福高中毕业后,正是“知识青年下乡”大潮的时候,按照当时的政策,于连福本来是要去下乡锻炼的。但他的母亲怕他下乡受苦,也不想让孩子离开她的身边,于是就跑到公社领导那儿说明情况请求让孩子留在自己身边。不久,于连福就到乌兰哈拉嘎公社皮毛厂工作了。在那个年代,于连福是公社里为数不多的几个没有参加过下乡的知识青年。后来由于知青大量回城,公社学校缺少教师,养母又去找学校领导说明了于连福的特殊情况。1979年,具有一定文化知识的他,从此开始了教书生涯,直至退休。

在学校,由于于连福的身份特别,历任学校领导无论在生活上还是在工作上,对他都很关照,他也积极上进,在工作中取得了一些成绩:1983年被评为“旗级先进工作者”,1998年荣获“旗级优秀教学能手”荣誉称号,并多次获得学校的“先进工作者”荣誉。

幸福的夕阳生活

改革开放后,祖国万象更新,到处是欣欣向荣的喜人景象。于连福父母亲以自己的行为习惯,影响着于连福,让他在人生的道路上走得坚实稳当。

辛苦了一生的母亲患食管癌晚期,于1988年10月去世。父亲患尿毒症晚期,于1991年2月离世。养父母将“国家的孩子”抚养成人,左邻右舍都知道于连福有着知恩必报、回馈父母的优秀品德。他特别孝顺,不分昼夜在老人床前伺候,直至为他们养老送终。父母亲生病的时候,于连福和妻子、孩子围绕在床前,用不离不弃谱写了孝老爱亲的时代赞歌,用无怨无悔将人间大爱播撒在草原。他的两个儿子潜移默化地传承着大爱,每当父亲出门在外,孩子们都是守护、照料着他们的爷爷奶奶。母亲后来走不了路,大小便失禁,十几岁的孩子们从来没有嫌弃,反而更加周到地照顾着生病的亲人。谈起这些,于连福感慨万千:“孩子们和他们的奶奶可亲了,一直和奶奶在一起,两个孩子是奶奶的宝贝。”

作者(右)和“国家的孩子”于连福看老照片

于连福的养父母在世的时候,有些寻亲活动邀请他参加,他从来都是拒绝的,因为来草原的时候比较小,头脑里几乎没有什么之前的记忆,也就更谈不上什么感情了。于连福真诚地说:“这无关爱恨,我的记忆始终植根在草原。”2017 年 5 月,于连福与同是上海孤儿的贾凤奎两家人到上海游玩,在朋友的帮助下,他们找到了当年上海收养弃婴的孤儿院旧址(上海余庆路 190 号),也算了却了他感受出生地亲情的一个心愿。

“国家的孩子”于连福在草原上深深扎下了根,延续了生命,有了幸福的家庭,他的妻子叫张淑琴,是母亲一个远房亲戚,他们二人经人介绍结婚。妻子虽然没有工作,但是她撑起了家里的半边天,是公社里尽人皆知的干活能手。

于连福教育孩子要积极上进,懂得感恩,要回报社会。从小就住校的两个孩子自立自强,学习优秀,大儿子于国民在西乌珠穆沁旗综合高中上学的时候,就是学校的团支部书记。如今,大儿子于国民在锡林郭勒盟中心医院中医院担任主任医生,二儿子于国庆在锡林浩特市地勘九院工作,两个儿子都已成家,为实现着各自的梦想而奋斗着,于连福则和妻子安享着晚年的幸福生活。

斗转星移，在春的花海、夏的浪漫、秋的金黄、冬的冰雪更迭中，60多年转瞬即逝。于连福前几年退休了，尽享儿孙绕膝的幸福。回想起过去，他还沉浸在对养父母深深的怀念中，“如今我也儿孙绕膝了，没事就去看看在锡林浩特市上班的孩子们，感受生活的巨大变化”。于连福如是表示。在他内心深处，对养父母于茂贵、高宝花更有着永难割舍的亲情，这也使得他在采访中多次落泪。

草原上的雏鹰一旦成长，总会翱翔于高高的蓝天，更会报答母亲大海般的养育之恩。从孩提时代就来到这片草原的于连福，在党和政府的阳光雨露下，在养父母的精心养育下，成长为草原上的人，直至白发染青鬓。“乌鸦反哺报母恩”的故事演绎在他的身上，他用各种方式报答党的关爱恩情，报答草原母亲的养育情意。他们为武汉市、上海市等地踊跃捐款，用自己的所作所为为国家、社会做出力所能及的奉献，用实际行动回报着社会、反哺着社会。这是一场爱的传递，更是一段民族团结、石榴花开、籽籽同心的佳话。在这段传奇历史的背后，是超越民族、超越地域、超越血缘的爱，是中华民族守望相助的深情担当。

春华，女，蒙古族，1964年10月生，中专学历。曾任《锡林郭勒日报》驻站记者、特约记者，《锡林郭勒晚报》特约记者，《锡林郭勒日报·乌珠穆沁版》《乌珠穆沁周报》《西乌讯》记者、编辑，现任西乌珠穆沁旗融媒体中心记者、西乌珠穆沁旗摄影家协会副秘书长、《锡林郭勒日报》特约通讯员、内蒙古骑兵革命史研究会会员、锡林郭勒盟作家协会会员。

绽放在草原上的金花

阿拉坦花　口述　斯钦巴特尔　整理

我叫阿拉腾花，汉语意为“金花”。我是三千多个“国家的孩子”之一。自从我来到内蒙古苏尼特左旗之后，我这朵金花在草原上找到了自己生命的意义，悄然绽放。

金秋送来家的温暖

在一个金秋时节，还在襁褓中的我被送往了内蒙古，有了自己生长的一隅之地。养父母视我如己出，给我起名阿拉腾花，后来得知身世的我更喜爱这个名字，一如我来到内蒙古时的金秋，同时也寄寓着父母对我的珍爱。我的家人是：奶奶乌力吉、养父根登、养母扎格达，姐姐斯日吉米都嘎、哥哥额日和图、妹妹通拉嘎和萨仁，其中哥哥额日和图是父母亲生的孩子，其他四个都是抱养的孩子（通拉嘎、萨仁是养父弟弟的孩子）。兄弟姐妹中我排行老三，一家八口人其乐融融，我虽出身汉族，却也从未受到区别对待，家人们给予了我足够的爱与耐心，我在此后也常常感慨民族团结互助力量的伟大。

奶奶乌力吉是我们一大家的首要人物。她常笑意盈盈地看着我，然后摸摸我的头，理理我的头发，宽厚的手掌传递着温暖。我常抬起头端详她，记得那是一张饱经沧桑的脸，高高的颧骨被高原的艳阳染上一抹红晕，眼角的皱纹重重叠叠仿佛记录着许多故事。小时候，她常常牵起我的手，她手上生着的老茧虽有些扎手，却也常常让我感到安心。给予家人一处避风港的蒙古包，是由父亲亲手搭建的。父亲勤劳能干，蒙古包坚韧暖和的毡子也是在他的巧手下制成的，我常常蹲在父亲身边看他制作蒙古包。父亲见我感兴趣也教我制作，一来二去我也掌握了一些技巧。我于 2017 年 6 月被认定为苏尼特左旗第五批非物质文化遗产名录《蒙古族刺绣（毡绣技艺）》项目代表性旗县级传承人，还参与制作了新中国成立 70 周年时手工

旗县级非物质文化传承人阿拉腾花

建党 100 周年奉献大礼

荣誉证书

HONORARY CREDENTIAL

阿拉腾花女士：

您的刺绣作品"民族风刺绣手包"在2019年"全区蒙古族刺绣大赛"中获得优秀作品奖。

特颁此证，予以表彰。

内蒙古自治区文化和旅游厅

2019年7月

阿拉腾花的刺绣作品荣获内蒙古自治区文化和旅游厅颁发的"优秀作品奖"证书

刺绣的超大国旗，制作了查干敖包庙全景图毡绣作品，参与了庆祝中国共产党成立100周年毡绣作品《红船精神》等的制作。我的作品《民族风刺绣手包》在2019年“内蒙古自治区蒙古族刺绣大赛”中荣获优秀作品奖。2021年，我参加锡林郭勒盟“庆祝建党100周年暨十一国庆节”非遗文化毡绣比赛，获得第二名。在苏尼特左旗“永远跟党走——百年技艺代代相传”非遗文化手工艺品比赛中荣获特等奖。2022年，在庆祝第112个“三八”妇女节全旗非遗文化毡绣比赛中荣获一等奖。这些与当时父亲对我的启蒙是密不可分的。至今，和家人们相处的种种场景还历历在目，是他们给予了我家人的关怀。在那个温暖的家，金色花找到了属于自己的土壤，蓬勃生长。

亲情创造黄金岁月

20世纪60年代初，我们几个牧户组成一个浩特，轮流放集体畜群、记工分，以此来获得收入。当时国家正开展爱国卫生运动，要求从房屋到棚圈，再到浩特周围，必须干净整洁。为积极响应国家号召，大人组织起我们几个孩子在周边劳作得热火朝天，我们边劳动边嬉笑打闹着，尘土扬起后被光线照射着，像一条条金线披在我们身上，大家脸上都洋溢着幸福的笑。辛苦劳动后，袅袅炊烟升起，肉香在老远就闻得到，浓香的奶茶、淌着汁水的手把肉都足以慰藉我们疲惫的身体。大人们为了奖励我们的劳动，还会塞几块糖给我们作为奖赏，那溢在口中的甜是我至今难忘的。

我热爱牧区生活，喜欢这里的牲畜，喂养它们时我甚至与一只老山羊建立了友情，它洁白的羊毛实在讨人喜爱。而在20世纪70年代初的一个秋天的牲畜出栏期，嘎查队部选出老弱牲畜，并要派专人赶到旗里卖掉。我的老山羊久久不幸被选中，我是那么心痛，抱着老山羊不愿撒手，那一整夜我都忍不住在哭泣。第二天，父亲踏着金色的朝阳离开家，当他踩着晚霞归来时，身边还有我心爱的那只老山羊，原来他向嘎查长求情，要回了这只老山羊。我的感动难以言表，冲向父亲抱住他表示深深的感谢，父亲只是抚摸着我的头笑笑，我知道这就是他对我的爱。这是我的黄金岁月，这朵金花在爱的浇灌下愈发美丽耀眼。

拼搏谱写金色人生

1971年我在昌图锡力苏木小学念书。学习让我感受到了这个世界的丰富。然而好景不长,1973年的一天,奶奶摔倒,腿受了伤,这个本来面色红润的老人在病痛的折磨下消瘦了一圈。我非常心疼奶奶,为了能照顾她的饮食起居,我暂时放弃了学业。但我坚信,我金子般的人生不会止步于此,照顾奶奶的同时我也努力提高着自己各方面的能力和水平。

生命只有一次,可人生却有很多选择。休整三年后,我决定参加民兵训练。我曾经训练过为大炮上弹,这是一项看似粗莽却又非常细致的工作,稍有差错就有爆炸的风险。那几年训练非常艰苦,但我这朵金色的花从不惧风雨,只会迎难而上,努力追寻自己生命的意义。当时,在巴彦乌拉公社那达慕上,进行了锡林郭勒盟民兵训练成果展示活动,我被选派为苏尼特左旗优秀民兵技术人员参加展示,进行骑马打靶、突破障碍、投弹、骑马跨沟、就地让马躺下打靶等各式各样的表演。我的汗水在场地尽情挥洒,当听到观众雷鸣般的掌声时,我知道我的努力得到了肯定,汗水映射着我成功的光辉,人生金光初现。此时我更加感恩国家与父母,给了我站在这里的机会。

少年易老学难成,一寸光阴不可轻。我没有满足于小小的成就,仍是抓紧时间提高自己。我曾参加"铁姑娘"队,争着去干集体活。这片土地和生活在这土地上的人们早与我血脉相连,我多想献出一己之力去报答他们啊!随后,勤奋能干的我也获得了广大牧民群众以及集体的赞扬,我的这份心意也算得到了满足。这朵金花正因为愿意奉献自我,才变得芬芳四溢。

初心不改,方得始终。1976年,昌图锡力苏木有了招工指标,当时的苏木领导来到我们家,向父亲说明了来意。父亲从五个孩子中选了我,他目光深邃地看向我,眼神中充满对我的信任与期待。他对领导说:"你们好好培养这个姑娘,希望她今后成为一个对国家有用的人!"父亲说完手重重地放在我的肩膀上。"国家的孩子"是时候报答国家了,我也感受到了对这份责任的义不容辞。

我刚开始参加工作的地点是在昌图锡力苏木,从事基层妇联工作,后来到苏尼特左旗旗委党校工作直到退休。在工作中，我兢兢业业，勤勤恳恳，并光荣加入了中国共产党，成为一名党员。我始终铭记自己的责任，牢记自己是“国家的孩子”，在任何时候都不甘落后于人，尽自己所能多做些事情。为此我于1982年被评为自治区级“妇联工作先进个人”，还多次获得过“优秀共产党员”“三八红旗手”“维护民族团结的五好家庭”等荣誉称号。拼搏谱写了我金色的人生，让我成了一个对国家有用的人。

金色品质世代延续

我的生命由上海出发，在草原绽放。这其中少不了党和国家对我的关心关爱，少不了父母对我的抚养和教育，少不了父老乡亲对我的支持与帮助，我时刻感恩，铭记在心。我认为只有一朵金花绽放不够耀眼，需要千万朵才能让世界更有生机。于是，我尽自己所能，时刻教育孩子们要为民族团结、国家繁荣献出一份力。同时，我也感谢我的丈夫斯日敖德，我们同心同德，共同培养孩子成长。在我们的教诲下，儿女不负所望，成了各自工作岗位上的奉献者。儿子叫嘎拉巴达日呼，在东乌珠穆沁旗嘎达布其镇任镇长；女儿叫宝乐日玛，在苏尼特左旗洪格尔苏木任苏木长。他们都尽心尽力为群众服务着，也成了对国家有用的人，对此，我深感欣慰。

阿拉腾花说，国家的孩子应该有家国情怀。家国情怀熔铸在传统文化的基因和民族的灵魂里，是个体对国家、对民族的深情大爱。我的祖先是汉族，但我却变成了蒙古族。是这片草原孕育了我，草原上处处盛开这样的花，我们每一朵花都要将热爱国家、民族团结、拼搏奋斗的优秀传统延续下去。

斯钦巴特尔，男，蒙古族，中共党员，1979年9月出生，大学本科学历。曾任苏尼特左旗党政翻译室主任、政府办公室副主任、编制委员会办公室副主任、巴彦淖尔镇党委副书记、苏尼特左旗政协教科文史委员会主任等职。现任苏尼特左旗政协秘书长、办公室主任。

人生是一首悠扬的牧歌

包凤英　口述　高建军　整理

草原的秋天是多彩多姿的。金黄色的乌珠穆沁草原与天相连，四散的牛羊犹如牧野祥云告白着希望的田野。2013 年金秋季节，55 岁的包凤英从西乌珠穆沁旗农牧业局的工作岗位上退休。

人生如歌，岁月静好。“在平凡中过好每一天，做好每一件事”是 64 岁老人包凤英的内心真实写照和人生座右铭。父母是她人生的偶像，她对同事和蔼可亲，工作尽力而为，用真心真情去回报这片滋育她乳汁和赐予她第二次生命的草原。

时光荏苒，岁月如梭。一件件往事、一次次笑容，包凤英历历在目，刻骨铭心。养育包凤英的蒙古族父母视她为己出，含在嘴里怕化了，举在头上怕吓着。而包凤英在饱含着“父爱如山、母爱如歌”的幸福时光中无忧无虑地慢慢长大。那是一幅饱含着深情、如蜜甘甜的岁月记忆长卷。如今，岁月风霜雨雪的痕迹悄然爬上她那张红里透黑的面庞。她小心翼翼地向我们打开那尘封已久的记忆，那岁月，那往事，那亲情……

包凤英娓娓讲述着乌珠穆沁草原上一对叫敖门仓、陈秀琴的蒙古族夫妇，在 20 世纪 60 年代初期，以宽广的胸怀、用真情抚育上海孤儿幼小生命茁壮成长的感人故事。

包凤英饱含深情的话语，让我们深深感受到一个人的生活经历所折射出来的社会价值观的光芒。草原阿爸额吉的伟大与慈悯，抒写着一首讴歌中华民族大家庭守望相助、团结奋斗的壮美诗篇。

包凤英眼眶微微泛红，将时光追溯到天真烂漫的童年时代。年迈的奶奶每天都怕这个孙女冻着、碰着，把她呵护在温暖的襁褓中。额吉陈秀琴每天从公社被服社结束一天繁忙的工作，回到家里第一件事，就是把最好最香的东西做给自己心爱的女儿吃。小凤英依偎在阿爸温暖的怀里咿呀学语，听阿爸讲那过去的事情。亲人们把她视为掌上明珠疼爱呵护。小学三四年级的时候，几个小朋友在小凤英的身后交头接耳："小凤英，你是上海抱来的孩子。""我才不是呢，我是阿爸额吉的姑娘。你们才是抱养的孩子。"小凤英和他们顶撞着。回到家里，母亲察觉到女儿一脸伤心的表情，问清来龙去脉，母亲告诉小凤英他们在胡说，你就是阿爸额吉的女儿，他们才是抱来的。阿爸当兵的时候正好在上海，额吉在上海生的你。第二天，母亲早早到学校狠狠训斥了那几个调皮的孩子。从此，没有人再敢提起这件事。在额吉美丽的谎言下，小凤英的生活依然如往常一样风平浪静，她心中不再产生疑云。

阿爸曾策马驰骋沙场，冒着枪林弹雨，为民族解放事业浴血奋战。1958 年，为响应党的号召，转业到西乌珠穆沁旗支援牧区边疆建设。从那

包凤英 7 岁时与养父母

时起，陈秀琴与丈夫举家千里搬迁至这片陌生的茫茫草原，一别故土吉林省前郭尔罗斯蒙古族自治县半个多世纪。也是在这片多情的草原上，演绎着慈祥的老奶奶、阿爸、额吉、小凤英蒙汉血脉亲情的故事，延续着包凤英子孙后代其乐融融共筑民族团结的幸福诗篇。

包凤英的奶奶早年过世，为人善良忠厚的阿爸、额吉也都在高寿之年撒手人世，安详辞别人间。每每谈起这些，年过半百的包凤英依旧充满感伤和思念。他们是她生命中刻骨铭心的人，是她爱到永远的人，是她今生来世感恩不尽的人。

小时候的包凤英

童年的记忆是模糊的。成年后最让她难以忘怀的是永远刺痛她内心的那一刻。额吉忍痛捅破那层窗纸："姑娘，你是额吉从保育院抱回来的孤儿，你是从上海来的'国家的孩子'。"当时，包凤英似乎感觉到额吉的心在流血，而她撕心裂肺，不相信这就是事实。这是1982年的深秋，在包凤英举办婚礼喜庆之时，额吉把埋藏心底不是秘密的秘密抖了出来。相拥相抱在一起的母女泪流满面，此时，她们的心更近了，情更重更浓了。"你是我的亲额吉，我是你的亲女儿，我们是永远的一家人。"包凤英向母亲倾诉着衷肠。

额吉是一个充满爱心的人。1977年，包凤英和20多个伙伴结伴来到西乌珠穆沁旗白音宝力格公社新宝力格牧业队插队下乡。他们种地、放牧，苦活累活样样干。同一批的插队知青，很多是汉族青年，包凤英与他们都很谈得来、合得来。包凤英在家门口下乡，算得上是"回乡知青"，所以生活要比其他知青同伴方便些。每遇到那些远离家乡的知青同伴感冒或身体不舒服，她都会把他们请回家中，额吉会端上一碗香喷喷、热乎乎的面条或奶茶，那些远离家乡的孩子顿时感觉到家的温暖。至今，他们仍然记忆犹新，仍然对额吉的手擀面条和奶茶回味无穷，言语中更多的是对爱的感受。

包凤英的父亲敖门仓是一位部队转业的老干部。在“文化大革命”中，被打成“内人党”，身心受到迫害。1979年，组织上为父亲落实政策。包凤英被安排到旗计生局工作。计生工作是基本国策，千头万绪，纷繁复杂。包凤英负责的是全旗牧区面积最大的巴棋公社和最偏远的额仁戈毕公社。那里地广人稀，交通十分不便。牧区没有公路，开展工作难度可想而知，更何况是一位年轻的女孩。但包凤英不惧怕，她心里时常想，我是草原养育大的孩子，工作上有任何问题我都应克服，我要从一点一滴做起，回报养育我的草原。倔强好强的包凤英用行动践行着这一诺言。为了及时准确掌握一个数据和动态，为了将基本国策传播给广大群众，包凤英经常搭坐在别人摩托车后面或骑马、坐牛车，风雨无阻，奔波在草原上。在她的心目中，计生工作的一点一滴微不足道，但日积月累就汇聚成了一条奔流不息的小河。她干一行，爱一行，奉献一行，最大程度让组织满意，让广大牧民群众满意，这是她工作的标准和基调。几十年来，她心中的“民情日记”不知道堆积了多高，她流淌的汗水又不知浇灌了多少事业之树枝叶繁茂。包凤英多次被评为旗级先进工作者。这一切都是平凡中不平凡的奉献的结果。在那个历史条件下，包凤英做的并不是什么惊人壮举，但是却真真实实实现着人生的意义和价值。这是一朵盛开在草原深处的金莲花，芬芳艳丽。

采访包凤英时，我向她提出一个很重要的问题：“你认为自己的工作经历中有什么遗憾和欣慰？”她说：“既然付出了，就没有什么遗憾，更多的是欣慰和感动。汉族同事说我是他们的蒙古族好姐妹，蒙古族姐妹说我是她们的汉族好同事。”

有两段工作经历让她难以忘怀。一个是20世纪80年代初期，包凤英在做一名超生牧民的工作时，这位年轻气盛的牧民突然用过激的言行，威胁她的家人安全。这件事惊动了公社领导，他们要对这位牧民严肃处理。但包凤英却动之以情，晓之以理，讲政策，低调处理了这件事。事后，这位牧民很后悔，知错就改，很支持和配合包凤英的工作。多年来，她们像亲姐妹一样来往走动着。

乌珠穆沁草原的一草一木是有记忆的，它们是四季轮回的使者，也是岁月更迭的见证。

不知不觉中孩子们都已长大成人，过起各自的日子。颐养天年、退休在家的包凤英和老伴德力格尔，除了尽享天伦之乐外，还经常参与一些公益性社会活动。在庆祝中国共产党成立100周年、民族团结、共铸中华梦活动中都回荡着她和姐妹们对党、对祖国、对人民、对故乡发自内心的真挚赞歌。

在草原深处乌兰哈拉嘎苏木萨如拉图雅嘎查，传颂着一段包凤英助人为乐、献爱心的佳话。牧民吉德、乌日娜老两口年迈体弱，孩子多、牲畜少，生活十分拮据。无力缴纳养老金成为两位老人的心病。包凤英得知这一情况后，与丈夫德力格尔的想法不谋而合，迅速为吉德和乌日娜两位老人补交了3000元养老金。现在两位老人每月能拿到1400元养老金，缓解了生活困境。

包凤英时常对亲朋好友说："我的爱是阿爸、额吉给的，我也要把这份爱回报给社会。"她义无反顾、力所能及地做一些事。包凤英的爱人德力格尔也是一位从小失去父母的孤儿，更是一位充满爱心的人。两人从高中时

包凤英全家福

就互相喜欢，到德力格尔从绿色军营退伍归来喜结良缘。他们倾心倾力耕耘着爱的乐土，编织着美好的理想生活花环。他们没有遗憾地倾尽所有的孝心为两位不是亲人但胜似亲人的老人养老送终，额吉活到 87 岁，阿爸活到 92 岁。

“家是最小国，国是千万家。”这个家庭延续着优良的传统和道德品质。两个儿子都在各自的工作岗位上辛勤奉献着，是同事和领导交口称赞的好青年。儿媳们很孝敬老人，孙子孙女都很懂事听话。长辈的言传身教和家庭熏陶，培育他们用爱去辛勤浇灌民族团结之花。

孩子们的童年是幸福的，而包凤英的童年却是不幸中的万幸。

1960 年，又水草丰美、百花盛开、牛羊肥壮的季节。在西乌珠穆沁旗白音宝力格公社当干部的敖门仓和妻子陈秀琴来到旗保育院，他们此行是响应党的号召，来完成一项光荣的政治使命——抱养上海孤儿。看到那些又瘦又小的襁褓中的婴儿，陈秀琴和一同来抱养上海孤儿的花拉鼻子酸酸的，眼睛也湿润了……陈秀琴一把将身边最近的一个小女孩抱在怀中，喃喃自语：“这就是我的孩子，我的孩子。”这就是“小凤英”最初被抱养的那一幕。

也许人生的一小步就是缘分和机遇。小凤英蹒跚的一小步注定了她一生的幸福命运。

陈秀琴把小女儿抱回家的很长一段时间，孩子总是眨着无神的眼睛看着他们，没有咿呀的言语，也没有笑声，甚至没有哭声。陈秀琴这下犯了难，带着试探的口气，难为情地对丈夫敖门仓说：“这孩子八成是哑巴吧？哑巴也是我们自己抱来的，孩子和我们有缘，只能听天由命了。”陈秀琴绝望地望了丈夫一眼。一向憨实厚道的丈夫慢慢抬起头，深情地瞥了一眼襁褓中熟睡的女儿：“谁也别怨，进了这个家就是我们的亲生女儿。不管怎样，她都是我们的心肝宝贝。”

陈秀琴和丈夫深情对视着，从那一刻起，他们更加呵护襁褓中的女儿。

为了让这个脆弱的小生命茁壮成长，陈秀琴和丈夫一商量，干脆把千里之外的老母亲从老家接了过来，专门伺候这个小“哑巴”。奶奶费尽周折、用尽心思，为孩子烹制最美的奶食，哼起古老的牧歌长调。可是孩子总是食欲缺乏，时常还闹些小毛病，他们在焦虑中苦苦等待好运和转机。

功夫不负有心人。在奶奶的精心呵护和调养下,孩子一天比一天有精神了。小凤英小脸蛋有了红扑扑的笑容,像草原上的萨日朗花吐蕊绽放。陈秀琴和丈夫敖门仓顿时喜上眉梢。

在一个夕阳西下的时分,时光老人为这草原上幸福的一家编织了动情的一幕:“嘿啦啦啦,嘿啦啦……”包凤英用小嘴嘟嘟着。下班回家的阿爸兴奋地将孩子举过头:“我的孩子会说话了,会说话了!”那震撼人心的喊叫声久久回荡在草原深处。

悠悠岁月,如画卷一般铺展开来,展现出厚重的历史轮廓。包凤英是否像很多当年失联的上海孤儿一样踏上寻找“血缘”的路呢?面对笔者的疑问,在包凤英充满温馨的家里,她微露笑容地说:“那只是意义上的存在。我的生命是阿爸、额吉给予的,我的根在草原,我的希望在草原。”她很欣慰。2021年,包凤英读小学的孙女苏登伟勒苏在内蒙古自治区中小学生演讲比赛中脱颖而出,代表内蒙古自治区参加由共青团中央举办、中央电视台承办的“三千孤儿入内蒙,民族团结闪光辉”大型直播节目,小苏登伟勒苏深情讲述着奶奶的故事,讲述着三千上海孤儿的故事,讲述着草原阿爸、额吉的故事,讲述着亘古不变的爱的故事。这个故事,浓缩着中华民族各民族一家亲的身影。

思念有着各种方式的表达。包凤英牵头在乌珠穆沁草原建起“国家的孩子”微信群,他们互相照应,传递爱,传递正能量。2022年,上海发生新冠疫情后,他们为遥远的家乡发起了微不足道却充满情感的捐助,这是背井离乡的孩子们的牵挂。

在我们离开时,包凤英为我们唱起了那一首《梦中的额吉》,以祝福草原上的三千上海孤儿,并祈祷阿爸、额吉们在天堂安好!

高建军,男,蒙古族,中共党员,1964年8月出生,大专学历,中级编辑职称,曾任西乌珠穆沁旗广播电视台台长。现任西乌珠穆沁旗供销合作社联合社主任。

人间大爱

张斌　口述　张永冲　整理

张斌是“三千孤儿入内蒙”中“三千孤儿”的一员，蒙古族名字叫“宝日夫”。户口上标注的出生年月日为1957年8月8日。1960年大约三岁时，他从上海孤儿院被接到内蒙古大草原，被锡林郭勒盟镶黄旗那仁乌拉公社查布大队的汉族牧民张万昌、任枝花夫妇领养。

张斌说：“我是从小在牧区长大的，作为‘国家的孩子’，我首先感谢我们伟大的党和国家，感谢老一辈领导人周恩来总理、乌兰夫主席，感谢把我抚养长大的草原‘额吉’‘阿爸’！”

张斌刚被抱回来时身体很弱，面黄肌瘦，加上水土不服，常常拉肚子。张万昌夫妇很着急，常常抱着他到医院治疗。“婴儿安”“化食丹”“鸡内金”之类的药成大包地往回买。父母为了给他补充营养，把家里养的十几只母鸡陆续杀了，给他炖汤喝。为了接上茬儿，母亲任枝花背着奶食品到二十多公里外的农区再换回来三十多只小鸡接着饲养。

张斌的上面还有一个大他七岁的姐姐，姐姐很疼弟弟。“弟弟眼睛大大的，特别招人喜欢，只是刚开始说的话我们有些听不懂。我天天带他玩，教他蒙古语和我们说的普通话。他学得很快，非常聪明。”姐姐说。

张斌来到这个家一年后，身体就渐渐好了起来。7岁前，父母都一直给他单独开小灶。当时是核定供应粮，粗粮多细粮少。他除了独自享受政府特别供应给“国家的孩子”的奶粉、白糖、饼干外，家里的细粮全部都尽着他吃。就连只大他7岁的姐姐也是几乎沾不到边的。同浩特及周边的蒙古族乡亲们特别关心小张斌的成长，谁家宰了牛羊，总会把煮得烂烂的、香喷喷的牛羊肉送来一碗给他吃。

“接一个、活一个、壮一个”是当时内蒙古自治区政府的要求，也是“草原母亲”对“国家的孩子”的承诺。

张斌说：“我的‘额吉’是个言语不多但却非常疼爱我的妈妈。阿爸是给大队集体放羊的，羊群有八百多只羊，很辛苦，但他每天放羊回来总是第一时间抱起我，举一举，亲一亲。姐姐对我更好，领着我玩，有什么好吃的，总让给我。我记忆中的童年从来不缺爱，生活得很幸福。

我记得到了上学的年龄时，因为那个年代牧民家门口没有学校，上学要去30公里外的巴音塔拉公社学校去住校。第一天报到，妈妈是坐别人的马车送我去的。但第二天返回时就没有马车了，阿妈只能自己步行走着回。那时牧区路不好走，都是草原上的自然小路，很容易迷路，阿妈是靠着电线杆的标志才走回家的。之后，她几乎每个星期都来看我，怕我住校不习惯，又怕我被别的同学欺负。她每次来，都把家里最好的吃食带给我，临走把我的脏衣服带回去，下个星期洗好再带来。在同学中，我的零食最多，衣服也最好、最干净。

记得有一次，阿爸放羊时看到一只老鹰抓住了一只野兔，阿爸提着羊鞭一边喊一边往老鹰跟前跑。可怜那老鹰到嘴的食物硬是被阿爸生生地抢夺下来。阿爸回家将那野兔扒皮洗干净后交给阿妈炖。第二天，阿妈就将炖好的野兔送到了学校给我。三十多公里路啊！那时交通不便，阿妈每次来几乎都是步行！那时我年幼不懂事，现在细细想，阿妈为看我，给我送吃送穿，累计步行走过的路程应该有几千公里……”

张斌说到这里，哽咽了，说不下去了。

张斌的父亲张万昌一直给队里放羊，几十年如一日，为的是工分高（那个年代还是挣工分，一个工分六七分钱，放羊一天工分是十二分）能更好地养家。放羊这活苦，整天风吹日晒，一般中午也不能回家休息。张斌从七八岁就和姐姐一起去给阿爸送水送饭。10岁开始，他就在假期跟着阿爸放羊，帮阿爸顶坡拦羊。

张斌说：“记得在我14岁的那年寒假的一天，我又争着替阿爸去放羊。早上天气还很好，阿爸也很放心，我慢慢地赶着羊群往山坡草地上走着。可到下午1点多钟时，天气突变，下起了雪、刮起了大风，眼看着暴风雪越来越大。我想往回赶羊群，可暴风雪吹得羊群只是顺风乱跑，我根本就拦不住。我在羊群的前后左右奔跑着，既想拦住头羊，又怕后面的羊落单丢失。暴风雪加上我的汗水，在我的大棉帽上结成厚厚的冰，我的眼睫毛被冰冻住了几乎睁不开，根本辨不清东南西北。就这样，我和羊群不知顺着暴风雪跑出了多少里。天渐渐黑下来了，气温更低了。就在这时，我在风中隐隐听到了有人在呼喊我：'宝日夫，宝日夫，张斌……'声音渐渐近了，接着有人喊：'找到了，找到了，在那边，赶快通知其他组，找到了，来这里集合！'是大队书记的声音。阿妈像疯了一般奔跑过来，将我搂进怀里，又哭又笑。同浩特的苏德大叔上前将阿妈拉开，说：'孩子找到了，这还不是万幸？回家再哭吧，你不看孩子已冻坏了！'他说着一把把我提上了他的大骆驼……那次为寻找我出动的人数竟有六十多人，几乎全大队的劳力全部出动了。等大家合力把羊群赶回来时已是后半夜了。而我早已在苏德大叔家饱饱地吃下了羊肉面条，暖暖地睡着了。羊一只没丢，阿爸夸我是好儿子，乡亲们更是把我比作龙梅、玉荣。而蒙古族、汉族乡亲们合力在暴风雪中寻找“国家的孩子”的佳话更是在查布大队传扬至今。”

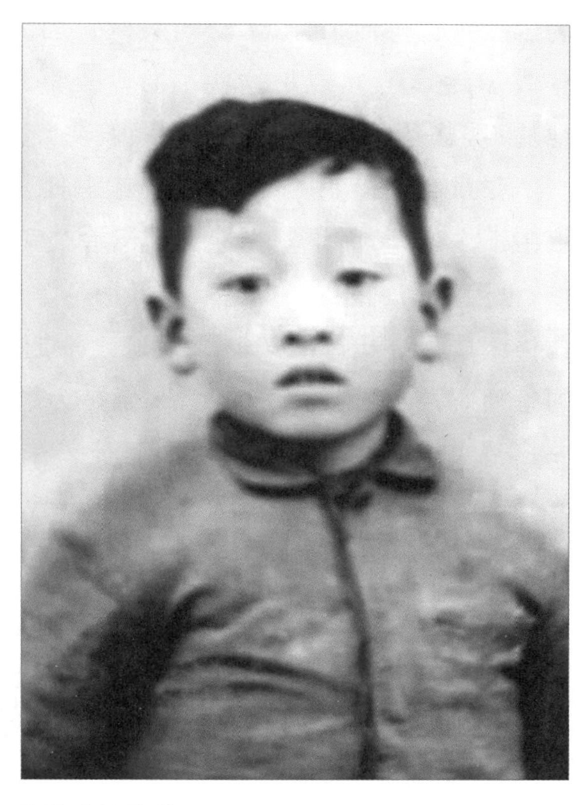

7 岁时的张斌

家乡的蒙古族、汉族乡亲们对张斌人生的影响是很大的，乡亲们一直相互支持、团结进步。这也是造就张斌一生勤奋、热爱劳动、热爱社会的精神源泉。在乡亲们的带动下，上学期间，张斌利用假期经常参加集体劳动，打草、挖石头、挖井、拉土。他说，家乡的乡亲们，特别是养育他长大的草原阿爸阿妈，是他人生最好的老师：“阿爸放羊时，总把羊群挂在柠条上、树枝上的羊毛一点点撕下来，攒起来交给大队。并且把母羊在野外生产后丢弃的羊胎盘也捡回来，晾干交给大队。当时，收购站收一条羊胎盘是一角五分钱，阿爸完全可以把这些羊胎盘收集起来卖掉换烟抽。阿爸爱抽烟，可他从不，总是乐呵呵地说‘一切缴获要归公嘛！’。这对我影响很大。”

张斌高中毕业后，党和政府考虑他是“国家的孩子”，并没有让他参加上山下乡运动，而是安排他到旗运输公司学习开汽车。因为姐夫在旗里工作，也为了张斌能安心工作，父母把牛羊都卖掉，一家人搬到旗所在地新宝拉格镇居住。父母继续照顾他的生活起居，继续默默地为他付出。“当时阿爸阿妈并不习惯城里的生活，全是为了我。”张斌说。

教会张斌开车的贺师傅说起徒弟张斌：“是个好苗子，勤奋、细心。每天总是早早起来，把车擦洗得干干净净。不到半年，我坐在他旁边，他就能熟练地开着跑长途了。后来，他独自驾驶的几年，年年得标兵，我脸上也光彩啊！”

张斌对自己要求很严，技术上精益求精，思想上积极进步。调到旗劳

兢兢业业工作的张斌

动人事局开公务车后，利用业余时间自修完成了大专学历，并加入了中国共产党。由于各方面表现突出，他提了干，调入旗自来水公司担任领导职务。工作期间，他领导改造了全镇供水系统管道。后来，他调入财政局工作，业绩也非常突出，直到退休。

张斌说："我家现在已是四世同堂，阿妈今年88岁高龄，身体很好；阿爸因病过早谢世，这是我心中最大的遗憾。我现在退了，居住在呼和浩特市。阿妈对首都北京一直很向往。2008年的国庆假期，北京刚开完奥运会，我带着阿妈来到了北京，带她去看天安门，我们全家在天安门前照相留影，并单独为她拍了照，她很高兴。而我看到那些照片却流泪了，要是照片上还有我的阿爸那该多好啊！子欲养而亲不待……"

"关于我的身世，其实我早已知晓。就在我五六岁时，和其他小孩子玩，他们就说我是上海来的孩子，叫我'上海宝日夫'。我很生气，明明阿爸阿妈是我最亲的人，我是他们最疼爱的儿子，怎么能是上海的孩子？但越来越多的信息显示，我确实是上海来的孩子，是孤儿，是'国家的孩子'！我知晓了这件事后，一直没问阿爸阿妈。而阿爸阿妈也从来不说。我想：他们是我的父母，我是他们的孩子，他们爱我，我也爱他们，这就够了。我小时候对'上海'这两个字特别排斥，甚至上了中学都是。那时，我的同学当中还没有一个人戴得起手表，阿爸阿妈东拼西凑地给我买了一块当时最流行的'上海手表'，本来是一件很体面的事，但是我没戴，压在箱底，就因为'上海'这两个字。"

"记得我刚结婚不久，一天晚上，阿妈突然把我叫到跟前，对我讲出了一切。她说：'你现在是成人了，我们的任务也算基本完成了。你要想办法找一找你的亲生父母，见一见他们……'多么伟大的父母啊，心胸就像这草原一样的宽阔！"我哭了，说："您别说了，我就是你们的亲生儿子，永远是……"

"2010年5月份，在阿妈的再三催促下，我报名参加了由内蒙古日报社和蒙牛乳业集团组织的"国家的孩子"跨三省寻亲活动，走进江苏、安徽、上海三个省市的马鞍山、无锡、苏州、宜兴、江阴、溧阳等地，开展寻亲会现场活动。在现场，我也寻找到几位疑似的家人，但通过做DNA鉴定，未能对比成功。1997年7月'内蒙古自治区成立50周年'大庆时，中央电视台新

张斌与养父母的全家福

闻调查栏目来镶黄旗采访，对我们这些“国家的孩子”来到内蒙古成长、学习、生活等情况进行了解，我也参加了。2016年，我们参加江阴寻亲现场会，也有很多“国家的孩子”找到疑似的家人。可我通过DNA比对，还是未能比对成功。2021年，公安部部署在全国范围内开展“团圆”行动，为我们这些“国家的孩子”免费采集做DNA血样，我也把自己的血样录入公安部DNA库。在党和政府的大力支持以及全社会的共同努力下，江苏江阴的一个志愿者协会通过搭建公益寻亲平台，组织和指导志愿者不辞辛苦地帮助人们寻找失散亲人和家庭。这个志愿者协会有着11年的寻亲经验及十几次成功举办全国大型寻亲会的经历，先后为500多个家庭找回了亲人。在他们的帮助下，有4名锡林浩特市的‘国家的孩子’找到了亲人。”

“我们这些孤儿寻亲就是为了探究自己血缘上的根，能知道自己生命是从哪儿来的，这是我们寻亲的唯一目的。而我们的心、我们的根早已深深扎在了这片草原上。我永远热爱养育我的这片草原热土，我永远是草原的儿子！我、我的子孙后代永远是我草原阿爸阿妈生命的延续！”

“60余年来，温柔而坚定的草原母亲半个多世纪的真情付出，托起了生命的重量，编织出三千孩子的温暖港湾，书写着超越地域、超越民族、超越血缘的大爱。一个母亲收养一个孩子，是善良；一个草原收养 3000 个孩子，是各民族之间的爱、是草原母亲的爱，这份爱使我永生不忘。2021 年 9 月份，我参加了由中国新闻社和杭州灵隐寺主办的第七届慈孝文化节，'草原母亲'入选 2021 年第七届慈孝文化节慈孝人物团体奖名单。这份殊荣，让我们这些'国家的孩子'要永远牢记党和国家的一心为民的历史，要把这份铸牢中华民族共同体意识的无疆大爱永远传扬下去！"

作者简介

张永冲，男，汉族，1960年5月出生，高中文化。曾任镶黄旗牧工商联合公司常务经理，后转制下岗，现已退休。

故乡情

朝鲁　口述　乌云高娃　整理

“故乡是父母温馨的怀抱，是世代居住的老屋，是与成长相伴的地方……它是挥之不去的记忆，是丈量现实的标尺，是自己精神的归属。”谈及故乡时，朝鲁笃定地说道，“是父母培育我健康成长，是这片土地养育了我，在党的关怀下我长大成人。我的家人、亲人都在这里，我的根就在这里。”这里的一切给了朝鲁深深的归属感，使他感觉到平和、知足。

眼前的这位质朴憨厚的普普通通的老人，皮肤黝黑，年至花甲，他没有轰轰烈烈的事迹，却有着一个特殊的身份——“国家的孩子”。

20世纪60年代初，刚1周岁多一点点的他，经历了一次生命的漫长迁徙。从江南到塞北，来到西乌珠穆沁旗，被苏德宝和胡都特夫妇领养，成为他们的独子。从此，他便有了自己的蒙古族名字“朝鲁”。和其他一同来到草原的孩子一样，由于长期缺乏营养，刚被领养时，朝鲁很瘦小，这也许就是养父母给他起名为“朝鲁”的原因吧。“朝鲁”汉语意为“石头”，也许就是养父母希望他拥有像石头一般坚实的体魄，像石头一般坚硬的意志吧！

因为被领养时只有1周岁，对于幼年时期，朝鲁已经没有任何印象。刚被领养的时候在乌兰哈拉苏木，后来因养父的工作调动，8岁的时候全家搬到了巴彦胡舒公社宝力根嘎查。朝鲁的养父是家里的独生子，而朝鲁也是养父的独生子，所以养父母和奶奶都对朝鲁关爱有加，把所有的爱都给了朝鲁。虽然当时牧区的生活条件都很艰苦，但是全家努力把最好的都给朝鲁。

大约在八九岁的时候，朝鲁偶尔会在大人们的聊天中听说那段历史，久而久之也明白了自己不是养父母亲生的，但是这并没有影响他对养父母的

朝鲁9岁时与养父养母

爱。说到自己是“国家的孩子”，朝鲁很坦然，他深知自己虽然是被领养的，但养父母待他比亲生儿子还亲，明白养父母对他的爱是多么真挚深厚，而在他心底也深爱着养父母。养父于1993年去世，养母于1997年去世，他时常想起已经离世的养父母，深深地怀念着他们，纵使在年少时听说自己是被领养的，也从未因此询问过养父母。后来，在养父母的讲述中得知，一开始去办理领养的时候是奶奶去把朝鲁抱回来的。奶奶在晚年时期病重变得神志不清，把家里的一些老照片、领养证书等都扔进火炉烧掉了。也许她是怕失去这唯一的孙子吧。

20世纪70年代，在“工业学大庆”“农业学大寨”运动风起云涌之时，西乌珠穆沁旗各公社、大队组织牧民在边界上垒石墙。由于当时交通不便利，且没有运输工具，所有的活儿只能靠大家的双手来完成，他们挖石头、搬石块、垒石墙，双手磨成茧、双脚磨成泡都是常有的事情。当时在巴彦呼舒公社宝力根嘎查生活的朝鲁也加入了这支劳动大军中，虽然很累，但想想为了集体又觉得很光荣。对于现在年已花甲的他来说，那段经历成为一段激励人心的光辉岁月留在了他的心底，那种无私的精神成为我们新时代年轻人学习传承的时代精神。

朝鲁虽然话不多，但聊起他养父母的时候，却表现出无比崇敬和自豪。回忆起养父母，他说："我的父亲曾担任过苏木长、嘎查长，还当过教师，是个十足的文化人，就连去放羊也要把书、报纸、收音机、小板凳带齐了才出门，而母亲是个杰出的牧民。"朝鲁的养父于1984年当选第七届全旗人大代表，也曾多次代表嘎查牧民赴锡林浩特参加全盟会议，为广大牧民群众发声，尽自己所能去改善牧区牧民的生活状态，深受嘎查牧民的信任与敬重。

朝鲁从小就懂得心疼养父母，经常帮家里做家务活，在牧区长大的他骑马、放羊、放牛、剪羊毛、打草、拉水，样样拿手。他经常利用学校假期放牧，为父母分担压力。小学毕业后，他没有继续上学。后来，他也曾有过参加工作的机会，但最终选择了当牧民，并且成为一名优秀的牧民。他没有辜负养父母的爱，任劳任怨、积极向上的生活态度让生活变得越来越好。通过全家人的共同努力，从白手起家到现在，家里的牲畜已经增长到了300只羊、200多头牛，如今已全部交给两个儿子饲养。这些年，他先后被评为"70头牛专业养殖户""杰出牧民"等多个旗级荣誉称号；1993年，还被巴彦呼舒苏木宝力根嘎查党支部授予"抗灾工作先进个人"。他还积极响应政府号召，结合实际不断优化生产经营方式，积极探索增收致富之道，2012年，被巴彦呼舒苏木宝力根嘎查委员会授予"冬羔保育工作先进个人"荣誉称号，成为邻里学习的好榜样。

1977年的内蒙古大草原遭受了百年不遇的特大严重雪灾，给西乌珠穆沁旗牧民生活带来了极大的困难，被称作是"铁灾"。大雪封路，灾情十分严重，18岁的朝鲁奋不顾身地加入了"抗雪救灾"的战斗队伍之中，奋战在抗雪救灾第一线，每天清雪、喂牛，赶着200头牛的牛群走敖特尔，全力做好抗灾保畜工作，保护公共财产和牧民生命财产安全，他用行动诠释了对这片草原的热爱。

1979年，朝鲁与敖日勒玛结婚，建立起自己的家庭，共同孝敬养父母，养育儿女。妻子敖日勒玛是一位性格开朗、心灵手巧的人。婚后，她把家里打理得井井有条，孝敬老人，勤俭持家，一家人生活简朴，和和美美。养母对这个孝顺能干的儿媳妇很满意，周围的邻居也对敖日勒玛称赞有加。敖日勒玛有缝制蒙古袍和手工艺品的好手艺，闲暇时，她为家人和亲朋好友缝制蒙古袍和各种生活用品、挂件等手工艺品，大家都赞不绝口。同时，她也向儿女传授缝制技巧，传承优秀传统文化。日子一天天地过着，夫妻二人相敬如宾、互相支持，遇到困难一起商量着解决。朝鲁的养父母因年迈相继生病，朝鲁夫妇东奔西跑，去赤峰、锡林浩特等地为老人寻医看病。老人卧病在床，生活完全不能自理后，朝鲁夫妇更无微不至地照顾两位老人，为老人喂饭、梳头、端屎、端尿……十多年如一日，用爱回报着两位老人，直到他们去世。一家人其乐融融的氛围，也成为教育儿女最珍贵的“教材”，朝鲁夫妇身体力行孝敬老人的事迹影响和教育着他们的儿女。如今，朝鲁夫妇也已儿孙满堂，孝老爱亲已成为这个家庭最珍贵的家庭美德。从

朝鲁与妻子敖日勒玛

他们家里整齐摆放的“好婆婆”“光荣母亲”等一排排奖状里可以感受到这个家庭充满爱的氛围。

朝鲁夫妇育有两儿一女，目前都已成家。良好的家风家训培养出优秀的孩子，朝鲁的子女个个都继承了父母为人善良坦诚、知恩图报的品格。兄弟姐妹互相团结，邻里和睦友爱，日子过得幸福美满。他们的儿女都是牧民，小儿子宝音乌力吉是一名共产党员，担任嘎查委员会副主任职务，女婿是布日敦嘎查的党支部书记、嘎查长。

2012 年，朝鲁夫妇为了陪孙女上学，搬到旗所在地巴拉嘎尔高勒镇居住，他们把乡下的牲畜全部交给了儿女，至今已有十年。如今，孙女已上了中学，开始住校，两位老人也住上了楼房在旗里养老，安度晚年，享受着天伦之乐。每逢周末、节日、纪念日，孩子们都会来看望老人们，陪伴他们度过美好的节假日。孩子们还经常带着两位老人去附近的景点游玩，为老人们的生活增添了更多的乐趣。“现在的日子越过越好了，感谢父母，感谢党！”聊天中，朝鲁老人说得最多的还是感谢的话。

“接一个，活一个，壮一个。”领养“国家的孩子”时，内蒙古人民是这样承诺的，也是这么做的。当时自己生活也并不宽裕的牧民，节衣缩食也要让孩子们吃饱。多少日日夜夜、日常琐碎中，他们将“国家的孩子”视如己出，担起“比天还大的责任”，弘扬中华民族传统美德，书写了一段超越血缘、地域和民族的人间大爱、历史佳话。

几十载岁月弹指一挥，当我们谈起“寻亲”“乡愁”等话题时，朝鲁老人说话的字里行间都流露着对养父母真挚的情感和对这片草原的“归属感”。草原母亲接纳了他，他也没有辜负祖国的希望，在辽阔草原上留下许多热血偾张的青春印记，为建设家园奉献出了自己的一份力量，用爱回报着这片草原……

乌云高娃，女，蒙古族，中共党员，1985年2月生，硕士研究生学历。现任中共西乌珠穆沁旗旗委宣传部副部长、新闻出版局（版权局）局长职务。

草原给了我第二次生命

莫日根其其格　口述　伊荣　巴亚尔　整理

假如你不曾养育我，
给我温暖的生活，
假如你不曾保护我，
我的命运将会是什么？
……

圣洁、美丽的阿巴嘎旗，草原广袤，民风淳朴，有着厚重悠远的民俗文化。时光回到1961年秋天，阿巴嘎旗保育院里60多名从上海孤儿院接来的孩子，经过医护人员一年多的精心护理，孩子们的身体壮实起来，阿巴嘎旗旗委政府号召条件好的牧民来收养这些孤儿，这一消息像长了翅膀一样传遍了阿巴嘎旗各个角落。

今年64岁的莫日根其其格，就是当年那些孩子中的一员。2022年4月6日下午，笔者与锡林郭勒盟政协文化文史和学习委员会副主任孙晓牧、干事巴亚尔一同来到莫日根其其格家中，我们跟随着莫日根其其格的思绪，共同感受了一段“国家的孩子”在草原上成长的佳话。

额吉给了我一个家

春日午后的阳光温柔地穿透窗子照射进来，茶几上的奶茶香气四溢，身着绿色蒙古袍的莫日根其其格看上去比实际年龄小了很多。特别是她那双明亮的眼睛，总是散发着自信和快乐，让人在不知不觉中也心情愉悦起来。莫日根其其格的讲述就在这样一个温馨的氛围中开始了。

我阿爸叫桑匹拉，额吉叫达丽苏楞，他们是阿巴嘎旗查干淖苏木乌兰图嘎嘎查的牧民。当年，"国家的孩子"的到来在旗里引起了不小的轰动。很多牧民听说可以去领养我们后，都争相前往保育院，当然领养是有条件的，那些孩子多、生活条件不好的牧民是不能领养我们的。

额吉告诉我，旗政府宣布领养我们的消息那几天，她正好出门险些错过了。额吉与阿爸没有生育，额吉回来后，听到这个消息特别激动，就与阿爸商量领养一个孩子。那天，额吉没有在家停留，借了大队的牛车就去了旗里。这中间还有一个小插曲，额吉的一位好友听说后，拦住了额吉，让额吉回来时也给她带回一个孩子来。莫日根其其格笑着说，当时我额吉就对她的好友说，那可不是随便就能带回来的，又不是东西，那是孩子。额吉的

莫日根其其格（后排左一）与养父母、丈夫和两个孩子的合影

好友听了后，还是不依不饶，并向额吉保证，一定会照顾好那个孩子。无奈之下，我额吉答应了她好友的请求。

额吉领养我的那天是1961年9月1日，当时档案里记录我的年龄是1岁。额吉告诉我，她去的时候，很多孩子已经被领养走了。那时，我在那些孩子中是比较特别的一个，脸上和身上都有明显疤痕，皮肤也比别的孩子黑。很久以后，得知自己身世后，我曾问过额吉："额吉，我又黑又丑，你当时为啥就领养了我？"记得当时额吉笑着告诉我说："有疤痕好养，而且你从看到我的那一刻起，眼神就没有离开过我，我走到哪儿你的小眼神就追到哪儿，看得我的心都软了，就感觉你原本就是我的孩子，是长生天送给我的礼物，所以我毫不犹豫地选择了你。咱们草原上的孩子个个都是勇敢又坚强的，额吉没挑错，你是个好孩子。"莫日根其其格一边回忆一边讲述，言语中流露着对额吉满满的思念。

额吉选了我后，又帮好友选了一个比我小的女孩儿，在保育院工作人员的帮助下办好了领养手续。额吉赶着牛车将我们带回了家。从那一刻起，我有家了，有了阿爸阿妈，有了蒙古包！

额吉说，我们到家后，她的好友看到孩子后也高兴坏了，抱着亲个不停。本来额吉给我起的名字叫萨仁其其格，她的好友听了后非得让额吉把这个名字让给她的孩子，额吉没办法只能又给我重新起了名字，就是现在这个名字莫日根其其格，汉语的意思是聪慧的花朵。

刚被抱回家时，我还不会走路，但是会说话了，我嘴里常常说出一串谁也听不懂的语言，额吉告诉我，可能我说的是南方的语言，但是她们听不懂。

额吉对我极有耐心，走到哪儿都把我带在身边，给我补充营养，教我学走路，教我说话。就这样，我在额吉和阿爸无微不至的照料下，身体一天天壮实起来，那时候额吉最期盼的就是我能开口叫她一声"额吉"。

半年后的一天，"阿妈，阿妈……"正在干活的额吉听到我叫她"阿妈"高兴得笑个不停，抱着我一遍一遍地说，再叫一个让额吉听听。那以后，额吉逢人就说："我家其其格会叫'阿妈'了。"莫日根其其格回忆这段往事时，说到动情处，不禁眼圈发红。

莫日根其其格说，在她5岁那年，额吉与阿爸因感情不和离异了。阿爸桑匹拉争取到了抚养我的权利，尽管额吉的离开，让年幼的我很伤心，但是跟随阿爸一起生活的日子也开启了我难忘的童年生活。

父爱如山

在我的记忆中阿爸永远都是一副笑眯眯的样子，他很有才华，不喝酒，喜欢唱歌、下棋、交友，在当地有着很不错的口碑。阿爸的长调唱得特别好，经常有外地人来家里专门跟他学习长调。想念额吉的日子里，我常常伴着阿爸的长调入睡。

我与阿爸在一起的日子快乐而又温馨。阿爸出门时，我会把家里的炉火生得旺旺的，安静地等着阿爸回家。有一天，阿爸刚出去不久，家里来了一位自称是阿爸好友的中年男子，他在与我聊天的时候对我说："你知道吗，你不是你阿爸亲生的孩子。"那时候，我还不明白亲生是什么意思，只是在心里隐隐觉得这不是好话。阿爸回来后，我就对阿爸说："阿爸，今天有一个人来咱们家跟我说，我不是你亲生的孩子，我是抱养的。"阿爸问了我那个人的长相后对我说："下次再有人这样说，你就把他撵出去，别让他进来，说这些话的人都不是好人，你就是阿爸亲生的孩子。"可能后来阿爸去找过那个人，总之从那以后我再也没见过那个人来家里。

日子一天天过去，在这期间阿爸也会把我送到额吉那里，让我跟额吉小住几日，也正因如此，他们俩的分开并没有在我的心里留下什么阴影。在阿爸的精心照顾下，我学会了熬奶茶，学会了怎么唱长调，学会了跳舞，经常帮助阿爸干一些力所能及的小活儿，每到这时候，阿爸总是笑得合不拢嘴，夸我是一个聪明伶俐的小姑娘。

在我 6 岁半时，阿爸把我送去了学校读书。7 岁那年，阿爸将我扶上了马背，教会了我骑马。看着骑在马背上的我，阿爸总会发出爽朗的笑声，并会伸出双手将我高高地举过头顶，那一瞬间，我被浓浓的父爱包裹得严严实实。为了庆祝我学会了骑马，阿爸还专门去了较远的地方，给我定制了一副精美的银制马鞍。回忆到这里，莫日根其其格轻轻地叹了口气，停顿了片刻才接着说，那段日子阿爸就像一道光，照亮了我前行的路，给了我无穷的力量和自信的光芒。在我们闲暇时，阿爸经常与我一同骑马在草原上策马扬鞭，那样的场景至今让我记忆犹新。

生活就是这样，你永远不会知道明天和意外哪个先来临。莫日根其其格9岁那年的一天，她的阿爸桑匹拉，前一刻还在与人对弈，后一刻却突发疾病离世。莫日根其其格说："阿爸的离世太突然了，突然得让我都有点呆傻了，我以为阿爸是睡着了，就抚在他身上大声地一遍遍喊他起来喝茶，可是姑姑告诉我，阿爸再也喝不到我的奶茶了，他已经永远离开了。"讲到这里的时候，莫日根其其格停了下来，再次红了眼圈。

安排完阿爸的后事，姑姑骑着马去了我额吉那里，她告诉我额吉，我阿爸已经去世，没有人照顾我了。额吉什么都没说，骑上马就赶了过来。那时，我正处在伤心和无助状态，额吉看到我，她张开双臂将我拥入温暖的怀中，用手轻轻拍着我的后背说："别伤心，孩子，你还有我。"我哭泣着扑到她的怀中，那一刻我感受到了前所未有的安心。

就这样，我被额吉再一次接回了家，当时额吉已经再婚，继父叫道日拉，也是当地的牧民。额吉对我说："以后额吉和阿爸在哪儿，你的家就在哪儿，以后咱们一家人再也不分开了。"

在奋斗中绽放光芒

时光如梭，转眼莫日根其其格小学毕业了，那一年她12岁，如草原上最鲜艳的花儿一样含苞待放。额吉说："继续读书吧，我们供得起你。"莫日根其其格的头却摇得像拨浪鼓，说什么都不去学校了。莫日根其其格回忆说："我从小就很有主见，其实我的学习成绩很好，但当时我就是从心底不想继续读书了，一门心思地想回家。"

在家里，莫日根其其格特别勤快，干活麻利，很快就成为额吉的得力助手，做家务、做奶食、挤牛奶，样样拿手。记忆如潮水般涌来，回想着那段时光，莫日根其其格自豪地说，14岁的时候，我从邻居那里得知了自己的身世。但我从没有为这件事烦恼过，那时我就想，既然我来到了草原，那我永远都是草原的孩子，任何人都无法改变。特别是后来得知了我们这些"国家的孩子"到来的缘由后，我内心深处充满了对祖国和草原母亲的感恩之情，这份养育生命之恩不仅让我更加努力，也让我浑身充满了前行的力量。

13 岁的莫日根其其格已经能独当一面了。大队里的 30 头奶牛和家里的 10 头奶牛都归她管理,每到月底结算的时候,莫日根其其格上交的牛奶数量在各嘎查的评比中都是第一。为此,14 岁那年,她被大队邀请加入了大队团支部,成为一名共青团员。那时,正值学习雷锋的热潮,莫日根其其格很快融入了这个集体中,为牧民读《毛主席语录》,帮助牧民寻找走丢的牲畜……一时间忙得不可开交,哪里有困难哪里就有她的身影。由于表现突出,15 岁那年,她被大队选为团支部书记兼妇女主任。

15 岁当了妇女主任,讲述到这里,莫日根其其格开心地笑了。她讲道,开始的时候也有很多人笑我,说我年纪小不适合干这个工作。但我却特别自信,工作中,我总能及时准确传达上级妇联组织的要求和工作目标,还多次受到过嘉奖。最让我开心的一件事是,在我 16 岁那年,我光荣地加入了民兵队伍,并担任了民兵连副连长。熟悉阿巴嘎旗黑骏马的人一定都知道阿巴嘎旗的黑马连。我所在的民兵连就是黑马连,当我首次翻身上马正身坐在马背上的那一刻,我的内心刹那被爱填满,心中感念教会我骑马的阿爸的同时,对祖国也产生了深深的爱恋。我悄悄对自己说,努力吧,莫日根其其格,你不仅是草原的孩子,也是“国家的孩子”,有生之年一定要把这份大爱传递下去。

提到黑马连就得说一下它的历史,据记载,1956 年,阿巴嘎旗原宝格都乌拉苏木赛汉图门嘎查,诞生了一支以阿巴嘎僧森黑马为主要骑乘工具的草原民兵,其后不断发展壮大,取得了累累硕果,威名远扬。1978 年至 1988 年,阿巴嘎旗黑马连连续 10 次被评为民兵工作“三落实”先进集体,还出席了全区第二次民兵代表会议,成为民兵基层正规划建设的一面旗帜。

“民兵也是兵,是兵就要练精兵。”进了民兵连,就要接受训练,骑射、打靶样样不能落下。莫日根其其格回忆说,训练时特别辛苦,一天中有多半的时间都在马背上度过,也不知晒脱了几层皮,才终于掌握了马背上射击的基本要领。

莫日根其其格的青春时光是光彩夺目的,让人不禁联想到“是金子到哪里都会发光”这句话。莫日根其其格就是这样,她不仅会发光,还能照亮和温暖别人。

莫日根其其格连续六年担任大队团支部书记。在此期间,她连续三年荣获全旗三八红旗手，两次被评为劳动模范，成为她们大队里年龄最小的劳动模范。

爱在草原

22岁那年，我认识了丈夫达西，他是一位转业军人。婚后，丈夫转业被分配到锡林郭勒盟物资处工作，我不得不暂时告别额吉搬到锡林浩特市生活。我们育有3个孩子，两个女儿一个儿子。几年后，我们将额吉和继父道日拉也接到了市里一起生活，让他们享受天伦之乐。1992年和1993年，额吉和继父相继去世。莫日根其其格一边回忆一边讲述着。

虽然额吉和继父走了，可他们留给我的那些美好回忆却永远定格在了灵魂深处，我为自己能成为他们的女儿感到骄傲。

我常对丈夫和孩子们说，我是“国家的孩子”，你就是国家的女婿，咱们的孩子就是国家的孙子孙女，无论到了什么时候，我们都不要忘记党和国家的恩情，要让孩子们记得把这份爱传承下去。

2007年4月23日，锡林郭勒盟地区的60多名“国家的孩子”踏上南下的寻亲路，那是我第一次出远门。我当时就是想去上海孤儿院看一看，告诉那里的人们，当年的苦孩子们如今风风光光地回来了，在祖国母亲的保护下，草原母亲已经把我们养育成人，我们已经在草原上有了各自幸福的家庭，各自安好，请南方的亲人不要惦念。我还想把自己在草原上成长的故事讲给南方的亲人听，让他们记住祖国和草原母亲的博爱与伟大。

那一次，莫日根其其格他们一行60余人在上海、南京等地转了一圈，走到哪里都穿着漂亮的蒙古袍，任谁在他们身上都找不到一点南方人的影子。那次寻亲，有几位“国家的孩子”找到了亲人。看到他们与亲人相拥在一起的场景，莫日根其其格很为他们开心。他们还参观了上海市儿童福利院，看望了福利院里的孩子们。他们各自抓了一把福利院里的土收藏了起来。莫日根其其格说：“那里是我们出生的地方，也是我们开启第二次生命的起点。”

莫日根其其格特别喜欢唱歌，而且唱得特别好，特别是唱长调。从那次南方之行回来后，她就把大部分时间都用在了唱歌上，她说，她想用歌声唱出心中对祖国、草原母亲和南方故土的爱。

在莫日根其其格家客厅墙壁的置物架上，摆着一些荣誉证书和奖牌，这些都是这些年她唱歌获得的。其中，还摆放着一本蒙古文版的《毛主席语录》，这本语录是1970年9月她上小学五年级的时候学校奖励的，一直被她视为珍宝。

这些年，莫日根其其格一直在默默从事着公益活动，用她自己的话说："60多年的草原生活，我们的身体里早已融入了草原的血液，成为草原各族儿女中的一分子，我们的心中除了感恩之外，就想多做一些贡献，把我们得到的这份爱传递下去，而且要传递到永远。"

莫日根其其格的荣誉墙

"草原上的兄弟姐妹"是一个微信群的名字。这个群是莫日根其其格建立的，这个群里有各民族的兄弟姐妹163人。无论是2008年的汶川地震，还是2020年的武汉疫情，都牵动着莫日根其其格的心。她带领着群里的兄弟姐妹们积极捐款，第一时间将捐款送到锡林郭勒盟红十字会。在此期间，他们开展了多次帮助困难群体、为锡林郭勒盟儿童福利院捐款等爱心活动，把温暖和关爱送到每一个需要帮助的人身边。对此，莫日根其其格说，我们草原上的各族儿女都是一家人，我常常想起老师教给我们的那句话：“一根筷子易折断，十根筷子抱成团。”只要我们像石榴籽一样紧紧地抱在一起，任何困难都压不倒我们！

如今的莫日根其其格已经儿孙满堂，子女们都有了自己的事业，丈夫达西退休在家，夫妇俩含饴弄孙，偶尔还出去旅游，日子过得惬意而又幸福。

都说一方水土养一方人，这话一点都不差。从小到大，人们从莫日根其其格身上看不到一点南方人的影子。对此，莫日根其其格特别自豪，她说，我不仅继承了额吉的勤劳善良，也继承了阿爸草原般的豪迈宽广胸怀。我是民族融合、民族团结的最好见证。

伊荣，女，汉族，1972年2月生，本科学历。2004年至2022年在锡林郭勒日报社工作，先后担任《锡林郭勒晚报》《锡林郭勒日报》记者、编辑，2007年开始跟踪采访锡林郭勒盟地区“国家的孩子”在草原成长的故事，部分稿件曾获得全国地市报一、二等奖，内蒙古新闻奖和锡林郭勒盟新闻奖。

巴亚尔，男，蒙古族，1988年10月出生，锡林郭勒盟政协文化文史和学习委员会工作人员。

幸福在草原上延伸

乃日牧达拉　口述　于立平　整理

在南方一望无际的海边出生，因命运的突变而来到碧草如茵的大草原，并在这里安家落户、成家立业。跋涉过坎坎坷坷的人生旅途，已是花甲之年的“国家的孩子”乃日牧达拉，回忆起往事，更像是昨天才发生过的事情似的。看着眼前日益改善的生活现状、茁壮成长的孙子们，以及自己逐渐走向年迈的黄昏岁月，乃日牧达拉恍然悟到，这才是确确实实的现实生活。

在锡林浩特市的一栋楼房内，主人不紧不慢地向记者一行倒茶搭话，平和安静，柔声细语，不急不躁，神态安详。

乃日牧达拉的养父叫陶根特木尔，原籍是阿巴嘎左旗乌布尔苏木（今阿巴嘎旗洪格尔高勒镇）。养父年轻时在杨都庙放牧。中华人民共和国成立前，做马倌的他当上了邮递员，较早地接触和了解了革命工作的性质和任务，拥护党的方针政策，积极响应党的号召，光荣地加入了中国共产党。在边境居民内迁过程中，他从乌布尔苏木被调到额尔登高毕苏木巴彦乌拉大队（今伊和高勒苏木阿拉腾嘎达苏嘎查）任党支部书记。作为一个革命者，在工作中，他始终把集体的利益放在首位，把自家的生产生活放在其后。到了四十岁，他才结婚成家，迎娶了乌冉克部落姑娘阿迪娅。因为无儿无女，他们夫妇便领养了“国家的孩子”，给养女起了个寓意各民族团结和睦的名字，叫乃日牧达拉。

小乃日牧达拉刚来草原时，已经是一个会走路会说话的孩子了。养父平时忙于大队的各项管理工作，同时还放牧集体的马群，养母则协助丈夫做一些放牧集体牛群等活儿。她家没有固定的草牧场，只能按照浩特长的安排进行零散的劳动。

额尔登高毕公社刚从大巴彦图嘎公社划分出来建立学校时，乃日牧达拉入了学，教她的是那仁宝力格苏木的齐达日巴拉老师。但由于养父因视力减退而不能参加生产劳动，家庭经济比较拮据，她没能继续学业，退学回到了牧区，成了一名真正的牧民。

在乃日牧达拉的回忆中，养父平时忙于集体的工作而顾不上自家的事情，并且还不记工分，不领取劳动报酬；养母只是牧业助工，工分不高，每月只挣十几元钱，这样比起其他牧户来，她家生活自然就显得比较拮据了。

额尔登高毕草原虽然十分辽阔，但水源不足，牧民在一个地方放牧半个月、二十天就得换"羊粪盘"走草场。退学回家的乃日牧达拉听从浩特长的安排调遣，积极参加夜间值班、剪毛笊绒、打草拉草、接羔挤奶等畜牧业生产工作，从不叫苦叫累。慢慢地，乃日牧达拉完全适应了牧区的气候和繁重的体力劳动，加之南方人的细心聪慧、心灵手巧，更是赢得了同龄人的敬佩和好感。不久，她开始和当时在大队做会计的北京知青张星源谈恋爱。1975 年，两个人结为伉俪，用知青的蒙古包建立了自己的小家庭。刚结婚时，家里连坐垫都没有，在木条板凳上铺毛毡子对付着。

后来，他们用辛勤劳动还清了集体欠账后，养母用剩余的 300 元给她们买来棉花，大伯买来绿色绸子被面，这样他们才有了松软温暖的新被子。张星源不懂蒙古语，但作为大队会计，需要经常深入牧户结算账目，清算一年的收入支出，急需学会蒙古语。为克服语言沟通方面的障碍，张星源说，他每天翻阅蒙汉字典，一遍一遍反复学习蒙古语会话，没过多久，他就能够说一口流利的蒙古语了。性格开朗睿智的张星源，因此深受乌冉克草原牧民的喜爱。1980 年，他的身份转为公社的正式干部，负责会计、统计、经营管理站等工作，后来又被组织上提拔担任了副苏木长职务，直至 1999 年退休。

1977 年的大灾时，乃日牧达拉正处于哺乳期，因此没到远处走场，而是在家中全力饲养 3 头牛。由于灾情特别严重，还是没有全部保住，1 头母牛死亡，另 1 头大键牛在除夕之夜病死。她们将剩下的唯一一头母牛像珍惜自己性命一样保护着，安全渡过了雪灾。第二年，这头牛下了一头母牛犊。再后来，靠这头牛又繁殖了很多牛。

乃日牧达拉近照

大灾后第二年，上级决定尽快恢复畜牧业生产，实行有利于畜牧业生产、有利于牧民群众的“两定一奖”政策，此举极大地调动了牧民群众的生产积极性，在短短的两三年间就取得了可喜的成绩。乃日牧达拉一家人，通过起早贪黑、不辞辛劳的努力，到了实行双承包责任制时，承包了2万多亩草场、200多只小畜、十几头牛，加上自家自留的牲畜，充满自信地走上了奔小康的道路。

20世纪80年代，可称为广大牧民群众发展畜牧业的黄金时代。党的富民政策好，牧民积极性高，牧区草场面积大，加上风调雨顺，草牧场长势茂密，牧民生活得到了明显的改善。乃日牧达拉家和其他牧户一样，靠党的富民政策、靠勤劳的双手，畜牧业得到了迅速发展，生产生活水平也明显提高。到80年代末，她家已经有了170多头牛、2000多只小畜，成为远近闻名的牧业典型户。他们深知，基础设施建设是发展畜牧业生产的基本保证。1985年，他们在住房附近打了一眼深水机井，结束了多年来人畜饮用水从十几里外拉运的难题。1986年，又建起了100多平方米的牲畜暖棚。1995年投资10多万元建起了砖瓦结构的住房，实现了定居。每年秋季牲畜出栏后，她家是第一个缴纳牧业税款的牧户。1990年，乃日牧达拉被旗委旗政府评为“优秀牧民”，1997年先后获得全旗“双学双比”活动“女能手”称号和锡林郭勒盟“双学双比”活动领导小组颁发的“女能手”称号。张星源于1991年、1994年分别被旗委旗政府评为“民族团结先进个人”。上海姑娘、北京小伙子组成的这个特殊的家庭，成为家乡父老们学习的榜样。

乃日牧达拉从小在草原上长大，特别喜欢马，尤其酷爱骑快马。年轻时她积极参加“铁姑娘队”，为建设边疆贡献自己的一份力量。当时的牧区生活物资严重匮乏，能借用他人的蒙古袍穿上一次都很高兴，后来乃日牧达拉自己有了第一件蒙古袍时，那个高兴的心情，真是无法用语言来形容。乃日牧达拉自己没有兄弟姐妹，对那种孤独感有亲身体会。她生养了敖登格日乐、温都日乐、敖登图雅、巴图芒乃 4 个孩子。每个孩子在成家立业时，都由父母做主分到了 30 多头牛、300 多只羊，这给孩子们的小日子打下坚实的经济基础。值得欣慰的是，她的孩子们个个热爱劳动，户户都是富裕家庭，与邻里乡亲们在共同致富的道路上并肩前行。

2005 年，孙子们陆续开始到盟行政公署所在地上学，年迈的张星源、乃日牧达拉夫妇把畜群和草场交给了小儿子巴图芒乃。当年秋季他们卖了 40 多头牛，用 20 余万元在锡林浩特市买了楼房，随着孙子们进城做了陪读。2007 年，锡林郭勒盟“国家的孩子”到南方寻亲走访时，乃日牧达拉因

乃日牧达拉全家福

腿部骨质增生，未能参加该项活动。其实她已经在草原上生活了多年，心中早已没有了思念生身故土之事。她心心念念的只有养育她成长的锡林郭勒草原。

“今天的美好生活归功于养父母的恩情。”乃日牧达拉时刻想着报答养父母的养育之恩，让他们过上幸福的生活。人生无常，1984 年，养父去世，这给乃日牧达拉带来了无比的悲伤和痛苦。在后来的日子，她精心照料养母，让她吃好穿暖，用心陪伴，细心护理，让养母安度了晚年。2015 年，85 岁高龄的养母安详地离开了人世。

来到北方的草原，成了草原牧民的孩子，乃日牧达拉得到了人间的温情，过上了幸福的生活。她与邻里和睦相处，无私地帮助邻里的事情数不胜数。看到祖国日益繁荣富强，乃日牧达拉激动地说：“衷心感谢党的好政策。没有周恩来总理、乌兰夫主席的关怀，恐怕我们早已成了南方河湖里的鱼虾了。把孩子们养育好，培养成对国家、对家乡有用的人，这是我应尽的义务和责任。”

于立平（又名宝音），男，蒙古族，1962年10月生，中共党员，现供职于内蒙古自治区阿巴嘎旗融媒体中心，《锡林郭勒日报》特约记者。已发表各种体裁文稿、图片近1800篇(幅)，2016 年荣获锡林郭勒盟 30 年以上模范通讯员称号。著有新闻作品集《故土情深》，编辑摄影画册《镜像阿巴嘎》《阿巴嘎黑马连》，与人合著《不忘初心的新牧民》《话说内蒙古·阿巴嘎旗卷》。

我与草原父亲的千里之缘

苏布登其其格　口述　乌日汉　整理

我的自豪来自我的父亲。20 世纪 60 年代他收养了来自千里之外的我，我是“国家的孩子”，也是他的孩子。父亲 25 岁时收养了我，一生未娶妻生子，把全部的爱都给了毫无血缘关系的我。虽然我小时候就知道了自己的身世，但因为父亲最直接的一句“你就是我亲生的孩子”打消了我所有的质疑。长大以后，了解了三千孤儿的故事，我心里只剩下对父亲深深的自豪和永远的爱。

第二个家

经过长途跋涉，我们这些“国家的孩子”抵达了新家。我从南方来到了内蒙古大草原。而我的故事也是从这里开始的。当时是镶黄旗巴音塔拉镇塔林乌苏嘎查的一位普通牧民收养了我，他的名字叫朝鲁，那一年他才 25 岁，他就是我的父亲。1960 年 10 月下旬，天气已转凉。草原深处一对母子正在对话，儿子：“妈，我听说大队那边来了一批南方受灾的孤儿，有意者可以领养。我想领养一个，可以吗？”听到这话，母亲回答道：“为什么不可以呢，儿子，那些孤儿挺可怜的，给他们一个温暖的家庭比什么都好，只是他们年龄还小，能吃得惯我们的饮食吗？”儿子：“我觉得没问题，年龄小的孩子更容易接受新鲜事物，会习惯的。如果您同意，我马上去跟大队的领导们申请。”

当时奶奶身体状况非常不好，加上那个年代艰苦的生活，只有我的养父用他每天的辛苦劳动来换取一家的生计。后来听养父说，领养我的时候还有一段小插曲。因为当时养父还没有成家，根据当时的领养政策，未婚是不满足领养条件的，政府拒绝了养父的领养要求。后来经过养父的再三恳求，政府终于批准同意养父将我抱养回家，就这样我们父女二人结下了这一段千里之缘。当养父将我抱养回家时，他是用一块羊皮包裹的我。到家时，奶奶看见才3岁的我流下了心疼的眼泪，他们为了让我能够健健康康地成长，把家里刚生完牛犊的牛妈妈专门给我当了“奶妈”。

奶奶和养父为我起了一个好听的名字叫“苏布登其其格”。这个名字用汉语翻译后包含着珍珠和花的意义，同时也寓意着我在这片大草原上能像珍珠一样洁白无瑕，发出光彩；像花儿一样美丽动人，绽放在广阔的草原上。时间过得真快，在奶奶和父亲的悉心照料下，我度过了自己的童年时光，渐渐地长大成人。

我的父亲在他的家乡有一个亲切的称呼，乡亲们都称他为“全能朝鲁”，因为父亲不仅是一个粗犷的汉子，还是一个心灵手巧的人，他竟然会干细致的针线活儿。我依稀记得，小时候父亲用他那灵巧的双手给我和奶奶缝制一年四季的衣服、鞋子、靴子。父亲白天去牧场干活，到了晚上就拿起针线，一边与我和奶奶聊天，一边像草原额吉一样缝制着我们所用的衣物。有时候我后半夜醒来时，看见他依旧在蜡烛的微弱亮光下，一针一线地为我和奶奶缝制衣物，父亲的勤劳和朴实让我和奶奶充满了安全感和幸福感。为了能让我和奶奶过上更好的生活，他每天还去参加牧民的集体劳动。家乡的人都夸赞他是一个顾家、不辞辛苦的草原好儿郎、好父亲。

初入学堂

1967年9月，那年我9岁，父亲对我说：“苏布登其其格，你到了该上学的年纪了。”就这样父亲将我送到了大队的学校。因为大队学校离我家比较远，我只能好几周才能回一次家。每次从家上学，奶奶和父亲怕我在学校饿着、冻着，都为我准备充足的干粮和干净厚实的被褥。在学校读书期间，我每天都非常想念我的奶奶和父亲，有时会因为太过想念，会半夜哭醒，只要一回到家里就不愿意去上学，就跟父亲说：“爸爸，我不想去上学，我一直陪在您和奶奶身边好不好，我在学校实在太想你们了。”奶奶听到我的诉说也非常心疼。父亲虽然没有表现出来，但是我知道他是心疼我的，可每次我有这种想法时，他就会特别严厉地告诉我说："女孩一定要上学，那样将来的生活才会更加美好。"

马背上的苏布登其其格

其实严厉的父亲是刀子嘴豆腐心，在一次放假回家的时候，我与奶奶聊天，从奶奶口中得知，父亲非常疼爱我，每次我走了以后他都会对奶奶说："咱们拿的东西够不够？苏布登其其格在学校会不会受委屈？被褥够不够保暖？"尤其每次训诫我之后，当我离开时，他都会偷偷地擦拭自己的眼泪，那时我才知道，父亲对我的爱是多么伟大。从那以后我便更加刻苦地学习，也不再提不去上学的事情了。

1969 年大队学校搬迁的新地址离我家很近，这使得我上学非常方便，我每天都能见到奶奶与父亲，非常开心。但是由于奶奶上了年纪，又因为多年的旧疾缠身，在我上四年级的时候，奶奶永远地离开了我，我第一次感受到了失去亲人那种撕心裂肺的痛。当时的我非常伤心，还希望奶奶能够活过来，吵着让父亲把奶奶带回来，父亲面对着奶奶的离世，顶着万分的悲痛对我解释说："奶奶并没有离开我们，只是被长生天带走了，去了一个很远的地方，那里是一片更美的草原，奶奶在那里不会被病痛折磨。等父亲到老的时候也会去。"就这样幼小的我半信半疑地接受了这个事实。

把握住机会回馈这个大爱无疆的草原

此后的日子里，我与父亲过上了相依为命的生活，父亲一生没有娶妻生子，将他全部的爱都给了我，因为我的存在，他又当爸又当妈，把最好的青春奉献给了这个家庭。1973年，那年我16岁，我光荣地加入了大队“铁姑娘”的队伍，由于我在工作中表现突出，当时被选为了铁姑娘队长，我带领的队伍在工作中更是屡创佳绩，还多次被评为了优秀“铁姑娘”。

1975年，因为一次难得的学习机会，我参加了两年半的蒙医培训班，经过两年多的培训，我的医术大有进步，回到家乡成为一名嘎查“赤脚”医生，用心服务于家乡的牧民群众，用行动报答养育我的这片草原和人民。因为多次救死扶伤，所以我多次获得劳动模范称号。

在我20岁的时候，父亲又为我的终身大事操起心来，他唯一的愿望是希望我找一个好人家，能够成家立业，我也没辜负他的期望，在别人的介绍下，我认识了我现在的丈夫。我的丈夫跟我的父亲一样，是一位温柔善良的草原汉子，对我非常好，结婚以后更是对我疼爱有加。但是这样的日子被一场突如其来的疾病打破。那是我和丈夫结婚两年以后，当时我们已经有了自己的女儿，并且女儿已经两个月大了，而我却得了一场大病，这场大病导致我一直在大城市做手术，丈夫更是每天陪在我身边，根本无暇照顾幼小的女儿。这时父亲看见小外孙女就像是看到了小时候刚来到他身边的我一样，非常喜欢，于是父亲便在家里帮我照顾幼小的女儿。

我做完手术，回到家时，父亲看见我健康归来不免喜极而泣，抱着我哭了好久。看见父亲的样子当时我在心里暗暗发誓，一定要健健康康，一定要幸福快乐，让父亲开开心心地过好每一天。由于这场大病，同样是学医的我和丈夫更加深刻地明白了学医的重要性，于是我们便决定外出学习深造，经过了三年的刻苦学习，终于功夫不负有心人。深造归来后，我的丈夫成为旗人民医院的一位主治医生。我和丈夫一起商量，把父亲接到我们的身边一起生活，于是我就将父亲从牧区接到了旗里。我的家庭是一个特殊家庭，父亲用他的善良教会了我许多做人的道理，让我在草原拥有了幸福美满的家。

我的女儿从小就非常听话，学习成绩优异，她是听着我的故事长大的，这也使得她幼小的心灵怀着一颗感恩的心，她在高考时报考了吉林省的医科大学，经过了四年的刻苦学习，终于在毕业后成为一名医学教师，传承了我和丈夫的事业，为了回馈这个民风淳朴的大草原，培养更多的草原医师，

苏布登其其格全家福

为这个大草原的人民能有健康的身体、过上幸福美满的生活而贡献自己的一份绵薄之力。

跨越地域的爱

在这片美丽的草原上，父亲将我抚养成人，他既是奶奶的好儿子，也是我的好父亲。这段与父亲的千里之缘，是我一生都不能忘记的美好事情。这段亲情、这段血脉跨越了上千公里，草原的大爱是那么无私与伟大，它用那广阔的胸怀哺育了我们这些来自南方的孤儿。如今的我也已经年逾花甲，我的女儿也找到了自己的归宿，成家立业。我与我的老父亲，还有我的家人们，在这个养育了我一生的大草原上继续谱写着我们美好的生活篇章。

匆匆数十载，“国家的孩子”也都已经六十岁左右了，我们的根已经深深地扎在了养育我们的大草原上。那次拯救生命的迁徙，体现了国家的情

怀和民族的担当,同样谱写了一曲相依相存的颂歌。当年帮助和抚育了这些孩子的“亲人们”也已经垂垂老矣,可是这一份超越了血缘、跨越了时间和地域的爱永远不会褪色,这首动人的“蒙汉一家亲”的歌谣将继续在锡林郭勒草原久久传唱。

苏布登其其格与老父亲在乌兰夫同志纪念馆门前

作者简介

乌日汉,女,蒙古族,1986年6月出生,大学本科学历。曾任镶黄旗电视台记者,镶黄旗融媒体中心秘书,现任镶黄旗旗委办公室秘书。

在正蓝旗生活的“国家的孩子”

娜仁高娃、阿荣高娃　口述　郭海鹏　整理

“国家的孩子”是内蒙古草原上当地牧民对三千孤儿的特殊称呼。正蓝旗的娜仁高娃和阿荣高娃，就是其中的两名“国家的孩子”。

娜仁高娃：认准的母亲说啥也不撒手

2021 年 11 月 1 日，在正蓝旗上都镇四郎城嘎查，我们见到了 65 岁的娜仁高娃。如果不是事先得知她是“国家的孩子”，我们很难将她与来自南方的孤儿联系在一起。她说着一口流利的蒙古语，汉语交流需要同事特古斯帮助翻译，日晒风吹的脸上印着特有的“草原红”，完全是一个典型的牧区蒙古族老额吉，只是在她那纤瘦的身材上，还能隐隐约约感受到一点江南女子的影子。

1960 年，娜仁高娃随着来自上海、安徽、江苏的孤儿一起，被移送到内蒙古抚养。其中年仅 4 岁的她和另外 35 名孩子被送到了锡林郭勒盟镶黄旗哈音海尔瓦公社。人们争先恐后地收养这些孤儿。眼看着年龄小的男孩一个个都被牧民和居民抱走了，6 个大一点的孩子也被公社医院的护理员张凤仙收养，幼小的娜仁高娃委屈得流下了泪水。

当时，娜仁高娃的养父那木斯来巴特尔在镶黄旗的一个苏木工作，母亲苏布希达是家庭妇女，因为家中没有孩子，所以决定领养一个男孩。当他们走到娜仁高娃眼前的时候，这个小姑娘一把便抱住了苏布希达的腿，眼巴巴地瞅着她说啥也不愿撒手。苏布希达心一软，情不自禁地蹲下来，一把便将她搂在了怀里，双手抚摸着她瘦瘦的脸庞，自此成就了一家人天

娜仁高娃近照

南地北的情缘。

像待哺的羔羊，娜仁高娃有了自己的新爸爸新妈妈；像小鸟归巢，娜仁高娃从此感受到了家的温暖。从南方来到内蒙古时，娜仁高娃身上穿着一件又肥又大的红花棉袄，母亲苏布希达给她改成了一件合身的童装。母亲还给她梳起了两个尖尖的小辫子，每天打扮得干干净净的，有时小袄兜里还要装上几块水果糖。邻居们见了都羡慕地夸"这个来自南方的小姑娘长得真漂亮"。

抱养回来后，盼子心切的父母先是为她起了个男孩子的名字"莫日根"。六岁到镶黄旗蒙古族小学念书的时候，父母又给她起了现在的名字——娜仁高娃，汉语是"阳光明媚"的意思。娜仁高娃家在镶黄旗政府所在地的新宝力格苏木。去学校时需要经过一条又大又深的河渠，父母每天都要按时背着接送她上下学。遇上刮大风的天气，母亲就会将自己的头巾解下来，给她围住脸，生怕风沙迷了孩子的眼睛。

一开始，从南方来的娜仁高娃吃不惯草原上的果条和炒米，母亲苏布希达便想方设法把家中的面粉换成大米，学着做米饭给她吃。后来，娜仁高娃也渐渐地爱上了奶茶和带膻味的羊肉，并从"额吉、阿爸"开始，一句句地学会了蒙古语，慢慢成长为草原的孩子。

据娜仁高娃介绍，当年父母抱养她时，她的衣服上缝着一块白布，上面写有出生的省市和年份，但父母生前只告诉了她是 1957 年出生的，没有告诉她的出生省市，她也一直没有多问。因布条上没有具体的出生月日，苏布希达便将自己的生日 3 月 8 日也定为女儿的生日。每年"三八"这一天，母女俩一起高高兴兴过生日，欢度国际妇女节。

1969年,在镶黄旗新宝力格苏木工作的那木斯来巴特尔被下放回正蓝旗桑根达镇萨茹拉塔拉嘎查从事牧业生产劳动,娜仁高娃也就此失学并和父母一同回到了牧区。临行前,镶黄旗有关领导找到那木斯来巴特尔,嘱咐他说:“无论有多么艰难,你们也一定要把这个小女孩抚养好,不得有半点儿亏待,她不仅是你们自己的孩子,更是‘国家的孩子’!”

“国家的孩子”,这让那木斯来巴特尔和苏布希达的心里更多了一份责任。放牧、接羔、添草、起羊砖子……父母辛苦忙碌,变成了娜仁高娃碗里丰盛的饭菜和身上温暖的新衣裳。在爸爸妈妈的关爱下,娜仁高娃健康快乐地成长着,并跟着妈妈渐渐学会了挤奶、熬茶、做奶制品等生产生活技能。娜仁高娃长大后,父母为她和招来的上门女婿特木尔巴特在嘎查修建了新房,并把家里的牲畜和物品全部交给了他们。婚后,苏布希达又含辛

娜仁高娃(后排右)与养母苏布希达(前排右)

茹苦地帮助女儿、女婿带大了三个孩子。娜仁高娃的三个儿女现均已成家立业,两个女儿在鄂尔多斯居住,儿子在嘎查放牧。

当年,娜仁高娃是从什么地方来到镶黄旗的,她已无任何记忆。五年前,朋友告诉她,曾有人到镶黄旗找这些孤儿核对相关信息,但由于她在正蓝旗所以未能与寻亲者见面。

2021 年,锡林郭勒盟公安局刑侦支队通过对全盟 200 余名南方来的孤儿采集血样,已比对出 16 份人员家族系数据,帮助两名当年来自上海的孤儿实现了团圆梦。这么多年来,娜仁高娃从没有去寻过亲,但这并不代表她的内心就没想过。娜仁高娃的养父母和丈夫现都已去世,如果有机会,她也想知道自己的身世,知道这个世界上还有谁是自己的亲人。娜仁高娃想把养父母的养育之情及草原的大爱,告诉南方的亲人及世人,想把民族团结一家亲的故事传得更远……

阿荣高娃:只因冲着父亲那甜甜一笑

11 月 8 日,室外大雪纷飞,室内温暖如春。在正蓝旗上都镇恒锋小区一处宽敞明亮的二层小楼里,我们采访了 64 岁的“国家的孩子”阿荣高娃。

1960 年,时任锡林郭勒盟阿巴嘎旗医院院长的姜永禄,带领 16 名医生、护士和保育员,辗转千余公里从上海孤儿院将 300 名孤儿接回到了锡林浩特市。这些孤儿小的才几个月大,大的也只有六七岁,这是一群严重营养不良的孩子,其中年仅 3 岁的阿荣高娃更是显得弱小干瘦,像只胆小的猫咪,躲在保育院的一个角落里。

当年,阿荣高娃的养父阿尤喜在锡林郭勒盟军分区工作,因家中没有孩子,所以当时和妻子决定从这批孤儿中抱养一个。一大早,阿尤喜便带着早早给孩子准备好的新衣服、食品和玩具,与战友诺日布旺吉拉赶到保育院去办理领养手续。在盟教育处工作的妻子杨金苏当时到乌兰察布盟四子王旗出差,所以没能一同前往。

当时,阿尤喜是抱着领养一个儿子的想法去的,但结果却被这个小姑娘冲他甜甜的一笑给融化了。阿尤喜觉得很有缘分,便将这个女娃娃抱回了家。杨金苏回来后,见到阿荣高娃也是满心喜欢,像对待亲生女儿一样精心地照料，阿荣高娃的面色日渐红润起来。就这样，南方孤儿阿荣高娃在草原上找到了额吉和阿爸，随父母先后在锡林浩特市、镶黄旗、巴彦淖尔盟乌拉特前旗、正蓝旗等地生活。在哈叭嘎公社中学读高中时，阿荣高娃在学校住宿，每个周末父母都会给她做好可口的饭菜，等她回家。无论刮风下雪，父母都会骑着自行车往返 40 多公里将她送回学校，并省吃俭用地给她带上一些零食。在阿尤喜和杨金苏的悉心养育下，阿荣高娃这个“国家的孩子”在草原上健康快乐地成长，开始了她新的人生。

因阿荣高娃高中读的是普通高中，所以普通话说得也很流利。据阿荣高娃介绍，在她 5 岁左右，母亲的一位同事抱着哄她时，曾对别人说“这个是国家的孩子”。长大后，父母也曾告诉过阿荣高娃，她是从锡林浩特抱养的上海孤儿，姓吴，是 1958 年出生的。虽然很早便知道了自己的身世，但在阿荣高娃的心中，阿尤喜、杨金苏就是自己的亲生父母，他们给了她比亲生父母更深的爱，不管哪个民族，都是一家人，都是骨肉亲。

1978 年 9 月，阿荣高娃高中毕业后到卓龙河公社恩格尔宝力格大队下乡。先后在正蓝旗杭哈拉公社、扎格斯台苏木、旗希望小学工作，曾任公社计生助理、妇联主任和学校后勤管理员。2013 年 10 月，阿荣高娃从正蓝旗蒙古族小学退休。丈夫苏乙拉图现已从旗畜牧部门退休，两个女儿均已成家，老两口平时帮助在外地生活的女儿女婿哄孩子。阿荣高娃这位喝着上都河水长大、根在锡林郭勒草原的“上海”籍“蒙古族”，日子过得平淡而幸福。

阿荣高娃近照

1995 年 1 月，笔者在正蓝旗电杆厂工作时，曾随阿荣高娃的父亲阿尤喜到桑根达来苏木白音淖尔嘎查住了

10多天，对当地三名见义勇为的干部和牧民群众进行了深入细致的采访报道，阿尤喜那严谨务实的工作作风和平易近人的为人，都给我留下了深刻的印象。未曾想到的是，20多年后，因采访“国家的孩子”，与他有了进一步的接触。从这位少数民族干部身上，我感受到了蒙汉情深、人间大爱。

在党和政府的关心下，当年远在千里之外的汉族孤儿，和草原上的少数民族父母组成了新的家庭，他们相依相守经风雨，相亲相伴度春秋。虽然抚养这3000多个孤儿的草原母亲的个体生命终将逝去，但这份超越血缘、跨越地域和时间的人间大爱永不会褪色！草原母亲和“国家的孩子”已像石榴籽一样紧紧拥抱在了一起，铸起了一座民族团结的丰碑！

郭海鹏，男，汉族，中共党员，1964年4月生，中师学历。曾在正蓝旗葫鲁苏台乡中学任教，在正蓝旗党委宣传部上都新闻报社担任编辑，在正蓝旗文联从事文学创作，现在正蓝旗政协教科文史委工作。

坚强地站起来　快乐地走出去

赵淑琴　口述　赵鑫　整理

赵淑琴，女，汉族，1958 年 4 月 10 日出生于上海。1960 年的冬天，她从上海坐火车被送到苏尼特右旗朱日和温都尔庙保育院，被父母赵希忠、齐桂芝领养。

“国家的孩子”赵淑琴在接受采访时说：“其实活着本身就是一种幸福，南方的父母给了我生命，北方的父母给了我一生的幸福，在追求简单而又幸福的生活中，快乐地活着，把困难的生活过得知足常乐，把平凡的生活过得丰富多彩，这才是快乐中的幸福，幸福中的快乐！”

扒着方桌站起来

赵淑琴对自己的童年的印象，最初总是觉得自己和别的孩子不一样，因为自己是在爬行中长大的。父母视她为掌上明珠，对她特别呵护，只要家里有一口好吃的，保准给她留着。那时的她，外表特征非常明显，鸡胸，罗圈腿，大肚子，腿发软走不了路——这些都是明显的缺钙、发育不良的表现。赵淑琴曾记得粮食局的一位高阿姨对她说：“小琴（赵淑琴小名），你父母抚养你真的很不容易，特别是你母亲顶着很大的压力。当时，你那身体状况，很多人都说你肯定活不了，不如丢掉了再抱一个。你母亲一听这话，就和他们急了眼。你是在你母亲一口牛奶、一脸泪水的滋润中长大的。”为了能让赵淑琴早日站起来，父母省吃俭用，在饮食营养上不断调剂，吃中药，用偏方。只要能让女儿站起来，母亲齐桂芝可谓绞尽了脑汁，用尽了心思。细心的父亲为了让女儿站起来，专门找木匠给她做了一个小方桌，帮

儿时的赵淑琴与父亲赵希忠、母亲齐桂芝

助她进行有针对性的辅助训练。每天父亲都帮她按摩、揉腿、洗脚。他们自己还吃白菜帮儿，省下的钱却给她买肉增加营养。如此循序渐进，年复一年。随着年龄的增长，从窗户外看到有的孩子在外面快乐地玩耍，有的背上书包去上学了……赵淑琴想站起来的心情，变得更加强烈了。

看着父母对自己的鼓励和期待的目光，更加坚定了她的决心。“我要站起来！我一定能站起来！”于是，她给自己加大了训练量，先是扶桌子、站稳了、围着转，再是板住脚、靠住墙、站起来，坚持、坚持、再坚持……她的童年就是红色方桌记忆。直到8岁的一天，她离开了红方桌，丢开了练习的拐杖，慢慢地走到父母跟前时，父母脸上满是兴奋、泪水和激动。他们紧紧拥抱在一起。

9岁那年，赵淑琴终于和其他小朋友们一样，走进了学校的大门。就这样，在第一个班主任王梦霞的帮助下，赵淑琴开启了学习求知的大门，这是她藏在心里已久、追求人生快乐幸福的梦想。

两地分居的幸福

父母十分疼爱小时候的她，但是从来不娇惯她。父母平时对她要求严格，特别是在学习上要求得更严。赵淑琴在学习上很刻苦用功，小学在村里上了三年，后转到朱日和学校继续念书。上了初中的赵淑琴，她心里只想着自己早一些毕业，能找个工作为家分担责任。1976 年，她初中毕业后，先是去了三洼下乡锻炼。赵淑琴对当时的负责人刘春福印象很深，因为他的管理出了名的严。那时下乡，每天挣的是 7 角钱工分，每个月有 21 元钱的收入。1979 年，她被安排到乌兰花粮站当了一名开票员，每个月能挣 40 元钱，很多老职工都羡慕她挣的工资多。但是她自己舍不得花一分钱，每个月一发了工资就毫无保留地交给了父母。1983 年，经人介绍，赵淑琴认识了在赛汉塔拉铁路工务段工作的曹建德，两人喜结良缘。对于婚姻，赵淑琴从父母不离不弃的恩爱生活中，感受和珍惜这来之不易的幸福生活。成家时间不长，因两个人的工作关系，赵淑琴和曹建德就开始了两地分居的生活。两人从北面的二连浩特赛乌素车站到妻子工作的白银哈尔朱日和车站，再到集宁和后来的呼和浩特车站，迎着太阳、伴随夕阳，妻迎火车头、送君火车尾，他们在这条集（集宁）二（二连浩特）火车线路上守望相助三十余载。但是，这并没有影响到两个人的生活质量和工作热情。

曹建德是个知书达理的人，他得知妻子的身世后，常对妻子说："结婚前，你有父母的呵护，结婚后，我会用一生照顾你。"这是丈夫的承诺，更是他对家庭的责任。丈夫对她百般疼爱。多年来，他们携手孝顺父母，相互勉励工作，一起经历风雨。即便是在 1998 年下岗了，赵淑琴也是率先响应国家号召。有的人说她傻，说她是"国家的孩子"，为什么不向国家多提些要求呢？赵淑琴始终没有说过，她心里很明白，因为她知道，是党和国家给了她第二次生命，是周恩来总理、乌兰夫主席解救了他们。只有支持国家、奉献社会才是她一生的快乐和幸福！

想问我从哪里来

赵淑琴和所有生活在那个年代的“国家的孩子”一样，对于出生时的印象是模糊的，如果不是后来得知自己是“国家的孩子”，其实就是草原大家庭中的普普通通一分子。关于赵淑琴的身世，父亲母亲从来只字不提。就连父亲去世的时候，也没提起过。一直都是赵淑琴在听说中揣测。第一次知道自己的身世，还是她参加工作后，遇到新民区卫生院工作的马树芝、郭守德夫妇。马树芝阿姨快人快语，是当时保育院的工作人员。她见了赵淑琴，总喜欢叫她“小琴子”“小丫子”，说什么“上海小丫子，也健康地活下来了”，一见面总是嘘寒问暖，还给她做好吃的款待一番。赵淑琴听着马阿姨的话，什么“上海小丫子”“能活过来”没回过味儿来。回到单位，同事杨磊明对她说：“马阿姨说得没错，小琴咱们都是上海来的孤儿，咱们的工作都是国家安排的，马阿姨就是当年温都尔庙保育院的保育员阿姨，是她们这些保育员救了我们的命。但我们不是孤儿，我们都有兄弟姐妹，在草原上有很多亲人都在关心我们。”

赵淑琴想起小的时候，多次问过父母：“我为什么是一个人，我咋没有兄弟姐妹呢?”父母更多的是搪塞和敷衍。对于20世纪五六十年代出生的人来说，“独生子女”一词比较新鲜，家中有几个兄弟姐妹是很普遍的现象，独生子女的家庭不多，可算是凤毛麟角。原来自己不是因为独生子女而安排工作的，因为是“国家的孩子”才得到安置。知道了自己的身世，赵淑琴度过了一个百感交集、彻夜难眠的夜晚。她湿润的眼眶总是不停地问着自己：“我从哪里来？生我的父母是谁?”这些想法，尤其是到了40岁那年更为迫切了。后来，无论她怎么问父母，他们都说她是亲生的，不是抱养的，母亲还要生气地要去找马阿姨质问。看着从小习惯了的母亲那种“护犊子”表情，什么生母养母，她的心里突然释然了。生活往事中的点点滴滴，在眼前滚动播出，母亲行走在风雪路上求医看病，父亲在红色方桌前的耐心训练，老师和同事们的教导和帮助，上有老、下有小，一家子的其乐融融……赵淑琴没有伤心，没有掉泪，那一刻，她在想：“不要问我从哪里来，我的家乡就在苏尼特草原!”

喂上最后一口饭

赵淑琴在母亲潜移默化的影响下，懂得了“百善孝为先”的道理。她说她的性格，包括吃苦耐劳、孝顺老人、尊敬长辈、善待他人……这些都完全随了父母。尤其是母亲，那是一点苦都不想让她吃，有什么困难都是母亲自己扛着，小时候穿的衣服、毛衣裤、布鞋，戴的帽子、围巾都是母亲亲自做的。那时候父母亲的生活也很一般，并不富裕，自从赵淑琴会走路了，父母就每年带着她回东北去看望老人，往返一次也是一笔不小的开支。父母亲很孝顺爷爷、奶奶和姥姥，这对赵淑琴影响颇深。记得爷爷去世的那年，很多亲人都围在老人身边，老人却在离世前喊着“小琴子”的名字。每次回到老家，都是她陪着母亲照顾三位老人，每个老人离世前都是赵淑琴喂上最后一口饭。2000 年冬天，父亲得了脑血栓，她和丈夫将父亲接到赛汉塔拉镇给老人看病治病，久病床前有孝女，14 年，赵淑琴一直精心照顾、伺候父亲。2014 年 11 月，直到给老父亲喂上最后一口饭，老父亲在没有遗憾中离

“国家的孩子”赵淑琴近照

开了。赵淑琴记住了父亲临走时的叮嘱眼神，她知道，那是父亲让她陪伴好、照顾好母亲，让母亲快乐安度晚年生活。

草原就是我的家

从童年到长大成人、成家立业，一路走来，对赵淑琴来说，没有什么比父母、长辈、丈夫、孩子相濡以沫的陪伴更幸福、更快乐。1983 年，赵淑琴准备成家的时候，母亲亲自为她缝着“四铺四盖”，为她准备嫁妆。1998 年，赵淑琴从粮食系统下岗，那时候，父母时不时也会接济家里一些费用。赵淑琴想着，父母总是接济自己，总不能靠父母生活一辈子吧，为了贴补家里，她用积蓄和借来的钱买了一些羊饲养。她又是做饭，又是照顾老人，又要培养孩子，拔草、青储玉米，当起了羊馆。当时，由于没有草场，只能在附近田地里跟群放牧。日子却是一年年好过起来。丈夫曹建德说：这些年，多亏了小琴照顾家里贴补生活，就靠我那点死工资还真的不富裕，有小琴的付出，让我在工作上也有了更多的精力，每项荣誉背后更多的是妻子的理解和支持。曹建德多次被自治区铁路系统评为先进个人。2006 年，曹建德被评为全国防沙治沙先进个人。2000 年，儿子曹雪岩考上了包头铁路工程学校；2005 年，又考上大连职业技术学院。这一年，丈夫也调到了呼和浩特铁路局集宁机务段，他们利用多年积攒的积蓄和贷款，在呼和浩特市买了第一套楼房。2009 年，儿子大学毕业后，凭自己的努力在呼和浩特市铁路局工作，并安了家。赵淑琴一家的日子越过越好。

经历了无法留住的岁月，平凡的生活也随着时间飞逝而过。在快乐平淡的真实生活里，赵淑琴与家人共同守护着人生的幸福！

赵鑫，男，1971年6月出生，本科学历，中共党员，内蒙古自治区苏尼特右旗人。1989年入伍，在锡林郭勒盟公安边防支队服役，2016年退役自主择业。2018年，成立内蒙古旭志文化传媒有限公司并任总经理。政协苏尼特右旗第十三届委员会委员，旗工商联(总商会)第五届常务委员会委员，内蒙古作家协会、内蒙古诗词学会、内蒙古摄影家协会、内蒙古自治区通俗文艺研究会会员，锡林郭勒盟作协、诗词协会会员。

平凡着　幸福着

张宝莉　口述　赵瑞生　整理

“祝你生日快乐，祝你生日快乐……”一家人团坐在一起，一个头戴花冠的小女孩绽放着童真而又幸福的笑靥。“呼——”小女孩一口气吹灭了十二根蜡烛，屋内响起一片喝彩的掌声。小女孩一边吃着香甜的生日蛋糕，一边歪过头问：“姥姥，您的生日是哪天？”姥姥缓缓地说：“哪天？一年365天，天天都是我的生日。”一个人，怎么可能天天都是生日，一瞬间，不仅是问话的小女孩，全家人都一片疑问。

看着儿孙们一张张茫然的脸，张宝莉打开了话匣子……

一

张宝莉，这位来自江南的“国家的孩子”，在内蒙古草原已经生活了六十多年。由于当时年龄尚幼，她对于自己的身世一无所知。据档案材料和一些“国家的孩子”回忆，张宝莉应该是在1960年来到太仆寺旗，1961年被人领养（1961年1月3日，她是第一个被领养的孩子），被领养的时候大约四五岁。这些“国家的孩子”来到太仆寺旗后，首先在旗人民医院附设的保育院调养、治疗，等身体健康、强壮之后，陆续被人们领养。

张宝莉有两任养父母。第一任养父是太仆寺旗人民武装部的一位军人，名叫杨金海，养母的名字，她不知道。被第一任养父母接回家后，小宝莉终于有了家，有了爸爸和妈妈。“有妈的孩子是块宝”，养父母给她取名叫“宝莉”，她的童年开启了幸福模式。然而，“天有不测风云”，由于张宝莉的父亲长年下乡，养父母之间的感情渐渐出现了裂隙，他们最终离婚了。

张宝莉(左二)的全家福

养母未经养父同意,就把她送人了,待到养父从乡下赶回来,已经是前妻远走他乡,女儿不知所终。张宝莉和养父这一别,就是十五六年。张宝莉在第一任养父母家生活了两年左右,第二任养父母是城郊人民公社东明生产大队第一生产队(今宝昌镇东明村韩存禄营子自然村)的张秀铎、王秀花夫妇。根据时间推算,被第二任养父母领养的时间大约在1963年前后,张宝莉那时六七岁。她随着第二任养父改姓为张,名字仍然叫宝莉。

二

张宝莉又有了一个新的家。在她到来之前,张家就领养了一个小男孩,此时一两周岁。张宝莉乖巧懂事,到了张家之后,她成了养父母的好帮手。在养父母忙碌的时候,她帮着带小弟弟,喂他吃饭喝水,扶着他学走路,领着他去玩耍。她还帮着养母做一些力所能及的家务,比如扫地、喂鸡。

1965年，张宝莉上学读书了。学校是城郊公社办的城郊小学，学校在大队部所在地东门外村，距她家所在的村庄韩存禄营子有好几里地。由于距离学校较远，张宝莉和许多同学一样，中午都不能回家吃饭，而是自带干粮。从小就懂事又勤快的张宝莉，每天早早来到学校，在中午吃干粮的时候，给同学们准备好开水。1971年，张宝莉小学毕业了，她又升入宝昌四中读初中。宝昌四中和城郊小学门对门，张宝莉依然跑校，依然中午吃干粮，依然给同学们准备好吃干粮的热水。

1974年，张宝莉初中毕业了。她学习很刻苦用功，成绩也不错，本可以继续读高中；但是，当她看到养父母日渐苍老的面容和佝偻的身体，心中十分难受，她决定放弃学业，回乡参加劳动，分担父母的生活重担。就这样，她以“回乡知青”的身份，成为东明生产大队第一生产队的一名女社员。

刚一参加劳动，正逢秋收大忙。“一年辛勤盼个秋，颗粒归仓才说收”，比起春天的抢种，秋天的抢收更为重要。张宝莉攥着一把磨得雪亮锋利的镰刀下地了。她虽然从小就参加劳动，熟谙农活，可是成为职业农民，满满地割了一天地，还是有点吃不消。她的手掌上磨了好几个大血泡，一握镰刀钻心地疼痛，晚上往炕上一躺，全身的骨头就像散架一样。第二天，上工的钟声敲响了，养母十分心疼地说：“宝莉，你就在家歇一天吧，明天再去割地。也不是一天两天就能做个庄稼人，慢慢锻炼吧！”然而，张宝莉还是咬牙上工了。“人误地一时，地误人一年”，这个道理，她懂得。

冬季，生产队开始搞农田基本建设。张宝莉和十几个大姑娘被安排到打井工地。打井是个技术活，更是个力气活，张宝莉不懂技术，可是她舍得出力气。挖掘井筒的时候，她抡起镐头刨土，操起铁锹铲土，样样活儿都抢着干。垒砌井壁的时候，她既细心又专心，总是把最合适的石块送到师傅手中。经过几十天的艰苦奋战，一面大口井竣工了。在总结会上，生产队长特意表扬了张宝莉，说她干起活来不亚于一个壮小伙子。

三

1978年，经人介绍，张宝莉和王建国相识了。王建国是太仆寺旗木器厂的学徒工，他是下乡知青出身，在农村劳动锻炼了好几年。相同的经历，使他们有了共同语言，在交往中，他俩由相识而相知，由相知而相爱。在相恋一年之后，他俩在1979年9月17日走进彼此的世界，结为夫妻。

一年之后，他俩爱情的结晶——大女儿出生了，这一天是1980年9月6日。他俩给女儿取名叫王素琴。1982年3月6日，二女儿出生了，取名王素云。

张宝莉结婚之后，没有正式工作，仅靠丈夫微薄的工资来养家糊口显然不行。特别是有了两个女儿之后，他们的生活更加艰难。为了改善家庭生活，张宝莉开始参加劳动。当时，工作岗位很少，而且大都是体力活儿，劳动惯了的张宝莉去建筑工地当小工。那时建筑施工基本上没有施工机械，所有工作都靠人工，劳动强度很大。小工的劳动强度尤其大，和泥、搬砖、筛沙子、挖土、上料、搭架子，天不亮就上工，日落山才收工，每天工资1.5元。尽管如此，张宝莉还是毅然去建筑工地当小工，每到月底开工资的时候，张宝莉就特别开心，45元钱虽然不多，可是女儿买奶粉的钱就有了。

物价在不经意间悄悄地涨着，一双女儿需要抚养，双方的父母需要赡养。为了多挣一点钱，张宝莉又上东山采石场去砸石子。一立方米标准石子可卖15元钱，张宝莉能吃苦、肯出力，一个月能砸五六方石子，收入七八十元钱，比当小工强了不少。

就这样，张宝莉用自己勤劳的汗水支撑起了一个幸福的家庭。对张宝莉这个勤劳、孝顺的儿媳，公婆非常满意，经常和街坊邻居夸奖她。一双女儿也为有这样的母亲而自豪，大女儿在作文中写道："我的妈妈非常勤劳，她那双布满老茧的手为我和妹妹营造了一个温馨的家。"丈夫张建国，娶到这样一个好妻子更是偷着乐了。

四

生活远远比戏剧更精彩，在张宝莉的生活中就出现过精彩的一幕。

那是1978年的春天。一天，张宝莉收工回家，她的闺蜜兴冲冲地跑到她家，神秘兮兮地说："你来我家，告诉你一个好消息……"

闺蜜的姐夫任振业在旗运输管理站工作。年初的一天，一位从部队转业的军人杨金海到运输管理站当站长。在一次闲聊中，杨站长说有一个女儿从小失散了，她的名字叫杨宝莉。听到杨站长的话语，任振业心中一动，和自己妻妹特别要好的那个宝莉就是领养的，年龄相仿，莫不是……可是，名叫宝莉的女孩儿太多了。星期天，任振业这个热心人专程去岳母家进一步了解情况。岳母告诉他："宝莉在上一家就叫宝莉，来到现在这家光改了姓，没有改名字。听说她前一个爹是个当兵的。"这就八九不离十了，听到这些话，任振业非常高兴。他把这个好消息告诉了杨站长，杨站长非常激动，想不到日夜思念的女儿就在身边。

张宝莉非常纠结，到底认不认自己的第一任养父呢？如果不认，他老人家肯定会伤心。如果认吧，她又怕惹得现在的父母伤心。张宝莉的第二任养父母虽然没有什么文化，可是这两位老人深明大义，告诉她两边都是父母，这样的好事求都求不来，怎么能不去认呢？于是现在的养母亲自陪着自己的女儿前去和第一任养父（以下称"杨爸爸"）相认。

杨爸爸再婚后生育了四女一男共五个儿女。四个妹妹和一个弟弟看到张宝莉这个从天而降的大姐姐，心中十分高兴，就像是迎接一个出远门归来的亲姐姐，毫无隔阂，这就是所谓"血浓于水"吧。虽然他们之间没有血缘关系，杨爸爸——他们共同的爸爸把他们紧紧凝聚在一起。杨妈妈也非常喜爱她这个意外到来的女儿。

张宝莉由一个无家可归的孤儿，在党和政府的关怀下有了家，现在竟然有了两个家。正如张爸爸、张妈妈（第二任养父母）所说，两边都是父母，张宝莉就两边跑。杨爸爸、杨妈妈都上班，妹妹、弟弟都上学，张宝莉就承担起洗衣做饭搞卫生等家务，让他们能够安心工作、学习，一回家就能吃上热乎可口的饭菜。一到周日，张宝莉就急忙赶回张爸爸、张妈妈身边，为二老打理一周堆积下来的家务。

张宝莉虽然和杨爸爸、杨妈妈没有血缘关系，但是由于领养而产生的父女深情却无比深厚。在她结婚的时候，杨爸爸、杨妈妈喝着她的喜酒，叮嘱她要做一个好媳妇，这是一位父亲对女儿的拳拳之心。她成家之后，杨爸爸、杨妈妈经常到她家看望她，和女儿说说话，与女婿谈谈心，这是一个父亲对女儿的殷殷之情。

然而，令人遗憾的是，在父女相认仅仅七年之后，杨爸爸于 1984 年因病去世。杨爸爸去世之后，张宝莉和杨家的亲情并没有割断。杨妈妈后来搬到张家口生活，可是每年都要回到张宝莉家住些日子，躺在床上，娘俩有说不完的知心话。张宝莉的一双女儿也和杨爸爸家的姨姨、舅舅们来往甚密，在不知内情的人们眼中，他们根本就是骨肉至亲。

五

如今，张宝莉已经六十多岁了，老两口儿早已享受到养老金。一双女儿都已经成家立业。大女儿育有一双女儿，老大已经上大学，老二读小学。大女婿拥有好几台工程机械，每天在工地上忙碌着。二女儿育有一对儿子，老大念初中，老二读小学。二女婿开着一家很有名气的肉食店，也是一天到晚忙忙碌碌。张宝莉依然闲不住，不是帮着大女儿带孩子，就是帮着二女儿做家务，忙碌着，快乐着。

张宝莉和老伴儿

应太仆寺旗政协的要求，张宝莉写过一篇《自述》，文中她发自肺腑地写道："我们老两口儿生活得美满幸福，一双女儿特别孝顺。我特别感谢党对我这个'国家的孩子'的关怀！"这是她来到草原的至深感受。

作者简介

赵瑞生，男，1963年6月出生，中学高级教师，自治区级骨干教师。1983年毕业于包头师范学院，太仆寺旗政协第七届、八届委员，第九届常委。内蒙古作家协会会员，锡林郭勒盟作家协会会员，太仆寺旗作家协会主席。著有《太仆寺风韵》《锡林河畔》，主编《太仆寺旗革命老区发展史》《太仆寺旗地名志》《秣马流金太仆寺》，参与编纂《太仆寺旗志》等。

扎根在草原的江南小花儿

根花　乌仁陶古苏　口述　王志勇　整理

1958年9月，一位名叫承德尔的蒙古族妇女，抱走了站在角落里、目光有些呆滞的女孩。从此，这个女孩开启了一个全新的生活。

一

承德尔居住在苏尼特右旗吉日格郎图公社阿门乌素大队（现额仁淖尔苏木阿门乌素嘎查），当地老乡俗称乌日图沟，因其附近有座庙宇叫乌日图沟庙而得名。

根花和丈夫高英与养母承德尔及两个女儿的合影

承德尔早年丧夫，与17岁的儿子格力格相依为命。

孩子抱回家后，承德尔百般疼爱，一时半刻都不愿离开这个孩子。时间长了，她觉得应该给孩子起个名字了。可她没文化，于是求助庙里的僧人，僧人看过女孩后说："此女善良聪慧，心大出奇，虽说是江南女子，但却具草原胸怀，让这朵鲜花扎根在草原吧。"随之，取名“根花”。这是国家的孩子中为数不多的取汉族名字的孩子。

随着岁月的流逝，根花的身体渐渐恢复了起来，头也不大了，脖子也变得正常了。

后来，根花慢慢长大，她可以骑着马在草原上飞驰了。清晨她把羊群赶到水草肥美的草地；黄昏，又将羊群拢进羊圈。每当夜深时，她总望着蒙古包套脑（天窗）顶上的星星，数着数着就进入了甜美的梦乡。

她，已经与草原融合在一起。

20 世纪 70 年代初，她已经成为一名出色的基干民兵，“不爱红装爱武装”，飒爽英姿的她成为民兵连最优秀的女子神枪手，特别是马上射击最厉害，在数次比赛中夺得过第一名。

二

1975 年夏季，根花迎来了她人生中的又一个重大转折——她的白马王子出现了。这个从苏尼特右旗新民乡来的汉族牧马人，名叫高英。他英俊善良，十分能干，很快便获得了根花的芳心。

结婚后，他们与哥哥格力格一家人同住在一个营子。哥哥有八个孩子，他是当时整个大队少有的有知识的青年，通过自学，他不仅略通医术，而且在兽医方面大胆钻研，不断实践，救活了很多牲畜，在那一带小有名气。那年头，物质紧张匮乏，家家生活都不富裕，更何况他们这十几口人的人家。后来根花的女儿说：“我大舅名叫格力格，那个年代的知识分子，会针灸，会兽医，装备齐全，有一个医药箱，一辆自行车是他走遍天下的武器，我舅舅就是爱喝酒，给谁家看了病，有点酒喝就行了，但是他人善良，帮助过无数个人，谁有困难绝对会找我舅舅。”从外甥女的话中，能看出她对舅舅的敬仰和热爱。

正是哥哥这样一个人，帮助他们渡过了那个艰苦的年代。

那时候，在交通极不方便的牧区，人们有个头痛脑热都抗一抗便过去了，一旦有个急病，那真是“叫天天不应，喊地地不灵”啊。上旗里医院，路途太远，交通工具只有马车、牛车，偶尔能遇到拖拉机。所以，赤脚医生都是生命的救星。那时的格力格经常是近处骑车，远处骑马。无论白昼，风里雨里，随叫随到。因此，方圆几十里，有着极好的人缘。

所以，到后来，他们家的大事小事，特别是体力活的事，大家都纷纷过来帮忙。

日子虽苦一些，倒也十分和谐快乐。

三

1977年的大雪灾，波及了整个苏尼特草原。一层一层积压的大雪，有的低洼处的蒙古包都被埋了。牲畜大面积的死亡，苏尼特右旗紧急展开了抗灾保畜工作，组织了大批干部职工下乡，从人力物力财力上支持抗灾保畜，努力把损失降到最低。

根花所在大队经过研究后，决定向乌兰察布盟察哈尔右翼中旗走场。当时根花已身怀六甲，她本该留下陪着妈妈，可看到丈夫一个人要挑起这么重的担子，实在于心不忍。自从哥哥患癌症去世后，家里的担子就一下了落在了高英的肩上。

为了集体财产少受损失，一身豪气的她毅然决然申请与丈夫一起走这趟场，大队又派出两名青年一同前往。二百公里的路，一路上大雪漫漫，艰难跋涉，特别是察哈尔右翼中旗多是山地，根花的骑乘在历经颠簸后，早已是人困马乏，到达目的地时，人和马已经完全虚脱了。那坐骑扑通一声，软软地坐在地上，根花出溜一下就滚落在地。众人吓得大惊失色，丈夫高英更是脸色煞白，急忙上前搀扶，她却若无其事，嘿嘿一笑，拍拍身上的土："没事！"

走场数月后，她已近临盆，但依旧忙前忙后，直到一日感到肚子疼，高英急忙求一个顺路司机，把她拉到了新民乡婆婆家，下车没有一个时辰，她就生下了第一个女儿——乌仁陶古苏。医生说："真悬啊，再晚点就生在路上了，而她的情况，如果是在路上，是很危险的。"根花却嘿嘿一笑，不以为然。

四

雪灾过后，草原又恢复了盎然生机。野花遍地开放，竞相在微风中摇曳着身姿。

根花也在这几年中相继生下了二女儿、儿子和三女儿。

此时，身为人母的她，已深深懂得了养育儿女的艰辛。丈夫高英，这个从农村出来的牧马人，更懂得了教育孩子的责任。

大女儿乌仁陶古苏到了上学的年龄，虽然家庭相当困难，但他们义无反顾地将女儿送到了公社小学就读，当时公社小学只开设蒙语文班，小小年纪还得住校。后来，高英和根花商量，为了孩子们后续读书方便，他们省吃俭用攒钱买了一间不足十平方米的小土房，全家搬到了公社。

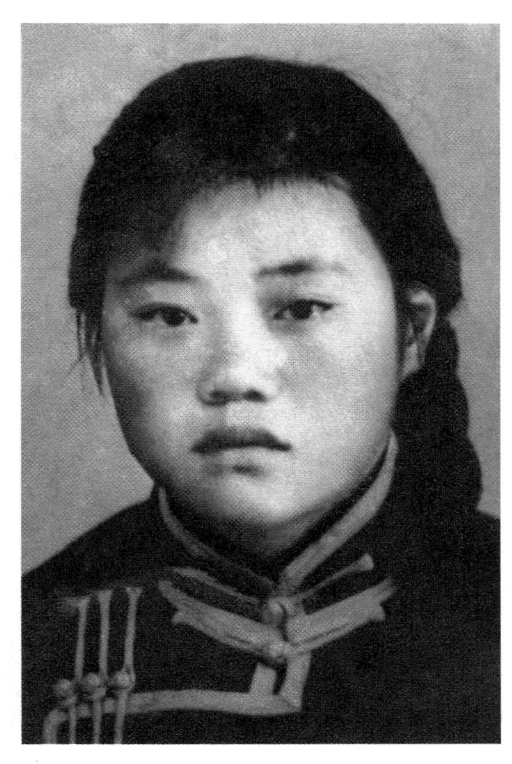

年轻时的根花

1999 年，大女儿乌仁陶古苏考取了内蒙古警察职业学院，在校期间多次获得奖学金和射击比赛第一名的好成绩，大专毕业后，来到了苏尼特右旗公安局工作。工作期间，她勤奋好学，朴素踏实，乐于助人。多次获得盟级、局级各种奖励，2022 年荣获个人三等功。乌仁陶古苏的丈夫名叫特古斯，是一位典型的蒙古族大汉，他们的儿子特伦正在读初中。

二女儿乌仁图雅，大专毕业后，现在学校做蒙古语文教师。在工作中勤奋钻研，多次获奖，是学校的骨干教师。丈夫武强（汉族）是一位精明能干的自由职业者。他们的两个女儿武思语、武思璐正在读小学。

儿子达呼日巴雅尔继续留在草场上放牧。他还是苏木的人大代表和嘎查团委书记。他的妻子叫兰慧君（汉族），两个女儿高思蕊和高思冉也正在读小学。

三女儿乌仁其木格，是一位性格开朗、喜欢自由的自由职业者，汉语言文学系毕业后就投身商海。她的丈夫叫孙发（汉族），女儿孙思琪在小学读书。

五

随着承德尔额吉和丈夫高英的相继去世，根花的心灵受到了前所未有的沉重打击，那段时间她很迷茫，她把悲痛深深地压在心底，只是不停地、拼命地干活，剪羊毛有时疯狂到一天能剪 40 多只羊。她只想通过极度的劳动来缓解内心的悲伤。当年幼小年纪失去亲人的那种恐惧感又被重新点燃，她感到无望、迷茫，整天不说一句话。后来在大女儿乌仁陶古苏的百般努力下，根花终于被孩子们接到了城里，在吉日嘎郎综合养老园区为她租了一套房子。根花的身体非常棒，她不让孩子们每天都陪在她身边，并让他们照顾好各自的家庭，上好班。她则和一群大妈们跳广场舞，尤其爱和同是“国家的孩子”的许多姐妹们欢聚一堂，旅游观光，她们只要在一起，总有说不完的话，唠不完的嗑。

孩子们优秀，儿女们孝顺。此时的根花，孙女、外孙绕膝承欢，尽享天伦之乐。

根花近照

纵观根花一家的成长经历，真是一部典型的蒙汉民族团结的范本。在他们的生活中，蒙汉一家，风雨同舟。特别是在大灾大难面前，他们团结一心，互帮互助，共渡难关。他们只不过是这些"国家的孩子"中，极其平凡的一家，但就是这平凡的一家，却通过不平凡的经历，向世人阐释了一个真理，没有共产党就没有新中国。就如根花所说："没有伟大的祖国，就没有我如今的幸福生活。"

所以，她经常告诫她的孩子们，要感恩草原母亲的厚爱，感恩伟大的祖国！

根花，这朵江南的小花，不仅在草原上深深扎根，繁衍生息，而且越开越盛。历经猎猎北风，戈壁沙尘，每到盛开的时节，却把草原装点得绚丽多彩。她的一生，更像一曲蒙汉民族团结的交响乐，正在辽远的草原响起……

王志勇，笔名寒雨、北国风，内蒙古通俗文艺研究会会员，锡林郭勒盟诗词协会会员，乌拉盖天边草原文学会会员，内蒙古苏尼特右旗文联理事、戏曲家协会副主席、中国诗歌报内蒙古工作室编辑部副主编。

南国的嫩芽　北疆的花朵

阿拉腾其木格　口述　贺·达布希拉图　整理

1958年秋，一个不满周岁的女婴，被无奈的父母送到了南方的一个孤儿院，与300多名和她同样命运的婴幼儿一样，踏上前途未卜但蕴含一线生机的北上求生之路。他们一部分被接送到苏尼特右旗，一部分到了东部的苏尼特左旗、阿巴嘎旗，大都活了下来。后来，人们连同其他南方的孤儿一起称他们是“国家的孩子”。

这个女婴被苏尼特右旗原赛汉塔拉公社图门大队年轻的牧民达布嘎、阿迪雅夫妇从旗政府所在地赛汉塔拉镇接回百里外的家里。

这是位于苏尼特右旗西南一片叫作“包日呼吉尔”的草场。草场以灌木丛为主，间有茂密的青草，是一片难得的天然牧场。无奈这里又是苏尼特草原典型的无水草场，如果风调雨顺，牲畜自然采食也会生长繁殖。但十年九旱是这里的常态，吃水要到很远的地方去拉，年均降水量在100mm上下，时常还有可怕的沙尘，人们世代看着老天的脸色过活。

就这样，在一个特殊的年代，出生于温暖秀美江南水乡的一名女婴与北疆干旱、寒冷的草原命中注定般地结了缘，并且再也没有分开。

蒙古包里达布嘎、阿迪雅夫妇轻轻打开襁褓一看，不足一岁的孩子，一双小眼睛透着一股灵气看着眼前的一切，令他们感到些许欣慰。“可这孩子太孱弱啦！是什么人狠心扔下这么小的生命呀？”“可怜的，要不是没办法，谁会这么做呢？快拿奶来，孩子饿了。”孩子睡了，夫妻俩商量着给她起了名：“就叫‘阿拉腾其木格’吧，珍贵、增彩又好听！”他们用一个在苏尼特草原上显得十分平淡的名字，寄托了初为父母对孩子的无尽深情与期望。也许是应验吧，果然在以后半个多世纪的坎坷岁月当中，出生于南国的这

1983 年 4 月,阿拉腾其木格参加内蒙古自治区第六届人民代表大会

株嫩芽却在北疆大地上开出鲜艳夺目的花朵,为养育她的父母、滋润她的草原带来了荣耀和光彩!

在包日呼吉尔草原,阿拉腾其木格像所有草原孩子一样度过了蹒跚学步、咿呀学语,追逐着羊羔、牛犊的童年。到了上学的年龄,父母送她到公社小学读书。可是不久"文化大革命"开始,学校瘫痪,正在读四年级的阿拉腾其木格只能辍学回到家里,帮父母干活。12 岁那年,父母给她生了妹妹,她这个大姐姐爱护、看护着妹妹,形影不离,在高原的阳光沐浴和风霜雪雨的锤炼中慢慢成长着。

阿拉腾其木格天生就是一个闲不住的人,也是一个爱思考的人。年龄稍大后,她就开始帮父母放羊了。她手脚勤快,头脑灵活,又有一股韧劲儿。她喜欢边放羊边总结放牧规律、琢磨气象规律,对养育她的这片草场更是了如指掌。她放的羊个个膘肥体壮,繁殖成活率年年超额,得到乡亲们交口称赞,公社还专门派人调查了解情况,给予她肯定和鼓励。1973 年 12 月,年仅 16 岁的阿拉腾其木格在"农业学大寨"运动中成绩显著,被评为全公社"先进放牧员"。这是她的第一份荣誉,也是她日后取得丰硕成果的开端。

阿拉腾其木格还是一个热心人。邻里乡亲有什么困难,都愿意找她解决。她总会不辞辛苦及时伸出援手，附近贫困户大都得到过她的帮助。苏尼特右旗西北部草原辽阔，人烟稀少，秋季风大，常有北部走散的牛羊跑到这里，在灌木丛间逗留。阿拉腾其木格从不嫌烦，会好好看护和喂养，直到主人过来找。后来，她被聘为边境防护员。期间，她两次将两名迷路人员及时送到了离家十里外的大队部。1977 年 3 月，她光荣出席了全旗妇女代表大会，获“全旗妇女先进个人”奖。

1978 年，队里让她承包放牧大队集体羊群，时间是从当年 6 月 30 日(牧业年度)到 1979 年 6 月 30 日。一年后，她承包的羊成活率为 98.8%，173 只母畜接羔 175 只，繁殖成活率达 100%。

从 1979 年起，直到实行双承包责任制为止，大队的集体羊群一直由她牧养，成活率、繁殖成活率均达到或接近 100%。1979 年 12 月乌兰察布盟盟委、行署专门为她颁奖，评语写道：“阿拉腾其木格同志在牧业生产中取得优异成绩，以资鼓励。”

同一时期，阿拉腾其木格还多次获奖，主要有：1979 年 5 月获“公社优秀共青团员”奖；9 月被乌兰察布盟妇联评为“乌兰察布盟三八红旗手”；不久被全国妇联评为“全国三八红旗手”；同年 10 月被旗团委评为“新征程突击手”；1980 年 3 月 8 日，被旗妇联评为“全旗三八红旗手”；7 月被公社党委、政府评为“新征程突击手”；1982 年 7 月被锡林郭勒盟行署评为“全盟劳动模范”。同期，她相继当选苏木、旗、自治区人民代表大会代表。

1997 年 7 月被苏尼特右旗旗委、政府评为“全旗劳动模范”，并在旗那达慕大会上接受表彰。2008 年 10 月，她积极捐款，支援灾区。内蒙古自治区党委组织部为她颁发荣誉证书：“自愿缴纳‘特殊党费’支援 2008 年四川汶川大地震救灾工作，致以感谢！”

实行草畜双承包责任制后，牧民劳动积极性得到充分发挥。最初，人们侧重增畜，一度忽视了草场保护和牲畜改良。几年下来无序放牧的弊端显现，草原生态日趋沙化退化。阿拉腾其木格家的草场也是无水干旱草场，以上矛盾更是凸显。她及早意识到保护草原才是命根子所在，为了保护和合理利用草场，于 20 世纪末围封了 2000 多亩草场，她一方面主动减少牲畜，使牲畜头数不超过 200 只羊，另一方面种植治沙草木，使草场趋于平衡，积极改善生态环境。她还积极采取划区轮牧措施，把全部草场划分为三块区域进行轮牧，很快见到了实效。她 1983 年 4 月当选内蒙古自治区第六届人民代表大会代表；1984 年 7 月当选苏尼特右旗第七届人民代表大会代表；1987 年 3 月 9 日光荣加入中国共产党。

阿拉腾其木格还曾是一名优秀边防民兵。在党的培养下，她多年如一日，积极参与边境地区群防群治，积极向职能部门报告重点疑点情况，自觉自愿为加强边境地区管理、防范边境地区各类违法犯罪、建立良好的边境秩序、促进边境地区稳定和发展做出了应有贡献，彰显了一位普通牧民、边民对党和国家的赤胆忠心。1987 年 7 月 31 日在中国人民解放军建军 60 周年之际，她受中共中央、国务院、中央军委邀请出席中国人民解放军英雄模范代表会议，与邓小平等党和国家领导人合影，获解放军原总参谋部、原总政治部、原总后勤部颁发的荣誉证书和纪念品，参观了“中国人民解放军新历史时期建设成就展”。

进入新世纪以来，阿拉腾其木格注重牲畜改良，2006 年起从外地陆续购入 30 头西门塔尔牛，繁殖成活率保持在 98%以上，增加了收入，节约了草场。在多年的生产生活实践中，她认识到基础设施建设的重要性，2002 年建了砖瓦结构的 130 平方米棚圈 1 处。

荣誉证书

其木格同志光荣出席中国人民解放军英雄模范代表会议，特发此证。

总参谋部　总政治部　总后勤部

一九八七年八月一日

阿拉腾其木格获得的荣誉证书

两年前，阿拉腾其木格经多方努力，在家门前打了一口200多米深的机井，包日呼吉尔草原上涌出了有史以来第一股清澈的井水，也了却了这位水乡女子的多年夙愿，汩汩清水，滋润着牛羊，也滋润了她的心田。她说："现在生产条件好了，我要更加响应政府的号召，自觉执行禁牧政策，不能超载过牧。现在我和孩子们把大畜都卖了，在我们全部的18 000亩草场上，不超过300只羊。"

阿拉腾其木格1985年与乌兰察布盟察哈尔右翼中旗一位叫贡格尔扎布的牧民结婚，育有一子一女。她现在与儿女生活在一起。

幸福开朗的阿拉腾其木格

作者简介

贺·达布希拉图，男，蒙古族，中共党员，生于1962年8月，在职大学学历。曾任苏尼特右旗劳动人事局科员，旗政府办翻译、常务秘书、"政府党组秘书"，原阿尔善图苏木党委书记，旗委老干部局局长，旗政协文史资料委员会主任，旗退役军人事务局四级调研员。

流淌在岁月里的温馨(代后记)

林占军

最早听说“国家的孩子”时,我还在上小学,那是40多年前的事了。那时,听老人们闲聊时隐隐提起,邻居家张发昌大爷家的张海仁是“上海孤儿”,是“国家的孩子”。由于当时年纪小,对“上海孤儿”“国家的孩子”没有什么概念,只觉得海仁家只有他一个孩子真好!比起其他人家四五个孩子、七八个孩子来说,吃得好、穿得好,多么令人羡慕啊!

再了解“国家的孩子”时,已经过了近20年,那时我到了锡林浩特市委宣传部工作。1998年的夏天,一次偶然的机会,我看到了一本新华社记者马利写的名叫《三千孤儿和草原母亲》的书。由于儿时的记忆,我对这本书很感兴趣。一翻开书,就被里面的内容深深吸引住了。书里的章节不多,只有18篇,写的是内蒙古草原人民养育南方孤儿的感人事迹。其中很多是发生在锡林郭勒草原上的——有草原母亲张凤仙和她六个儿女的故事、有民政助理包凤英的故事、有裁缝的女儿于淑贤的故事、有南方飞来的小鸿雁——嘎鲁的故事、有“土匪的女儿”齐木德玛的故事、有三个“国”姓女孩的故事……那一篇篇草原人民为国分忧的往事和他们无私奉献的精神深深感动着每一位读者。

我从未想过会和“国家的孩子”再次结缘。但人生就是这样机缘巧合,又过了20多年,我到锡林郭勒盟政协文化文史和学习委员会工作8年后,接到了和“国家的孩子”有关的重要工作。

2021年8月的一天,刚当选不久的锡林郭勒盟政协第十三届委员会主席赵德永对我说，习近平总书记在参加十三届全国人大四次会议内蒙古代表团审议时，提到了“三千孤儿入内蒙”“齐心协力建包钢”两个发生在内蒙古的故事，是值得历史记载的民族团结互助的生动见证、是铸牢中华民族共同体意识的生动教材。其中，“三千孤儿入内蒙”与咱们锡林郭勒盟息息相关，应该在这个题材上下些功夫，收集好文史资料，出一个精品书籍！

接到任务后，锡林郭勒盟政协向各旗县市（区）政协（联络办）及时下发了《关于征集〈三千孤儿在锡林郭勒（暂定名）〉文史资料专辑文稿的通知》，要求各旗县市政协文史委、乌拉盖管理区政协联络办在本地广泛征集有关“三千孤儿在锡林郭勒”的感人故事。并要求各地组建写作团队，与当地民政、卫生等相关部门联系，查找线索，找到有关人员，面对面地进行采访，了解实情，征集、整理出有价值的文史资料。同时，盟政协将征集、编辑该文史资料列入了2021年度、2022年度重点工作。

为了进一步做好这项工作，我及时与锡林郭勒盟民政局副局长陈艳芳取得联系，让她为我们提供了盟民政局2017年撰写、统计的《关于锡林郭勒盟接收上海等地孤儿基本情况的报告》和《锡林郭勒盟接收“三千孤儿”基本情况统计表》。据《关于锡林郭勒盟接收上海等地孤儿基本情况的报告》显示，截至当年8月1日，锡林郭勒盟各级民政部门在全盟范围内共寻找到310名“三千孤儿”，其中盟本级寻找到69名，二连浩特市11名、阿巴嘎旗64名、苏尼特左旗26名、苏尼特右旗89名、西乌珠穆沁旗20名、镶黄旗12名、太仆寺旗19名。这些当年的孤儿，大部分已成为当地牧民，有的还成为了工程师、教师、医生和干部。其中，走上管理岗位的41人（其中科级干部11人、处级干部4人）；专业技术岗位的25人；工勤技能岗位的41人；牧民140人；个体工商户2人；信息不详的62人。

我们把这310人的名单及时发放给有关旗市，要求各地及时与他们取得联系并进行采访。

2022年初，各地稿件陆续报了上来，但文稿质量有的还不太让人满意。

为了把这项工作做好、做精，2022年3月初，盟政协分管文化文史和学习委员会的白丽霞副主席，带领我们赴当时接收“国家的孩子”最多的苏尼特右旗、苏尼特左旗、阿巴嘎旗、镶黄旗、西乌珠穆沁旗、太仆寺旗，开展“三千孤儿在锡林郭勒”文史资料征集工作专项督查。同时，与锡林郭勒日报社社长刘晋联系，请报社派记者为我们采访、撰写稿件提供支持；组织人员赴盟档案馆查阅有关档案。

在档案馆我们了解到：锡林郭勒盟是内蒙古最早接收南方孤儿的地区。据档案记载：1958 年 9 月，安徽省将首批失去父母或被父母遗弃的 307 名婴幼儿，移送至锡林郭勒盟苏尼特右旗。这也拉开了 3000 多名“国家的孩子”南北大迁移的序幕。后来，锡林郭勒盟又陆续从上海市、江苏省常州市移入孤儿 512 人，从包头市调剂移入孤儿 69 人。全盟接收“国家的孩子”总数达到 888 人。

可惜的是，能联系到的“国家的孩子”人数（采访中，有关旗市陆续又联系上了许多没在《锡林郭勒盟接收“三千孤儿”基本情况统计表》上的“国家的孩子”），只有迁入时的一半多一点。走访中，我们了解到，其他“国家的孩子”联系不上的主要原因是，一方面，一些养父母领养了“国家的孩子”后，把他们当成了自己的孩子，从未谈起过领养之事，搬离原居住地后，就再无人知晓相关情况了；另一方面，有一些“国家的孩子”虽然隐隐约约知道自己是被领养的，但由于草原父母亲尽心竭力地养育自己，他们认为养父母就是世界上最亲的人，为此不再愿意提起那段往事！这也从一个侧面反映出了草原父母与“国家的孩子”的真挚情感和血肉亲情。

在各地政协和新闻媒体的大力支持下，我们共收到相关稿件 116 篇，约 45 万字。白丽霞副主席带领我和文史委副主任孙晓牧、工作人员巴亚尔加班加点，历时三个多月，对文稿进行了三轮修改与挑选，最终选出了 58 篇内容丰富、情节动人、质量较高的文稿成书。并邀请时任中共锡林郭勒盟委书记么永波为该书作序，邀请盟委宣传部原副部长、盟文联原主席、中国作家协会会员季华对该书进行统稿。

在修改、挑选文稿时，我们时常被那些“国家的孩子”的故事感动得热泪盈眶——草原父亲母亲把最无私的爱倾注在“国家的孩子”身上，伴他们健康成长……“国家的孩子”们倾情回报草原、回报养父母，贡献着自己的力量……在那一段段生动的文字、一篇篇动人的文章中，流淌着艰难岁月的温馨，流淌着草原人民的大爱，也流淌着民族团结的真情！

图书在版编目(CIP)数据

大爱无疆:“国家的孩子”在锡林郭勒/编委会编.
——呼和浩特:内蒙古教育出版社,2023.9
ISBN 978-7-5569-2568-1

Ⅰ.①大…　Ⅱ.①编…　Ⅲ.①报告文学—作品集—中国—当代　Ⅳ.①I25

中国国家版本馆 CIP 数据核字(2023)第 165949 号

大爱无疆——“国家的孩子”在锡林郭勒

编委会　编

DAAI WUJIANG——“GUOJIA DE HAIZI”ZAI XILINGUOLE

责任编辑　吴晓明　梅树刚
装帧设计　哈娜格尔
责任印制　苏米亚
出版发行　内蒙古教育出版社
社　　址　呼和浩特市新城区新华东街 89 号出版集团大厦(010010)
网　　址　http://www.im-eph.com
印　　装　内蒙古爱信达教育印务有限责任公司
开　　本　787 毫米×1092 毫米　1/16
印　　张　29.25
字　　数　464 000
版　　次　2023 年 9 月第 1 版
印　　次　2023 年 9 月第 1 次
书　　号　ISBN 978-7-5569-2568-1
定　　价　79.00 元